HEAD OVER HEELS –
GABY
SOPHIA CHASE

Gesamtausgabe

Originalausgabe
Auflage 2 © Jennifer Rottinger 2017
Cover: rauschgold | Catrin Sommer
Quelle: Sammelband: shutterstock_61908502
          Hintergrund alle shutterstock_335093414

Lektorat: Renate Messenbäck

Herstellung und Verlag:
BoD - Books on Demand, Norderstedt
ISBN 978-3-7448-1811-7

1. Kapitel

„Champagner", flöte ich mit einer Magnumflasche des prickelnden Getränks in meiner Hand.

Ilka strahlt über das ganze Gesicht, klatscht in die Hände und wippt im Takt des Geburtstagsständchens mit. Wir geben unser Bestes, kümmern uns nicht darum, dass wir in einem Hausflur stehen, und grölen aus vollem Halse. Die Jungs sind lauter als ich.

Mir fällt es aber dank der zahlreichen Jägermeister, die wir uns im Taxi hierher gegönnt haben, leichter, sie zu übertrumpfen. Ich stehe zwischen ihnen, halte die Champagnerflasche weiterhin in der Hand und alle setzen wir zum Grande Finale an. Ich kann mich nicht zwischen Lachen und Singen entscheiden, was ich Ben zu verdanken habe, der neben mir Faxen macht und sich beherzt an die Brust fasst, ehe er vor meiner besten Freundin kurz auf die Knie sinkt. Unser Chor hat sich in einen wilden Haufen verwandelt, mir laufen Tränen über die Wangen und während meine Kollegin versucht, die Tonlage zu halten, biegt Ben Ilka nach hinten durch. Er kommt zu mir zurück, schlingt den Arm wieder um meine Taille und streicht liebevoll über meinen Rücken. Ich gerate wieder in diesen Raum, den ich nur unschwer benennen kann – nein, es ist nicht Liebe, wie ich mich schnell korrigiere. Seltsam schüchtern erwidere ich seinen Blick, ehe er mir – völlig untypisch für ihn – zuzwinkert.

Eigentlich würde man Schüchternheit und mich nicht gerade in einem Atemzug nennen. Immerhin verbringe ich mein halbes Leben auf der Bühne. Treibe dort Dinge vor den Augen anderer, die ich zweifellos im normalen Leben niemals machen würde. Ich lebe fürs Theater. Investiere jedes Pfund, um mich immer weiter zu verbessern, damit ich den Wünschen des Publikums, aber auch meinen eigenen Ansprüchen gerecht werde. Wobei Letztere nahezu unerreichbar sind. Ich bin Perfektionistin, leidenschaftliche Nörglerin, wenn es um mich selbst geht, und schaffe es innerhalb einer Minute, alle meine in mich selbst gesetzten Erwartungen aufzugeben. Vor allem dann, wenn ich nervös bin.

Die Rolle soll dich ganz ausfüllen und du sollst mit ihr leben, schlafen und – verdammt – sie soll dich schwängern, tönte zuletzt mein Coach, der eine steile Karriere hingelegt hat. Ich bin fast zu alt, um noch auf mehr zu hoffen, als auf das, was ich im Moment besitze – eine fixe Rolle, aber nicht die der Hauptdarstellerin.

Frauen haben es wirklich schwer. Ich habe zwar nie gedacht, dass ich so etwas jemals behaupten würde, doch sieben Jahre in diesem Geschäft haben mir gezeigt, wie steinig der Weg für meine Geschlechtsgenossinnen über dreißig ist. Man ist zu alt für junge, frische Rollen, aber zu jung, um die böse Stiefmutter zu geben. Meist befindet man sich in einem Schwebezustand. Hofft, wartet und betet, dass es weitergeht. Der Konkurrenzkampf ist hart. Nicht nur hier in London, auch in anderen Städten, wie ich während meiner Reise nach Prag festgestellt habe.

Vor geraumer Zeit habe ich mit dem Gedanken gespielt, es in einer anderen Stadt zu probieren. Einfach mal wegzugehen und mich neu zu entfalten. Denn es drückt. Nicht nur London, nicht nur meine derzeitigen Probleme, nicht nur mein Job. Ich fühle mich, als würde die Decke über mir immer näher kommen. Mir fehlt der Elan, morgens aufzustehen. Ich weiß auch nicht, was mit mir los ist, doch ich bin unzufrieden mit meinem Leben. Ob es dieses Kartenhaus ist, das gerade zusammenbricht, wobei ich ohnedies zu sehr in Gedanken versunken bin, um auf die Katastrophe aufmerksam zu werden und rechtzeitig wegzulaufen. Der Lärm ist gewaltig, nicht nur in mir drinnen, auch außerhalb. Seitdem sich meine Eltern getrennt haben, wird meine Familie geradezu belagert. Die Presse, die ich verabscheue, die mir noch nie wohlwollend begegnet ist, hat es auf mich abgesehen. Die letzten Tage glichen einem Spießrutenlauf. Jede noch so kleine Besorgung wurde zur Tortur. Erst allmählich kann ich wieder aus dem Haus gehen, ohne hinter jeder Ecke einen lästigen Reporter vermuten zu müssen. Und ja, auch da half mir meine Arbeit. Ich konnte flüchten, konnte abschalten und mich in ein anderes Leben träumen.

Natürlich würde ich solche Probleme nie laut aussprechen. Wenn überhaupt, dann lediglich meiner besten Freundin Ilka gegenüber. Zeigt man Schwäche, wird man aufgefressen, nicht nur im Privatleben, auch in meinem Job. Bringt man nicht die gewünschte Leistung, wird man innerhalb einer Woche durch jemand anderen ersetzt. Der Text ist schnell gelernt, die Programmhefte sind ebenso flott umgeschrieben – dem Publikum würde mein Rauswurf nicht einmal auffallen. Vorausgesetzt, dass später nichts darüber in den Klatschspalten stünde.

Jeder klagt über den zu geringen Lohn. Sicher geht es uns besser als anderen, da wir fixe Tage haben, an denen wir spielen. Doch im Normalfall reicht selbst das nicht, um zu überleben. Und hier wären wir beim nächsten Punkt, der mich beschäftigt.

Mein ganzes Leben lang lasse ich mich aushalten. Stehe zwar auf eigenen Beinen, habe es sogar mehr oder minder erfolgreich geschafft, mich von meiner Familie abzunabeln. Aber wäre mein Bruder nicht, der mich finanziell unterstützt, ich könnte mir meine Wohnung in Kensington nicht leisten. Geschweige denn meinen Lebensstil. Mein Anteil am Vermögen meiner Familie liegt brav auf einem Bankkonto und wartet darauf, dass ich mir damit ein Leben aufbaue. Eine Zukunft. Vielleicht einmal mit einer eigenen Familie. Vielleicht besitze ich einmal ein Haus in Schottland. Selbst wenn ich Schottland immer mit meinem Vater, zu dem ich ein äußerst schwieriges Verhältnis habe, verbinde. Aber die Landschaft gefällt mir. Die steilen Klippen, der stete Wind, der dein Haar zerzaust, kaum dass man das Haus verlässt. Ich liebe die kühle Luft, die weiten Wiesen, die Strände, das Meer. Es ist ein Traum. Dafür spare ich, dafür arbeite ich jeden Tag an mir und meinem Leben. Ich will mir das leisten können, weil ich mir den Arsch aufgerissen habe und nicht, weil meinen Vater das schlechte Gewissen plagt und er seine Seele so freizukaufen versucht. Geld stinkt nicht, dieses aber schon. Darum scheint mir das Bankkonto genau richtig – es ist zwar da, für den Notfall, doch ich bin nicht unbedingt darauf angewiesen.

Ich befinde mich in einer Zwickmühle. Ein Gewohnheitstier wie ich schafft es nicht, auf etwas zu verzichten. Ich bin auch nie dazu gezwungen gewesen. Wir haben immer genug gehabt. William, aber auch ich. Meine Mutter hat uns jeden Wunsch von den Lippen abgelesen. Wir bekamen alles, was wir wollten, und selbst das war noch nicht genug.

Hier in London musste ich lernen, allein zurechtzukommen. Am Anfang schaffte ich das gerade so. Sieben Jahre später geht es mir elend.

Ich überlege ernsthaft, ob ich nicht die Schauspielerei an den Nagel hängen soll, um etwas „Ordentliches" zu arbeiten.

Es sind im Moment nur Hirngespinste, die ich immer wieder zu verdrängen versuche, während ich es mir gleichzeitig verbiete, mich auf meinen Lorbeeren auszuruhen, und mich zum Weiterkämpfen animiere.

„Alles Gute", gratuliere ich Ilka und küsse sie auf den Mund.

Sie grinst über das ganze Gesicht, bittet uns in ihre Wohnung, um uns anschließend ins Wohnzimmer zu bringen, wo noch mehr Alkohol, aber auch Fressalien auf uns warten. Mir knurrt der Magen, da ich heute noch nichts gegessen habe, was den Jägermeister in seiner Wirkungskraft nicht gerade gebremst hat.

Ben, Leo, Paula, Harry und ich nehmen auf der weißen Couch Platz. Während die anderen sich vor Lachen über Leos Tollpatschigkeit krümmen, beobachte ich Ben.

Ich muss gestehen, dass ich ihn in letzter Zeit ständig beobachte. Nicht, weil ich ihn so unwiderstehlich sexy finde. Ich bitte dich! Sportlich legerer Körper, dieses warme Lächeln und das jugendliche Gesicht dazu lassen ihn einfühlsam und zuvorkommend wirken. Er kleidet sich nicht besonders aufregend, hat kein Geld für Markenklamotten, was mir im Übrigen nichts ausmacht. Er ist einfach und bodenständig, wenig egozentrisch und nur selten mies drauf. Meine Mutter würde bereits den Stift zücken und die Heiratsurkunde unterschreiben. Ich hingegen wahre eine gewisse Distanz und bin mir über seine Funktion in meinem Leben noch nicht im Klaren. Was wäre die Voraussetzung, damit ich mit Ben an meiner Seite dieselbe Handlung setze, wie meine Mutter es gern tun würde? Leidenschaft? Liebe? Seelenverwandtschaft? Lauter Gefühlsregungen, mit denen ich mich nur bedingt anfreunden kann. Leidenschaft ist vergänglich, ebenso wie die Liebe, wenn Letztere überhaupt existiert. Und an Seelenverwandtschaft glaube ich spätestens seit meinem sechsten Lebensjahr nicht mehr. Ein schnelles, unkompliziertes Abenteuer entspricht eher meinen derzeitigen Erwartungen.

Und um ehrlich zu sein – ich habe etwas mit Ben am Laufen. Eigentlich ist es höchst praktisch, mit jemandem zu vögeln, den man kennt und dessen Absichten man nachvollziehen kann. Für mich ist es schwer, jemand Neuen kennenzulernen.

Spätestens, wenn sie herausfinden, wer ich bin, sind sie nicht länger nur an meiner Person interessiert, sondern an der Kohle, die vermeintlich dahintersteht.

Ich habe aus solchen Dummheiten früh gelernt. Habe zum Glück immer William an meiner Seite gehabt, der die anhänglichen Männer wenn nötig in die Flucht geschlagen hat. Ein Blick von ihm reicht aus, um jeden Feind erzittern zu lassen.

Jedenfalls wäge ich auch jetzt, da alle beschäftig sind, ab, was aus Ben und mir werden soll. Ob überhaupt etwas aus uns werden soll. Möchte ich das denn? Er ist ein anständiger Kerl, das muss ich zugeben. Keine Kanone im Bett und ziemlich verschlossen. Letzteres glaube ich ändern zu können. Natürlich plane ich keine Ehe. Ich rede von einer Beziehung, die uns für die nächsten Jahre beschäftigen soll. Meine erste Beziehung – und das im Alter von fünfundzwanzig Jahren.

Oh mein Gott, während Ilka jedem einschenkt, fasse ich mir gedanklich an die Stirn. Was rede ich da? Das ist doch das Eingeständnis dessen, was ich nicht möchte. Es ist zu anstrengend und da ich mir vorgenommen habe, heute zu entspannen, spüle ich meine Gedanken mit dem Schluck Champagner fort.

„Hey Ilka, ich wusste gar nicht, dass du eine so geile Hütte hast", meldet sich Leo zu Wort, der aufgestanden ist, um das technische Equipment in Augenschein zu nehmen.

Ilka schüttelt den Kopf. „Schön wär's. Aber die Wohnung gehört meinem Bruder, der die meiste Zeit in New York lebt und sie eigentlich nur mehr für mich gemietet hat."

„New York? Was macht er dort?"

„Ach, er hat im *Big Apple* einen Club, einen weiteren hier. Wobei er an dem in London nur Teilhaber ist. Darum verbringt er nicht allzu viel Zeit in der Stadt."

„Echt cool", gibt Ben seinen Senf dazu und streicht über den weißen Tisch, als wäre er eine kostbare Antiquität.

12

Ich kenne Ilka seit einigen Jahren. Wir verstehen uns, auch wenn wir ab und an aneinandergeraten. Doch so etwas, denke ich, ist in einer intakten Freundschaft nicht zu vermeiden. Fast jedes Detail ihres Lebens ist mir bekannt. Ich verbringe viel Zeit bei ihr in dieser schicken Wohnung, deren Einrichtung gerade in den höchsten Tönen gelobt wird. Ich persönlich finde sie schrecklich. Nicht den Stil an sich – er ist modern. Doch alles ist entweder aus Chrom oder in den Farben Weiß und Schwarz gehalten. Geradlinig und steril. Kalt und abweisend. Die Einrichtungsvorlieben scheinen viel über den Besitzer dieser Wohnung auszusagen, den ich allerdings nicht kenne.

Manchmal erzählt Ilka von ihm, wie stolz ihre Familie sei, die vor sechsundzwanzig Jahren von Budapest nach London gekommen ist. Ilka macht kein Hehl daraus, wie schlecht es ihren Eltern geht. Sie haben mit der Sprache Probleme, sind damals nur wegen eines verlockenden Angebotes hierhergezogen, das sich im Endeffekt als Luftblase herausgestellt hat. Sie haben alles verloren. Ihr altes Leben – und das neue hat ihnen keine allzu rosige Perspektive zu bieten. Daniil, so der Name ihres Bruders, war damals fünf, Ilkas Mutter mit ihr schwanger. Ilka wurde in schreckliche Verhältnisse hineingeboren und die ersten Jahre ihres Lebens wusste sie genau, was es heißt, Hunger zu leiden.

Weitere drei Kinder folgten. Drei Mädchen, eines davon starb kurz nach der Geburt. Ilka redet oft über ihre tote Schwester. Sie redet auch viel über das Geld, das ihr Bruder ihrer Familie schickt, damit sie alle über die Runden kommen.

Gerade dann, wenn ich mir dies vor Augen führe, könnte ich mich selbst ohrfeigen. Wie undankbar ich klinge! Während mir mein Name Tür und Tor öffnet, ich mir niemals Sorgen machen muss, dass ich mir meine Wohnung nicht mehr leisten kann, hat sich Ilka alles aus dem Nichts heraus aufgebaut.

Sie kann stolz auf sich sein. Ich hingegen habe immer diesen fahlen Geschmack im Mund, der mich an die Vorurteile erinnert, mit denen man mir begegnet.

„So, Leute", verkündet Ilka und macht eine ausladende Handbewegung, die uns wohl auf das Essen aufmerksam machen soll. „Ich habe da etwas vorbereitet. Greift zu und lasst es euch schmecken."

Keiner von uns braucht eine weitere Einladung. Während Ben in meine Richtung blickt und mir einen Teller und eine Serviette reicht, versuche ich, so neutral wie möglich zu wirken. Es fällt mir schwer, da er, als ich mir ein Stück Brot nehme, die Hand auf meine Schulter legt.

„Du siehst heiß aus, Gaby", raunt er, während sich meine Nackenhaare selbstständig ans Kofferpacken machen.

Schluck. Meine Antwort besteht aus einem flüchtigen Nicken, wobei mir Ilkas wissendes Hochziehen der Augenbrauen nicht entgeht.

Ja, ja, fauche ich mit zusammengekniffenen Augen, vergesse dabei, dass heute ihr Geburtstag ist, und könnte sie in diesem Moment lynchen. Und ja, ich muss gestehen, dass sie mich davor gewarnt hat, mit Ben ein Verhältnis anzufangen. Sie ist von Anfang an der festen Überzeugung gewesen, dass es zwischen zwei Freunden niemals so weit kommen darf. Die Freundschaft würde nie wieder so werden wie davor. Auch ich kenne diese Märchen. Ratschläge, die man ungebeten aufs Auge gedrückt bekommt. Hauptsächlich von Menschen, die selbst keine Ahnung von der Materie haben.

Die nächsten Minuten herrscht Stille, da unsere Backen mit Kauen beschäftigt sind. Eines muss man Ilka lassen – sie weiß, wie man Gäste verwöhnt. Sie hat eine Auswahl an verschiedenen Dips zusammengestellt, dazu gibt es frisches Gemüse, Baguette und Käse. Kräftig und würzig – das scheint sie von ihrer Mutter zu haben.

„Ich helfe dir", sage ich zu Ilka, die gerade dabei ist, die leeren Teller abzuräumen. Meine Hilfe geschieht nicht ganz uneigennützig, da ich vor Ben zu flüchten gedenke.

Sie nickt, wobei ich bereits aufgesprungen und in die Küche geeilt bin. „Was ist los mit dir?", möchte sie wissen, als sie zu mir kommt und den Geschirrspüler zu füllen beginnt.

Ich zucke die Schultern und gebe mich unwissend. „Nichts."

„Nichts?"

Sie glaubt mir nicht. „Ben eben."

„Ben eben was? Er schläft doch heute nicht bei dir?"

„Spinnst du", stelle ich mit hochgezogenen Augenbrauen klar. „Hast du gesehen, wie er sich aufführt? Er mag ja nett sein, hat aber den Schuss nicht gehört, der ihn davonjagen soll."

Ilka verschränkt die Arme vor der Brust und setzt ein gewinnendes Lächeln auf. „Sagte ich dir das nicht vor geraumer Zeit schon mal? Warum hast du dich überhaupt auf ihn eingelassen?"

„Ach ja, ich habe vergessen, vor mir steht die heilige Jungfrau, wie sie leibt und lebt."

Ich schnappe mir die letzte Tomate und schiebe sie in meinen Mund. Ilka schnaubt und entreißt mir den Teller. „Ich habe meine Prinzipien."

„Ich auch."

„Du solltest mit ihm reden, Gaby."

Sie regt sich furchtbar auf, weshalb ich zurück ins Wohnzimmer will, doch Ilka hält mich auf. Packt mich am Arm und hält mich fest. „Ben ist unser Freund. Wir kennen ihn seit Ewigkeiten. Du kannst ihm das nicht antun, ohne mit ihm geredet zu haben."

„Was ist das – eine Stelle aus *Twilight*? Du klingst, als hätte ich vor, ihn zu töten."

Obwohl sie schmunzelt, bleibt ihre Stimme hart. „Du musst ihm sagen, dass du keine Beziehung möchtest, und darfst nicht den Schwanz einziehen oder einfach mich vorschicken, wie du es üblicherweise machst. Benimm dich nicht wie …"

„Wie wer? Wie mein Bruder? Ich benehme mich nicht wie er."

Ihr Nicken macht mich wahnsinnig. Am liebsten würde ich sie beißen. „Doch, tust du. Ihr seid euch ähnlicher, als du glaubst."

„Weißt du, wem du ähnelst? Micky Maus."

„Micky Maus?", schmunzelt sie.

Ich gehe zur Tür, vergesse wieder einmal, dass Ilka heute Geburtstag hat und ich sie eigentlich freundlicher behandeln sollte. „Ja, ständig diese laute, schrille, nervenaufreibende Stimme, die mir Kopfschmerzen bereitet. Und heute ist Micky in die Rolle der sendungsbewussten Predigerin geschlüpft, die eine unschuldige junge Frau in den Wahnsinn zu treiben versucht."

„Du hast echt einen an der Klatsche, Bennet. Ist es verboten, Frieden in den eigenen vier Wänden haben zu wollen?"

Ihre altkluge Art bringt mich zum Lachen. „Nein. Aber mal im Ernst: Denkst du, es kommt blöd, wenn ich Ben auf der Stelle einen Antrag mache? Ich meine, wir hatten schließlich Sex. Was, wenn ich schwanger bin?"

Sie antwortet auf meinen Sarkasmus mit zusammengekniffenen Augen, aus denen sie Blitze abzuschicken scheint, die mich wohl massakrieren sollen. „Ich will dir nur helfen. Am Ende wirst du noch an meine Worte denken."

„Ich brauche keinen Kerl, um glücklich zu sein. Keinen bestimmten. Da draußen gibt es Tausende, die alle nur darauf warten, abgeschleppt zu werden. Warum unter die Erde gehen, wo ich nicht genug Sonne abkriege?"

Kopfschüttelnd schiebt sich Ilka an mir vorbei, brummt dabei etwas wie *„Die hat sie nicht mehr alle"*, bevor sie wieder im Wohnzimmer verschwindet, aus dem lautstarkes Gelächter ertönt.

Pierre schleudert seine Kappe mürrisch von sich und stapft auf mich zu, auf mich, das kleine, elende Häufchen, welches sich in der hintersten Ecke des Raumes versteckt hat. Meine Beine zittern, während ich mich krampfhaft an die vergessenen Textpassagen zu erinnern versuche. Heute ist nicht mein Tag. Es wäre einfach, das Dröhnen und Pochen in meinem Schädel auf den Alkohol zu schieben. Noch einfacher wäre es, das Kribbeln und die Müdigkeit auf die vier Stunden Schlaf zu schieben. Doch da mich selten etwas aus der Ruhe bringt, ich mich beherrschen kann, wenn es darauf ankommt, und mein gesamtes bisheriges Leben aus Disziplin und Ehrgeiz bestanden hat, traue ich mich nicht diesen – zugegebenermaßen – äußerst verlockenden Strohhalm zu ergreifen. Mich an ihm festzuhalten und Pierre, dessen Gesicht wütend wirkt, vorzuheulen, wie schlecht es mir geht.

Ich, vorbildlich, wie ich bin, entscheide mich für die unangenehme, aber zutreffende Variante – ich erzähle ihm die Wahrheit.

Die Moralpredigt und den Wutausbruch, die zweifelsfrei folgen werden, begrabe ich bei meinem Kater im Garten, der zu unseren Füßen liegt.

„Manchmal frage ich mich wirklich, warum ich noch eine Sekunde länger mit dir zusammenarbeite."

Autsch!

Noch vor einem Jahr hätte ich heulend das Gebäude verlassen. Heute finde ich es nicht mehr allzu schlimm. Sicher schmerzt es und selbstverständlich möchte ich mich verkrümeln, doch ich habe seit dem vergangenen Jahr Pierre und all seine künstlerischen Facetten zu verstehen gelernt. Er ist eine Egozentriker, ein Chaot, ein Meister seines Faches und das weiß er. Gott im Himmel, wie er das weiß! Nicht umsonst zählt er zur A-Liga der Bühnenschauspieler. Mittlerweile tritt er nur noch selten im *National Theatre* auf. Viel lieber gibt er sein Wissen an jüngere Kollegen weiter. Und um in den Genuss seines Unterrichts zu kommen, habe ich meinen Namen spielen lassen.

Es kostet mich ein Vermögen, ich habe bis heute keine Ahnung, ob ich die Summe gewinnbringend angelegt habe. Ginge es nach Pierres derzeitigem Gesichtsausdruck, hätte ich das Geld auch gleich verbrennen können.

„Ich war …", beginne ich mutig, breche dann aber abrupt ab.

„Was, Gaby? Wo warst du? Jedenfalls nicht zu Hause, wo du diesen verdammten Text lernen solltest. Schauspielerei bedeutet Opfer, Liebe, Leidenschaft und – zur Hölle noch einmal – Disziplin." Er schreit. Nicht nur das, er brüllt.

Ich umklammere das Fensterbrett und stelle mich seelisch auf eine ganze Liste von Punkten ein, die ich an mir zu verbessern habe.

Wenn er doch nicht immer Recht hätte, murre ich und beiße die Zähne zusammen. Trotzig wie ein kleines Mädchen, das den roten Lutscher haben möchte.

Die Mütze hat seine Haare platt gedrückt, weshalb er sich mit den Fingerspitzen hindurchfährt und seine Frisur, wenn man sie als solche bezeichnen kann, noch mehr verunstaltet. Ich würde ihn auf Ende fünfzig, Anfang sechzig schätzen. Sein Kopf ist an den Stellen, an denen er noch von Haaren bedeckt ist, schneeweiß. Sein Gesicht ist fahl, was vom Rauchen kommt, das er selbst während des Unterrichts nicht lassen kann. Hier wären wir wieder beim Egozentriker. In seiner Jugend hat Pierre ein ausschweifendes Leben geführt, wie er mir in einem vertrauten Moment gestanden hat. Er trank gerne, schlief wenig und ließ keine Party aus. Doch trotz all dieser Sünden war er immer fleißig und zielstrebig und hat seine Träume wahr gemacht.

Ob ich das jemals schaffen werde, wage ich kaum noch zu hoffen.

„Ich erwarte nichts Unmenschliches von dir, aber es ist außerordentlich wichtig, dass du dich an die ständige Einsatzbereitschaft gewöhnst. Du musst etwas bringen. Ich will nicht nur Talent sehen, sondern auch Leistung."

„Es tut mir leid. Natürlich ist mir klar, dass es keine Entschuldigung für mein Verhalten gibt. Aber im Moment entgleitet mir mein Leben", räume ich ein, als täte es etwas zur Sache. Pierre ist in dieser Hinsicht überaus streng. Selbst wenn du ein Bein verloren hast, akzeptiert er das nicht als Entschuldigung.

Pierre nickt zwar, sieht jedoch nicht überzeugt aus. „Am besten ist, wir machen für heute Schluss. So kann und möchte ich nicht arbeiten."

Okay, das hatten wir noch nie. Hahaha.

„Denke bloß nicht, dass ich auf dein Geld angewiesen bin. Ich habe eine lange Liste von Leuten, die ungeduldig darauf warten, dass ich sie unterrichte. Noch einmal so eine miserable Leistung und ich werde die Zusammenarbeit beenden."

„Pierre", rufe ich, entsetzt über die Endgültigkeit seiner Worte, und höre auf, meine Habseligkeiten einzusammeln. „Heute ist es zum ersten Mal passiert, dass ich einen Text nicht perfekt konnte."

„Einmal reicht, Gaby. Du willst dich doch nicht allein über deinen guten Namen definieren. Mit dem, was du heute gezeigt hast, schaffst du es sicher nicht, dich davon zu lösen. Ich brauche Liebe und Kampfgeist. Ich brauche deine verdammte Seele. Und selbst wenn ich dir ein Telefonbuch unter die Nase halte, selbst dann hast du jeden Namen zu geben, als wäre es das Ergreifendste, das du jemals gespielt hast. Das ist Theater, das ist Musik, das ist Kunst – und kein halbherziges Mädchenhobby."

Noch während ich zustimmend nicke, zugeben muss, dass er die Wahrheit spricht, dreht Pierre das Licht aus, schließt das riesige Fenster, durch das man auf die Themse blicken kann, und verlässt den Raum. Ich bleibe zurück, stopfe meinen Pullover in die Handtasche und nehme einen großen Schluck aus der Wasserflasche. Katerbekämpfung, die erste.

Da meine Stunde früher zu Ende ist, als ich gedacht habe, und es auf Mittag zugeht, begebe ich mich auf die Suche nach etwas Essbarem. Nicht dass mir der Magen knurren würde. Eigentlich könnte ich kotzen, wenn ich nur an Essen denke.

Ich sollte mir in Zukunft wirklich merken, wie verheerend Jägermeister in Kombination mit Champagner wirkt. Bäh – nie wieder!

Das großspurige Vorhaben wird sich allerdings schon heute Abend in Luft auflösen. Spätestens in zehn Stunden gehöre ich wieder derselben Liga wie Pierre vor dreißig Jahren an. Wenn ich auf etwas nicht verzichten kann, dann ist es das Feiern. Es hilft uns niederen Geschöpfen, wie Pierre uns, sprich die Anfänger in Sachen Schauspiel, gerne bezeichnet, die Tristesse des Alltags, die wenigen Jobs und die knappe Kasse, wobei Letzteres auf mich nur bedingt zutrifft, zu vergessen. Alles, wirklich alles, wird gefeiert. Fällt in China der berühmte Sack Reis um, bekommt einer von uns Sekunden später einen Anruf und die Party kann steigen.

Eigentlich benehmen wir uns wie Studenten, die wir nie gewesen sind und auch nie sein werden.

Ich mache mich auf in Richtung Hauptgebäude, das von dem berühmten Architekten Denys Lasdun geplant wurde. Und ich kann mich der Meinung der Kritiker, die dieses Gebäude als architektonischen Brutalismus bezeichnen, nur anschließen. Selbst Prinz Charles meinte, dass es einem Atomkraftwerk gleicht. Ich behaupte einfach einmal, dass das Theater einen Reaktorunfall problemlos überstehen würde – dem kalten Schichtbeton sei Dank.

„Hey", ruft jemand hinter mir.

„Hey", antworte ich Ben mit Haargummi zwischen den Lippen, wobei meine Finger die langen braunen Locken zu einem Dutt zusammendrehen.

Ben sieht strahlend aus, als wäre er gestern nicht dabei gewesen. Lediglich seine Augenringe verraten ihn. Ansonsten hat er dieses typische Schwiegersohn-Gen, welches Mütter hellhörig werden lässt. Er ist nett, höflich und dank seines Talentes nicht mehr so unbekannt wie ich – zumindest was die Schauspielerei anbelangt, mit dem Privatleben verhält es sich anders.

„Du bist schon fertig?", fragt er skeptisch und blickt dabei auf sein Handy, wo er wahrscheinlich die Uhrzeit abliest.

Ich mache auf unschuldig. „Pierre hat mir für heute freigegeben."

„Freigegeben?", wiederholt er, als wäre dies so abwegig. Ich wiederum behaupte, dass ich glaubwürdig klinge. Wäre auch schlimm, wenn sich eine aufstrebende Schauspielerin nicht verstellen könnte. „Du umschreibst doch bloß deinen Rauswurf. Was haben wir denn angestellt?"

„Nichts."

„Du solltest weniger feiern und dich mehr deinen Texten widmen. Kannst du dir vorstellen, was ich dafür geben würde, um von Pierre Alaunt unterrichtet zu werden?"

Ich rolle die Augen, wobei mein Schädel zu zerplatzen droht. Notizbuch, Eintrag Nummer eins: Im Zustand des Restalkoholeinflusses vom Abend zuvor nicht mit den Augen rollen. Den Kopf ruhig halten und Sex mit Ben nicht als Lösung für aufgestaute Aggressionen ansehen.

Und schon sind wir wieder bei dem Thema, über das ich gestern noch gejammert habe. Ben. Ben. Ach Ben. Er lächelt mich an, als ich zerknirscht dreinblicke und vor ihm die Treppe nach oben zu den Proberäumen gehe. Jeder Schritt schmerzt und ich weiß, dass es nicht besser wird, wenn ich mich Ilkas nervtötenden Predigten stellen muss.

Auch meine Mutter wird das letzte Haar in der Suppe finden. Sie ist diejenige, die alle Fäden in der Hand hält, auch wenn sie im Moment wirklich andere Sorgen hat. Doch gerade da ich ahne, was mich erwartet, sobald wir Ilka abgeholt haben und diese bemerkt, wie miserabel meine Laune ist, muss ich cool bleiben.

Ben. Oh Ben. Oh Ben. Fast klinge ich wie eine Nymphe, die ihr Klagelied anstimmt und sich dabei theatralisch an die Brust fasst.

„Morgen geht es dir wieder besser", versichert Ben mir augenzwinkernd und streicht über meinen Rücken.

Ich lächle schief, drehe mich in seine Richtung. So kommen wir beide gleichzeitig zum Stehen. Es ist dieser Moment, in dem uns bewusst wird, was wir wollen. Wir sehen uns an. Ben sieht auf meine Lippen, die ich geöffnet habe. Ich halte die Luft an, merke, wie der Raum um uns verschwimmt und uns etwas erfasst und davonträgt.

Ben lässt seine Hand von meiner Schulter hinauf zu meiner Wange gleiten und zieht mich näher an sich heran. Ein Schritt noch und wir küssen uns. Ich versuche, diesen Moment zu kontrollieren, wohl wissend, wie fatal es sein kann, wenn ich mich vergesse. Wenn ich Ben die Führung überlasse und all meinen Empfindungen erliege.

Ich weiß nicht, ob es Liebe oder bloß die pure gegenseitige Anziehung ist. Jedenfalls ist die Verbindung so intensiv, dass es keine Worte braucht, um zu verstehen, was wir wollen. Es ist erschütternd und beängstigend. Vor allem dann, wenn es zu Ende ist und Ben diesen erwartungsvollen Gesichtsausdruck zur Schau trägt, der mein Herz krampfen lässt. Wenn ich dann sicher weiß, dass unsere Vorstellungen weit auseinanderklaffen. Wenn ich der Mensch sein muss, der ihn verletzt. Ich kann es aber nicht. Nicht heute und auch nicht morgen.

Eine Sekunde später küssen wir uns – mitten auf dem Gang, während fremde Menschen an uns vorbeilaufen.

Ich umklammere ihn, während Ben lediglich meine Wange streichelt, als müsse er mich trösten. Mir wird klar, was ich an ihm schätze. Nicht nur unsere Freundschaft, die trotz Sex noch intakt ist. Nicht nur seine treffenden Worte. Nicht nur ihn. Die Vertrautheit ist mir wichtig. Gerade sie lässt es so wunderbar sein.

Während die Intensität unseres Kusses zunimmt, meine Zunge die seine umspielt und ich mich zusammenreißen muss, um nicht laut zu stöhnen, schiebt mich Ben rückwärts in Richtung der Türen, hinter denen Proberäume, Garderoben und Besprechungszimmer liegen. Ich habe keine Ahnung, welche im Moment benutzt werden und welche leer stehen. Ben scheint dies ebenso wenig zu wissen. Und als er, nachdem er die erste Tür geöffnet hat, entschuldigend die Hand hebt und den Mund von meinem nimmt, vermute ich, dass wir dort nicht allein gewesen wären. Die nächste Tür ist an der Reihe. Sie ist verschlossen, weshalb ich, Bens Schnauben kommentierend, zu kichern beginne.

Erst bei der dritten Tür haben wir Glück – wir sind endlich für uns.

Ben schiebt mich ins Innere des Raumes, presst sich gegen mich und zieht mir das Shirt über den Kopf.

„Du solltest Sex eigentlich nicht als Ventil für deine Wut nutzen", tadelt er mich sanft, wobei ich verstohlen lächle und ihn meinerseits von seinem Shirt befreie.

„Das tue ich nicht", widerspreche ich an seinen Lippen hängend.

Er lacht rau und schiebt mich zur Fensterbank, auf die er mich gekonnt hebt. Nun sind wir gleich groß, was der Genickstarre vorbeugen sollte. Ich beginne, während Ben meinen BH nach unten schiebt, seine Hose zu öffnen. Wir haben keine Zeit, um lange herumzualbern. Es soll schnell, hart und gut werden. Eigentlich halte ich viel vom Vorspiel, investiere gerne Zeit, um mich und den Mann an meiner Seite zu reizen. Im Moment kann es jedoch nicht schnell genug gehen, weshalb ich mürrisch knurre, als sein Gürtel klemmt.

Ben hilft mir, schiebt seine Hose nach unten und unternimmt dieselbe Aktion mit der meinen.

„Überhaupt keine Angst, dass jemand hereinkommt?"

„Im Moment ist mir das scheißegal", antworte ich ungeduldig, während ich seine engen Boxershorts nach unten ziehe.

Er fängt an, meinen Kitzler zu umkreisen, was mich den Kopf an die Fensterscheibe legen lässt. Ich schließe die Augen und tatsächlich wirkt es – ich entspanne mich. Alle Last fällt von mir, landet neben Bens Hose in der dunklen Ecke und wenigstens für die nächsten Minuten werde ich an nichts anderes als an die absolute Erfüllung denken.

Ben ist kein Meister in Sachen Sex. Es wäre übertrieben, dies zu behaupten. Würde ich nicht ein klein wenig nachhelfen oder so sehr nach dem nächsten Orgasmus lechzen, ich wäre seit Wochen unbefriedigt. Sicher gibt es andere Männer neben ihm. Monogamie und Zweisamkeit sind nicht mein Ding. Möglicherweise hängt das mit der verkorksten Beziehung meiner Eltern zusammen. Ein schlechtes Vorbild und obendrein die Angst, mich auf etwas einzulassen, das Kontrolle über mich gewinnt. Ich möchte auf gar keinen Fall so enden wie meine Mutter – auch wenn ich sie mehr liebe als alles andere auf der Welt. Das muss ich an dieser Stelle einfach loswerden.

Aber eigentlich sollte ich im Moment weder an meine Mutter noch an eine feste Beziehung mit Ben oder irgendeinem anderen Typen denken. Es geht nur um Sex. Wie gesagt: Schnell, hart und befriedigend. So wie ich es will. Und Ben ist gerade dabei, mich der Befriedigung ein Stück näher zu bringen, denn er hat meinen Slip zur Seite geschoben und dringt in mich ein.

Er ist nicht der Typ, der lange um den heißen Brei herumredet. Er lässt lieber Taten sprechen. Und in den Genuss solcher komme ich gerade ausgiebig, denn er stößt immer härter zu. Mein Po rutscht auf der steinernen Fensterbank hin und her, während ich an Bens Schultern Halt suche. Ich stöhne erregt, presse meine Beine um seine Hüften und sehne jeden Stoß herbei, als wäre er die Luft, die ich dringend zum Atmen benötige. Ich habe mit den verschiedensten Kerlen geschlafen. Wilde Burschen, die dich wie den letzten Dreck behandeln. Weicheier, die sich an dich klammern, kaum dass sie gekommen sind, und Normalos, wie ich sie einfach einmal nennen möchte. Eine Spezies, zu der ich Ben zähle. Sie können mit dem Ding in ihrer Hose umgehen, wissen auch so einigermaßen, was eine Frau braucht, jedoch möchte ich mich nicht mein ganzes Leben lang von ihnen vögeln lassen, da es schnell langweilig wird. Würde es da draußen einen Mann geben, der alle Eigenschaften in sich vereint – wild ist, wenn ich es brauche, leidenschaftlich küsst, mich hält, wenn mir nach seiner Wärme ist –, wäre er gekauft. Ich würde mich auf der Stelle an ihn ketten. Natürlich mit festen, unbezwingbaren Eisenketten, die ich niemals mehr ablegen würde. Heute muss ich allerdings mit Ben vorliebnehmen – dem Normalo, der mich mit geschlossenen Augen hält und mich mit dem nächsten Stoß zum Vergessen zwingt.

Es hilft nichts. Auch wenn ich dagegen ankämpfe, weiß ich, dass ich jeden Augenblick kommen werde. So schnell ist der Akt zwischen uns beiden noch nie zu Ende gewesen. Wie immer, wenn ich kurz davor stehe, diese Welt zu verlassen und in eine schrill schallende einzutauchen, lege ich den Kopf in den Nacken, kneife die Augen zusammen und bin nur mehr ein röchelnder Schatten meiner selbst.

Es ist Wahnsinn, als es mich überrollt. Die Wut, die Verärgerung und der Frust lassen nach und ebben in einer brausenden Welle ab. Ich lasse mich vollkommen gehen, achte nicht mehr darauf, wie laut ich bin, wo wir sind und ob wir noch immer allein sind. Es zählen nur mehr die Spitze, der Kick, der freie Fall.

Ben folgt mir, wie ich an seiner Atmung merke. So gut kenne ich ihn also schon, wie ich wütend feststellen muss. Warum zur Hölle ist er mir dermaßen vertraut, dass ich jede Veränderung in seinen Atemzügen sofort registriere und zu deuten verstehe?

Es ist ermüdend und lächerlich zugleich.

Ein letztes Aufbäumen, dann presst er mich an die Glasscheibe. Sein Atem streicht über meine Schläfe, die sich feucht und verschwitzt anfühlt. Eine Dusche wäre nötig. Nicht nur, um den Schweiß abzuwaschen, sondern um mich reinzuwaschen. Ich bin ein kaltschnäuziges Miststück, schimpfe ich mich selbst, während ich über Bens Haar streiche.

„Wow", flüstere ich anerkennend.

Ben lächelt zufrieden, küsst meine Stirn und zieht seine Hose nach oben. „Die anderen warten."

„Ich bleibe hier. Lass mich zurück."

Im Moment bin ich nicht einmal in der Lage, meine Augen zu öffnen. Alles fühlt sich schlapp und wackelig an. Meine Beine tragen mich im Leben nicht bis ins Restaurant auf der anderen Straßenseite. Außerdem hat mein Körper längst vergessen, was Hunger ist. Fleischlichen Appetit kennt er noch, aber auf die Lust nach Essbarem könnte er glatt verzichten.

Bedächtig bringe ich meine Kleidung in Ordnung.

„Du kommst doch heute Abend zu Steve und Tony?", möchte Ben bestimmt nicht ohne Hintergedanken wissen.

Manchmal verhält er sich wie ein Kind. Gibt man ihm einen Keks aus der Packung, will er gleich alle haben.

Ich könnte an die Decke gehen, da er diesen schnellen Fick – mehr sollte es für uns beide nicht sein – als Eingeständnis meiner Liebe ansieht. Wir haben uns doch darauf geeinigt, dass es nie mehr geben wird. Egal, was kommt. Damit habe ich mein schlechtes Gewissen beruhigt und mich gleichzeitig auf Momente wie diesen vorbereitet.

Ich werfe einen prüfenden Blick in seine Richtung, während ich mich in meine Jeans zwänge. „Ilka will hingehen, weshalb mir nichts anderes übrigbleibt, als ebenfalls aufzutauchen."

Ben kommt näher und legt einen Arm um mich, während wir auf die Tür zusteuern. Ich für meinen Teil könnte nun liebend gern ohne ihn auskommen. Wir machen einfach weiter und vergessen, was gewesen ist. Wir gehen unserem normalen Tagesablauf nach, der vor einer halben Stunde durch dieses Geplänkel unterbrochen worden ist.

Hallo, es gibt auch ein Leben nach dem Sex. Wir müssen die Sache nicht totreden und Hand in Hand durchs Leben schreiten. Verdammt, wir sind jung!

Ich schnaube und versuche, seinen Fängen zu entkommen. Zu spät, da ich beinahe mit Ilka zusammenstoße, kaum dass wir unseren Zufluchtsort verlassen haben.

2. Kapitel

Ilka starrt mich an, als suche sie nach einem Indiz, dass ich Unzucht getrieben habe. Ich kenne ihre Prinzipien. Manchmal kenne ich sie besser als die meinen. Falls ich überhaupt welche besitze. Eigentlich handle ich frei Schnauze. Ben ist der beste Beweis dafür.

Beweisstück Nummer eins entschuldigt sich kurz, um nach seiner Jacke zu suchen, während wir, der wütende Klotz und ich, uns zum Ausgang bewegen. Erst an der breiten geschwungenen Treppe vernehme ich wieder einen Laut, der mich hoffen lässt, dass Ilka nicht ins Koma gefallen ist. Sie schnaubt, und zwar so laut, dass ich es auch sicher höre.

„Was?", frage ich, ohne sie dabei anzusehen.

Ilka bleibt stehen, verschränkt die Arme und hätte sie eine Brille, wäre die auf ihre Nasenspitze gerutscht, während sie mich mit gesenktem Kopf ansieht. „Du hast mit ihm gevögelt."

Und das aus ihrem Mund!

„Ich bitte dich."

„Der arme Kerl macht sich Hoffnungen. Gaby, wie kannst du ihn nur so behandeln?"

Was wird denn hier gespielt? Die heilige Ilka rettet das arme Schaf vor dem bösen Wolf?

Ich ahme sie nach und verschränke ebenfalls die Arme vor der Brust. Ein blutrünstiger Kampf scheint bevorzustehen. „Hast du keine eigenen Probleme?"

Ihr Mund klappt auf. Ich kehre ihr den Rücken zu und setze meinen Weg fort.

„Ich habe dich als Freundin, was mich problemtechnisch ausreichend beschäftigt."

Als Ilka zu mir aufschließt, verdrehe ich die Augen und stoße die Glastür auf. „Fühlst du dich denn nicht schmutzig? Ich meine, gerade noch ist Bens Prügel in dir gewesen und jetzt läufst du herum, als wäre nie etwas gewesen."

Wieder halte ich inne. Wenn wir so weitermachen, erreichen wir das Restaurant nie. Was mir im Moment mehr als egal ist. Denn da sind mehrere Dinge, die mich gewaltig stören. „Warum sollte ich mich schmutzig fühlen – ich bin doch keine Nutte. Im Gegenteil, ich fühle mich befriedigt und ja, Ilka, Ohren auf, Bens Schwanz tut richtig gut. Oh ja, er hat mich rangenommen und im Moment fühle ich mich alles andere als schmutzig – elektrisiert, durchgefickt und befreit trifft es besser."

„Igitt." Ich genieße ihren angeekelten Gesichtsausdruck. Eigentlich kontrolliert sie ihre Mimik gar nicht mehr. Sie ist ihr im wahrsten Sinne entglitten. Ilkas biederes Weltbild ist soeben von einer Handgranate in tausend Stücke gerissen worden. „Ich erwarte keine Befreiung, Erlösung oder Läuterung. Ich wäre mit Einsicht und Respekt zufrieden."

Kopfschüttelnd starre ich auf die Fußgängerampel. So lieb ich Ilka habe, manchmal könnte ich ihr den Hals umdrehen. Eigentlich sind wir grundverschieden. Sie ist die brave, fürsorgliche große Schwester, die auf die freundliche Bitte des Vatikans hin ihre Jungfräulichkeit auf ewig behalten würde, während ich keine wirkliche Vorstellung vom künftigen Verlauf meines Liebeslebens habe.

Das Einzige, das ich im Moment außer meinen verhassten Linsen im Auge habe, ist Ben, der mit überdimensionaler Sonnenbrille und einem ebenso breiten Grinsen auf uns zukommt. Ich weiß nicht, worüber ich mich mehr freue – dass Ilka gezwungenermaßen still sein muss oder über Bens äußeres Erscheinungsbild. Er gefällt mir – bei Gott, das tut er!

Ilka stößt hörbar die Luft aus und verpasst mir einen Boxer gegen den Oberarm. „Um Himmels willen, Gaby! Der arme Kerl ist so vernarrt in dich."

„Du kannst ihn gerne trösten, wenn du möchtest."

Ohne auf eine Antwort zu warten, gehe ich weiter. Ich brauche sie nicht anzusehen, um ihren Gesichtsausdruck zu erraten. Vermutlich würde ich in schallendes Gelächter ausbrechen. Ich verzichte auf dieses theatralische Gehabe und hake mich bei Ben unter, der diese Geste liebend gern erwidert.

Da sich mein Lehrer heute weigert, mich weiterhin zu unterrichten, und ich auch keine anderen Termine habe, gehe ich nachmittags shoppen. Eine Beschäftigung, die mich ungemein beruhigt. Nicht nur das sinnlose Geldausgeben, nicht nur der Rausch, den die neuen Errungenschaften auslösen, nicht das Gefühl, nun alles zu haben, was man zum Leben braucht – es geht doch nichts über High Heels –, auch das völlige Abschalten tut mir in diesen Tagen gut. Und da ich ungern tonnenschwere Einkaufstüten durch die Gegend schleppe, lasse ich mir die Sachen bequem nach Hause liefern. Ein Service, den man in den wenigstens Läden geboten bekommt.

Alles ist verwoben, verwirrend und furchtbar undurchsichtig. Nicht nur die derzeitige Beziehung zwischen meinen Eltern – meine Mutter hat sich von meinem Vater getrennt, etwas, auf das ich seit Jahren gehofft habe. Eigentlich warte ich darauf, seitdem ich denken kann. Okay, er ist mein Vater, aber er ist ein Schwein. Ein ziemlich mieses, brutales und vor allem unberechenbares Schwein. Ich habe nichts weiter für ihn übrig. All die Gefälligkeiten der letzten Jahre habe ich meiner Mutter zuliebe getan. Es macht mir nichts aus, ihn zu verletzen, es lässt mich kalt, wenn es ihm schlecht geht.

Mir ist es nie anders ergangen. Nie hat er sich um meine Gefühle gekümmert. Nie hat er Liebe und Zuneigung für mich empfunden. Ich war, das hat er mir oft genug gesagt, das Produkt einer hinterfotzigen Intrige. Er wollte meine Mutter beschäftigt halten, sie mit einem weiteren Kind, das – welch Glück für ihn! – ein Mädchen wurde, ruhigstellen. Er zahlte Schweigegeld, was meine Mom nur noch abhängiger von ihm machte. Mein Vater ist ein Weiberheld, jagt jedem Rockzipfel nach und da er Kohle hat, kann er sich alles erlauben. Die jungen Dinger, ich bin selbst eines, darum kann ich dies so freimütig behaupten, machen für ein paar Ocken gern die Beine breit. Selbstverständlich hat er sich nie um sie und ihre Gefühle geschert und ohne nachfragen zu müssen, weiß ich, dass die eine oder andere durchaus eine gescheuert bekommen hat.

Der Alkohol ist das Problem. Er macht meinen Vater unberechenbar. Dann prügelt er auf jeden ein, der ihm in die Quere kommt. Mich und meine Mutter eingeschlossen. Nur meinen Bruder hat er weitgehend verschont. Warum, das kann ich bis heute nicht sagen.

Mit dem Taxi fahre ich am späten Nachmittag zurück in meine Wohnung nach Kensington. Es ist eine schöne, gesittete Wohngegend. Ich weiß jedoch aus eigener Erfahrung, welche Dämonen hinter den Backsteinfassaden lauern. Hier lebt man, wenn man wohlhabend und erfolgreich ist. Ein einfacher Arbeiter hat hier nichts verloren, er würde nicht akzeptiert werden – und sich die Miete nicht leisten können.

Reiche bleiben gerne unter sich. Selten wagen wir uns in Gefilde, die wir nicht kennen. Damit meine ich nicht eine einfache Einkaufsstraße, auch wir müssen unsere Lebensmittel selbst kaufen, irgendwelche noblen Bioläden hin oder her. Wir verkriechen uns eher in unserer Freizeit. Es gibt Dinge, denen muss man einfach nachgehen, wenn man Kohle hat. Niemand sagt, dass es Spaß macht. Es dreht sich alles um Prestige, Ausstrahlung und Auftreten. Selten findet man einen Multimillionär, der seine Kinder mit Normalos spielen lässt. Es klingt tragisch und weltfremd. Doch während die Normalsterblichen den harten Alltag bewältigen müssen und eine Großzügigkeit und Dankbarkeit an den Tag legen, die ihresgleichen suchen, verstecken wir uns hinter kalten, eingezäunten Mauern, aus der Angst heraus, dass uns irgendjemand bestehlen oder Schlimmeres antun könnte.

Natürlich gibt es Ausnahmen. Menschen, die nicht viel von Markenklamotten und Klimbim halten. Mich selbst zähle ich nur bedingt dazu. Ich habe ganz gewöhnliche Vorlieben, kaufe in einfachen Läden ein, esse in bodenständigen Restaurants. Auf die Wohnung könnte und möchte ich allerdings nicht verzichten. Sie bedeutet mir viel. Einen gewissen Standard erwartet man sich schon, vor allem dann, wenn man fünfundzwanzig Jahre nichts anderes gekannt hat.

Während ich in den unendlichen Tiefen meiner Handtasche nach dem Wohnungsschlüssel krame, gehe ich in Gedanken meinen Kleiderschrank durch. Eigentlich habe ich wenig Bock auf die Fete heute Abend. Viel lieber würde ich mich nach einem derart aufreibenden Tag daheim verkriechen und lesen. Nach dem Theater mit und um Ben fühle ich mich wie ausgelutscht. Nein, nicht im erotischen Sinne. Ohne Doppeldeutigkeit bin ich einfach lustlos.

Ben ist wirklich nett, ich finde ihn auch sexy, ohne das geht es bei mir nicht. Ich könnte mich auf keinen Typen einlassen, den ich nur okay finde. Vielleicht bin ich zu wählerisch, weshalb ich in den fünfundzwanzig Jahren meines Daseins auf diesem Planeten noch nie eine echte Beziehung geführt habe.

Ilka kommt mir in den Sinn, die mich gern mit meinem Bruder vergleicht. Vielleicht sind wir uns in mancher Hinsicht so ähnlich, da wir derselben verkorksten Familie angehören. Bindung, Familie, Kinder – all das klingt für mich nach den

Verwünschungen einer alten Hexe, die in einem Topf mit Zaubertrank rührt. Ein Froschschenkel, die Strähne einer Jungfrau, einer blonden natürlich, Stiersperma und das Blut eines Ochsen. Ich kichere dämlich, während meine Hand weiter in meiner Handtasche wühlt.

Mann, was ist los? Wo ist dieser verdammte Schlüssel?

Mittlerweile knie ich auf dem Boden, während der gesamte Inhalt meiner Handtasche vor mir ausgebreitet ist. Und da kommt einiges zum Vorschein. Falls mich jemand fragt: Ja, ich brauche das alles. Auch den alten Kaugummi, der aus der Verpackung gefallen ist und an dem Haare und Krümel von irgendeinem längst verspeisten Gebäck kleben. Den esse ich noch, verteidige ich mich. Wem gegenüber eigentlich?

Ben! Nein, Ben ist nicht hier. Aber er macht mich wahnsinnig. Ich denke viel zu häufig an ihn. Auch jetzt, da ich die Handtasche umdrehe und schüttle, als würde gleich wie in einem Disney-Streifen ein Fahrrad, ein Auto oder eine verschwundene Oma herauspurzeln.

Viele Krümel und noch mehr lose Kaugummis sind das Einzige, was ich finde. Ach da, ein Schlüssel.

„Verdammt", brumme ich und plumpse auf meinen Hintern. „Ilkas Schlüssel."

Ich brauche diesen Schlüssel unbedingt. In meiner Handtasche befinden sich an Wechselklamotten lediglich ein Slip, ein Top, welches ich bereits gestern getragen habe, und ein BH. So kann ich keinesfalls weggehen.

Meine eigene Dummheit verfluchend räume ich die Tasche ein und bestätige dabei alle Vorurteile in Bezug auf Reiche: Sie sind Egoisten, nehmen sich das Beste und lassen die Krümel und Kaugummis liegen.

Nachdem ich nach einer gefühlten Ewigkeit endlich ein Taxi ergattert habe, mache ich mich erneut auf in Richtung Islington, wo Ilkas Wohnung liegt. Also die Wohnung, die ihrem

Bruder gehört und in der sie wohnen darf. Ganz schön kompliziert. So wie eigentlich alles im Leben meiner besten Freundin. Ich blicke bei ihrer Familie nicht richtig durch, verstehe ihre Eltern schlecht, auch wenn sie seit Jahren in England leben. Sie sind nette Leute, doch glaube ich, dass sie mich nicht wirklich leiden können.

Eilig drücke ich dem Taxifahrer Geld in die Hand und spurte wie ein aufgeschrecktes Eichhörnchen die Stufen in die vierte Etage hoch. Ein Blick auf die Uhr sagt mir, dass Ilka noch unterwegs ist. Zahnarztbesuch oder etwas in der Art. Jedenfalls kann sie gar nicht zu Hause sein, da ich ihren Schlüssel gemopst habe.

Ruhig, ermahne ich mich. Warum bin ich eigentlich so durch den Wind? Es geht doch schließlich nicht um Leben und Tod, sondern nur um eine Party.

Na ja, es wirft mich ungefähr eine Stunde in meinem Zeitplan zurück und ist einfach die Krönung dieses verfickten, nicht enden wollenden Tages.

Ich gehe in Ilkas Schlafzimmer, wo ich den Schlüssel am ehesten vermute. Die Feier von gestern sieht man der Wohnung an, weshalb ich das Fenster öffne und zumindest für Frischluft sorge. Ich durchwühle den Kleiderberg, stecke meine Hand in jede noch so kleine Öffnung, finde aber nirgendwo meinen Schlüssel.

„Mann, lass mich nicht im Stich", murmle ich vor mich hin und sehe unterm Bett nach. Außer einer schwarzen partnerlosen Socke befindet sich nichts darunter. Nicht einmal Staub, was mich bei Ilkas eher dürftigen hausfraulichen Qualitäten einigermaßen überrascht. Doch ich bin nicht im Auftrag der Reinigungspolizei unterwegs, sondern suche meinen Schlüssel. Jenes Teil, ohne das ich nicht in meine Wohnung gelange.

Ein Blick auf die Uhr. Verdammt, es wird spät! Vielleicht sollte ich morgen nach dem Schlüssel suchen, mir Klamotten von Ilka borgen, immerhin haben wir dieselbe Größe, und einfach hier duschen. Wäre schließlich nicht das erste Mal.

Etwas genervt sehe ich in Ilkas Kleiderschrank, ziehe ein weißes Top und eine dunkelblaue Jeans heraus. Mein Dutt ist die reinste Katastrophe, doch um mir die Haare zu waschen, brauche ich mein Shampoo – mein einziger Tick. Sonst steht mir die ganze Pracht zu Berge und dann bin ich noch mieser drauf. Eigentlich kann ich die Haare ja frisieren und zu einem netten Zopf formen, das steht mir angeblich so gut.

Nachdem ich aus meinem verschwitzten Shirt geschlüpft bin, landet es ganz oben auf dem Kleiderberg. Dann folgt die Hose. Auch sie findet ihren Bestimmungsort gleich unter dem Schild „Bitte waschen". Der BH folgt, diesen brauche ich jedoch noch, da Ilka und mich mindestens zwei Körbchengrößen trennen. Wobei ich die größeren habe, wie ich mir selbst stolz eingestehe. Jede Frau hat ihre Problemzonen und die Stellen, auf die sie stolz ist. Auf meine Möpse bin ich definitiv stolz.

Ich bin gerade dabei, mir den Slip über die Hüften zu schieben, da wird die Tür aufgestoßen und ein großer, ziemlich wütend dreinblickender Mann starrt mich an. Er starrt jedoch nicht nur. Nein, seine Augen gleiten über meinen Körper. Kurz verändert sich sein Blick. Gerade in dem Moment, als er auf meine nackten Brüste starrt. Ich selbst bin wie versteinert. Mir ist bewusst, dass ich halb nackt bin, schaffe es jedoch nicht, mich zu bücken und nach einem Stückchen Stoff zu greifen, um wenigsten meine Möpse zu bedecken. Ich präsentiere mich ihm, anders kann man es nicht sagen.

Wer ist dieser Kerl?, frage ich mich entsetzt. Er steht da, als wäre es nichts Außergewöhnliches, einer fremden Frau auf die Titten zu starren. Seine Finger halten noch immer den Türknauf umschlossen, seine Unterarme sind von dunklen Haaren bedeckt, seine Oberarme stark, was darauf schließen lässt, dass er für seinen wirklich beeindruckenden Körperbau zu leiden bereit ist. Er ist groß, keine Ahnung, wie groß, aber groß. Seine Haare sind tiefschwarz, wobei die Spitzen etwas heller leuchten, was ich auf die Sonne schiebe. Sein Kinn ist grob und kantig, seine Augen fast ebenso schwarz wie das Haar, sein Mund ist leicht geöffnet. Gebannt blicke ich in dieses Gesicht. Würde er weniger böse dreinschauen, wäre er höchst attraktiv. Er lässt mich an einen temperamentvollen Südländer denken, der den Frauen reihenweise den Kopf verdreht. Aus seinem Poloshirt ragen feine Härchen, die mich fast ebenso faszinieren wie seine Lippen.

„Wer zur Hölle sind Sie?", frage ich und greife gleichzeitig nach meinem Shirt, um es mir vor den Busen zu halten.

Er stutzt und kneift die Augen mürrisch zusammen. „Wer ich bin?" Mann, ist seine Stimme geil, fällt mir dazu ein. Eine Gänsehaut überzieht meinen Körper. Ich nehme alles zurück. Kein Südländer, dafür rollt er das *R* viel zu stark. „Das sollte ich vielleicht dich fragen, da du spärlich bekleidet in meiner Wohnung stehst."

Was?

„In deiner Wohnung?", wiederhole ich ungläubig, als wäre das ebenso unwahrscheinlich wie die Landung außerirdischer Raumschiffe auf dem Trafalgar Square.

Er nickt und verschränkt die Arme vor der Brust. Der macht sich doch nicht über mich lustig? „Ja, meine Wohnung." Diese ruhige Stimme, gerade so, als könnte er kein Wässerchen trüben. Dabei sieht man ihm seinen Charakter deutlich an. Ist Ben der Liebling aller Mütter, so raten sie dir bei diesem Mann zur sofortigen Flucht. Lauf, lass dich nicht um den Finger wickeln. Und als Tochter präsentiert man solchen Männern das eigene Herz auf einer goldenen Platte, damit sie es zu Boden werfen und darauf herumtrampeln. Sein diabolisches Lachen klingt in meinem Kopf lange nach, Gleiches gilt für seine tiefe, vibrierende Stimme.

Nur langsam schweifen meine Gedanken in eine andere Richtung. Sie bewegen sich aus dem sexuellen Kosmos, in den ich durch seine Nähe katapultiert worden bin, in Ilkas Zimmer zurück. Was hat er da gesagt? Seine Wohnung? Seine Wohnung!

Verdammt, das ist Ilkas Bruder. Himmel, Arsch und Zwirn, das habe ich nicht gewusst. Ich hätte doch niemals geglaubt, dass Ilka so ein scharfes Gerät von Bruder hat. Was aber gar nichts zur Sache tut. Denn selbst wenn er nur ein Bein und zwei Nasen, vier Augen und grüne Haare hätte, wäre es noch immer seine Wohnung, in die ich eingedrungen bin. Der erste Eindruck, den er von mir bekommen hat, ist wohl nicht der beste.

Ich presse das Shirt noch fester an mich, doch beim Gedanken an meine derzeitige Lage steigt mir die Röte ins Gesicht. „Es tut mir leid."

„Woher hast du eigentlich den Schlüssel?"

„Von Ilka."

„Und Ilka ist wo?" Seine Freundlichkeit von eben habe ich mir offenbar nur eingebildet. Denn im Moment sieht er aus, als würde er mich auf der Stelle aus der Wohnung jagen. Selbstverständlich in dem Zustand, in dem ich mich gerade befinde. Das würde ich diesem Kerl durchaus zutrauen, auch wenn ich ihn erst seit zwei Minuten kenne. Oder er schleift mich in sein Bett, was mich der Blick auf meine Rundungen bei genauerer Überlegung glauben lässt.

Würde ich dann erschrecken?

Keine Ahnung. Jedenfalls trete ich beim Gedanken daran nervös von einem Bein auf das andere. Seine Augen, verdammt! So dunkel, fast schwarz, und sie wissen alles.

Ich verlagere mein Gewicht und ringe mir ein schüchternes Lächeln ab. „Beim Zahnarzt."

Worüber reden wir hier? „Weil du ihr die Zähne ausgeschlagen und den Wohnungsschlüssel geklaut hast?"

Aha, da ist jemand ganz schön zynisch. Und es geschieht auf meine Kosten. „Nein, ich bin ihre Freundin und habe meinen Schlüssel hier liegen gelassen und stattdessen Ilkas mitgenommen. Wir wollten heute weggehen, dann stand ich vor meiner Tür, kam nicht rein und so bin hierher gefahren."

„Um dich auszuziehen."

„Nein, um mich umzuziehen."

Mittlerweile wirkt er ziemlich gereizt, was mich bremsen sollte, mich jedoch weiter dazu animiert, ihm eins auszuwischen. Immerhin tut er so, als wäre ich eingebrochen und führte Schlimmes im Schilde. „Ich habe es wirklich nicht böse gemeint. Ilka wäre damit einverstanden."

Er schließt kurz die Augen, fährt sich durch das Haar und wirkt noch angespannter. Komm runter, will ich ihm zurufen. „Und du hast auch einen Namen, oder?"

„Natürlich habe ich einen Namen."

Ungeduldig zuckt er mit den Achseln. „Der da wäre, Prinzesschen?"

Prinzesschen, der spinnt doch! „Gaby." Mehr bekommst du nicht aus mir raus.

„Die Abkürzung für Gabriela?"

Ach nein, nicht wieder diese Geschichte. „Nein, für Abigail."

Ilkas Bruder blickt verdutzt drein und schüttelt den Kopf. „Das ist doch total unlogisch."

„Ja, ja, wollen wir uns jetzt über die Logik oder Unlogik meines Spitznamens unterhalten oder verrätst du mir vielleicht auch deinen Namen, Graf Dracula?"

„Ich muss dich enttäuschen, Abigail …"

„Gaby", widerspreche ich gereizt.

„Aber", fährt er fort, „Dracula kam aus Rumänien."

Ich bin so was von geladen! Eben noch habe ich ihn sexy gefunden, er zählt zu jenen Männern, mit denen ich mir durchaus eine Affäre vorstellen kann, fällt also in mein Beuteschema. Ich vermute ja, dass er gut im Bett ist. Die Arroganten und Selbstsüchtigen sind immer die Besten. Sie legen eine Grobheit und Härte an den Tag, die mich erregt. Frau darf sich bei einem Exemplar wie diesem auf zahlreiche Megaorgasmen einstellen. Schade, dass er so ein Arschloch ist!

„Daniil", sagt er mit königlicher Überheblichkeit, als wäre ich die dumme Göre, die des großen Herrschers Namen nicht kennt. Eine Peitsche, die er durch die Luft sausen lässt, fehlt noch, um das Bild abzurunden. Wobei mir der Gedanke an Daniil in Kombination mit Peitschen für eine Sekunde die Luft abschnürt.

„Klingt auch nicht besser", motze ich.

„Ein alter ungarischer Name. Er hat Geschichte und Bedeutung."

Ich lache gekünstelt, was durchaus gewollt ist. Und tatsächlich, es verfehlt seine Wirkung nicht – Daniil mustert mich interessiert. „Nett."

„Als du mir deine Titten ins Gesicht gestreckt hast, fand ich dich im ersten Augenblick noch scharf. Jetzt, da ich dich besser kenne, muss ich meinen ersten Eindruck revidieren."

„Titten sind eben nicht alles." Damit er nicht merkt, wie sehr mich seine Worte verletzen, strecke ich mein Kinn trotzig in die Höhe.

Daniil blickt weiterhin unverblümt auf meine Brüste, als müsse er seine Aussage noch einmal überdenken. Oder die meine. Oder vielleicht denkt er auch gar nichts und sieht dieses Spiel einfach als amüsanten Zeitvertreib an. „Ich sage dir etwas, Abigail. Du schnappst dir deine Sachen, ziehst dich an, ich würde dir ja gerne zur Hand gehen, aber ich habe meinen Stolz und außerdem bin ich im Ausziehen geübter. Danach verschwindest du. Unten ist ein Brunnen, in dem du dich waschen kannst. Deinen Schlüssel schicke ich dir morgen."

Ich koche. Um ein Ventil für meine Wut zu finden, scharre ich mit einem Fuß auf dem Boden. Wie ein Stier, der zum Angriff ansetzt. Wobei ich mir bei meinem Gegner kaum Chancen auf Erfolg ausrechne und wohl eher ein Horn einbüßen werde.

„Abigail", setzt er hinzu, wobei ihm natürlich klar ist, wie sehr ich dieses Abigail-Ding hasse. Ganz so dämlich scheint er dann auch nicht zu sein. „Kapiert?"

„Nichts kapiert. Ich habe keinen Schlüssel, hilf mir wenigstens, ihn zu suchen. Das ist doch das mindeste, was ich erwarten darf."

Meine Worte scheinen ihn zu erheitern, denn er legt den Kopf in den Nacken und lacht aus voller Kehle. Ein tiefes, männliches Lachen erfüllt den Raum und scheint jenen Knopf zu drücken, der für das Ausschütten der Sexualhormone zuständig ist. Jedenfalls werden meine Knie weich. „Abigail, du bist wirklich der Hammer. Hätte ich mehr Zeit, ich würde mich stundenlang mit dir unterhalten." Er kommt einen Schritt näher, während ich einen zurückweiche. Auch dies scheint ihn zu amüsieren, weshalb er wieder ein Lächeln zeigt, was ihm bei meinem Knurren jedoch vergeht. „Ich sage dir jetzt etwas. Sieh es als Tipp eines großen Bruders für heute Abend: Du reißt dich am Riemen, bist freundlich, nett, witzig, na ja, charmant witzig, dann findest du bestimmt einen Typen, der dich mit nach Hause nimmt. Nicht dass ich mit ihm tauschen möchte. Der arme Kerl wird morgen sein blaues Wunder erleben, wenn er neben einer Furie aufwacht. Aber so hast du wenigstens einen Schlafplatz und Sex dürfte dir bei deinen Stimmungsschwankungen auch nicht schaden."

Meine Augen folgen ihm, während er zum Bett geht, die Jeans aufhebt und auf mich zukommt. Ich halte den Atem an, hoffe, dass er diesen Abstand, der uns beide davor bewahrt, unsere Fäuste einzusetzen, einhält. Doch was macht er? Er bleibt erst stehen, als uns nur noch Millimeter voneinander trennen. Wieder lässt er seinen Blick an meiner Figur nach unten gleiten und ich muss gestehen, dass ich mich noch nie im Leben so unwohl in meiner Haut gefühlt habe.

„Sexentzug macht Frauen kratzbürstig. Es bringt nichts, dich als Vorreiterin der selbstbewussten und wertvollen Frau zu sehen und deine Jungfräulichkeit bis zur Ehe zu bewahren. Vor allem, wenn man so wenig Chancen wie du hat, sich einen Gatten zu krallen." Seine Stimme klingt noch rauer, so nah und so dunkel. Selbst Beleidigungen nimmt man bei diesem Mann in Kauf. Ich könnte ihm zwar eine knallen, bin aber wie gebannt von seinen Lippen.

Ob sie so weich sind, wie sie aussehen?

Er hebt die Hand, legt sie kurz auf meine Wange, zieht sie jedoch sofort wieder zurück, als hätte er sich verbrannt. „Wenn ich nur mehr Zeit hätte, ich würde dir zeigen, wie wundervoll Sex sein kann. Ich erkenne dein großes Potenzial. Dein Mund – du könntest bestimmt gut blasen. Das mit dem Schlucken können wir üben, du würdest dich zwar anfangs ein wenig sträuben. Aber das machen sie alle."

Er tritt einen Schritt zurück. Gerade rechtzeitig, bevor ich aufgestöhnt hätte. Ich kann kaum noch atmen, geschweige denn reden. Er hat mich eiskalt erwischt. Und das, obwohl er so ein unhöflicher, frecher Mistkerl ist und ich eigentlich schon vor zehn Minuten hätte gehen sollen. „Aber es hilft nichts, Abigail. Mit uns beiden, das wird nichts. Ich möchte uns viel Leid ersparen. Mir deine tränenreichen Anrufe und dir ein einsames, gebrochenes Herz. Also", sagt er entschlossen und hält mir die Jeans vor die Nase, „zieh dich an und geh jetzt. In ein paar Minuten kommen zwei, drei oder auch vier Mädchen, die mir einen blasen wollen. Und ich kenne euch doch – ihr seid gleich aufeinander angepisst. Ich muss diesen vier, fünf oder auch sechs Blondinen erklären, wer du bist und dass ich sie alle so sehr liebe und mit ihnen in den Sonnenuntergang reiten möchte. Blablabla. Das kostet Zeit und Kraft. Am Ende habe ich gar keine Lust mehr, sie zu vögeln, was wiederum ein Jammer wäre."

Zum ersten Mal in meinem Leben bin ich sprachlos. Ich weiß beim besten Willen nicht, was ich sagen soll. Bin ich nun entsetzt? Erstaunt? Überrascht? Gekränkt? Sauer? Stinksauer? Ich kann es nicht benennen. Nur so viel ist klar: Ein solch ungehobelter und unfreundlicher Mensch ist mir in meinem ganzen Leben noch nicht über den Weg gelaufen und das soll angesichts der popeligen reichen Fuzzis in unseren Kreisen etwas bedeuten.

„Komm, heb das Beinchen", befiehlt er und beugt sich nach unten, um mir auf den Oberschenkel zu klopfen. Was mich wohl dazu bringen soll, das Bein brav anzuheben.

Anstatt dem Folge zu leisten, wodurch ich wohl den letzten Rest an Menschenwürde verlieren würde, reiße ich ihm die Jeans aus der Hand. „Fass mich bloß nicht an!"

Er wirkt nicht einmal geknickt, als er vor mir steht und mir beim Anziehen zusieht. „Ich dachte schon, dir hätte es die Sprache verschlagen. Plötzlich war es so still."

„Könntest du vielleicht gehen und mich in Ruhe ankleiden lassen, bevor deine Schlampen kommen, denen auch ich nur ungern begegnen möchte. Nicht dass mich noch jemand mit dir in Verbindung bringt."

Wieder scheinen ihn meine Worte zu belustigen. Doch wenigstens fügt er sich und verschwindet. Ich atme erleichtert auf und fühle mich, als hätte ich Steine geschleppt. Dieser Mensch, wenn er denn einer ist, ist unerträglich. Wie kann Ilka so nett sein, während ihr Bruder das komplette Gegenteil darstellt?

Wie hält sie es mit ihm aus? Auch wenn er nur selten in London weilt, da er ja hauptsächlich in New York lebt, sind selbst die seltensten Seltenheitsmomente schlimm genug zu ertragen.

Ich jedenfalls muss ihm gleich noch einmal unter die Augen treten, wenn ich die Wohnung verlasse. Und da ich weder Harry Potter noch Peter Pan bin, muss ich durch die Tür verschwinden. Und gerade vor dieser Tür, durch die ich nun so grazil wie möglich zu schreiten versuchen werde, wacht ein Rottweiler, der mich nur allzu gern beißen möchte.

Ich atme tief ein, bevor ich Ilkas Zimmer verlasse. Es ist still. Entweder schläft Dracula in seinem Sarg oder er möchte mir unter keinen Umständen noch einmal begegnen, was mir einen seltsamen Stich versetzt.

Im abgedunkelten Flur lehnend warte ich darauf, dass dieser weibliche Quälgeist die Wohnung verlässt. Ich kann selbst nicht verstehen, was da mit mir passiert ist.

Zugegeben, das mit den Blondinen, die mir einen blasen wollen, ist eine Lüge gewesen. Eine Notlüge. Doch irgendetwas musste ich tun, um mein Gewissen zu beruhigen.

Was ist nur los mit dir?, frage ich mein Spiegelbild. Ja, sie ist scharf. Und wie! Doch du bist aus dem Alter raus, in dem sich der Ständer in deiner Hose noch halbwegs entschuldigen lässt.

Ihren verdammten Schlüssel drehe ich zwischen meinen Fingern hin und her. Gaby B. und ihre Telefonnummer sind darauf notiert. Das Lachen muss ich mir auf jeden Fall verkneifen. Welcher Mensch schreibt seine Telefonnummer auf den Schlüsselbund? Wie dämlich muss man sein? Fast bilde ich mir ein, dass ihre Mutter das erledigt hat, damit die kleine Gaby sicher nach Hause findet.

Gaby? Kopfschüttelnd trete ich von einem Bein auf das andere.

Im nächsten Augenblick fliegt die Tür auf. Hocherhobenen Hauptes kommt sie auf mich zugelaufen. Das Bild ihrer nackten Oberweite, des knackigen Hinterns und ihres schockierten Gesichtsausdrucks fällt mir wieder ein. Und erst ihre Lippen! Verdammt, ich kann mir wirklich nicht erklären, was da drinnen geschehen ist. Völlig untypisch für mich. Immerhin bin ich ein erwachsener Mann Anfang dreißig, der sich von Girlies, wie sie eines ist, nicht in die Suppe spucken lässt. Vielmehr genieße ich die Rolle des Verführers, achte penibel darauf, welche Frau ich in mein Bett hole. Es gibt verschiedene Grundvoraussetzungen: Sie sollte volljährig, willig, unvoreingenommen und unkompliziert sein. Eine Frau, die sich aufmüpfig verhält, passt nicht zu meinem Lebensstil. Leider sind Frauen, die all diese Eigenschaften in sich vereinen, schwer zu finden, eine Tatsache, die mir als hervorragende Ausrede dient. Auf diese Weise erhalte ich eine Gnadenfrist. Ich sehe mich noch nicht an dem Punkt angelangt, an dem mir eine Frau Ketten anlegen wird. Ich scheue die Bindung, bin ein Mensch, der von dannen zieht, wann immer er möchte.

Warum sich aber gerade jetzt, da dieses Girlie meine Wohnung besetzt, Zweifel an den Grundfesten meines Lebens einstellen, verstehe ich nicht. Wahrscheinlich ist die Kleine nicht imstande, einen einzigen Punkt auf meiner Liste zu erfüllen. Sicher, kurz ist da so etwas wie Interesse aufgeflackert. Vielleicht ist sie aber auch nur schockiert gewesen. Immerhin habe ich mich nicht wie ein Gentleman verhalten. Ich habe sie sogar beleidigt und in Verlegenheit gebracht.

Doch selbst wenn ich mich wie ein Arsch benehme, lässt sich dieses Zucken in meinen Eiern beim Gedanken an ihren weichen Körper unter mir nicht vertreiben. Im Gegenteil – je kratzbürstiger sie ist, desto interessanter erscheint sie mir. Sie reizt mich, fordert mich heraus und dann möchte ich sie mir unterwerfen. Ihr würde das bestimmt gefallen, denn sie wirkt sehr leidenschaftlich. Aufmüpfig, aber auch bereit, den Mann machen zu lassen. Ziemlich klischeehaft, nicht wahr?

„Ist das dein Schlüssel?", frage ich sie so ruhig, wie es mir möglich ist. Doch sie scheint mich zu ignorieren.

Bisher ist es mir nur selten passiert, dass Frauen mich nicht beachtet haben. Mein Stolz erwacht und möchte dieses Exemplar hier lehren, was es heißt, sich unterzuordnen. Mein Schwanz zuckt, er macht sich wohl Hoffnungen, als sie die Hand nach mir ausstreckt. Ich bin versucht, sie an mich zu reißen, starre jedoch nur wie ein Idiot auf ihre dünnen Ärmchen. Die Sekunden verrinnen und um mein höchst unmännliches Gehabe noch zu steigern, ziehe ich den Schlüssel, kurz bevor sie nach ihm greift, aus ihrer Reichweite.

„Ein Totenkopf. Und du bist sicher, dass er dir gehört, Prinzesschen?" Argwöhnisch mustere ich den Anhänger und lasse ihn in meiner Hand hin- und herbaumeln.

„Ja, und jetzt gib her, bevor ich dir eine knalle."

Ihre Augen funkeln. Unweigerlich verliere ich mich darin. Sie sind dunkel, fast schwarz. Ob es am Licht liegt? Die Farbe passt zu ihr. Sturheit und Ehrgeiz blitzen ihr aus den Augen, etwas Übermächtiges scheint ihnen anzuhaften. Etwas, das einen dazu bringt, ihr bedingungslos zu vertrauen.

Vertrauen. Ich kenne dieses Wort, doch die Bedeutung ist mir fremd. Zu oft wurde ich verraten. Gerade am Anfang meiner Karriere. Viel musste ich opfern, um an den Punkt zu kommen, an dem ich mich jetzt befinde. Vertrauen, Einfühlungsvermögen und Freundschaft, gar Liebe, haben dabei nichts zu suchen. Vielmehr beschränkten sich die letzten Jahre auf das Speichellecken von Stärkeren. Und obwohl ich als etabliert eingeschätzt werde, hängt meine Existenz an einem seidenen Faden. Hätte ich damals auf meine beiden besten Freunde gehört, mich nicht mit einer meiner Geschäftspartnerinnen eingelassen, würde ich heute nicht in London sein, um mich mit meinem finanziellen Desaster auseinanderzusetzen. Auch wäre ich Gaby B. nicht begegnet.

Wenigstens schafft sie es, mich abzulenken. Ich fühle mich in ihrer Gegenwart alles andere als unwohl.

„Richtig süß, wie du dich ärgern kannst. Bleib ganz cool, Prinzesschen", rede ich auf sie ein, nachdem ich das unterhaltsame Spiel mit dem Schlüssel ein weiteres Mal vollführt habe.

Dann gebe ich mich jedoch geschlagen – ihre enttäuschte Schnute zwingt mich einfach dazu – und reiche ihr galant den Schlüssel. Wie eine Trophäe umklammert sie ihn und mir kommt vor, es würde etwas in mich fahren, das mich dazu zwingt, über sie herzufallen. Sie dreht sich um, schlüpft in ihre Schuhe, während ich weiter hinter ihr stehe und sie dabei beobachte. Ich sollte gehen, genieße den Anblick ihres Arsches aber zu sehr.

Vermutlich ist sie gerade einmal siebzehn. Sie wäre nicht die Erste, auf die ich schwanzgesteuert hereinfalle. Doch passt dieses sichere, selbstbewusste Auftreten überhaupt zu einer Siebzehnjährigen? Meine Gedanken überschlagen sich, was auf alle Fälle etwas mit derjenigen zu tun hat, die da vor mir steht.

Ein Klingeln holt mich zurück in die Realität. Abigail schlüpft schnell in den zweiten Schuh, ehe sie sich zu mir umdreht und mich spöttisch anblickt. „Deine Schlampen, vermute ich."

Ich nicke, gehe aber nicht weiter auf das Schlampen-Thema ein, sondern auf die Tür zu. Als ich sie öffne und mir drei Mädels entgegenlächeln, drückt sich Abigail an ihnen vorbei und verschwindet wortlos. Seltsamerweise fühlt es sich an, als hätte ich etwas Warmes verloren. Während ich die drei Blondinen hereinlasse, ihnen mit einem höflichen Kopfnicken deute, auf der Couch Platz zu nehmen, muss ich an mich halten, um nicht zum Fenster zu rasen und ihr nachzublicken.

Ich sollte mich am Riemen reißen, da ich nicht vorhabe, länger als nötig in London zu bleiben. Doch Abigail ist eine

Frau, für die ein Mann nur allzu gern seine Vorsätze über Bord wirft.

„Also, meine Lieben", begrüße ich endlich die drei Grazien, während ich ihnen Getränke anbiete. „Es freut mich, dass ihr Zeit gefunden habt. Euren Bewerbungsschreiben zufolge habt ihr bereits in mehreren Clubs gearbeitet und seid euch daher bewusst, was euch erwartet."

Für mich ist ihre Antwort wichtig, denn ich schleppe niemanden mit nach New York, zahle Flug, Wohnung und Verpflegung, nur um ein paar Tage später wieder die Rückreise organisieren zu dürfen.

Alle drei nicken ernsthaft. Entspannt lehne ich mich zurück und strecke die Beine von mir.

„New York war immer mein Traum und dieses Angebot kommt wie gerufen", erklärt Blondine Nummer eins – meine eigentliche Favoritin – mit hoher Piepsstimme, während ihre manikürten Finger immer wieder zu dem Herzanhänger wandern, der zwischen ihren Brüsten baumelt. Ich weiß, was sie damit bezweckt. Warum sie meine Augen gerade dorthin lenkt. Ich wäre kein Mann, würde mir ihre Oberweite, bei der bestimmt Onkel Doktor nachgeholfen hat, nicht gefallen. Im Normalfall ist es mir egal, ob Brüste echt oder unecht sind. Gleiches trifft auf die Erwartungen der Damen zu, mit denen ich mich einlasse. Meistens lerne ich sie in meinem Club kennen. Ich zahle ein paar Getränke, gebe mich freundlich und zuvorkommend und nehme die Damen, ab und an gleich zwei, mit zu mir nach Hause. Egal, ob blond, brünett oder dunkelhaarig. Hauptsache, sie arbeiten nicht für mich. Und Blondie, die in Zukunft gern für mich arbeiten möchte, bricht gerade Regel Nummer eins – sie flirtet mit mir.

Ein wenig Einsatz und Entgegenkommen kann nicht schaden, jedoch sollten die Grenzen gewahrt bleiben.

Mein Blick ruht auf dem zweiten Mädchen, welches ich auf Anfang zwanzig schätze. Sie wird bis zum Haaransatz rot. Ich verdrehe die Augen und notiere mir im Geist, dass dieses Exemplar zu übertriebener Schüchternheit neigt.

„Mir geht es genauso."

Ich nicke und sehe die Dritte im Bunde an. Diese rattert einstudierte Worte herunter, denen ich nur mit halbem Ohr lausche. Stattdessen halte ich Blickkontakt mit Blondine Nummer eins. Sie lächelt mich an – von der Seite, zurückhaltend und doch liegt ein offenes Geheimnis darin. Sie sollte eigentlich durchfallen. Doch die Plaudertasche und Miss-ich-mach-mir-gleich-in-die-Hose kommen gar nicht infrage. So bleibt nur die Möglichkeit, weiterzusuchen oder es mit Blondie zu probieren.

Ich bin ein Arschloch, wenn ich die beiden, die bereits aus dem Rennen sind, wegschicke, nur um dann über Blondie herzufallen. Unsere Geschäftsbeziehung wäre beendet, bevor sie begonnen hat, und ich müsste mich abermals auf sie Suche machen. Aber mein Schwanz hat sich noch immer nicht beruhigt und der Anblick der drei Paar Titten auf meiner Couch trägt ebenfalls nicht dazu bei.

„Danke", unterbreche ich sie mit rauer Stimme und fahre mir durchs Haar. Eine Geste, an der Menschen, die mich kennen, den Grad meiner Gereiztheit ablesen. „Ich habe wenig Zeit, mache es kurz." Verstohlen schiele ich auf die Unterlagen vor mir, um die Damen mit Namen ansprechen zu können. Die Professionalität muss trotz des Ständers gewahrt werden. „Miss Salvator, Miss Wildes – ich bedanke mich für Ihr Kommen, muss mich aber bereits wieder von Ihnen verabschieden. Vielleicht klappt es woanders. Ich wünsche Ihnen alles Gute, aber mein Club sucht einen anderen Typ Mädchen." Eine Erklärung, die nicht allzu sehr schmerzen sollte. Dennoch wirken die beiden ganz geknickt, als ich sie zur Tür bringe.

Bei meiner Rückkehr zu Blondie steht mein Entschluss fest – ich breche meine Regeln und befreie mich aus dieser überhitzten Atmosphäre, indem ich mir Jessica näher zur Brust nehme.

„Mister Détári, ich danke Ihnen, dass Sie sich für mich entschieden haben. Sie werden es keine Sekunde lang bereuen."

Jessica ist bezaubernd, trotzdem sehnt sich mein Körper nach der bissigen, arroganten Dame mit dem Schlüsselanhänger. Mir bleibt als einzige Möglichkeit, mich auf Jessica zu stürzen, sie in mein Schlafzimmer zu zerren und Gaby ... Abigail – oder wie auch immer ich sie nennen möchte – zu vergessen.

Ich räuspere mich und mache einen Schritt auf Jessica zu. „New York ist anders als London. Du weißt das und hast kein Problem damit?" Ich frage mich, ob die Zweifel, die ich säen will, nicht mir selbst gelten.

Jessica jedoch lächelt selbstsicher, als sie zu mir kommt und sich dabei über die Lippen leckt. Ihre weißen Zähne blitzen. Sie locken mich wie das Gift die Ratte. Ich kenne Mädchen wie sie eigentlich viel zu gut und könnte die nächsten Kapitel in ihrem Leben im Voraus niederschreiben. Sie wird sich mehr erhoffen, mich bedrängen, mir hinterherrennen und mir immer wieder versichern, wie sehr sie mich doch liebt. Im Moment denke ich jedoch nicht so weit. Ich denke nur daran, wie ich so schnell wie möglich kommen kann. Ohne dabei auf sie einzugehen.

Du bist ein verfluchter Egoist, Daniil, schimpfe ich mich selbst, während ich den Arm nach ihr ausstrecke und sie an mich reiße. Unsere Lippen treffen sich. Sie ist bereit. Legt die Arme um meinen Nacken, knabbert an mir und lässt ihre Zunge in meinen Mund gleiten. Als ich ihren Hintern mit meinen Fingern kneife, stöhnt sie auf, was mich nur noch härter werden lässt.

Es ist nicht sie, die ich dann in mein Schlafzimmer schiebe, der ich das Oberteil und den BH vom Leib reiße – es ist jene Frau, die vor geraumer Zeit meine Wohnung verlassen hat und mich für meine dämlichen Worte vermutlich verachtet. Sie ist nicht der Typ, die den Kerlen nachläuft. Ich kann nur hoffen, dass es mir nach dieser Nacht etwas besser geht.

Ich schiebe Jessica in Richtung Bett, bis sich die hölzerne Kante in ihre Kniekehle presst. Ihre Nippel sind hart, die Lippen geschwollen, als sie vor mir kniet und mich aus großen, unschuldigen Augen ansieht. Nein, sie fleht. Dieses Flehen, das mädchenhafte Stöhnen, das sich aus ihrer Kehle löst, als sie meinen Schwanz herausholt und in den Mund nimmt, erregt mich ungemein. Ich weiß nicht einmal, ob ich da eine Frau vor mir habe, die bereit ist, bis zum Äußersten zu gehen. Aber Jessica ist mir ohnedies egal, ich will Abigail. Eine Frau, die ich überhaupt nicht kenne. Trotzdem würde es mir gefallen, sie nur ein einziges Mal kosten zu dürfen. Ihr Nektar schmeckt bestimmt köstlich. Sie selbst wäre einfach nur köstlich.

Jetzt ist es aber Jessica, die mit lautem Schmatzen meinen Penis in den Mund nimmt, ihn gleich darauf aber wieder herauszieht und seine empfindliche Spitze mit ihrer Zunge verwöhnt. Sie lässt mich dabei nicht aus den Augen. Eine unbändige Wut steigt in mir hoch. Sie richtet sich nicht gegen Jessica, auch nicht gegen mich. Ich bin einfach verbittert über den Verlauf dieses Nachmittags. Dabei habe ich mir von diesem Vorstellungsgespräch viel erwartet. Sie nun kniend vor mir zu sehen, ihre Brüste dabei mit meinen Fingern zu kneten und den drückenden Orgasmus hinauszuzögern, ist jedoch völlig anders, als ich mir das ausgemalt habe.

„Komm hoch", fahre ich sie an und packe ihren Arm. Ihre Augen leuchten gierig, ihre Lippen sind leicht geöffnet. Sie ist reine Verführung.

Mit einer einzigen hastigen Bewegung reiße ich sie an mich, verlagere mein Gewicht, sodass wir beide auf dem Bett landen. Bereitwillig spreizt sie ihre Beine, bietet mir ihre Scham dar, die nur mehr durch den kurzen Jeansrock bedeckt wird. Auf ein Unterhöschen hat sie verzichtet.

Wer nutzt hier wen aus?, frage ich mich unwillkürlich.

Während ich einen Finger über ihre feuchte Spalte gleiten lasse, hebe ich den Kopf, um sie anzusehen. „Ich wusste gar nicht, dass der Dresscode vorschreibt, ohne Höschen zu einem Bewerbungsgespräch zu erscheinen."

Jessica kichert, verschluckt sich jedoch, als ich meinen Zeigefinger in sie schiebe. „Es tut mir leid", haucht sie, während ihr Gesicht pure Lust widerspiegelt.

Es sollte mir gefallen, immerhin scheint sie sich ihrer Sache sicher zu sein. Und sie ist äußerst empfänglich für meine Berührungen.

„Ich bin eben ein schlimmes, schlimmes Mädchen", spielt sie die Unschuldige. Nur meine geöffnete Hose verhindert, dass ich angesichts dieser unbedachten Worte dem Impuls nachgebe, der mich plötzlich überkommt.

„Zieh den Rock aus", befehle ich knapp, während ich mich erhebe und in meinem Nachttisch nach einem Kondom krame. Jessica gehorcht brav, entledigt sich des störenden Kleidungsstücks und harrt auf dem Rücken liegend der Dinge, die da kommen sollen.

Während ich mir den Gummi überstreife, spreize ich mit meinen Schultern ihre Beine, beginne sie dann zu lecken, was Jessica mit genussvollen Lauten kommentiert. Ich lege eigentlich großen Wert auf ein ausgedehntes Vorspiel, auf gegenseitige Stimulation, aber heute verzichte ich auf solche Feinheiten. Trotzdem möchte ich nicht nur als Nehmer dastehen, weshalb sich meine Zunge ihrer hungrigen Pussy annimmt. Sie streckt mir ihr Becken entgegen, ich schmecke reine Lust, genieße aber ihr Zucken zu sehr, um auf meinen mehr als bereiten Penis zu achten.

„Bitte. Oh mein Gott", jammert sie und fasst nach meinen Haaren.

Ich bin selbst überrascht, wie viel Leidenschaft diese eher kühl wirkende Frau aufbringen kann. Noch während der Orgasmus von ihr Besitz ergreift, tauche ich in sie ein, nehme die letzten Zuckungen wahr. Mit kräftigen, gezielten Stößen bringe ich mich selbst an den Punkt, von dem ich mir Befreiung erwarte. Nicht von irgendwelchen seelischen Qualen. Nein. Ich möchte lediglich, dass Abigails Gesicht durch ein x-beliebiges Gesicht verdrängt wird. Doch da mich der Gedanke an sie, an ihren Körper, den ich in seiner ganzen Herrlichkeit bewundern durfte, noch heißer macht, erwarte ich im Moment nicht allzu viel.

Ich verändere meine Position, packe nach Jessicas Hüften, ziehe sie etwas höher und dringe mit festeren Stößen in sie ein. Bald wimmert sie meinen Namen, bittet mich, sie zu erlösen. Ich weiß, ich kann kaltherzig sein. Denn gerade denke ich nur an mich. Nur an meine Erfüllung. Weder an ihre Lust noch an ihre Gefühle. Sie soll mir dienen. Mein Gott, ich bin ein Arsch, wie er im Buche steht.

Ich komme so hart, dass es beinahe schmerzt. Im Eifer des Gefechtes schaffe ich es gerade noch, mich so zu bewegen, dass sich Jessica über einen weiteren Orgasmus freuen darf. Sie krallt ihre Fingernägel in meine Haut, schreit so laut, dass ich ihr am liebsten ein Kissen auf das Gesicht drücken würde. Der für mich im Grunde erlösende Moment ist damit zerstört.

Als ich mich eine Minute später von ihr rolle, bin ich stinksauer. Diesmal gilt meine Wut einer ganz bestimmten Person – mir. Jessica legt den Kopf an meine Brust, ich spüre ihren Atem, während sie dahindämmert und immer wieder über meine Haut streicht. Es brennt beinahe. Und als Jessica dann endgültig eingeschlafen ist, frage ich mich allen Ernstes, was Abigail wohl gerade macht. Es ist ein Jammer, dass sie nicht diejenige ist, die hier nackt in meinem Bett liegt. Ob ich ihr das Herz ebenso brechen werde, wie es bei Jessica der Fall sein wird?

Solche Gedanken sollte ich schleunigst verdrängen!

3. Kapitel

Mit offenen Augen starre ich ins Leere. Jessicas Kopf auf meiner Brust fühlt sich unangenehm an. Eigentlich hätte ich sie längst wegschicken sollen. Doch nachdem sie eingeschlafen ist, mich mit ihren Fingern umklammert, damit ich sicher nicht weglaufe, kann ich ihr das nicht antun. Es wird ohnedies das letzte Mal sein, dass sie neben mir liegt.

Mir selbst bleibt Schlaf verwehrt. Ich fühle mich erdrückt von den Gedanken an eine Frau, mit der ich gerade einmal ein paar Worte gewechselt habe.

Was reizt mich an ihr? Wenn ich diese Frage endlich beantworten könnte, hätte das Grübeln wahrscheinlich ein Ende.

Normalerweise vergesse ich Frauen, die mich anmachen, sobald ich eine andere habe. Und jetzt, vollständig befriedigt und ausgelaugt, lässt sich Gaby B. noch immer nicht aus meinem Kopf vertreiben. Ich kann nicht genau sagen, was mich so fesselt. Sie ist hübsch, vielleicht sogar wunderschön, ohne mich allzu weit aus dem Fenster lehnen zu wollen. Käme es so weit, wäre der erste Nagel in meinen Sarg geschlagen. Sie ist anders – selbstständig, selbstbewusst und doch auf eine Art verletzlich, von der sie selbst wahrscheinlich nichts ahnt.

Verdammt! Angestrengt versuche ich, meinen Arm in eine bequemere Position zu bringen, denn er beginnt bereits zu kribbeln.

Jessica bewegt sich im Schlaf, als würde sie gleich aufwachen. Ich halte die Luft an, um das Unvermeidliche noch eine Weile hinauszuzögern. Doch es hilft nichts, ihre Hand gleitet bereits von meinem Bauch hinauf zu meiner Brust. Dann nähert sich ihr Mund meiner nackten Haut. Zärtliche Küsse werden auf meinen Oberkörper gehaucht. Meine Antennen fahren in Alarmbereitschaft aus, alles in mir sträubt sich.

„Hey", raunt Jessica mit rauchiger Stimme, während sie das dünne Laken fester um ihren nackten Körper zieht und ein Stück nach oben rutscht. Unsere Gesichter sind nur Millimeter voneinander entfernt, doch ich denke nicht einmal im Traum daran, ihr entgegenzukommen. „Wie lange habe ich geschlafen?"

„Nicht lange. Eine halbe Stunde vielleicht."

Sie lächelt noch immer müde und streckt dann die Hand aus, um mein Gesicht zu streicheln. „Es war einfach wunderbar. Du bist wunderbar, Daniil." Als sie ihre Lippen auf die meinen legt, lasse ich es einfach zu. Ich hindere sie nicht, erwidere den Kuss aber auch nicht. Da ist nichts. Keine positiven, aber auch keine negativen Gefühle. Ich fühle mich unbeteiligt. Neutral. Als ginge mich die ganze Sache überhaupt nichts an.

Jessica scheint zu merken, dass der Abend für mich gelaufen ist, denn sie sieht mich mit großen, traurigen Augen an. „Du solltest langsam gehen. Ich muss heute noch weg", lüge ich und werde der Rolle des Arschlochs einmal mehr gerecht.

Entsetzt schüttelt sie den Kopf. „Du hast mich doch nur ausgenutzt, nicht wahr?"

„Jessica, es war Sex. Ich habe nicht versprochen, dich danach zu heiraten." In diesem Punkt habe ich Recht. Allerdings kann man einer Frau, mit der man gerade geschlafen hat, auch liebevoller die Tür weisen. Einfach aufzustehen, um ihrem bekümmerten Blick zu entkommen, ist nicht gerade die feine englische Art. Doch wer fühlt sich der heutzutage noch verpflichtet? Verdammt, ich klinge wie mein Vater, der ständig jammert, wie übel ihm das Leben mitgespielt hat.

„Ich fasse es nicht", zischt sie mit Tränen in den Augen und schwingt sich wütend aus dem Bett. Ich habe mich längst in Sicherheit gebracht, da ich befürchte, dass sie sich im nächsten

Moment auf mich stürzt und mit ihren Fäusten auf mich eindrischt. Wie ich mich vor fliegenden Gegenständen schütze, muss ich wohl noch herausfinden. Sie wäre nicht die Erste, die meinen Wecker, ihre Handtasche oder einen Blumentopf packt und nach mir wirft. Bis jetzt bin ich unverletzt davongekommen, aber Jessicas funkelnde Augen jagen mir Angst ein.

Während sie sich anzieht, laufen ihr Tränen über die Wangen. Am liebsten würde ich mich ohrfeigen, gebe mich aber weiterhin unbeteiligt. „Jessica, wenn das mit unserer gemeinsamen Arbeit klappen soll, dann vergessen wir diesen Abend einfach.“

„Du kannst dir diesen verfickten Job in den Arsch schieben“, faucht sie mich an.

Mann oh Mann. „Falls du jetzt eine Entschuldigung erwartest, bist du falsch gewickelt, meine Liebe. Ich habe dich gefickt, es war gut, mehr wird zwischen uns beiden aber niemals sein.“

Angezogen pflanzt sie sich vor mir, dem Splitterfasernackten, auf. „Du bist das mieseste Arschloch, das mir jemals begegnet ist.“

Ich verteidige mich nicht, denn ich muss ihr beipflichten. Mit einem Knall fällt die Wohnungstür ins Schloss.

Ich atme erleichtert auf, fahre mir durch mein zerwühltes Haar und krame im Schrank nach einem Handtuch. Sie hat so verdammt recht. Ich bin ein mieses Arschloch. Ich gestehe sogar, dass ich mich im Moment selbst verachte. Mit meinen zweiunddreißig Jahren habe ich noch immer nichts dazugelernt. Ich pflücke Frauen wie reifes Obst und werfe sie nach dem Genuss weg. Selbst so behandelt zu werden würde mir wohl das Genick brechen. Aber was soll's? Ich kann einer Frau, die mich anlächelt und bereitwillig ihr Röckchen lüpft, einfach nicht widerstehen. Es gleicht einer Sucht. Einer Sucht nach dem nächsten Höhepunkt, dem nächsten Kick, dem nächsten

Sprung in die Tiefe. Ich werde früher oder später daran zugrunde gehen – entweder an meiner Arbeit oder daran.

Was nun folgt, ist eine Art Ritus: Ich muss mir den Duft der Frau, mit der ich geschlafen habe, vom Körper waschen. Mich reinigen. Erst danach schaffe ich es, mich wieder im Spiegel zu betrachten.

Fertig geduscht, angezogen und trotz allem ziemlich entspannt gehe ich in die Küche, wo ich auf meine Schwester treffe, die ihre spärlichen Kochkünste zu verbessern versucht. Als ich mir Wasser einschenke, hebt sie den Blick von einem dicken Kochbuch.

Ich ahne, was jetzt auf mich zukommt. Dabei sind meine Nerven ohnehin schon zum Zerreißen gespannt.

„Dir ist klar, dass du das Herz dieser armen Frau gebrochen hast, oder?"

Ich schnaube und schütte den Inhalt meines Glases in mich hinein, ohne auch nur einmal abzusetzen.

„Daniil", schimpft sie und verschränkt die Arme vor der Brust. „Manchmal benimmst du dich wie ein Teenager."

Mein Kampfgeist erwacht. Heute scheine ich tatsächlich jede Frau auf dieser Welt zu verärgern. „Ilka, ich kann es treiben, mit wem und wann immer ich möchte. Nur weil diese Frau und ich Sex hatten, müssen wir nicht heiraten und auf ewig glücklich und zufrieden in unserem kleinen Häuschen mit vierzig Kindern leben."

„Ja, ja, dein Sarkasmus ist im Moment wirklich angebracht. Außerdem möchte ich gar nicht wissen, was zwischen euch vorgefallen ist. Sonst verliere ich noch den letzten Rest Achtung vor dir."

Sie hält eine Packung Reis in den Händen, während ihre Augen gebannt in das vor ihr liegende Buch starren.

Ich habe zwar Hunger, aber nicht unbedingt Appetit auf Ilkas Gericht. Vor allem dann nicht, wenn sie etwas Neues ausprobiert und nicht einsehen will, dass das Ergebnis scheußlich schmeckt.

„Was machst du da eigentlich?", frage ich.

„Risotto."

„Sieht aus wie halb verdaut und ausgekotzt." Der Magenboxer lässt nicht lange auf sich warten. Wahrscheinlich habe ich ihn verdient, doch meine kleine Schwester zu ärgern ist es mir allemal wert. „Dann bist du heute Abend zu Hause?"

„Wieso? Kommt noch eine Frau zu Besuch, deren Leben du zerstören musst?"

Sie amüsiert mich, jedoch bin ich zu eitel, um es ihr zu zeigen. „Nein. Ich wollte nur höflich fragen." Ilka kichert und wischt sich den imaginären Schweiß von der Stirn. „Du und höflich. Köstlich! Um deine Frage zu beantworten: Nein, ich bin nicht zu Hause, sondern gehe mit einer Freundin auf eine Party."

Langsam kommen wir der Sache näher. Was für eine gute Gelegenheit, von Ilka mehr über Abigail zu erfahren, ohne dass sie misstrauisch wird. Der Versuch, mich mit Sex abzulenken, war nicht wirklich von Erfolg gekrönt. Ich giere weiterhin nach einer Frau, von der ich lediglich weiß, dass sie Abigail „Gaby" B. heißt.

„Hast du sie nicht gesehen? Sie war heute Nachmittag kurz hier. Ich dachte, du warst daheim."

Verlegen räuspere ich mich. „Nein, ich habe sie nicht gesehen."

„Komisch. Na ja, sie hat jedenfalls ihren Schlüssel bei mir vergessen, konnte daher nicht in ihre Wohnung und hat sich hier umgezogen."

„Dann ist sie öfter da?" In Gedanken schlage ich mich an die Stirn. Wie ungeschickt ich bin, da könnte ich Ilka ja gleich nach Abigails Beziehungsstatus fragen!

Ilka entgeht mein Interesse nicht, auch wenn sie keinen blassen Schimmer hat, wie das Zusammentreffen wirklich verlaufen ist. „Daniil, meine Freundinnen sind tabu."

„Mann, ich kenne sie doch nicht einmal."

„Das ist auch gut so."

„Warum?"

Sie wirft mir einen bösen Seitenblick zu. „Weil ich die Befürchtung habe, dass Gaby haarscharf in dein Beuteschema passen könnte. Aber vermutlich würdet ihr euch beide hassen."

„Wieso sollte ich sie hassen?"

Ilka bleibt mir eine Antwort schuldig, kippt stattdessen eine bräunliche Flüssigkeit in den Topf und stößt einen leisen Fluch aus, als dessen Inhalt sich in eine pampige Suppe verwandelt.

Ich bin mir sicher, dass dieses Brühe-Dings nicht so gedacht war und der Inhalt des Topfes nun im Müll landet. Eigentlich sollte ich sie zwingen, mir das Geld für den Reis zu erstatten. Es hat etwas mit Erziehung zu tun, auch wenn ich weiß, wie knapp bei Kasse meine Schwester ist. Jedoch interessieren mich die Überreste meines Abendessens nur bedingt, wenn die Frage nach dem Grund, warum ich Gaby hassen sollte, unbeantwortet bleibt.

„Kipp es weg. Das sieht ja ekelerregend aus. Warum sollte ich sie hassen?"

„Ihr Name ist Abigail Bennet", erklärt Ilka, während sich meine Prophezeiung bewahrheitet und die Pampe im Müll landet. „Ich kann wirklich nicht kochen. Der arme Mann, der mich einmal heiraten muss."

Bennet. Bennet? Entweder stehe ich auf dem Schlauch oder ich bin zu lange in New York gewesen.

„William Bennet", hilft mir meine Schwester auf die Sprünge und schon leuchtet in meinem Schädel die berühmte Glühbirne auf.

„Bennet – wer ist dann sie? Seine Ex, die er geschwängert hat und nun aushalten muss?"

Ilka senkt den Kopf und erinnert mich frappierend an unsere Mutter. „Sie ist seine Schwester."

Fast habe ich damit gerechnet. Selbstverständlich muss gerade die Frau, vor deren Füße ich mich ohne nachzudenken werfen würde, jener Gesellschaftsschicht angehört, die ich auf den Tod nicht ausstehen kann. Für Menschen wie Abigail habe ich einfach nichts übrig. Mit dem Schild „Tochter von" um den Hals steht ihnen jede Tür offen, ohne dass sie selbst etwas leisten müssen. Ich dagegen habe mir meine Existenz, die zugegebenermaßen gerade am Bröckeln ist, hart erarbeitet. Doch diese reichen Schnösel kommen in die Disco und fühlen sich dort wie die Herrscher der Welt. Sie spucken auf uns und verachten uns für unsere Arbeit.

„Sie ist nicht wie er", unterbricht Ilka meine Überlegungen. „Ich bin seit langer Zeit mit ihr befreundet und schwöre dir, dass sie überhaupt nicht abgehoben ist."

„Dass ich nicht lache." Eine andere Antwort fällt mir dazu nicht ein.

Warum ist mir das entgangen? Keine andere Frau trägt einen solchen Blick zur Schau, einen Blick, der dir genau zeigt, wo du in der Hierarchie stehst.

„Du hast sie noch nicht einmal gesehen und urteilst über sie. Daniil, ich habe für diesen Schwachsinn wirklich keine Zeit. Lass einfach die Finger von ihr und akzeptiere sie als meine beste Freundin."

Letzteres kann ich ruhigen Gewissens versprechen. Ob ich jedoch die Finger von ihr lassen kann, steht auf einem anderen Blatt. Vielleicht sollte ich Miss Bennet einmal zeigen, wie es sich anfühlt, an der Nase herumgeführt zu werden.

4. Kapitel

Eine Woche ist seit meiner ersten Begegnung mit Daniil vergangen. Natürlich habe ich Ilka nicht verraten, dass mich ihr Bruder nur mit Slip bekleidet erwischt und mich damit gehörig in Verlegenheit gebracht hat. Auch Daniil scheint seinen hübschen Mund gehalten zu haben, was mich im Übrigen sehr verwundert.

Der Vorteil am Leben des undurchschaubaren Daniil ist, dass er in London mit zwei Freunden einen Nachtclub führt, was ihn nachts außer Haus sein und tagsüber schlafen lässt. Ich bin erleichtert gewesen, als mich Ilka zu einem Mädelsabend eingeladen hat, nicht ohne darauf hinzuweisen, dass Daniil nicht vor vier Uhr morgens nach Hause kommen wird. Und so lange bin ich wirklich nicht geblieben.

Nur weil ich ihn in der Zwischenzeit nicht mehr gesehen habe, heißt das jedoch nicht, dass er nicht irgendwo in den dunklen Tiefen meines Gehirns herumgeistern würde. Keine Ahnung, was mich an diesem Mann fasziniert – außer seinem Äußeren. Doch das allein würde nicht reichen. Ich bin nicht naiv genug, als dass man mich mit starken Armen und einem ausgesprochen hübschen Gesicht beeindrucken könnte. Aber seine Stimme. Mann, die habe ich noch im Ohr!

Da, schon wieder. Schon wieder denke ich an ihn und das, obwohl es halb eins, also mitten in der Nacht ist und wir zu viert in einem Taxi sitzen. Ich bin hundemüde, mein Kopf liegt auf Ilkas Schulter und selbst die sehe ich in den letzten Tagen mit anderen Augen.

Wie oft hat sie mich gefragt, warum ich sie so dämlich anstarre. Ich weiß es ja selbst nicht. Vielleicht suche ich nach Gemeinsamkeiten zwischen ihr und Daniil. Und ja, ich habe welche entdeckt – der Mund und die Augen, verdammt, es geht bergab mit mir.

Ich musste ihr natürlich erklären, was mit mir los ist. Und ich habe sie natürlich angelogen. Ob sie mir geglaubt hat, kann ich beim besten Willen nicht sagen.

„Nicht mal eins. Wir werden alt, Leute“, meckert Ben auf dem Beifahrersitz.

Ilka zuckt die Schultern. „Scheint so. Wir können ja noch etwas unternehmen.“

Ich brumme und zupfe meinen Bolero zurecht. „Was meinst du, Gaby? Du bist doch diejenige, die immer weiter saufen kann.“

Wäre ich nicht so träge, würde ich sie in die Seite boxen. So knurre ich nur wie ein räudiger Hund.

„Mein Bruder ist in der Stadt. Ihm gehört doch das *Seventiz*. Dort könnten wir schnell reinschneien. Wir würden uns das Geld für den Eintritt und die Getränke sparen“, stellt sie, der Sparfuchs par excellence, nüchtern fest.

Mir wird beim Gedanken an Daniil ganz mulmig. Ich bezweifle, dass ich überhaupt in seinem Club Einlass finde. Doch da ich Ilka nichts von unserem peinlichen Aufeinandertreffen erzählen möchte, schiebe ich Müdigkeit vor. „Ach ne. Keine Disco.“

„Was ist jetzt wieder los? Wir fahren hin, nicht wahr, Ben?“

Ben nickt zu meinem Entsetzen, ebenso Harry, der geschlafen hat, beim Wort Disco jedoch quietschfidel hochfährt.

Ilka scheint nicht mehr zu bremsen zu sein, da sie sich zum Fahrer vorbeugt und ihm die Adresse dieses blöden Clubs nennt, als würde dort auf uns alle ein Schubkarren voll Gold warten. Verdammt! Warum ist es so weit gekommen? Ich habe keine Angst, Daniil unter die Augen zu treten. Eigentlich sollte er mir egal sein. Immerhin kenne ich ihn kaum. Ich kenne ihn gar nicht. Er ist ein Fremder. Jedoch hat mich dieser Fremde nicht nur halb nackt gesehen, er schafft es auch mit überirdischer Kraft, jenen Punkt zu treffen, der mich zur Weißglut treibt. Er hat nichts für mich übrig, das hat er mich deutlich spüren lassen. Sich über mich lustig machen, das kann er. Und gerade deshalb graut es mir davor, in seinem Club aufzutauchen, als sei ich eines dieser dummen Blondchen, die er nach meinem Verschwinden gevögelt hat.

Dabei bin ich nicht mal blond! Das will ich festhalten. Nur für den Fall, dass es noch niemandem aufgefallen ist.

Meine Freunde sind aber ohnehin anderweitig beschäftigt. Wilde Feierlaune hat von ihnen Besitz ergriffen. Ich bin die Außenseiterin, die sich frustriert abwendet und das Ende dieses Abends herbeisehnt. Was mir auch vergönnt sei. Oder etwa nicht?

Fünfzehn Minuten später halten wir vor einem durch blinkende Neonröhren in grelles Licht getauchten Gebäude. Auf dem Bürgersteig wartet selbst um diese Uhrzeit eine lange Menschenschlange auf Einlass. Die Stimmung ist ausgelassen. Es wird gesungen, getanzt und gequatscht. Ilka sammelt das Geld fürs Taxi ein, bezahlt und folgt uns, die wir uns am Ende der Schlange einreihen. Mein Stimmungsbarometer sinkt beim Anblick der vielen Menschen vor uns, die alle denselben Plan wie wir verfolgen. Eine gute halbe Stunde Wartezeit scheint vorprogrammiert zu sein. Es ist kalt, ich bin müde und möchte auf gar keinen Fall dem Besitzer dieses Ladens gegenübertreten. Vielleicht ist er ja gar nicht da?

„Nein, er ist Teilhaber. Er, Adwin und Parker, seine beiden Jugendfreunde, hatten den Traum, einen angesagten Club mitten in London zu eröffnen. Da alle drei schlaue Köpfe sind und vom Geschäft mit Betrunkenen etwas verstehen, ist es ihnen auch gelungen, das Vorhaben in die Tat umzusetzen. Während

63

Parker und Adwin noch hier in London sind, hat sich mein Bruder in New York ein zweites Standbein aufgebaut."

Ich höre nur mit halbem Ohr zu, da ich gar nicht allzu viel über Daniil wissen möchte. Zu groß ist die Angst, dass ich ihn, Gott behüte, auch noch sympathisch finde. Sicher, sein Ehrgeiz gefällt mir. Ich mag Männer, die für Träume kämpfen. Es gehört eine ordentliche Portion Willensstärke und viel Potenzial dazu, um es aus der sprichwörtlichen Gosse in die goldenen Hallen von London zu schaffen.

Ilka beginnt plötzlich zu winken und stellt sich auf die Zehenspitzen. „Hey", ruft sie und erweckt die Aufmerksamkeit eines Mannes, der aus dem Club gekommen ist und telefoniert. Er trägt einen schicken grauen Anzug, ein weinrotes Hemd und strahlt über das ganze Gesicht, kaum dass er Ilka entdeckt hat. Sofort wandert das Telefon in die Innentasche seines Jacketts, dann kommt er auf uns zu. Ich kenne ihn nicht, jedoch vermute ich, dass es entweder Adwin oder Parker ist.

„Ilka, du hier?", fragt er sichtlich überrascht und umarmt sie herzlich.

„Ja, wir waren zufällig in der Nähe und dachten, wir besuchen euch mal. Schauen, ob der Schuppen gut läuft."

„Warum rufst du nicht an? Ihr müsst doch nicht anstehen!"

Er ist mir sympathisch. Ein Mann, der handelt, um unser Leiden zu beenden.

„Danke", murmelt Ilka und stellt uns vor. „Das sind Gaby, Ben und Harry."

Er reicht uns der Reihe nach die Hand und schenkt jedem ein warmes, freundliches Lachen.

„Parker", stellt er sich vor. „Kommt rein. Ich besorge euch Getränkemarken. Heute Abend seid ihr Gäste des Hauses."

Ilka nimmt meinen Arm und drückt ihn fest, während sie wie ein aufgeregtes Kind an Weihnachten quietscht. Ich lächle zwar, bin jedoch auf der Hut. Ben bringt unsere Taschen und meinen Bolero zur Garderobe, Parker drückt uns die Marken in die Hand. Er streicht Ilka liebevoll über den Rücken und die starrt ihn so fasziniert an, dass ich mich ernsthaft frage, ob mir dieses Miststück nicht etwas verheimlicht.

Eigentlich passt Parker überhaupt nicht in ihr Beuteschema. Er ist zwar groß und maskulin, doch ich habe eigentlich immer gedacht, dass Ilka nach blonden Männern Ausschau hält. So hat sie mir ihren Traummann jedenfalls beschrieben. Dieses Exemplar ist jedoch dunkel, zumindest nehme ich das an, denn seine kahl rasierte Glatze gibt darüber keine verlässliche Auskunft. Doch ist er ein ähnlicher Typ wie Daniil. Rassig und wild, dies verrät mir sein tiefes Lachen, als Ilka ihm etwas ins Ohr flüstert.

Endlich kommt Ben zurück, sodass ich mich nicht länger als das fünfte Rad am Wagen fühle. Er tritt neben mich, gibt mir den Coupon und nimmt dann meine Hand. „Alles in Ordnung?", fragt er besorgt.

Ich nicke. „Alles okay."

Parker bringt uns ins Innere des Gebäudes, in dem die Musik in voller Lautstärke läuft. Wir passieren tanzende Frauen, die ihre Körper in ordinärer Weise aneinander reiben. Wir kommen an Gruppen vorbei, die laut lachen. An Männern, die Drinks verteilen. Eigentlich lacht hier jeder. Jeder ist gut gelaunt und ich wäre das auch, würde ich mich nicht wie die Maus fühlen, die auf die Katze wartet.

Der riesige Raum ist ganz in Weiß gehalten. Lediglich der Boden besteht aus dunklen Steinplatten. An manchen Stellen sind Glaselemente eingearbeitet. Kaum haben wir die Bar erreicht, stehen bereits eine Flasche Whiskey und vier Gläser vor uns. Parker schenkt uns ein, lässt aber Ilka keine Sekunde aus den Augen.

Da Ben heute schon reichlich getankt hat, ist er noch anhänglicher als sonst. Er stellt Besitzansprüche, die ihm nicht zustehen. Ich bin genervt von seiner Nähe, von seiner Hand, die immer wieder über mein Rückgrat streicht. Mich nervt sein treuherziger Blick, mich nervt alles an ihm. Ilkas gute Laune steht in krassem Gegensatz zu meiner schlechten. Und in dem Moment, in dem ich das bekannte Gesicht sehe, steigert sie sich ins Unermessliche. Dort drüben steht Ilkas Bruder und plaudert charmant mit ein paar Frauen und Männern. Dieser Ausdruck, der freundliche, herzlich lachende, ist mir völlig fremd. Nichts Spöttisches ist zu erkennen. Als er sich verabschiedet, dem Mann zu seiner Rechten auf die Schulter klopft und mir dann direkt in die Augen sieht, verzieht sich sein Gesicht zu einem ungläubigen Lächeln.

Meine Alarmglocken schrillen so laut, dass Ben sie eigentlich hören müsste. Dieser unterhält sich jedoch mit Parker und bekommt den Gefühlssturm, der in mir tobt, gar nicht mit.

Plötzlich hasse ich mich für die Wahl meines Outfits – eine eng anliegende Röhren-Lederhose, eine blaue durchsichtige Bluse, darunter ein schwarzer BH. Eben habe ich mich noch sexy gefunden. Doch als Daniil bei uns angekommen ist und mich von oben bis unten mustert, ist dieses Gefühl längst verpufft. Ich könnte genauso gut im Schlafanzug oder nackt hier stehen, er würde nicht mehr Regung zeigen als im Moment. Im Schlafanzug hat er mich wenigstens noch nicht gesehen.

Ilka fällt ihm um den Hals und hüpft aufgeregt auf und ab. Die Geschwister unterhalten sich kurz, wobei Daniil sie mit einer Strenge beobachtet, wie es vermutlich nur ein großer Bruder schafft. Ich spreche aus Erfahrung.

Nun kommt wohl der schlimmste Teil dieses Abends – die obligatorische Vorstellungsrunde. Zuerst ist Harry an der Reihe, der Daniil die Hand reicht und sein Gesicht zu einem freundlichen Grinsen verzieht. Danach bin ich dran.

Während Ilka ihrem Bruder etwas ins Ohr flüstert – meinen Kurzlebenslauf, vermute ich –, sieht er mir direkt in die Augen.

Es ist nicht nur der Hitze in diesem Club zu verdanken, dass ich knallrot anlaufe. Habe ich vorhin nicht etwas von wegen Tiefpunkt gesagt? Den haben wir nun endgültig erreicht.

Vielleicht ist mir ja das Glück hold, er hat in dieser Woche einen kompletten Gedächtnisverlust erlitten und kennt mich daher nicht mehr. Ein unbelasteter Neustart wäre für uns beide das Beste. Als er mir jedoch die Hand entgegenstreckt, ich ihm meine reiche, braves Mädchen!, ist mir klar, dass er sich nur allzu gut an mich erinnert. Das verrät schon sein verschmitztes Grinsen. Viel zu lange hält er meine Hand in der seinen fest. Viel zu sehr genieße ich die Wärme seiner Finger. Viel zu tief verliere ich mich in diesen dunklen Augen.

Es ist zermürbend. Denn als er mich loslässt, fühle ich mich seltsam allein, obwohl ich in einem Raum mit Hunderten von Menschen stehe.

Endlich ist Ben an der Reihe, was mir Zeit verschafft, Daniil ungehindert zu betrachten. Er sieht frischer aus als beim letzten Mal. Sein legeres Shirt hat er gegen einen modischen Anzug getauscht. Er trägt ihn mit einer Würde, als wäre er darin geboren. Wie bereits vergangene Woche fasziniert mich auch heute sein markantes Gesicht – sein kantiger, männlicher Kiefer, die hohen Wangenknochen und die dunklen Haare lassen ihn verrucht und verführerisch wirken, sodass jede Frau versucht ist, sofort vor ihm auf die Knie zu sinken. Daniil strahlt Stärke, Ehrgeiz, Macht und puren Sex aus.

Er verkörpert den Typ von Mann, den wir uns heimlich wünschen. Sogar ich, wie ich zu meiner Schande gestehen muss. Die Affäre mit Ben, eine reine Notlösung, um Spannung abzubauen, hat mich erst recht in die Bredouille gebracht, denn immer wieder schiebt sich Daniil dazwischen.

Ja, verdamme mich, aber ich habe während des Aktes wirklich an diesen Kerl gedacht. Und noch viel schlimmer – es hat mir gefallen.

Ilka kichert nervös, während sie ihrem Bruder liebevoll an die Schulter fasst und sich unauffällig an Parkers Seite schiebt. Ist mir wirklich verborgen geblieben, wie verknallt meine beste Freundin in diesen Typen ist? Eigentlich habe ich gedacht, wir kennen uns. Na ja, dieser Geschichte werde ich jedenfalls auf den Grund gehen.

„Bin gleich wieder da. Dort sind ein paar Leute, die ich kenne", entschuldigt sich Harry und verschwindet in der Menge.

Ich registriere es kaum, da ich immer noch auf Ilka achte, die nun verzweifelt versucht, sich in das Gespräch zwischen Parker und Ben einzumischen. Ich schwebe in einer Art Zwischenwelt – nicht hier und auch nicht anderswo. Eigentlich habe ich mich ausgeklinkt, deshalb fällt es mir anfangs gar nicht auf, dass Daniil an meiner Seite ist.

Erst als ich aufblicke und direkt in sein spöttisches Gesicht sehe, wird mir klar, dass er mich die ganze Zeit über beobachtet hat. Ich verdrehe die Augen, trinke meinen Whiskey aus und stelle das Glas fester als beabsichtigt auf die Theke.

„Ich dachte nicht, dass ich dich so schnell wiedersehe", brüllt er, um den Lärm der Musik zu übertönen, und schenkt mir ohne zu fragen nach.

Will er mich abfüllen oder was? Das würde nicht einmal ihm gelingen. „Dem kann ich nur beipflichten."

Wieder scheint ihn mein Versuch, ihm Kontra zu geben, lediglich zu amüsieren. „Lässt du dich von ihm ficken?"

Ich folge seinem Blick, der zu Ben wandert, und kann meine Entrüstung nur schwer verbergen. Scheiß auf Ilka, die ist so oder so abgelenkt. Diesem frechen Mistkerl gehören einmal ordentlich die Leviten gelesen. „Ich wüsste nicht, was dich das angeht."

Mann, selbstbewusst klingt anders. Daniil zuckt die Schultern und trinkt sein Glas leer. Keine Ahnung, was er sich da einflößt, jedenfalls riecht sein Atem nun scharf und schneidet wie ein Messer in meine Haut. Ich verdamme die laute Musik, die ihn zwingt, so nahe an mich heranzukommen. Ich verdamme den heutigen Abend und obendrein verdamme ich Daniil, dessen Geplänkel mir mehr gefällt, als ich zugeben mag.

„Das *Ob* steht doch gar nicht zur Debatte. Seid ihr in einer festen Beziehung oder beschränkt sich euer Verhältnis aufs Vögeln?"

Ich schüttle den Kopf und bin einigermaßen konsterniert, wie schnell es Daniil gelingt, meinen Beziehungsstatus zum Thema zu machen. Also Menschenkenntnis hat er, das muss man ihm lassen.

„Ach komm, Abigail", schmunzelt er, „freu dich doch. Zumindest halte ich dich nicht mehr länger für eine alte Jungfer. Du scheinst ja wirklich einiges draufzuhaben, so vernarrt wie dieser arme Kerl in dich zu sein scheint."

„Hast du nichts zu tun – Schlampen abschleppen, das Klo von der Kotze der Betrunkenen befreien oder einfach abhauen, damit uns beiden die Peinlichkeit der gegenseitigen Gegenwart erspart bleibt?"

Abermals bricht er in herzhaftes Lachen aus, was die Blicke der anderen drei auf uns lenkt. Ich bemühe mich nach Kräften, damit sie nichts von der negativen Spannung zwischen Daniil und mir mitbekommen, und gebe vor, den Spaß meines Lebens zu haben. Darum lache ich aus voller Kehle und zucke dann entschuldigend mit den Achseln – genug Tamtam, um Ilka, Ben und Parker von meiner Nervosität abzulenken und sie ihr Gespräch fortsetzen zu lassen.

Plötzlich wird Daniil ernst, er kommt näher an mich heran und streift wie zufällig mit seinen Fingern meinen Nacken. Unwillkürlich halte ich die Luft an. „Du könntest auch mit mir nach hinten gehen und mir den Rest deines Körpers, also die Teile, die ich nur bekleidet gesehen habe, präsentieren. Dein Arsch gefällt mir in dieser Hose übrigens sehr, sehr gut."

Mein Blick geht zu Ilka – sie bemerkt nichts von der Show, die ihr Bruder da gerade abzieht. „Du kannst mich auch einfach in Ruhe lassen. Wie wäre das denn?"

Mein Gott, meine Stimme hat doch nicht wirklich gezittert?

„Könnte ich, aber es bereitet mir eine solche Befriedigung, an deiner Seite zu sein, dich zu riechen und dir dabei zuzusehen, wie du hilfesuchend meine Schwester ansiehst, als könnte sie dich davor bewahren, meinetwegen noch feuchter zu werden."

„Wohl eher klopft sie dir auf die Finger, da du dich an ihre beste Freundin ranschmeißt." Ja, das kann er gerne wissen.

„Ranschmeißt", wiederholt er belustigt und schiebt meine Haare zur Seite. An meinem freigelegten Hals stellen sich alle Härchen auf. „Ich schmeiße mich an keine Frau ran, Abigail. Ich nehme sie mir, wann ich will und wo ich will."

Entrüstet schnaube ich. „Ziemlich eingebildet für einen Mann, der fremde Frauen bedrängt, weil er das als Befriedigung betrachtet."

„Die Lust liegt im Auge des Betrachters – ebenso wie das Schöne."

„Wer hoch klettert, kann tief fallen", kontere ich wie in einem grottenschlechten Theaterstück, in dem nur Plattitüden wiedergekäut werden.

Daniil mustert mein Gesicht, das seinem plötzlich so nahe ist, dass nicht einmal mehr das Whiskeyglas dazwischen Platz gefunden hätte. Er sieht auf meinen Mund, dann in meine Augen und wiederum zurück zu meinem Mund. Alles einen Tick zu lange. Meine Kehle fühlt sich wie ausgedörrt an und ich habe das starke Bedürfnis, meinen Whiskey in einem Zug zu leeren.

Endlich grinst er. Aber es wirkt gespielt und unehrlich, als möchte er etwas vor mir verbergen. „Musst du es dir bei Ben, so heißt er doch, eigentlich selbst besorgen, um zu kommen?"

Habe ich mich verhört? Hinter einer derart großen Klappe kann doch nur Unsicherheit stecken, so meine Vermutung. Spürt er etwa auch diese Spannung zwischen uns? Natürlich spürt er sie, ruft die Optimistin in mir, während die Pessimistin mit dem Zeigefinger auf die Tischplatte klopft und den Kopf schüttelt. Daniil ist ein kaltschnäuziger Mann, dessen einzige Absicht darin besteht, mich in sein Bett zu schleppen und mich anschließend zu verjagen. Aufregung, wie ich sie empfinde, kennt er nicht. Sex – ja, ehrliches Interesse – Fehlanzeige.

„Ich frage ja nur", tut er unschuldig, „um dich besser kennenzulernen."

Das ist mir nicht einmal eine Antwort wert, doch es gelingt mir nicht, meinen Blick von seinen fast schwarzen Augen zu nehmen. Auch wenn ich mich noch so bemühe, ihn nicht merken zu lassen, wie sehr mich seine Worte verletzen, weiß er, wie es um mich steht. Daniil ist vielleicht ein Arsch, aber ein ebenso guter Menschenkenner. Vor ihm kann selbst ich mich nicht verstecken. „Entschuldige, Abigail, ich muss einen alten Freund begrüßen."

Schnell ist er verschwunden, als könnte er vor dem davonlaufen, was er angerichtet hat. Ich habe mich richtig verhalten. Bis zu dem Punkt, da unser Geplänkel noch lustig und unterhaltsam gewesen ist, habe ich mitgemacht. Erst als bei der Sache mit Ben bin ich ausgestiegen – freiwillig, aber es war das Vernünftigste.

Während der David Guetta Mix aus den überdimensionalen Lautsprechern dröhnt und mich zum Tanzen animieren soll, starre ich Daniil hinterher. Er schlägt einem Mann um die fünfzig vertraulich auf die Schultern und lächelt breit. Eigentlich sollte ich froh sein, dass die beiden gleich darauf aus meinem Blickfeld verschwunden sind. Aber Freude empfinde ich wahrlich nicht, höchstens Erleichterung darüber, dass ich neuerlich einen schweren Kampf hinter mich gebracht habe.

„Ich muss mal, kommst du mit?" Ilka steht neben mir und reißt mich aus meiner trübseligen Stimmung.

Ich nicke und setze ein einstudiertes Lächeln auf, so wie es sich gehört, wenn man von lauter Feierwütigen umgeben ist.

5. Kapitel

„Das war besser. Viel besser."

Erleichtert atme ich auf. Pierre scheint zufrieden und annähernd so glücklich wie ich zu sein. Anerkennend nickt er mir zu, während ich im Schneidersitz auf dem Boden hocke. So sehr mir Pierres Lob auch gefällt, ich ahne, wie er in einer Sekunde reagieren wird, denn er kann meine Pläne unmöglich billigen.

Pierre ist geradlinig und streng. Er verlangt von mir, dass ich mich auf eine Sache konzentriere, und nun möchte ich mir eine zusätzliche Belastung aufhalsen.

„Dann hast du dich also das Wochenende über deinen Texten und der Ausdrucksarbeit gewidmet?" Er zündet sich eine Zigarette an, geht zum Fenster und öffnet es. Das ist er seinen Schülern schuldig. „Du bist so still. Sag schon, was du auf dem Herzen hast."

Während ich meine Finger in meinem Schoß knete, lehnt sich Pierre an die Fensterbank und pafft dicke Rauchschwaden in die Luft. „Ich ...", verdammt, wie soll ich ihm sagen, dass ich nicht mehr will? „Eine Freundin hat mir von einem Casting für eine Fernsehsoap erzählt. Ich denke, ich versuche dort mein Glück."

Pierre erstarrt, kaut nachdenklich auf dem Filter seiner Zigarette und zieht die Stirn in tiefe Furchen. „Eine Soap. Du weißt, was ich von diesem Format halte?"

Ja, das tue ich.

„Zwei Sachen auf einmal. Warum?"

„Weil mich das Theater zu langweilen beginnt. Versteh mich nicht falsch. Ich habe das Gefühl, dass ich nicht weiterkomme. Dass ich als unbekannte Nebenfigur ende."

„Dann dürstet dich nach Ruhm und Glamour?"

„Nein. Ich möchte mich lediglich weiterentwickeln." Er schweigt. Starrt auf den Parkettboden. „Die Rolle ist für ein halbes Jahr ausgelegt. Das reicht mir, um dort hineinzuschnuppern. Danach kann ich entscheiden, was ich möchte."

Er steht auf, dämpft die Zigarette aus und fährt sich übers Gesicht. „Nein, Gaby. Du kannst nicht danach entscheiden, was du möchtest. Keiner wird ein abgestempeltes Gesicht nehmen. Keiner will eine geformte Figur."

„Wir reden von einem halben Jahr."

„Mach, was du willst."

Schnaubend erhebe ich mich aus meiner bequemen Position. „Pierre."

„Ich habe Hoffnungen in dich gesetzt, Gaby. Ich dachte, du würdest einmal eine ganz Große werden. Anscheinend habe ich mich getäuscht."

Stinksauer packt er seinen Pullover und eilt auf die Tür zu. Dort dreht er sich noch einmal um und schenkt mir einen väterlichen Blick. Jenen Blick, den ich so liebe, mit dem er mich aber nur selten bedenkt. „Ich werde kein Soap-Sternchen unterrichten. Überleg es dir gut."

Er lässt mich stehen. Eine schreckliche Situation ist das. Einmal mehr habe ich das Gefühl, dass mir mein Leben entgleitet. Alles erscheint verworren. Ich bleibe noch lange in Gedanken versunken sitzen. Aufgewühlt bin ich. Ausgelaugt. Am Boden zerstört. Erst als mein Handy klingelt, mich zurück ins Hier und Jetzt reißt, kommt wieder Bewegung in mich.

Meine Mom. Ich seufze. „Hi", melde ich mich und ahne, dass sich meine Stimmung nicht bessern wird.

Zurzeit ist es nicht leicht mir ihr. Vermutlich ist jeder in meiner Familie schwierig. Ich frage mich, wie es mir gelungen ist, Freunde zu finden, die mich so akzeptieren, wie ich bin.

Meiner Mutter geht es nicht gut. Dass sie meinen Vater endlich verlassen hat und sich nun einsam fühlt, was ich durchaus verstehe, macht die Sache nicht besser.

„Gaby, Liebes, ich wollte fragen, ob du heute Mittag Zeit für mich hast."

„Natürlich. Wo treffen wir uns?" In meiner Handtasche krame ich nach einem Spiegel.

„Wo immer du möchtest", schiebt sie mir die Entscheidung zu. Und natürlich wird sie meckern, wenn ihr in dem von mir ausgesuchten Lokal das Essen nicht schmeckt.

Da ich weiß, dass meine Mutter Restaurants mit Stil und Klasse bevorzugt und niemals im Leben – oder nach ihren eigenen Worten nur über ihre Leiche – in einen Imbiss gehen würde, durchforste ich mein Gedächtnis nach einer passenden Adresse. „Keine Ahnung – das *Hix*?"

„Klingt gut. Dann treffen wir uns in einer halben Stunde dort?"

„Wird gemacht."

Das *Hix* ist wie immer gut besucht. Angefangen von reichen Wichtigtuern in Anzügen, denen die schwere Last der Weltwirtschaft die Schultern niederdrückt, bis hin zu Normalsterblichen, die sich einmal den Luxus einer hervorragenden Küche leisten wollen, sind alle Gesellschaftsschichten vertreten. Ich zähle mich zu beiden, was meine Mutter nicht gelten lassen würde.

Stil, gutes Benehmen, Ehrgeiz und Höflichkeit sind für sie so wichtig wie für andere Menschen, dass sie jeden Monat pünktlich ihre Miete zahlen können. Sie versteht nichts von der kalten, harten Welt außerhalb der eingezäunten, mit Überwachungskameras ausgestatteten Villa, die von Geburt an ihr Zuhause gewesen ist. Ich liebe meine Mutter. Wahrhaftig und ehrlich. Doch ich schäme mich für ihr abgehobenes Weltbild. Sicher, sie engagiert sich. Kümmert sich um Arme und Kranke, so wie man es von einer Frau aus ihren Kreisen erwartet – und damit auch von mir. Aber sie versteht nicht wirklich, was es heißt, einen Job zu haben, Geld verdienen zu müssen, um sein Auskommen zu finden. Sie weiß es nicht besser. Und ich kann sie auch gar nicht verurteilen. Wir sind die Oberschicht, streicht sie bei jeder Gelegenheit hervor. Es ist ermüdend, dieser Schicht anzugehören und die hochgesteckten Erwartungen zu erfüllen.

Seitdem ich fünfzehn bin, versuche ich, mich davor zu drücken. Ich passe nicht in diese aufgeblasene Welt, in der nur Geld, Macht, Einfluss und Aussehen zählen. Viel wohler fühle ich mich in der Umgebung, in die ich mich geflüchtet habe. Viel lieber würde ich am Nachbartisch bei den vier Frauen in meinem Alter sitzen und die Kerle zwei Tische weiter einer Inspektion unterziehen.

Was würde ich dafür geben, meinen Namen nur einen Tag lang ablegen zu können! Einen Tag richtig frei zu sein, ohne mir ständig die Konsequenzen meiner Handlungen vor Augen führen zu müssen.

„Was isst du?", erkundigt sich meine Mutter, ohne von der Speisekarte aufzublicken.

Ich habe noch nicht einmal nachgesehen, was es gibt. „Ich weiß es nicht."

Sie flüstert etwas, klappt die Karte zu und nippt an ihrem stillen Wasser.

Freundlich lächelt sie mir zu, nimmt meine Hand und streicht mit ihren weichen Fingern darüber. Allmählich fängt sie sich wieder. Nach dem letzten Übergriff meines Vaters inklusive der Flucht nach London dachte ich für einen Moment wirklich, dass sich diese Frau für immer aufgegeben hat. Ihr Anblick war beängstigend. Ich bin es zwar gewohnt, dass ihr Gesicht durch ein Veilchen verunstaltet wird, doch ihr seelischer Zustand war noch nie so schlimm wie damals. Sie blutete. Ihr Herz blutete und womöglich tut es das noch immer. Selbstverständlich würde sie das niemals zugeben. Es liegt ihr viel daran, den äußeren Schein zu wahren.

„Pierre hat mich vorhin angerufen." Sofort verkrampfe ich mich. Unmöglich, daran zu denken, ob ich den Lachs oder doch den Zander möchte.

Schlimmes ahnend sehe ich meine Mutter an, der Kummer steht ihr ins Gesicht geschrieben. „Ich bin keine zwölf", verteidige ich mich.

Sie nickt, rutscht auf ihrem Stuhl hin und her und drückt meine Hand. „Das behauptet auch keiner. Pierre macht sich Sorgen, Gaby. Ich mache mir Sorgen."

Ich knalle die Speisekarte auf den Tisch. Der Hunger ist mir endgültig vergangen. „Ach ja?", fauche ich. „Es ist meine Entscheidung und ich finde, es steht Pierre nicht zu, meine Mutter anzurufen. Ich fasse es nicht."

„Gaby, wir möchten doch nur, dass du dir dieses Soap-Ding genau überlegst."

Am liebsten würde ich auf der Stelle verschwinden. Warum ist meine Entscheidung nur so schwer zu verstehen? Warum um Himmels willen kann ich nicht ein einziges Mal etwas machen, das nicht vom Parlament abgesegnet werden muss? Ich bin ein freier Mensch, erwachsen, stehe auf eigenen Beinen. Verdammt, ich will doch einfach nur mein Leben leben.

„Wir? Pierre und du, ihr trefft jetzt die Entscheidungen für mein Leben in trauter Zweisamkeit? Bin ich nicht nur deine Sklavin, sondern auch seine?"

„Es ist ungerecht und unreif, was du uns unterstellst, Abigail."

Eine Hitzewelle durchflutet meinen Körper. Meine Mutter weiß, wie sehr ich es hasse, Abigail genannt zu werden, doch jetzt stelle ich mir vor, den Namen aus einem anderen Mund zu hören, Daniils Mund, was mich noch weiter auf die Palme bringt.

„Dein Vater und ich haben deine Theaterpläne immer unterstützt. Nun wirfst du alles weg.“

„Ich werfe nichts weg, aber ich habe das Gefühl, dass ich auf der Bühne nicht weiterkomme. Kannst du das nicht verstehen?“

Vehement schüttelt sie den Kopf. „Nein, das kann ich nicht verstehen, denn es geht nicht nur um mich oder dich. Es geht um unsere Familie.“

„Eine Bezeichnung, die bestimmt nicht zutrifft.“

Ich weiß, dass es sie schmerzt, das aus meinem Mund zu vernehmen. Sie lässt meine Hand los und blickt bekümmert zur Seite.

„Für mich ist es wichtig, diese Chance zu ergreifen“, melde ich mich milder gestimmt zu Wort.

„Du denkst immer nur an dich.“ Autsch. „Die letzten Wochen und Monate waren für unsere Familie sehr schwer. Viel zu oft tauchen wir in den Klatschspalten auf. Viel zu häufig stehen wir unter Beschuss. Dessen solltest du dir bewusst sein. Ich habe auf dich gezählt. Ich dachte, du wärst mittlerweile vernünftig. Nun drohst du alles, wofür ich gekämpft habe, mit deinem Sturkopf zu vernichten.“

Mein Verstand schafft es nicht, die Flut an Empfindungen zu verarbeiten. Ein dumpfer Kopfschmerz legt sich über mich. Das Rauschen in meinen Ohren verstärkt sich mit jeder Sekunde, in der ich in Mutters tränengefüllte Augen sehen muss.

„Dein Vater, dein Bruder, du, ich – wir stehen im Fokus, immer und überall.“

„Übertreibst du nicht ein bisschen? Wir sind nicht die Königsfamilie. Außerdem habe ich mir mein Leben nicht ausgesucht." Und könnte ich wählen, dann wäre ich bestimmt nicht Prinz Harry. Ich wäre Prinz William und William wäre Prinz Harry. Bei ihm sagt keiner etwas. Ja, ich muss zugeben, dass sich mein Bruder gebessert hat. Früher hat er meiner Mutter schlaflose Nächte bereitet. Inzwischen ist er zum braven Geschäftsführer gereift, der nebenbei im Begriff steht, sich ernsthaft an eine Frau zu binden. Nun bin wohl ich das schwarze Schaf der Familie Bennet.

Meine Mutter seufzt. „Denkst du, ich habe mir die Art und Weise ausgesucht, wie wir heute leben? Denkst du nicht, ich hätte euch Kindern viel Leid erspart, wenn es in meiner Macht gestanden wäre?"

„Du vergleichst Äpfel mit Birnen", brumme ich und nehme einen Schluck Wein, der eine angenehme Süße in meinem Mund verbreitet. „Wieder einmal soll ich auf die Erfüllung meiner Wünsche und Träume verzichten, weil mein Vater sich wie ein Schwein benommen hat und wir nun alle stillhalten müssen, damit bald Gras über die Sache gewachsen ist. Er ist dein Problem. Nicht ich. Du beschäftigst dich immer nur damit, was die Leute denken, vergisst aber völlig, was deine Tochter möchte. Und wenn du wirklich nur mein Bestes im Sinn hast, dann versuche einfach, mir keine Steine in den Weg zu legen."

Der Verlauf des Gesprächs hat längst eine Richtung genommen, die mir überhaupt nicht gefällt. Weg von meinen Zukunftsplänen hin zum Leben meiner Mutter. Zu einem unzufriedenen Leben. Daraus macht sie kein Geheimnis – zumindest nicht mir gegenüber.

„Ich habe das Gefühl, mich ständig im Kreis zu drehen. Immer wieder muss ich das machen, was die Leute von mir erwarten. Ich bin keine Maschine. Ich möchte endlich ich selbst sein."

„Gaby", redet Mutter sanft auf mich ein. „Niemand verlangt Unmenschliches von dir. Niemand. Es geht doch nur darum, dass du dich nicht kopfüber in ein dummes Abenteuer stürzt, das du später bereust. Ich liebe dich doch."

„Das hilft mir auch nicht weiter." Meine Worte müssen ihr Herz durchbohren. Doch sie versteht es nicht anders. Manchmal muss ich ihr mit aller Brutalität vor Augen führen, was ich möchte.

Jetzt gelingt es auch meiner Mutter nicht mehr länger, die aufkeimende Wut hinter der gutbürgerlichen Fassade zu verstecken. Sie schließt die Augen, schüttelt unwillig den Kopf und trommelt mit ihren Fingern ungehalten auf die Tischplatte. „Du bist stur und uneinsichtig. Was erwartest du als Antwort?"

„Hallo? Noch einmal – ich bin erwachsen. Ich erwarte gar keine Antwort von dir. Geschweige denn brauche ich deine Zustimmung, wenn ich in meinem Leben eine Veränderung vornehmen möchte. Ich wollte dich lediglich über meine Pläne in Kenntnis setzen."

„Dein Bruder wird ebenfalls wütend sein."

„Soll er. Noch einmal – es ist nicht euer Problem. Ich bin seit geraumer Zeit volljährig, erledige meinen Einkauf selbstständig, kann kochen, putzen – kurz gesagt, ich bewältige meinen Alltag."

Mich würde es nicht wundern, wenn man uns aus dem Restaurant wiese, was meiner Mutter bestimmt einen Schlaganfall bescheren würde. Doch ich bin zu aufgeregt, um mir Sorgen um andere zu machen.

Es ist wie immer. Mom wird ihre Meinung nicht ändern. Ich meine ebenfalls nicht. Irgendwann werden wir nur noch schweigen, um uns nicht gegenseitig an die Kehle zu gehen. Im Moment kann ich nur schwer an mich halten. Wie sie ihr Kinn nach oben schiebt, um mir ihre Willenskraft und Stärke zu demonstrieren! Ich pfeife darauf und trinke mein Glas leer.

„Auf meine Unterstützung darfst du nicht zählen."

Fassungslos starre ich sie an. Auf ihrem Gesicht hat sich ein siegessicheres Lächeln ausgebreitet, während sie sich erneut in die Speisekarte vertieft.

Sie ahnt, was in mir vorgeht. Nein, sie ahnt es nicht nur, sie weiß es. Vielleicht sogar besser als ich. Früher oder später werde ich meinen Ausbruchsversuch abblasen und wieder meine Rolle als braves Töchterchen spielen. So ist es doch immer gewesen, nicht wahr, Beverly?

Nicht dieses Mal. Dieses Mal wird deine kleine Gaby kämpfen. Nicht nur um ihre eigene Freiheit. Sie kämpft für alle Mädchen, denen die Bürde einer jahrhundertealten Familientradition auf den Schultern lastet. Sie kämpft für ein Leben, das viel zu lange von den Idealen der Mutter dominiert worden ist. Mit einem Vierteljahrhundert auf dem Buckel muss ich mich endlich dazu aufraffen, in die Fußstapfen des großen Bruders zu treten, das eigene Ding durchzuziehen und nicht irgendwann reumütig an Mutters Herd zurückzukehren.

Jedes Problem lässt sich mit der richtigen Menge an Kuchen, Torten und anderen Süßigkeiten, die zur Stimmungsaufhellung beitragen, lösen. Ein Leitsatz, den Ilka und ich bei jeder sich bietenden Gelegenheit in die Tat umsetzen. Auch an diesem Abend. Während mein Auftrag darin bestanden hat, pünktlich und mit einem Schokokuchen zu erscheinen, hat sich Ilka um die Zubereitung der heißen Schokolade gekümmert. Unsere Seele wird lachen, während meine Hüften bereits im Onlineshop nach Hosen mit größerer Bundweite Ausschau halten.

Bei meinem Eintreffen bin ich froh, als Ilka mir erklärt, dass wir die Wohnung für uns haben, da ihr Bruder erst spät nach

Hause kommen wird. Keine Ahnung, weshalb ich ausgerechnet heute Daniil nicht unter die Augen treten möchte. Vielleicht liegt es daran, dass ich mich besonders schutzlos und angreifbar fühle.

Wir machen es uns auf der Couch bequem. Wieder einmal brauche ich einige Zeit, bis ich mich in dem sterilen Raum wohlfühle. Mittlerweile hat sich die Frage nach dem *Warum* beantwortet. Ich bin mir sicher, dass eine Wohnung die Seele eines Menschen widerspiegelt, sein Innerstes nach außen kehrt. Und Daniils Innerstes scheint genauso auszusehen – kalt, einsam und von einem harten Panzer umgeben. Noch nie zuvor hat mich ein Mensch, den ich kaum kenne, so sehr beschäftigt, wie Daniil es tut.

Er ist der Falsche. Es ist Unfug, auch nur an ihn zu denken. Doch irgendetwas hat er an sich, das Frauen, mich eingeschlossen, anzieht. Seine Art kann es nicht sein, denn von Höflichkeit und Respekt hält er wenig. Aber ist es nicht genau das, nach dem ich mich, nun zur Rebellin mutiert, sehne? Nach einem Mann, der im vollkommenen Widerspruch zu den Vorstellungen meiner Mutter und sogar zu meinen eigenen steht. Ein Mann, mit dem ich mich niemals in der Öffentlichkeit zeigen könnte. Und sollte ich es wagen, würde sich die Pressemeute auf mich stürzen. Die brave, sittsame Gaby Bennet würde plötzlich in einem völlig anderen Licht erscheinen.

„Also", beginnt Ilka, während sie den Kakao in ihrer Tasse mit dem Löffel aufquirlt, „was ist der Grund für die Schokoladen-Invasion?"

Ein gutes Stichwort. „Meine Mutter", gestehe ich gereizt. „Weißt du, was kleine Kinder machen, wenn sie sich den Kopf stoßen? Sie weinen und wissen, dass ihnen jeder Wunsch von den Lippen abgelesen wird."

„Hey", unterbricht sie mich und stößt mir mit dem Ellenbogen in die Rippen. „Sie ist deine Mom und hat eine verdammt schlimme Zeit hinter sich. Sie als berechnendes Kind hinzustellen, finde ich höchst unpassend."

Die Gabel mit dem köstlichen, in seinem Kern noch weichen Schokokuchen landet in meinem Mund. Ich genieße die Zuckerexplosion, schließe die Augen und lecke mir über die Lippen. Und trotzdem habe ich noch einen Kampf auszufechten. Wie kommt es überhaupt, dass meine beste Freundin, die mir sonst treu den Rücken stärkt, plötzlich die Fronten gewechselt hat?

„Unpassend? Weißt du, was ich unpassend finde? Ihr Verhalten! Sie hat nichts dazugelernt. Ich habe eine ziemlich genaue Ahnung davon, wie es ihr geht, aber ich muss meinen eigenen Weg finden."

„Pierres Worte?"

„Meine Worte. Glaub mir, sie hat nur Schiss, dass sich unsere brave Obama-Familie in die schlimmen Kennedys verwandelt. Dabei sind wir doch längst die Kennedys."

Ilka ist die Einzige, die jedes noch so dunkle Kapitel meines Lebens kennt. Anfangs hat es mir große Schwierigkeiten bereitet, offen darüber zu reden. Mittlerweile ist das kein Thema mehr. Es ist Vergangenheit. Meine Vergangenheit. Das Leben muss und soll weitergehen. Wenn ich mich nicht irgendwann von der Übermacht meines Vaters befreit hätte, wäre ich längst in der Klapsmühle gelandet. Aber er kann mir nichts mehr tun. Ich habe keine Angst vor ihm. Ich empfinde rein gar nichts für ihn. Weder Liebe, die es nie gegeben hat. Oder vielleicht bis vier Tage nach meinem fünften Geburtstag, als er mich das erste Mal geschlagen hat. Damals habe ich wohl den Lieblichkeitsfaktor verloren, alle Schleusen wurden geöffnet und seine Wut prasselte ungehindert auf mich nieder. Die Ohrfeige tat weh. Sie kam unerwartet und danach hat er seiner Hose, auf die ich meine Cola verschüttet hatte, mehr Aufmerksamkeit geschenkt als mir. Ich saß am Boden, hielt mir die Wange und weinte herzzerreißend. An diesem Tag habe ich ihn zu hassen begonnen. Ich habe nicht einmal verstanden, welches Gefühl da in mir reifte. Wie sollte eine Fünfjährige das auch wissen? Ich hatte Angst, meiner Mama davon zu erzählen, da ich der festen Überzeugung war, dass ich etwas Furchtbares angestellt hatte und die Ohrfeige die gerechte Strafe dafür war.

Zwanzig Jahre später kann ich meine Gefühle besser beschreiben. Ich weiß, dass ich stark bin, aber dass ich nicht die Schuld der ganzen Welt auf meine Schultern laden muss.

„Gaby, wie dem auch sei. Du musst ihr beistehen und sie in dieser schweren Zeit nicht noch zusätzlich belasten."

„Ich belaste sie doch gar nicht. Ich wollte ihr nur mitteilen, dass ich eine Veränderung anstrebe. Warum gerät ihr deshalb alle aus dem Häuschen?"

„Wir machen uns einfach Sorgen um dich." Ilka nimmt sich bereits das zweite Stück Kuchen. Wer von uns braucht Zucker, um seine Nerven zu beruhigen? „Du bist eben nicht wie alle anderen."

Spinnt die? Nicht wie alle anderen? „Ich wusste gar nicht, dass ich ein Alien bin. Nur weil mein Vater ein sadistisches Arschloch ist, muss mich das nicht zu einem seelischen Krüppel machen."

Bevor Ilka sich das letzte Stück Kuchen einverleiben kann, rette ich es auf meinen Teller, wo ich mit der Gabel Muster in den Schokoguss zeichne. „Egal, was du sagst oder meine Mutter. Oder William. Ich wette übrigens, dass er mich bereits mehrmals angerufen hat. Auch wenn ihr alle dagegen seid, ich werde meinen Weg gehen. Und ich werde an diesem Casting teilnehmen. Ich möchte mich mit anderen messen und sehen, was ich ohne die Hilfe meiner Eltern schaffen kann."

Ilka, unbeeindruckt von der Inbrunst meiner Worte, kratzt sich am Ohr und zieht eine Schnute. „Dann viel Spaß, Soapie."

„Das war das letzte Kuchendinner, das wir hatten, meine Freundin." Damit landet der nächste Bissen in meinem Mund.

„Ich fürchte nicht", gesteht Ilka kleinlaut.

Augenblicklich erstarre ich und umklammere den Tellerrand so krampfhaft, dass ich fürchte, er könnte in tausend Stücke zerbersten. „Moment mal. Da ist doch etwas am Stinken. Dein Verhalten, deine bissige Art …"

Als müsste sie sich wappnen, saugt sie die Luft ein und legt den Kopf leicht schief. Wie verletzlich sie wirkt! Ich möchte wissen, was meine stets optimistische Freundin derart ins Wanken bringt.

„Du erinnerst dich doch an Parker?"

Wie könnte ich den vergessen? Ich nicke und dränge sie mit einer ungeduldigen Handbewegung weiterzusprechen.

Ein zögerndes Lächeln breitet sich auf ihrem Gesicht aus. „Vor ein paar Tagen hat er mich angerufen und gefragt, ob wir zusammen einen Kaffee trinken wollen. Ich habe zugestimmt. Er ist einfach wunderbar." Sie strahlt bis unter den Haaransatz.

„Er ist der beste Freund deines Bruders", melde ich Bedenken an, da ich ernsthafte Zweifel hege, ob Daniil dieses Techtelmechtel billigen wird.

Ilka stutzt kurz und setzt mich dann weiter ins Bild. „Schon seitdem ich ein Teenie war, hat er mir gefallen. Ich streite nicht ab, dass er nicht in mein übliches Beuteschema passt. Doch, Gaby, er ist … ich kann es nicht beschreiben."

„Was will er von dir?" Meine Güte, ich klinge wie meine Mutter. Warum gönne ich ihr die Freude nicht? Ilka kann nichts dafür, dass ich mit dem falschen Mann ins Bett springe und ein ziemlich gespanntes Verhältnis zu meiner Familie habe.

Als würde sie zur weiteren Erklärung freie Hände benötigen, stellt sie den Teller ab. „Ich habe keinen blassen Schimmer. Ich dachte eigentlich, dass er Daniils nervige kleine Schwester in mir sieht. Offenbar habe ich mich geirrt."

„Habt ihr …?" Himmel, geht es noch dämlicher? Bin ich mittlerweile außerstande, bestimmte Worte in den Mund zu nehmen? Warum eigentlich? Hat es damit zu tun, dass Ilka normalerweise eher zurückhaltend ist und auf einmal eine selbstsichere Frau vor mir sitzt? Hat sie all die Eigenschaften aufgesaugt, welche ich in den letzten Tagen verloren habe?

So wie meine Jungfräulichkeit an Jason Woughn, der auf der Couch im Haus seiner Eltern über mich hergefallen ist. Na ja, hergefallen – ich habe nicht viel unternommen, um ihn zurückzuweisen. Bereitwillig habe ich meine Beine breit gemacht. Ob es mir gefallen hat, sei dahingestellt. Jason behauptete zwar, dass er selbst schon mit einem Mädchen geschlafen hätte. Die Betonung liegt auf *hätte*. In seinen feuchten Träumen, beim Umschalten auf den Pornokanal oder beim Durchblättern des Playboys werden einige Damen aufgetaucht sein, die er dann zu seinen Errungenschaften gezählt hat. Ich bin jedoch der festen Überzeugung, dass ich die Erste in seinem Leben war. Dementsprechend kurz fiel das Scharmützel aus. Um genau zu sein, bin ich mir nicht einmal sicher, ob da tatsächlich etwas „gesteckt" ist. Grauenvoll, dass ich ausgerechnet jetzt daran denken muss. Damals habe ich mir jedenfalls geschworen, nicht so bald wieder einen Kerl in mich eindringen zu lassen. Jahre später, im Hier und Jetzt, sieht die Welt ein wenig anders aus.

Ilka reißt mich aus meinen Erinnerungen, indem sie mir ihr weiteres Vorgehen in Bezug auf Parker auseinandersetzt. „Nein, haben wir nicht. Was auch gut ist. Ich streite nicht ab, dass ich nicht bereit dazu wäre. Doch es soll anders werden."

„Wie? Hast du schon einmal von einem wütenden großen Bruder gehört, der dem Mann, der das Herz seiner kleinen Schwester stiehlt, einen Pfeil in die Brust jagt? Bei einem Wildfremden wäre man vielleicht entsetzt, beim besten Freund des großen Bruders würde man daneben sitzen und zustimmend mit dem Kopf nicken."

„Ja, ja. Daniil soll sich gefälligst um seine eigene Scheiße kümmern. Wenn ich mich bereit fühle und Parker mich nicht verarscht, soll er zu seinen Pussys gehen und mich in Ruhe lassen."

Beinahe hätte ich mich verschluckt. Nur beinahe. Denn in dem Moment kommt Daniil zur Tür herein. Er mustert uns beide von oben bis unten, sieht die leeren Teller und die Krümel auf seiner weißen Couch und hat wahrscheinlich auch einiges von unserem Gespräch mitbekommen. Das Kameradenschwein, das ich bin, geht in Gedanken schnell das Gesagte durch. Wenigstens bin ich die Gute, die sich gegen die Verbindung seiner Schwester ausgesprochen hat. Das wird mich wohl vor dem Tod bewahren.

„Daniil?" Kerzengerade richtet sich Ilka auf und fegt die Krümel von der Couch, was alles noch schlimmer macht.

Daniil verzieht keine Miene, steht noch immer im Türrahmen und betrachtet nicht länger seine Schwester, sondern mich. Ich zerschmelze unter seinen Blicken, kann mir aber vorstellen, dass ich die letzte Person bin, die er um diese Uhrzeit in seinem Wohnzimmer vorfinden möchte. Doch ich halte seinem Blick tapfer stand.

Langsam stößt er sich vom Türrahmen ab, kommt auf uns zu und nimmt auf dem chromfarbenen, mit weißen Polstern bezogenen Relaxsessel Platz. Seine Beine sind weit gespreizt, während seine Arme entspannt auf seinen Oberschenkeln ruhen.

„Du bist zurück?", fragt Ilka töricht.

Doch er fixiert mich weiterhin. Mich! Die Person, deren Gehirn die brennende Maschine verlassen hat. Mein Verstand schwebt am Fallschirm hängend nach unten zur sicheren Erde, wo Daniil mich bereitwillig in Empfang nimmt. Ilka ist zur

Nebenfigur degradiert. Ihre Worte dringen nicht zu uns durch. Ich habe keine Ahnung, was mich dermaßen an ihm fasziniert. Sein Äußeres wäre die einfachste Erklärung. Doch bei unserer letzten Begegnung hat er mir einen winzigen Einblick in sein Inneres gewährt. Außen hui, innen …

Ich weiß nicht einmal, was er von mir hält. Was er denkt. Was er fühlt. Ob er überhaupt in der Lage ist zu fühlen. Ich rede von menschlichen Gefühlen. Nicht von den sadistischen, mit denen er sich gerne brüstet. Sadistisch trifft es ziemlich gut. Teuflisch. Der Teufel höchstpersönlich. So sieht er aus. So wirkt er. Die dunklen Haare wie immer zerwühlt, als hätte er eine Rauferei hinter sich. Er trägt ein weißes Hemd, das ihm hervorragend steht. Die Ärmel sind bis zu den Ellenbogen hochgekrempelt. Diese Arme. Ich starre wie hypnotisiert auf diese Arme. Feine, dunkle Haare, die so männlich wirken, Stärke demonstrieren, mich um den Verstand bringen, kräuseln sich darauf.

Mein Mund wird trocken. Staubtrocken. Doch ich halte mich zurück und befeuchte die Lippen nicht mit meiner Zunge. Das wäre eine zu offensichtliche, Sex vermittelnde Geste, die ich zu vermeiden gedenke.

Endlich scheint sich Daniil der Existenz seiner Schwester bewusst zu werden. Augenblicklich erlischt das dunkle Leuchten in seinen Augen. Sein Blick wird weicher, liebevoller. „Alles unter Dach und Fach."

„Freut mich für dich."

Ich lausche Daniils Ausführungen über den Verlauf des Abends, wo auch immer er gewesen sein mag. Zum ersten Mal scheine ich den echten Mann hinter der kalten Fassade zu sehen. Es schwingt eindeutig Liebe in seinen Worten mit. Er vergöttert seine Schwester. Die Familie bedeutet ihm wohl alles. Ich bin erleichtert, dass Ilka doch nicht das erwartete Monster zum Bruder hat.

Doch dieser Zustand hält nicht lange an. Gleich darauf klingelt Ilkas Telefon. Ihre Augen leuchten und mir ist klar, wer der Anrufer ist. Bedauernd zuckt sie mit den Schultern und eilt aus dem Zimmer. Ich bleibe mit Daniil zurück.

Wie unangenehm es ist, hier zu sitzen und sich anzuschweigen! Er macht keine Anstalten, eine Unterhaltung zu beginnen, sondern starrt mich lediglich an. Mein Selbstbewusstsein zerbröselt immer mehr. Ich muss mich beschäftigen. Muss einen Grund finden, mich zu verabschieden. Am besten mache ich mich erst einmal ans Aufräumen. Ich schnappe mir einen Teller und eine Tasse und verschwinde in Richtung Küchenzeile.

Natürlich spüre ich seine Blicke in meinem Rücken. Ungelenk bewege ich mich vorwärts, gerade dass ich nicht stolpere und auf die Nase falle. Irgendwie schaffe ich es bis zum Spülbecken, wo ich Wasser einlasse und mir viel Zeit für den Abwasch nehme.

Was ist nur los mit mir? Warum benehme ich mich wie eine Fünfzehnjährige, die mit dem Freund ihres großen Bruders allein ist, den sie schon seit Jahren anhimmelt. Ich bin mir sicher, dass Daniil solche Gedanken fremd sind. Wenn überhaupt, dann fragt er sich wahrscheinlich nur, wie er mich so schnell wie möglich in die Kiste kriegt.

Hilfe, ich werde doch tatsächlich rot!

„Vor wem läufst du eigentlich weg?" Plötzlich taucht er neben mir auf. Er hat Ilkas Tasse und ihren Teller mitgebracht.

Verdammt, murre ich innerlich und greife nur widerwillig nach dem Geschirr, das er in seiner Hand hält, wobei ich peinlich darauf bedacht bin, ihn nicht zu berühren. Körperkontakt könnte ich im Moment nicht ertragen. „Warum sollte ich weglaufen?"

Daniil dreht sich zu Seite, steht nun dicht neben mir und lehnt in seiner typischen Pose an der Küchenzeile. „Ich frage mich, weshalb du es keine Sekunde in meiner Gegenwart aushältst."

„Du gibst mir auch sehr wenig Anreiz", verdammt, falsches Wort, es erinnert mich an *Reiz, reizen, Sex*, verdammt, „mich in deiner Anwesenheit wohlzufühlen." Was machst du, Gaby?, fauche ich im Stillen und spüle den sauberen Teller mit klarem Wasser nach.

Ob er belustigt oder überrascht ist, kann ich nicht sagen. Jedenfalls bläst er die Backen auf, als hätte ich ihm gerade eine unglaubliche Geschichte erzählt. „Verstehe." Sonst nichts.

Während ich mich weiterhin den Tassen widme und Daniil sich vermutlich seinen Teil denkt, immerhin wasche ich derart bedächtig ab, als machte ich es zum ersten Mal, stellt sich wieder Schweigen ein. Er mustert mich. Scannt jeden Millimeter meines Körpers.

Meinen Mund, wie oft sieht er auf meinen Mund? Meinen Hals – was findet er daran so aufregend? Meinen Hintern. Er denkt wohl, ich sei dämlich und bekomme von seiner Inspektion nichts mit. „Kränkt es dich, dass du scharf auf mich bist, mich deine Macho-Sprüche aber vollkommen kalt lassen? Hä?"

Erstaunt sieht er mich an. „Daniil, meinst du wirklich, ich finde es geil, wenn du mich ununterbrochen beleidigst, verlegen machst und dich derart provokant aufführst, dass ich dir am liebsten eine in die Fresse hauen würde? Einen Teenager kannst du so möglicherweise beeindrucken, mich nicht."

„Wenigsten hätten wir die Sache mit dem Alter geklärt. Nicht dass ich mich noch strafbar mache", antwortet er ganz ruhig, was mich zutiefst aufwühlt. „Dann findest du mich also provokant?"

„Ja", gebe ich lauter als gewollt zurück. „Ich weiß ja nicht, mit welchen Frauen du sonst verkehrst, jedenfalls finde ich es abartig."

„Die Frauen oder mich?"

Er will mich herausfordern, mich aus der Reserve locken, mich dazu bringen zuzugeben, dass mir etwas an dieser Unterhaltung liegt. Tut es ja auch. Viel zu sehr sogar, um ehrlich zu sein. Ich erhoffe mir eine Menge. Natürlich bleibt er weiterhin ein *Bad Boy*. Der Unbezwingbare. Aber vielleicht gelingt es mir ja, seinen Panzer zu knacken. „Dein Verhalten."

„Wie muss ein Mann sein, um deinen Ansprüchen zu genügen?"

Er fragt mich schon wieder aus. „Ich … na ja …"

„Wie ist denn unser Benny-Boy?"

Ich schlucke und lege das Geschirrtuch zur Seite. Meine Antwort dauert ihm wohl zu lange. Vermutlich denkt er dabei an Ilka, die jeden Augenblick zurückkommen kann. Er macht einen Schritt auf mich zu, steht nur noch eine Handbreit entfernt und – bei Gott! – ich finde ihn derart sexy, dass ich all meine Kraft brauche, um nicht über ihn herzufallen.

„So sprachlos, kleine Abigail?", neckt er mich.

„Er lädt mich zum Essen ein. Ist konventionell. Ganz einfach", stottere ich, als er seine Hand ausstreckt, um mir eine Haarsträhne hinters Ohr zu streichen.

Er lächelt leicht, sieht auf mich herab, als hätte ich sie nicht alle. „Essen. War das eine Einladung, Miss Bennet?"

„Nein, war es nicht", fahre ich ihn kaltschnäuzig an.

„Du möchtest, dass ich eine Einladung ausspreche, nicht wahr?" Er kommt ganz nahe an mich heran und flüstert mir ins Ohr. Die Strähne hält er noch zwischen seinen Fingern.

Ich zittere wie Espenlaub, meine Hände verkrallen sich am Rand des Spülbeckens. Er ist verrückt. Aber ich offenbar auch, denn etwas geschieht mit mir, während er dicht hinter mir steht und sich jeder seiner Muskeln gegen meinen Körper presst. Es ist ein aufregendes Gefühl und so anders als alles, was ich bis jetzt gehabt habe. Dieser Mann weiß genau, wovon er redet.

„Ich dachte, du zählst nicht zu den verknöcherten Jungfern, immerhin vögelst du ja mit Benny. Eine ziemlich unkonventionelle Vereinbarung. Oder läuft da mehr zwischen euch?"

Ich räuspere mich, was ich immer mache, wenn ich nervös bin. Doch so nervös wie heute war ich wohl noch nie. Wie kommt er dazu, mich so in Verlegenheit zu bringen? Überlegt er nicht? Natürlich überlegt er. Er plant alles ganz genau. Jeden Schritt, jede Bewegung. Auch jetzt, als er seine Lippen leicht über mein Ohrläppchen gleiten lässt. Gleich darauf bin ich mir gar nicht mehr sicher, ob die Berührung überhaupt stattgefunden hat.

„Wir führen keine Beziehung!", rufe ich aus. Wahrscheinlich will ich damit mein schlechtes Gewissen beruhigen. Warum hat sich das eigentlich eingestellt? Weil ich mit diesem Mann flirte? Flirten? Über dieses Stadium sind wir wohl schon hinaus und bereits mitten im Vorspiel. Mir ist heiß.

„Das ist gut", lächelt er selbstsicher. „Nicht dass ich dich zu etwas Verbotenem verleite."

Etwas Verbotenes – das Lachen bleibt mir im Halse stecken. Als wäre das hier nicht schon verboten genug. Immerhin telefoniert Ilka nur zwei Zimmer weiter, während ihr Bruder kurz davorsteht, mich zu küssen.

Ich wende den Kopf ab im verzweifelten Versuch, das Brennen auf meinen Lippen zu vertreiben. Im Grunde weiß ich aber, was ich brauche, um es zu stillen. Den Mann, der hinter mir steht und dessen Lippen ich an meinem Hals, knapp unter meinem Ohr, spüre. Er berührt mich, ich fühle es. Besser, ich ahne es. Es ist flüchtig, hauchzart. Ich bin gezwungen, den Mund zu schließen, um nicht aufzustöhnen. Verdammt, er wird denken, ich sei noch grün hinter den Ohren.

„Es würde mich freuen, wenn du Montagabend Zeit für mich hättest." Ich fühle, dass es ihm mit dieser Einladung ernst ist.

In mir tobt ein Aufruhr, der mir rät, Nein zu sagen. Er ist nichts für mich. Er ist böse. Wild. Ein Rüpel. Doch habe ich mir nicht heute noch geschworen, es meiner Mutter zu zeigen? Daniil lässt mich nicht kalt – im Gegenteil. Er wühlt mich auf. Früher oder später würde ich ihm erliegen. Natürlich könnte ich ihn vor mir kriechen lassen, aber …. Scheiß drauf, ganz einfach.

„Du hast es eigentlich nicht verdient", seufze ich.

„Möglich. Ich kann aber auch ein netter Kerl sein, wenn du mich lässt."

Er bringt mich tatsächlich zum Lachen und das, obwohl ich seine Erregung deutlich an meinem Hintern spüre. Ich sollte ihm eine knallen und verschwinden. „Von mir aus."

„Braves Mädchen", lobt er mich, anstatt einfach Danke zu sagen, und klopft ganz leicht auf meinen Allerwertesten. „Ich schicke dir die genaue Adresse noch. Einverstanden?"

„Okay."

„Ich freue mich, *Gaby*." Noch während er meinen Spitznamen auf süffisante Weise in die Länge zieht, küsst er mich auf den Scheitel. Ich irre mich doch nicht, meine Haare brennen wirklich. Oder?

Gleich darauf lässt er mich stehen und nur Sekunden später kommt Ilka zurück. Ob ich noch rot bin? Keine Ahnung. Meine Freundin ist jedoch zu sehr mit sich selbst beschäftigt, um meine Befindlichkeit zu registrieren. Ich könnte mit abgehacktem Finger auf dem Boden liegen, sie würde auf ihrer rosaroten Wolke schwebend über mich hinwegsteigen und ein freudiges Liedchen trällern.

Komisch, meine Laune schlägt um. Ich ärgere mich über mich selbst.

Warum nur lasse ich mich von diesem Kerl einwickeln? So leicht bin ich doch sonst nicht zu überreden. Da bestimme ich, wo, wann und wie es anfängt – und zu Ende geht. Und jetzt ist da Daniil, prollt sich in mein Leben und bringt mich mit einem klitzekleinen Lüftchen zum Fliegen. Ich bin durcheinander – freudig durcheinander. Dabei sollte ich mich schämen und nicht bereits überlegen, was ich am Montagabend anziehe. Nein, es wird nicht romantisch, und nein, er wird mich nicht in ein nettes Restaurant ausführen. Vermutlich lande ich in seinem Bett. Eine Stunde später wirft er mich raus, nur damit ich im selben Augenblick diese Wohnung zu hassen beginne. Ihn zu hassen beginne und Ilka, die seufzend an meiner Seite Platz nimmt, auf ewig aus dem Weg gehen werde.

„Parker?", frage ich nicht minder genervt.

„Ja", meint sie in diesem verliebten Sing-Sang. „Ach Gaby, dieser Mann wird mich glücklich machen. Er berauscht mich ungemein."

„Aha", antworte ich knapp und schrecke beim Geräusch des laufenden Wassers, welches eindeutig aus dem Bad kommt, auf. Ich muss hier weg, ist mein nächster Gedanke. Daniil ist nackt. Nackt. Himmel, Arsch … „Wir sehen uns morgen", wimmle ich Ilka ab, die sich eigentlich darauf eingestellt hat, mir den Inhalt des Telefonats in aller Ausführlichkeit zu berichten, inklusive aller daraus resultierenden Pläne und Wünsche.

„Warum?", fragt sie skeptisch.

„Ach, nur so. Es ist spät."

„Was hat er gemacht?"

„Wer?"

Oh nein, der Kopf liegt schief. Lauf, Gaby! Lauf! „Mein Bruder. Was wollte er? Hat er dich bedrängt?"

Ja. Nein. „Nichts. Wir haben uns nur … unterhalten." Ich hätte nicht stottern sollen. Weder jetzt noch vorhin. Wobei es vorhin nicht um mein Leben gegangen ist.

Ilka verschränkt die Arme vor der Brust. „Ich weiß, wie er tickt, und mal unter uns, mich wundert es wirklich, dass er dich nicht längst angebaggert hat. Also, hat er nun oder nicht?"

„Nein. Denkst du, ich lasse mich einfach angraben?" Ja, tue ich. Aber wenigstens schäme ich mich dafür.

„Ich weiß, wie er aussieht, und vor allem weiß ich, wie er auf Frauen wirkt."

„Ja und? Er ist dein Bruder."

Sie nickt mürrisch. „Na gut, du wolltest es nicht anders." Eine Drohung. Mann, Ilka muss riechen, dass ich ihr die Wahrheit verschweige. „Letzte Woche kam ich in die Wohnung und aus Daniils Schlafzimmer drangen eindeutige Geräusche. Für mich war das nichts Neues und ich machte es mir mit der *InFame* auf der Couch gemütlich. Etwa eine dreiviertel Stunde später wurde das Stöhnen durch Schreien vermischt mit Weinen abgelöst. Kaum eine Minute verging, da knallte zuerst Daniils Schlafzimmertür, ehe ich einen blonden Schopf durch unsere Wohnungstür rauschen sah. Er hat sie verarscht, sie gevögelt und dann vor die Tür gesetzt. Sie hat geweint, Gaby. Trotzdem keine Spur von Mitgefühl seinerseits."

Schluck. Aus berufenem Munde zu hören, wie Daniil wirklich ist, macht mir doch ein klein wenig Angst. Ein weiterer Grund, weshalb ich die Finger von ihm lassen sollte. „Vielleicht wurde einer von euch bei der Geburt vertauscht."

Verwirrt blickt sie mich an. „Du findest es nicht schlimm?", fragt sie dann.

Achselzuckend begutachte ich die abgetrockneten Tassen, die Daniils Verführungskünste eben noch hautnah miterleben durften. „Ich halte selbst nicht viel von Liebe und dem Kram. Selber schuld, wenn die Tussi den Gong nicht gehört hat. Aber sei unbesorgt, ich werde die Finger von deinem Juwel von Bruder lassen."

„Ich bin die Gute, verstehst du. Du aber, auch Daniil, ihr beide seid böse Menschen und werdet irgendwann zur Rechenschaft gezogen werden."

„Uh, ich erzittere. Wer wird kommen – Gollum, Satan, Britney Spears' früh verlorene Jungfräulichkeit? Wir sehen uns, Ilka. Viel Spaß mit Parker."

Ein Wort und alles ist vergessen – sie strahlt. Das ist für mich die Gelegenheit, auf der Stelle zu verschwinden.

6. Kapitel

Als ich am Montagabend an der Upper Street aus dem Taxi steige, klatscht mir der Regen ins Gesicht. Regen allein wäre zu ertragen. Jedoch hat sich im Laufe der vergangenen Stunde ein heftiges Gewitter zusammengebraut. Wenn es über mir blitzt und donnert, werde ich zum kleinen Mädchen, das sich am liebsten unter der Bettdecke verstecken möchte.

An diesem Abend trägt nicht das Gewitter Schuld an meiner übergroßen Angst. Es ist die Nervosität, die in meinem Bauch pocht und mich tief einatmen lässt, während ich meinen Regenschirm aufspanne.

Das gesamte Wochenende, welches ich in meiner Wohnung verbracht habe, als Geisel meiner selbst, habe ich mich gefragt, was eigentlich in mich gefahren ist. Oder besser, was Daniil mit mir gemacht hat. Mehrmals habe ich nach meinem Handy gegriffen, um auf die SMS mit der Adresse des Treffpunktes zu antworten. Nicht dass ich mich bedankt hätte – ich hatte vor abzusagen.

Mal ehrlich – was erhoffe ich mir? Seine Läuterung? Eine Begegnung mit einem völlig anderen Menschen? Es ist schwer, Daniil in eine Schublade zu stecken. Er scheint mir unberechenbar und eigen zu sein. Es ist nicht einmal die Angst vor ihm selbst. Viel mehr gruselt es mich vor mir. Was ein einziger Gedanke im Kopf eines Menschen anrichten kann! Er kann dich dazu bringen, deine hart erkämpfte Selbstständigkeit aufzugeben.

Als ich meinen Kopf hebe und das Ladenschild über mir erblicke, sehe ich mich nach dem Taxi um, das mich hergebracht hat. Es ist weg. Klar. Aber was soll ich hier?

In einer Bäckerei? Bin ich hier wirklich richtig?

Auf der Suche nach einem Restaurant oder einer Bar gehe ich ein paar Meter die Straße hoch. Nichts. Außerdem stimmt die Adresse. Ich will gerade mein Handy zücken, als jemand meinen Namen ruft. Da es eindeutig dieses lang gezogene, freche „Abigail" ist, weiß ich sofort, wer der Rufer auf der Straße ist.

Daniil kommt aus der Bäckerei, die um diese Uhrzeit eigentlich geschlossen haben müsste, und läuft auf mich zu. Perplex bleibe ich stehen, starre ihn an und umklammere den Griff meines Regenschirms, als könnte ich sonst ausrutschen.

„Hey", begrüßt er mich und streckt mir seine Hand entgegen.

Ich ergreife sie, setze mein freundlichstes Lächeln auf und hoffe, dahinter meine Nervosität verstecken zu können.

„Komm mit rein." Er packt mich am Oberarm und zieht mich mit. Daniil weiß, was er will, macht daraus gar kein Geheimnis. Eigentlich mag ich seine Art nicht, doch hat er etwas an sich, dass es ihm ermöglicht, jeden Fehler gutzumachen. Mal schauen, was mich an diesem Abend erwartet.

Im Inneren der Bäckerei angekommen, nimmt er mir den Schirm ab, verschwindet damit in einer dunklen Ecke, während ich mich aus meiner hellblauen Strickjacke schäle. Als er zurückkommt, mir die Jacke wortlos abnimmt und sie über eine der unzähligen Sessellehnen hängt, ist es mir zum ersten Mal, seitdem ich vor zehn Minuten von ihm begrüßt worden bin, möglich, ihn genauer unter die Lupe zu nehmen. Ich frage mich, wie es ihm jetzt geht. Was er sich erwartet. Aus seiner Haltung, seinen Gesten, sogar aus seiner Kleidung erhoffe ich mir, Erkenntnisse zu gewinnen. Doch nichts. Er sieht aus wie immer. Zumindest wie jedes Mal, wenn ich ihn gesehen habe. Doch ebenso, wie ich mir meiner Wirkung auf Männer bewusst bin, scheint es Daniil zu ergehen. Denn wie wäre es sonst zu erklären, dass er auch heute seine Unterarme auf eindeutige Weise zur Schau stellt.

Mann, Gaby, das sind Unterarme! Doch auch der Rest ist nicht zu verachten. Seine Haare stehen wie immer ungebändigt nach allen Seiten ab. Ich möchte auf der Stelle hingehen und ihn kämmen. Die beiden obersten Knöpfe seines weißen Hemdes stehen offen und gewähren mir Einblicke, mit denen ich nicht gerechnet habe. Es fällt mir schwer, mich zu konzentrieren, als er auf eine Tür deutet, aus der ein einsamer Lichtstrahl fällt. Ich gehe vor ihm her, spüre seine Blicke, die meinen Rücken zu durchbohren scheinen. Einmal mehr bereue ich die Wahl meiner Kleidung.

Die schwarzen Pumps sind zu hoch, das schwarze Kleid ist zu kurz und der strenge Zopf, der Stärke und Geradlinigkeit ausstrahlen soll, passt auch nicht besonders gut. Daniils Blicke können gar nicht genug von meinen textilfreien Körperstellen bekommen. Und davon habe ich so einige mitgebracht.

Vor der Tür bleibe ich stehen, lasse Daniil den Vortritt und erwidere sein stummes Lächeln. Wir sind wohl beide auf der Jagd. Uns ist bewusst, was wir hier treiben. Es ist verboten, falsch und Ilka gegenüber unfair. Ich kann nicht einmal sagen, wann der Funke übergesprungen ist. Nicht erst heute, auch wenn mich sein Anblick, dieser puren Sex ausstrahlende, fast ohnmächtig werden lässt. Vielleicht ist es aber auch das Ungewisse, das uns hinter dieser Tür erwartet, die Daniil nun öffnet.

Meine Nippel versteifen sich, als er nach meiner Hand greift, um mich zu einem Tisch zu führen, auf dem zig Teller stehen. Daniil lächelt schief und platziert mich auf einem der beiden Stühle. Er nimmt mir gegenüber Platz, wobei der Tisch so schmal ist, dass sich unsere Knie berühren und der Hitzewelle in meinem Körper keine Chance zum Abflauen eingeräumt wird. Während er uns Wein einschenkt, dabei noch immer kein Wort sagt und ich verhalte mich nicht anders, lasse ich einen unauffälligen Blick durch den spärlich beleuchteten Raum gleiten. Es ist tatsächlich eine Backstube!

„Wir sind nicht eingebrochen", reißt mich Daniil aus meinen Spekulationen. „Es ist die Bäckerei der Eltern eines Freundes. Wir haben hier unsere Ruhe, sind für uns und brauchen uns nicht zu verrenken, um Kratzfüße vor wichtigen Leuten zu machen, denen wir zufällig begegnen. Du verzeihst die unkonventionelle Auslegung deiner Wünsche?"

„Und wir haben Kuchen", stelle ich fest.

Daniil schmunzelt, lehnt sich in seinem Stuhl zurück und mustert mich aus funkelnden Augen. „Schokolade stimmt jedes Gemüt milde."

„Dann möchtest du mich also mit Süßigkeiten gefügig machen", werfe ich kokett ein, als er mir ein Stück Kuchen reicht, das ausgesprochen verführerisch aussieht.

Mein Gegenüber kneift die Augen zusammen und scheint direkt in meinen Schädel zu blicken. „Zuerst besänftige ich die Rebellin in dir, dann erst folgt das Gefügigmachen."

Ich muss lachen. „Was erwartest du dir von diesem Abend?" Besser gleich zur Sache kommen und sich nicht lange mit Höflichkeit aufhalten.

„Alles."

Ich schlucke und muss die Frage, die mir schon auf der Zunge brennt, nochmals überdenken – als würde das etwas bringen! Wir legen einen Seelenstriptease der etwas anderen Art hin. Doch *who cares*, ich werde mich nicht einschüchtern lassen. „Was willst du wirklich, Daniil? Dir geht es doch nicht um mich im Speziellen. Ist es die Herausforderung? Das Abenteuer?"

„Das Gesamtpaket", spielt er weiterhin den Undurchschaubaren und hält an seiner Einsilbigkeit fest.

Ich möchte unbedingt Antworten, auch wenn ich weiß, dass ich es mir damit selbst schwer mache. „Wenn es dir nur um Sex geht, warum verschwendest du deine Zeit und sitzt hier mit mir? Hast du mich in Gedanken nicht längst ausgezogen?" Ich lege eine erwartungsvolle Pause ein, flüstere den letzten Satz beinahe.

„Was du bloß von mir denkst!", tadelt er und legt die Stirn in strenge Falten. „Ich versuche, mich deinen Wünschen entsprechend zu geben, was ich, um ehrlich zu sein, bei keiner anderen Frau tun würde. Keine Ahnung, was mich dazu veranlasst."

„Der Gegenwind", verstärke ich den Druck auf ihn.

„Möglich. Jedenfalls vor drei Tagen schienst du mir noch unerreichbar zu sein. Vielleicht war es die Dominanz in mir, die ihr Recht einfordert."

Dominanz, genau mit diesem Wort würde ich ihn beschreiben. Eine ungnädige Dominanz, die dich in die Knie zwingt. Ich räuspere mich und lege die Gabel beiseite.

„Welche Erwartungen hast du?"

„Nun ja."

„Nun ja, was? Neugierige Fragen verursachen Gegenfragen, mit denen unsere Gaby nicht klarkommt."

„Wir steuern denselben Bahnhof an."

Er schmunzelt. „Das hoffe ich, da ich lediglich für eine sehr begrenzte Zeit in London sein werde."

„Ja, ich verstehe den Wink mit dem Zaunpfahl", säusle ich maliziös.

„Nimm deinen Kuchen und komm mit. Ich möchte dir einen gemütlicheren Ort zeigen."

Noch bevor ich Fragen stellen kann, ist er aufgestanden und zum Gehen bereit.

Vor einer knappen Stunde haben wir vor dem Kamin im Verkaufsraum der Bäckerei Platz genommen. Seither hat sich die Stimmung deutlich verbessert. Ich genieße ihr Lachen und bereue meinen intuitiven Rückzug – als ich von meiner Rückreise nach New York sprach – beinahe. Im Grund fühle ich mich jämmerlich.

Während das Süßzeug Übelkeit in mir verursacht, schaufelt sie noch immer Kuchen in sich hinein. Mit jedem Stück scheint ihr Vertrauen in mich zu steigen, was ich fast noch mehr als ihr Dekolleté genieße. Ich muss gestehen, dass ich mich noch selten zuvor so gut mit einer Frau unterhalten habe. Trotzdem lässt sich nicht leugnen, dass es zwischen uns gewaltig knistert. Auch hat sie mich eiskalt erwischt, als sie mir vorgeworfen hat, ich würde nur an Sex denken. Das tue ich auch. Dauernd. Sie so zufrieden und entspannt neben mir zu sehen, macht es nicht einfacher, mich auf unser Gespräch zu konzentrieren. Aber wir quatschen, tauschen uns aus und lachen gemeinsam. Es fühlt sich gut an.

Allmähliche ahne ich, was für eine Art Frau sich hinter dieser wohlerzogenen Fassade verbirgt. Abigail ist im Grunde ein normales Mädchen, das keine einfache Kindheit und möglicherweise eine noch schwierigere Zukunft hat. Sie beeindruckt mich, ich lausche den Geschichten über ihren Bruder, der sie gegen die böse Männerwelt verteidigt. Ich genieße ihr Lachen, während sie mir von sich und Ilka erzählt. Zu meiner Überraschung ertappe ich mich dabei, wie ich freimütig von mir berichte. Von meiner Familie, meiner Kindheit, meinen Freunden, von meinem Leben in New York. Sie wischt sich Tränen aus den Augenwinkeln, als ich ihr von den beiden Frauen erzähle, die mich stinksauer vor die Tür gesetzt haben.

„Du warst nicht wirklich nackt?", prustet sie.

Ich nicke und trinke einen kräftigen Schluck Wein. Mann, wozu habe ich mich nur verleiten lassen? „Splitterfasernackt, so wie Gott mich schuf."

Wieder ertönt dieses herzhafte Lachen und reißt mich mit. „Was hast du gemacht?"

„Na ja, ich hatte meine Eier sprichwörtlich in der Hand, klingelte Sturm, immerhin hatten die beiden mein Handy, meine Geldtasche und meine Schlüssel."

„Sie haben dir nicht aufgemacht."

„Doch. Jedoch flogen lediglich die drei Dinge nach draußen, die ich im Moment am wenigsten brauchte."

„Oh mein Gott. Was hast du dann getan?", quietscht sie und schlägt ihre Beine übereinander.

„Ich habe Adwin angerufen, der mich abholte."

„Er hat dir doch hoffentlich etwas zum Anziehen mitgebracht?"

„Auf ihn ist Verlass. Selbstverständlich hat er sich an meiner misslichen Lage geweidet und erst nach minutenlangem Wiehern die Türen seines Wagens geöffnet. Ich stand die ganze Zeit bei vier Grad auf der Straße und kam mir wie der letzte Depp vor."

Langsam kehrt wieder Ruhe ein. Aus den Augenwinkeln sehe ich Abigail schmunzelnd ins Feuer starren und lehne den Kopf an die Wand hinter mir. „Wie kommst du eigentlich zu deinem Spitznamen? Das würde mich wirklich interessieren."

Mit der Zunge leckt sie sich die letzten Kuchenkrümel von den Lippen, ehe sie mich treuherzig anblickt. „Ich war ein kleines Mädchen und konnte noch nicht richtig sprechen. Wenn ich versucht habe, meinen Namen zu sagen, kam immer nur Daby, später dann Gaby heraus. So wie es mit Spitznamen nun mal ist – man bekommt sie schwer wieder los. Heute nennt mich keiner mehr Abigail. Nur meine Mutter. Und du."

Ich ertappe mich dabei, wie ich dümmlich vor mich hingrinse. „Und Ben, wie nennt er dich?", ziehe ich sie auf, da ich ihren verbissenen Gesichtsausdruck so liebe.

Sie schnaubt und pustet sich eine Strähne aus dem Gesicht. „Ich möchte nicht über Ben reden."

„Du wiederholst dich. Was findest du an ihm so schlimm?"

Für einen Moment schenkt sie den Flammen im Kamin ihre ganze Aufmerksamkeit. Als sie ihr Gesicht dem meinen zuwendet, lässt sie mich für einen kurzen Moment tiefer als in die oberste Schicht blicken. Ich erkenne starke Zweifel. Ob die Zweifel ihr selbst oder Ben gelten, vermag ich nicht zu deuten. „Es fühlt sich nicht gut an. Wir waren und sind Freunde und ich möchte unsere Freundschaft nicht zerstören, nur weil wir miteinander Sex hatten."

Ich muss mich zurückhalten, um bei ihrem geflüsterten „Sex" nicht laut herauszuplatzen. Doch sie scheint sich wirklich Sorgen zu machen, Ben falsch zu behandeln. Eine solche Empfindung liegt mir fern. Mir ist es ziemlich egal, was aus einer Verflossenen wird und ob sie sich nächtelang in den Schlaf weint. Da wir alle erwachsen sind und wissen, worauf wir uns einlassen, kann ich Gefühlsregungen wie diesen nichts abgewinnen. Das ist das Schlimme, wenn man sich mit Frauen einlässt. Irgendwann wollen sie Hochzeit, Babys und dein Herz. Verweigerst du ihnen das, heulen sie dir die Ohren voll.

Ob Abigail zu dieser Sorte gehört, wage ich im Moment nicht zu sagen. Sie scheint mir jedoch recht gefestigt zu sein. Vielleicht ist das schlechte Beispiel ihrer Eltern ja eine Art Schocktherapie für sie gewesen, sodass sie trautes Familienglück gar nicht erst anstrebt.

Ich setze gerade zur nächsten Frage an, da wird ihre Stimme schärfer. „Daniil, ich möchte mit dir nicht über Ben und mein Sexleben sprechen."

Meine Augenbrauen schnellen nach oben und obwohl ich es bleiben lassen sollte, muss ich nachbohren. „Warum?"

Sie kichert verhalten und verschränkt dabei ihre Finger nervös ineinander. „Einfach so."

„Das ist keine Antwort, mit der ich mich zufriedengebe."

Ein böser Blick folgt. Benny mag sie damit vielleicht einschüchtern, mich lässt er kalt. „Dir fällt es möglicherweise leicht, deine Triebe frei Schnauze zu verkünden. Ich bin eine Frau."

Sie scheint selbst zu kapieren, wie klischeehaft ihre Aussage klingt, da sie verdrossen den Kopf schüttelt.

„Es ist doch am Ende so: Frauen und Männer sind nicht füreinander bestimmt. Zumindest auf der freundschaftlichen Ebene. Sex ist in Ordnung. Wenn Ben mies im Bett ist, dann serviere ihn ab. Befriedigt er dich so einigermaßen, dann lass dich ordentlich hernehmen und schick ihn, wenn du mit ihm fertig bist, in die Wüste."

Während ich ihr meine Lebensphilosophie in Kurzform darlege, leert sie mit Schwung ihr Glas.

Entrüstet sieht sie mich an. „Ich weiß im Moment nicht, ob ich geschockt sein soll oder sich meine Vermutung eben bestätigt hat. Daniil, es ist schrecklich, was du sagst, und ich hoffe, du weißt das im Grunde deines Herzens auch. Ich vertrete deinen Standpunkt zwar bedingt, muss auch nicht gleich den sicheren Hafen der Ehe ansteuern, nur weil ich mit einem Menschen im Bett war, aber ich bin bei weitem nicht so abgebrüht wie du."

Ich schüttle selbstsicher den Kopf. „So verhalten sich Erwachsene eben. Wir leben in keiner Märchenwelt, in der ich der Frau, die ich in mein Bett hole, einen Diamantring überstreifen muss, nur um sie besteigen zu dürfen. Ich sehe es eben nüchtern."

„Du kannst so was von froh sein, dass wir kein richtiges Date haben", tadelnd wackelt sie mit ihrem Zeigefinger und schiebt ihr rechtes Bein hinter das linke. „Dann will ich mal eine Lanze für alle Frauen brechen, denen du das Herz in Stücke gerissen hast."

Gespannt warte ich, was jetzt folgen wird. Der Wolf riecht Fleisch. Ich weiß, dass ich mich auf ein Spiel eingelassen habe, das keiner von uns beiden gewinnen kann. Gerade habe ich ja selbst die Trennung von der Frau, die ich glaubte zu lieben, hinter mir. Und nun versuche ich, die zig gebrochenen Herzen zu rechtfertigen, die ich alle auf meine Kappe nehmen muss.

Aufreizend befeuchtet sie ihre Lippen. Nur mit Mühe gelingt es mir, meinen Blick von ihrem Mund zu lösen. „Wie lernst du Frauen kennen?"

„Sie kommen in meine Clubs." Das dürfte wohl keine Überraschung für sie sein.

„Und du wählst dir die aus, die dir am besten gefällt?"

Ich nicke und stelle mir vor, dass wir uns auf anderem Wege kennengelernt hätten. Nicht in meiner Wohnung, wo sie mir ihren halb nackten Arsch entgegenstreckt, sondern im *Seventiz*. Ich würde sie nicht noch einmal so mies behandeln, ihr ein paar Getränke bezahlen und hoffen, dass sie den Köder schluckt. Doch schon daran zu denken, Abigail wie eine der anderen zu behandeln, löst ein widerstrebendes Gefühl in mir aus.

„Und lädst du sie dann auch in irgendwelche Bäckereien ein oder schleppst du sie noch am selben Abend ab?"

Mit zusammengekniffenen Augen mustere ich sie. Hoffe, dass ich ernsthafter wirke, als ich mich fühle. „Aus deinem Mund klingt es so ... wie soll ich sagen?"

„Abartig? Tief? Selbstverliebt?"

„Nein, nein. Ich denke eher an das Wörtchen *berechnend*."

„Berechnend?", wiederholt sie.

„Ja, ich zwinge die Mädchen doch zu nichts. Sie wissen, worauf sie sich einlassen."

Zumindest rechne ich mir hoch an, dass ich den Frauen, die ich mit zu mir nach Hause nehme, nie mehr verspreche, als ich zu halten gedenke. Um ehrlich zu sein, wundert es mich selbst, wie bereitwillig sie mitkommen, obwohl sie wissen, dass es höchstwahrscheinlich bei diesem einen Mal bleiben wird. Andererseits scheinen die meisten diese Abmachung schnell wieder zu vergessen und quatschen dann meine Mailbox voll.

„Um deine Frage zu beantworten: Wir überspringen die Bäckerei.“

Ihr Gesichtsausdruck erheitert mich. Auch Abigail scheint eine Weile zu brauchen, um den roten Faden wiederzufinden. „Am nächsten Morgen wirfst du sie dann ohne Frühstück aus dem Haus.“ Es klingt wie eine Frage, soll aber wohl eine Feststellung sein.

Der freche Junge in mir legt es darauf an, sie noch mehr zu schocken. „Da ist nichts mit dem nächsten Morgen, Abigail. Ich bin nicht der Kuscheltyp. Nach vollzogenem Akt sollte man sich so schnell wie möglich in aller Freundschaft trennen.“

Ein Schnauben ist zu hören, dann beugt sie sich zu mir vor. Zähnefletschen würde ihr jetzt gut zu Gesicht stehen. „Ich kann nicht glauben, dass du so ein Mistkerl bist.“

Ich lächle und verringere unmerklich den Abstand zwischen uns. Mein Begehren, das mich seit dem Zeitpunkt, als ich ihren Arsch in diesem Kleid gesehen habe, begleitet, wird übermächtig. Sie ist tabu, verboten, steht hinter einer Tür, deren Schlüssel ich zwar in der Hand halte – sieh dir ihre Augen an, die verraten sie –, doch ich darf nicht, kann nicht und soll nicht. Mein erster Versuch, sie von mir zu weisen, ist schiefgegangen, ich weiß. Einen weiteren würde ich nicht überleben.

„Ich habe Schlimmeres gehört“, gebe ich unbewegt zurück.

„Warum machst du so etwas?“

„Was?“

Ihr Mund öffnet sich, schließt sich wieder, nur um eine Sekunde später traurig nach unten gezogen zu werden. „Du gibst dich so, als wärst du eine Heilige, Abigail. Das Leben besteht nun einmal aus Geben und Nehmen. Und glaub mir, in der Zeit, in der ich mit ihnen zusammen bin, gebe ich ihnen eine ganze Menge.“

Ihre Wangen färben sich in dezentem Rot, was mir ausnehmend gut gefällt.

„Niemals wäre ich so dumm, auf dich reinzufallen." Mir ist klar, dass diese stolze Aussage ihr selbst gegolten hat, als müsste sie sich darin bestärken, sich von mir fernzuhalten.

„Was ist, wenn die Einsicht in diesem Fall zu spät kommt?"

„Du kannst mich nicht zu dem Typ Frau zählen, der sich normalerweise um dich scharrt. Ich brauche weder deinen Einfluss noch deine Kraft."

Wenn du wüsstest, was ich dir alles geben kann! „Jede Frau braucht die Kraft eines starken Mannes an ihrer Seite."

„Blödsinn", faucht sie. „Wir leben im Jahr 2012. Ihr Männer solltet langsam aufhören, uns als schwache Geschöpfe zu behandeln."

„Wer von uns beiden hat vorhin behauptet, Frauen dürfen ihre Triebe nicht frei Schnauze in die Welt hinausposaunen?"

Meine Worte bringen sie zum Verstummen. Schade, eigentlich bin ich gerade erst warmgelaufen.

„Ich sollte besser gehen", piepst sie und lässt mich nicht aus den Augen.

Verneinend schüttle ich den Kopf, ohne den Blickkontakt abzubrechen. Zu sehr faszinieren mich ihre Augen.

Nimm die Beine in die Hand und lauf – eigentlich sollte ich auf mein Innerstes hören. Doch die Idiotin, die das Ruder übernommen hat, denkt nicht im Traum daran, vernünftig zu handeln. Im Gegenteil, sie missachtet ihren Vorsatz, diesen Abend als Chance zu sehen, etwas mehr über Daniil zu erfahren. Seinen Charakter zu überprüfen, seine Beweggründe. Stattdessen hadere ich mit mir selbst. Über den Grund kann ich nur spekulieren. Denn welche Frau, die nur halbwegs bei Verstand ist, könnte diesem Mann widerstehen? Oder sind es gerade die Frauen, denen es an Intelligenz mangelt, da sie sich auf dieses gefährliche Spiel einzulassen gedenken?

Nur wenige Zentimeter von mir entfernt sieht er einfach zum Anbeißen aus. Die Schatten des Feuers tanzen auf seinem Gesicht, sein Mund ist zu einem spöttischen Lächeln verzogen, seine Augen fokussieren die meinen und stellen dabei etwas mit mir an, das ich ihnen ungern zugestehe.

Ich meine, bin ich die letzten zwanzig Minuten auf dem Klo gewesen? Hat Gaby Bennet den Unterricht geschwänzt, während der Lehrer seine Theorie in Sachen *One-Night-Stand* verkündet hat? Ich möchte wirklich nicht so enden, wie zig Frauen vor mir. Dabei habe ich ernsthaft gedacht, ich würde Probleme haben, mich zu binden. Na ja, ich schaffe es wenigstens für eine Nacht. Für Daniil erscheint das ähnlich erstrebenswert, wie dem Kettensägenmonster zum Opfer zu fallen.

Wir alle wollen diese herrlich reife Frucht kosten, übersehen dabei aber die Warnschilder und finden uns früher oder später in einem Sarg wieder.

Ich selbst halte nicht viel von *„Und sie lebten glücklich, bis ans Ende ihrer Tage"*. Ich halte rein gar nichts davon. Natürlich habe ich auch Affären gehabt. Längere. Kürzere. Doch die Aussicht, nach dem Sex einfach vor die Tür gestellt zu werden, lässt meine Sirenen lautstark schrillen.

Möchtest du wirklich noch immer bleiben und vielleicht riskieren, dass er in die Tat umsetzt, was sein Blick jetzt schon verspricht?

„Uns beiden ist doch klar, dass wir uns haben wollen. Du hast zugegeben, dass wir uns da einig sind. Warum sträubst du dich jetzt auf einmal?"

Schluck. Wäre ich doch bloß aufgestanden!

Ich fühle mich außerstande, etwas zu erwidern, sondern schüttle nur zaghaft den Kopf.

Daniil rutscht näher an mich heran, sodass ich jede einzelne Bartstoppel genauestens inspizieren kann.

„Du bist … bitte … Bruder.“ Mein Gott, ich stottere dummes Zeug, nur weil Daniil die Hand nach meiner Wange ausgestreckt hat. „Daniil, was auch immer du unter ‚haben wollen‘ verstehen magst …“

„So, wie ich es sage“, unterbricht er mich.

Ich atme hörbar ein und lasse meine Finger über meine nackten Beine gleiten. „Ich lasse mich aber nicht für eine Nacht ‚haben‘, um danach wie ein alter Kaugummi von der Schuhsohle gekratzt zu werden.“

Genervt kneift er die Augen zusammen. „Du bist doch keine Frau, die an solchen Vorsätzen, von wegen nix geht ohne Liebe, festhält.“

„Ich halte aber an meiner Selbstachtung fest.“

„Ist es wegen Ilka?“

Ich fasse es nicht, auf welche Debatte ich mich gerade einlasse. Noch nie habe ich mit einem Mann über die Tatsache, ob wir miteinander schlafen oder nicht, diskutieren müssen. Es macht mich so wütend, dass ich am liebsten mit einem Bein auf den Boden stampfen würde. „Nein. Ja.“ Mann, ich weiß selbst nicht, was ich ihm entgegnen möchte.

„Ich könnte schweigen, wenn du es von mir verlangst.“

Ich werde immer genervter. „Bitte Daniil, ich bin kein Girlie, das du mit Schwachsinn volldröhnen kannst.“

Während sein Daumen über meine Unterlippe streicht, gerade so sanft, dass ich mir dessen bewusst bin, sieht er mir tief in die Augen. Falls seine Taktik darin besteht, mich mit seinen Blicken zu locken, nähere ich mich der roten Zone an. „Ich kann dir meinen Körper, meine Aufmerksamkeit und meine Zeit zur Verfügung stellen. Ich werde nicht um dich werben, wie du es vielleicht von anderen Kerlen gewohnt bist. Wenn ich etwas haben will, dann bekomme ich es auch. Solltest du ablehnen, werde ich es akzeptieren. Du würdest allerdings vergeblich auf einen Strauß roter Rosen vor deiner Tür warten. Ich lasse dir Zeit, über meinen Vorschlag nachzudenken. Solltest du zustimmen, gehörst du mir und wir werden eine nette Zeit zusammen verbringen. Ohne Verpflichtungen, Eifersucht und den ganzen Kram, der uns beide gleichermaßen nervt."

Meine Lippen fühlen sich spröde an. Daniil hat etwas an sich, das dich einnimmt, fesselt und in Ketten legt. Du versuchst, dich zur Wehr zu setzen, da du weißt, du verlierst die Kontrolle, aber ebenso genießt du seinen Anblick – böse, siegessicher und bereit, dir das Paradies zu Füßen zu legen.

„Und wenn du genug hast?"

„*Wir*, wenn *wir* genug haben", er zuckt die Achseln. „Dann gehen wir getrennte Wege, was aufgrund unserer unterschiedlichen Wohnorte so oder so unvermeidbar sein wird."

Obwohl mich die unpersönliche Art abstoßen sollte, breitet sich eine aufregende Wärme in mir aus. Ich will ihn, ein Geheimnis, welches ich die längste Zeit vor mir selbst verborgen habe. Er ist alles, was ich mir im Moment wünsche. Und gerade bei ihm könnte ich mich darauf verlassen, dass er mir nicht tagelang nachläuft, so wie Ben es gerade macht.

Doch was ist, wenn ich *mehr* möchte? Diese Möglichkeit habe ich bisher weit von mir geschoben. Daniil würde mich knallhart abservieren und mir den Boden unter den Füßen wegziehen.

Keine Frage, er wird mir das Herz brechen, das weiß ich in dem Moment, in dem er seine Hand an mein Kinn legt und mich zu sich zieht. Als seine Lippen die meinen berühren und ich die Augen schließe, spüre ich den ersten Kratzer in der steinernen Ummantelung des Organs, das mich mit seinem steten Pumpen am Leben erhält. Er wird es tun. Es ist unvermeidbar. Doch vielleicht brauche ich diesen Schmerz, um mich von Altem lösen zu können? Vielleicht brauche ich diesen

Mann, der mich mit seinem Kuss auf einen Weg lockt, den ich nur als Verliererin verlassen werde, um wieder richtig leben zu können?

Ich wage den Schritt und öffne meine Lippen, als er den Druck um mein Kinn verstärkt. Ein Fünkchen seiner Dominanz reicht, um mich vollständig zu betäuben. Seine Lippen sind so weich, wie ich erwartet habe, sein Atem ist warm, seine Zunge fordernd und reizend zugleich. Er dringt in mich und obwohl dieser Kuss noch durchaus öffentlichkeitstauglich ist, spüre ich die Wärme und Feuchte zwischen meinen Beinen. Das Atmen gelingt mir kaum noch. Ich scheine knapp über dem Boden zu schweben.

Ich stöhne, schlinge die Finger in seine Haare und lasse zu, dass er mich auf seinen Schoß zieht, mein Kleid hochschiebt und meinen nackten Hintern streichelt. Ja, er streichelt mich. Ich habe mit Wilderem gerechnet.

Sein Penis lockt mich, ich spüre ihn deutlich. Gierig sauge ich seine Zunge zwischen meine Lippen, will so viel wie möglich probieren und verlasse endgültig den sicheren Bereich. Ich werde verlieren, das ist mir jetzt schon klar, da ich ihm nachgebe und meine Hüfte gegen seinen gestählten Körper presse. Er ist dort hart, wo ich weich bin. Ist fordernd, wo ich mich fallen lasse. Doch vor allem bestimmt er das Tempo und ich folge ihm.

Ich glühe, drohe jede Sekunde in Flammen aufzugehen, als seine Hand meinen Slip zur Seite schiebt und von meinem Hintern nach vorne wandert, bis sie meine feuchte Öffnung erreicht, kurz eindringt, dann jedoch zu meinem Kitzler gleitet und ihn sanft zu reiben beginnt. Ich drücke ihm mein Becken entgegen und öffne mich ihm.

Es wird schnell gehen. Schneller, harter Sex. Was danach kommt, kann ich im Augenblick nicht sagen. Vermutlich möchte ich es auch gar nicht. Um – um mein Herz, welches, als er mich ansieht, einen Hüpfer macht, nicht zu brechen?

Schnell schüttle ich diesen Gedanken ab und widme mich wieder Daniil, der sehr um meine Befriedigung bemüht ist. Ich bin klatschnass, als er seine Hand von mir nimmt und mich von seinen Beinen schiebt. Im ersten Moment weiß ich nicht, ob ich etwas falsch gemacht habe.

Was ist passiert?

Ich sehe ihn fragend an und da bemerke ich, dass wir nicht mehr allein sind. Die Tür zur Bäckerei ist aufgeschlossen worden und vor uns stehen Parker und Adwin, beide mit einem wissenden Lächeln im Gesicht, sie verschwinden jedoch gleich im Hinterzimmer.

Es ist mir unangenehm, dass Danills Freunde uns ertappt haben. Dabei hat gerade Parker selbst genug eigene Probleme. Immerhin weiß ich, dass er heute mit Ilka zum Mittagessen gewesen ist und sie sich danach ziemlich niedergeschlagen gefühlt hat. Doch im Moment tut all das nichts zur Sache, da ich mir sicher bin, dass Adwin und Parker die Klappe halten werden. Vielmehr sollte ich mich um mich selbst kümmern und zusehen, dass ich verschwinde, so lange noch Zeit ist.

Ich räuspere mich, da mir die stille Intimität zwischen Daniil und mir plötzlich unangenehm ist. „Ich sollte jetzt wohl besser gehen.“

Er nickt und sieht mich zärtlich an. „Soll ich dich nach Hause bringen?“

„Nein“, antworte ich wie aus der Pistole geschossen. „Ich rufe mir ein Taxi. Ich muss nachdenken.“

Ich zupfe mein Kleid zurecht und bedaure es doch ein wenig, dass wir so schnöde gestört worden sind. Dabei bin ich kurz davor gewesen zu kommen. Mit seinen Lippen auf den meinen, mit seinem Finger an Stellen, die noch heute Nacht pochen werden. Juhu, unruhiger Schlaf und wirre Träume scheinen garantiert.

„Die Toiletten?", frage ich.

„Hinten links", antwortet er mit ruhiger Stimme.

Dankbar verschwinde ich aufs Klo, werfe dort einen Blick in den Wandspiegel und funkle mich böse an. *Was machst du nur?* Mein Spiegelbild antwortet nicht, sondern guckt ziemlich derangiert drein. Nun, daran kann ich so schnell nichts ändern.

„Das Taxi sollte in zehn Minuten hier sein. Deine Sachen." Mit höflicher Distanz reicht mir Daniil meine Tasche, den Schirm und die hellblaue Weste. „Du musst nicht gehen. Die beiden werden gleich wieder verschwinden."

Ich lächle, da ich es irgendwie süß finde, wie er unbeholfen nach Erklärungen sucht. „Es ist spät und ich habe morgen Abend einen Auftritt."

„Ich werde dich nicht mehr anfassen, wenn du es nicht möchtest, Abigail."

Ein Klopfen an der Tür lässt mich zusammenfahren. Schon wieder diese neugierigen Quälgeister! Höchste Zeit, den Abgang zu machen. Weg von Daniils Grundsätzen. Weg von seinen Versprechungen. Weg von meinen Wünschen und Sehnsüchten.

„Gute Nacht und danke für den schönen Abend." Ich hauche ihm einen Kuss auf die Wange.

Er sieht mich an, als hätte ich ihn überrumpelt. Als ich mich umdrehe und gehe, fühle ich mich schrecklich einsam. Doch so sehr ich seine Nähe genossen habe, genauso froh bin ich, dass ich wieder allein sein kann. Nicht ständig auf der Hut, nicht dauernd mit der Angst belastet, jeden Augenblick den Auslöser zu drücken.

Es ist zu spät, ich habe mich eingelassen. Nun, da ich von der Frucht gekostet habe, werde ich auf ihren Geschmack nicht mehr verzichten können. Im Gegenteil. Bereits im Taxi streiche ich über meine Lippen, lecke darüber, als könnte ich so eine Spur von Daniil bewahren. Was er nun denkt, ob er überhaupt darüber nachdenkt, weiß ich nicht. Er wird mir weiterhin ein Rätsel bleiben, Daniil mit seinen vielen Gesichtern.

7. Kapitel

Meine Wange pocht. Es ist ein kräftiges Pochen, das mich fast um den Verstand bringt. Noch immer starre ich die geschlossene Tür an und verliere dabei jegliches Gefühl für Zeit und Raum.

Was ich getan habe, ist weder geplant gewesen, noch kann ich behaupten, dass ich mich dagegen verwehrt hätte. Das schlechte Gewissen nagt an mir. Ich habe sie einfach überfahren. Nicht dass ich sie für ängstlich halten würde. Doch da ich unseren Start ziemlich versaut habe, muss ich mich wohl mehr ins Zeug legen, als Ben es tun musste. Mit dem Gedanken, dass sie jetzt möglicherweise auf dem Weg zu Ben ist, mag ich mich überhaupt nicht anfreunden. Wobei mir diese Umschreibung meiner Empfindungen beinahe untertrieben erscheint. Ich würde Ben am liebsten alle Knochen brechen, um ihn als Gefahrenquelle auszuschalten.

Wenn ich einen starken Gegner habe, dann Ben. Ein Mann, der das absolute Gegenteil von mir ist. Im normalen Leben muss ich mich nicht mit Typen wie Ben messen. Ich muss keinen Gedanken an sie verschwenden, sondern kann mir meiner Wirkung sicher sein, sobald die Damen auf mich aufmerksam werden. Ben ist ein Seelentröster, ein Frauenversteher und laut Abigail ein Freund. Mit mir würde es wohl kaum gelingen, eine Freundschaft aufzubauen. Ich würde das gar nicht zulassen.

Außerdem sollte ich nicht hier in dieser blöden Bäckerei stehen und einem hübschen Gesicht nachweinen, sondern mich um wichtige Dinge kümmern. Jene Dinge, die mir neben Abigail den Schlaf rauben. Jene Dinge, derentwegen ich erst dazu bereit gewesen bin, mich mit ihr zu vertragen.

„Oh, sieh ihn dir an", höre ich Parkers belustigte Stimme hinter mir und drehe mich mit einem Ruck um. Er steht im Türrahmen und winkt Adwin zu sich heran, der mir ebenfalls einen spöttischen Blick zuwirft. Die beiden sind mein Ruhepol, sie verstehen mich wie niemand anderer. Seitdem wir uns kennen, sind wir uns stets beigestanden.

Darum schmerzt es mich auch, sie nun belügen zu müssen. Nicht nur sie – meine Eltern, meine Geschwister, alle Menschen, die ich kenne. Wenn ich nicht wegen meines lasterhaften Lebens in der Hölle lande, dann wegen des beabsichtigten Betrugs.

„Oh Gaby, ich lade dich in die Bäckerei meines Freundes ein, um dir zu zeigen, dass ich kein schwanzgesteuertes, kaltherziges Schwein bin. Ich hoffe für dich, Daniil, dass es auch funktioniert hat", zieht mich Adwin auf und legt dabei seine Hand auf meine Schulter. „Konntest du Druck ablassen?"

Ich atme scharf aus. „Oder kamen wir gerade im entscheidenden Moment?", wirft Parker ein.

Adwin lacht dreckig und wären sie nicht meine besten Freunde, lägen sie mit gebrochenen Knochen am Boden.

„Sehr witzig. Was macht ihr beiden eigentlich hier? Hatten wir nicht einen Deal?"

Parker zuckt die Schultern und lehnt sich an die Tischkante. „Wir haben uns Sorgen um dein Wohlergehen gemacht."

„Außerdem wollte ich wissen, was Sache ist."

Kopfschüttelnd gehe ich zum Kamin zurück und räume die Decken und Kissen weg, die ich eigens dort drapiert habe.

„Was hast du mit ihr vor?", bohrt Parker nach. Er hat die Fähigkeit, Menschen innerhalb weniger Sekunden zu durchschauen. Scannt sie von oben bis unten und bildet sich dann ein messerscharfes Urteil. Es ist schwer, ihn eines Besseren zu belehren, und ebenso schwer ist es, mit ihm klarzukommen.

Wir sind uns ähnlich, was wohl den Kitt unserer Freundschaft ausmacht.

Adwin hingegen ist sanfter, einfühlsamer und zutraulicher. Er versucht immer, es allen recht zu machen, weshalb ihn Frauen nur allzu oft ausnutzen.

Wir drei stammen aus denselben Verhältnissen und wissen, wie es sich anfühlt, wenn man aus der sprichwörtlichen Scheiße nach oben klettern muss. Es ist kein Platz für Freunde, Ehrlichkeit und Vertrauen. Es geht ums nackte Überleben. Wir haben damals unser gesamtes Erspartes, was nicht gerade viel gewesen ist, in das *Seventiz* gesteckt, in der Hoffnung, einen Clou zu landen. Wir hatten Ideen, sehr viele sogar, wobei wir einige schnell verwerfen mussten. Der jahrelange Kampf hat sich gelohnt und ich bin stolz, dass wir immer noch treue Freunde sind.

Parkers Frage hängt weiterhin im Raum, als ich mich aufrichte und die zusammengefalteten Decken auf einem der Tische platziere. „Was spielt das für eine Rolle?", grummle ich.

Lieber führe ich ihn auf eine falsche Fährte, als dass er merkt, wie wichtig mir die Verbindung mit ihr ist.

„Du weißt doch, wer sie ist."

Ich beachte ihn nicht, sondern kippe die Reste meines Weines in mich hinein.

Parker lässt nicht locker, verfolgt mich mit seinen Augen. Heute irritiert mich dieser Blick mehr als sonst. „Wenn du ihr das Herz brichst, kannst du dich mit hundertprozentiger Sicherheit darauf einstellen, dass dir ihr Bruder den Schädel einschlagen wird. Ich rate dir, die Finger von ihr zu lassen."

„Ich kann Daniil verstehen", mischt sich Adwin ein, „immerhin ist sie heiß. Andererseits gibt es da draußen jede Menge andere heiße, aber weniger gefährliche Frauen."

„Ich zittere vor Angst", spotte ich. Als hätte ich mir nicht schon mehr als einmal ein frühzeitiges, ziemlich schmerzhaftes

Ende meines Lebens ausgemalt! Ich kenne William flüchtig. Er wird mir nicht nur einfach den Schädel einschlagen, er wird sich an meinem Leid ergötzen. „Worauf möchtest du eigentlich hinaus? Willst du sie mir ausreden?"

Parker schüttelt den Kopf und blickt sinnierend ins Feuer. „Ich habe dir nur gesagt, was ich denke."

Dafür bin ich ihm auch dankbar. Ehrlichkeit ist etwas, das nur die wenigsten Menschen auszeichnet. Parker und Adwin zählen dazu. Ihnen würde ich blind vertrauen. „Dieses Date, Mann", Parker zieht ein Schnute, „das passt so gar nicht zu dir. Warst nicht du derjenige von uns, der solche Abende gemieden hat wie der Teufel das Weihwasser?"

„Menschen ändern sich", gebe ich kleinlaut zurück.

„Du? Selbst du?"

„Selbst ich."

„Warum dann gerade die beste Freundin deiner Schwester?"

„Warum nicht?"

Unser Gespräch gleicht einem Pistolenduell. Wir feuern und bringen unser Gegenüber dazu, immer mutiger zu werden. Früher abzudrücken, um vielleicht den tödlichen Treffer zu landen.

„Du wirst bald wieder verschwinden. Weiß sie davon?"

„Sie ist selbst nicht auf der Suche nach dem Mann fürs Leben." Wenigstens das stimmt.

Parker findet meinen Einwand jedoch lächerlich. „Ich bitte dich, Daniil. Hat dich New York dumm gemacht? Sagen sie das nicht alle, wenn sie mit dir ein paar Runden in der Kiste drehen wollen? Keine will Hochzeiten, Kinder und Treueschwüre. Sie schwören dir zu gehen, sobald die Lust vergeht. Adwin, ich glaube, wir werden unseren lieben Freund an eine verwöhnte Tussi verlieren, die ihm Ketten anlegt."

Adwins Lachen trifft mich unvorbereitet. Ich zucke zusammen und unterdrücke den Drang, beide zu erwürgen.

„Üblicherweise sind Frauen doch das Haustier reicher Männer. In diesem Fall ist es wohl umgekehrt und Daniil wird zum Toyboy", gibt Adwin laut prustend von sich.

Parker steht ihm in nichts nach und klopft sich mit beiden Händen auf die Schenkel. „Die Leine ist bereits in Auftrag gegeben, damit er ihr brav hinterhertrottet und ihr Kätzchen regelmäßig zum Schnurren bringt."

Ich lasse sie einfach stehen und trage den übrig gebliebenen Kuchen in den Kühlraum. Wut ist mein ständiger Begleiter. Eigentlich bin ich kein jähzorniger Mensch. Doch die beiden Vollpfosten da draußen schaffen es, mich zur Weißglut zu bringen. Ob dieses Saatkorn, das sie ausgestreut haben, bereits Früchte trägt und damit schuld an der Misere ist?

Ich muss mich auf andere, wichtigere Dinge konzentrieren. Adwins und Parkers Fantasien stehen mir dabei nur im Weg.

Schweigend gehen wir zum Auto. Es macht mir nichts aus, dass sie denken, ich wäre eingeschnappt. Sie sollen ruhig für eine Nacht in ihrem eigenen Saft schmoren.

Gemächlich fahre ich nach Hause. Gedanken quälen mich, während ich versuche, mich auf den nächtlichen Verkehr zu konzentrieren. Ich will Gaby haben, egal, was oder wen ich dafür in Kauf nehmen muss. Spätestens nach diesem Kuss kann ich nicht mehr zurück.

Sie ist zu verlockend, zu aufreizend und zu verboten, als dass ich meine Finger von ihr lassen könnte. Es ist ein Spiel, ich weiß, ein dummes Spiel, welches keiner von uns gewinnen kann. Die Regeln sind uns beiden nicht bekannt, es gibt keinen Schiedsrichter, kein Aus, kein Foul, es gibt nur uns und ich möchte verdammt sein, wenn ich mich heraushalten würde. Wenn ich den Versuch unterließe, eine Frau wie Abigail zu bekommen, sie zu dominieren, sie zu fordern und aus ihrem zarten Mund dieses wundervolle Betteln zu hören.

Ich muss sie haben, pocht es in meinem Hirn. Gleichzeitig macht sich darin ein Bild von mir als jammerndes Weichei, das vor ihren Füßen kniet und um Liebe fleht, breit. Es droht mich zu erdrücken und der Geschmack wird bitter, als ich daran denke, dass ich ohnehin bald nach New York zurückkehre.

Flucht, das ist meine Strategie, wenn es brenzlig wird. Aber da ist auch noch Ilka. Da Abigail ihre Freundin ist, werde ich mich wohl nicht so einfach davonschleichen können, wie ich das gewohnt bin.

Noch während ich die Wohnungstür aufschließe, begrüßt mich schon das Klingeln meines Smartphones, welches ich heute Abend sicherheitshalber zu Hause gelassen habe. Freude kommt auf, da ich Abigails Anruf erwarte. Der Name auf dem Display holt mich schnell auf den Boden der Tatsachen zurück.

Candice.

Schon der Gedanke an sie macht mich aggressiv, sie nun auch noch sprechen zu müssen und das zu dieser späten Stunde, nach diesem Abend, fordert mir eine Menge Selbstbeherrschung ab.

Zwischen uns beiden war etwas ganz Besonderes. Zumindest dachte ich das bis vor kurzem. Ob es Liebe gewesen sein mag, Lust, Leidenschaft oder doch die Suche nach einem Seelenverwandten, einem Leidenspartner, kann ich nicht genau sagen. Aber sie war mir wichtig. Ich war ihr treu, habe sie auf Händen getragen und mich ihr und ihren Wünschen gefügt. Kennenlernte ich sie, wie sollte es anders sein, bei der Arbeit.

Sie war damals in London und hat sich den Frust von der Seele gefeiert. Wir verbrachten ein feuriges Wochenende mit viel Sex und sehr wenig Schlaf. Sie war die Erste, die bei mir bleiben durfte. Das gesamte Wochenende. Etwas enttäuscht ließ ich sie am Montag darauf wieder zurück nach New York fliegen, bald jedoch zog es mich zu ihr. Ich suchte ihre Nähe, wollte sie wiederhaben, auch wenn ich mir der Gefahr bewusst war.

Eigentlich eine ziemlich ähnliche Situation, wie ich sie gerade erlebe.

Jedenfalls fand ich Candice nicht in einer Zweizimmerwohnung, sondern in einem Luxusapartment an der Fifth Avenue vor. Ich ergriff die Chance, erzählte ihr von meinen Plänen und sie war dabei. Sie hatte das Geld, ich das Wissen, wie man einen Club aufbaut. Vier Jahre lang waren wir Geschäftspartner und endlich wollten wir unsere Liebe mit einer Verlobung besiegeln. Ein großer Schritt für mich, doch ich fühlte mich mit jedem Tag unfreier und eingeengter. Trotzdem machte ich ihr einen Antrag und musste bald mit Entsetzen feststellen, dass es die temperamentvolle Frau, in die ich mich verliebt hatte, nicht mehr gab. Sie begann mich zu langweilen, mir auf die Nerven zu gehen. Und da ich mit ihr nicht mehr glücklich war, erlag ich den Verlockungen. Ich schäme mich noch heute dafür, sie betrogen zu haben. Noch schlimmer finde ich, dass sie mich dabei erwischt hat.

Dümmer geht es eigentlich nicht mehr. Oder wollte ich ertappt werden, um mich aus der Verantwortung zu stehlen, um ihr nicht sagen zu müssen, dass ich sie nicht mehr liebe?

Candice nahm mir den Vertrauensbruch, die Trennung und die Entfremdung übel, eigentlich hasst sie mich aus tiefster Seele und möchte nun ihre Anteile am Club zurück. Aus diesem Grund bin ich nach London gekommen – um Hilfe zu suchen. Ob ich welche verdient habe, steht auf einem anderen Blatt. Alles Geld ist weg. Ausgegeben in dem Glauben, genug davon zu haben. Im Moment könnte ich mich selbst ohrfeigen, denn dank meines Größenwahns steht meine gesamte Existenz auf dem Spiel. Den Betrag, den Candice verlangt, berechtigterweise verlangt, wie ich gestehe, bringe ich im Leben nicht auf. Keine Bank erhöht mehr meinen Kreditrahmen, das steht fest.

Ich kenne niemanden, der mir diese Summe leihen könnte, und schaffe ich es nicht, ihr ihre Anteile auszuzahlen, übernimmt sie den Club und ich bin draußen. Das Projekt, welches mir so am Herzen liegt, unser Kind, wäre dann gestorben. Es wäre weg – wie unsere gemeinsame Zeit. Eine Verschwendung, wie ich mir traurig eingestehe.

„Candice", spreche ich mit gelassener Stimme ins Telefon, „was kann ich für dich tun?"

Ein bitteres Lachen ertönt, dann trifft mich ihre hohe Stimme mit voller Wucht. „Ich wusste gar nicht, dass du unter Demenz leidest, Daniil. Lass mich deinem Gedächtnis ein wenig auf die Sprünge helfen: Der Monat neigt sich dem Ende zu und auf meinem Konto fehlen immer noch dreihunderttausend Dollar."

Dreihunderttausendvierhundertsiebzig Dollar, um genau zu sein, korrigiere ich sie in Gedanken. Eine Summe, die wie bittere Galle schmeckt. „Du scheinst die Kohle ja nötiger zu haben, als ich dachte." Eine Provokation, um von meiner eigenen Malaise abzulenken. Natürlich ist mir klar, dass das nicht funktionieren wird.

„Sehr witzig. Ich hätte ja ein Einsehen mit dir und deinem ausschweifenden Lebensstil. Doch da du unsere Beziehung beendet hast, als du deinen Schwanz in die Muschi irgendeines Flittchens gesteckt hast, kannst du dir mein Mitleid in die Haare schmieren."

Candice legt eine Pause ein, was sie immer macht, wenn sie sich durchs ihr blondes Haar fährt und die Locken sich wie ein Fächer auf ihrem Rücken ausbreiten. Sie ist eine wirklich attraktive Frau, die den Männern reihenweise die Köpfe verdreht. Natürlich auch mir. So leidenschaftlich sie im Bett ist, so leidenschaftlich ist sie auch im realen Leben. „Was hindert dich daran, deine Schulden zu begleichen und endgültig aus meinem Leben zu verschwinden?"

„Ich brauche noch Zeit", gestehe ich wahrheitsgemäß.

Wieder dieses ungeduldige Kichern. „Wie viel Zeit?"

Es ist keine Erkältung, die dieses Brennen in meinen Gelenken verursacht, es ist die traurige Erkenntnis, dass ich in dieser Sekunde meine Entscheidung getroffen habe. Mir den Verrat eingestehe. Da ich es nicht ertrage, mich selbst im Spiegel zu betrachten, gehe ich in mein Schlafzimmer. „Zwei Monate."

„Ich möchte gar nicht wissen, welchen Mist du planst, Daniil. Ich will das Geld zurück und endlich meine Ruhe haben."

„Du bekommst es zurück. Ich verspreche es."

„Deine Versprechen", schnauzt sie mich an. „Wir wissen doch beide, wie viel deine Versprechen wert sind."

Als sie auflegt, lasse ich mich auf mein Bett fallen und starre die Wand an.

Ich sollte schlafen und mich selbst nicht weiter quälen. Ich sollte Ruhe geben und nicht an diese großen, dunklen Augen denken. Ehrliche Augen, die schon bald meine teuflische Unehrlichkeit erfahren werden. Ich sollte Höllenqualen leiden. Ich sollte Abigail aus dieser Geschichte heraushalten. Doch zu all dem bin ich nicht fähig. Im Gegenteil, immer süßer scheinen mir ihre Lockrufe in den Ohren zu klingen.

8. Kapitel

Warum ich am Dienstagabend um halb elf vor Daniils Wohnung in Islington stehe und trotzdem nicht zu klingeln wage, obwohl ich kurz zuvor im Taxi noch so entschlossen gewesen bin, vermag ich nicht zu erklären. Ob Ilka schuld ist, die mir nach der Vorstellung gestanden hat, dass sie sich noch mit Parker treffen wird? Ob es an Ben liegt, der sich beschwert, dass ich in letzter Zeit so abweisend bin? Oder ob ich selbst es bin, die die Nacht durchwacht und versucht hat, dieses Prickeln zwischen den Beinen loszuwerden. Ein Gefühl, das, kaum, dass ich an Daniil denke, stärker und mächtiger wird.

Ich habe die Bäckerei wie mit Scheuklappen verlassen, mich in mein Bett gelegt und das Gesicht ins Kissen gedrückt. Es hat sich nicht falsch angefühlt, weder der Kuss noch Daniils Anwesenheit. Viel eher fürchte ich, zu sehr von ihm eingenommen worden zu sein.

Und heute bin ich hier, um die letzte schützende Barriere niederzureißen. Doch es geht nicht anders. Ich brauche ihn. Möchte ihn spüren und vor allem will ich, dass er mir gehört. Es ist die Stimme der wohlerzogenen, ehrgeizigen Tochter, die, wenn sie ein Ziel ins Auge gefasst hat, alle nötigen Maßnahmen ergreift, um das zu bekommen, was sie möchte. Diese Anziehungskraft – wir spüren sie beide auf dieselbe Art und Weise. Sie ist zu stark und zu offensichtlich, um sie einfach ignorieren zu können.

Endlich drücke ich auf den Klingelknopf, nehme nur Sekunden später ein leises Surren wahr und stöckle auf zittrigen Beinen die Treppe hinauf. Die Tür steht offen, als wisse Daniil, wer geklingelt hat. Ich atme tief durch, wische den Schweiß von meinen Händen und mache den letzten Schritt in die Vorhölle.

Als ich Daniil erblicke, die Haare wie immer zerrauft, das harte Kinn etwas entspannter als sonst, leger mit einer dünnen Stoffhose und einem blau-weiß bedruckten Shirt bekleidet, bin ich mir sicher, dass meine Entscheidung richtig gewesen ist.

Er wirkt erstaunt, als er mich auffordert einzutreten. „Abigail." Es ist nicht mehr als ein Flüstern.

Während ich meine Handtasche auf den Boden stelle, fängt er sich offenbar wieder, denn sein Blick gleitet neugierig über meinen Körper. Ich bin weiterhin angespannt, als er mit dem Kopf in Richtung Wo39hnzimmer deutet.

„Ich dachte, Ilka wäre zu Hause", lüge ich. Daniil kauft mir diese plumpe Ausrede jedoch nicht ab, sondern bleibt abrupt stehen. Ich vergehe unter seinem bohrenden Blick, der mich aus der Reserve locken soll. Selbstbewusst recke ich das Kinn nach oben. Das hat mir meine Mutter eingetrichtert.

„Vermutlich musst du weg. Ich … komme einfach morgen wieder."

Was ist nur los, Mädchen? Warum bist du dermaßen durch den Wind? Bist du nicht im Taxi noch fest entschlossen gewesen, ihn an dich zu reißen, sobald er die Tür geöffnet hat? Doch er ist nicht Ben. Daniil ist ein Mann, der Stärke und Autorität ausstrahlt. Er ist derjenige, der einen in die Arme schließt und bis zur Besinnungslosigkeit küsst. Nicht ich. Nicht das zitternde Geschöpf, dessen sinnloses Gestammel von dem Mann, der sich mit bedächtigen Schritten nähert, ignoriert wird.

Als er die Hand hebt und mir sachte über die Lippen streicht, die bereits zur nächsten Erklärung angesetzt haben, verzieht er keine Miene. „Ich möchte, dass du dich jetzt ausziehst."

„Wie bitte?", entfährt es mir. Beinahe hätte ich mich verschluckt, so überrascht bin ich über dieses Ansinnen.

Daniil schmunzelt. „Ich hätte dir zumindest so viel Mumm zugetraut, bei der Wahrheit zu bleiben. Mal im Ernst, Abigail, warum sagst du nicht einfach, was du möchtest? Weshalb du um halb elf Uhr abends zu mir kommst? Sicher nicht, um dich zu erkundigen, ob Ilka zu Hause ist, denn immerhin habt ihr den ganzen Abend zusammen verbracht."

Ich sitze in der Falle. Das Sprechen fällt mir schwer, sodass ich lediglich den Kopf schüttle.

„Siehst du", erläutert er geduldig. „Du ziehst alles aus, bis auf dein Höschen, das darfst du anbehalten."

„Sehr freundlich", gebe ich kratzbürstig zurück und ernte einen tadelnden Blick.

„So bin ich eben, wenn ich etwas haben möchte, das mir gefällt. Und dir dabei zuzusehen, wie du dich auszieht, dich so zu sehen, wie ich dich das erste Mal gesehen habe, nur dieses Mal mit dem Wissen, dich danach ficken zu dürfen, gefällt mir am allermeisten." Lässig drückt er sich gegen die Kante des Couchtisches, stellt die Beine auseinander und sieht mich mit erwartungsvoll hochgezogenen Augenbrauen an. Die Ungeduld ist ihm anzumerken. Ich hoffe nur, meine Nervosität ist nicht ganz so offensichtlich.

Bei keiner Theatervorstellung, nicht einmal bei einer Premiere, bin ich je so nervös gewesen wie jetzt. Seine dunklen Augen sind auf mich gerichtet, verführerisch und verboten zugleich.

Langsam gleiten meine Finger zum Bund meiner Hose, um den Gürtel zu öffnen. Mein Oberteil, ein schlichtes weißes Top, landet nur Sekunden später neben meinen Füßen. Dann sind meine Schuhe an der Reihe. Ich bin froh, mich für einfache Ballerinas entschieden zu haben, da diese leicht abzustreifen sind.

Daniil verändert seine Position, streicht sich durchs Haar und atmet hörbar aus, als ich meine Jeans über die Hüften ziehe. Die magnetisch aufgeladene Luft bringt jeden meiner Körperteile zum Knistern. Die feinen Härchen an der Innenseite meiner Schenkel richten sich auf, dabei ist es im Zimmer gar nicht kalt. Ich entkleide mich weiter und versuche die Tatsache, dass mich dieser Mann, der rohen Sex ausstrahlt, dabei beobachtet, zu verdrängen. Die Anspannung treibt mich in den Wahnsinn. Dieses Vorspiel, das ganz seiner Art entspricht, stimuliert mich ungemein.

Die Erregung ist ihm anzumerken, als ich in Unterwäsche vor ihm stehe. Er räuspert sich und rutscht unruhig hin und her. Seine gespreizten Beine sollen mich wohl einladen, zu ihm zu kommen. Sie versprechen Wonnen, Lust und Intimität. Sie animieren mich dazu, vor ihm auf die Knie zu gehen und ihn ähnlich langsam zu entkleiden, wie ich es bei mir selbst getan habe.

Im Moment fühle ich mich entblößt und verletzlich. Aber immerhin trage ich noch mein Höschen und den BH. Doch Letzterer bietet nicht allzu lange Schutz, denn schon öffne ich den Verschluss auf meinem Rücken.

Ich atme tief ein, schiebe die Träger über meine Schultern und lasse den BH mit entspannter Miene nach unten gleiten. Meine Nippel werden schlagartig hart. Ich möchte mir gar nicht vorstellen, welches Bild ich abgebe. Das einer verzweifelten Frau, die sich freizügig einem Mann anbietet? Oder bin ich diejenige, die den Mann, der nach mir lechzt, verführt?

„Komm zu mir", weist er mich mit rauer Stimme an.

Ich folge ihm, trete langsam auf ihn zu und nehme zwischen seinen Beinen Platz. Unsere Blicke treffen sich. Ich registriere, dass Daniil sich sehr zurückhält. Ich persönlich könnte ja getrost auf das Vorspiel verzichten. Aber warum nicht? Ebenso wie die Spannung reizt mich die Neugier. Ich möchte zu gerne herausfinden, ob hinter dieser großen Klappe Qualität steckt. Ob er seine Versprechen halten kann.

Er dreht mich um, streicht mit seinen Fingern über meinen Hintern, dann meinen Rücken entlang. Jeden Wirbel berührt er, massiert ihn und schießt die Erregung bis in meine Gehirnwindungen, sodass ich befürchte, dass mir der Schädel platzt. Ich sehe ihn nicht, fixiere stattdessen meine Kleidung, die wie ein Mahnmal auf dem Parkettboden liegt. Alles, was ich höre, sind seine tiefen Atemzüge.

Während seine Hände von meinem Nacken nach unten zu meinem Hintern gleiten, spüre ich seine Zähne, die sich im Fleisch meiner Kehrseite verbeißen. Es ist ein angenehmer Schmerz, auch wenn ich nie davon ausgegangen bin, dass ich Schmerz jemals mit diesem Attribut versehen würde. Doch Daniil schafft es mit seiner besitzergreifenden Art, mir Kraft und Dominanz schmackhaft zu machen. Äußerst schmackhaft, das kann ich nicht verhehlen.

Der Druck lässt nach, als er seine Hände abermals über meinen Hintern gleiten lässt und mich dann sanft von sich schiebt. Er erhebt sich, dreht mich erneut um, sodass ich ihm direkt in die Augen sehen kann. Unsere Lippen sind sich so nah, dass ich mich nur nach vorne beugen müsste, um die seinen zu berühren. Doch ich halte mich zurück, möchte ihm die Führung überlassen.

„Siehst du, gehorchen ist doch gar nicht so schwer", flüstert er und streift mit seinen Fingerkuppen über mein Schlüsselbein.

Ich lächle, trete einen Schritt näher sodass ihn meine harten Nippel beinahe berühren. „Ist es das, was du möchtest?"

„Die Führung?"

„Eine willige Frau?"

Er schmunzelt ebenfalls und berührt mit seinen Fingern meine Brüste. „Nur solche."

„Dann hältst du mich also für willig?"

Ich halte die Luft an, als er über meine Nippel streift und sich so sehr darauf konzentriert, als würde ein kleiner Junge ein neues Spielzeug entdecken. „Wir werden herausfinden, ob du es bist."

Ich will ihn gerade fragen, was geschieht, wenn ich es nicht bin, als er mich mit einem Ruck zu sich zieht und meinen Mund mit dem seinen verschließt. Mir entkommt ein gedämpftes Stöhnen. Der Umstand, dass er nicht lange fackelt und mich innerhalb weniger Minuten dazu bringt, an seinen Schultern zu hängen wie ein unbedarftes Mädchen, das kaum in der Lage ist, sich auf den Beinen zu halten, verwirrt mich.

Seine Zunge ist fordernd und wild wie er. Gerade so, wie ich es in Erinnerung habe. So, wie ich sie mir die ganze Nacht über vorgestellt habe. Er schmeckt himmlisch. Seine Schultern fühlen sich beschützend und hart an. Sie laden förmlich dazu ein, sich daran festzuklammern. Ist unser Kuss gestern in der Bäckerei noch jugendfrei gewesen, so ist dieser hier in manchen Ländern bestimmt verboten. Ich habe zwar selbst nicht geglaubt, dass es, so wie ich es in Büchern gelesen habe, möglich ist, aber es stimmt tatsächlich: Er fickt mich mit seiner Zunge in den Mund. Ich kann kaum an mich halten und fürchte, allein durch diesen Kuss Erlösung zu finden.

Gerade als ich meine Finger in seine Haare schiebe und daran zu ziehen beginne, nimmt er seinen Mund von meinem. „Leg dich auf die Couch."

Na, wer ringt denn hier um Fassung?

Vorsichtig gehe ich zur Couch, nehme darauf Platz und blicke Daniil unverwandt an. Er sieht tatsächlich etwas mitgenommen aus.

Als müsse er den Abstand zwischen uns wahren, setzt er sich erneut auf die Kante des Couchtisches und mustert mich eingehend. Dann umfasst er meine Hüften und zieht mich nach unten, bis mein Kopf knapp unter der Rückenlehne liegt.

Mit einer raschen Bewegung befreit er mich von meinem Höschen und legt es achtlos zur Seite. Die Tatsache, dass ich vollkommen nackt bin, während Daniil angezogen ist, erregt mich mehr, als ich sagen kann.

Doch ich erkenne auch das Feuer in seinen Augen. Und eine gewisse Zurückhaltung, die überhaupt nicht zu ihm passen will.

Meine Beherrschung ist beim Teufel, als er meine Beine auseinanderdrückt und mir federleichte Küsse auf die Innenseite meiner Schenkel haucht.

Fest presse ich die Augen zusammen, um nicht schon jetzt um Gnade zu winseln. Noch nie zuvor, und ich bin wirklich keine prüde Jungfrau, hat mich jemand derart überfahren. Er hat Recht, hier geht es tatsächlich nur um Sex. Wir täuschen weder Zärtlichkeit noch Liebe noch langsame Annäherung vor. Wir sind hier, weil wir vögeln wollen. Und Daniil scheint von Anfang an jegliche beziehungstechnischen Vorstellungen im Keim zu ersticken. Im Moment ist dieses namenlose Spiel jedoch genau das, was ich brauche.

Der letzte Rest an Gelassenheit ist dahin, als Daniil mit der Spitze seiner Zunge über meinen geschwollenen Kitzler leckt. Er vollführt diese Geste mit einer Raffinesse, die ich auf diese Weise nicht erwartet habe. Mein Kopf schnellt nach hinten, meine Augen verschließen sich vor der eiskalten Wirklichkeit und meine Lippen verkrampfen sich. Ich unterdrücke ein lautes Stöhnen, denn es würde meine Niederlage besiegeln. Ich wäre die nächste in der langen Schlange der Frauen, die nackt mit gespreizten Beinen vor ihm liegen und um mehr betteln.

Seine Zunge macht unablässig weiter, scheint von meinem inneren Kampf nichts mitzubekommen. Er leckt, knabbert und bläst abwechselnd über den empfindsamsten Punkt meines Körpers, der vor Lust schimmert. Ich drücke ihm mein Becken entgegen, würde alles dafür geben, ihn oder zumindest seinen

Finger in mir zu spüren. Doch Daniil ist sowohl Verführer als auch Peiniger. Unsere Augen treffen sich und ich weiß, dass er dieses Spiel stundenlang fortsetzen möchte. Ob ich dazu in der Lage bin, ist fraglich.

Beharrlich saugt er an meinem Kitzler, nimmt ihn zwischen die Lippen, bis ich kurz davorstehe zu kommen. Mein Geist stellt sich bereits auf den nahenden Sturz ein, meine Finger klammern sich in den Couchbezug, der mit Sicherheit nach einer Reinigung schreit, wenn wir hier fertig sind.

„Bitte, Daniil", stöhne ich und möchte, dass er meinen vor Lust prickelnden Punkt weiter mit der Zunge bearbeitet.

Daniil lacht und bringt damit meinen Kitzler zum Vibrieren. „Süße, noch nicht."

Ich will es nicht wahrhaben, presse mich gegen seine Finger, die meine feuchte Öffnung umkreisen. Er treibt mich in den Wahnsinn. Eigentlich habe ich gedacht, dass ich mich besser unter Kontrolle habe. Bisher ist es noch niemandem gelungen, mich beim Sex dermaßen aufzuwühlen. Was wird noch kommen? Wobei *kommen* höchst zweideutig ist.

Daniil schiebt seinen Mittelfinger in mich, während er mit seinem Daumen Kreise um meine pralle Knospe beschreibt. Ich seufze und stöhne und gleiche damit den Damen aus anrüchigen Filmen, die ich bis dato gemieden habe.

„Wenn du kommst, werde ich dir deinen hübschen Hintern so lange versohlen, bis du vergisst, wo oben und unten ist", weist er mich zurecht und verlangsamt seine Bewegungen.

Ich schnaube entrüstet. Bei Daniil kommt die Message an, er beugt sich vor und umfasst mit seiner freien Hand mein Kinn. Instinktiv schlage ich die Augen auf, versuche angestrengt, seinen dunklen standzuhalten, was mir mehr als schwerfällt.

„Du glaubst mir nicht", brummt er und fletscht die Zähne – so muss der Teufel aussehen, verführerisch und böse. „Wenn dir dein Arsch lieb ist, solltest du mich nicht herausfordern. Denn ich werde es machen. Und wo wir gerade beim Thema sind: Du solltest zumindest versuchen, dich unter Kontrolle zu halten."

„Ich habe mich sehr gut unter Kontrolle", presse ich hervor, auch wenn dies die dämlichste Diskussion ist, die ich jemals geführt habe. Immerhin steckt sein Finger in mir und er bewegt ihn langsam vor und zurück, während sein Daumen auf meinem Kitzler liegt und diesen mit leichtem Druck massiert. Wieder dieses kehlige Lachen, welches allein schon ausreichen würde, um mich kommen zu lassen. „Süße, du hast dich so was von überhaupt nicht unter Kontrolle. Wie lange kann ich das machen?" Ich weiß, auf was sich seine Frage bezieht, als er seinen Finger krümmt und ihn auf die übersensible Haut an der Oberseite meiner Vagina legt. Mit sicheren Bewegungen streicht er darüber und jagt eine neuerliche Welle durch meinen Körper. Ich versuche, an etwas anderes zu denken – ihm zuliebe. Ginge es nach mir, wäre ich längst gekommen. Oder geht es doch um mich und ich möchte meinem Hintern die angekündigte Tracht Prügel ersparen?

Warum gefällt mir eigentlich der Gedanke, dass Daniil sich meinem Hintern in einer Weise widmet, die äußerst schmerzvoll für mich sein wird?

Werde ich in seiner Gegenwart zu einem naiven, dummen Mädchen?

„Sieh mich an und entspann dich." Seine Stimme klingt sanfter. „Lass los und wehr dich nicht so dagegen."

„Wenn ich mich nicht wehre, dann …", ich brauche es nicht auszusprechen, da wir beide verstehen.

„Nein", sagt er und schüttelt den Kopf. „Du musst Durchhaltevermögen entwickeln, wenn du mit mir vögeln möchtest. Ich halte nicht viel vom Drüberrutschen. Es soll doch eine Herausforderung sein, oder etwa nicht?"

Es ist zu viel. Mein Mund fühlt sich trocken an, meine Nerven strapaziert, wobei ich nicht nur jene in meinem Schädel, sondern auch die zwischen meinen Beinen meine.

Ich habe keine Ahnung, was Daniil unter Herausforderung versteht. Bis jetzt habe ich Sex dazu benutzt, um abzuschalten, und nicht, um einen Wettbewerb zu gewinnen. Ich bin mir nicht einmal sicher, ob ich diese Folter ein weiteres Mal ertragen kann und möchte. Dabei weiß ich, dass dies erst der Anfang ist. Was zur Hölle hat er mit mir vor?

„Ich kann nicht reden." Fluchtversuch. Natürlich.

Daniil benimmt sich jedoch vorbildlich und beginnt meine Nasenspitze mit Küssen zu bedecken. „Sieh mich an. Ich spüre es, wenn du so weit bist. Ich lasse dich nicht fallen."

Der letzte Satz würde einem Unbedarften wahrscheinlich vermitteln, das er für mich da ist. Ich weiß es besser und verstehe darunter, dass er mich nicht kommen lassen wird. Die zweite Stufe der körperlichen und seelischen Tortur hat begonnen.

Im nächsten Moment ist sein Finger verschwunden. Ich finde ihn an seinen Lippen wieder. Er schimmert feucht von meiner Lust, was für Daniil anregend und appetitlich zu sein scheint, da er sich ihn in den Mund schiebt und daran saugt. Ich schwanke zwischen Entsetzen und Lust. Als ich an der Reihe bin und die Mischung aus meiner Nässe und seinem Speichel schmecke, denke ich nicht mehr länger über die Konsequenzen nach. Ich bin nur noch hungrig nach ihm.

Daniil schenkt mir einen anerkennenden Blick, bevor er mir seinen Finger entzieht und ihn um meine aufgerichteten Nippel gleiten lässt. Abwechselnd reibt er sie, bis sie schmerzen. „Süße, ahnst du eigentlich, was du mir an Selbstbeherrschung abverlangst? Willst du ihn wieder?"

„Nicht deinen Finger", erkläre ich keck.

Er saugt die Luft ein und blickt an mir nach unten. „Wärst du nicht zum ersten Mal hier, würde ich dich jetzt umdrehen und dir zeigen, wer das Sagen hat. Doch ich habe Nachsicht."

Seine Nachsicht erscheint recht unglaubwürdig, als er an meinen Nippeln zu saugen beginnt und einen Finger in mich schiebt.

Seine Bewegungen sind wild und entlocken mir ein Stöhnen. Falls er glaubt, er müsse mir den Hintern versohlen, damit ich nicht mehr weiß, wo oben und unten ist, irrt er sich. Allein das Spiel seiner Finger in mir und das seines Mundes genügt, um mir den Verstand zu rauben. Wie durch einen Schleier nehme ich wahr, dass er mein Becken anhebt und näher an sich heranzieht. Dieser Positionswechsel verändert seinen Einschlagwinkel und bevor ich noch weiß, wie mir geschieht, erfasst mich ein markerschütternder Orgasmus.

Er beginnt sich in meinem Bauch aufzubauen, wandert von dort hinunter bis zu meinen Beinen, die ich zusammenpresse, als könnte ich ihn so verhindern. Ich wage es erst gar nicht, Daniil anzusehen, geschweige denn bin ich in der Lage, meine Augen zu öffnen. Viel zu intensiv ist dieses Gefühl. Es gleicht einer Erlösung. Als wäre ich kilometerweit gelaufen und kann endlich meine Beine hochlegen. Pure Entspannung macht sich in mir breit, auch wenn die Zuckungen gar nicht aufhören wollen. Denn Daniil denkt gar nicht daran, von mir abzulassen.

Nur langsam ebbt der Zustand der völligen Erfüllung ab und während Daniil meinen Bauch, meine Schenkel und meine hypersensible Vagina mit Küssen bedeckt, lehne ich mich zurück, schließe die Augen und versuche, ruhiger zu atmen.

Ich kann mich nicht erinnern, jemals etwas so Gewaltiges erlebt zu haben. Nicht nur das körperliche Gefühl ist unbeschreiblich. Auch mein Geist liegt auf einer Chaiselongue und schlürft Champagner, während er Weintrauben futtert. Zuerst die große Anspannung, dann der Absturz und nun fühle ich mich hundemüde. Ich schaffe es kaum noch, die Augen zu öffnen. Einmal gelingt es mir und ich treffe auf Daniils forschenden Blick, aus dem ich ganz und gar nicht schlau werde. Ich warte beinahe darauf, dass das eintreten wird, was er mir prophezeit hat, glaube aber nicht, dass ich dann noch wach sein werde.

Er wird mich hassen, wenn ich jetzt wegpenne. Als Daniil mich hochhebt, ich seine starken Arme spüre, ist es endgültig vorbei. Kurz flackert die Angst, vor die Tür gesetzt zu werden, in mir auf. Sekunden später spüre ich etwas Weiches unter mir, dann eine Decke über mir. Augenblicklich nicke ich weg, da diese Geborgenheit viel zu wärmend ist, als dass ich dagegen ankämpfen möchte. Natürlich hängt die Tatsache, dass Daniil auf seine Erfüllung verzichtet hat, im Raum. Mir ist klar, dass er nicht der Typ Mann ist, der bereitwillig darauf pfeift, nur um der Frau einen Gefallen zu tun. Und obwohl ich auf das Inferno, das morgen früh auf mich wartet, eingestellt bin und eigentlich Angst haben sollte, ist dieser warme, kuschelige Platz viel zu verführerisch. Wie sein Bewohner.

9. Kapitel

Es wundert mich nicht, als ich am nächsten Morgen in seinem Bett aufwache. Mich wundert eher, dass er neben mir liegt. Eigentlich habe ich gedacht, er würde auf der Couch übernachten, um nicht in meiner Nähe sein zu müssen.

Mit geschlossenen Augen wirkt er friedlich, als könne er keiner Fliege etwas zuleide tun. Sein Gesicht ist mir zugekehrt, er hat sogar einen Arm um mich gelegt.

Während ich zwischen Weglaufen und Hierbleiben schwanke, versucht mein Verstand, die Ereignisse des gestrigen Abends zu sortieren. Es ist anders gekommen, als ich es erwartet und geplant habe. Nichts mehr ist übrig geblieben von der selbstsicheren Frau, die ich gerne gewesen wäre. Ich habe genommen und nicht gegeben. Normalerweise habe ich damit kein Problem. Aber ob Daniil mir verzeihen wird, dass ich sofort eingeschlafen bin, nachdem er mich zum allerhöchsten Gipfel gebracht hat?

Doch da er in der Nacht meine Nähe gesucht hat, scheinen meine Chancen auf Versöhnung nicht allzu schlecht zu stehen.

Vorsichtig schäle ich mich aus seiner Umarmung, schlüpfe in eines seiner T-Shirts, streife mein Höschen über und schleiche auf Zehenspitzen aus dem Zimmer. Nachdem ich in meiner Handtasche nach meinem Handy gekramt habe, um festzustellen, dass mich niemand angerufen hat, werfe ich sicherheitshalber einen Blick in Ilkas Zimmer. Denn was wir hier treiben, ist höchst riskant.

Jetzt ist es halb neun Uhr morgens. Wie soll ich Ilka erklären, was ich um diese Uhrzeit in ihrer Wohnung mache? Aber mittwochs läuft sie bereits frühmorgens ihre Trainingseinheit. Ich habe also Glück.

Mir knurrt der Magen, weshalb ich beschließe, Frühstück zu machen. Essen stimmt die Gemüter bekanntlich milde und vielleicht fällt es ihm dann leichter, meine Anwesenheit zu ertragen.

Männer, denke ich kopfschüttelnd und suche im Kühlschrank nach Eiern und Speck. Zwei Pfannen landen auf dem Herd. In eine davon gebe ich die Eier, in die andere den Speck. Ich bin ausgesprochen verwirrt. Sicher, zwischen Daniil und mir herrscht diese körperliche Anziehung. Zumindest meine Antennen richten sich unverzüglich auf, sobald wir uns in ein und demselben Raum befinden.

Während ich die Herdplatte auf niedrige Stufe schalte, koche ich Kaffee. Daniil scheint mir der Kaffeetyp zu sein. Tee würde nicht zu ihm passen. Wenigstens etwas, das ich über ihn weiß. Verzeihung – ahne.

Er ist wie ein Schatten, der ab und an kommt, mich mit sich zieht, nur um dann wieder zu verschwinden. Ich bleibe zurück – müde, verwirrt und süchtig. Unwillkürlich muss ich mich mit der tollpatschigen Bridget Jones vergleichen, die einen Haufen Probleme hat – und keinen blassen Schimmer von der Männerwelt. Bis vor kurzem habe ich mich nicht zu dieser Spezies gezählt.

Ich muss kichern, wenn ich mir Daniil als konfusen Hugh Grant vorstelle.

„Der Speck brennt an."

Wie von der Tarantel gestochen schrecke ich auf und starre Daniil entgeistert an. Ich bin so in Gedanken versunken gewesen, dass ich ihn gar nicht kommen gehört habe. „Du meine Güte", ist das Einzige, das mir entschlüpft, als ich auf seine nackte Brust blicke. Obwohl ich mit ihm in einem Bett geschlafen habe, gestern von ihm zum Höhepunkt gebracht worden bin und mich eigentlich von einem spärlich bekleideten Mann nicht so leicht aus der Fassung bringen lasse, habe ich nur noch Augen für dieses Geschöpf. Feine Härchen zieren seine Brust, die straff und fest ist. Die Haare hängen ihm wirr in die Stirn. Seine Augen wirken ein wenig müde. Aber alles in allem sieht er zum Anbeißen aus.

Wie dämlich muss man sein, wenn man einschläft, während einen dieser Mann um den Verstand vögeln möchte? Ziemlich dämlich, keine Frage!

„Scheiße", sagt er und spricht damit den Satz, den ich im Eifer des Gefechtes abgebrochen habe, zu Ende.

„Daniil", langsam finde ich in die Gegenwart zurück. „Ich wusste nicht, ob du frühstücken möchtest, habe aber etwas vorbereitet. Soll ich gehen?"

Sein Blick wandert von dem halb verbrannten Speck zu mir. „Abigail."

„Normalerweise frühstückst du nicht mit deinen … Frauen, das hast du mir bereits gesagt. Es tut mir leid."

„Abigail, es ist in Ordnung. Es freut mich, dass du dir die Mühe gemacht hast, auch wenn das Essen ..., na ja, nicht gerade verlockend aussieht." Das Funkeln in seinen Augen verrät mir, dass er spielen möchte. Na gut, dann lass uns eben spielen. Ich bin mehr als bereit dazu.

„Nicht gerade verlockend", wiederhole ich mit strenger Stimme. „Du denkst doch nicht etwa, dass ich mich noch nie im Leben an einem Herd zu schaffen gemacht habe?"

Achselzuckend hebt er ein halb verkohltes Stück Speck mit der Gabel an. „Wenn, dann nicht besonders erfolgreich, Prinzesschen."

Das Geschirrtuch landet in seinem Gesicht. Mein mädchenhaftes Gekicher verstummt, als er mich mit beiden Händen umschlingt und hochhebt.

Er trägt mich ins Schlafzimmer, wirft mich aufs Bett und hält meine Arme zu beiden Seiten meines Körpers fest. Ich starre ihn aus großen Augen an. „Jetzt weiß ich, warum ich Frauen nach dem Sex nicht bei mir schlafen lasse. Zuerst lullen sie dich ein, dann ziehen sie deine Sachen an und glauben, dich mit mütterlicher Liebe überschütten zu müssen."

„Zu dumm, dass wir keinen Sex hatten."

Er brummt, schiebt meine Beine auseinander und presst sich dazwischen. „Eine ungewohnte Premiere für mich."

Wieder kichere ich, auch wenn mir dieser Fauxpas mehr als leidtut. „Ich war müde und deine Folter hat mir den Rest gegeben. Ich werde es wiedergutmachen. Ehrenwort."

Unwillig schüttelt er den Kopf und für eine Sekunde glaube ich, dass der Spaß vorbei ist. „Abigail, ich will mehr. Viel mehr von dir. Vermutlich mehr, als du zulassen wirst. Aber nicht hier. Es ist zu gefährlich."

Ich weiß, was er meint, und kann ihm nur zustimmen.

„Ilka hätte gestern jeden Augenblick zur Tür hereinspazieren können."

Ich muss mir ein hämisches Grinsen verkneifen. Immerhin weiß ich, dass sich Ilka zu dieser Zeit mit Daniils bestem Freund im Bett gewälzt hat.

„Hast du heute Abend Vorstellung?"

„Nein", antworte ich leise und stelle mich bereits auf die nächste Überraschung ein.

Er atmet hörbar aus. „Wir haben für Gäste, die im *Seventiz* auftreten – Künstler, DJs, Sänger –, ein Apartment im *Charing Cross Hotel* angemietet."

Der Vorschlag hängt bedrohlich im Raum. Ich weiß wirklich nicht, ob er mir gefällt. „Ein Hotel?"

„Dort wird uns keiner stören."

Seine Nähe ist mir plötzlich zuwider, mein ganzer Körper versteift sich. „Es fühlt sich billig an. Ich fühle mich billig."

Daniil versteht meine Bedenken und lässt mich unverzüglich los. „Abigail, keiner behandelt dich so."

„Doch, du tust es. Ich bin kein Flittchen, das dir in ein schickes Hotelzimmer folgt und sich dort flachlegen lässt."

Dass ich seinem Vorschlag nicht begeistert zustimme, scheint ihn zu irritieren. Die Damen, mit denen er sich sonst trifft, sind entweder sofort hin und weg oder sie machen auf stummes Schoßhündchen und nehmen alles in Kauf, um in seiner Nähe zu sein. Mir ist es gleich, ob er sauer ist oder nicht.

„Du interpretierst unsere Übereinkunft falsch. Vielleicht hast du deine bisherigen Affären mit deiner Kohle beeindruckt. Mich kostet das nur ein müdes Lächeln."

Okay, jetzt ist er definitiv wütend. „Hast du nicht gesagt, dass du nicht nur auf dein Geld reduziert werden möchtest? Wer von uns macht das jetzt?"

Er steht hastig auf, kramt in seinem Schrank nach einem Shirt und einer Hose und zieht sich an. „Ich bringe dich nach Hause."

„Ich nehme ein Taxi", gebe ich bissig zurück.

Es will nicht in meinen Schädel. Warum muss ich gerade mit dem Mann, auf den all meine sexuellen Fühler hypersensibel reagieren, dermaßen oft aneinandergeraten? Warum sind wir uns nie einig?

Nicht nur ich bin ein Sturkopf, auch Daniil blockt jeden meiner Vorschläge ab. „Das ist doch nicht dein Ernst?", frage ich noch immer auf dem Bett liegend.

„Was?", faucht er und fährt sich zerstreut durchs Haar.

Ich richte mich auf, stütze mich auf meinen Ellenbogen und möchte nicht einmal den Anschein erwecken, dass ich jetzt an Aufbruch denke. „Wir besprechen hier meines Erachtens ziemlich wichtige Dinge. Und weil ich nicht brav nicke und dem großen Herrn und Meister zustimme, möchtest du mich sofort loswerden? Dann war's das also?"

Kopfschüttelnd lehnt er an der großen Schrankwand. Der Zorn blitzt ihm aus den Augen. Er wirkt ziemlich einschüchternd auf mich. „Nur fürs Protokoll – du würdest deine Freundschaft zu Ilka wegen deiner Bequemlichkeit, deines Stolzes oder deiner dir selbst auferlegten Prinzipien aufs Spiel setzen? Muss ich mir Sorgen um deine Glaubwürdigkeit machen?"

„Denk, was immer du möchtest. Anscheinend funktioniert das mit uns beiden doch nicht so gut, wie wir es uns wünschen. Kannst du mir bitte meine Sachen reichen?"

Mit gefletschten Zähnen schleudert er mir das Bündel bestehend aus meiner Hose, meinem Shirt und meinem BH ins Gesicht. Bis zu diesem Zeitpunkt habe ich noch das Gefühl gehabt, dass sich die Sache irgendwie einrenken würde. Spätestens jetzt kann keine Rede mehr davon sein.

„Wenigstens du bist auf deine Kosten gekommen." Der Spott in seiner Stimme ist unüberhörbar.

Ich stehe auf und zwänge mich hastig in meine Klamotten. „Frauen mit Klasse lassen sich eben nicht beim ersten Zwinkern flachlegen", kontere ich, während ich mein Haar zu einem nachlässigen Zopf schlinge.

Daniil lacht affektiert, drückt sich von der Schrankwand ab und gibt mir meine Handtasche. „Sie kommen lieber spätabends zu fremden Männern und trauen sich dann nicht einmal zu sagen, dass sie gefickt werden wollen."

„Vielleicht solltest du dir in Zukunft wieder eine willigere Frau suchen. Das ist es doch, was du möchtest."

„Man lernt aus Fehlern."

Autsch. „Selbst du kannst dich täuschen, du sprichst mit einer Gleichgesinnten. Lass dir das Frühstück schmecken", zische ich zwischen zusammengepressten Zähnen hervor, ehe ich aus der Wohnung stürme.

Als die Tür hinter mir zufällt, bleibe ich stehen, sauge die kühle Luft im Flur ein und versuche trotz des Pochens in meinem Schädel, Ordnung in meine Gedanken zu bringen. Ich kann nicht sagen, ob es vorbei ist, noch ehe es richtig begonnen hat, oder ob Daniil einfach Freude daran findet, sich mit mir anzulegen. Vielleicht auch umgekehrt. Jedenfalls haben wir beide eine Grenze überschritten. Wir sind weit über den Zustand des Tändelns hinausgegangen. Und dass Daniil böse ist, weil ich gestern einfach weggeschlafen bin, ist klar wie Kloßbrühe.

Was ich nun tun soll, um mich selbst wieder besser zu fühlen, vermag ich nicht zu sagen. Bin ich mit oder ohne ihn besser dran? Soll ich dieses Zerwürfnis nutzen und endgültig die Flucht ergreifen, um mein Herz vor weiteren Verletzungen zu schützen, oder soll ich meinem Bauchgefühl trauen und diesen Zwischenfall als gegenseitige Demonstration unserer Stärke ansehen?

Zu Hause halte ich es jetzt bestimmt nicht aus. Deshalb setze ich mich in ein Taxi und fahre in die Innenstadt, wo ich mir den Frust von der Seele shoppe.

Wie gebannt blicke ich auf die eben zugeschlagene Wohnungstür. Einerseits kann ich ihren Ärger verstehen, andererseits macht mich dieser nur noch wütender.

Ist nicht sie diejenige gewesen, die gestern zu mir gekommen ist? Ich habe nicht damit gerechnet, dass sie mich spätabends in meiner Wohnung aufsuchen würde. Natürlich habe ich keine Sekunde an ihren, aber auch an meinen Motiven gezweifelt. Diese körperliche Spannung zwischen uns ist einfach übermächtig. Jetzt zu wissen, dass sie irgendwo dort unten steht und auf ein Taxi wartet, verlangt mir einiges ab. Erstens will und sollte ich zu ihr laufen und mich entschuldigen, auch wenn mein Stolz darunter leiden würde.

Zweitens muss ich mir überlegen, wie ich die Sache angehen möchte. Sie zu bedrängen scheint der falsche Weg zu sein. Doch ich möchte, dass sie weiß, wer das Sagen hat. Sie soll sich fügen und mir hörig werden, das erwarte ich von ihr.

Sie soll mich nehmen, wie ich bin, und nicht dagegen aufbegehren. Wenn sie mit meiner forschen Art nicht klarkommt, dann ist tatsächlich Ben ihre Kragenweite. Ich halte nicht viel von Weicheiern.

Als ich die Küche betrete und mir der Gestank von verkohltem Speck in die Nase steigt, muss ich unwillkürlich lachen. Noch nie bin ich einer Frau begegnet, die es nur annähernd schafft, es mit mir aufzunehmen. Sie hat Charme. Mann, den hat sie! Längst sehe ich mich in ihrem Netz zappeln, trotzdem halte ich mir ständig vor Augen, was ich tatsächlich will. Ich will ihren Körper, ich will ihren Willen brechen und sie mir gefügig machen. Das will ich.

Der Kaffee schmeckt nicht einmal so schlecht. Ich trinke die Tasse leer, ehe ich mich zurück ins Schlafzimmer begebe und mich umziehe. Ich sollte längst im *Seventiz* sein, dieses Wochenende wird eine ganze Heerschar an DJs und Tänzerinnen auftreten und die Vorbereitungen gehen nur schleppend voran.

Bin ich jetzt vollkommen verrückt? In der Tiefgarage suchen meine Augen jeden Winkel rund um den Stellplatz meines Autos nach ihr ab. Selbst draußen auf der Straße halte ich verzweifelt Ausschau, um vielleicht doch noch einen Blick auf sie zu erhaschen.

Wie alt bin ich? Ich schätze, nicht älter als achtzehn.

Da die Rush Hour vorbei ist, komme ich zügig voran. Meine Gedanken kreisen nur um sie. Ich frage mich, was sie gerade macht. Ilka kann sie in dieser Sache nicht um Rat fragen. Viel eher stelle ich sie mir schmollend in ihrem Bett liegend vor, wo sie es bitter bereut, dass sie gestern so früh eingeschlafen ist. Ob ich befürchten muss, dass sie sich eventuell doch Ilka anvertraut?

Beim Gedanken, dass meine Schwester von diesem Verrat erfährt, verkrallen sich meine Fingernägel im ledernen Bezug des Lenkrades. Ich finde weiterhin, dass das Hotel eine gute Idee ist. Dort sind wir anonym. Und zur Hölle, scheiß auf die Romantik! An der Tatsache, dass wir wilden Sex haben möchten – beide –, ist doch sowieso nichts romantisch.

Wenn sie glaubt, dass ich sie zum Essen ausführe, mit ihr an der Themse spazieren gehe oder ihr Blumen schicke, dann hat sie sich getäuscht. Vielleicht sollte ich ihr das bei Gelegenheit noch einmal erklären. Wenn sich diese Möglichkeit überhaupt noch bietet. Dass sie stur ist, weiß ich mittlerweile. Wie lange sie es allerdings selbst aushalten wird, sich von mir fernzuhalten, kann ich nicht einschätzen.

„Hey, wie läuft's?"

Ich schlage Adwin auf die Schulter und nehme neben ihm an der Bar Platz. Sofort versorgt uns eine der Kellnerinnen, die wegen der Vorbereitungen Extraschichten einlegen, mit Getränken. „Sind die Fackeln da?"

„Nein, aber ich habe mit Bryan telefoniert. Sie sollen heute Nachmittag kommen."

„Das ist gut. Hervorragend."

Adwin wirft mir einen prüfenden Blick zu. Er kennt mich schon so lange und weiß genau, was in mir vorgeht. „Eine anstrengende Nacht?"

Ich nicke und kippe den letzten Schluck meiner Cola hinunter. „Der ein beschissener Morgen folgte."

„Uh. Habe ich dir nicht gesagt, du sollst sie hinterher rauswerfen? Am Morgen danach trifft dich die Realität wie ein Faustschlag mitten ins Gesicht."

Als Lucy in meinem Blickfeld auftaucht, erinnere ich mich an den Tag zurück, an dem ich diese Regel aufgestellt habe.

Lucy hat mich gelehrt, nicht zu viel Nähe zuzulassen. Sie hat sich Hals über Kopf in mich verliebt. Und Adwin ist es zu verdanken, dass sie heute noch bei uns arbeiten darf. Ginge es nach mir, bräuchte ich dieses Gesicht nicht mehr länger zu sehen. Sie lächelt mich an, was mich dazu bewegt, ihr abrupt den Rücken zuzuwenden und mich ganz auf Adwin zu konzentrieren.

„Dann ist die kleine Bennet also passé?"

„Sie hat sich davongemacht."

Eine Sekunde lang schweigt er. Das rege Treiben um uns herum steht in völligem Kontrast zu unserer nachdenklichen Stille.

„Warum dann so frustriert? Immerhin hast du Druck ablassen dürfen."

Meine Augen gleiten zu Adwins Rolex, die er sich von seinem ersten großen Gehalt geleistet hat. Sie soll ihn jeden Tag daran erinnern, wie schwer es gewesen ist, sie zu bekommen. Vielleicht sollte ich mir ebenfalls etwas Derartiges zulegen, denn als Frauensammler mache ich mich wohl nicht so gut. „Sie ist eingeschlafen."

„Wie? Währenddessen?"

Ich kann ihm vertrauen, deshalb rücke ich mit der Wahrheit heraus. „Nicht währenddessen, aber danach. Sagen wir so: Ich habe sie in den Schlaf geleckt."

Er kneift die Augen zusammen, schüttelt dann den Kopf, als würde ich ihm weismachen wollen, dass die Erde eine Scheibe ist. „Die ganze Geschichte."

Ich lasse mir noch eine Cola einschenken. „Ich kam gerade nach Hause, da klingelte es an der Tür. Du kannst dir vorstellen, wie überrascht ich war, sie zu sehen. Statt einfach zu sagen, was sie will, immerhin sah man ihr das aus zehn Meter Entfernung an, schwafelte sie irgendetwas von meiner Schwester. Ich ergriff die Initiative, denn ich wollte sie endlich haben. Na ja, was soll ich sagen? Gerade, als sie auf ihre Kosten gekommen ist, schnarcht sie weg."

Adwin lacht so laut, dass sich einige unserer Mitarbeiter neugierig umdrehen. Ich kann ihn gut verstehen. Würde er mir so eine Story erzählen, könnte ich auch nicht länger an mich halten. Da es in diesem Fall mich selbst betrifft, finde ich die Angelegenheit allerdings nur halb so witzig.

„Du hast sie doch nicht bei dir übernachten lassen?" Als ich zwei Finger über meine Stirn gleiten lasse und dabei den Kopf senke, schnellt Adwin in die Höhe. „Sie hat bei dir geschlafen, ohne dass ihr Sex hattet? Soll ich mir Sorgen um dich machen?"

„Ich konnte sie doch nicht auf die Straße setzen. Spätestens heute Morgen hat es mir leidgetan. Ich bin die halbe Nacht wach gelegen und habe nach einer Lösung gesucht. Wie dumm von mir, es auf meiner Couch zu treiben. Darum habe ich vorgeschlagen, uns das nächste Mal woanders zu treffen."

„Doch nicht etwa im *Charing Cross*?"

Ich nicke. „Daniil, keine Frau wünscht sich, zum Vögeln in ein Hotel gelotst zu werden. Das macht nur ein verheirateter Mann mit seiner Geliebten."

„Ich habe es außerdem falsch rübergebracht. Sie war wütend, bissig und ich habe mich auch nicht zurückgehalten. Das Ende vom Lied ist, dass sie aus meiner Wohnung gestürmt ist, und hier sitze ich nun."

„Was möchtest du?"

„Ich weiß, dass sie mir eine Menge Ärger bescheren wird."

„Du machst dir Gedanken über sie? Denk dran, sie ist nicht Lucy. Sie ist eine Frau, die weiß, was sie möchte, und du wärst ganz schön dämlich, wenn du ihr das nicht gibst."

„Kann ich denn einer Frau das geben, was sie möchte?" Die Frage gilt nicht nur Adwin. Ich selbst frage mich das seit dem Tag, an dem ich Candice verlassen habe.

Adwin dreht unablässig das Glas in seinen Händen. „Du solltest es zumindest versuchen. Klein Bennet ist doch kein dummes Mädchen mehr. Sie hat Kohle, Ansehen und einen noch reicheren Daddy, der sie unterstützt. Lass euch beiden etwas Zeit, kühlt euch ab, aber Mann, gib sie nicht auf, wenn du merkst, dass da etwas sein könnte. Vielleicht ist sie die Frau, die du einmal lieben wirst. Halt mich nicht für bigott, aber ich sage dir, Gottes Wege sind unergründlich.“

„Amen“, spotte ich und ernte einen Schulterboxer. „Okay, okay. Schon gut. Ich kapiere ja, was du mir sagen willst. Im Augenblick regt sich jedoch nur ein Körperteil, wenn ich sie sehe – nur um deine Illusionen im Keim zu ersticken.“

Adwin bläst seine Backen auf und schüttelt andächtig den Kopf. „Dein Hirn hat aber auch ein Wörtchen mitzureden. Mach, was du willst, aber überlege mal, wann hat dich zuletzt eine Frau dermaßen beschäftigt? Ich sehe kurz zu den Mädels und lasse dich mit deinen verworrenen Gedankengängen allein.“ Brüderlich knufft er mich in die Seite und stapft davon.

Ich konnte Ilkas SMS nicht unbeantwortet lassen, weshalb ich nun mit ihr, Ben und Harry im Restaurant gegenüber des Theaters sitze und mir zur Feier des Tages einen Cheeseburger gönne. Ilka lacht bis über beide Ohren und ich weiß genau, dass sie gleich zu einer ausführlichen Schilderung ihres Treffens mit Parker ansetzen wird. Es soll ihr vergönnt sein.

Harry gibt gerade eine Kurzfassung seines aktuellen Manuskripts wieder, als Ben, der neben mir sitzt, meine Hand ergreift und sie gedankenverloren zu kneten beginnt. „Ich sehe dich kaum noch, Baby. Ist alles in Ordnung mit dir?“

Nein. Ich bin gerade dabei, eine Affäre mit einem Mann anzufangen, der völlig unberechenbar, einschüchternd und bestimmend ist. Ich gebe Ben dafür auf. Einen Mann, der mich auf Händen tragen und mir jeden Wunsch von den Lippen ablesen würde. Doch er verstrahlt nicht die Aura, die mich fesselt. Selbst jetzt, da wir uns körperlich nahe sind, spüre ich nichts davon. Da ist nichts. Freundschaft vielleicht. Sonst nichts.

Ich räuspere mich unbehaglich, während Ilka Harrys Schilderungen nur mehr mit halbem Ohr lauscht und stattdessen erwartungsvoll zu mir blickt. Wenn sie wüsste! „Mir geht es gut. Ich habe im Moment nur ziemlich viel zu tun."

„Schon okay. Ich möchte dich nicht verlieren, Gaby. Nicht nur ich habe das Gefühl, dass zwischen uns mehr ist, nicht wahr?"

Ich muss mich zwingen, nicht zurückzuzucken, als er mir über die Wange streicht und mir dabei so nahe kommt, dass ich fürchte, er wird mich jeden Augenblick küssen. Wie ich darauf reagieren würde, wage ich mir nicht auszumalen.

„Ben", entgegne ich unwirsch, „du weißt, was ich von einer Beziehung halte. Lass uns unsere Freundschaft nicht aufs Spiel setzen."

Seine Augen sagen mir, dass es längst zu spät ist. Dass er sich bereits hoffnungslos in mich verliebt hat. „Ich liebe dich, Gaby. Sag mir, was du willst, und ich tue es. Ich tue alles, was du verlangst."

„Hey Benny, wir müssen los. Oder möchtest du erleben, dass der Zorn Gottes auf uns niedersaust?"

Ich lege meinen Kopf schief und sehe Ben mitfühlend an. Er nickt, tippt mit seinen Fingerspitzen kurz auf den Tisch, ehe er aufsteht und Harry folgt. Er sollte nicht mein Problem sein. Sicher, es ist ziemlich mies von mir, dass ich unsere sexuelle Beziehung nicht mehr weiterführen will, doch ich bin mit Schwierigerem beschäftigt. Zum Beispiel mit Ilka, die mich verständnislos anguckt.

„Hast du sie noch alle?"

„Ach komm, Ilka. Es steht dir nicht zu, mein Liebesleben zu kommentieren. Kümmere du dich lieber um Parker. Und weißt du was?", ich stehe auf, schnappe meine Tasche und schicke mich an, meine beste Freundin einfach sitzen zu lassen. „Wenn wir hier schon bei Liebesschwüren sind, dann steh du lieber in aller Öffentlichkeit zu Parker."

„Das werde ich auch", gibt sie wie ein trotziges Kind zurück.

„Ach ja. Weiß dein Bruder schon von euch?"

Keine Antwort ist auch eine Antwort.

Mir ist bewusst, dass ich sie beleidigt, ja verletzt habe. Doch ich muss mit meinem eigenen Chaos klarkommen, was mir auf der kurzen Strecke bis zu Pierres Studio bestimmt nicht gelingen wird.

Eigentlich sollte ich Daniils und meine kleine Auseinandersetzung vergessen und mich ins Abenteuer stürzen. Ich bin nicht der Typ, der sich noch lange mit bereits Verdautem beschäftigt. Es ist nun einmal so, wie es ist. Und Daniil und ich sind eben beide hochexplosive Charaktere. Streitereien scheinen da vorprogrammiert. Was sich liebt, das neckt sich, um eine abgeschmackte Weisheit zu zitieren.

Eigentlich ist die Wucht meiner Gefühle und Gedanken völlig untypisch für mich. Ich bin Realistin. Trotzdem passiert es mir manchmal, dass mich eine Idee völlig gefangen nimmt. Dann versuche ich, Himmel und Hölle in Bewegung zu setzen, um das zu bekommen, was ich möchte. Und wenn mich ein Kerl mit seiner Sturheit in den Wahnsinn treibt, dann schieße ich ihn einfach in den Wind. Bei Daniil vergesse ich all meine Prinzipien und lege mir eigenhändig das Halsband inklusive Leine an.

Vor meinem geistigen Auge taucht ein Bild von uns beiden in eindeutiger Pose auf. Nur er schafft es, mich dermaßen zu benebeln, dass ich jeden Hauch, der mich streift, als sexuell erregend empfinde. Doch für meine bevorstehende Unterrichtsstunde mit Pierre, der gar nicht gut auf mich zu sprechen ist, sollte ich meine Gedanken in eine professionellere Richtung lenken.

Mit der Türklinke in der Hand, halte ich mitten in der Bewegung inne.

Zuerst glaube ich an eine Fata Morgana, einen Traum oder den totalen Verlust meines Verstandes. Es kann nur Einbildung sein, rede ich mir beim Schließen der Tür ein. Doch dann dreht er sich um. Reißt seinen nachdenklichen Blick vom Fenster los, als wäre er durch Gedankenübertragung auf meine Anwesenheit aufmerksam geworden. Oder hat er mein erschrockenes Aufstöhnen vernommen?

„Daniil", ich bemühe mich um einen neutralen Tonfall. Ein Naivchen hätte sich ihm in die Arme geschmissen. Ich hingegen lege ruhig meine Tasche ab und wappne mich für das, was da kommen wird.

„Du weißt, dass ich hier arbeite und du nicht einfach auftauchen kannst, wann immer du möchtest?"

Ein Grinsen huscht über sein Gesicht.

„Außerdem habe ich jetzt Unterricht."

„Ich habe ihn abgesagt."

„Du hast was?" Was bildet sich der Kerl bloß ein? Ich bin drauf und dran, an die Decke zu gehen.

„Ich muss mit dir reden und da du auf meine Anrufe sicher nicht reagiert hättest, habe ich es eben so versucht."

„Moment. Moment. Du hast nichts *versucht*, du hast dich in mein Leben eingemischt, obwohl ich dich nicht darum gebeten habe. Und ja, genau, ich wollte und werde nicht mit dir reden."

Er schließt die Augen, wirkt abgekämpft. Doch beim besten Willen – er tut mir nicht leid.

Seine hungrigen Bienchen kann er mit dieser Interesse vorspielenden Barbarenmasche möglicherweise um den Finger wickeln. Mich macht er nur noch wütender.

„Abigail, es tut mir leid. Ich habe Scheiße gebaut und bin mir dessen durchaus im Klaren. Das Hotel war eine überaus blöde Idee."

„Warum?"

„Warum was?"

„Warum ich?"

Er stutzt, reißt sich dann aber zusammen und kommt ein paar Schritte näher. „Weil du Feuer unter dem Hintern hast. Ich werde den Gedanken nicht los, dich besitzen zu wollen. Ich weiß, du hast mit Typen wie mir nichts am Hut, aber ich will dich. Ich lasse mich nicht so einfach abschütteln."

Nimm ihn, ruft etwas in mir, wird aber von meinem Verstand mit einem gezielten Knock-out zu Boden geschickt. „Ich lasse mich von deiner Dominanz nicht einschüchtern. Für diese Spielchen bin ich die Falsche."

„Du wehrst dich dagegen, das ist das Problem. Abigail", erneut ein Schritt in meine Richtung. Mittlerweile ist er mir sehr nahe – viel zu nahe, wie mir das Prickeln in meinem Bauch signalisiert. „Was erwartest du von mir? Soll ich auf die Knie gehen, dich anflehen? Das heute Morgen war doch nur ein Streit zwischen zwei Erwachsenen."

„Die beide völlig den Verstand verloren haben."

„Was willst du?"

Durch meinen Kopf rasen tausend Gedanken. Allesamt unanständiger Natur. „Dich. Obwohl es dämlich, fies und abgefeimt ist. Ich kann deiner … Ilka nicht einmal mehr in die Augen sehen."

Daniil hebt die Hand, streicht über meine Wange und schiebt mich nach hinten, sodass ich mit meinem Rücken an die Tür stoße. Als er sich vorbeugt, sind unsere Lippen nur Millimeter weit voneinander entfernt, doch ich wage es nicht, ihn zu küssen. Ich bin noch nicht bereit, kampflos aufzugeben.

Habe ich nicht vorhin noch über die Mädchen geschimpft, die sich ihm vor die Füße schmeißen?

„Süße." Er senkt seine Lippen auf meinen Hals. Küsst dabei die empfindliche Stelle genau unter meinem Ohr. Ich lege den Kopf in den Nacken, starre zur Decke und bin bereit, mich völlig hinzugeben.

Er weiß genau, was er macht. Ich spüre ihn kaum. Immer wieder bearbeitet er mich mit dem richtigen Druck. Mir ist klar, was hinter dieser Berührung steckt. Wie viel mehr er mir geben will. Und bei Gott, ich würde alles tun, um mehr davon zu bekommen.

„Du musst nur loslassen. Ich werde mich um alles kümmern, Abigail. Vertrau mir."

Vertrauen ist ein so dehnbarer Begriff, wenn man bedenkt, was ich gerade mache. Ich breche nämlich tausend Treueschwüre, die Freundinnen einander in stummer Übereinkunft leisten.

Ich will ihn gerade darüber aufklären, da lässt er seine Zunge in meinen halb geöffneten Mund gleiten. Sofort reagiere ich. Nehme sie auf und erwidere das reizvolle Spiel. Es ist herrlich. Viel zu gut und viel zu verboten. Doch ist es nicht immer das Verbotene, das die Menschen in seinen Bann zieht?

Während er an meiner Unterlippe zu saugen beginnt, lässt er beide Hände in meine Haare gleiten, zieht daran und scheint mich auf seine Grobheit vorbereiten zu wollen. Und mir Idiotin gefällt das sogar. Ich lasse mich endgültig fallen, schiebe meine Finger unter sein Shirt und genieße die Wärme seiner Haut, die ich nur allzu gut in Erinnerung habe.

Wir wissen beide, wie weit wir uns aus dem Fenster lehnen. Dennoch können wir nicht voneinander ablassen und diesen Moment ungenutzt verstreichen lassen.

Wir werfen alle Zurückhaltung über Bord und geraten in einen Strudel der Lust, der uns immer höher und höher trägt.

Ich kralle meine Fingernägel in Daniils nackten Rücken, während er seine Hände nach unten zu meinem Hintern gleiten lässt und ihn schmerzhaft zu kneten beginnt. Dabei presst er sich an mich, was die volle Härte seiner Begierde zwischen meinen Beinen spürbar macht. Ich weiß nicht, wie weit ich gehen kann und möchte. Das hier ist keineswegs neutraler Boden. Ilka kann jeden Moment vorbeispazieren. Auch habe ich hier schon das eine oder andere Mal mit Ben gevögelt. So fühle ich mich wie in einem bösen Traum, der sämtliche Erinnerungen an diese Vorkommnisse mit neongelbem Textmarker anstreicht.

„Kannst du mich nicht noch einmal fragen, ob ich mit dir in dieses Hotel fahre?" Meine Stimme klingt atemlos, ich fühle mich auch so. Als wäre ich einen Marathon gelaufen und müsste nun an der Ziellinie Interviews geben.

Daniil sieht mich skeptisch an. „Damit du wütend auf mich wirst und mich wegschicken kannst?"

Ich kichere verhalten und beginne die Stellen auf seinem Rücken, die ich vorhin mit meinen Nägeln bearbeitet habe, zu streicheln. „Nein. Weil ich es nicht mehr länger aushalte und es bei genauerer Betrachtung gar keine so schlechte Idee ist. Immerhin besteht dort nicht die Gefahr, dass mich belastende Erinnerungen einholen."

Kopfschüttelnd streicht er über meinen Brustansatz, was sämtliche Synapsen in meinem Körper in Alarmbereitschaft versetzt. „Heute Abend?"

„Ja."

„Acht Uhr?"

„Ja."

„Siehst du, es ist gar nicht so schwer, mir zu folgen, hm?"

Mein Kichern geht in ein Lachen über, was er mit seinen Lippen unterbindet. Doch es ist nur ein kurzer Kuss, ein Versprechen auf mehr. „Ich muss los, Süße. Acht Uhr. Apartment zwölf. Sie werden dich durchlassen."

„Das will ich auch hoffen."

Er küsst mich auf die Nasenspitze. Noch einmal schenkt er mir sein verführerisches Lächeln. Jenes Lächeln, das meine Knie schwach werden und die Schmetterlinge in meinem Bauch Tango tanzen lässt. Dann ist er verschwunden.

10. Kapitel

Mit den Nerven völlig am Ende komme ich um halb neun am monumental wirkenden *Charing Cross Hotel* an. Nicht nur der Verkehr, den ich bei weitem unterschätzt habe, ist an meiner halbstündigen Verspätung schuld. Auch der fast blinde Taxifahrer Mitte neunzig, bei dem ich jede Sekunde damit gerechnet habe, dass er einen Herzinfarkt erleidet – oder ich einen Erstickungsanfall. Der Qualm seiner Zigaretten hängt noch immer in meinen Kleidern und das Trinkgeld kann er sich in die Haare schmieren, nachdem er mir mindestens zehn Blondinenwitze erzählt hat. Mir ist nicht nur wegen der Zigaretten übel, es graut mir vor der Rüge, die ich mir zweifelsohne in wenigen Minuten einhandeln werde.

Hektisch zupfe ich an meinen Röhrenjeans. Noch ein tiefer Atemzug, dann betrete ich das Hotel, in dem scheinbar alle Augen auf mich gerichtet sind. Als wüssten sie um meine Mission.

An der Rezeption steht eine junge Dame, die ihre blonden Haare zu einem strengen Zopf geflochten hat. Mir fallen all die Witze wieder ein, die ich mir während der Fahrt hierher anhören durfte. Und obwohl ich sie bis dato dämlich gefunden habe, muss ich jetzt schmunzeln.

„Willkommen im *Charing Cross Hotel*, mein Name ist Miss Quinn, was kann ich für Sie tun?"

„Hallo", gebe ich mich reichlich kleinlaut. „Es müsste eine Zimmerkarte für mich hinterlegt sein."

„Für welche Nummer?"

„Zwölf." Noch nie hat sich eine simple Zahl so aufregend angefühlt.

Bevor sie nach der Karte sucht, sieht sie mich von der Seite her an. Ich kann nur erahnen, in welche Richtung ihre Gedanken gehen. Spätestens jetzt wird mir klar, bei wem Daniil die Reservierung für mich vorgenommen hat. „Mister Détári möchte darauf hinweisen, dass Sie eine halbe Stunde zu spät sind."

Ich greife nach der Karte, schiebe sie in meine Hosentasche und versuche, nicht allzu bissig zu klingen. „Und das hat er Ihnen mitgeteilt?"

Miss Quinn zuckt mit den Achseln. „Am besten nehmen Sie den Lift um die Ecke, fahren dann ins achte Stockwerk, wo Sie das betreffende Zimmer am Ende des Ganges finden. Einen schönen Aufenthalt, Miss Bennet."

Die Frau kann nichts dafür, dass Daniil so ein Arschloch ist. Ich mache auf dem Absatz kehrt und begebe mich zum Lift. Kaum zu glauben, dass er ihr meinen Namen genannt hat. Dabei weiß er doch genau, wie viel Wert ich auf meine Privatsphäre lege. Ich bin mal wieder stinksauer.

Da ich die Einzige im Lift bin, stört es auch niemanden, dass ich laut fluche. Erst als ich in der achten Etage aussteige und auf mein Ziel zusteuere, zügle ich mich etwas.

Meine Finger zittern, als ich die Karte in das dunkelgraue Kästchen schiebe und ein grünes Licht aufleuchtet. Noch einmal atme ich tief ein, streiche meine Haare glatt und betrete die Höhle des Löwen.

Es ist still. Nichts deutet darauf hin, dass irgendwo Daniil auf mich wartet. Alle Türen bis auf eine einzige am anderen Ende des hellen Flurs sind geschlossen. Aus dem Raum dahinter dringt schwaches Licht, welches mich wohl locken soll wie der Speck die Made.

Das Apartment ist stilvoll eingerichtet. Weicher, heller Teppichboden, dunkle Möbel und eine weiß-beige Tapete, die vermutlich genau nach Daniils Geschmack ist.

Als ich den Raum betrete, fällt mir zuerst das große Bett auf. Rote und hellbraune Kissen liegen darauf. Es ist unbenutzt, dabei habe ich vermutet, Daniil dort sitzend vorzufinden. Doch außer mir ist niemand im Zimmer. Mein Blick schweift zu der Kommode, auf der ich Daniils Handy, seine Geldtasche und eine bordeauxrote Vorhangkordel erblicke.

Eine Tür quietscht, dann steht er vor mir. Er kommt wohl aus dem Bad.

„Du bist zu spät." Mehr sagt er nicht zur Begrüßung, dabei habe ich mit einer ordentlichen Gardinenpredigt gerechnet.

Doch seine Worte sind mir egal. Ich habe nur mehr Augen für ihn. Das düstere Licht macht ihn noch attraktiver. Dazu sein weißes Hemd, eine hellgraue Hose und das zerraufte Haar. „Tut mir leid. Ich habe mich mit der Zeit verschätzt."

Während ich mich noch entschuldige, geht er zur Kommode, ergreift die Kordel und kommt zu mir zurück. Seine Gesichtszüge wirken härter als sonst und ich habe das Gefühl, um mindestens zehn Zentimeter zu schrumpfen.

„Umdrehen. Hände nach hinten."

Verblüfft starre ich ihn an, suche in seinem Gesicht nach irgendeiner Regung, die mir vermittelt, dass ich nicht auf der Stelle aufgefressen werde. Als ich der Aufforderung nicht sofort Folge leiste, packt er mich an den Schultern, dreht mich um und zieht meine Hände auf den Rücken. Ich spüre den weichen, samtigen Stoff der Kordel, welche um meine Handgelenke geschlungen und an beiden Enden mit einem dicken Knoten zugezogen wird. Ehe ich mich versehe, bin ich gefangen.

Daniil steht noch immer hinter mir, seine Blicke brennen auf meiner Haut. „Du ahnst gar nicht, wie sauer ich auf dich bin. Auf nette Behandlung brauchst du gar nicht erst zu hoffen, du kannst froh sein, wenn ich dir nicht augenblicklich den Hintern versohle."

„Du redest sehr oft darüber, was du mir antun möchtest. Getan hast du es bis jetzt noch nie", fordere ich ihn furchtlos heraus.

Daniil packt mich am Kinn, dreht meinen Kopf so, dass ich ihn nicht ansehen kann und berührt mit seinen Lippen mein linkes Ohr. „Ich denke nicht, dass du dich im Moment in der richtigen Position befindest, um mir frech zu kommen. Und du hältst den Blick geradeaus."

„Du schiebst meine Verspätung doch nur vor, um mich auf diese Weise bestrafen zu können."

Zart leckt er über meinen Nacken bis hin zu meinem Ohrläppchen. Es kostet mich viel Überwindung, nicht aufzuschreien. „Was versetzt mein Prinzesschen denn dermaßen in Aufregung, dass ich ihren Puls auf meiner Zunge spüren kann?"

„Mein Name", schimpfe ich und bemühe mich um einen festen Tonfall, was mir nur bedingt gelingt, da er seine Hand an meinem Rücken entlang bis zu meinem Po gleiten lässt, welchen er mit beherztem Griff packt.

„Hilf mir auf die Sprünge, ich bin gerade beschäftigt."

„Warum hast du an der Rezeption meinen Namen angegeben? Denkst du, die Leute da unten sind dämlich?"

„Dann möchtest du einen Decknamen?"

Ich brumme und ziehe an meinen Fesseln.

„Wie wäre es mit Princess? Oder würdest du Mrs. Détári bevorzugen?"

„Keine Namen."

„Keine Namen", flüstert er und schiebt seine Hand am Hosenbund meiner Jeans entlang, bis er knapp über der pochenden Stelle zwischen meinen Beinen innehält. „Wir einigen uns also auf das Geheimhalten deines Namens und das Schließen deines Mundes, während du hier bei mir bist."

Ich schnaube und versuche, einen Schritt nach vorne, weg von ihm, zu machen. Doch sein Klammergriff hindert mich daran. „Ich bin keine Marionette."

„Nein, da gebe ich dir recht. Aber ich halte nicht viel von aufmüpfigen Frauen. Wohlgemerkt: Wir reden hier nur von meinem Bett. Was du außerhalb davon machst, ist mir scheißegal."

Meine Gedanken scheinen sich in Luft aufzulösen, als Daniil seinen Daumen über meinen Kitzler gleiten lässt. Er hat ihn sofort gefunden und das, obwohl ich noch immer meine Jeans trage. Aber der betreffende Körperteil ist einfach viel zu süchtig nach diesem Mann, als dass er sich vor ihm verstecken möchte. Mein Unterleib zuckt und ich bemühe mich krampfhaft, meinen Kopf nicht an Daniils Schulter zu betten.

Dann ist seine Hand von meinem Kinn verschwunden. Stattdessen fasst sie nach dem Reißverschluss meiner Jeans. Diese wird gleich darauf über meine Hüften nach unten geschoben. Nun trage ich nur noch meinen schwarzen String. Da sich die Jeans um meine Knöchel rollt, tragen nun auch meine Beine Fesseln. Daniil scheint sichergehen zu wollen, dass ich nicht weglaufen kann.

Sein Daumen greift wieder nach meinem Kitzler, den er mit langsamen Bewegungen bearbeitet. Mir ist mittlerweile alles egal, ich gebe den Kampf auf und lehne meinen Kopf gegen Daniils breite Brust.

Ich hasse meinen String. Am liebsten würde ich ihn mir vom Leib reißen, was mit auf den Rücken gefesselten Händen wohl nicht so einfach ist. Die Kordel hindert mich auch daran, mit meinen Fingerspitzen, die seinen Bauch berühren, den Rest seines Körpers zu erkunden. Aber ich spüre den Druck seines Schwanzes, der sich gegen meinen Steiß presst. Ich würde im Moment alles dafür geben, um ihn in mir aufzunehmen.

Endlich befreit Daniil mich gänzlich von meiner Hose. Langsam lässt er seine Finger an meinen Beinen hinaufgleiten. Ich zittere, kann es kaum erwarten, ihn wieder auf meinem Kitzler zu spüren und drücke instinktiv die Beine auseinander. Er lässt sich Zeit. Inspiziert jeden Quadratmillimeter und beteiligt schließlich auch seinen Mund, den er auf das weiche Fleisch meines Hinterns drückt. Ich spüre seine Zähne, seine Augen, die mich untersuchen und beobachten, seine Hände, seinen Atem, seine Erregung. Letztere hat die Herrschaft über diesen Raum ergriffen und uns beide in Ketten gelegt. Wir streben nur mehr der Erlösung entgegen, wollen den Kampf jedoch so lange wie möglich ausreizen.

Mit sanftem Druck weist er mich in Richtung Bett, wo er die Hand auf meinen Rücken legt und mich nach vorne beugt. Es fällt mir schwer, das Gleichgewicht zu halten. Aus den Augenwinkeln nehme ich wahr, wie Daniil meinen Slip nach unten zieht. Schon das allein würde genügen, um mich kommen zu lassen. Noch nie zuvor hat ein Mann das Ausziehen so zelebriert. Er kann vielleicht grob, herzlos und stur sein, doch weiß er sehr genau, was eine Frau will und braucht.

Hinter mir kniend lässt er seine Zunge über meine Spalte gleiten. Ich bin darauf nicht vorbereitet. Vielmehr habe ich gedacht, dass er mich für mein Zuspätkommen und das verfrühte Einschlafen gestern Abend büßen lässt. Dass er mich trotzdem mit dieser quälenden Ruhe leckt, bringt mich beinahe um den Verstand. Immer wieder schiebt er seine Zunge in meine feuchte Öffnung. Ich presse die Lippen zusammen und kann trotzdem ein ersticktes Röcheln nicht unterdrücken. Fast ahne ich, dass da noch irgendetwas kommt.

Ich muss nicht lange darauf waren. Daniil erhebt sich und lässt seine Handfläche mit unerwarteter Schärfe gegen meinen Hintern klatschen. Mir entfleucht ein Laut des Entsetzens. Der

Schmerz ebbt schneller ab als gedacht und weicht einem unbekannten Verlangen.

Verdammt, ich will mehr.

Es fühlt sich nicht besonders gut an und gebettelt hätte ich darum schon gar nicht. Doch bringt es eine Saite in mir zum Klingen, von der ich bisher nichts geahnt habe. Vielleicht hat sie aber auch erst Daniil zum Leben erweckt.

Erneut saust seine Hand auf meinen Arsch nieder. Diesmal auf die rechte Pobacke. Sämtliche Muskeln in meinem Bauch ziehen sich zusammen. Ich wimmere, kralle meine Finger ineinander und warte auf den nächsten Schlag, nein, sehne ihn herbei.

Und er folgt. Hart und ungemein grob. Oder kommt es mir nur so vor, weil die Haut auf meinem Hintern bereits brennt?

Ich kann Daniil nicht sehen, höre jedoch sein raues Lachen, als ich nach zwei weiteren Schlägen meinen mit Sicherheit roten Po in die Höhe strecke. Er beugt sich zu mir nach vor und streicht mit seiner Hand liebevoll über die malträtierte Stelle. Falls er mir damit Linderung verschaffen will, geht der Schuss nach hinten los. Ich winde mich unter ihm, will mehr und kann mich kaum noch auf den Beinen halten.

„Ich werde dich jetzt ficken. Du wirst nicht kommen, verstanden? Das ist die Strafe dafür, dass du mich eine halbe Stunde mit einem Ständer warten lassen hast."

„Daniil." Meine Stimme klingt wie ein laues Lüftchen.

„Wie sollte ich wissen, dass dir ein paar Schläge auf denen Allerwertesten so gut gefallen? Aber habe ich dir nicht gestern schon gesagt, dass du geduldiger werden musst? Komm, streck mir deinen Arsch noch weiter entgegen. Ich will dich sehen, Süße."

Die Matratze unter mir gibt nach, als ich mich mit meinen Knien darauf stütze. So gut es geht, beuge ich mich nach vorne und versuche dabei, meinen Hintern in die Höhe zu recken, so wie Daniil es befohlen hat. Geduldig wie ein Lämmchen warte ich auf ihn. Ich höre, wie er seinen Gürtel öffnet, irgendetwas knistert. Was wird mich nun erwarten? Wie wird das kochende Blut in meinen Venen zur Abkühlung gebracht?

Für mich hat Sex bis jetzt immer etwas mit Abschalten zu tun gehabt. Eine halbe Stunde lang überhaupt nichts denken, sondern den Dingen ihren Lauf lassen. Jetzt fühle ich mich in einem Zustand, der einer Folter gleichkommt.

Doch meine Neugierde ist geweckt.

Daniil tritt von hinten an mich heran, umschlingt mit einer Hand das lose Ende der Kordel, wodurch meine Hände noch straffer gefesselt sind als bisher. Mit seinem Zeigefinger fährt er nochmals meine feuchte Spalte entlang, als scheint er zu prüfen, ob mein Jammern berechtigt ist. Wie sein Urteil ausfällt, weiß ich nicht. Ich bin wie versteinert angesichts der Härte und Größe seines Schwanzes, welcher zwischen meine Beine fährt.

Daniil geht wirklich behutsam vor, das muss ich ihm zugestehen. Millimeter um Millimeter schiebt er sich in mich hinein. Ich bin nicht auf *diese* Größe vorbereitet und fühle mich, als würde er mich jeden Augenblick von innen her sprengen.

„Du bist so verdammt eng, Süße. Wenn ich dir wehtue, sagst du es mir doch?"

Was für eine seltsame Frage, wenn man bedenkt, dass er vor nicht einmal zehn Minuten den Hintern einer erwachsenen Frau mit Schlägen traktiert hat und sich nun Sorgen macht, ob er sie mit seinem Schwanz verletzt.

Als ich nicke, beginnt er sich langsam in mir zu bewegen, raus und rein, raus und rein. Ich bezweifle, dass ich seinen Wunsch, nicht gleich zu kommen, erfüllen kann. Das Gefühl ist einfach gewaltig. Nicht nur die Erregung, nicht dieses Pochen als Vorankündigung meines Orgasmus. Viel elementarer sind seine festen Stöße. Ich keuche, ringe um Luft und kralle meine Nägel in mein Fleisch. Niemals habe ich damit gerechnet, solche Lust zu empfinden. Es ist das große Ganze, das mich antreibt. Daniil, seine Dominanz, meine willige Unterordnung, von der ich niemals gedacht hätte, dass sie mir innewohnt. Aber auch sein Gespür für den richtigen Moment, was er nicht einmal vor sich selbst eingestehen würde. Eher würde er mir weitere Schläge auf den Arsch verpassen, als zu zeigen, dass er Rücksicht auf meine Wünsche nimmt.

Der Höhepunkt braust auf mich zu. Dieses Ziehen, die Anspannung kurz vor dem Fall. Doch wo ich normalerweise Erfüllung finde, erwartet mich heute ein harter Schnitt. Ich schlage die Augen auf, als ich merke, dass Daniil sich aus mir zurückgezogen hat. Er fehlt mir. „Bitte, bitte", flehe ich und ziehe an meinen Fesseln.

„Oh Abigail, du scheinst ernsthafte Probleme mit dem Zuhören zu haben." Wums – der nächste Schlag auf meinen geschundenen Hintern. Je länger ich Daniils, aber auch meine Nerven strapaziere, desto unerbittlicher werden seine Schläge.

„Denk dran, du musst die Folgen für dein Verhalten tragen, Abigail. Ich gestehe, du machst mich ziemlich sauer."

Instinktiv schließe ich die Augen und erwarte den nächsten Schlag. Er folgt auf den Fuß, trifft diesmal die andere Pobacke. „Du hältst dich nicht an zeitliche Vereinbarungen, schläfst auf meiner Couch ein, obwohl du weißt, dass ich Frauen, die sich bei mir einnisten, nicht ausstehen kann und nun verweigerst du mir auch noch den Gehorsam im Bett."

„Ich kann das nicht." Ein Eingeständnis, welches mich selbst schockiert. Einerseits genieße ich Daniils Macht über mich, andererseits fühle ich mich mit all dem überfordert.

„Was kannst du nicht?", fragt er mit vor Sarkasmus triefender Stimme.

Mein Mund fühlt sich trocken an, während meine Vagina im Rhythmus meines Herzschlages pocht. „Es rauszögern. Mich dermaßen kontrollieren. Ich schaffe es einfach nicht."

Ich breche beinahe in Tränen aus, doch er scheint unbeeindruckt und hält meine Hüften fest im Griff. Sein Penis berührt den Eingang meiner Vagina, bewegt sich jedoch nicht. „Du kannst es lernen. Wenn du willst", stellt er nüchtern fest. „Jede Frau schafft das mit etwas Übung."

Ein Stich, bei dem es sich nur um Eifersucht handeln kann, durchzuckt mich. „Ich möchte nicht nur Sex, Abigail. Ich will dich kontrollieren, dich spüren, als wärst du ein Teil von mir. Ich möchte uns beide an unsere Grenzen treiben. Damit wir das schaffen, braucht es nicht nur dein ganzes Vertrauen, sondern auch deinen Willen zur Unterwerfung."

Das klingt beinahe wie eine Liebeserklärung, sodass ich laut auflachen muss.

„Okay", sagt er milde und dringt ein Stück weit in mich ein. „Ich werde dir nicht wehtun, wenn du es nicht möchtest. Ich werde auch nichts tun, was du nicht möchtest. Und wenn es zu viel für dich ist, dann kannst du jederzeit gehen."

Ich atme hörbar ein, schließe die Augen und versuche, die aufgestaute Erregung in Schach zu halten. Obwohl ich mir Rücksicht erhofft habe, geht Daniil gewohnt konsequent vor. Er ist steinhart und dehnt mich so weit, dass es schmerzt. Dennoch möchte ich nicht ans Aufhören denken.

Ich passe mich seinen Stößen an, gebe sie im selben Rhythmus zurück. Vielleicht ist die Fesselung auf meinem Rücken in zweierlei Hinsicht nützlich. Sie macht mich nicht nur scharf, sondern lenkt mich auch davon ab zu kommen. Meine Freude über mein Durchhaltevermögen währt allerdings nicht lange. Schon Sekunden später ist der Orgasmus wieder in greifbarer Nähe. Die Erregung kriecht entlang meines Rückens nach oben, setzt sich in meinem Nacken fest und umschlingt mich mit eisernen Greifarmen.

Ich versuche, es abzuschütteln, doch ich scheitere erbärmlich. Bald wird es mich überrennen und auffressen.

Unverständliche Worte kommen über meine Lippen. Es ist eine Mischung aus Jammern, Flehen, Wimmern und Kapitulation.

Daniil mag sie zwar nicht verstehen, sehr wohl versteht er hingegen das Aufbäumen meines Körpers. Wieder habe ich den Absprungpunkt erreicht. Heimlich habe ich mich an Daniil vorbeigeschlichen und kann meinen Zustand nicht mehr vor ihm verbergen.

„Möchtest du kommen, Abigail?"

Beinahe muss ich lachen, besinne mich jedoch eines Besseren und nicke, während Daniil seine Bewegungen verlangsamt und nur mehr ab und an zaghaft in mich stößt.

„Wie gerne möchtest du kommen?"

„Daniil."

„Nein, nein", lässt er mich neuerlich seine Dominanz spüren und treibt mich damit endgültig auf die Palme. „Um für mich zu sprechen: Ich könnte dich stundenlang ficken. Wie sieht es mit dir aus, Baby?"

„Ich muss kommen, sonst sterbe ich." Hätte ich eine Hand frei, ich würde mich selbst ohrfeigen, denn ich klinge wie ein dummes Mädchen, das sein erstes Mal erlebt und vor Erstaunen nicht mehr weiß, wie es heißt. Aber ich bin eine gestandene Frau, verdammt. Kann ich nicht ehrenhaft und ohne zu jammern eingestehen, warum ich kommen möchte? Zum Beispiel, weil ich keine Lust mehr auf dieses Spiel habe. Bedingt, wenn man meine Erregung bedenkt. Außerdem will ich einen erneuten Regelverstoß vermeiden, der weiß Gott welche Folgen nach sich ziehen würde. Nur um meinen Peiniger zitieren zu dürfen.

„Wie sagt man?"

„Bitte", fauche ich und werde einen Moment später auf die Beine gezogen.

Kaum merke ich, dass Daniil die Kordel von meinen Händen nimmt, viel zu hypnotisiert bin ich. Er ist nackt. Verdammt. Er ist nackt. Noch nie habe ich einen Mann dermaßen schön gefunden. Ihn in seiner ganzen Pracht zu sehen, ihn berühren zu können, lässt meine Haut kribbeln. Mich stört nicht einmal die Taubheit in meinen Fingern, als ich über seine nackte Brust streiche und jedes Härchen darauf am liebsten einzeln küssen würde.

Als ich meinen Blick hebe, treffen sich unsere Augen. Er wirkt nüchtern, beinahe unbeteiligt, seine Kiefermuskeln sind aber derart angespannt, als müsse er sich sehr zusammennehmen.

Dann gibt es für mich kein Halten mehr. Ungestüm beuge ich mich vor, kralle meine freie Hand in sein Haar, während die andere weiterhin seine Brust streichelt und ich ihn dabei küsse. Es passiert etwas mit mir. Vielleicht blicke ich endlich wirklich hinter seine solide Fassade. Vielleicht bin ich aber auch nur zu geschafft, um komplizierte Überlegungen anstellen zu können. Er nimmt mich voll und ganz für sich ein, obwohl die Initiative zu diesem Kuss von mir ausgegangen ist. Daniil fasst nach meinem Shirt, reißt es mir über den Kopf und nimmt seine Lippen kurz von den meinen, um mich aus meinem BH zu schälen.

Seine Augen schimmern dunkel, als er seine rechte Hand auf meine Brust legt, sie wiegt, als wäre sie Gold wert. Ich halte den Atem an, koste diesen besonderen Moment aus. Es ist das erste Mal, dass wir beide vollkommen nackt sind, uns dem Blick des anderen ohne Wenn und Aber preisgeben. Wie nahe wir uns jetzt sind – in jeder Hinsicht.

Sein Mund saugt und knabbert an meiner Brustwarze, dann schiebt er mich aufs Bett, presst sich zwischen meine Schenkel und drückt sie mit seinen Beinen weit auseinander. Genussvoll lege ich den Kopf in den Nacken, starre zur Decke und versuche, mich ganz und gar hinzugeben. Mit einem Mal ist er wieder in mir. Sanfter als zuvor. Während unseres Kusses ist der Kurswechsel von grob zu zärtlich erfolgt, was mir nur recht sein kann.

Wieder lässt er seine Hüften kreisen, tupft gegen meinen Kitzler und ist dann wieder tief in meiner Vagina. Ich schnappe nach Luft, Angst vor der Wucht des Höhepunkts überkommt mich, denn er wird mich mit Sicherheit um den Verstand bringen. Ich kann ihn bereits sachte erahnen. Sehne ihn herbei und möchte ihn dennoch hinauszögern.

Ein Prickeln erfasst meinen Körper, als sich Daniil auf seinen Ellenbogen stützend vorbeugt und mir über die Stirn streicht. „Du siehst mir in die Augen, während du kommst. Verstanden?"

Wäre ich dazu in der Lage, würde ich auf Seite dreitausendvierhundertsiebzig meines Notizbuches zum Thema *Daniils Regeln im Bett* einen Eintrag machen. Auch erscheint es angezeigt, eine spitze Bemerkung zu unterdrücken und stattdessen seinem durchbohrenden Blick standzuhalten.

„So ist es gut, Baby. Du wirst jetzt für mich kommen. Es wird ein tolles Gefühl sein, aber ich werde dich auffangen. In Ordnung?"

Daniil streicht mit seinem Daumen flüchtig über meinen Kitzler und drückt dort wohl einen ganz bestimmten Knopf. Eine Dampflok rollt über mich hinweg. Ich versuche nicht einmal, mich wegzuducken. Der Höhepunkt trifft mich mit monumentaler Wucht. Er ist gewaltig, zieht mich mit sich und reißt mich weit hinaus aufs Meer.

Daniil hat recht gehabt, ich brauche ihn jetzt, kralle meine Finger in seine Oberarme, benutze seine Augen als Anker, um nicht endgültig zu versinken. Eine Träne löst sich aus meinem linken Auge, die Daniil mit seinem Finger wegwischt. Was für eine rührende Geste, die ich ihm niemals zugetraut hätte.

Langsam beruhigt sich mein Körper wieder. Die Zuckungen lassen nach und ich lausche Daniils beruhigenden Worten, als dieser sein Gesicht in meinen Haaren vergräbt und sich anspannt. Ich spüre seinen Höhepunkt überdeutlich. Noch nie bin ich mir eines männlichen Orgasmus so bewusst gewesen. Ich genieße ihn, streiche über Daniils Rücken und küsse seine Schläfe. Es ist überwältigend. Er hat nicht zu viel versprochen, als er angekündigt hat, uns bis an unsere Grenzen zu bringen. Möglicherweise bin ich sogar darüber hinaus gesprungen. Doch der Sprung hat sich gelohnt.

Mit geschlossenen Augen hauche ich ihr zärtliche Küsse auf den Hals. Was ist aus mir geworden? Ich genieße ihren Duft, der mich ein wenig an Zuckerwatte erinnert. Und Zuckerwatte befindet sich auch in meinem Kopf, der schwer auf ihrer Schulter liegt. Ausgelaugt und glücklich bin ich, ich kann es nicht anders beschreiben.

Längst ist es an der Zeit, aufzustehen und die Vertrautheit, die sich zwischen uns eingestellt hat, zu durchbrechen. Sex ist schön und gut, doch ich muss keine Frau, nicht einmal Abigail, danach in den Schlaf küssen. Es entspricht nicht meiner Art. Und vielleicht rührt daher auch dieses beklemmende Gefühl in meiner Brust.

Mit einem Schnauben erhebe ich mich und greife nach meinen Boxershorts, die neben dem Bett liegen. „Ich muss den Gummi loswerden", erkläre ich Abigails fragendem Blick, der jede meiner Bewegungen verfolgt.

Ich lasse sie auf dem Bett sitzend zurück, gehe ins angrenzende Bad, wo ich das Kondom abziehe und ins Klo werfe. Danach steige ich unter die Dusche, weil ich es gewohnt bin, mir nach dem Vergnügen sofort den Duft der jeweiligen Frau vom Körper zu waschen. Heute überkommt mich dabei eine seltsame Sentimentalität. Mal im Ernst, schimpfe ich mich selbst aus, bin ich denn von allen guten Geistern verlassen? Was hat sie nur mit mir angestellt? Hat sie mich gar verhext? Ich bin körperlich und geistig völlig am Ende. Der Sex ist anstrengend gewesen, da sie sich gegen meine permanente Führung zur Wehr gesetzt hat. Damit habe ich von Beginn an gerechnet und auch damit, dass ich nach der Befriedigung meiner Fleischeslust die Schnauze voll haben werde. Doch nichts da! Ich fühle mich, als hätte ich nur kurz an der Schokolade schlecken dürfen, bevor man mir das süße Teil wieder vor der Nase weggezogen hat.

Ich will mehr, viel mehr. Es ist mein voller Ernst. So wahr ich hier stehe.

Noch verwerflicher ist es jedoch, dass sie mich dazu bringt, meine selbst aufgestellten Regeln, die mich davor bewahren sollen, dass mir lästige Damen nicht mehr von der Pelle rücken und mich mit theatralischen Ausbrüchen quälen, zu brechen. Was würde ich tun, wenn die Frau im Nebenzimmer nicht Abigail wäre?

Kein Zweifel, ich würde sie bitten zu gehen, die Rechnung bezahlen und nach Hause fahren, um zu schlafen. Bei dem Gedanken, dass sie, während ich mir hier herinnen den Schädel zerbreche, gegangen sein könnte, ballen sich meine Hände zu Fäusten. Ich bin ein Gefangener. Ihr Gefangener. So viel steht fest. Hoffentlich hat sie noch nicht bemerkt, welche Macht sie über mich besitzt.

Mit einer unsäglichen Wut im Bauch steige ich aus der Dusche, trockne mich ab und schlüpfe in meine schwarzen Boxershorts. Es graut mir davor, sie möglicherweise nicht mehr im Zimmer anzutreffen. Ebenso graut es mir davor, sie noch immer da drinnen vorzufinden. Wie verworren das Leben auf einmal ist! Egal, was passiert, ich habe es auf jeden Fall verdient, in der Hölle von tausend Teufeln gepiesackt zu werden.

Vollständig bekleidet sitzt sie kerzengerade auf der Bettkante und hebt bei meinem Eintreten nur kurz den Kopf, um mich skeptisch zu mustern. Ihre Augen machen mich verrückt. Ich entziehe mich ihnen, indem ich die Speisekarte zur Hand nehme und sie ausgiebig studiere. „Möchtest du etwas trinken?", frage ich sie und ermahne mich dabei, etwas freundlicher zu klingen.

„Nein, danke."

„Hast du Hunger?"

Ich drehe mich wieder zu ihr um, strecke ihr die Karte entgegen und versuche, mir ein Lächeln abzuringen.

„Eigentlich möchtest du mich fragen, wann ich endlich verschwinde, nicht wahr?"

Der bissige Unterton in ihrer Stimme lässt mich zusammenfahren, doch ich bin bemüht, mir nichts anmerken zu lassen. „Meine Frage war, ob du heute Abend schon etwas zu dir genommen hast."

„Nein."

„Gut", antworte ich und schlage die Karte auf. „Salat mit Thunfisch oder Hühnchen? Nudeln? Ein Steak? Eine Suppe? Etwas Süßes? Schokokuchen?"

Sie scheint zu überlegen, weiß nicht, was sie davon halten soll. Ich kann ihr da nur zustimmen. „Hühnchen und Schokokuchen", antwortet sie ohne besondere Begeisterung.

Umgehend eile ich zum Telefon und bestelle das Essen. Meine Augen ruhen jedoch weiterhin auf Abigail, die noch immer auf dem Bett sitzt und traurig zu Boden blickt. Ein richtiger Mann, einer mit Anstand, Würde und Eiern in der Hose, hätte sich zu ihr gesetzt. Er hätte mit ihr vielleicht nicht über Blumen und Hochzeitsglocken geredet. Aber er wäre ihr beigestanden, hätte ihr versichert, dass er sie begehrt, nicht die Finger von ihr lassen kann und alles, wirklich alles auf der Welt geben würde, um sie lachen zu sehen. Ich jedoch benehme mich wie ein Macho-Arschloch, fingere eine Zigarette aus der Packung und begebe mich auf den Balkon, von wo aus man einen Blick über die Themse und den Savoy Pier hat. Der Rauch in den Lungen tut mir gut. Ich fühle mich befreit. Aber vielleicht liegt das auch an der frischen Luft, die mir um die Nase weht.

Es ist windig und bald fröstelt mich. Doch Kälte soll ja dem Verstand auf die Sprünge helfen. Ich muss es richtig machen. Schon aus dem einzigen Grund, aus dem ich hier bin. Aber natürlich weiß ich, dass ich nicht aus meiner Haut kann. Ich kenne Frauen wie Abigail. Eigentlich halte ich mich von ihnen fern. Meine Verflossene ist eine von ihnen gewesen – reich, erfolgreich und bereit, über Leichen zu gehen. Ihr mangelnder Wille, sich mir zu unterwerfen, und ihr ausgeprägter Sturkopf hätten von Anfang an Grund genug sein sollen, die Finger von ihr zu lassen. Da mir das nicht gelungen ist, werde ich sie jetzt verletzen, um mich selbst zu schützen. Aber wovor eigentlich? Vor meinen eigenen Erwartungen? Vor den Gefühlen, die tief in ihr schlummern und die mir Angst einjagen?

Egal, was ich mache, ich werde ihr wehtun. Höchste Zeit also zu verschwinden.

Verdammt, ich kann nicht. Ich kann es nicht.

Als sie zu mir auf den Balkon tritt, die Arme um ihre Taille geschlungen hält, beginne ich das Arschloch, das vor ihr steht und das zu meinem Leidwesen ich selbst bin, endgültig zu hassen. Sie sieht traurig aus. Dennoch sprüht Kampfgeist aus ihren Augen.

„Was wird das, Daniil?" Ihre Stimme schreit gegen den heftigen Wind an.

Ich antworte jedoch nicht. Nehme stattdessen einen tiefen Zug aus meiner Zigarette und blase Rauchkringel in die Luft.

„So behandelst du also Frauen, mit denen du im Bett warst? Es verrät mir so einiges über deinen Charakter. Kein Wunder, dass du immer noch allein bist, keiner dich braucht und du jedem am Arsch vorbeigehst."

Ihre Worte treffen mich wie ein Schlag in die Magengrube. Wütend schmeiße ich die Zigarette über die Brüstung und funkle sie hinter zusammengepressten Lidern an. „Ist es das, was du möchtest, *Gaby*? Soll ich dich im Arm halten, deinen Rücken streicheln, während wir Zukunftspläne schmieden? Habe ich dir jemals Derartiges versprochen?" Keine Ahnung, weshalb ich so laut bin. Ich sehe ihr an, dass sie vollkommen überfordert ist. Ich bin es ja auch.

Meine Wut, die sich eigentlich gegen mich selbst richtet, trifft Abigail nun mit aller Härte. Spring, ruft etwas in mir. Beende diese Scheiße und bring dich um, bevor es ihr Bruder macht.

Mit Tränen in den Augen schüttelt sie den Kopf. „Warum habe ich nur gedacht, du würdest dich ändern? Ein wenig auf mich eingehen und mich nicht behandeln, als würdest du Geld dafür bezahlen."

Schnaubend mache ich einen Schritt vor. Ich will, nein, muss verhindern, dass sie geht. „Abigail …"

„Fass mich nicht an", faucht sie, als ich meine Hand nach ihrer Wange ausstrecke. „Als ich letztes Mal bei dir geschlafen habe, musst du dich vor Ekel doch übergeben haben. Warum ist das so?"

„Ich kann das nicht. Dieses Danach ist einfach zu …", verzweifelt ringe ich nach Worten.

„Intim?", fragt sie wieder etwas ruhiger.

Ich fixiere sie mit mildem Blick, um den Schaden, den ich angerichtet habe, wenigstens ein bisschen auszubügeln.

„Du verlangst von mir, dass ich dir vertraue, mich leiten lasse und meinen eigenen Willen aufgebe. Doch was machst du? Nichts. Kein bisschen."

Mir ist klar, wie wütend sie mein Schweigen macht. Aber ich kann es nicht ändern.

Wo habe ich bloß meine Eier gelassen?

„Es geht nicht, nicht wahr? Das denkst du selbst doch auch? Vielleicht haben wir uns das alles nur eingebildet. Vielleicht ist da gar nichts."

Sie wird gehen, ich sehe es ihr an. Und wenn sie nun geht, wird alles um mich herum zusammenbrechen und mich unter sich begraben. Außerstande, es zu verhindern, stehe ich da und schweige wie ein Verbrecher, dem man die Zunge herausgeschnitten hat.

Ein letzter Blick zu mir, dann sieht sie auf die Brüstung und schüttelt energisch den Kopf. „Vergiss es. Ich mache mich doch nur lächerlich vor dir. Oder etwa nicht? Leb wohl, Daniil."

Als sie verschwunden ist, stemme ich mich mit beiden Armen an der Brüstung ab, lasse den Kopf hängen und möchte am liebsten laut brüllen. Es würde mir guttun, das weiß ich. Es wäre ein Ventil gefunden, das den Schmerz, den ich mir selbst zugefügt habe, lindert.

Ich werde um sie kämpfen. Nicht nur wegen der verfickten Kohle, wegen mir. Ich muss mir beweisen, dass ich in der Lage bin, Gefühle zu zeigen. Ich muss mir immer wieder vor Augen führen, dass es mehr als Sex gibt. Ich will diese Frau, auch wenn ich in diesem Moment vielleicht mein Todesurteil unterzeichne.

Die Frau, die mich aus dem auf Hochglanz polierten Spiegel im Fahrstuhl ansieht, tut mir leid. Sie sieht müde, geschafft und verheult aus. Ihre Augen sind rot unterlaufen, ihre Lippen geschwollen. Nicht nur von ihren wütenden Bissen, sondern auch von den Küssen des Mannes, den sie gerade verlassen hat. Nicht zum ersten Mal.

Wie oft wird sie das noch tun? Wie oft wird sie ihm wieder vergeben?

Schon jetzt hat sie Sehnsucht und presst ihre Stirn gegen den Spiegel.

„Warum machst du das?", frage ich sie ratlos.

„Ich", schnaubt sie entrüstet und schüttelt den Kopf.

Ich weiß, ich weiß. In Wahrheit trägt nicht sie die Schuld. Es ist die Schuld des Mannes. Daniils Schuld.

„Ich meine nicht dich, sondern ihn", rede ich weiter auf mein Spiegelbild ein. Wenn mich jemand hört, muss er mich wohl für geisteskrank halten.

Mit einem *Pling* bleibt der Lift stehen. Zögernd steige ich aus, ordne meine zerrupften Haare und stakse auf die Rezeption zu. Er ist mir nicht nachgelaufen. Habe ich das tatsächlich erwartet? Wie dumm von mir! So etwas würde er nie tun. Er ist nicht wie Ben. Daniil ist genauso stur wie ich. Er wird vermutlich noch immer auf dem zugigen Balkon stehen und sich eine Kippe nach der anderen reinziehen. Bis heute habe ich nicht gewusst, dass er überhaupt raucht. So vieles an ihm ist mir fremd, unklar und verborgen. Seine Laufbahn, seine Gedankenwelt, seine Vorstellungen von unserer *Beziehung*. Eine äußerst komplizierte, von Anfang an dem Untergang geweihte Gemeinschaft, die wir aus purer Lust aufeinander eingegangen sind. Ich wäre eine Lügnerin, würde ich behaupten, dass die Lust längst verflogen ist. Unsinn. Sie ist da, möglicherweise sogar stärker als zuvor und vielleicht ist es ihr geschuldet, dass ich kurz innehalte und überlege, ob ich nicht doch zurückkehren soll.

Doch wozu? Für einen Mann, der mich wie ein Stück Dreck behandelt? Der über mich rutscht, ja, es klingt grausam, doch nicht anders ist es gewesen. Er hat sich das geholt, was er gewollt hat, er hat mich besessen, mich für eine Weile kontrolliert und geformt, nur um mich danach von der Bettkante zu stoßen. Meine Abschiedsworte sind hart gewesen. Aber vielleicht ist es diese Härte, die ihn zum Umdenken bewegen kann.

Umdenken? Verdammt, du würdest ihn doch sofort wieder nehmen, wenn er sich entschuldigt.

Ja, ich weiß. Nun ist es wohl an der Zeit, mich endgültig in die Psychiatrie einweisen zu lassen. Ich würde ihm wirklich verzeihen, daran besteht kein Zweifel! Ich würde versuchen, ihm die Freuden des Zusammenseins näherzubringen und den liebevollen Menschen in ihm wachzukitzeln.

„Meine Karte." Ich knalle besagtes Objekt auf die dunkle Holztheke der Rezeption.

Die Blondine, die mich bereits bei meinem Eintreffen von oben herab behandelt hat, gibt sich auch jetzt keine allzu große Mühe, freundlich zu sein. Wieder mustert sie mich ungnädig, wieder schrumpfe ich um einige Zentimeter. „Miss Bennet, ich habe nicht so bald mit Ihrem … Check-out gerechnet. Benötigen Sie ein Taxi?"

„Nein, danke."

Sie nickt, ergreift die Karte und wirft sie durch einen Schlitz in der Tischplatte. „Wie Sie wünschen." Dann wendet sie sich anderen Dingen zu.

Ich muss stark an mich halten, um sie nicht zurückzurufen und dieser Fremden mein Herz auszuschütten. Doch dann recke ich trotzig das Kinn hoch und verlasse das Hotel, welches ich nicht so bald wieder zu besuchen gedenke. Eine Schlange Taxis steht bereit und während ich mit mir ringe, ob ich nicht doch lieber die Sub nehmen soll, kommt ein Taxifahrer auf mich zu und weist mich zu seinem Auto. Und ich folge ihm tatsächlich. Er ist ein netter Mann. Nicht so verwirrt wie jener, der mich hergebracht hat. Ich nenne ihm meine Adresse und während der Piccadilly Circus an mir vorbeizieht, lege ich den Kopf an die kühle Scheibe. Ich fühle mich müde, genieße aber den Blick aus dem Fenster. Selbst der Buckingham Palace, den ich fast täglich sehe, wirkt heute anders. Er hat sich verändert, ich habe mich verändert, die Welt hat sich verändert, seit ich diese Strecke aufgeregt und hoffnungsvoll in der Gegenrichtung entlang kutschiert bin.

Aus dem Hyde Park dringt schwaches Licht. Um diese Uhrzeit beginnen sich die dortigen Bars und Cafés zu füllen. Wäre ich nicht dermaßen am Boden zerstört, würde es mir gefallen, den Serpentine zu umrunden. Einen Augenblick lang stelle ich mir vor, mit Daniil Hand in Hand in einem der unzähligen Boote zu sitzen. Ich lache und wische mir eine Träne von der Wange. Welch dämliche Bilder einer Frau einfallen, der das Herz gebrochen worden ist.

Selbst wenn ich Daniil unter Drogen setzen, knebeln und mit einem Messer bedrohen würde, brächte er es nicht über sich, mich außerhalb seiner selbst erschaffenen heimlichen Welt zu präsentieren.

Ungeniert weine ich, während ich mein Taxi bezahle und dann nach oben in meine Wohnung laufe, wo ich mich ausziehe und ins Bett werfe. Es schüttelt mich, meine Finger krampfen sich ineinander und ein schmuddeliger, abgewetzter Plüschhase wäre mir jetzt sehr gelegen gekommen. So schlinge ich meine Arme um das zweite Kissen, das unbenutzt auf meinem Bett liegt.

Ebenso wie du, du dumme Ziege, spotten die Wände um mich herum.

Das einzig Gute an meiner Lage ist, dass mir eine Auseinandersetzung mit Ilka erspart bleibt. Morgen werde ich die Angelegenheit bestimmt nüchtern sehen. Heute bin ich dazu nicht mehr fähig. Stattdessen gähne, weine und schnäuze ich mich abwechselnd, bis ich einschlafe.

11. Kapitel

Ich konnte nicht anders, ich musste lügen. Meine negativen Eigenschaften scheinen die positiven allmählich zu überlagern. Nicht Pierre, der Belogene, tut mir leid. Ist es erbärmlich, dass ich mir selbst am meisten leidtue?

Denn ich sitze mit geschwollenen Augen, Herzschmerz und einer außerordentlich großen Portion Selbstvorwürfen am Esstisch und starre seit einer halben Stunde mein unberührtes Frühstück an.

Der Drang, Pierre anzurufen und eine Erkältung als Erklärung für mein Fortbleiben vorzuschieben, überkam mich ganz plötzlich aus dem Wunsch heraus, Ilka und Ben zu meiden und das Haus nicht verlassen zu müssen. Mein Körper erinnert mich beständig an die letzte Nacht, denn mein Hintern brennt ähnlich stark wie meine Augen. Bei jeder Bewegung spüre ich ihn. Das ausgedehnte Bad heute Morgen hat mich wenigstens von Daniils Geruch befreit. Wobei Befreiung in diesem Fall ein zweischneidiges Schwert ist.

Ich weiß nicht, wie es weitergehen wird, habe keine Ahnung, wie ich ohne ihn leben soll. Und das, obwohl ich diesen Menschen kaum kenne. Er ist ein Schemen, ein Zauber, aber auch ein Fluch, der von mir Besitz ergriffen hat. Es zieht mich zu ihm, als sei er die Quelle meines Lebens, dabei weiß ich nicht einmal, ob er mir Gutes oder Böses will. Im naiv-jugendlichen Überschwang habe ich mich ihm hingegeben und damit meinen Untergang besiegelt. Ich habe mich auf seine Spiele, diese distanzierte Intimität, die uns beiden das Loslassen der Alltagssorgen, aber auch voneinander erleichtern soll, eingelassen und muss nun die Konsequenzen tragen. Ob ich will oder nicht.

Das Klingeln meines Mobiltelefons lässt mich hochschrecken und unterbricht für einen Moment meine traurigen Gedankengänge. Da ich die Nummer nicht kenne, zögere ich abzuheben, gehe dann aber doch ran. „Hallo?"

„Miss Bennet?", erklingt eine tiefe Männerstimme, die mich kurz die Luft anhalten lässt.

„Ja", bestätige ich.

„Guten Tag. Mein Name ist Lucas Young. Ich habe Ihre Bewerbungsunterlagen vor mir liegen und möchte Sie fragen, ob Sie weiterhin an der Rolle interessiert sind."

Die Rolle in der Soap. Verdammt, das habe ich im Zuge meiner Daniil-Achterbahnfahrt total vergessen! Ich räuspere mich und rufe mir ins Gedächtnis, dass dies meine Chance ist. „Natürlich bin ich weiterhin interessiert. Es freut mich, von Ihnen zu hören."

Das mir in Zeiten wie diesen ein derartiges Angebot ins Haus schneit, grenzt an ein Wunder und bietet mir eine gute Gelegenheit, von vorne anzufangen. Ohne Daniil, der seit kurzem all mein Denken und Handeln bestimmt. „Das Casting hat bereits begonnen, doch ich habe Sie diese Woche auf der Bühne gesehen und muss sagen, dass Sie Ihre Rolle hervorragend spielen. Sie haben mich von der ersten bis zur letzten Sekunde mitgerissen."

„Danke", murmle ich und streiche mit den Fingerkuppen über den Rand meiner Kaffeetasse.

„Ich rufe nicht an, um Ihnen zu schmeicheln, Miss Bennet. Sie sind genau der Typ Frau, den wir uns vorstellen, die perfekte Ergänzung für unser Ensemble. Können wir uns so bald wie möglich treffen?"

Bleib sitzen!, fordere ich mich in Gedanken auf, obwohl ich am liebsten vor Freude in die Luft gesprungen wäre. Und das an einem Morgen, der sich mehr als mies angelassen hat. „Ausgesprochen gerne."

„Wie sieht es heute Abend bei Ihnen aus?"

Heute Abend? „Da bin ich wieder im Theater. Aber zu Mittag hätte ich Zeit."

„Wunderbar. Ich reserviere einen Tisch im *Ledbury*. Punkt zwölf."

„In Ordnung. Bis später, Mister Young."

Als ich aufgelegt habe, durchflutet mich eine seltsame Zufriedenheit. Ich kann stolz auf mich sein. Immerhin passiert es nur wenigen namenlosen Schauspielern, vom Casting-Direktor persönlich angerufen zu werden. Sein Interesse an mir muss groß sein. Ich hoffe nur, dass ich die in mich gesetzten Erwartungen erfüllen kann und nicht gleich wieder in die nächste Lebenskrise schlittere.

Zu Mittag sitze ich Mister Young gegenüber. Seine tiefe, sonore Stimme hat nicht zu viel versprochen. Er ist einer jener Typen, für die junge Damen schwärmen. Hochgewachsen, sportlich, intelligent, mit brünettem Haar und guten Manieren. Außerdem ist er ein anregender Gesprächspartner. Die anfängliche Verkrampfung ist schnell verflogen und wir sind längst zu Scherzen aufgelegt. Ich erfahre so einiges über den Mann, in dessen Händen meine Zukunft liegt.

Er ist noch ziemlich jung und stammt ursprünglich aus Kanada. Der Liebe wegen ist er nach London gekommen. Die Liebe ist verflogen, die Begeisterung für diese Stadt jedoch geblieben. Er hat sich nach oben gearbeitet und kann nun über Gedeih und Verderb von anderen entscheiden, wie er mir mit einem strahlenden Lächeln versichert.

„Es ist nicht immer leicht, seinem Ruf gerecht zu werden", spricht er mir aus der Seele.

Ich schätze ihn auf Mitte dreißig, wobei er durch sein überlegenes Auftreten wesentlich älter wirkt. „Vor allem, wenn man einen bekannten Namen trägt."

Er nickt. „Ich habe natürlich mitbekommen, was sich in Ihrer Familie ereignet hat, und müsste lügen, würde ich es bestreiten. Aber Ihre Mutter und Ihr Vater werden ihren Weg finden."

„Sie sprechen aus Erfahrung?"

„Ich selbst habe mich nach über zehn Jahren von meiner Partnerin getrennt. Irgendwann hat man das Gefühl, dass einer wächst, während der andere stehenbleibt. Die Welten, die bis dato perfekt harmoniert haben, driften auseinander. Man bewegt sich in unterschiedliche Richtungen."

Obwohl wir über meine Eltern und seine frühere Partnerin reden, habe ich das Gefühl, dass diese Worte meine derzeitige Beziehung zu Daniil beschreiben. Wir entfernen uns – und das, obwohl wir uns noch nicht einmal richtig angenähert haben. Ich bin nicht dumm und weiß, dass jede Beziehung ein fortwährender Kampf ist. Nicht nur um die Liebe, die Prüfung besteht vor allem darin, den Alltag gemeinsam zu meistern. Irgendwann wird das Feuer, das anfangs heftig loderte, schwächer. Ein Punkt, an dem ich sonst weitergezogen bin. Daniil und ich befinden uns davon jedoch noch meilenweit entfernt und trotzdem klafft zwischen uns bereits ein tiefes Loch. Eine stabile Brücke wäre nötig, um den anderen am gegenüberliegenden Ufer zu erreichen. Doch nicht nur Stabilität ist gefordert. Bei aufreibenden Ereignisse, beispielsweise einem Erdbeben, heißt es, flexibel zu sein. Sich dem anderen anzupassen und nicht starr seine eigene Linie zu verfolgen.

Eigentlich weiß ich über alles Bescheid, könnte entschlossen Ratschläge erteilen, würde jemand mit einem derartigen Wunsch an mich herantreten. Doch kaum betrifft es mich selbst, werde ich mit Blindheit und Taubheit geschlagen.

Mein Makrelenfilet wird serviert und für einen Moment bin ich versucht, Mister Young mein Herz auszuschütten. Schließlich ist er in mein Beziehungschaos nicht verstrickt und könnte mir möglicherweise einen Ausweg aufzeigen. Es macht mich wahnsinnig, mit meiner besten Freundin nicht über das, was mich im Innersten beschäftigt, reden zu können. Sie belügen zu müssen und damit auch unsere Freundschaft zu gefährden. Sollte ich auch Ilka verlieren ... darüber möchte ich gar nicht nachdenken.

„Sind Sie in einer Beziehung, Miss Bennet?"

Ich schlucke den Bissen hinunter und überlege mir währenddessen eine neutrale Antwort. „Nein. Vielleicht hat mir die vertrackte Ehe meiner Eltern deutlich vor Augen geführt, dass Frau und Mann nicht zusammenpassen."

Mister Young nickt wissend und nippt an seinem Glas. „Sich zwischen zwei Männern entscheiden zu müssen, ist eine überaus schwierige Angelegenheit. Keiner ist perfekt. Jeder hat seine Fehler. Nehmen Sie den, der Sie glücklich macht und Ihnen das Gefühl von Leidenschaft vermittelt."

Mir bleiben die Worte im Halse stecken. Bin ich so leicht zu durchschauen? Sieht man mir meine Verzweiflung an der Nasenspitze an?

„Eine der Fähigkeiten, die ich in meinem Job benötige, ist Menschenkenntnis, Miss Bennet. Ihre Augen haben mir verraten, dass Sie leiden. Holen Sie sich das, was Sie haben möchten. Kämpfen Sie um den, der es wert ist. Sollte sich am Ende herausstellen, dass Sie sich doch getäuscht haben, so haben Sie zumindest den Versuch unternommen und müssen sich nicht Feigheit vorwerfen lassen. Ich bin der Meinung, dass man die Dinge nicht einfach hinnehmen sollte. Irgendetwas an dem Mann muss Sie doch angezogen haben, sonst hätten Sie ihn gar nicht wahrgenommen." Er beugt sich vor und senkt die Stimme. „Ich wette, dass es ihm ähnlich schlecht geht wie Ihnen selbst. Männer versuchen doch, ihre wahren Gefühle zu verbergen – ich stelle da keine Ausnahme dar –, da man sonst befürchten muss, von anderen als verweichlicht angesehen zu werden. Finden Sie heraus, Miss Bennet, was Sache ist!"

„Unsere Beziehung stand von Anfang an unter keinem guten Stern. Vermutlich würden wir lediglich unsere Zeit vergeuden." Ich gebe mich vor Mister Young besonders gefasst. Er soll nicht denken, ich wäre ein dummes Mädchen, das sich in einen Mann verliebt hat, der ihre Gefühle nicht entsprechend erwidert. Ich will ihm erklären, warum ich mich zurückhalte.

„Verstehe – dann ist er in festen Händen?"

„Nein. Er ist der Bruder meiner besten Freundin. Wäre er ein Mann, der mich nicht wie ein D-Zug überrollt, während er sich selbst bedeckt hält, hätte ich kein Problem damit." Ich hole tief Luft und ziehe dann eine beleidigte Schnute. „Er ist das Problem, er denkt nur an sich selbst. Ich bin der letzte Mensch, der auf seine Zuwendung hoffen darf."

„Also ein Bindungsphobiker. Ich muss Ihnen recht geben, Miss Bennet, da haben Sie wirklich eine schwere Nuss zu knacken."

„In der Tat."

„Lieben Sie ihn?", platzt Mister Young plötzlich heraus, eine intime Frage, die nichts mit dem eigentlichen Grund unseres Treffens zu tun hat.

Im ersten Moment verwirrt mich das und instinktiv gehe ich auf Abstand, indem ich mich zurücklehne. Nach einer gefühlten Ewigkeit hebe ich den Kopf und blicke in sein Gesicht, das für eine Frau ein einziges Versprechen zu sein scheint. „Ich weiß es nicht", gestehe ich offen und ehrlich. „Ich kenne ihn vermutlich zu wenig, um von Liebe sprechen zu dürfen."

„Ich denke, Miss Bennet, das Sie ihn lieben. Warum? Sonst würden Sie heute nicht hier sitzen und einem Wildfremden Ihr Herz ausschütten. Meines Erachtens sind Sie verzweifelt und bereit, alles zu tun, weil Sie ihn lieben. Was ist mit dem zweiten Kerl?"

„Ben."

„Ben. Nach ihm kräht kein Hahn mehr. Armer Tropf, aber er scheint Ihrer nicht würdig zu sein. Sie sind eine starke Persönlichkeit, Miss Bennet. Nicht nur auf der Bühne, was Sie mir eindrücklich bewiesen haben. In Ihnen steckt etwas Spezielles, etwas Wundervolles, fraulich Starkes, aber Sie müssen es selbst erst entdecken. Haben Sie Angst, dass Ihr Herz bricht?"

„Nein", lüge ich, aber Mister Young enttarnt mich auf der Stelle.

„Wurde Ihr Herz schon einmal gebrochen? Wirklich gebrochen?"

„Nein."

„Wie das?"

„Ich habe es nicht zugelassen."

„Sie lügen wie gedruckt, Miss Bennet. Hatten Sie jemals eine feste Beziehung?"

„Ja."

„Die nächste Lüge. Warum kauft man Ihnen Ihre Rollen auf der Bühne sofort ab, während Sie im wahren Leben kläglich scheitern?"

Langsam steigt Verzweiflung in mir hoch. Mister Young ist weder aufdringlich, noch überschreitet er Grenzen. Vielmehr versucht er, mich über meine hinauszuführen, mich in eine Situation zu bringen, die mir Angst bereitet. In mir macht sich wieder jene Leere breit, die ich, seitdem ich denken kann, von Zeit zu Zeit verspüre. Ein Zustand, der sich verzweifelt nach Heilung sehnt. Ich will nicht alleine sein – wer möchte das schon? Ich fürchte auch nicht das gebrochene Herz. Es ist die mögliche Zurückweisung, die ich zu vermeiden suche. Die Zurückweisung, die mir seit Kindheitstagen nur allzu vertraut ist. Ich habe mehr davon ertragen, als für einen jungen Menschen gut sein kann.

„Sie entziehen sich Ben, der Sie liebt und Ihnen das bei jeder Gelegenheit zeigt. Mit dem Bruder Ihrer Freundin hat sich Ihre Welt verändert. Seither suchen Sie nach Antworten und sind doch blind für das, was sich vor Ihrer Nase abspielt. Der Bruder Ihrer Freundin stellt keine Gefahr für Sie dar – im Gegenteil, er ist Ihr Pendant, Ihr Seelenverwandter. Sie verzichten sehenden Auges auf den Jackpot, wenn Sie sich gegen ihn entscheiden."

Seelenverwandter? Was für ein Unsinn! Ich glaube weder an Gespenster noch an dieses Fabelwesen. Ich spüre, wie mir Tränen in die Augen treten. Nur nicht vor Mister Young weinen! Tapfer zaubere ich ein Lächeln auf meine Lippen. Sollte Daniil und mich wirklich mehr verbinden als Sex, so würde das wenigstens meine übermäßigen seelischen Qualen erklären.

„Jetzt sind Sie sprachlos. Aber glauben Sie mir, Ihr Kampfgeist wird schon noch erwachen. Sie können gar nicht anders. Und jetzt essen Sie Ihren Fisch, bevor er kalt und ungenießbar wird."

Vor dem Spiegel lege ich meine tropfenförmigen Ohrringe an, während Ilka am Wannenrand sitzt und mir ihre Pläne für diesen Abend verkündet. Ich bringe meine Lippen mit etwas Lipgloss zum Glänzen, knete meine Locken und werfe einen prüfenden Blick auf das von mir kreierte Gesamtkunstwerk.

Ich habe mich mächtig ins Zeug gelegt, um heute Abend Erfolg zu haben, trage ein verführerisches Cocktailkleid. Schwarz, knielang und aus weichem Stoff. Sein Kragen ist mit Diamanten verziert, deshalb auch der exorbitante Preis, den ich dafür bezahlt habe. Aber was macht eine Frau nicht alles, um den Mann zu bekommen, den sie haben möchte? Der runde, funkelnde Kragen wird durch einen tropfenförmigen Ausschnitt, der meine Rundungen ahnen lässt, veredelt. Ich fühle mich wohl, schlüpfe in meine schwarzen High Heels und greife nach meiner Clutch, in die ich Lipgloss und Puder schiebe.

„Fertig", wende ich mich an Ilka, die gerade eine SMS verschickt. Ich brauche nicht lange zu fragen, wem sie schreibt.

Als stünden wir unter Zeitdruck, springt sie plötzlich auf, schnappt sich ihre Tasche und läuft an mir vorbei in den Flur. „Okay, Planänderung. Ben und Harry kommen direkt ins *Seventiz*", verkündet sie wichtigtuerisch, während ich ihr nach draußen folge.

„Auch gut", gebe ich abwesend zurück.

Ilka schnaubt verächtlich und versperrt mir den Weg. „Lässt es dich eigentlich völlig kalt, dass Ben dir aus dem Weg geht? Gaby, du hast ihn an der Nase herumgeführt. Der Mann ist am Boden zerstört."

Nein, nicht wieder dieses Thema. „Müssen wir gerade heute wegen Ben streiten?"

„Wer streitet denn?"

„Du", entfährt es mir. „Ich weiß ja nicht, was du unter Freundschaft verstehst. Eigentlich dachte ich, du würdest zu mir halten. Soll ich mit einem Typen zusammen sein, den ich gar nicht mag, nur weil ich sonst Gefahr laufe, sein Herz zu brechen? So funktioniert das leider nicht."

Ich weiß, dass ich Ilkas Weltvorstellung gerade mit Füßen trete – mit beiden. Das verdeutlicht mir ihr Gesichtsausdruck, der von grau zu weiß gewechselt hat. „Wenn du ihm das bloß sagen würdest."

„Wenn ich beide Männer vergleiche, fällt Ben glatt durch. Soll ich ihm das auch noch auf die Nase binden?" Erst jetzt, da ich es ausgesprochen habe, wird mir klar, in was ich mich da eben hineingeritten habe. Unwillkürlich halte ich den Atem an und tue so, als sei nichts passiert, halte Ilka die Tür auf und ziehe meinen Schlüssel ab, um ihn in meiner Clutch verschwinden zu lassen.

„Moment mal", bohrt meine Freundin nach und bleibt mitten auf der Treppe stehen. „Beide Männer? Gibt es neben Ben noch einen anderen?"

„Was?", spiele ich die Unwissende und zwänge mich an ihr vorbei. Besser sie sieht meine Augen jetzt nicht, wo sie doch laut Mister Young so viel über mich verraten.

Meine Verfolgerin hat mich jedoch schnell eingeholt und hakt sich bei mir unter. „Rede, du Heuchlerin!"

Ich versuche, so schnell wie möglich in den Schutz der Dunkelheit zu entfliehen, wo das Taxi bereits auf uns wartet.

„Hast du etwa einen Neuen?"

„Nein. Ich meinte nur, dass Ben im Vergleich zu anderen deutlich schlechter abschneidet."

„Aha, und welche Typen vergleichst du mit ihm? Harry? Pierre?"

„Pierre!", pruste ich und öffne die rechte Hintertür, um ins Taxi zu steigen. Ilka nennt dem Fahrer die Adresse und wir brausen los. „Einfach andere Kerle, die ich in letzter Zeit kennengelernt habe. Sie waren offensiver, zielstrebiger und vor allem männlicher."

Ilka lehnt den Kopf an die Stütze und sieht zur Decke, wobei sie die Augen schelmisch zusammenkneift. „Für einen kurzen Moment dachte ich, du meinst meinen Bruder. Aber glaube mir, der wäre eine denkbar schlechte Wahl. Erst recht im Vergleich zu Ben. Als Frau kann man nur Reißaus nehmen. Manchmal glaube ich, seine Lebensaufgabe besteht darin, Frauenherzen zu brechen."

Ich drehe mich weg und gebe vor, dass mich diese Unterhaltung völlig kaltlässt. Bei Gott, sag jetzt bloß nichts Falsches! Rede ihn mir nicht aus! Gerade heute bin ich mir so sicher, dass Daniil der Richtige ist. Möglicherweise ist er nicht der Mann, den ich heiraten werde. Aber ich habe das Gefühl, dass uns etwas Besonderes verbindet. Dies war auch der Grund, warum mich Mister Youngs Worte angestachelt haben, einen erneuten Versuch zu wagen.

„Ich rede schlecht über ihn, das sollte ich nicht. Tief in seinem Inneren – und weil ich seine Schwester bin, kann ich das beurteilen –, ist er ein guter Mensch, der der Richtigen erst noch begegnen muss. Zumindest hoffe ich das für ihn. Candice war sicher nicht die Richtige."

„Candice?", entfährt es mir.

Zum Glück ist Ilka jedoch so mit der Analyse des Seelenlebens ihres Bruders beschäftigt, dass sie mein offensichtliches Interesse gar nicht mitbekommt. „Ja, seine Ex. Sie war die Erste, die er mit nach Hause genommen hat. Sie waren verlobt. Meine Eltern dachten, dass er nun endlich in einem sicheren Hafen gelandet sei. Doch mich beschlich sehr bald das Gefühl, dass Candice zu ... na ja, nicht die richtige Ergänzung für ihn war."

Ich weiß nichts von einer Verlobten, bin bis jetzt der Meinung gewesen, dass Daniil überzeugter Single sei, der sich von einer Affäre in die nächste stürzt. Etwas Festes, gar eine Verlobung habe ich nie mit ihm in Verbindung gebracht. Bin vielleicht doch ich die Bindungsverweigerin? „Wie lange waren sie zusammen?"

„Das kann ich nicht genau sagen, da er sie uns erst recht spät vorgestellt hat. Damals war die Verlobung bereits über ein halbes Jahr her und die Hochzeit fix geplant. Daniil gestand mir einmal, dass er sie ... nun ja, betrogen hat."

Ich muss schlucken und verliere für eine Sekunde den Boden unter den Füßen. Eine Verlobung durch einen Seitensprung zu beenden ist ziemlich fies, finde ich. Beinahe tut mir Candice leid, die wie ich diesem wunderschönen Mann verfallen ist. Nur dass sie mir tausend Schritte voraus lag. Aber im Endeffekt sind wir beide Verliererinnen. Dazu macht einen nicht erst der Ring am Finger.

„Daniil kann mit Gefühlen schlecht umgehen. Es fällt ihm schwer, sein Inneres nach außen zu kehren, und ich denke, dass er ihr durch diese Affäre vor Augen führen wollte, dass es endgültig aus zwischen ihnen war. Candice war natürlich verzweifelt und mein Bruder hat nie wieder ein Wort darüber verloren."

Es ist beruhigend zu wissen, dass auch Daniil so etwas wie Liebe empfinden kann, auch wenn das ein dummer Gedanke ist, denn schließlich vermag kein Mensch ein solches Gefühl willentlich zu unterbinden. Selbst ein nüchterner, schwer enttäuschter und schändlich betrogener Mensch kann eines Tages wieder lieben.

„Ich denke, selbst für meinen Bruder ist noch nicht alles verloren. Auch er wird einmal die Richtige finden, so wie du den Richtigen, Gaby."

„Dann musst du doch verstehen, dass Ben für mich nicht der Mann fürs Leben ist."

Zum ersten Mal sehe ich Verständnis in Ilkas Augen aufblitzen. Sie streicht mir über die Schulter. Das schlechte Gewissen erfasst mich erneut mit einer Wucht, die schwer zu verdauen ist. Ich begehe Verrat, indem ich Ilka so vieles vorschwafle, das nicht der Wahrheit entspricht. Was bin ich doch für ein falsches, hinterlistiges und durchtriebenes Luder!

„Wer weiß, wen du heute Abend kennenlernst."

Ich lächle, steige nach ihr aus und folge ihr an der Schlange der Wartenden vorbei ins *Seventiz*, wo ich ebendiesen Mann zu suchen und zu finden gedenke. Um wen es sich dabei handelt, weiß ich jetzt schon. Ob ich ihn jedoch so weit bringe, dass mein Wunsch auch zum seinigen wird, ist keineswegs sicher. Vielleicht zeigt sich ja schon heute, dass ich ihn mir endgültig aus dem Kopf schlagen muss. Gefühlschaos ist einfach nichts für mich. Es macht mich kaputt – früher oder später.

Ein nicht ganz so berühmter DJ mit ausgeprägten Staralllüren, Tänzerinnen, die sich über die Beschaffenheit der Tanzfläche beklagen, und abgesprungene Kellnerinnen haben mich die letzten Tage auf Trab gehalten. Jetzt, wo die Musik läuft, die Getränke ausgeschenkt werden und die Tänzerinnen aufreizend die Hüften schwingen, kann ich mich endlich entspannen. Ich stehe hinter der runden Theke, die sich mitten in dem einer Halle gleichenden Raum befindet, und proste ab und an bekannten Gesichtern zu. Normalerweise trinke ich nicht, da ich einen klaren Kopf bewahren möchte. Selbst wenn im Grunde alles nach Plan verläuft, so reicht doch ein unbedeutender Vorfall, ein Kurzschluss etwa oder ein paar pöbelnde Gäste, um Unruhe in den Laden zu bringen. Dann sind Adwin, Parker und ich gefragt. Wir müssen überall gleichzeitig in Erscheinung treten, richtig handeln und das Chaos so schnell wie möglich beseitigen.

Ich stoße gerade mit einem unserer Stammgäste an, als ich meine Schwester entdecke, die geradewegs auf die Bar zusteuert. Sie sieht mich nicht, da ich etwas abseits stehe und ihr Blick auf den Kellner gerichtet ist, bei dem sie ihre Bestellung aufgeben will. Eigentlich sollte ich hingehen und denen hinter der Bar erklären, dass alle Getränke meiner Schwester aufs Haus gehen, doch als dann auch noch jene Frau hinter ihr auftaucht, die ich seit zwei Tagen aus meinem Gedächtnis zu verbannen versuche, beschließe ich zu bleiben, wo ich bin. Abigail sieht atemberaubend aus. Zumindest trifft dies auf ihre Haare zu, die sie in feurige Locken gelegt hat. Aber auch ihre Figur, die in einem schwarzen Kleid steckt, sticht aus der Masse heraus. Etliche Kerle drehen sich nach ihr um und starren sie verzückt an. Das erweckt meinen Beschützerinstinkt. Etwas in mir flüstert, dass diese wunderbare Frau, die von allen Seiten angestarrt wird, mir gehören sollte.

Während mich mein Gegenüber vollschwafelt und ich nur mit halbem Ohr zuhöre, beobachte ich Abigail und meine Schwester. Sie bestellen sich Getränke, lachen, reden und bewegen sich im Takt der Musik. Abigail wirkt ausgelassen, als hätte sie in den letzten Tagen überhaupt nicht gelitten.

Oder ist sie einfach wirklich eine so verdammt gute Schauspielerin?

Die erste Runde Getränke wird ausgegeben. Mit in den Nacken gelegtem Kopf trinken sie ihre Shots und ordern umgehend zwei neue. Abigails Lächeln gefällt mir ausgezeichnet. Ich frage mich, ob ich sie je zuvor von ganzem Herzen lachen gesehen habe. Oder ist es das Wissen um meine Gegenwart, das ihr ein solches Glücksgefühl ins Gesicht zaubert? Ich mache es jedenfalls wie die beiden Mädels und trinke mein Glas ex.

Es ist ein berauschendes Gefühl, sie zu sehen, von ihrer Lebensfreude und Unbekümmertheit angesteckt zu werden. Doch dann trifft es mich wie ein Faustschlag – Abigail gehört mir nicht mehr. Sie hat sich aus meinem Leben verabschiedet und daran bin ich selbst schuld. Hätte ich mich nicht wie ein Arschloch benommen und mehr Einfühlungsvermögen bewiesen, so könnte ich nun von ihren Lippen kosten.

Ich schüttle unwillig den Kopf. Diese Selbstvorwürfe gehen mir ordentlich auf den Keks.

„Verdammt", faucht Adwin hinter der Theke, besinnt sich dann jedoch und reicht einem Mann, der auf einem Barhocker sitzt, die Hand, um ihn zu begrüßen.

„Was?", wende ich mich ihm zu und riskiere es, Abigail und meine Schwester aus den Augen zu verlieren.

„Die Eismaschine streikt schon wieder. Wo ist bloß die Nummer von dem Arsch, der sie uns verkauft hat?"

Ich schmunzle und werfe einen Blick über die Schulter. „Was würdest du um diese Uhrzeit mit ihm machen?"

„Ihn herholen, damit er mit bloßen Händen das Eis heraus-befördert. Olala, wen haben wir den hier?"

Ich folge seinem Blick. Was ich sehe, gefällt mir ganz und gar nicht. Ben hat sich zu meiner Schwester und Abigail gesellt. Mit einer Hand stützt er sich hinter Abigail an der Bar ab, als möchte er mit dieser Geste sein Revier markieren. Die Frage, die mich in den letzten Tagen des Öfteren beschäftigt hat, drängt sich wieder in meine Gedankengänge: Hat sie sich mit ihm getröstet? Sein Interesse ist überdeutlich zu spüren, selbst Ilka hat mir davon berichtet, und ich müsste blind sein, würde mir sein Sabbern entgehen. Dabei habe ich gedacht, dass Abigail endgültig die Schnauze von ihm voll hätte.

„Die kleine Bennet sieht ja wirklich hinreißend aus. Und dieser Typ da, der stört dich nicht?"

Atmen, Daniil. Versuche, dir einen Rest von Männlichkeit zu bewahren! „Von mir aus kann sie machen, was sie will."

Adwin mustert mich verdrossen. Meine Antwort scheint ihm nicht zu gefallen. Kein Wunder, nicht einmal ich glaube, was ich da sage. „Den Eindruck hatte ich gestern Abend nicht."

Gestern ist es mit mir durchgegangen. Wir hatten die Stellung im *Seventiz* gehalten und ich goss unablässig Alkohol in mich hinein. Irgendwann verlor ich den Überblick. Es war einfach zu viel. Nicht nur zu viel Alkohol, auch zu viel der Grübeleien. Es war Zeit, Dampf abzulassen, und nur Adwin hatte ich es zu verdanken, dass ich heil – und alleine – nach Hause gekommen war. „Selbst wenn es nur um Sex geht, aber mal ehrlich, fällt es dir so schwer, über deinen Schatten zu springen?"

Ich brumme und fahre mir mit einer nervösen Geste durchs Haar. „Haben wir diese Diskussion nicht gestern schon bis zum Überdruss geführt?"

„Ja, aber ich bekam keine zufriedenstellende Antwort. Nichts, das mich davon abhält, weiterhin anzunehmen, dass du dich ordentlich in die Kleine verguckt hast."

Mit einem lauten Schnauben, das zum Glück von der Musik überdeckt wird, lasse ich meiner Entrüstung freien Lauf. „Ich vergucke mich in keine Mädchen, die mir Ärger, graue Haare und Schwierigkeiten bereiten. So etwas nennt man Selbstkontrolle."

„Ich würde sagen, man nennt das Einbildung, Verblendung und Stumpfsinn."

„Was ist mit der Eismaschine?", versuche ich, ihn abzulenken.

„Ja, ja, klar, du hältst die bösen Monster von der Bar fern oder weshalb gehst du nicht weg? Oder willst du einfach nur sehen, wo der Kerl an ihrer Seite seine Finger lässt?" Adwin lächelt überlegen, tippt sich an eine unsichtbare Mütze und verschwindet.

Sofort drehe ich mich um. Abigail steht Gott sei Dank noch immer am selben Platz. Höchste Zeit, einen Plan auszuhecken.

Was soll ich machen? Lediglich hier stehen und zusehen, wie mir die Eier abfallen? Verdammt, dieser Mistkerl hat die Hand auf ihren Rücken gelegt, knapp über ihrem Arsch. Den Arsch, den ich vor zwei Tagen noch zärtlich versohlt habe. Allein beim Gedanken daran werde ich hart, was nicht gerade dazu beiträgt, mich zu sammeln und – es klingt lächerlich – Mut zu fassen. Wozu in Gottes Namen brauche ich Mut? Um mir das zu holen, was ich haben möchte?

Mit einer Flasche Wodka und vier Gläsern gehe ich auf die drei zu, wobei ich Ben liebend gern wegkicken würde. Ilka entdeckt mich zuerst und strahlt über das ganze Gesicht. Quer über den Tresen reicht sie mir die Hand und drückt mir einen Kuss auf die Wange. Abigails Gesichtsausdruck verändert sich jedoch merklich. Ihre Mundwinkel sacken nach unten, die Augen verlieren ihr Leuchten und mich beschleicht das Gefühl, dass sie am liebsten weglaufen würde. Dämlich, wie ich bin, wäre ich ihr sogar noch hinterhergerannt.

Ben wirkt unbekümmert. Warum auch nicht? Schließlich weiß er ja nicht, dass er auf meiner Abschussliste ganz oben steht. Bildlich gesprochen ist meine Kanone geladen und hat ihn im Visier.

„Daniil", ruft Ilka. Sie ist ausgesprochen heiter und ausgelassen, das genaue Gegenteil von Abigail, die mich mit ihrer Abwehrhaltung infiziert. Ich beginne mich zu verkrampfen, kralle die Finger um den Flaschenhals und stelle die Gläser fester als beabsichtigt auf den Tresen. „Heute ist ganz schön was los. Die Tänzerinnen sind übrigens der absolute Wahnsinn."

Mit einem Lächeln auf den Lippen schenke ich uns ein: Wodka mit Eis und Red Bull. Eifrig verteile ich die Gläser, sogar Ben bekommt eines – wie großzügig ich doch sein kann! Abigail weicht meinem Blick aus und tut so, als würde ich nicht existieren. Mit derartigem Gegenwind bin ich noch nie konfrontiert gewesen. Standhaft entzieht sie sich dem Feind – und dieser Feind bin zweifellos ich.

Sie hasst mich, das lässt sie mich deutlich spüren. Ein Wunder, dass Ilka nichts von unserem Fight mitbekommt. Sie ist jedoch versessen darauf, mehr über das heutige Event zu erfahren.

„Ein wirklich cooler DJ. Ich habe ihn aber in London noch nie auflegen gesehen", mischt sich Ben ein und bringt Abigail dazu, mir den Rücken zuzuwenden.

Es ist offensichtlich, wie peinlich ihr das Zusammentreffen zwischen Ben und mir ist. Immerhin liegt seine Hand noch immer auf ihrem Rücken, während ihre beiden Körper sich so nahe sind, dass sich ein galliger Geschmack in meinem Mund ausbreitet. Doch ich wäre nicht der perfekte Gastronom, könnte ich nicht an mich halten.

„Er stammt aus den USA, dort ist er bekannter als hier", erkläre ich sachlich und lasse den lästigen Kerl nicht aus den Augen.

Ben gleicht einem Jungen. Er ist schmächtig, wenn auch sportlich, kann es aber dennoch nicht mit mir aufnehmen. Das Fruchtwasser klebt wohl noch in seinen Haaren.

„Toller Club und vielen Dank für die Getränke." Er deutet auf sein und Abigails Glas, in völliger Unkenntnis, dass sich die Schlinge damit enger um seinen dünnen Hals zieht.

Was bildet sich dieser Kerl bloß ein? Es kann wohl nicht sein, dass sie sich für Benny-Boy entschieden hat. Benny, den Schwächling, der diese Frau nie im Leben verdient. Und wenn doch? Sie wird schon noch draufkommen, was sie versäumt.

Entweder habe ich geknurrt oder Abigail ist sich der gespannten Atmosphäre bewusst. Oder sie ist einfach genauso todesmutig wie ihr Begleiter, denn auf einmal beugt sie sich zu ihm hin, ergreift seine Hand und verschwindet mit ihm auf der Tanzfläche.

Obwohl ich gerade eine Niederlage einstecken musste, gebe ich mich nicht geschlagen. „Das darf doch nicht wahr sein", brumme ich, als ich einen kurzen Blick auf die beiden erhasche und mitbekomme, wie innig sie miteinander tanzen.

„Komm wieder runter", vernehme ich die Stimme meiner Schwester und befürchte Schlimmes. „Der Laden läuft, die Probleme haben sich in Luft aufgelöst und nun entspann dich endlich mal. Du siehst aus, als wärest du auf der Flucht."

Erleichtert atme ich auf. Sie spricht nicht von Abigail und mir, sondern von der heutigen Veranstaltung. „Wenn man mit einem Paar ausgeht, steht man nur allzu oft alleine da, nicht wahr?", reibe ich ihr unter die Nase.

Ilka wirkt im ersten Moment überrascht, zuckt dann aber mit den Schultern. „Na ja, sie sind kein Paar. Ginge es nach

Ben, dann ja. Gaby hat ihre Probleme mit ihm. Aber heute scheint sie zufrieden zu sein."

Das kann ich von mir nicht behaupten. „Sie will ihn doch."

„Bis vor kurzem dachte ich das auch. Aber seit ein paar Wochen geht er ihr gehörig auf die Nerven. Keine Ahnung, ob sie einen anderen getroffen hat. Mir gegenüber hüllt sie sich in Schweigen."

Ilka verzieht beleidigt den Mund und entlockt mir ein Lächeln. Möglicherweise lache ich auch nur, weil ich weiß, wer dieser Jemand ist. Dann scheint unsere Miss Bennet ja doch nicht so abgebrüht zu sein, wie sie vorgibt.

Den ganzen Abend rastlos durch den Club zu tigern ist anstrengender als gedacht. Noch dazu, wenn man eine Frau nicht aus den Augen lassen darf. Irgendwann ist sie mir dann aber doch entwischt. Und nun versuche ich seit nunmehr einer halben Stunde, meine Enttäuschung hinter einer aufgesetzt fröhlichen Fassade zu verstecken. Immerhin möchte ich die Gäste nicht verscheuchen.

Kein Zweifel: Ich habe versagt – auf der ganzen Linie.

Sie wird sich für Ben entscheiden und ich kann mir nicht nur diese Frau abschminken, sondern auch mein Selbstwertgefühl. Verloren. Auf ewig dahin. Sex war für mich nie mehr als ein Zeitvertreib, eine momentane Übereinkunft zwischen zwei erwachsenen Menschen. Mit Abigail ist es anders. Ich habe das Gefühl, dass ich mit ihr einen Teil meiner selbst verliere. Ein dummer Gedanke, ich begreife nicht, warum er mich zum hundertsten Mal überkommt. Ich brauche einen kurzen Augenblick – und seien es auch nur zwei Minuten – ganz für mich. Hier unter den vielen Menschen lauert die Versuchung, welcher ich noch vor ein paar Wochen erlegen wäre. Damals war, dank Candice, mein Stolz gebrochen – nicht mein Herz. Ja, wir hatten uns auseinandergelebt, wie es so schön heißt, und nachdem ich wieder Single war, bin ich jeder halbwegs attraktiven Frau nachgestiegen. Schließlich saß ich direkt an der Quelle, voll bestückt mit den prächtigsten Fischen. Auch jetzt, da ich in Richtung Büro gehe, welches im hinteren Teil des Gebäudes liegt, schenken mir die Mädchen ihr schönstes Lächeln.

Mehr als eine von ihnen wäre bereit, mir als Ablenkung, Stressabbau und Befriedigung zu dienen. Mit ihren weißen Zähnen, den verführerischen Lippen und den tiefen Ausschnitten versprechen sie einem Mann alles, was dieser sich wünscht. Egal, in welcher Situation er sich gerade befindet. Würde ich jedoch der Versuchung erliegen, könnte ich mich nicht mehr im Spiegel betrachten. Ich würde Ekel und Hass gegen mich selbst empfinden. Dabei geht es nicht einmal explizit um Abigail. Ja, sie ist eine überaus verlockende, erotische und bestimmt die saftigste Frucht am Baum, der Apfel, dessen Süße man noch tagelang schmeckt. Doch hier geht es um mich. Ich würde mich selber täuschen und meine Niederlage nur überdecken. Zur Hölle mit all meinen Vorsätzen, knurre ich, während ich die Tür zum Büro öffne, ich kriege das, was ich möchte – immer!

Vor ihrer Tasche kniend, in der Hand einen Spiegel, mit der anderen ihre Lippen nachziehend, finde ich Abigail in meinem Büro vor. Leise schließe ich die Tür, traue kaum meinen Augen und kann dennoch nicht den Blick von ihr abwenden.

Sie zieht mich immer wieder in ihren Bann. Ihre Haltung, diese kniende, bittende, in der ich Frauen am liebsten sehe, spiegelt meine wildesten Fantasien wider. Jede andere würde sich mir bereitwillig ausliefern, Abigail ist jedoch eine Herausforderung, der ich mich zu stellen gedenke.

Als ich einen Schritt vorwärts mache und mein Mobiltelefon auf den Schreibtisch lege, bemerkt sie mich. Ihre Augen weiten sich, unter ihrem rechten Auge zuckt nervös ein Muskel. Einige Sekunden lang starren wir uns an. Keiner von uns ist fähig, zu reden oder sich zu bewegen. Dennoch hat dieser Moment nichts Verstörendes an sich, er ist vielmehr wie eine Art Erinnerung an die wenigen wunderbaren Stunden, die wir zusammen verbracht haben, und gleichsam ein Versprechen für die Zukunft, dass diese Frau doch für mich bestimmt ist.

„Ich bin schon fertig", erklärt sie mit ungewohnt rauer Stimme, welche ich auf ihre Nervosität schiebe.

Ich nicke und lehne mich an die Kante meines Schreibtisches, auf dem wie immer Unordnung herrscht. „Dann fahrt ihr also nach Hause?"

„Ilka ist schon eine Weile weg."

Das wusste ich nicht. In meinem Bestreben, Abigail zu beobachten, habe ich meine Schwester vollkommen vergessen. „Soll ich dir ein Taxi rufen?"

„Draußen stehen mit Sicherheit ein paar", murmelt sie herablassend. Klar, sie ist alt genug, um ihre Heimfahrt selbst zu organisieren, doch ich möchte eigentlich wissen, ob Ben sie begleitet. Ob sie wohl mit ihm in die Kiste springt?

Sie richtet sich auf, nestelt an ihrer Tasche, um mich nicht ansehen zu müssen. Mir ist bewusst, dass ich ihr den Weg zur Tür versperre, denke jedoch nicht daran, zur Seite zu treten und sie vorbeizulassen. „Ilka hat mir erlaubt, meine Sachen in dein Büro zu bringen."

Solche Erklärungsversuche bin ich von ihr gar nicht gewohnt. „Schon gut. Wohin fahrt ihr – zu Ben oder zu dir?"

„Wie bitte?"

Mein Plan, sie aus der Reserve zu locken, ist aufgegangen. Nun habe ich ihre volle Aufmerksamkeit. „Komm schon, Abigail. Es ist nicht zu übersehen, wie sehr er dich bewundert. Du wirst so viel Hingabe doch nicht unbelohnt lassen."

„Nur weil du ein gekränktes, eifersüchtiges …"

„Was? Arschloch? Warum wagst du das Wort nicht auszusprechen?"

„Vergiss es, Daniil", winkt sie ab und kommt einen Schritt auf mich zu. Ihr böser Blick sollte mich eigentlich dazu bewegen, die Tür freizugeben, ich will sie aber noch nicht gehen lassen. Ich habe meine Frage nicht abgefeuert, um zu töten, sondern um sie aufzuschrecken.

„Du verschwindest einfach aus dem Hotel, meldest dich nicht mehr und hältst es für die natürlichste Sache der Welt, wenn wir uns gegenseitig wie Luft behandeln. Bist jetzt nicht du das, was du mir unterstellt hast, nämlich kindisch?" Wütend habe ich mich vor ihr aufgebaut, während sie unter meiner Anklage zu schrumpfen scheint. Erst beim Wort *kindisch* blitzt wieder die alte Abigail hervor. Jene Abigail, die zu kämpfen bereit ist.

Kopfschüttelnd kommt sie noch einen Schritt näher. „Genau, ich habe dich kindisch genannt. So hast du dich auch verhalten, indem du vor mir weggelaufen bist, kaum dass du abgespritzt hast. Mehr wolltest du doch gar nicht. Es ist widerlich, wie du mich behandelt hast. Und was erwartest du nun von mir, Daniil? Nur weil wir uns heute wiedergesehen haben, soll ich vor dir kriechen und dich anbetteln? So würden sich möglicherweise andere Frauen verhalten, Flittchen, dumme, naive Dinger, aber nicht ich."

Mit verschränkten Armen beobachte ich sie während ihres Ausbruches, der mir wieder ein klein wenig Hoffnung gibt. Immerhin legt sie eine ganze Menge Leidenschaft in ihre Rede. Sicher, sie ist aufgebracht. Doch ich erkenne auch den Schmerz über meine Zurückweisung und jene aufgestaute Wut, die mich selbst seit Tagen im Griff hat. „Was hätte ich tun sollen, damit wir heute nicht solche Diskussionen führen müssen?"

„Du hättest nicht sofort aus dem Bett hüpfen und mich wie stinkende Luft behandeln sollen. Etwas mehr Respekt, Anerkennung und Gefühl wären zum Beispiel ein netter Versuch gewesen. Es hätte nur mehr gefehlt, dass du mir Geld für meine Dienste angeboten hättest."

„Abigail, das ist doch Unsinn und das weißt du auch. Ja, ich habe vielleicht nicht deinen Erwartungen entsprochen, doch ich kenne es nicht anders."

„Das ist sehr traurig und spricht nicht unbedingt für dich."

Autsch! „Wir können uns natürlich gegenseitig Vorwürfe an den Kopf werfen", fahre ich sie an und vergesse dabei vollkommen auf mein Vorhaben, Abigail zurückgewinnen zu wollen. Warum muss sie mich auch so reizen?

„Lass mich einfach gehen, damit dieses Trauerspiel ein Ende hat."

Ihre Augen funkeln, als ich einen Schritt zur Seite trete und meine Finger um die Türklinke lege. Ich stehe kurz davor nachzugeben, dabei weiß ich doch, dass nur ein Weichei aufgibt. „Wir wollten beide zusammen sein." Meine Worte sind vorsichtig gewählt, meine Stimme klingt gedämpft.

Abigail bleibt stehen, schaut mich wieder mit großen Rehaugen an und verzieht dann ihre Miene zu einer Fratze. „Wir wollten Sex, Daniil. Und das ungeachtet der Tatsache, dass ich damit die Beziehung zu meiner besten Freundin aufs Spiel setze, sie belügen muss und nicht einmal richtig weiß, wer du bist."

„Ich möchte nicht, dass du gehst, Abigail", flüstere ich, als sie nur mehr wenige Zentimeter von mir entfernt ist und ihre Hand bereits nach der Türklinke ausstreckt. Sie hält inne, sieht aber zu Boden, als wolle sie meinem flehenden Blick ausweichen. „Ich ertrage es einfach nicht, dich mit einem anderen Typen zu sehen. Am liebsten würde ich nach draußen gehen und Benny ordentlich die Fresse polieren, damit er endlich weiß, zu wem du gehörst. Ich verhalte mich wie ein Idiot und hasse mich dafür. Aber ich will dich. Egal, was es kostet."

„Es kostet eine ganze Menge. Wir haben einfach viel zu überstürzt gehandelt", erwidert sie betrübt und zieht dabei die Mundwinkel nach unten.

Ich schlucke und sehe ihr in die Augen. „Gut. Wenn du es so siehst."

Meine Antwort enttäuscht sie sichtlich. „Jeder hat seine Fehler, ich bin da keine Ausnahme. Und Ilka wird mir das wochenlang unter die Nase reiben, wenn sie von der Sache erfährt. Ich gebe ja zu, dass ich es wirklich will … wollte …, nur legt sich da immer dieser Schatten über mich."

„Diesen Schatten werde ich dir aber nicht nehmen können. Egal, was ich mache, er wird da sein. Solange meine Schwester nichts von der Sache wissen darf, kann ich dich nicht davor bewahren."

„Aber es kann anders sein. Persönlicher."

„Ja, das kann es", stimme ich ihr zu.

„Theoretisch", fügt sie sarkastisch hinzu.

Als sie den Kopf schief legt, ihre Augen für einen kurzen Moment schließt und danach dieses Glitzern verschwunden ist, bin ich versucht, den letzten Funken Hoffnung fahren zu lassen. Ich weiß, dass ich ihr nicht die Welt zu Füßen legen kann, und Abigail scheint auch keine Frau zu sein, der man mit Heldentaten imponiert. Sie erwartet von mir einzig und allein Respekt – und Ehrlichkeit. Wir mustern uns eingehend. Plötzlich muss sie schmunzeln und ermuntert mich damit, einen Schritt näher zu kommen.

„Vielleicht hätten wir uns tatsächlich mehr Zeit lassen sollen. Wir kennen uns kaum und sind beide nicht ganz unkompliziert. Dass Ilka deine Schwester und meine Freundin ist, macht die Sache auch nicht leichter. Wir … ich … sollte mich von dir fernhalten, meine Alarmglocken schrillen zwar permanent, aber ich überhöre sie einfach und wundere mich dann, wenn ich plötzlich mit leeren Händen dastehe." Es fällt ihr nicht leicht, all dies einzugestehen. Ihre Augen zeigen mir, dass sie verlegen ist, aber dennoch kann sie ihre Leidenschaft nicht verbergen.

Ich kann nicht mehr an mich halten, muss sie berühren, weil mich ihr Anblick so bewegt. Langsam schließt sich meine Hand um ihre Finger. Sie zuckt zusammen, hebt den Blick und schüttelt fast unmerklich den Kopf. Ich antworte darauf mit einem entschiedenen Nicken. „Gaby, ich werde dir nicht weh-tun. Mir ist klar geworden, dass wir uns ähnlicher sind, als ich anfangs dachte. Du bist die Erste, die es mit mir aufnehmen kann, und gerade deshalb will ich dich nicht aufgeben."

Es scheint ungewohnt für sie, den Namen *Gaby* aus meinem Mund zu hören, da sie schmunzelt. Ich sehe darin eine Auffor-derung und lasse meine Finger sanft nach oben zu ihrer Wange gleiten. Dann mache ich etwas, wonach ich mich schon den ganzen Abend über gesehnt habe – ich streiche ihr die wider-spenstigen Locken hinters Ohr.

Sie blickt mir fest in die Augen – teils träumerisch, teils bang. Aber gerade diese Bangigkeit möchte ich ihr nehmen. Sie soll keine Angst haben, weder vor mir noch vor dem, was kommen wird. Es wird gut werden. Ich werde gut zu ihr sein, weil sie es verdient.

„Daniil, mach es bitte nicht", stammelt sie so leise, dass ich mir nicht sicher bin, ob ich überhaupt etwas gehört habe.

„Was soll ich nicht machen?"

„Mich küssen."

„Warum?"

Entschlossenheit breitet sich auf ihrem Gesicht aus. „Weil ich … es nicht ertrage."

„Du wirst noch mehr ertragen", scherze ich und blicke auf ihre leicht geöffneten Lippen. „Das war mit Sicherheit nicht unsere letzte Auseinandersetzung, das kannst du mir glauben."

Ihre Tasche gleitet zu Boden, als ich Abigail mit einem Ruck gegen die Tür presse. Unsere Lippen finden sich gleichsam ohne unser Zutun. Meine Hände vergraben sich in ihren Locken, die sich um meine Unterarme ringeln. Sie öffnet ihre Lippen, klammert sich fest und zieht an meinen Haaren, wie sie es immer macht, wenn sie sich zu beherrschen versucht.

Alles geschieht rasend schnell. Das ist Kalkül, da ich Angst habe, sie könnte es sich anders überlegen und mich zurückweisen. Meine Hände gleiten über ihre Schultern, vorbei an ihren Brüsten. Abigails Atem geht stoßweise, als ich sanft über ihren Bauch streiche. Ich muss sie ansehen, sie in ihrer ganzen Schönheit erfassen. Vorsichtig nehme ich meine Lippen von den ihren, sehe ihr in die Augen, genieße ihren verträumten Blick.

Ihre Lippen sind geschwollen – das ist mein Werk. Stolz überkommt mich, als ich ihr Kleid anhebe und meine rechte Hand unter dem seidigen schwarzen Stoff verschwinden lasse. Ich benehme mich wie ein wildes Tier, das nach tagelangem Nahrungsentzug endlich Futter erhält.

Meine Finger erreichen die warme Stelle zwischen ihren Beinen, wo mich ein Spitzenhöschen empfängt. Ich streiche an seinem gezackten Rand entlang. Wieder beuge ich mich vor, küsse Abigail, während mein Zeigefinger ihr Höschen zur Seite schiebt. Sie ist bereit. Mehr als das, sie brennt für mich. Doch das Klingeln ihres Mobiltelefons holt uns in die Realität zurück. Abigail macht sich von mir los, greift nach ihrer Tasche und nimmt den Anruf entgegen. Am anderen Ende der Leitung ist eine männliche Stimme zu vernehmen, wie mir dank der geringen Entfernung zwischen uns nicht entgeht. Ben. Ich sollte ihr das Telefon aus der Hand reißen und es gegen die Wand knallen. Natürlich werde ich das nicht tun – ich bin doch ein Mann und kein Teenager.

Als sie auflegt, wirkt sie recht distanziert. „Ich muss los, Ben wartet bereits im Taxi auf mich."

Gegen meine Überzeugung nicke ich. Viel lieber wäre es mir, wenn sie noch bliebe. „Du fährst doch nicht zu ihm?", frage ich mit einem drohenden Unterton in der Stimme.

„Keine Angst", beschwichtigt sie mich und küsst mich kurz auf den Mund. Dann ist sie fort.

Zurück bleibe ich. Zumindest meine leere Hülle. Noch nie – und ich kann das nicht oft genug wiederholen – hat mich eine Frau dermaßen in ihren Bann gezogen. Nun stehe ich hier und starre auf die geschlossene Tür, berühre versonnen meine Lippen, als könnte ich mir auf diese Weise Abigails Gegenwart bewahren.

12. Kapitel

Das Surren der Gegensprechanlage reißt mich aus dem tiefsten Schlaf, den ich seit Tagen gehabt habe. Ich schrecke hoch, sitze eine Zeit lang im Bett und überlege, ob ich mir dieses Geräusch vielleicht nur eingebildet habe. Als es gleich darauf zum zweiten Mal ertönt, husche ich eilig aus dem Bett.

Doch gerade als ich den Hörer abnehme, um nachzufragen, welcher Unmensch es um halb fünf Uhr morgens wagt, mich zu stören, klopft es energisch an der Wohnungstür. *Ilka?*, denke ich. Vielleicht haben Parker und sie sich gestritten?

Als ich jedoch den Schlüssel umdrehe und die Tür öffne, bleibt mir für einen Moment die Spucke weg. Vor mir steht Daniil. Noch immer trägt er den Anzug, der ihn so seriös und wichtig erscheinen lässt. Bereits im *Seventiz* hing mein Blick beständig an ihm, auch wenn mir seine wahren Absichten keine Sekunde lang verborgen blieben. Als wir uns in seinem Büro gegenüberstanden, rechnete ich bereits fest mit meiner Kapitulation. Wer könnte einem Mann wie ihm schon auf Dauer widerstehen? Er nimmt einen vollkommen ein. Das macht er auch jetzt, da er mich mit trägen Augen mustert.

Siedend heiß fällt mir ein, wie ich auf ihn wirken muss – in meinem weißen Shirt mit Blümchenmuster und den engen, knielangen Leggins, die ich am liebsten zum Schlafen trage. Mein Haar ist zerrauft, von meinen sorgfältig geföhnten Locken ist nichts mehr übrig, auf meinem Kopf herrscht Chaos pur. Wenigstens habe ich vor dem Schlafengehen daran gedacht, mich abzuschminken.

„Hey, Lady Flower", begrüßt er mich spitzbübisch grinsend, greift nach meinen Hüften und betritt forsch meine Wohnung.

Ich bin zu perplex, um etwas darauf zu erwidern. „Wer ist denn da nicht in seinem Bettchen?"

„Keine Ahnung, ein böser Mann hat mich aus meinem wohlverdienten Schlaf gerissen."

„Was könnte er denn bloß von der Prinzessin wollen?"

Mit sanfter Gewalt drängt Daniil mich weiter in die Wohnung hinein. „Ich denke, er wird sie um ihr wertvollstes Gut bringen – ihre Jungfräulichkeit."

„Mistkerl."

Ich kichere und schlinge die Arme um seinen Hals. „Warum ist er überhaupt um diese frühe Stunde schon auf seinen sportlichen Beinchen?"

„Ich war noch gar nicht im Bett, was ich, wenn du mir dein Schlafzimmer zeigst, umgehend zu ändern gedenke."

„Wer weiß, ob dort nicht bereits ein anderer schläft?" Ich genieße das kurze Aufflackern von Eifersucht in seinen Augen.

„Sollte ich Ben dort finden, werde ich ihn …"

„Schsch", beruhige ich ihn. „Niemand ist hier."

Während ich ihn in mein Schlafzimmer lotse, schiebe ich ihm sein Jackett über die Schultern und mache mich gleich darauf an seinem Hemd zu schaffen. „Ist dir eigentlich nicht heiß, wenn du die ganze Zeit in voller Montur herumläufst?"

Er brummt etwas Unverständliches, fasst nach dem Saum meines Shirts und zieht es mir über den Kopf. Da ich keinen BH trage, weiten sich seine Augen bei diesem unverhofften Anblick.

Noch ein letzter Knopf ist an seinem Hemd zu öffnen, dann kann ich endlich über seine nackte Brust streichen – etwas, auf das ich mich seit Tagen gefreut habe. Ich spüre die Wärme seiner Haut an meinen Fingern, von dort gleitet sie nach oben zu meinem Herzen, das sich sofort schmerzhaft zusammenzieht.

Er ist hier. Hier bei dir, sage ich mir vor. Mitten in der Nacht. Nun ja, am frühen Morgen. Er könnte längst in seinem Bett liegen und nach der anstrengenden Arbeit schlafen, aber er möchte bei dir sein. Er möchte dich genauso spüren wie du ihn. Auch er will dich haben. Auch er ist freudig erregt.

Mit dem Fuß stoße ich die Tür zu meinem Schlafzimmer auf, ziehe Daniil mit mir und beginne an seinem Gürtel zu nesteln. Mit einem lauten Klacken landet er gleich darauf auf dem Fußboden, doch ich kümmere mich bereits um den Knopf und den Reißverschluss seiner Hose, die ich nach getaner Arbeit an seinen starken, muskulösen Beinen nach unten schiebe.

„Abigail", raunt Daniil, fasst nach meinem Kinn und hebt es nach oben, so dass ich ihm geradewegs in die Augen blicken muss. „Ich habe nachgedacht und bin zu dem Entschluss gekommen, dass wir es tatsächlich langsam angehen wollen."

Ich verstehe nicht, was er meint. „Ich meine das Spiel von Dominanz und Unterwerfung. Du bist es nicht gewohnt, in Besitz genommen zu werden und aufs Wort zu gehorchen. Wir werden es üben – langsam, Schritt für Schritt. Du wirst sehen, es wird dir gefallen!"

„Okay", stimme ich zu und nehme auf der Bettkante Platz. Ich bin bereit für eine Lehrstunde, freue mich sogar darauf. Doch heute möchte ich ihn noch meine eigene Macht spüren lassen. Mit einladend geöffneten Lippen schäle ich ihn aus seinen schwarzen Boxershorts. Sein Penis ist bereits hart, doch aus eigener Erfahrung weiß ich, dass da noch mehr geht. Viel mehr, wenn ich mich an unser letztes Mal erinnere.

Gespannt sieht Daniil mich an. Ja, auch ich kann Macht über jemanden ausüben, will ihm mein überlegenes Lächeln vermitteln, ehe ich mich vorbeuge und meine Finger um seinen Schwanz lege. Er zuckt leicht zusammen und schließt, als ich mit meinem Mund die schimmernde Spitze berühre, kurz die Augen. Sein Atem geht schwer und verspricht mir das Paradies auf Erden.

Ich werde mutiger, lasse den Penis noch tiefer in meinen Mund gleiten. Eine Hand verhindert, dass Daniil die Kontrolle übernimmt und ihn mir zu weit reinschiebt. Meine Bewegungen sind langsam und bedächtig. Schließlich soll er am eigenen Leib erfahren, wie es sich anfühlt, betteln zu müssen. Ich genieße jedoch seinen Geschmack in meinem Mund zu sehr, als dass ich mich auf weitere Foltermaßnahmen konzentrieren könnte.

Daniils Atem beschleunigt sich weiter, sein Schwanz ist noch größer geworden, weshalb ich ihn nur mehr zu einem Drittel in meinen Mund nehmen kann. Auch meine Bewegungen werden schneller, dabei lecke ich immer wieder mit der Zungenspitze über seine Eichel. Ich habe das Gefühl, nur mehr Daniil zu schmecken und zu riechen.

Bis jetzt hat er seine Hände brav an seinen Hüften herabbaumeln lassen, doch als ich meine Zähne vorsichtig in das zarte Fleisch grabe, nimmt er sie hoch und zieht meinen Kopf an den Haaren nach hinten. Ich lächle zufrieden, weil ich es bin, die die Kontrolle ausübt. Doch damit ist es schlagartig vorbei, als Daniil mein Kinn mit eisernem Griff umfasst und mich hart in den Mund fickt. Gnadenlos, schnell und fordernd. Ich werde wohl noch an mir arbeiten müssen, denn während ich am liebsten um Gnade winseln würde, ist Daniil die Selbstbeherrschung in Person.

Er gebietet über den Raum, er gebietet über mich – und das, obwohl ich diejenige gewesen bin, die die Initiative ergriffen und ihn verführt hat. Ein furchtbar unpassender Gedanke schießt mir durch den Kopf: Inwieweit sind wohl meine Vorgängerinnen auf ihn und seine Wünsche eingegangen? Wie lange konnten sie mit ihm mithalten und wo endete die Reise?

Führte sie sie ins Verderben oder auf einen neuen Weg, den sie von da an freudig beschritten?

Meine Brüste fühlen sich schwer an. Immer wieder werden sie von seinen trainierten Oberschenkeln zusammengepresst, was die Nippel hart und rot werden lässt. Ich streiche mit meiner freien Hand über die aufgerichteten Spitzen, massiere sie und bringe mich damit selbst in noch höhere Sphären.

Der Griff um mein Kinn wird fester, ich weiß, dass es bei ihm gleich so weit sein wird, und lasse ihn deshalb nicht mehr aus den Augen. Ich giere danach, ihn kommen zu sehen. In solchen Momenten sind selbst die unnahbarsten Menschen verräterisch offen wie ein aufgeschlagenes Buch. Sie verlassen ihre Deckung und geben sich völlig diesem berauschenden Gefühl hin.

Auch Daniil sind Genuss und Begierde deutlich anzumerken. Seine Augen sind zusammengekniffen, auf seiner Stirn haben sich tiefe Furchen eingegraben. Sein Mund steht offen, er stößt sinnlich-männliche Laute aus, die mich klatschnass werden lassen. Gemeinsam dürfen wir uns diese Errungenschaft auf die Fahnen heften. Ich habe ihn mit meinem Mund so weit gebracht, er mich durch seine unerbittliche Dominanz. Plötzlich schnellt sein Kopf zurück und im selben Moment ergießt sich ein gewaltiger Strom in meinen Mund. Gleich darauf erfolgt eine weitere Ladung. Tapfer schlucke ich, bis meine Kehle zu brennen beginnt. Sein Schwanz zuckt unaufhörlich zwischen meinen Lippen, will offenbar gar nicht mehr zur Ruhe kommen.

Doch dann lockert sich sein Griff um mein Kinn, fasziniert und zufrieden beobachtet Daniil, wie ich mit meiner Zunge weiterhin über seine Eichel lecke.

Endlich zieht er seinen Penis aus meinem Mund, streicht mit dem Zeigefinger über meine pochenden Lippen und zieht mich zu sich hoch. Wir stehen uns gegenüber, sagen kein Wort.

Dann lässt sich Daniil auf die Bettkante sinken, packt mich an den Hüften und dreht mich zu sich hin. Sein Blick gleitet über meine Brüste, gleich darauf folgen seine Hände. Er küsst meinen Bauch, seine Zunge versenkt sich kurz in meinen Nabel. Schauer der Erregung durchfluten mich, meine Knie drohen einzuknicken, so schwach fühle ich mich. Während sein Mund noch immer die weiche Haut meines Bauches liebkost, schieben seine Finger mein Höschen nach unten. Genüsslich verfolge ich dieses Schauspiel. Schon immer löste die Zeremonie des gegenseitigen Entkleidens ein angenehmes Prickeln in mir aus, denn sie macht einen nicht nur körperlich angreifbar. Bei einem Mann wie Daniil fällt es allerdings nicht schwer, alle Scham zu vergessen und sich einfach fallen zu lassen.

„Setz dich zu mir", murmelt er und zieht mich zu sich heran. Ich nehme auf seinem Schoß Platz, spüre seinen Penis an meinem Steiß, während er mich leidenschaftlich küsst. Küsse, die sich bis in meinen Bauch ausbreiten und dort sämtliche Nervenstränge zum Flattern bringen. Ich gleite auf einer Welle dahin, spüre, wie heiß es zwischen meinen gespreizten Beinen wird.

Noch während sich unsere Zungen eine wilde Schlacht liefern, hebt Daniil meine Hüften an und schiebt sich langsam in mich. Ich erbebe, löse mich von seinem Mund, um ein wohliges Stöhnen loszuwerden, und werfe den Kopf in den Nacken, wodurch sich meine Brüste Daniil entgegenpressen. Dieser entbietet ihnen mit seinem Mund einen leidenschaftlichen Willkommensgruß, während sein Penis immer tiefer in mich eindringt und mich vollkommen ausfüllt. Ich fürchte zu zerspringen – innerlich, aber auch äußerlich.

„Reite mich, Süße", flüstert Daniil mit tiefer Stimme und nimmt Mund und Hände von mir.

Während ich mich rhythmisch zu bewegen beginne, dabei mein Stöhnen kaum unterdrücken kann, mustert mich Daniil aus tiefschwarzen Augen. Er sieht gefährlich aus – doch das ist im Grunde nichts Neues. Andererseits scheint es ihm zu gefallen, ausnahmsweise einmal mir die Führung zu überlassen.

Meine Wohnung befindet sich in einem Altbau mit dicken Wänden. Trotzdem war ich immer sorgsam darauf bedacht, beim Sex nicht zu laut zu werden, denn vielleicht verstehen die Nachbarn ja in dieser Hinsicht keinen Spaß. Aber heute, tja, heute vergesse ich mich und lasse sie ungeniert an unserem Liebesspiel teilhaben.

„Weißt du eigentlich, wie scharf du aussiehst, Baby? Gefällt es dir, dir das zu holen, was du brauchst?"

„Ja", quieke ich.

„Ja? Mir gefällt es, deine Titten zu sehen, deine enge Muschi um meinen Schwanz zu spüren", brummt er, nimmt mein Kinn zwischen seine Hände und zieht mein Gesicht nahe an das seine. „Komm schon, Abigail. Hol es dir." Während er mich mit schmutzigen Worten anspornt zu kommen, stößt er ein paar Mal kräftig zu – es ist genau richtig für mich.

Ich bin benebelt, drücke meinen Rücken durch und schließe die Augen, als sich der Orgasmus langsam in mir aufbaut. Daniil bemerkt meinen Zustand und stößt nun noch härter und schneller zu. Einer der besten Höhepunkte meines Lebens überrollt mich Sekunden später. Ich habe das Gefühl zu straucheln, kilometertief zu fallen und doch sehne ich den Aufprall herbei.

Mein Orgasmus klingt allmählich ab, als Daniil ein zweites Mal kommt. Ich halte ihn mit meinen Händen umschlossen, drücke sein Gesicht an meine Brust und sauge den männlichen Duft seines Haares ein, das ganz leicht nach Shampoo duftet. Eine gefühlte Ewigkeit sitzen wir einfach da. Viele Gedanken schwirren durch meinen Kopf. Glückliche, nachdenkliche, aber auch selbstkritische.

Habe ich mich nicht abermals in etwas verrannt? Haben wir beide richtig gehandelt oder etwas wiederbelebt, das doch eigentlich zum Scheitern verurteilt ist?

Noch immer in mir, lässt Daniil sich auf den Rücken fallen und zieht mich mit sich. Ich kichere nervös, habe ich doch Angst, dass er gehen wird, nun, da er auf seine Kosten gekommen ist. So macht er es doch nach eigenen Angaben immer. Vielleicht hat er nur ein rasches Vergnügen gesucht, bevor er mich endgültig abserviert.

Ich weiß nicht, was ich sagen soll, und entscheide mich, mit etwas Positivem anzufangen, um ihn milde zu stimmen, nur für den Fall, dass seine beiden Höhepunkte das noch nicht geschafft haben. „Danke, dass du gekommen bist." Erst als es ausgesprochen ist und Daniil ein tiefes, raues Lachen ausstößt, bin ich mir der Doppeldeutigkeit meiner Worte bewusst. „Schon gut, ja, es ist früh am Morgen. Ich meinte, dass du zu mir gekommen bist."

Daniil verflicht seine Finger mit den meinen und guckt mich neckisch an. „Was ist los, Princess? Du wirkst so ... zerrupft."

Ich kichere verhalten. „Was wird nun passieren?"

„Wie meinst du das?"

„Bist du bereits im Fluchtmodus, weil unsere", mit dem Kopf deute ich auf seinen Penis, „Verbindung noch immer als rein sexuelle gilt?"

Er räuspert sich, scheint einen Moment nachzudenken, ehe er die Hand auf meinen Hintern legt und mich kneift. „Baby, ich kann dir nicht das Blaue vom Himmel versprechen, aber ich weiß, dass ich derzeit nur dich möchte."

Seine Worte rühren mich auf seltsame Weise, besagen sie doch das, was ich mir insgeheim wünsche. Und zum ersten Mal habe ich das Gefühl, auf Augenhöhe mit ihm zu sein. „Für mich zählt ebenfalls nur der Augenblick. Ich gehöre nicht zu den Frauen, die einen Mann, Haus und Herd hüten wollen."

Daniil schenkt mir ein gewinnendes Lächeln. „Es freut mich, dass du nicht mit mir alt werden möchtest."

„Daniil, wir sind beide zu jung, um uns fix zu binden. Wie gesagt – wahrscheinlich schlummert tief in mir drinnen ein Kerl."

Oder die vertrackte Beziehung meiner Eltern hat mich gelehrt, nüchtern an eine solche Sache heranzugehen. Ich mag Daniil wirklich gern, finde ihn attraktiv, sexy und als jemand ganz Besonderen, trotzdem verschanze ich mich hinter einer Mauer, die wohl kein Mann je niederreißen wird.

Als alte Frau werde ich mit einem Wellensittich und einer Katze in einer riesigen Wohnung mitten in London sitzen – alleine und doch glücklich angesichts meines erfüllten Lebens. Es mag egoistisch klingen, doch ich kann mir nur schwer vorstellen, wegen eines Mannes oder gar wegen Kindern Kompromisse einzugehen. Ich möchte in den Tag hinein leben, reisen, wann immer mich das Fernweh überkommt, schlafen, so lange ich will, und mich nicht mit einem eifersüchtigen Ehemann herumschlagen, der mir verbietet, mit Freundinnen auszugehen und Spaß zu haben. Ich möchte flirten, tanzen und lachen, bis mir der Bauch wehtut. Ich möchte das Leben in vollen Zügen genießen – und das geht nur, wenn ich alleine bleibe.

Würde meine Mutter von diesen meinen Überlegungen erfahren, sie würde mir vermutlich umgehend eine gute Therapeutin empfehlen und sich danach in eine Ohnmacht flüchten.

„Ein Kerl", wiederholt Daniil schmunzelnd und hebt die Decke hoch, damit ich darunter kriechen kann. „Ab ins Bettchen, Prinzesschen."

Ich gähne, kuschle mich an ihn und rufe mir vor dem Einschlafen nochmals in Erinnerung, wie glücklich ich bin. Daniil ist bei mir, alles andere ist im Augenblick unwichtig.

Der Sonntag ist mir heilig – ich schlafe lange, frühstücke ausgiebig, treibe etwas Sport, meist laufe ich eine halbe Stunde durch den angrenzenden Park, bevor ich am Nachmittag meine Familie besuche, die ich wegen meines Berufes und des ungewöhnlichen Lebenswandels allzu häufig vernachlässige. Wir tratschen, ich lausche den wohlmeinenden Ratschlägen meiner Mutter und Williams spöttischen Kommentaren. Oft komme ich erst abends in meine Wohnung zurück, nehme genüsslich ein Bad und verziehe mich dann mit einer Tafel Schokolade auf die Couch, um mir eine herzerweichende Schnulze anzusehen.

An diesem Sonntag ist es aber anders. Bereits beim Aufwachen flattern Schmetterlinge in meinem Bauch. Außerdem ist mir heiß. Glühend heiß. Es fühlt sich an, als würde ich in der Sauna liegen. Ich strecke die Beine unter der Decke hervor und beschließe, ehebaldigst die Winterdecke gegen eine leichtere auszutauschen. Ich recke mich, drehe mich zur Seite – und erschrecke.

Nein, ich habe nicht geträumt, Daniil liegt tatsächlich neben mir. Wie eigenartig das für mich ist – allerdings auch angenehm. Er schläft friedlich wie ein Baby. Bei diesem Vergleich muss ich lachen, denn wenn jemand keinerlei Ähnlichkeit mit einem Säugling aufweist, dann ist das Daniil. Seine Lippen sind leicht geöffnet, seine Stirn ist entspannt, was reichlich selten vorkommt. Sein Anblick rührt mich und ich verzichte gerne auf mein ausgedehntes Sonntagsfrühstück, nur um ihn länger betrachten zu dürfen.

Drehst du nun vollkommen durch, Abigail? Abigail?, leise glucksend fasse ich mir an die Stirn.

Jetzt führe ich schon Selbstgespräche, rede mich obendrein mit dem Namen an, der Daniil vorbehalten ist, und finde das auch noch komisch. Wohin einen ein derartiges Gefühlstohuwabohu bringen kann!

Was mache ich bloß? Beim letzten Mal hat er auf meine Anwesenheit alles andere als positiv reagiert. Aber damals bin ich auch vor seinem Höhepunkt eingepennt. Diesmal sind wir jedoch in meiner Wohnung, er hat auf jeden Fall seine Erfüllung gefunden und das Wichtigste: Er hat mich aus freien Stücken aufgesucht. Was sollte also passieren?

Der Blick auf meinen Wecker zeigt mir, dass es gerade erst neun ist. Daniil hat die ganze Nacht gearbeitet und ist erst frühmorgens in meine Wohnung gekommen. Kein Wunder, dass er hundemüde ist. Am besten wird sein, wenn ich mein abendliches Vollbad vorziehe, dann beruhigt sich vielleicht auch das Kribbeln in meinem Bauch.

Auf Zehenspitzen schleiche ich mich aus dem Schlafzimmer, ziehe im Vorbeigehen Slip, BH, Shirt und Hose aus meinem Kleiderschrank, ehe ich mich ins Bad begebe. Gerade als ich den Hahn aufdrehe, einen Spritzer Badeöl in die Wanne gieße und meine Haare zu einem nachlässigen Zopf schlinge, fängt meine Handtasche im Flur laut zu singen an. *Coldplay* geben ihr Bestes und nötigen mich, splitterfasernackt hinauszuhetzen und nach meinem Handy zu kramen. Ilka. Ilka! So gelassen wie möglich gehe ich ran, redlich darum bemüht, den Gedanken zu verscheuchen, dass ihr Bruder nackt und zufrieden schlafend in meinem Bett liegt.

„Hey, du bist schon wach?"

Statt einer Antwort dringt lautes Schluchzen aus dem Hörer. „Was ist denn los, Kleine?"

„Es ist vorbei", jammert sie und schnäuzt sich lautstark.

„Was ist vorbei?"

„Parker …" Mehr bringt sie nicht heraus.

„Wo bist du?"

„Daheim."

Immer wieder wird sie von Weinkrämpfen geschüttelt. Vermutlich zittert sie gotterbärmlich, sitzt zusammengekauert auf ihrem Bett, umgeben von einer Großpackung Taschentücher. Ich muss zu ihr. „Ich komme sofort. Bleib, wo du bist."

Hastig ziehe ich mich an, schreibe Daniil eine Nachricht, klebe den Zettel an die Eingangstür und stürme von dannen.

Zwanzig Minuten später stehe ich vor Ilkas Wohnungstür. Sie öffnet nach dem ersten Klingeln. Mit roten, geschwollenen Augen geht sie vor mir her – vorbei an Daniils Zimmer – in ihr Schlafgemach.

Wir lassen uns im Schneidersitz nieder. Ilka nimmt ein neues Taschentuch zur Hand, vermutlich wird sie es in den nächsten Minuten dringend benötigen.

„Was ist los mit dir?", frage ich mit sanfter Stimme.

Sie schüttelt den Kopf, während ihr neuerlich Tränen über die Wangen kullern. „Es ist aus. Vermutlich ist es sowieso das Beste, aber es tut so weh."

Eigentlich mag ich es nicht, wenn ich den Leuten alles aus der Nase ziehen muss, aber natürlich weiß ich aus eigener Erfahrung, wie schwer es ist, Gefühle in Worte zu kleiden. Ich greife nach Ilkas Hand, versuche, ihr zu vermitteln, dass ich an ihrer Seite bin. „Warum ist es auf einmal zu Ende? Ich dachte, ihr wolltet es endlich deinem Bruder erzählen."

Sie schluchzt laut auf, drückt meine Hand und lässt den Kopf hängen. „Ja, wir wollten es Daniil sagen. Für mich war klar, dass Parker mich liebt und ich ihn und dass wir zusammenhalten werden, Gaby, dabei habe ich lediglich eine vage Vermutung. Doch ich hätte nie gedacht, dass mich Parker im Stich lässt. Schließlich ist es ja nicht mein Problem allein."

„Wovon redest du?"

„Ich bin mir nicht ganz sicher, verdammt, aber ich glaube, ich bin schwanger."

Mir klappt die Kinnlade nach unten, die Welt um mich herum bleibt stehen, um dann auf Lichtgeschwindigkeit zu beschleunigen. „Was heißt das, du bist dir nicht sicher? Hast du einen Test gemacht?"

„Ja, drei. Alle drei sagen, ich bin es."

„Na, dann bist du es auch. Denkst du, drei Tests liefern ein fehlerhaftes Ergebnis? Um Gottes willen, das ist doch nicht zu fassen."

„Warum klingst du auf einmal so boshaft, Gaby?"

Was? „Ich klinge nicht boshaft, Ilka, du bist schwanger und vermutlich hat dich Parker deswegen verlassen, nicht wahr?"

Sie nickt und lässt dabei meine Hand los. „Er tut so, als wäre ich allein dafür verantwortlich. Als wäre es nicht er gewesen, der mich bei jeder Gelegenheit bestiegen hat."

Ich atme tief durch, denn diese Neuigkeit muss ich erst einmal verdauen. Ilka ist schwanger! Es will einfach nicht in meinen Kopf. Meine Freundin, die es kaum schafft, einen Funken Ordnung in ihr chaotisches Leben zu bringen, soll sich nun um ein Kind kümmern? Wie um alles in der Welt soll sie das auf die Reihe kriegen?

„Ich habe es Parker heute Morgen gesagt und seine erste Frage war, ob ich es behalten möchte." Sie sieht mich an und ich kann nicht anders, als ihr über die Wange zu streichen. „Er möchte sein Baby, sein eigenes Fleisch und Blut nicht und hätte kein Problem damit, dass es auf der Mülldeponie landet. Ich frage mich, Gaby, kann man einen so herzlosen Mann denn liebe? Ich begreife einfach nicht, wie jemand so grausam sein kann."

„Natürlich ist es brutal von ihm, so etwas zu sagen und dich in deinem Elend allein zu lassen, aber vermutlich steht er unter

Schock. Lass ihm etwas Zeit. Wenn er dich liebt, wird er sich letzten Endes für dich und das Baby entscheiden."

Ilka schnaubt verächtlich. „Ich werde als Alleinerzieherin, einsam und ohne Kohle leben. Ich weiß nicht einmal, wie man eine verdammte Windel wechselt. Gaby, ich kann das nicht. Es … mein Leben kann doch noch nicht vorbei sein."

Ich an ihrer Stelle würde ähnlich reagieren, weshalb ich nur nicke. „Ich verstehe deine Zweifel und Ängste, aber du hast eine Familie, mich, Freunde und so viele Menschen, die dir helfen werden. Ich liebe dich und werde alles für dich tun. Vertraue mir. Es ist ein Schock … ein richtig großer …"

„Daniil wird durchdrehen, Gaby. Er wird Parker an seinen Eingeweiden aufhängen und ihn danach zwingen, mich zu heiraten."

„Vermutlich sollte man jemanden, der seine schwangere Freundin sitzenlässt, tatsächlich an den Eingeweiden aufhängen."

Unaufhaltsam fließen Ilkas Tränen. „Es hat doch alles keinen Sinn. Ich liebe ihn, habe ihm das immer wieder gesagt. Ich mache alles für ihn, Gaby, und er lässt mich einfach fallen."

Statt sie mit Worte zuzupflastern, nehme ich sie in den Arm, streiche über ihren Rücken, küsse sie auf den Scheitel und beruhige sie, während ihre Welt aus den Fugen gerät. Dazu sind Freunde schließlich da. Beste Freunde. Ich stehe kurz davor, nun meinerseits ein Geständnis abzulegen, ganz egal, welche Konsequenzen das für mich hat. Das unablässige Lügen belastet mich und gerade in diesem Moment, wo es auf Ehrlichkeit ankommt, kann ich nicht damit fortfahren. Doch Ilka hat ohnedies schon eine tonnenschwere Last zu tragen. Da kann ich ihr doch nicht noch mehr aufbürden, nur um mein Gewissen zu entlasten. Sie würde jegliches Vertrauen in mich verlieren. Das kann ich ihr nicht antun.

„Es bringt nichts. Man liebt einen Menschen und braucht ihn – ihn allein. Es ist schön, dass noch andere da sind, denen ich etwas bedeute, aber Parker kann niemand ersetzen. Es bricht mir das Herz, wie er über unser Baby spricht. Ich habe mich in ein kaltes, gefühlloses Arschloch verliebt, dem es immer nur um meine Pussy ging und das, kaum wird es ernst, seinen mickrigen Schwanz einzieht."

Plötzlich prustet Ilka los, es ist eine Mischung aus verzweifeltem Lachen und herzerweichendem Weinen. Ich stimme mit ein, fasse mir an den Bauch und werfe den Kopf in den Nacken. „Mickrig", wiederhole ich japsend und fühle mich wie ein dummer Teenager, der einen Blick in den *Playboy* geworfen hat und es furchtbar komisch findet, was eine erwachsene Frau dort mit einem Gartenschlauch anstellt.

„Im Vertrauen: Er ist alles andere als mickrig", verteidigt Ilka den Mistkerl Parker.

„Natürlich nicht. Wir machen es nur mit den Großen", fahre ich lachend fort.

„Dicken."

„Mächtigen."

„Mit Krawänzmännern."

Unser Kichern will kein Ende nehmen. „Mit Pferdeschwänzen."

„Bullen."

„Unter einem Meter geht gar nichts."

„Das sehe ich ihnen an der Nasenspitze an."

„Wie die Nase eines Mannes …"

„So auch sein Johannes", vervollständigt Ilka meine Altweiberweisheit und wischt sich die Tränen aus den Augen. „Man muss sich erst allmählich an den Würgereiz gewöhnen."

„Ja", spinne ich den Faden weiter. „Aber leider gilt auch: Viel Schwanz – wenig Verstand."

Wir strecken uns der Länge nach auf der Matratze aus und starren an die Decke. „So ein fettes Stück Schokokuchen wäre jetzt der absolute Hammer, findest du nicht auch?"

„Ja, ja", antworte ich träumerisch.

„Der einzige Vorteil an meinem derzeitigen Zustand ist, dass ich nun so viel Schokolade in mich hineinstopfen kann, wie ich möchte."

„Aber keine dunkle, die ist schlecht für die Verdauung", erkläre ich altklug, worauf mir Ilka scherzhaft in die Seite boxt.

„Ich soll ja nun viel Haferbrei und Fleisch essen, kein rohes selbstverständlich, dazu eine Menge Tee trinken."

„Keinen Schwarztee und auch keinen Kaffee. Wobei Tante Olivia meinte, dass auch andere Teesorten wenig bekömmlich seien, wegen des Teins oder so. Keine Ahnung, Ilka, ich werde mich morgen im Internet schlaumachen. Außerdem müssen wir uns um einen Termin bei einem Gynäkologen kümmern. Was ist?" Ilka schaut mich fragend an.

Sie lächelt und wieder kullern Tränen über ihre Wangen. „Weißt du, dass ich dich von ganzem Herzen liebe, Verrückte? Du bedeutest mir alles, bist die beste Freundin, die sich eine abservierte, schwangere und verzweifelte Frau wünschen kann."

„Wir schaffen das", bekräftige ich, während sie sich an mich kuschelt und leise zu schluchzen beginnt. Ilka muss sich ihre Ängste von der Seele weinen und ich werde ihr beistehen, selbst wenn ich morgen noch hier liegen sollte.

13. Kapitel

Allmählich fängt sich Ilka wieder. Gerade telefoniert sie mit ihrer Mutter, der sie zwar nur die halbe Wahrheit erzählt, jedoch mit dem Versprechen, heute noch ausführlich mit ihr zu reden, was natürlich bedeutet, dass sie sich Daniil anvertrauen muss. Ich befürchte, dass er auch stinksauer auf mich sein wird. Immerhin wusste ich die ganze Zeit über von dem Verhältnis zwischen Ilka und Parker und habe es ihm gegenüber mit keinem Sterbenswörtchen erwähnt.

Aber weshalb hätte ich das tun sollen? Wieso hätte ich der Überbringer der schlechten Botschaft sein sollen, wo doch jeder weiß, was demjenigen blüht.

Ich bleibe bei Ilka, bis sie sich umgezogen und frisiert hat. Es ist bereits später Vormittag, weshalb ich jede Sekunde damit rechne, dass Daniil zurückkommt. Er wird wohl nicht ewig in meiner Wohnung auf mich warten und Däumchen drehen.

Bevor ich Ilka in ein Taxi verfrachte, drücke ich sie kräftig und versichere ihr noch einmal, dass sie immer auf mich zählen kann. Dann mache ich mich auf den Heimweg. Nicht nur meine Finger kribbeln, als ich die Haustür aufschließe und einen vorsichtigen Blick in den Flur werfe. Es ist still, Daniil schläft offenbar noch. Leise schlüpfe ich aus meinen Schuhen, stelle meine Tasche ab und gehe ins Schlafzimmer. Als ich die Tür öffne, setzt sich Daniil gerade auf. Sein Haar ist strubbelig, seine Augen blicken mich müde an, er ist vollkommen nackt, was die Decke nur notdürftig verbirgt. Daniil ist mein Geheimnis. Ich komme mir wie ein Kind vor, das eine Packung Kekse unterm Kopfkissen versteckt hat und in regelmäßigen Abständen nachsehen muss, ob sie auch noch dort ist. Daniil gehört mir, jawohl!

„Guten Morgen", flüstere ich und nähere mich dem Bett.

Er lächelt schief und reibt sich mit den Handflächen über die Wangen. Die Müdigkeit steht ihm noch deutlich ins Gesicht geschrieben. „Morgen", entgegnet er mit rauer Stimme.

Ich schlucke, versuche, mir nicht vorzustellen, wie es sein würde, mich auszuziehen, zu ihm ins Bett zu steigen und meinen Hunger nach ihm zu stillen. Schließlich habe ich keine Ahnung, wie es nun um uns steht. Vielleicht bereut er sein gestriges Entgegenkommen bereits und macht nun so schnell wie möglich die Fliege. Vielleicht findet er mich auf einmal auch nicht mehr so anziehend wie gestern.

Am besten ist es, die freundliche Gastgeberin zu mimen. „Ich habe dir ein Badetuch hingelegt, falls du duschen möchtest. Das Bad ist am Ende des Flures links. Möchtest du", ich räuspere mich, aus Angst, eine Abfuhr zu erhalten, „etwas essen? Omeletts vielleicht?"

„Wo warst du?" Er ignoriert meine Frage und mustert mich mit hochgezogenen Augenbrauen.

„Draußen. Ich musste mir die Beine vertreten", lüge ich. Oh Mann, sollte er im Zuge von Ilkas Beichte erfahren, dass ich die ganze Zeit bei ihr gewesen bin und keineswegs nur einen Spaziergang unternommen habe, ist mein Untergang vorprogrammiert. Schluck.

Doch er gibt sich mit meiner Antwort zufrieden und steht auf – splitternackt. Ich verstehe selbst nicht, warum mich das so nervös macht. Mann, Gaby, er ist nicht der Erste, den du siehst, wie Gott ihn schuf, starr ihn nicht so an! Aber wie könnte ich mich je an diesem Mann sattsehen? Er ist wunderschön. Sein wohlproportionierter Hintern, die sehnigen Arme und sein flacher Bauch. Er strahlt pure Männlichkeit aus, wie einer griechischen Heldensage entsprungen, vom Kampf gegen Zyklopen und Meeresungeheuern gestählt. Ich seufze unwillkürlich, als er auf mich zukommt.

„Was ist nun mit dem Essen?", bohre ich nach, um meine Verwirrung zu überspielen.

„Hört sich gut an, dabei dachte ich, du wärest froh, mich schnellstmöglich los zu sein." Noch bevor ich antworten kann, fasst er nach meinem Kinn und küsst mich sanft. Ein zärtlicher Kuss, wie ihn Verliebte tauschen, die den Morgen gemeinsam beginnen. Ich schließe die Augen, sauge seinen herrlich männlichen Duft ein und lehne mich an den Türstock, der sich kalt in meinen Rücken presst. Wie sehr ich mich nach Daniil sehne! Noch nie habe ich mich von einem Mann derart angezogen gefühlt, während mich gleichzeitig die Angst plagt, mich in den Falschen verliebt zu haben.

Daniil verschwindet im Bad, lässt mich allein mit meinen Gedanken. Endlich reiße ich mich zusammen und begebe mich in die Küche, wo ich uns ein leckeres Essen zu zaubern versuche. Eine angenehme Wohligkeit ergreift von mir Besitz, während ich die Eier und das Olivenöl verrühre. So könnte es sein, wenn wir uns beide auf eine Beziehung einlassen. Mit einem Mal gefällt mir der Gedanke recht gut, jeden Morgen neben Daniil aufzuwachen. Ich erkenne großes Potenzial, sind wir uns doch ähnlicher als gedacht. Beide haben wir Angst vor allzu engen Bindungen, beide machen wir uns aus dem Staub, bevor es ernst werden kann. Doch nun begeben wir uns gemeinsam auf einen bisher unbekannten Pfad.

Na ja, mal schauen, was die Zukunft bringt, hole ich mich auf den Boden der Tatsachen zurück und füge dem Gemisch Mehl hinzu.

In eine Pfanne gieße ich eine dünne Schicht des Teigs und wende sie einmal, bevor ich sie mit Schinken und Käse bestreue und zusammenklappe. Oben drauf kommt noch einmal Käse und ein Schuss Olivenöl. Dann wird das Ganze auf einem Teller angerichtet. Ich bin zwar keine begnadete Köchin, kann mich aber gut verköstigen und es hat sich auch noch keiner über meine Kochkünste beschwert. Gerade als ich das letzte Omelett aus der Pfanne nehme, betritt Daniil die Küche. Seine Haare sind noch feucht, seine Augen wirken wieder etwas wacher und dass er nur seine Boxershorts trägt, raubt mir den Verstand. Himmel! Ich vergesse alles um mich herum und starre ihn an, als wäre er ein berühmter Star und ich ein hysterisches Groupie.

„Nimm Platz", fordere ich ihn auf und setze mich ihm gegenüber.

Er begutachtet mein Werk mit unverhohlenem Interesse. „Sieht lecker aus. Ich wusste gar nicht, dass reiche Mädchen kochen können."

Diese Frechheit sollte mich eigentlich wütend machen, zaubert mir jedoch ein verlegenes Lächeln ins Gesicht. Reiß dich zusammen, verdammt. „Willst du Krieg, Fremder? Würdest du in meinen Kreisen verkehren", erkläre ich hoheitsvoll, „wüsstest du, dass man zu Tisch stets in adäquater Kleidung erscheint."

Daniil schmunzelt und nimmt einen kräftigen Schluck Orangensaft, während ich meine Serviette auf dem Schoß entfalte. „Damit dein teures *Prada*-Stöffchen nicht bekleckert wird", kommentiert er.

Ich funkle ihn böse an. „Wie hast du geschlafen?"

„Sehr gut. Und du?"

„Gut." Ich nehme den ersten Bissen und atme erleichtert auf – ja, es ist genießbar. Wäre doch gelacht, wenn ich es nicht hinkriegen würde, einen Mann mit Essen zu versorgen. Auch Daniil scheint es zu schmecken, da er kräftig zulangt. „Stehst du sonst auch um diese Uhrzeit auf? Ich meine, wenn du die ganze Nacht durchgearbeitet hast?"

„Meistens ja. Ich bin zwar hundemüde, halte es aber im Bett nicht mehr aus."

„Für den menschlichen Körper ist es ganz schön anstrengend, nachts zu arbeiten."

Er kaut, schluckt den Bissen hinunter und zuckt mit den Achseln. „Man gewöhnt sich daran. Du arbeitest doch auch abends und kommst erst spät nach Hause."

„Ja, aber ich muss nicht die ganze Nacht in einem überfüllten, lauten, stinkenden Raum abhängen und Besoffenen beim Feiern zusehen."

„Dein Job hat mehr Glamour, ich weiß, Süße", erklärt er mit funkelnden Augen.

„Glaub mir, Glamour suchst du in unserer Branche vergebens. Die Stücke laufen meist nur ein bis zwei Saisonen lang und werden sie vom Spielplan genommen, sitzt du auf dem Trockenen und kannst schauen, wo du bleibst. Derzeit habe ich einen Job, demnächst kann es aber ganz anders aussehen."

„Dass ich nie ein freies Wochenende habe, stört mich allerdings schon ein wenig", gesteht er und fährt sich gedankenverloren durch das Haar. „Es fällt schwer, etwas im Voraus zu planen, Urlaub zu machen, denn man weiß nie, was passiert und ob man dringend vor Ort gebraucht wird."

„Dann wirst du in New York bestimmt schon schmerzlich vermisst", werfe ich ein. New York. Wenn er nach New York zurückgeht, bedeutet es für uns das Aus. Morgen schon könnte er im Flieger nach Übersee sitzen und ich schaue durch die Finger – ein weiterer Grund, weshalb ich mich nicht zu sehr auf ihn einlassen sollte.

„Dort habe ich Gott sei Dank eine Vertretung, der ich blind vertraue und die sich in dieser Branche sogar besser auskennt als ich", erklärt er und gibt mir damit wieder etwas Hoffnung.

Und dann werfe ich all meine Bedenken über Bord und spreche einen Namen aus. „Candice?"

Daniil kneift die Augen zusammen und lehnt sich zurück. Er mustert mich eindringlich, was mich nervös macht, sodass ich unruhig auf meinem Stuhl hin- und herrutsche. „Es tut mir leid, Ilka hat mir von ihr erzählt."

„Schon in Ordnung", sagt er, kann seinen Ärger aber nicht verhehlen. „Um deine Frage zu beantworten, ja, es ist Candice. Wir mögen zwar getrennt sein, trotzdem verbindet uns immer noch eine geschäftliche Beziehung. Wir sind erwachsen und können eng zusammenarbeiten, auch wenn es privat nicht funktioniert hat."

„Das ist wirklich eine erwachsene Sichtweise." Ich kann mir nicht vorstellen, dass Daniil und ich noch einmal etwas miteinander zu tun haben würden, wenn sich unsere Wege erst einmal getrennt hätten. Ich würde es nicht ertragen.

„Warum? Denkst du, du würdest so etwas nicht auf die Reihe kriegen?"

„Nein, auf gar keinen Fall. Ich habe beispielsweise große Probleme, mit Ben zusammen aufzutreten."

„Es macht aber einen Unterschied, ob es nur um Sex geht oder nicht. Ist es lediglich unpersönlicher, vielleicht nicht einmal guter Sex, dann ist man froh, dem anderen nicht mehr begegnen zu müssen. Sind jedoch tiefere Gefühle im Spiel, lässt man sich auf den anderen ein, liebt ihn sogar mit jeder Faser seines Herzens, dann ist doch gar nichts dabei, nach dem Ende der Beziehung eine reine Freundschaft zu pflegen."

„Aber schmerzt es denn nicht, den Menschen, den man geliebt hat, mit dem man sich eine gemeinsame Zukunft vorgestellt hat, plötzlich mit einem neuen Partner zu sehen?"

Daniil wirkt entschlossen. Er ist ohnehin viel selbstsicherer als ich. Seine Entscheidungen sind wohlüberlegt und hat er sie erst einmal getroffen, zieht er sie durch. Verglichen mit ihm komme ich mir wie ein naives Dummchen vor. „Es schmerzt nur, wenn man es zulässt. Wenn man einsieht, dass man nicht mehr miteinander leben kann, warum sollte man es dann partout erzwingen wollen? Offen gestanden, Abigail, Candice und ich haben uns nicht getrennt, weil wir uns nicht mehr liebten oder genug voneinander hatten. Ich hatte schlichtweg andere sexuelle Bedürfnisse als sie."

Darum hat er sie also betrogen. Wahrscheinlich wollte sie sich nicht dominieren lassen und vielleicht ist es auf Dauer gar nicht möglich, die Dominanz auf das Schlafzimmer zu beschränken und sie nicht auch in das Alltagsleben hineinwirken zu lassen. Dominanz im Bett mag okay sein, einen herrischen, bestimmenden Ehemann zu haben, der sich überall einmischt, ist jedoch nicht jedefraus Sache.

Die Stimmung im Raum hat plötzlich umgeschlagen. Keiner von uns mag mehr etwas essen. Wir begeben uns in Gefahr, in überaus dunkle Gefilde abzudriften. „Ich finde meine Befriedigung darin, Frauen zu dominieren, sie an ihre Grenzen zu bringen, sie meinem Willen zu unterwerfen. Lange war ich mir über meine wahren Bedürfnisse nicht im Klaren, aber nun will ich nichts anderes mehr."

Wie er das Wort *Befriedigung* ausspricht, jagt mir einen eisigen Schauer über den Rücken. Es lockt mich, auch wenn es gefährlich ist. „Du schlägst Frauen und unterdrückst sie?", spreche ich meine Gedanken frei von der Leber weg aus.

„Ich züchtige sie, übernehme die Rolle des Führers, Vollstreckers, aber auch des Erlösers", korrigiert er mich streng.

„Normaler Sex, so wie gestern, langweilt dich also?" Die Frage brennt mir auf der Zunge und ich hoffe, dass mich seine Antwort nicht verletzen wird.

Daniil überlegt einen Moment, schiebt seinen Teller zur Seite und stützt danach seine Ellenbogen auf der Tischkante ab. „Nein, es langweilt mich nicht. Es war gut, sehr gut sogar. Ich habe nicht nur harten Sex. Manchmal will ich auch so etwas wie gestern."

„Okay." Puh, wenigstens etwas.

„Was möchtest du, Abigail?"

„Ich weiß es nicht, Daniil. Ich habe Angst, dass ich dir auf Dauer nicht geben kann, was du dir wünschst."

„Das wird nicht passieren, denn ich werde dich langsam und sachlich an deine Grenzen heranführen."

Sachlich, dass ich nicht lache! Wir reden hier über Sex. Wilden, harten, bedingungslosen Sex, der mich aufwühlen, fertigmachen und zähmen wird – was hat das mit Sachlichkeit zu tun? Das einzige Sachliche daran ist wohl, dass unsere Beziehung nicht über Sex hinausgehen wird. Es wird keine Gefühle geben, keine Liebe. Alles wird sich auf das Bett beschränken.

„Mir sind aber Ehrlichkeit und Offenheit wichtig. Warum hast du mir etwas derart Wichtiges verschwiegen und mich dann einfach überrumpelt?"

Ich erkenne tiefe Sorge in seinen Augen. „Ich weiß, dass es falsch war. Du bist keine von Natur aus unterwürfige Frau, das ist mir bewusst. Ich hätte anders vorgehen sollen. Es tut mir leid."

„Gut." Ich nehme seine Entschuldigung an.

„Ich werde vorsichtig sein, Abigail. Wir beide werden uns langsam herantasten. Ich werde nichts tun, was du nicht möchtest. Wirklich, es wird dir nichts geschehen, das du bereuen musst."

Ich glaube ihm, auch wenn der letzte Satz halbherzig klingt.

„Werden wir nur Verrücktes machen?"

Für diese Frage ernte ich einen vernichtenden Seitenblick. Dann steht er auf, kommt zu mir und zieht mich hoch. „Nein. Nein, Abigail, es wird nicht verrückt werden. Ich werde für dich da sein und du für mich. Wir werden uns mehr geben als die pure Befriedigung unserer Lust. Wir werden gemeinsam unsere Grenzen erweitern, neue Welten entdecken. Das ist der entscheidende Punkt. Nicht nur ich kann dir beibringen, wie sich ein braves Mädchen zu benehmen hat, auch von dir kann ich viel lernen."

Ich bezweifle, dass ich einem Kenner wie ihm etwas beibringen kann, selbst wenn mir der Gedanke durchaus gefällt. „Dann darf ich dich also auch dominieren?", platze ich heraus.

„Ich meine, du sagtest doch, wir wollen beide unseren Horizont erweitern. Wie wäre es da, wenn du dich zur Abwechslung einmal einer Frau unterwirfst?"

Er lacht zwar, doch es ist ein geringschätziges Lachen, das mich einschüchtern soll. „Du verwechselst da etwas. Ich bin der Herr und ein Herr wird sich nie vor dir auf die Knie werfen und darum betteln, dass du ihm den Hintern versohlst, Abigail."

Punkt. Daniil hat gesprochen. Sein Wort ist Gebot, Ende der Diskussion. Er streichelt zärtlich über meine Wange. „Genug geredet", brummt er, zieht mich an sich, wobei ich seine Erregung überdeutlich an meinem Bauch spüre, und beginnt mich stürmisch zu küssen.

Was soll ich sagen? Ich folge ihm auf diesen Pfad. Er schafft es mit einer einzigen Berührung, dass ich ihm mit Haut und Haaren verfalle. Ob es jetzt schon mit der Züchtigung losgehen wird? Züchtigung, dieses Wort hört sich so militärisch-stramm an. Ich habe es bisher eher mit unartigen Mädchen in billigen Pornos in Verbindung gebracht, die von einem aufgebrachten Lehrer mit einem übergroßen Lineal eine ordentliche Tracht Prügel auf den Hintern verpasst bekommen, bis er rot glüht. Dabei stehen sie meist über einen Schreibtisch gebeugt, mit hochgeschobenem Röckchen, der Lehrer, mit Brille und sich deutlich abzeichnendem Waschbrettbauch unter dem Hemd, hinter ihnen. Immer wieder schlägt er zu, bis die schluchzenden Mädchen um Gnade winseln.

Mit nachhaltigem Druck presse ich sie gegen die Tischkante, schiebe mein Knie zwischen ihre Schenkel und küsse sie hart auf den Mund. Alles steuert auf ein Ziel zu: den nächsten Höhepunkt. Und nach diesem verlangt es mich, seit wir angefangen haben, über meine sexuellen Wünsche zu reden. Mein Schwanz pocht schmerzhaft gegen den Stoff meiner Boxershorts. Ich will, dass es schnell geht.

Irgendetwas ist heute anders. Sie gibt sich überaus zurückhaltend, beinahe jungfräulich, scheint gestresst zu sein, was sich auch daran zeigt, dass sie meine Küsse nicht mit der entsprechenden Intensität erwidert. Und genau das reizt mich.

Ich muss sie haben!

Ohne meine Lippen von den ihren zu nehmen, schiebe ich ihr das Shirt und den BH nach oben. Gerade so weit, dass ich ihre Brüste sehen kann. Die Spitzen sind hart, noch von gestern gerötet, und verlangen förmlich danach, dass meine Finger danach greifen und sie zu zwirbeln beginnen. Ihr Atem geht unregelmäßig, eine Hand vergräbt sich in meinen feuchten Haaren, während die andere über meine nackte Brust streicht. Mir gefällt ihre Leidenschaft, ihr Temperament und nicht zuletzt ihr Kampfgeist. Sie ist bereit für mich. Auch wenn sie alles andere als eine submissive Frau ist, so denke ich doch, dass ich sie mit etwas Geduld dahin bringen kann. Das Leuchten in ihren Augen bestärkt mich in meinem Vorhaben. Sie ist keine Frau, die sich blauäugig hingibt, weiß zwischen Sex und Liebe zu unterscheiden.

Und obwohl ich es am liebsten sofort auf die harte Tour mit ihr versuchen möchte, muss ich ihr noch etwas Zeit lassen, damit sie sich an den Gedanken, was alles auf sie zukommen wird, gewöhnen kann. Im Moment muss ich mich wohl noch mit eher züchtigem Sex zufriedengeben, den ich aber mit ihr mehr als anregend finde. Noch nie zuvor, nicht einmal mit

Candice, hat mir das reine Miteinanderschlafen Befriedigung verschafft. Aber na ja, ich lerne, sie lernt, wir lernen!

„Meine Nachbarn werden mich von nun an hassen", raunt sie.

„Warum?", stammle ich abwesend und beginne sie aus ihren engen Jeans zu schälen.

„Weil du mich zum Schreien bringst."

Ich lache kehlig und befreie ihren hübschen Arsch von allem überflüssigen Stoff. „Du hast gar keine Ahnung, wie sehr ich dich zum Schreien bringen werde, Kleine." Es klingt wie ein Versprechen – und das ist es auch.

Ich gehe vor ihr auf die Knie, ziehe ihr Hose und Slip herunter. Zärtlich bedecke ich die Innenseite ihrer Schenkel mit Küssen, arbeite mich dabei langsam nach oben bis zu ihrem einladenden Dreieck vor. Ihre Finger sind noch immer in meinen Haaren vergraben, ziehen fester daran, als meine Lippen über ihren Venushügel streifen und ich sie sanft zu lecken beginne. Vorsichtig platziere ich ihr rechtes Bein auf meiner Schulter und genieße den Anblick ihrer geöffneten, feucht glänzenden Spalte. Der Kitzler ist rot, pocht unter meiner Zunge. Meine Lippen umschließen ihre Knospe, saugen daran und entlocken Abigail herrlich hohe Laute der Lust, die mich steinhart werden lassen.

Immer noch zieht sie an meinen Haaren, flüstert meinen Namen, als ich meine Zunge in ihre bereite Öffnung schiebe. Sie wird gleich kommen, das ist nicht zu übersehen, und dieser Zustand versetzt auch meinen Schwanz in rhythmisches Pulsieren.

Sie erschaudert, schreit ihre Lust heraus, stützt sich dabei auf ihren Ellenbogen ab und biegt sich nach hinten über den Tisch. Was für eine erotische Pose! Die Nässe ihrer Spalte breitet sich auf meiner Zunge aus, gierig sauge ich die weißliche Flüssigkeit auf, genieße es, dass ich ihr so viel Lust verschaffe, und stimuliere sie weiter, während die letzten Zuckungen durch ihren Körper laufen. Abigail stöhnt zufrieden, als ich sie hochhebe und auf die Tischplatte lege. Aus verträumten Augen mustert sie mich, lädt mich ein, ihr immer und immer wieder das zu geben, was sie möchte – und was ich brauche.

Eilig fetze ich mir die Boxershorts vom Leib, bringe Abigails Becken in die richtige Position und versenke mich Zentimeter um Zentimeter in ihr. Sie ist herrlich bereit – erregt, feucht und verdammt eng. Ihre Spalte heißt mich willkommen, pulsiert um meinen Schwanz, der in raschem Tempo zustößt. Wieder vernehme ich diese Laute aus ihrem Mund. Ich muss sie küssen, dränge meine Zunge zwischen ihre Lippen, während ich sie immer heftiger ficke. Ich will uns beide so rasch wie möglich zum Höhepunkt bringen, auch wenn ich mich damit normalerweise etwas zurückhalte.

Mit meiner rechten Hand fasse ich nach ihrer Brust, knete sie, umfange sie letztendlich mit meinen Lippen, während ich die Finger meiner anderen Hand in ihren Hintern kralle. Als ich sie leicht in die Brustwarze beiße, entfährt ihr ein hohes Quieken, welches mich weiter antreibt. Sie zieht kräftig an meinen Haaren, während ich in sie pumpe. Lange werde ich es nicht mehr ertragen, zu stark ist dieses Brennen in meinen Eiern, zu sehr will ich kommen.

Abigails Orgasmus stellt sich zuerst ein. Ihr Körper verspannt sich und wird von wilden Zuckungen geschüttelt. Ich folge ihr sogleich, bäume mich auf, spüren den Drang, mich zu ergießen – und lasse es zu. Abigail umschließt mich mit ihrer Spalte, scheint mich immer tiefer in sich hineinzuziehen und bringt mich so auf den nächsten, noch viel höheren Gipfel. Ich presse mein Gesicht gegen ihre Brüste, höre ihren festen, schnellen Herzschlag und ergebe mich ganz dem wohligen Gefühl. Nie hätte ich gedacht, dass mir braver Sex jemals Befriedigung verschaffen könnte. Doch es war großartig, es ist großartig. Ich küsse Abigails Nippel, streiche über ihren Rücken, während sie meinen Kopf streichelt. Ich stecke noch immer in ihr, spüre, wie sich ihr Körper entspannt, die Muskeln locker werden und sich Herzschlag und Atmung normalisieren.

Den restlichen Nachmittag verbringen wir auf meiner Couch. Ich schwanke zwischen Schlafen und Wachen, kuschle mich an Daniils Brust und gucke mit ihm den typischen Sonntagnachmittagsschrott im Fernsehen. Dass er auf alte Filme steht, wundert mich ein wenig, denn ich kann mit diesem Kram nichts anfangen. Wir streiten uns um die Fernbedienung, stopfen uns mit Chips voll, dann wieder mit Schokolade und lassen es auch an Zärtlichkeit nicht mangeln.

So etwas habe ich noch nie gemacht. Bis dato habe ich weder einen Nachmittag mit einem Kerl verbracht, noch konnte ich trauter Zweisamkeit etwas abgewinnen. Doch Daniil ist witzig, einfühlsam und scheint dieses Zusammensein ebenso zu genießen wie ich.

„Das ist doch nicht dein Ernst", meckert er, als ich mir unbedingt die Wiederholung von *Bridezillas* reinziehen will. Eine Freakshow, in der völlig durchgedrehte Weiber ihre Hochzeit planen und feiern und jedem, wirklich jedem, der eine andere Meinung vertritt, nicht spurt oder ihnen sonst wie in die Quere kommt, das Leben zur Hölle machen. Dazu zählt nicht nur ihr Zukünftiger, sondern auch der Pfarrer, die Musiker, der Brautvater … Ich finde, die Serie macht süchtig, man kann einfach nicht mehr wegsehen, auch wenn es noch so schrecklich ist.

„Was? Nach diesem blöden, antiquierten *Indiana Jones* habe ich mir moderne Unterhaltung redlich verdient."

„Es gibt wohl einen Unterschied zwischen moderner Unterhaltung und Stumpfsinn, meinst du nicht auch?"

Ich boxe ihn in die Seite und ernte einen Klaps auf meinen Hintern. „Sagt der Mann, der sich seit Stunden weigert, sich anzukleiden", töne ich vorwurfsvoll und muss selbst darüber schmunzeln, denn ich empfinde es als sehr ansprechend, dass er spärlich bekleidet neben mit sitzt.

„Was hat Exhibitionismus mit geistiger Verblödung zu tun?", will er wissen, während er mich zurück in die Polsterkissen drückt und sich über mich schiebt.

„Sehr viel", presse ich hervor. „Zum Beispiel konnte ich mich nicht auf diesen wirklich spannenden Film konzentrieren, da ich stets deinen nackten Oberkörper vor Augen hatte. Dabei war *Indiana Jones* doch – was? – ein Klassiker?"

„Verarschst du mich, Princess?"

„Nie im Leben würde ich das wagen, schließlich will ich heute Abend sitzen können, ohne dass mein Hintern brennt."

Seine Augen beginnen verdächtig zu glitzern. „Dabei steht dir Rot ganz ausgezeichnet."

„Du bist ein böser Mann, der sich an der Hilflosigkeit junger Mädchen weidet. Weißt du eigentlich, dass du mir Angst einjagst?"

„Ich werde dich trösten, wenn es darauf ankommt", flüstert er und streicht über meine Brüste. „Wie möchtest du denn am liebsten getröstet werden?"

Während ich angestrengt nachdenke, schiebt er mein Shirt hoch, um sich meinen Brüsten zu widmen, an ihnen zu saugen und sie zu kneten, ehe er mit seinen Knien meine Beine auseinanderspreizt. „Dein Schwanz würde reichen", murmle ich und berühre die harte Beule, die sich unter seinen Boxershorts abzeichnet.

Daniil brummt, fährt über meine Unterlippe und presst unvermittelt meine Hand auf meine Vagina. Der sachte Druck ist köstlich – erotisch und verführerisch. Ich schließe kurz die Augen, befeuchte meine Lippen und gleite mit den Fingern meiner anderen Hand seinen Schwanz entlang. „Findest du es okay, es lediglich auf meinen Körper abgesehen zu haben?"

„Du wirst es überleben", entgegne ich mit belegter Stimme, während sich die Feuchtigkeit an meinen Händen ausbreitet.

„Und wenn nicht?", fragt er keck.

Ich lächle und lasse meine Hand in die Boxershorts gleiten.

„Dann werde ich dich trösten, dich reiten, dich blasen, dich auslutschen. Wenn du ganz traurig bist, darfst du vielleicht auch meinen Hintern bearbeiten. Aber das muss ich mir noch überlegen. Sehr gut sogar."

Er brummt geistesabwesend, zieht mir blitzschnell die Panties aus und entledigt sich selbst seiner wenigen Kleidungsstücke. Ich schnappe nach Luft, als ich ihn an meinem Eingang spüre, und schon ist er in mir, nicht besonders tief, aber ich weiß trotzdem nicht, wie ich dabei ruhig bleiben soll.

Doch als läge ein Fluch auf uns, schreckt uns auf einmal das Klingeln seines Mobiltelefons auf, das irgendwo im Schlafzimmer liegt. Daniil ignoriert es und reibt weiter mit der Spitze seines Penis meinen Kitzler. Dabei sieht er mir tief in die Augen und wirkt so verdammt verführerisch, dass ich, als das Telefon neuerlich zu scheppern beginnt, ebenfalls bereit bin, nicht darauf zu achten. Doch ich denke an Ilka, fürchte, dass abermals etwas zwischen Parker und ihr vorgefallen ist, und halte inne.

„Dein Telefon."

Daniil zuckt die Achseln und bearbeitet weiter meinen Kitzler. Diesmal kann ich mein Stöhnen nicht mehr zurückhalten.

„Wenn es wichtig ist, wird derjenige nochmals anrufen."

„Aber vielleicht ist es dringend", appelliere ich an sein Pflichtbewusstsein.

Und tatsächlich, das Surren ertönt ein drittes Mal. „Kurva szar", faucht Daniil, zieht seine Boxershorts notdürftig nach oben und begibt sich auf die Suche nach dem Störenfried. Ich bleibe so zurück, wie er mich liegen gelassen hat, ziehe mir lediglich die gelbe Fleecedecke über meinen nackten Körper.

Mir ist heiß. Ich bin auf Sex eingestellt und nun geistern ungarische Worte durch meinen Kopf. Von Ilka weiß ich, dass in ihrer Familie zu Hause meist Ungarisch gesprochen wird, doch das hat mich noch nie gekümmert, da ich sowieso nichts verstehe. Aber dass Daniil eben etwas Schmutziges in den Mund genommen hat, ist selbst mir klar.

Einige Minuten später steht er fertig angezogen in meinem Wohnzimmer und wirkt ziemlich mitgenommen. Ich denke sofort an Ilka, doch die wäre nie so dumm, ihre Schwangerschaft am Telefon zu verkünden. „Hey", meint er leichthin und setzt sich zu mir auf die Couch.

Ich begebe mich möglichst graziös in die Senkrechte. „Was ist los?"

„Ich habe dieses blöde Essen mit dem DJ, der gestern im *Seventiz* aufgelegt hat, völlig vergessen. Es ist halb sieben, der Tisch ist für halb acht reserviert."

„Oh", ich kann meine Enttäuschung nur schwer verbergen. Mit unserem entspannten Wochenende ist es nun wohl endgültig vorbei. Daniil wird gehen, ich werde hierbleiben, mich in die Decke wickeln und traurig darauf warten, dass ich einpenne. Der Gedanke ist ernüchternd.

„Schaffst du es in einer Dreiviertelstunde?"

„Was zu tun?"

„Dich ausgehfertig zu machen?"

„Soll das ein Witz sein?"

„Keineswegs", sagt er im Brustton der Überzeugung.

14. Kapitel

Auf der Fahrt ins *London Bridge Hotel* tippe ich schnell eine SMS an Ilka. Sie soll sich nicht auch noch von mir im Stich gelassen fühlen.

„Was hast du vorhin auf Ungarisch gesagt?", will ich von Daniil wissen, der das Auto zügig in Richtung Themse lenkt.

Wir sind beide schnell im An- und Ausziehen, haben wir eben noch lachend festgestellt. Und obwohl Daniil zu sich nach Hause gefahren ist, um sich umzuziehen, treten wir farblich aufeinander abgestimmt auf – ich habe mich für ein aufreizendes rotes Kleid entschieden, welches bis knapp über meine Knie fällt, während Daniil eine rote Krawatte zu schwarzem Anzug und weißem Hemd trägt. Ich finde ihn megaheiß! Einerseits wirkt er seriös, geschäftsmäßig und welterfahren, andererseits gefährlich, dunkel, verwegen und ein wenig herablassend. Doch gerade diese Facette zieht mich besonders an.

„Kurva szar?"

„Ja."

„Das heißt: Verdammte Scheiße. Warum möchtest du das wissen?"

Ich zucke die Schultern. „Einfach so. Obwohl ich mit Ilka schon so lange befreundet bin, habe ich nie Gelegenheit gehabt, wenigstens ein paar Brocken eurer Muttersprache zu lernen."

„Das sind aber nicht die besten Voraussetzungen, Baby."

Jedes Mal, wenn er mich *Baby* nennt, macht mein Herz einen komischen Hüpfer. Bei *Süße* verhält es sich nicht viel anders, allerdings sagt er das meist nur, wenn wir miteinander schlafen.

„Habe ich dir eigentlich schon einmal gesagt, wie gut dir die Farbe Rot steht?", fragt er mich, als wir aus der Tiefgarage mit dem Lift nach oben fahren.

Ich lächle ihn mit kokettem Augenaufschlag an. „Ja, hast du getan. Das Kompliment bezog sich aber in erster Linie auf meinen rot glühenden Hintern, den du mit deiner Handfläche bearbeitet hattest."

„Uh", meint er und saugt die Luft ein. „Wohin deine Gedanken abschweifen."

Wir betreten die Eingangshalle des *London Bridge Hotels* und Daniil lotst mich zielsicher in Richtung Restaurant. Wir sind spät dran, daran lässt Parker, der vor dem säulenumrahmten Eingangsbereich hektisch auf- und abgeht, keinen Zweifel. „Da bist du ja", begrüßt er Daniil. „Adwin ist mit Adrian schon drinnen." Sein Blick fällt auf mich. Meine Gegenwart beunruhigt in sichtlich, da er sich wohl denken kann, dass ich über sein unmögliches Verhalten Bescheid weiß. Er reicht mir zwar die Hand, sein Lächeln wirkt jedoch aufgesetzt.

Doch egal, wie sehr er sich auch anstrengen mag, bei mir ist er unten durch, denn man kann nicht auf ihn zählen, sobald es hart auf hart kommt. Eine Frau ist zwar zum Vögeln für ihn gut genug, aber wenn sie das Pech hat, schwanger zu werden, zieht er seinen Schwanz ein und sich somit aus der Affäre. Am liebsten würde ich ihm hier in aller Öffentlichkeit die Meinung geigen. Es sollte mich nicht kümmern, ihn vor allen bloßzustellen, ihm ist es schließlich auch gleichgültig, wie es Ilka geht.

Hinter den beiden Männern betrete ich den großzügigen Restaurantbereich, in dem reges Treiben herrscht. Wir steuern auf einen Tisch zu, an dem Adwin, eine brünette Frau und Adrian Fjord sitzen. Augenblicklich wird mir übel. Ich wusste nicht, dass Adrian der Mann ist, mit dem wir uns treffen. Eigentlich habe ich geglaubt, ihn niemals wiedersehen zu müssen. Niemals. Nach allem, was passiert ist.

Es ist Jahre her, Adrian stand noch am Beginn seiner Karriere und brachte sich mit Auftritten auf Privatpartys durch. Zur Geburtstagsfeier meines Bruders waren auch Ilka und ich eingeladen, wir vernebelten uns die Birne mit ausreichend Alkohol und ließen uns treiben. Irgendwann wurde Adrian auf mich aufmerksam. Vermutlich fiel ich ihm auf der Tanzfläche auf. Nachdem er seinen Job beendet hatte und sich mit seinen Freunden, die ihn begleiteten, an die Bar begab, lief ich ihm erneut über den Weg. Was soll ich sagen? Er war kein netter Kerl – das ist er vermutlich auch heute noch nicht, tut er doch nur das, wonach ihm der Sinn steht. Er machte sich auf der Party einfach an mich heran, betatschte mich und wäre ich nüchtern gewesen, hätte ich seine Avancen abgewiesen. Doch ich war in Feierlaune, beschwipst und in Hoppla-was-kostet-die-Welt-Stimmung. Da kam Adrian gerade recht.

Die Party fand in Williams und meinem Elternhaus in Schottland statt. Nach kurzem Wortwechsel und ungestümen Küssen zog ich Adrian in die Bibliothek, wo es gleich zur Sache ging. Ich ließ es mir gerade ordentlich auf Vaters antikem Schreibtisch besorgen, als mein Bruder hereinkam und Zeuge dieses unwürdigen Schauspiels wurde. Die Geschichte endete für Adrian mit einer gebrochenen Nase, während ich von William höchstpersönlich in meinem Zimmer eingesperrt wurde. Ich schrie, fluchte und führte ihm zigmal vor Augen, wie alt ich war – nämlich einundzwanzig. William ließ das kalt und er schwor mir damals, jeden, der sich an mich heranwagte, wie eine lästige Wanze zu zerquetschen.

Adrian war mir egal, ich machte mir zwar Sorgen wegen seiner Nase, jedoch beschäftigte mich Williams Zorn weit mehr. Dass er mich beim Sex erwischt hatte, ließ mich die nächsten Tage seine Nähe meiden, zu peinlich war es im nüchternen Zustand für mich.

Zuerst streckt Adrian Parker und Daniil die Hand entgegen. Als er meiner ansichtig wird und sein Blick ähnlich gierig wie damals über mich gleitet, wirkt sein Auftreten jedoch nicht mehr ganz so geschäftsmäßig. Er drückt mir einen Kuss auf beide Wangen und kommt mir dabei so gefährlich nahe, dass nur noch seine Hand auf meinem Arsch gefehlt hätte. Ja, irgendwann holt dich deine Vergangenheit ein, höre ich meine Mutter im Hintergrund raunen. Aber jetzt ist es zu spät für Reue.

„Gaby, hätte ich geahnt, dass du kommst, hätte ich dir ein Geschenk mitgebracht." Parker und Daniil sehen uns erstaunt an. Auch Adwin ist einigermaßen konsterniert.

„Hallo, Adrian", begrüße ich ihn betont kühl.

Mir entgeht nicht, dass Daniil mich mit seinem Blick durchbohrt. Er ist kein Blödmann und hat sofort gemerkt, dass zwischen Adrian und mir einst etwas gelaufen ist. Auch Adrian wird jetzt bewusst, mit wem ich hier bin. „Du bist noch immer eine atemberaubende Erscheinung, Gaby. Ich wusste allerdings nicht, dass du das Metier gewechselt hast."

„Du tust ja so, als hätten wir uns seit Jahrzehnten nicht mehr getroffen", tadle ich Adrian, der für seine Egozentrik und seine Sprunghaftigkeit bekannt ist. Es ist schwer, mit ihm zusammenzuarbeiten oder gar mit ihm befreundet zu sein. Ich bin mir nicht sicher, ob die drei Männer wissen, auf wen sie sich hier einlassen.

Ich muss gestehen, dass sich Adrian zum Positiven verändert hat. In meiner Erinnerung ist er keineswegs so attraktiv gewesen. Seine Haare sind jetzt kürzer, schimmern in einem angenehmen Braunton, er hat sich Muskeln antrainiert und wirkt dadurch wesentlich männlicher. Seine Kleidung spiegelt seinen Erfolg im Musikbusiness wider und auch sein Auftreten hat sich verändert. Noch vor vier Jahren hätte er sich in einem

Restaurant wie diesem als Fremdkörper gefühlt. Heute, da er Kohle zu haben scheint, passt er besser hierher.

Adrian lacht, während wir unsere Plätze einnehmen. Ich sitze neben Daniil, der mich nicht aus den Augen lässt, Adrian lässt sich neben der Brünetten nieder, die ihre Hand sogleich auf seinen Oberschenkel legt. „Ja, die Zeit vergeht schnell und alte Wunden heilen, nicht wahr? Meine Nase sieht doch gar nicht so übel aus."

Die Anspielung ist ganz schön dreist. Ich darf auf gar keinen Fall zulassen, dass Daniil in Erfahrung bringt, was damals tatsächlich passiert ist. Zumindest nicht, während wir hier sitzen. „Vielleicht können wir uns, da du nun in der Londoner Clubszene gelandet bist, einmal auf einen Drink treffen. Rein privat." Natürlich ist das nicht mein Ernst. Im Gegenteil. Falls Adrian darauf eingeht, werde ich mich, wann immer er im *Seventiz* auflegt, von dort fernhalten. Aber ich möchte auf diese Weise von mir ab- und das Gespräch auf das Geschäftliche lenken.

„In der Tat habe ich vor, London von nun an regelmäßig zu beehren. Vorausgesetzt, dein Lover zahlt genug."

Zum ersten Mal, seitdem wir das Restaurant betreten haben, wage ich es, Daniil anzusehen. Mit eisiger Miene wendet er sich an Adrian.

„Das hängt von mehreren Faktoren ab." Seine Stimme trieft vor Hohn, er schüchtert uns alle, einschließlich Adrian, ein. Nein, mit einem Typ wie Daniil verscherzt man es sich besser nicht, denn er versteht keinen Spaß. „Was zählt, ist, dass Sie pünktlich sind, Fjord, nicht den großen Macker raushängen lassen und sich während und nach der Arbeit nicht in unserem Club besaufen, wie Sie das gestern gemacht haben. Außerdem: Hände weg von unseren weiblichen Gästen."

Während Adwin blass wird, Parker bestürzt zur Seite blickt und mir die Kinnlade nach unten klappt, findet Adrian Daniils Forderungen durchaus unterhaltsam. „Pünktlichkeit", blafft er.

„Wenn in dieser Hinsicht jemand etwas zu lernen hat, dann sind Sie das, Detari. Oder wurden Sie von Gabys Möse aufgehalten? Ganz schön gierig …"

„Das Honorar", übergeht Daniil diese Ungeheuerlichkeit. „Wie viel wollen Sie?"

„Drei glatt pro Abend. Zahlbar am Monatsende."

„Dreitausend", wiederholen Daniil und Parker im Duett und tauschen ungläubige Blicke. „Mehr als fünfzehnhundert ist nicht drin."

Adrian lacht erst höhnisch und leert dann sein Glas in einem Zug. „Dann schminken Sie sich die Sache ab."

„Zwei glatt", gibt Parker klein bei und Daniils Schnauben macht deutlich, dass das nicht geplant war.

Adrian beißt an. „Langsam kommen wir der Sache näher. Sagen wir zweitausenddreihundert und ein monatliches Abendessen mit Gaby, dann steht der Deal."

„Nicht nur der Deal", faucht Daniil so leise, dass nur ich es hören kann.

„Gaby ist selbstverständlich nicht im Preis inbegriffen", erklärt Adwin bestimmt. „Wir bleiben bei zweitausend."

„Sehr weit unter meinem Marktwert, nicht wahr, Gaby? Würdest du dich unter deinem Wert verkaufen?"

Seine grünen Augen fixieren mich. Ich weiß, was ihm durch den Kopf geht. In Gedanken zieht er mich aus und macht Dinge mit mir, die ich ihm niemals mehr gestatten würde. „Ich würde nicht sagen, dass du dich unter deinem Wert verkaufst, Adrian."

„Nicht?", säuselt er. „Ich bin kein No-Name, Gaby. Da draußen warten zig andere, die mich engagieren wollen."

„Fjord, du bist ein blöder Pisser. Nimm die zweitausend oder lass es und fahr zurück zu deiner verfluchten Mutter, die dich in dem Glauben bestärkt, dass du der große Burner bist." Daniil ist stinksauer, anders lässt sich sein plötzlicher Ausbruch nicht erklären. Die geballte Faust und das diabolische Glitzern in seinen Augen lassen ahnen, dass er Adrian am liebsten bei lebendigem Leibe ausweiden würde.

Für einen Moment herrscht betretenes Schweigen. Alle warten auf Adrians Reaktion. Schließlich kann er Daniils Hasstiraden nicht einfach so hinnehmen. Ich würde mich am liebsten in eine dunkle Ecke verkriechen und erst wieder herauskommen, wenn die Gemüter sich wieder abgekühlt haben. Ob es jetzt an mir läge, Daniil milde zu stimmen und so die angespannte Atmosphäre zu entschärfen? Doch dann denke ich an meinen Vater, der William und mich aus dem Zimmer verbannte, wenn geschäftlicher Besuch erwartet wurde. Nervige Plagegeister haben bei ernsthaften Verhandlungen nichts zu suchen, meinte er. Ich will jetzt nicht als Nervensäge in Erscheinung treten, deshalb halte ich mich vornehm zurück.

Adrian fasst seiner stummen Begleiterin an die Schulter und nickt zum Ausgang. „Na gut, dann lassen wir es eben bleiben. Es hat mich gefreut", fügt er sarkastisch hinzu, während er sich von Parker verabschiedet. Mich küsst er auf beide Wangen und streicht sogar kurz mit seiner Hand über meinen Rücken, knapp unter meinem Steiß hält er inne und lächelt triumphierend. „Halt die Ohren steif, Zuckerpuppe. Lass dich von diesem herrschsüchtigen Scheusal nicht unterkriegen. Detari, vielleicht begegnen wir uns ja in New York wieder."

„Hoffentlich nicht", antwortet Daniil und übersieht geflissentlich Adrians ausgestreckte Hand.

Nachdem sich Adrian auch von Adwin verabschiedet hat und hoheitsvoll hinausstolziert ist, ordert Parker eine Flasche Whiskey. Ich spüre die Anspannung, weiß, dass sie erst reden werden, wenn ich weg bin. Schließlich war meine Anwesenheit der Auslöser für die gegenwärtige Misere. Ich entschwinde auf die Toilette und wage es erst dort, tief durchzuatmen.

Wir sagen kein Wort, bis Abigail außer Hörweite ist und Parker einen kräftigen Schluck seines Whiskeys genommen hat. Adwin sieht zu Boden und wirkt ein wenig zerknirscht. Ich habe es verkackt – ordentlich sogar. Mein Schwanz hat die Oberhand über mich gewonnen, kaum dass mir klargeworden ist, dass sie mit diesem Idioten gevögelt hat. Es mag eine Weile zurückliegen und sollte mir am Allerwertesten vorbeigehen – tut es jedoch nicht. Und welche Erklärung kann ich nun meinen Freunden geben? Keine.

„Ich engagiere einen anderen DJ, mit besseren Manieren", sage ich zu Parker, der zynisch grinst.

„Ach ja", fährt er mich an. „Ich fasse es nicht, dass du eine geschäftliche Angelegenheit, die nur uns drei angeht, wegen einer dummen Möse, die dir den Kopf verdreht hat, in den Sand setzt."

„Fjord mag ein Arschloch sein, aber er ist auch ein *rising star*, wird bald ganz groß rauskommen. Im Moment ist er noch ein Insider-Tipp, aber in einem Jahr reißt sich die ganze Welt um ihn. Mit einer einjährigen Fixbindung hätten wir ihn an der Angel gehabt, die Leute würden von überall herkommen, um ihn auflegen zu hören. Und diese zweitausend pro Monat hätten wir locker hereinbekommen." Auch Adwin lässt mich spüren, dass ich es verbockt habe.

Würde ich nicht noch fahren müssen, hätte ich spätestens jetzt den Rest der Whiskeyflasche in mich hineingegossen. So begnüge ich mich mit meiner Cola und warte auf die nächste Ohrfeige, die mir meine beiden besten Freunde an die Backe klatschen werden.

Sie folgt umgehend, ausgeteilt von Parker. „Die zweitausend Pfund sind gar nicht der springende Punkt. Aber was fällt dir bloß ein, eine Frau, die hier absolut nichts verloren hat, mitzubringen und damit ein heilloses Durcheinander heraufzubeschwören? Sie mag dich ja in ihren Fängen haben, Mann, aber im Ernst, was soll das? Mischt sie sich jetzt in deine Geschäftsgebaren ein? Trifft sie in Zukunft alle relevanten Entscheidungen?"

„Nein, natürlich nicht. Warum sind wir überhaupt von Fjord auf Abigail gekommen?"

„Abigail? Ich dachte, sie heißt Gaby – mir aber auch egal. Bist du angepisst, weil Fjord sie offensichtlich gebumst hat?"

Ja. „Nein. Ich habe gewusst, dass ich mich auf keine Jungfrau einlasse. Keine Bange, ich bringe das wieder in Ordnung", beteuere ich mit fester Stimme. „Versprochen."

„Das will ich dir auch geraten haben. Komm, wir hauen ab, Adwin, und lassen unsere Turteltäubchen allein."

„Denk dran, ich rechne fest mit der Rolle des Trauzeugen", feixt Adwin und erhebt sich.

„Haha", ist die einzige angemessene Antwort, die mir auf seinen müden Witz einfällt.

„Ach ja, Daniil, halte Fjord nächstes Mal nichts vor, was du nicht selber befolgst. Von wegen Mädchen abschleppen." Adwin zwinkert mir verschwörerisch zu. „Sayonara."

Wie erwartet, finde ich Daniil alleine am Tisch sitzend vor. Er kehrt mir den Rücken zu, hat seinen Kopf gesenkt und scheint die Speisekarte zu studieren. Ich atme abermals tief durch, bevor ich neben ihm Platz nehme und nach der bereitliegenden Menükarte greife. „Haben wir die anderen erfolgreich verscheucht?", versuche ich es mit Humor.

Daniil nickt, sieht kurz zu mir hoch und widmet sich dann wieder der Karte. „Möchtest du etwas essen?"

Eigentlich brummt mir der Magen, doch ich muss zuerst etwas loswerden. „Sind sie sauer auf dich?"

„Natürlich sind sie sauer", antwortet er mit gefährlich ruhiger Stimme. „Aber sie werden sich wieder einkriegen, spätestens dann, wenn wir einen neuen Idioten aufgegabelt haben."

Na gut, er ist noch immer auf hundertachtzig und seine Wut gilt wahrscheinlich nicht Adrian allein, sondern auch mir. „Ich hätte nicht mitkommen sollen, oder?"

Verächtlich sieht er mich an, kneift die Lippen zusammen und verzieht das Gesicht zu einer grausamen Fratze. „Kommt darauf an, wie tief unter die Haut dir Fjord gegangen ist."

„Haben die Herrschaften schon gewählt?", ertönt die Stimme des höflichen Kellners hinter uns. Während Daniil seine Bestellung aufgibt, mustere ich ihn eingehend.

Ich weiß, dass es das nicht gewesen sein kann. Wir sind kein Paar, ganz klar. Und auch wenn es auf der Hand liegt, dass ich hier unvorbereitet auf Adrian getroffen bin, muss ich das Daniil noch einmal deutlich vor Augen führen. Schließlich ist es einzig und allein seine Idee gewesen, mich zu diesem Termin mitzunehmen. Wie hätte ich wissen sollen, dass meine Anwesenheit alles versaut? Andererseits – ich muss es zugeben – habe ich mich wie ein Steinzeitmensch verhalten und Adrian mit der Keule ein paar über die Birne gezogen, was die Stimmung nicht gerade gehoben hat. Doch es war Daniil, der auf den Tisch gesprungen ist und laut „Uga-Uga" geschrien hat.

Ich weiche seinem argwöhnischen Blick aus und falte die Serviette zu einer neuen Form. „Können wir diese Adrian-Sache einfach mal beiseitelassen?"

„Wie immer du möchtest", entgegnet er giftig. „Ich habe übrigens für dich mitbestellt."

„Danke", murmle ich, auch wenn ich so etwas überhaupt nicht ausstehen kann. Als wäre ich nicht fähig, eine Karte zu lesen und mich für etwas nach meinem Geschmack zu entscheiden. Doch ich reiße mich am Riemen, um die gereizte Stimmung nicht noch mehr aufzuheizen.

Auf die Menschen rundherum wirken wir wohl wie ein stinknormales Pärchen, das am Sonntagabend zum Essen ausgeht. Keiner ahnt, welche Spannung zwischen uns herrscht.

Dieses Wochenende hatte sich so schön angelassen – und jetzt das! Dennoch sollten wir das Positive daran sehen.

„Trotz dieses unglücklichen Zwischenfalls war es ein recht angenehmes Wochenende", versuche ich, gut Wetter zu machen.

Und es wirkt! Daniil entkrampft sich, seine Gesichtszüge werden milder, der harte Zug um sein Kinn verschwindet, ebenso wie die Falten auf seiner Stirn. Er streckt die Hand nach mir aus und lässt sie federleicht über mein Schulterblatt gleiten. „Ja." Er kommt noch näher und berührt mit dem Zeigefinger meine Unterlippe. „Ja. Und weißt du was, Gaby?"

Spöttisch betont er meinen Namen. *Gaby* klingt aus seinem Mund ganz ungewohnt, weshalb ich verdutzt die Augenbrauen hebe. „Ich möchte, dass es noch unterhaltsamer wird. Dein Hintern hätte zwar eine ordentliche Tracht Prügel verdient …"

Himmel – seine Stimme klingt so dunkel, tief und grausam erotisch. Sie bringt mich dazu, meine Beine weit auseinanderzuspreizen. Zum Glück erinnere ich mich rechtzeitig daran, wo wir uns befinden, sodass ich sie rasch wieder übereinanderschlage. Daniil ist dieses Manöver nicht entgangen, er lächelt, dabei glitzern seine Augen verräterisch. „Dein Bett hat Pfosten … ich könnte dich mit den Händen daran festbinden."

„Du müsstest mich knebeln, damit ich dir keinen Finger abbeiße", kontere ich mit einer Laszivität in der Stimme, die so gar nicht zu mir passen will.

„Dieses Problem lässt sich leicht lösen, glaube mir." Mit dem Ellenbogen auf den Tisch gestützt, beugt er sich vor und drückt mir ungeniert einen Kuss auf den Mund, den ich ohne zu zögern erwidere. Wir sind beide hungrig, aber nicht dem Essen, welches jeden Augenblick serviert werden müsste, gilt unser Appetit. Ich will ihn, will mehr von seinen Versprechungen und unzählige weitere Tage ähnlich dem heutigen. Daniil löst seine Lippen von den meinen und sieht mir tief in die Augen. „Wenn du brav aufisst, erteile ich dir heute Abend die erste Lektion."

Eine halbe Stunde später sind wir auf dem Weg zu meiner Wohnung. Von der erotischen Stimmung ist nicht mehr viel übrig, sie hat sich im Laufe des Essens verflüchtigt. Ernüchtert gehen wir zum Auto, fahren los und starren wortlos aus dem Fenster. Daniils Miene wirkt verschlossen.

„Wie lange ist es her?", reißt er mich unvermittelt aus meinen Gedanken.

„Was?"

„Wie lange ist es her, dass dich Fjord gefickt hat?"

Ich muss angesichts dieser harten Worte schlucken. Hoffentlich bin ich nicht in der Nähe, wenn er von Ilkas Affäre mit Parker und ihrer Schwangerschaft erfährt. Denn wenn ihn schon mein lange zurückliegender One-Night-Stand derart auf die Palme bringt, wie wird es dann erst sein, wenn seine Schwester ihm ihren Fehltritt gesteht?

„Knapp vier Jahre", antworte ich brav.

Wieder herrscht für einige Minuten Schweigen. Daniil malmt verbissen mit den Zähnen und tut so, als hätte ich gar nichts gesagt.

„Er war auf der Geburtstagsfeier meines Bruders. Ich war betrunken und er das einzige lohnende Objekt der Begierde. William hat ihm anschließend die Nase gebrochen."

Der letzte Satz bringt Daniil zum Grinsen. „Ich hätte ihm das Genick gebrochen", spricht er wohl den ersten Gedanken aus, der ihm in den Sinn gekommen ist, verstummt aber sofort, als ihm dämmert, was er da von sich gegeben hat. Solche Worte kann nur jemand sagen, der mich verteidigen will, dem ich etwas bedeute.

„Seitdem haben wir uns nicht mehr gesehen und hätte ich gewusst, dass Adrian der DJ ist, den ihr treffen wollt, dann wäre ich selbstredend nicht mitgekommen."

„Um ehrlich zu sein", beginnt er und manövriert den Wagen in die schmale Lücke direkt vor dem Eingang meines Apartmenthauses, „bin ich froh, dass wir ihn nicht unter Vertrag genommen haben. Ich glaube, Fjord ist einer, der nur Schwierigkeiten macht."

Wir betreten die Eingangshalle und steigen in den Lift. „Trotzdem sind Parker und Adwin sauer auf dich."

Er schmunzelt und legt die Hand auf meinen Rücken. „Morgen, nach ihrem Schönheitsschlaf, werden sie mich wieder liebhaben", erklärt er süffisant und öffnet den Reißverschluss meines Kleides, während ich meinen Schlüssel aus der Clutch krame. Instinktiv halte ich die Luft an, wohl wissend, dass wir uns mitten im Flur befinden und meine Nachbarn allesamt alleinstehende ältere Damen mit engen Moralvorstellungen sind. Mit zittrigen Fingern stecke ich den Schlüssel ins Schloss. Daniil küsst meinen nackten Rücken, sein Atem streicht über meine Haut, sodass sich die feinen Härchen aufrichten und ich zu zittern beginne.

„Klemmt das Schloss?", brummt er unwirsch und schiebt die Hand unter mein Kleid.

„Ich bin etwas abgelenkt", antworte ich und stelle den Versuch ein, die Tür aufzuschließen.

„Vielleicht sollte ich dich gleich hier vögeln", knurrt er und dreht mich in einer flüssigen Bewegung zu sich herum. „Du müsstest allerdings leise sein, auch wenn mir dein Jammern noch so gut gefällt."

„Dann sollte ..."

„Gaby?" Hinter Daniils Rücken ist eine klägliche Stimme zu vernehmen. Der Schreck fährt mir in die Glieder, als Daniil ruckartig von mir ablässt, zur Seite tritt und den Blick auf eine tränenüberströmte Ilka freigibt. Könnte ich jetzt bloß in einem Loch im Erdboden versinken!

„Daniil!" Ilka funkelt ihren Bruder böse an und schlingt die viel zu weite Weste enger um ihren Körper, als bemerkte man bereits ihren gewölbten Bauch.

Ich bin nicht in der Lage, etwas zu sagen. Wie eine dumme Gans starre ich meine beste Freundin an. Ja, beste Freundin, höhnt eine Stimme in mir. Jene Freundin hat dich gerade beim schlimmsten Verrat deines Lebens erwischt. Wobei es nicht so schlimm ist, dass ich mich mit Daniil eingelassen habe – sie hätte es verstanden, mit Sicherheit. Viel bitterer ist jedoch die Art und Weise, wie sie es erfahren musste. Und als i-Tüpfelchen rutscht mir nun auch noch der Träger meines Kleides über die Schulter. Im letzten Augenblick erwische ich ihn und halte ihn fest umklammert.

Ilka wirkt wie versteinert. Sie ist verzweifelt, hat geweint. Keine Ahnung, wie lange sie schon im Flur auf mich gewartet hat. Irgendetwas Schlimmes muss passiert sein. Ich sollte sofort nachfragen. Doch die Scham hindert mich daran, den Mund zu öffnen. Die Situation ist eindeutig. Während es ihr schlecht ging, sie mich gebraucht hätte, war ich unterwegs. Nicht mit irgendjemandem, nein, mit Daniil. Nicht einmal mein Handy hatte ich mit, obwohl ich doch wusste, dass ich jederzeit für sie erreichbar sein musste.

Verdammt, ich sollte mich selbst ohrfeigen und sie nicht nur dämlich anstarren.

Nach einer gefühlten Ewigkeit kommt Bewegung in das *Tableau vivant* aus Betrogener und Verrätern. Die Betrogene kommt ein paar Schritte auf mich zu. Zuerst rechne ich mit einer saftigen Backpfeife, aber ich irre mich, denn plötzlich macht Ilka kehrt und flüchtet. „Ilka", rufe ich, renne ihr nach und erwische sie am Oberarm. Sie bleibt stehen, funkelt mich an und will meine Hand abschütteln. „Lauf bitte nicht weg!"

„Nein?", brüllt sie. „Soll ich mir den Müll, den ihr mir nun erzählen werdet, anhören?" Erneut zerrt sie an mir, doch ich gebe ihren Arm nicht frei. „Fick dich ins Knie, Gaby. Ich hätte dich gebraucht, habe hier stundenlang auf dich gewartet."

„Lass uns drinnen reden."

„Nein", brüllt sie erneut und Tränen laufen ihr über die Wangen.

„Miss Bennet, es ist spät, vielleicht tragen Sie diesen Streit in Ihren eigenen vier Wänden aus, damit wir anderen in Ruhe schlafen können. Albert jault unaufhörlich, da der Lärm ihm Angst einjagt." Meine Nachbarin, Miss Lewis, steht im Morgenmantel und mit dicker Stubenfliegenbrille im Flur, eine Laterne und Lockenwickler auf dem Kopf hätten das Bild komplettiert.

„Selbstverständlich gehen wir nach drinnen. Es tut uns aufrichtig leid, Sie geweckt zu haben. Wie rücksichtslos von uns! Entschuldigen Sie vielmals", rettet Daniil mit männlichem Charme die Situation und kommt zu uns her. Wie es auch William bei mir machen würde, wenn ich etwas sehr Unüberlegtes vorhätte, so greift nun auch Daniil nach der Hand seiner Schwester, was diese mit einem vernichtenden Blick quittiert, den sie erst ihm, dann mir zuwirft. Ilka ist verletzt, das sieht man ihr aus hundert Metern Entfernung an, aber sie ist auch wild entschlossen, uns beiden die Leviten zu lesen. „Du kommst jetzt rein", befiehlt Daniil und seine aufgewühlte Schwester folgt ihm tatsächlich aufs Wort.

Wir gehen in meine Wohnung, erleichtert aufatmend schließe ich die Tür, greife nach meiner Strickjacke, die auf der hölzernen Garderobe hängt, und schlüpfe hinein, da mich fröstelt.

Ilka nimmt auf der Couch Platz, Daniil lässt sich links neben ihr nieder, ich rechts. Die Szene mutet gerade so an, als würden Eltern ihrem Kind mit einfühlsamen Worten beibringen wollen, dass sie sich trennen werden.

Schnaub.

„Ihr braucht mir gar nicht erst zu sagen, dass da etwas zwischen euch läuft." Ilka feuert einen tadelnden Blick in meine Richtung ab. „Sagt mir nur, wie lange das schon geht. Wie lange belügst du mich schon, Gaby?"

„Ilka", beginne ich zögernd, „ich hatte doch längst vor, es dir zu sagen."

„Ach ja, wann? Auf meinem verfluchten Sterbebett? Ich habe dir vertraut, dir so viel erzählt und du ... ich fasse es nicht."

„Ilka", lenkt Daniil die Aufmerksamkeit seiner Schwester auf seine Person. „Wir mögen den Moment, dir zu sagen, dass da etwas zwischen uns ist, verpennt haben, aber im Grunde sind wir dir doch keine Rechenschaft schuldig. Wir brauchen doch nicht deine Erlaubnis."

Die Worte verfehlen nicht ihre Wirkung – Ilka blickt fassungslos zu Daniil, der nicht einmal mit der Wimper zuckt und weiterredet. „Es ist auch heute noch viel zu früh, um mit dir zu reden, da nicht einmal Abigail und ich selbst wissen, wie es weitergeht."

„Wir führen keine Beziehung", melde ich mich endlich, um nicht nur als stumme Beobachterin dazusitzen.

„Dann wollt ihr mir weismachen, dass ihr nur ... vögelt?" Ilkas Blick huscht zwischen Daniil und mir hin und her. „Das ist doch krank! Und Ben?"

„Ben", murmle ich und schüttle unwillig den Kopf.

Meine Freundin schnaubt, fährt sich mit einer Hand durch ihr langes Haar und fixiert dann Daniil. „Weiß Gaby, dass du wieder nach New York zurückgehst?"

„Ja", antwortet er knapp.

„Wie lange geht das schon mit euch?"

„Einen Monat, in etwa." Daniil reibt ihr diese Nachricht so nüchtern unter die Nase, dass ich ihm an Ilkas Stelle umgehend eine geknallt hätte. Andererseits ist unser Verhältnis auch durch und durch nüchtern – unromantisch.

Ilka wendet sich mir zu. „Mal ehrlich, klar, er ist mein Bruder, ich kann nachsichtig mit ihm sein, aber du gibst allen Ernstes Ben, der alles für dich tun würde, seinetwegen auf? Hast du sie noch alle?"

Ich schmunzle matt ob Ilkas Frage, die haargenau den Punkt trifft. „Ja. Ben ist einfach … na ja, langweilig."

„Langweilig", wiederholt sie und bringt Daniil damit zum Lachen. „Siehst du, er findet es auch noch witzig. Und weißt du, was ihn ebenso amüsieren wird? Dich abzuservieren." Ilka legt eine kreative Pause ein und greift nach einem Schokoriegel, der von Daniils und meiner nachmittäglichen Orgie übrig geblieben ist. „Er wird dich wie einen faulen Apfel wegwerfen. Glaub mir, ich habe schon viele solcher Rauswürfe mitbekommen und keines der Mädels hat mir leidgetan. Im Gegenteil, ich fand sie allesamt dämlich, weil sie sich mit ihm eingelassen haben. Dich werde ich aber gerne trösten."

„Ich werde bei Bedarf auf dein Angebot zurückgreifen", entgegne ich lässig.

„Ich versuche, ihn dir noch rechtzeitig auszureden. Kapierst du das nicht?"

„Ja, das tue ich."

„Mann, oh Mann", stöhnt sie und beißt herzhaft in den Riegel.

„Bei uns wird es keine Komplikationen geben, weil wir von vornherein keine falschen Hoffnungen hegen, Ilka. Ich werde ihr nicht wehtun, denn sie weiß, was sie von mir erwarten kann und was nicht. Das ist der Unterschied zu den anderen, die ich zugegebenermaßen etwas unsanft aus meinem Leben befördert habe." Daniil blickt seine Schwester ernst an, doch sie streckt bereits ihre Hand nach dem nächsten Schokoriegel aus. Bereitwillig hält ihr Daniil die ganze Packung hin und schaut erstaunt zu, wie sie deren Inhalt in Rekordzeit vertilgt.

Während Ilka genüsslich ihren Kalorienbedarf für die nächste Woche deckt, beschleicht mich eine schlimme Vermutung. Daniil kann Gedanken lesen, das hat er mir oft genug bewiesen. Er kombiniert, analysiert und macht sich in Sekundenschnelle ein treffendes Bild.

„Ganz abgesehen davon, dass es für dich ein Schock gewesen sein muss, mich und Abigail in einer derart verfänglichen Situation anzutreffen, würde ich doch zu gerne wissen, warum du weinend vor ihrer Tür gewartet hast."

Schlagartig schlägt die Stimmung im Raum um. Ähnlich wie vorhin im *London Bridge Hotel*, als Adrian mich so vertraut geküsst hat. Die anfängliche Erleichterung weicht einer Tristesse, die mich ängstigt. Ilka stellt das Mampfen ein und wirft mir einen tieftraurigen Blick zu. Aufmunternd nicke ich, greife nach ihrer Hand, die sie mit festem Griff umschlingt.

„Ilka", flüstere ich und drücke ihre Hand.

„Okay", fährt Daniil mit gefährlich schmeichelnder Stimme fort. „Was wird hier gespielt? Ich möchte Antworten hören!"

„Nun ja, nicht nur ihr beide habt euch aufeinander eingelassen. Das haben auch andere getan, und zwar … folgenreicher."

Daniils Augen gleichen denen eines Wolfes, der sich gleich auf seine Beute stürzen und sie zerfleischen wird. Sagte ich nicht vor rund einer Stunde, dass ich nicht dabei sein möchte, wenn ihm Ilka ihre Schwangerschaft beichtet? Und trotzdem befinde ich mich jetzt in dieser Lage, bin nicht nur dabei, sondern mitten im Auge des Sturms.

Ilka und ich starren Daniil an, dessen Kiefermuskeln in furchteinflößender Weise zu malmen beginnen. „Weiter", kommandiert er. Jetzt kennt er keine Gnade mehr.

Ilka schluckt schwer, strafft ihre Schultern und legt dann los. „Ich muss gestehen, dass er mich immer schon fasziniert hat, aber ich bin ja nie an ihn rangekommen, immer warst du dazwischen, Daniil. Und als du nach New York gegangen bist, haben wir uns überhaupt aus den Augen verloren, aber dann bin ich ihm zufällig wieder begegnet und es fing an, richtig ernst zu werden."

„Adwin oder Parker?", schnaubt er wütend.

„Er bedeutet oder bedeutete mir viel. Ich glaubte, ihn zu lieben." Ilka lässt niedergeschlagen den Kopf sinken. „Parker."

„Das nennt man dann wohl Punktegleichstand", gibt Daniil erstaunlich gelassen von sich.

„Leider endet die Geschichte nicht mit dem erwarteten Happy End", fährt Ilka fort und sofort beginnt wieder jeder Muskel in seinem Gesicht bedrohlich zu zucken. „Wir sind nicht mehr zusammen. Es gibt einen Grund, warum Parker mich sitzengelassen hat."

Als stünde sie auf einer Bühne und koste die Stille vor dem großen Knall aus, legt sie eine bedeutungsvolle Pause ein. Ängstlich halte ich die Luft an. „Ich bin schwanger."

Daniil starrt zwar auf Ilkas Bauch, als erwarte er, dass dort innerhalb von wenigen Sekunden eine Neunmonatskugel heranwachse, doch zeigt er sonst keinerlei Regung. Er wirkt wie versteinert, als stünde er vollkommen neben sich. Das kann ihm aber auch keiner verdenken. Mein Bruder wäre anders, er hätte längst die Einrichtung kurz und klein geschlagen. Ich rechne Daniil diese Ruhe hoch an.

„Er hat dich absorbiert? Bevor oder nachdem du ihm gesagt hast, dass du ein Kind erwartest?", dringt er nach kurzer Sammlung weiter in Ilka.

„Nachdem", antwortet sie kleinlaut und reibt sich über die Schläfe. „Er will das Baby nicht."

„Du wusstest davon, ich lese es in deinem Gesicht", wendet sich Daniil mit kalter Stimme an mich.

„Gaby kann doch nichts dafür!", verteidigt mich Ilka, auch wenn ich so viel Großmut gar nicht verdiene.

Daniils Augen fixieren mich weiterhin. In Gedanken rupft er mir wohl jedes Haar einzeln aus. Oder er versohlt mir so kräftig den Arsch, dass ich noch in einem Jahr daran denken werde. „Ich will die Antwort von dir hören, Gaby!"

Oh, jetzt sollte ich wohl auf der Hut sein, denn Daniil nennt mich nur *Gaby*, wenn er böse auf mich ist oder mich ärgern will. Bei meiner Mutter ist es umgekehrt. Die höhnische Verwendung meines Spitznamens macht es mir unmöglich, ihm die Meinung zu geigen. Auch Ilkas Anwesenheit hält mich zurück. So nicke ich folgsam wie das brave Schoßhündchen, zu dem er mich gerne machen würde. „Ja, ich wusste davon."

„Und es ist dir nicht im Traum eingefallen, mir dieses nebensächliche Detail anzuvertrauen – zum Beispiel heute Abend, als wir uns mit Parker trafen?"

Diese aufgesetzte Ruhe! Warum kann er seinen Ärger nicht lauthals herausbrüllen? Und überhaupt, warum bin ich die Gelackmeierte? Bin ich schwanger? Habe ich Ilka verlassen? Nein, ich bin für sie da, verdammt, würdige das auch! „Warum soll ich Ilka in den Rücken fallen und mich einmischen, wenn ich doch mit Sicherheit weiß, dass du durchgedreht wärst?"

„Ich werde eben jetzt durchdrehen …"

„Daniil", mischt Ilka sich nun ein und legt ihre Hand auf sein Knie. „Bitte. Ich würde lügen, wenn ich behaupte, dass Parker mir nicht das Herz gebrochen hat, aber ich schaffe das. Gaby wird mir helfen, Mama und Papa auch – ich habe heute mit ihnen geredet. Außerdem war ich heute Nachmittag bei Parker, um ihm ein letztes Mal ins Gewissen zu reden." Das Zucken ihrer Schultern verrät mir, dass sie damit keinen Erfolg gehabt hat. „Ich schaffe das", versichert sie ein weiteres Mal.

„Darum geht es nicht", faucht Daniil. „Dieses miese Arschloch kann sich nicht einfach verziehen. Er soll die Verantwortung übernehmen, schließlich hat er dich in diese Lage gebracht."

„Er möchte es nicht. Soll ich ihn zwingen?"

„Es ist mir scheißegal, ob er es möchte oder nicht."

„Willst du ihn mit vorgehaltener Pistole dazu bringen, mit mir zusammen zu sein, nur damit er mich gleich betrügt und abgrundtief hasst?"

Eine Entschlossenheit zeigt sich auf seinem Gesicht, die mich das Ärgste befürchten lässt. „Er wird mich hassen, wenn ich mit ihm fertig bin."

„Daniil, du hältst dich raus", fleht Ilka ihren Bruder an, doch der scheint sie kaum zu beachten, denn er sinnt längst auf Rache.

Er wird ihn umbringen, schießt es mir durch den Kopf.

„Daniil, bitte", jammert Ilka mit Tränen in den Augen. „Mach es nicht noch komplizierter. Ich schaffe das schon."

„Halt den Mund", schreit er, springt auf und eilt nach draußen – ich hinterher. Im Flur hole ich ihn ein, lege meine Hand auf seine Schulter, doch er schüttelt sie ab, packt mich und drückt mich gegen die Wohnungstür. Sein Atem rast, seine Augen sprühen Feuer und ich habe fürchterliche Angst, dass er gleich etwas Unüberlegtes tut.

„Du wirst nicht gehen und etwas machen, das du morgen bereust. Beruhige dich erst einmal und dann lass uns zusammen nachdenken, was zu tun ist. Wir sind im Augenblick alle durcheinander."

Er lacht bitter und presst mich noch fester gegen die Tür. „Ich werde nicht gehen? Wer hindert mich daran? Zwei Frauen, die beide den Verstand verloren haben? Eine von ihnen will ein eierloses Arschloch ungeschoren davonkommen lassen und die andere, die gestern noch absolute Ehrlichkeit gefordert hat, führt mich an der Nase herum und lügt wie gedruckt."

„Er ist dein bester Freund, Daniil. Rede vernünftig mit ihm."

„Ich habe ihm vertraut und er hat mich belogen, meine Schwester verführt und ihr Leben zerstört, denn Ilka wird das Kind nicht abtreiben, sie wird es zur Welt bringen und alles dafür tun, dass es ihm gut geht, während Parker sich weiterhin ungeniert durch Londons Betten vögelt und keinen Gedanken mehr an dieses *Missgeschick* verschwendet. Das werde ich zu verhindern wissen und keiner kann mich davon abhalten."

„Du machst es doch für Ilka nur noch schlimmer, bist du dir darüber im Klaren?"

„Soll ich mich auf Parker oder auf dich stürzen? Ich bin so wütend. Wenn ich bleibe, fürchte ich, dir den Hals umdrehen zu müssen."

Herausfordernd blicke ich ihm in die Augen. „Dann nimm mich."

Angesichts meiner Worte entringt sich seiner Kehle ein freudloses Lachen. Dabei versuche ich doch nur, Ilka zu schützen. Er ist wie in einem Rauschzustand, wird zuerst zuschlagen und hinterher darüber nachdenken. „Kein Wort mehr", faucht er böse und hebt seinen Zeigefinger. „Du hast es die ganze Zeit gewusst und nichts gesagt. Wie war das gleich mit Vertrauen? Mit Ehrlichkeit? Lauter Floskeln, an die du selbst nicht glaubst."

„Ich hätte es dir nicht verschweigen sollen, ich weiß."

„Ja?" Er schiebt mich beiseite und schließt die Tür auf. „Nimm dich lieber an der eigenen Nase, bevor du altkluge Weiberweisheiten vom Stapel lässt."

„Ich verstehe, dass du wütend bist, Daniil. Ich verstehe auch, dass du jetzt gehen willst, aber denke doch an deine Schwester. Um sie geht es doch hier – nicht um mich."

Ohne ein weiteres Wort reißt er die Wohnungstür auf und rauscht von dannen. Wie vom Donner gerührt bleibe ich im Flur stehen, während Ilka im Zimmer nebenan wieder zu schluchzen beginnt. Ich fühle mich in die Vergangenheit zurückversetzt, in eine Zeit, als Männer noch für Ruhm und Ehre in den Krieg gezogen sind. Daniils Bruderliebe sollte mich rühren, ruft aber lediglich Entsetzen und Verzweiflung in mir hervor.

15. Kapitel

Über die Freisprecheinrichtung erreiche ich Parker, der mich mit fröhlicher Stimme begrüßt. Es kostet mich viel Kraft, einigermaßen normal zu klingen und nicht gleich loszubrüllen. Du meine Güte, was ist das heute für ein Tag gewesen! Die Schwangerschaft meiner Schwester hat der ganzen Scheiße noch die Krone aufgesetzt. Oder sollte etwa Parkers gebrochenes Jochbein das Sahnehäubchen sein?

Ich blicke auf meinen Tacho und nehme den Fuß vom Gas. „Hey, seid ihr unterwegs?", frage ich so neutral, als wollte ich mich ihnen auf einen Drink anschließen.

„Ja, Adwin und ich sind im *Seventiz*. Wir lassen den Abend mit ein paar Gläsern ausklingen", erklärt Parker.

„Ich bin in zehn Minuten da. Stellt schon mal ein Glas für mich bereit." Welches ich dir in die Fresse schlagen werde.

Durch den Hintereingang betrete ich kurze Zeit später das *Seventiz*. Wo normalerweise Hunderte Menschen arbeiten, feiern, trinken, tanzen und flirten, herrscht jetzt gespenstische Stille. Lediglich schwache Musik dringt bis zum Hintereingang, durch den ich den Club betrete.

Parker und Adwin lehnen an der Theke, vor ihnen steht eine Flasche Whiskey. Zielstrebig steuere ich auf die beiden zu, rede mir ein, dass es doch nicht so schlimm werden würde. Andererseits weiß ich, dass ich mir damit selbst etwas vormache.

Als die beiden mich erblicken, deuten sie fröhlich auf die Flasche, doch das Lachen vergeht ihnen, als ich Parker am Hemdkragen packe. Alle Farbe weicht aus seinem Gesicht, seine Miene wechselt innerhalb von Sekunden von fröhlich zu verwirrt und dann zu verschämt-wissend. Endlich ist ihm ein Lämpchen in seiner bescheuerten Birne aufgegangen.

„Na, Freundchen", begrüße ich ihn mit vor Sarkasmus triefender Stimme. „Ich frage mich, ob du wirklich hier sein und dich mit Whiskey volllaufen lassen solltest." Ich schiebe ihn in Richtung Lounge, die man für Feiern mieten kann und die vom restlichen Raum abgetrennt ist. Seine Augen sind weit aufgerissen, ich höre Adwins Schritte hinter uns, der offenbar keine Ahnung hat, was gerade gespielt wird.

„Mann, beruhige dich. Lass uns erst mal reden", versucht Parker, mich zu beschwichtigen.

„Reden", spotte ich und schlage seinen Schädel gegen die Wand. „Wir hätten längst reden sollen. Es wäre an dir gewesen, damit zu beginnen, du beschissener Mistkerl." Wums, wieder donnert sein Schädel gegen die Wand. „Sie zu vögeln, obwohl sie meine Schwester ist, ist die eine Sache. Sie schwanger sitzenzulassen, nur weil du zu dämlich bist, um aufzupassen, ist die andere, die ich dir nicht durchgehen lasse." Ein weiteres Mal knallt sein Hinterkopf gegen das Mauerwerk.

Parker stöhnt vor Schmerz.

„Ich werde dich bluten lassen. Du wirst mich anflehen aufzuhören und weißt du was: Du verdienst jeden einzelnen Schlag. Ich schäme mich, in einem so feigen, niederträchtigen und herzlosen Wichser meinen besten Freund gesehen zu haben. Sie liebt dich, obwohl du es wahrlich nicht verdienst. Sie verteidigt dich immer noch, hat mich zurückgehalten, aber ich bin wild entschlossen, dir jeden einzelnen Knochen im Leib zu brechen."

Adwin steht neben uns, tritt nervös von einem Bein auf das andere, wagt aber nicht einzugreifen.

„Ich kann nicht anders, Mann. Ein Kind … ich bin noch nicht bereit dazu."

Mit einem Knurren ziehe ich Parker von der Wand weg und ramme ihm mit voller Wucht mein Faust in den Bauch. Er strauchelt, knickt ein, schnappt nach Luft, nimmt aber das dämliche Grinsen nicht aus dem Gesicht.

„Es ist Ilkas Schuld ...“

Der nächste Faustschlag folgt. Wenn er nicht gleich den Mund hält, wird er die kommende Stunde nicht mehr erleben. „Du wagst es, dich so aus der Affäre zu ziehen?“

„Was verlangst du von mir?“, keucht er.

„Ich verlange, dass du zu Ilka und dem Kind stehst. Du kannst dich nicht wie ein feiges Schwein aus dem Staub machen und Ilka und dein eigenes Fleisch und Blut ihrem Schicksal überlassen.“

Zerknirscht senkt er den Blick. „Ich habe es verdient, dass du mich vermöbelst, keine Frage. Ja, ich habe Ilka geschwängert, das ändert aber nichts an der Tatsache, dass ich sie nicht liebe.“

„Umso schlimmer für dich“, zische ich, noch geladener als zuvor.

„Wäre das meiner Schwester passiert, würde ich wahrscheinlich ähnlich heftig wie du reagieren. Aber was soll ich machen? Ich kann mich nicht auf Dauer an sie binden, das heißt aber nicht, dass ich sie nicht unterstützen werde. Natürlich kann sie auf mich zählen.“

Erst jetzt registriere ich, wie weh meine Hände tun. Bei dieser Strafaktion hat nicht nur der Verprügelte unter Schmerzen zu leiden. „Versetz dich doch einmal in meine Lage, wie würde es dir dann gehen? Stell dir vor, Candice würde plötzlich auftauchen und dir verkünden, dass sie von dir schwanger ist. Würdest du sie heiraten, nur um eine verdammte Pflicht zu erfüllen? Meinst du, diese Ehe würde glücklich werden? Meinst du, ihr würdet dem Kind damit etwas Gutes tun?“

Ich schlucke verblüfft. „Du willst das Kind also mit Kohle abspeisen, statt ihm ein echter Vater zu sein? Auch gut. Aber eines verspreche ich dir: Dein Kind wird dich hassen und das hast du auch verdient." Ohne nachzudenken jage ich zwei Schläge gegen seine Nase, aus der sofort Blut schießt. Parker wischt es mit einer flüchtigen Handbewegung weg, bleibt aber sonst erstaunlich cool. „Ich will, dass du aus ihrem Leben verschwindest." Ich mache einen Schritt auf ihn zu, packe ihn am Hemdkragen und presse meine Nase an seine. „Ab heute ist sie für dich gestorben, verstanden? Komm nie mehr in ihre Nähe! Wer braucht schon einen Versager wie dich? Und jetzt verschwinde, bevor ich dich totprügle."

Parker nickt Adwin zu und beide machen sich vom Acker. Ich kralle mir die Flasche Whiskey und schütte das erste Glas ex in mich hinein, dem ich umgehend ein weiteres und dann noch viele mehr folgen lasse. Meine unzähligen Sorgen in Alkohol zu ertränken und eine Weile an nichts mehr denken zu müssen, erscheint mir momentan als die beste Lösung.

Es ist Ilkas Leben, klar. Ich sollte mich nicht einmischen, aber jetzt ist es ohnedies zu spät. Ilka wird mir die Hölle heiß machen, wenn sie erfährt, dass ich Parker verprügelt habe. Aber ich konnte mit diesem Feigling nicht anders verfahren. Dass mir die beiden ihre Beziehung so lange verheimlicht haben, ist mir inzwischen egal. Seit ich Abigail kenne, weiß ich, wie schwer es ist, sich einem Menschen zu entziehen, dem man mit Haut und Haaren verfallen ist, nur weil man bindungsunwillig ist und hofft, dass da draußen noch Interessanteres auf einen wartet.

Es hilft alles nichts, denke ich, während ich mir erneut einschenke und auch mit diesem Glas kurzen Prozess mache. Was ich jetzt brauche, ist ein ordentlicher Rausch. Nicht mehr und nicht weniger. Dabei gebe es durchaus eine Alternative. Ich könnte zu Abigail fahren, mich bei ihr entschuldigen, denn ich bin viel zu hart mir ihr ins Gericht gegangen.

Andererseits kann ich jetzt auch nicht mehr klein beigeben, ich würde mich damit nur lächerlich machen. „Prost", murmle ich und leere ein weiteres Glas.

„Sieh an, unser Vorzeigebruder hat ordentlich einen sitzen", spottet Adwin und beschreibt damit exakt meinen Zustand.

Sternhagelvoll bin ich zwar nicht, aber fahrtauglich auch nicht mehr. Wahrscheinlich hätte ich enorme Schwierigkeiten, eine gerade Linie entlangzubalancieren. Hat man mit dem Saufen erst einmal angefangen, kann man nicht mehr damit aufhören. Der süße Nebel, der einen umhüllt, ist einfach zu angenehm.

„Komm, ich bring dich nach Hause." Adwin klopft mir brüderlich auf die Schultern.

„Habe ich überreagiert?", presse ich hervor, eifrig darum bemüht, die Wörter in die richtige Reihenfolge zu setzen.

Adwin stutzt kurz, beruhigt mich dann aber. „Nein, Kumpel. Hätte ich eine Schwester und würde Parker oder irgendein anderer Kerl so eine Nummer mit ihr abziehen, könnte er sich auf dasselbe gefasst machen."

„Mein Gott", murre ich und vergrabe das Gesicht in meinen Händen.

„Komm", fordert mich mein Freund ein weiteres Mal auf und zerrt mich mit einem Ruck auf die Beine.

Etwas wackelig folge ich ihm. Adwin schaltet das Licht aus, schließt ab und führt mich zu seinem Wagen, auf dessen Beifahrersitz ich mich müde fallen lasse. „Parker hat es gelassen hingenommen."

Ich schnalle mich an und sehe Adwin aus den Augenwinkeln an. „Er hatte gar keine andere Wahl. Ich habe einfach rot gesehen und konnte nicht mehr an mich halten." Die Wörter kullern langsam und abgehackt aus meinem Mund, doch Adwin scheint mich zu verstehen.

„Klar, anders konntest du deinen Frust nicht loswerden. Aber ich rate dir, dass ihr drei euch, du, Ilka und Parker, morgen zusammensetzt und klärt, wie es weitergehen soll."

Klingt sehr vernünftig – aber heute viel zu anstrengend für mich.

„Du hast nichts davon gewusst?", frage ich.

„Nein. Denkst du, ich hätte es dir nicht längst gesteckt?"

Ich lache bitter, wische mir mit einer Hand übers Gesicht.

„Na ja, nicht jeder denkt so."

„Ah, daher weht also der Wind! Was erwartest du? Sie ist Ilkas Freundin und wird sich immer vor sie stellen. Da kannst du nicht mithalten."

Habe ich mich tatsächlich in eine Sackgasse verrannt? Dieses Wochenende ist doch gut gelaufen, wenn man den dämlichen Fjord außer Acht lässt. Abigail und ich haben eine tiefe Vertrautheit zwischen uns gespürt, an die ich mit einem wohligen Seufzer zurückdenke.

Nun, ein paar Stunden später, muss ich den Tatsachen ins Auge sehen: Ich dringe offenbar doch nicht ganz zu ihr durch. Eine Tür trennt uns voneinander, deren Schlüssel sie mir noch nicht ausgehändigt hat, sodass ich nicht zu ihr auf die andere Seite kommen kann. „Dass wir miteinander vögeln, hat sie Ilka allerdings verheimlicht. Weißt du, Mann, Abigail fordert Ehrlichkeit von mir, aber für sie gelten anscheinend andere Regeln. Das macht mich wahnsinnig."

„Ich verstehe dich, Kumpel. Aber es ist doch alles in der Schwebe, ihr wisst ja noch nicht einmal, ob ihr ein gemeinsames Ziel ansteuert."

„Redest du von einer Beziehung?", frage ich ungläubig.

„Na ja, wie du dich heute aufgeführt hast, als dir geschossen ist, dass Fjord auch einmal kosten durfte, spricht Bände."

Wieder die alte Leier! „Das ist wohl nur die halbe Wahrheit", verteidige ich mich. „Sie hat schließlich auch in meiner Gegenwart ganz offen mit diesem Vollkoffer geflirtet und sich unheimlich wohl dabei gefühlt."

„Was man von dir nicht behaupten kann", bohrt Adwin weiter in meinen Wunden.

„Nein", fauche ich und lasse erschöpft den Kopf nach hinten sinken. „Es geht doch gar nicht darum, dass ich eifersüchtig bin … es ist …" Ja, was ist es? „Ach, ich weiß es nicht."

„Es ist nicht leicht, eine Beziehung – oder wie immer du das auch nennen möchtest – lediglich auf Sex aufzubauen, wenn man auch noch außerhalb des Bettes Zeit miteinander verbringt. Außerdem kommt in eurem Fall auch noch Ilka hinzu, die euch beiden viel bedeutet. Du wirst es schon noch merken: Ehe du dich versiehst, verliebst du dich in die kleine Bennet."

Nein, ich darf mich nicht in sie verlieben. Ich darf es nicht zulassen. Ich darf sie aber auch nicht verlieren. Wie soll ich diesen Spagat bloß schaffen?

„Frauen kämpfen doch um das, was ihnen wichtig ist, um das, was sie lieben. Woher weißt du, dass sie nicht längst tiefe Gefühle für dich hegt?"

Ich schüttle instinktiv den Kopf. Nicht nur, um Adwin zu demonstrieren, wie sicher ich mir diesbezüglich bin, sondern auch, um mir selbst etwas vorzugaukeln. „Sie ist keine Frau, die sich verliebt."

„Ach ja? Hat sie das gesagt?"

„Ja." Endlich geht mir ein Licht auf. Nicht nur ich mache mir etwas vor, auch Abigail scheint es nicht anders zu gehen. Wir wehren uns beide gegen etwas, über das wir längst keine Kontrolle mehr haben.

„Siehst du", kommentiert Adwin meine verzagte Miene. „Sie ist doch eine wundervolle Frau."

Ja, das ist sie. „Fahr die nächste links."

Adwin schüttelt grinsend den Kopf, folgt jedoch meinem Befehl und bringt mich nach Kensington – zu der Frau, an die ich den ganzen Abend gedacht habe.

Ich sitze auf der Couch, Ilka schläft neben mir. Seit einer Stunde starre ich den ausgeschalteten Fernseher an. Nein. Vor exakt vierunddreißig Minuten ist er in den Stand-by-Modus gegangen – Zeit genug, um den Verlauf des heutigen Abends Revue passieren zu lassen. Ich fühle mich zwar müde und abgekämpft, schaffe es aber nicht, es Ilka gleichzutun und ebenfalls in tiefen Schlaf zu sinken. In meinem Kopf dreht sich alles.

Nicht zu wissen, was los ist, seit Daniil einfach aus meiner Wohnung gestürmt ist, um die Ehre seiner Schwester zu retten und gleichzeitig meine mit Füßen zu treten, treibt mich in den Wahnsinn. Er muss stinksauer auf mich sein und ich kann es ihm nicht verdenken, denn ich habe ihm etwas Wichtiges verschwiegen. Lange genug hätte ich Zeit gehabt, ihm die Wahrheit zu gestehen.

Aber was hätte es gebracht?, meldet sich eine zaghafte Stimme in mir.

Nichts. Gar nichts. Er hätte Parker dann eben um Tage früher zusammengeschlagen. Nicht dass dieser es nicht verdient hätte!

Daniil hat Ilka nicht einmal Zeit gelassen, ihm alles genau zu erklären. Das war aber auch nicht anders zu erwarten, denn er reagiert dauernd aus dem Bauch heraus – viel zu gefühlsmäßig, viel zu spontan. Er handelt, redet, macht, ohne lange darüber nachzudenken. Kein Wunder, dass da Chaos vorprogrammiert ist. Die Hoffnung stirbt bekanntlich zuletzt, trotzdem sollte ich wohl darum beten, dass er wieder zur Vernunft gekommen ist und Parker verschont hat, ohne die aufgestaute Wut an mir auszulassen. Obwohl ich beileibe nicht unschuldig bin. Zu dieser Überzeugung bin ich in der letzten halben Stunde gekommen. Daniil hat vollkommen Recht – zumindest in diesem Punkt.

Ich hätte neutral bleiben müssen. Doch wie hätte ich das schaffen sollen? Einen musste ich verraten – Ilka oder Daniil. Ich habe mich ohne zu zögern auf Ilkas Seite geschlagen. Aber wenn ich ernsthaft eine Zukunft mit Daniil anstrebe, dann muss er im Vordergrund stehen, selbst wenn ich Ilka dabei in den Rücken falle. Er erwartet Loyalität von mir – ich würde das an seiner Stelle auch tun. Er erwartet Treue, Courage und Zusammenhalt. Bin ich bereit, ihm das zu geben, wird er mir entgegenkommen und seinen Teil der Vereinbarung erfüllen. Eine Milchmädchenrechnung, klar. Trotzdem komme ich mit meinen Überlegungen auf keinen grünen Zweig, zu verworren sind die Beziehungen der vier involvierten Personen – Ilka, Parker, Daniil und ich – untereinander.

Als es wie tags zuvor an der Tür klingelt, bleibe ich sitzen. Es kann sich nur um Parker oder Daniil handeln – und keinem von beiden möchte ich heute noch über den Weg laufen.

Eine Minute später scheppert die Glocke erneut. Ich schlinge meine Arme um ein Kissen, schließe die Augen und mache auf *Tote Frau*. Ilka bewegt sich, dreht sich unruhig hin und her, als es ein drittes Mal klingelt.

Es reicht. Ich springe auf, laufe mit zitternden Beinen zur Tür und betätige den Summer. Die Kette bleibt vorgelegt, als ich die Wohnungstür einen Spalt öffne und höre, wie jemand den Lift verlässt. Ich bin nicht überrascht, dass Daniil der späte Besucher ist. Er torkelt leicht, sieht erschlagen und richtiggehend mitleiderregend aus.

„Was willst du?", belle ich ungnädig.

Er grinst, wird dann jedoch wieder ernst. „Ich will bei dir schlafen", lallt er.

„Du bist betrunken." Als würde er das nicht selbst wissen!

„Lass mich rein", bittet er flehentlich. Ich bleibe hart, schüttle den Kopf und bin drauf und dran, ihm die Tür vor der Nase zuzuknallen.

Es ist doch immer dasselbe – er setzt rücksichtslos seinen Willen durch, fährt über jeden wie eine Dampfwalze drüber und versteht nicht, dass man ihm deswegen böse ist.

Als er seine Finger um die Kette legt und ich fest damit rechne, dass er sie jeden Moment aus der Verankerung reißt, funkle ich ihn drohend an. „Du hast dich wie ein richtiger Hirni benommen. Mich als Lügnerin zu behandeln, die dich hintergeht! Was Besseres ist dir wohl nicht eingefallen? Hast du eine Sekunde daran gedacht, dass du Ilka damit noch mehr Kummer bereitest?"

„Ich war im Recht", gibt er sich uneinsichtig.

„Du warst im Recht?", entgegne ich fassungslos. „Ach ja? Weißt du, wie es deiner Schwester gerade geht? Was sie alles einstecken muss?"

„Wie geht es dir, Abigail?"

„Ich bin für *deine* Schwester da."

Die Betonung liegt auf *deine*. Daniil verzieht den Mund zu einem Lächeln, das einem Zähnefletschen gleicht und mich irritiert. „Es ist leicht für dich, mich zu verurteilen. Was hättest du getan, wenn ich dir etwas derart Wichtiges verheimlicht hätte?"

„Daniil", unterbreche ich ihn, „ich bin doch gar nicht das Problem, oder? Du bist enttäuscht, weil du herausgefunden hast, wie wenig du deinen Freund kanntest. Lass es nicht an mir und Ilka aus. Ilka braucht dich jetzt mehr denn je, du bist auch ihr einzige Verbindung zu Parker, vergiss das nicht."

„Und du?", flüstert er.

„Was soll mit mir sein?"

„Brauchst du mich auch?"

Mein Gott. „Ich bräuchte den Mann von heute Nachmittag. Nicht diesen vor Wut schäumenden, arroganten, selbstsüchtigen Kerl, der jeden niedertrampelt, der nicht nach seiner Pfeife tanzt. So einfach ist das."

„Einfach", wiederholt er und fasst sich an die Stirn. Offenbar bereitet ihm nicht nur der Alkohol Kopfschmerzen. „Nichts ist mit dir einfach, Abigail."

„Dito", kontere ich.

Daniil hebt die Augenbrauen. „Ich würde dich nicht so rüde behandeln."

Seine Worte rühren mich tief. Sie klingen wie ein Versprechen – ein gelalltes, aber Betrunkene, Kinder und Narren sagen ja bekanntlich die Wahrheit. Seufzend entferne ich die Kette und lasse Daniil ein. Er berührt meine rechte Wange sanft mit der Hand und haucht mir dann einen zarten Kuss darauf. Ich schmiege mich an ihn und ignoriere tapfer seine Alkoholfahne.

„Schläft Ilka?" Ungeschickt schält er sich aus seinem Jackett.

Ich nicke. „Ja, sie ist schon vor Stunden auf der Couch eingeschlafen. Das war einfach alles zu viel für sie."

In seinem Gesicht zuckt es verdächtig. „Lebt Parker noch?"

„Ja, aber ich habe ihm ordentlich die Fresse poliert."

Ich will gar keine Details wissen und sehe andächtig zu, wie Daniil aus seinen Schuhen schlüpft. Er muss sich an der Garderobe abstützen und hat dennoch Schwierigkeiten, das Gleichgewicht zu halten, löst seine Krawatte, die ihm schlaff um den Hals baumelt, und knöpft sein Hemd auf, während ich mich an seinem Gürtel zu schaffen mache und den Reißverschluss seiner Hose nach unten ziehe. Gleich darauf steht er mit offenem Hemd und heruntergelassener Hose vor mir.

„Hast du eine Ahnung, wie geil du gerade aussiehst?" Es ist keine Frage, sondern eine Feststellung, die Daniil trifft, während ich vor ihm stehe und seinen herrlichen Körper inspiziere. Kein Zweifel, schon wieder brennt das Feuer zwischen uns lichterloh. Wir wissen beide, was der andere braucht, und werden uns das auch geben.

„Heb das Beinchen", ordere ich an und klopfe ihm aufmunternd auf den Hintern. Etwas wackelig schlüpft er aus seiner Hose.

Er brummt, als ich sein Hemd zur Gänze aufknöpfe und es ihm dann von den Schultern ziehe. „Du bist die Erfüllung all meiner schmutzigen Träume. Schon damals, als du nackt mitten in meiner Wohnung gestanden bist." Ich falte sein Hemd und seine Hose, lege beides über meinen Unterarm und küsse ihn auf die nackte Brust. „Hmm."

„Du warst ganz schön frech."

„Irgendetwas musste ich doch machen, um den Ständer in meiner Hose zu besänftigen."

„Das haben doch bestimmt die drei Blondies erledigt", gebe ich bissiger als gewollt zurück.

Daniil schmunzelt, greift nach meiner Hand und bugsiert mich ins Schlafzimmer. „Du klingst eifersüchtig, Princess."

„Wir wollen doch nur bei der Wahrheit bleiben."

Er drückt mich auf das Bett und schiebt sich zwischen meine Beine, ohne im Küssen innezuhalten. Meine Haut brennt an den Stellen, an denen er mich berührt. Wir sind beide hungrig, wollen nicht, dass das Knistern zwischen uns verpufft. Ich lasse meine Finger in seine Haare gleiten, genieße sein wohliges Stöhnen, als ich zärtlich daran ziehe. Daniil reißt mir währenddessen ungestüm das Höschen herunter.

Seine Finger finden meine feuchte Mitte, sanft streicheln sie darüber – ich erkenne den Mann kaum wieder. Als ich meinen Mund zu einem Stöhnen öffne, nimmt Daniil meine Unterlippe zwischen seine Zähne, saugt daran und entfacht einen ungeahnten Sturm der Lust in mir. Ich bäume mich auf, während er einen Finger in mich schiebt, ihn wieder herausgleiten lässt, um sofort wieder von vorne zu beginnen.

Es ist faszinierend, wie schnell die Stimmung zwischen uns umschlagen kann. Eben noch war ich nicht gewillt, ihn in die Wohnung zu lassen, und nun ziehe ich ihm ungeduldig die Boxershorts herunter, damit er mich endlich vögeln kann. Wir verstehen uns blind, brauchen uns nur in die Augen zu sehen, um alles über uns zu wissen. Daniil küsst meine Schläfen, meine Wangen, meine Mundwinkel, streicht über meine Brüste, während er sich langsam in mich schiebt. Ich halte den Atem an, schließe die Augen und genieße die plötzliche Hitze, die durch meine Venen flutet.

Obwohl wir beide vor Lust kochen, stößt er nicht mit jener Aggressivität zu, die ich sonst von ihm gewohnt bin. Heute – und ich bin darüber zu Tränen gerührt – habe ich das Gefühl, dass Daniil mich wirklich liebt. Er vermittelt mir eine unglaubliche Nähe, nimmt seinen Mund keine Sekunde von meiner Haut, streichelt mich dabei unablässig, lässt seine Hüften in einem Tempo kreisen, dass ich fast den Verstand verliere.

Nicht nur sein Schwanz, der tief in mir steckt, betört mich. Nicht nur seine brennenden Küsse, die meinen Körper bedecken. Jede einzelne von Daniils Poren verströmt Leidenschaft, Leidenschaft, die sich nur wahre Liebende geben können. Was für ein Glück es ist, ihn bei mir haben zu dürfen. Ihn berühren zu dürfen, immer wieder neue Facette an ihm zu entdecken. Dieses Privileg durfte bisher vermutlich nur eine Frau für sich in Anspruch nehmen – Candice. Und sie hat er definitiv geliebt.

Gaby, bleib stark und lass dich nicht um den Finger wickeln! Gerade heute noch hat er seiner Schwester gegenüber beteuert, wie wenig die Beziehung zu dir mit Liebe zu tun hat. Es geht nur um das eine – Sex. Um guten Sex. Auch wenn ich heute das Gefühl habe, geliebt zu werden, holt mich morgen schon die Realität ein.

Ich komme heftig unter ihm, als er eine Hand unter meinen Hintern schiebt und ihn anhebt, damit er noch tiefer in mich eindringen kann, und es lässt sich nicht verhindern, dass eine Träne über meine Wange kullert und auf Daniils Hand tropft. Für einen Moment wirkt er überrascht, küsst sie dann weg und steigert sein Tempo, bis ich glaube, in tausend Stücke zerbersten zu müssen. Auch sein Orgasmus ist hart, er gräbt seine Finger in das weiche Fleisch meines Hinterns, bis es schmerzt. Ich weine leise, unterdrücke mein Schluchzen und streichle Daniil über den Rücken, dessen Atemzüge sich allmählich beruhigen.

Ein Beben erfasst meine Brust – ich weiß wirklich nicht, was mit mir los ist, benehme ich mich doch wie eine Verrückte, indem ich nahe daran bin, mir meine Liebe zu diesem Mann einzugestehen. Aber es darf nicht sein. Warum? Weil er mich verletzen wird. Noch mehr als bisher, ohne sich dessen überhaupt bewusst zu sein. Er wird nach New York zurückkehren, ich werde in London bleiben und da eine Fernbeziehung wohl für uns beide nicht infrage kommt, wird das das Ende bedeuten.

Darüber darf ich mir jetzt gar nicht den Kopf zerbrechen. Wozu sollte ich mir diesen kostbaren Augenblick verderben?

Wie konnte ich auch so dumm sein und mich ausgerechnet in Daniil verlieben? Den bindungsscheuen, undurchschaubaren, unberechenbaren Daniil? Ich bin zum Leiden verdammt, wie mir scheint. Im Moment quält mich nicht nur seelische Pein, auch meine Augen tun weh, meine Kiefer, jeder Muskel in meinem Körper.

Daniil zieht sich aus mir zurück, küsst mich flüchtig und rollt sich auf dem Kopfkissen zusammen. Ich schlage die Decke über uns, drehe ihm jedoch den Rücken zu, um meine Tränen vor ihm zu verbergen. Doch plötzlich legt er einen Arm um mich, fasst mit seiner Hand nach der meinen, schlingt unsere

Finger ineinander und vergräbt seine Nase in meinen Haaren. Seine Atemzüge werden ruhiger und selbst ich beginne mich zu entspannen, seufze tief, wische mir mit dem Handrücken die nassen Spuren aus dem Gesicht und kuschle mich eng an ihn.

16. Kapitel

Ich habe nur um wenige Minuten verschlafen – zwanzig, um genau zu sein, aber für meine Verhältnisse ist das ziemlich viel.

Doch ich darf nicht motzen, da ich meinen Wecker geschätzte vierzig Mal um eine weitere Minute gebeten habe, um Daniils Nähe etwas länger genießen zu können, der unter einem fürchterlichen Kater leidet, sich mürrisch unter der Bettdecke verkriecht und im Grunde gar keine Notiz von mir nimmt.

Wie von Furien gehetzt, stürme ich dann zu meiner wöchentlichen Trainingseinheit bei Pierre, der mich mit unverhohlener Neugierde von der Seite beäugt, was ich wiederum auf meine ungewohnt gute Laune schiebe.

Der Katzenjammer holt mich erst später ein. Die ersten Anzeichen dafür treten bereits während des Mittagessens zutage, welches ich mit meiner Mutter einnehme.

Meine Mutter versteht es wie kein zweiter Mensch, mich zu analysieren. Verzeihung, natürlich gibt es da noch einen weiteren Menschen. Jenen Mann, der diese Nacht zu mir gekommen ist und mich zum ersten Mal Liebe hat spüren lassen – oder zumindest eine Illusion davon. Jener Mann ist nun auf dem Weg zu Parker, mit Ilka im Schlepptau. Nicht dass meine beste Freundin auf diese Idee gekommen wäre, sie wurde gleichsam von Daniil dazu gezwungen. Parker, der gestern mit Sicherheit einiges hat einstecken müssen, scheint an seinem Leben zu hängen, da er sich auf diese Unterredung einlässt. Selbstverständlich habe ich dabei nichts verloren, denn ich gehöre doch nicht zur Familie. Ich würde allerdings gerne Mäuschen spielen, um Parkers fadenscheinige Ausreden mit eigenen Ohren zu hören.

So esse ich also mit meiner Mutter zu Mittag, und da sie mir unbedingt das Kleid zeigen möchte, das sie zur Gala am nächsten Samstag tragen wird, begleite ich sie zu Williams Stadthaus, wo sie noch immer wohnt. Es scheint sie nicht weiter zu stören, dass inzwischen auch Rose, Williams Freundin, dort eingezogen ist. Vielleicht will Mutter aber auch nicht gänzlich die Kontrolle über das Leben ihres Sohnes verlieren, jetzt, da er fest entschlossen ist, ihm eine entscheidende Wende zu geben, indem er dem Junggesellendasein Ade gesagt und sich für die Liebe entschieden hat. Ich kann nur schwer glauben, dass aus meinem arroganten, zynischen Bruder mittlerweile ein liebevoller, beinahe romantischer Mann geworden ist.

Lieben zu lernen ist also kein Ding der Unmöglichkeit, sage ich mir vor, während meine Mutter Kaffee und ein Glas Wasser vor mich hinstellt und mir alsbald eine lustige Episode von einer ihrer vielen Shoppingtouren erzählt, die sie zur Ablenkung unternimmt. Ich lausche nur mit halbem Ohr, rühre mit dem Löffel gedankenverloren in der hellbraunen Flüssigkeit und suche nach Parallelen zwischen Daniil und William. Beide haben sich über Jahre gegen die Liebe gewehrt. Bei beiden ist eine Verflossene im Spiel. William hat mit der seinen ein Kind, doch auch Daniil ist drauf und dran gewesen, sich auf ewig zu binden. Auf ewig. Ich kenne Candice zwar nicht, sie mag durchaus nett sein und es überhaupt nicht auf Daniils Kohle abgesehen haben. Trotzdem hindert mich etwas daran, sie sympathisch zu finden. Ob es die Liebe ist, die wir beide für denselben Mann empfinden?

„Du wirkst ein wenig, na ja, abwesend, wenn mir diese Feststellung erlaubt ist", unterbricht Mutter meine Überlegungen.

Ihre Augen sind geradewegs auf mich gerichtet, sie sucht in meinem Gesicht nach verräterischen Spuren, doch die werde ich ihr nicht liefern. „Mir geht es gut", lüge ich tapfer.

Aber ich habe keine Chance, sie nimmt mir meine halbherzige Antwort nicht ab. „Gaby, es ist nichts dabei, wenn man sich eine Schwäche eingestehen muss. Was immer dich beschäftigt, du kannst auf mich zählen. Du vergisst, dass du meine Tochter bist und ich dich besser kenne als jeder andere. Du bist so still, wirkst zerknirscht, als würde dir etwas oder jemand großes Kopfzerbrechen bereiten." Unter ihrem Blick scheine ich zu schrumpfen, dabei sprechen aus ihren Worten doch nur Liebe und Verständnis.

Und selbst wenn ich nicht vorhabe, meine Mutter über jeden meiner Schritte ins Bild zu setzen, so ist sie doch diejenige, an die ich mich im Notfall wenden kann.

Jetzt halte ich mich aber besser zurück und erzähle ihr nur die halbe Wahrheit. „Es ist wegen meiner Freundin. Ilka. Sie ist schwanger und das von einem Mann, der nicht damit umgehen kann und sie deshalb verlassen hat."

„Um Gottes willen", stöhnt meine Mutter und reibt mit den Fingern nervös an ihrer Drosselgrube. Das macht sie immer, wenn sie unsicher oder verwirrt ist. „Was ist das bloß für ein Mann, der ein Mädchen in die Bredouille bringt und sich dann aus dem Staub macht?"

„Sie hat ihn geliebt." Sofort korrigiere ich mich. „Sie liebt ihn noch immer. Ilka dachte, dass es etwas Ernstes wäre, aber sie hat sich getäuscht."

„Liebling, nicht auszudenken, wenn dir etwas Derartiges zustoßen würde", seufzt Mutter. Hastig nimmt sie einen Schluck Kaffee, sie scheint sich mit dem Gedanken, sie könnte die Großmutter eines Bastards werden, überhaupt nicht anfreunden zu können. Meine Mutter weiß natürlich, dass ich die eine oder andere Affäre gehabt habe, auch wenn wir nie darüber gesprochen haben.

„Ich würde es nicht so weit kommen lassen", beruhige ich sie, denn ich kann ihren peinlich berührten Blick nicht ertragen.

„Ich weiß, du bist klug und besonnen, Gaby, Eigenschaften, die man nur von den wenigsten Männern erwarten darf, siehe das Beispiel deiner Freundin."

Nach all ihren schlimmen Erfahrungen ist es kein Wunder, dass meine Mutter eine berechtigte Abneigung gegenüber der Männerwelt hegt, doch ein solches Pauschalurteil kann ich einfach nicht gelten lassen. „Nicht der Männerwelt an sich mangelt es daran. Es kommt auf die Persönlichkeit an, ob ein Mann zu einer Frau steht oder nicht. Ilkas Freund Parker hat diesbezüglich kläglich versagt. Wäre Ilka nicht schwanger, so hätte er sicher weiterhin seinen Spaß mit ihr."

Meine Mutter zuckt die Achseln und lehnt sich verdrossen zurück. „So ist das nun einmal. Männer können machen, was sie wollen. Frauen sind immer die Dummen, die sich um Kinder, Haushalt und Alltagsprobleme kümmern dürfen. Ich hoffe, du findest eines Tages einen Mann, der dich zu schätzen weiß, dich nicht unterdrückt und dir die Luft zum Atmen nimmt."

Ihre Worte schrecken mich auf, besonders das eine: *unterdrücken*. Ist das nicht ganz in Daniils Sinn? Wünscht er sich nicht diese Art von Beziehung? Und bin ich nicht bereit, mich darauf einzulassen?

Mein Gott, wenn meine Mama das wüsste, sie würde tot vom Stuhl fallen.

„Du bist eine starke, junge Frau, Gaby. Da draußen gibt es den einen Mann, der dich glücklich machen wird. Auch wenn dein Vater und ich keine Vorbilder waren, solltest du dich nicht beirren lassen." Ihre Stimme strahlt eine solche Wärme aus, dass ich das Gefühl habe, über dem Boden zu schweben, zu fliegen. Den Mann, von dem sie spricht, habe ich bereits gefunden, so viel steht fest. Und zum ersten Mal bin ich mir hundertprozentig sicher, dass ich Daniil liebe. Mit allen Konsequenzen. Mit Haut und Haaren. Er hat etwas in mir zum Klingen gebracht, was bisher im Verborgenen geschlummert hat. Das ist noch keinem Mann gelungen. Andererseits ist Daniil auch der erste, der mich regelmäßig an die Decke gehen lässt.

Ich kann mir ein Lächeln nicht verkneifen, als ich Williams und Roses Stimmen höre. Die beiden strahlen richtiggehend, als sie die Küche betreten, und lassen mich so neuen Mut fassen. Auch sie haben einige Krisen überwunden, haben sich zusammengerauft, wirken nun so vertraut, so eng miteinander und so leidenschaftlich, dass ich sie aus tiefstem Herzen beneide.

„Hey", begrüßt mich mein Bruder und haucht mir einen Kuss auf die Wange.

Rose reicht mir freundlich die Hand. Sie ist ganz anders als ich. Ich möchte sie nicht als schüchtern bezeichnen, denn sie hat mehrfach gezeigt, wie stark sie ist. Immerhin ist es ihr gelungen, meinen bindungsscheuen Bruder an die Kette zu legen. Ihr mädchenhaftes Aussehen täuscht – sie ist ein überaus gefestigter Charakter. Männer, mein Bruder eingerechnet, stehen auf solche Frauen. Sie wecken ihren Beschützerinstinkt, sind aber trotzdem alles andere als hilflos.

„Ich dachte eigentlich, ihr Schauspieler müsst euch den Hintern aufreißen, um über die Runden zu kommen. Wir haben Montagnachmittag und Gaby schlürft in aller Ruhe ihren Kaffee – da stimmt doch etwas nicht", zieht William mich auf, während er und Rose lächelnd Platz nehmen.

„Sehr witzig. Auch Schauspieler dürfen sich hin und wieder eine Pause gönnen."

William legt die Hand auf Roses Oberschenkel, was diese nur noch mehr zum Strahlen bringt. Mein Gott, um die beiden ist es wirklich geschehen. Sehe ich ähnlich dämlich aus, wenn Daniil in meiner Nähe ist? Hoffentlich nicht, ich müsste mich ja schämen! „Wie ich höre, dürfen wir dich bald in einer Soap bewundern. Holst du dir hier erste Anregungen für deine Rolle?"

„Erstaunlich, wie lange du es dir verkniffen hast, mich deswegen aufzuziehen."

William zuckt die Achseln. „Ehrlich gesagt, ich konnte es bis jetzt nicht glauben. Oder habe es zu verdrängen versucht."

„Von nun an wirst du nur mehr *Soapies* nerviger großer Bruder sein."

Rose schmunzelt und scheint unser geschwisterliches Hickhack zu genießen. Lediglich meine Mutter schüttelt den Kopf und scheint enttäuscht zu sein, dass William mir die Sache nicht auszureden versucht.

„Wie macht sich dieser Tyrann eigentlich in der Arbeit? Hält man es mit ihm aus?", frage ich Rose, die noch fröhlicher lacht und William einen verliebten Seitenblick zuwirft.

„Gerade so", antwortet sie. „Ich halte ihn an der kurzen Leine. Im Notfall verpasse ich ihm einen Maulkorb."

„Ja, wenn sie so jung sind, beißen sie noch gerne", führe ich das Spiel fort, bei dem mein Bruder lediglich zum Zuhörer degradiert wird.

„Er ist ja auch erst kurz im Geschäft."

„Es klappt ganz gut, wenn man ihm seine Arbeiten zuteilt und sie hinterher kontrolliert. Das Schreiben ist seine Schwäche, der Computer sein Feind."

Ich krümme mich vor Lachen und muss zugeben, dass ich Rose wirklich nicht so viel Feuer unterm Hintern zugetraut habe. Williams Gesichtsausdruck ist das i-Tüpfelchen des Ganzen. Er reißt sich sichtlich zusammen, um ernst zu bleiben. Selbst meine Mutter hat sich aus ihrer Ecke erhoben und mischt auf dem Spielfeld mit. Ich beginne Rose als Vertraute und Seelenverwandte zu sehen. Irgendwann vielleicht sogar als die Schwester, die ich nie hatte. Zumindest scheint uns dieselbe Art von Humor zu verbinden.

In der nächsten halben Stunde unterhalten wir uns prächtig. Rose berichtet ausführlich vom Besuch ihrer Eltern und bringt uns damit zum Lachen. Verstohlen beobachte ich das verliebte Paar. Kein Zweifel, die beiden gehören zusammen. Obwohl ihre Beziehung unter keinem guten Stern gestanden ist, haben sie es geschafft, sich die Liebe zu erhalten. Eine tolle Leistung, denn es ist nicht leicht, mit meinem überaus eigenwilligen, fordernden Bruder auszukommen. Sie haben Einsatz und Stärke bewiesen, die ich mir wohl noch aneignen muss.

Ein Surren aus meiner Handtasche lenkt mich von Roses Erzählungen ab. Ich krame wie immer verzweifelt nach meinem Handy, finde es und schlucke hart, als ich den Namen versehen mit dem Symbol eines ungeöffneten Briefchens auf dem Display erblicke. Und obwohl ich das ganze Wochenende mit ihm verbracht habe, bin ich jetzt fürchterlich aufgeregt.

Wir müssen reden. Halb acht im Restaurant des Charing Cross. Daniil

Mein Mund wird staubtrocken, würde ich nicht ohnehin sitzen, so müsste ich mich umgehend auf meinem Hosenboden niederlassen.

Was hat das zu bedeuten? Klar, dass wir reden müssen, immerhin hat er sich letzte Nacht dank seines Alkoholpegels erfolgreich davor gedrückt. Es ist vernünftig und hoch an der Zeit, dass wir einige Missverständnisse ausräumen, aber warum er sich so wortkarg gibt, ist mir ein Rätsel.

Ob in der Zwischenzeit wohl wieder etwas zwischen Ilka und Parker vorgefallen ist? Ilka hat sich bis jetzt noch nicht bei mir gemeldet. Mein Kopf fühlt sich schwer an. Ich habe Angst. Wirklich. Richtig Schiss vor dem, was mich im *Charing Cross* erwarten wird. Dieses Hotel wird für mich wohl auf ewig mit schlechten Erinnerungen verbunden bleiben.

Überstürzt verabschiede ich mich, zwar habe ich noch etwas Zeit, bis ich losmuss, aber die brauche ich, um nachzudenken. Ja, ja, spotte ich, quäle dich nur selbst, indem du jedes noch so abwegige Szenario durchspielst und dich so in den Wahnsinn treibst. Aber was soll's, da muss ich durch. In ein paar Stunden weiß ich ohnehin mehr.

17. Kapitel

Mit ihrem schwarzen Kleid, den hohen Schuhen und den offenen Haaren ist sie eine wahre Erscheinung. Ich bin nicht der Einzige, der sie anstarrt und mit Blicken verschlingt. Gekonnt verberge ich, wie stolz ich bin, dass sie sich an meinem Tisch niederlässt – etwas, um das mich viele Männer hier beneiden. Ich stehe auf, um sie zu begrüßen, und bemerke, dass sich ihre Hand seltsam kalt anfühlt.

Meine Nachricht hat sie bestimmt ins Grübeln gebracht, Zweifel in ihr geschürt. Genau das habe ich beabsichtigt. Ich habe ihr noch nicht vergeben. Nein, sie muss erst Buße tun, ich habe so einiges mit ihr vor. Wenn sie Bescheid wüsste, was sie erwartet, würde sie wohl auf der Stelle Reißaus nehmen. Ich lasse mir nichts anmerken, gebe den nonchalanten Freund, der sie ohne Hintergedanken zum Essen ausführt. Innerlich bebe ich vor Lachen.

„Du siehst atemberaubend aus", schmeichle ich ihr mit einem ernst gemeinten Kompliment, bevor ich meine Moralpredigt vom Stapel lasse.

Abigail wirkt nervös, zupft mit ihren Fingern an der Tischdecke, kann meinem Blick kaum standhalten und bricht immer wieder in ein verhaltenes Lachen aus, was ich äußerst charmant finde. Ihre Augen glitzern, als ihr der Ober Wein einschenkt und sie den ersten Schluck nimmt. Ich beobachte sie schweigend, wir haben an diesem Abend ohnehin noch nicht viel geredet. Ich mustere ihr Kleid aus schwarzem, weichem Stoff, das knapp unter ihren Knien endet und den Ansatz ihrer Brüste betont. Ihr Brustkorb hebt und senkt sich schnell, fast so, als würde ich sie gerade zur Ekstase treiben. Doch sie zeigt sich von ihrer jungfräulichen Seite. Das gefällt mir, denn es wird es mir leichtmachen, sie meinem Wunsch gemäß zu formen. Sie mag stark sein und selbstbewusst, trotzdem hat sie keine Ahnung von dem, was ich mit ihr vorhabe. Was ich möchte. Und ich möge verdammt sein, aber ich genieße jedes Mal ihren schockierten Blick, wenn ich ihr etwas Neues zeige.

„Ich habe bereits für uns bestellt", sage ich leichthin und ernte einen Kugelhagel aus dunklen Augen.

„Ich kann eigenständig lesen und sprechen, falls dir das noch nicht aufgefallen ist", schnappt sie.

Wie ich ihre Widerspenstigkeit liebe! Oder reizt mich lediglich der Gedanke an das, was im Hotelzimmer auf sie warten wird? Oder habe ich ihre Gegenwart etwa gar vermisst? Nach einem einzigen Tag, das darf nicht wahr sein, rüge ich mich selbst. Wir sollten keine Zeit mit Essen vergeuden und schnellstens nach oben gehen. „Ich bin kein Despot, Süße. Ich will nur ungestört mit dir reden."

Ein Schnauben, dann verschränkt sie ihre Finger ineinander, als hätte sie Angst vor einer Prüfung. Zur Hölle! „Gut. Worüber? Über deinen Rausch von gestern? Das Hinausstürmen aus meiner Wohnung? Das Höhlenmenschenverhalten gegenüber deiner Schwester?"

Ich darf nicht zulassen, dass sie den Spieß umdreht. Sie steht kurz davor, mich mit ihrem Sturkopf zum Lachen zu bringen, und ich möchte ihr mit Autorität und Strenge begegnen. Dazu muss ich mich aber noch kräftig am Riemen reißen.

„Nein", antworte ich kühl. Sie ist gerade im Begriff, das Glas zum Mund zu führen, hält jetzt aber einen Augenblick lang inne, um dann in ihrer Bewegung fortzufahren. Ihre Lippen wirken praller, als sie mit der Zunge darüber leckt. Wie gerne würde ich sie jetzt küssen! „Über deinen Vertrauensbruch. Wie lange wusstest du schon von Parker und Ilka?"

Sie schluckt mehrmals, fixiert für kurze Zeit eine Frau am Nachbartisch, ehe sie mich mit traurigen Augen ansieht. Ja, Gaby, spotte ich innerlich, so ist das, wenn man sich mit mir anlegt. Du kannst nur verlieren, also arbeite nicht gegen mich. „Was tut das noch zur Sache? Du weißt doch jetzt Bescheid."

Ich fasse es nicht. Ihr ist jedes Mittel recht, um sich mir zu widersetzen. „Es tut sehr viel zur Sache."

„Ach ja?", unterbricht sie mich trotzig. „Hättest du Parker dann früher die Fresse poliert oder wärest du an ihrem Bett gestanden und hättest ihm eigenhändig den Gummi übergezogen? Deine Schwester hat ihr eigenes Leben, du kannst nicht alles selbst in die Hand nehmen, sie nicht vor jedem Schlamassel bewahren. Mich niederzumachen, weil du dir insgeheim die Schuld an dem Ganzen gibst, zeigt doch nur, wie hilflos du dich fühlst."

Ich bin sprachlos. „Sie wird immer an erster Stelle stehen, nicht wahr? Für mich bleibt nur die zweite Geige." Adwin hat also den Nagel auf den Kopf getroffen.

Ihre Augenbrauen schnellen nach oben. „Was soll das für eine Frage sein?"

„Eine berechtigte."

Die Strafe folgt auf den Fuß. Nervenaufreibend langsam legt sie das rechte Bein über das linke – und begleitet diese Aktion mit einem langen Schweigen, während sie mich nicht aus den Augen lässt. Dann sprudelt sie plötzlich hervor: „So wie für dich immer deine Arbeit, andere Frauen und du selbst an erster Stelle stehen?"

Ich schmunzle und streiche mit meinem Zeigefinger über meine Unterlippe. Die aufreizende Geste macht sie nervös – sehr gut! „Du klingst, als wärest du eifersüchtig."

„Wenn du meinst. Ja, Ilka steht an erster Stelle. Ich werde ihr immer den Vorzug vor dir geben."

Autsch. Ich spüle den Schmerz mit einem Schluck Wein hinunter. „Aus Angst? Als Schutz vor Verletzung?", fordere ich sie heraus.

„Nichts wird dich daran hindern, mir wehzutun."

Oh ja, sie hat Angst, schreckliche Angst.

„Offen gestanden, habe ich vorhin noch mit mir gekämpft, ob ich überhaupt kommen soll ... oder ... dich einfach zum Teufel jage."

Mein New Yorker Personal Coach hat mir eines beigebracht: Menschen, die ihrem Gegenüber Vorwürfe und Anschuldigungen an den Kopf werfen, versuchen damit meist nur, ihre eigene Unsicherheit zu überspielen. Möglicherweise steht Abigail im Begriff, übermäßig viel Gefühl in diese Verbindung zu investieren, die wir beide erst gestern gegenüber meiner Schwester noch als nüchtern und rein körperlich orientiert beschrieben haben. Ist es mir tatsächlich gelungen, mich still und heimlich in ihr Herz zu schleichen? Wie oft mir dieser Gedanke in den letzten Tagen bereits gekommen ist!

Ich ringe um Fassung, gebe mich aber äußerlich weiterhin unbeeindruckt. „Es wäre schade um die schöne Zeit, die noch vor uns liegt."

Abigail blafft mich an. „Ja, wo wir uns doch gerade so einig sind."

Lächelnd proste ich ihr zu und bin versucht, ihr den Spruch *Was sich liebt, das neckt sich* unter die Nase zu reiben, halte jedoch an mich. Uns verbinden Leidenschaft, Lust und Feuer, aber Liebe? Niemals!

Das Servieren der Suppe unterbricht unseren kleinen Kampf, der einem Vorspiel gleicht. Wir widmen uns mit einem Ernst dem Essen, als gebe es nichts Wichtigeres auf der Welt als Lauchcremesuppe. Trotzdem kann ich es mir nicht verkneifen, Abigail aus den Augenwinkeln zu mustern. Mit welcher Anmut und Grandezza sie die Suppe löffelt – das ist purer Sex.

„Was hat Parker denn heute zu sagen gehabt?", möchte sie nach dem Abservieren unserer Teller wissen.

Ich atme tief ein, unterdrücke so die Wut, die jedes Mal hochkocht, wenn ich nur an das Gespräch zurückdenke. „Er hat meine Schwester wie ein dummes, kleines Mädchen behandelt und nichts Konstruktives zur Unterhaltung beigetragen. Wir sind bald wieder gegangen."

Abigails Blick wird traurig. Ich weiß, dass sie stets für Ilka da sein wird. Eine solche Freundin kann man sich nur wünschen. Sie scheint mehr am Glück meiner Schwester als an ihrem eigenen interessiert zu sein. „Wie kann er nur so sein? Du kennst ihn doch schon so lange, hättest du ihm so ein mieses Verhalten zugetraut?"

„Nein." Im Ernst. Ich habe Parker viel zugetraut, aber nicht dieses Desinteresse, diesen Verrat. Wäre er achtzehn oder noch jünger, könnte man seine Angst verstehen. Doch verdammt, er ist ein Mann Mitte dreißig, nagt nicht gerade am Hungertuch und würde es mit Ilka gut treffen. Warum also diese Ablehnung?

Diese Frage hat mich schon den ganzen Tag beschäftigt. Wie soll es nun weitergehen? Bleiben wir Geschäftspartner? Kann ich ihm noch in die Augen sehen? Will ich das überhaupt?

„Ilka wird es gelingen, sich von ihm fernzuhalten. Wie sieht es mit dir aus – wirst du nach New York flüchten, um ihm nicht mehr begegnen zu müssen?"

Mir ist bewusst, dass sie diese Frage auch im eigenen Interesse stellt. Fest steht jedenfalls, dass ich mich bereits wesentlich länger in London aufhalte als ursprünglich geplant. Auch könnte diese leidige finanzielle Angelegenheit längst vom Tisch sein, hätte ich mich mehr dahintergeklemmt. Aber ich habe ja nichts Besseres zu tun, als eine ernsthafte Beziehung zu der Frau aufzubauen, die mir gerade gegenübersitzt. Und selbst wenn mir die Flucht und der damit verbundene Abstand zu Parker durchaus willkommen erscheinen mögen, kann ich mir nicht vorstellen, eine einzige Woche ohne Abigail auszukommen.

„Wir werden das schon hinkriegen. Zum Glück gibt es Adwin und wenn ich nicht betrunken bin, kann ich mich auch einigermaßen beherrschen."

Sie schmunzelt und fasst an ihr rechtes Ohrläppchen, an dem ein glitzernder Ohrring hängt.

„Trotzdem werde ich irgendwann wieder nach New York zurück müssen und ich hätte gerne, dass du dich dann um meine Schwester kümmerst. Meine Eltern sind zwar auch noch da, aber sie sind alt und Ilka braucht eine wahre Freundin." Und Geld, füge ich in Gedanken hinzu.

Abigail nickt zustimmend. „Ich lasse sie nicht im Stich."

„Das rechne ich dir hoch an. Im Moment ist sie bei meinen Eltern gut aufgehoben." Doch ich will jetzt gar nicht über Ilka reden. Mich beschäftigen ganz andere Dinge. „Wie war dein Tag?"

„Geht so", sagt sie achselzuckend. „Ich hatte den Kopf voll, absolvierte eine Trainingseinheit bei meinem Lehrer und anschließend ein Treffen mit meiner Mutter."

Es wäre jetzt ein Leichtes für mich, mich wegen meines gestrigen Verhaltens zu entschuldigen, schließlich hat das wesentlich zu ihrem heutigen Unwohlsein beigetragen. Der Mistkerl in mir weigert sich aber, Schwäche oder gar Gewissensbisse zuzugeben. So falte ich meine Hände, beuge mich vor und sehe ihr tief in die Augen. Abigail weiß nicht recht, wie sie damit umgehen soll, und ich kann es ihr im Übrigen nicht verdenken. „Willst du mir sagen, weshalb du heute Nacht geweint hast?" Meine Stimme ist nicht mehr als ein Flüstern.

Ich habe nicht wirklich mit einer Antwort gerechnet, aber dass *Nein* ihr einziger Kommentar ist, überrascht mich doch.

Auf meiner Unterlippe kauend fixiere ich sie weiterhin. Druck, ja, vielleicht hilft es, wenn ich sie unter Druck setze, damit diese Mauer zwischen uns zum Einsturz kommt.

Abermals werden wir vom Kellner unterbrochen, der den nächsten Gang serviert. Abigail wirkt erleichtert, als der Teller vor ihr auf den Tisch gestellt wird, sie Messer und Gabel zur Hand nehmen und sich den Kalbsvariationen zuwenden kann. Es kommt ihr gar nicht in den Sinn, meine Menüauswahl zu bekritteln.

Noch immer frage ich mich, warum sie geweint hat. Sie wirkte nicht unglücklich, als sie mir die Wohnungstür öffnete. Der Sex war gut – sehr zärtlich, sehr intim. Ich liebte sie mit einer Sanftheit, die mich heute noch in Erstaunen versetzt.

Warum also hat sie geweint? Weil auch sie diese Verbundenheit, diese Tiefe, dieses Vertrauen gespürt hat? Weil sie von denselben Ängsten wie ich geplagt wird? Meine Angst ist nämlich übermächtig. Ich drohe mich in ihr, Abigail, zu verlieren. Ich denke dauernd an sie, will nicht, dass ihr ein anderer nahekommt, denn – verdammt – ich sehe sie als die meine an. Himmel, Arsch und Zwirn!

Natürlich entgeht mir seine Aufmerksamkeit nicht. Mehr als das – ich spüre ihn in mir. Nicht dort, wo das Verlangen brodelt. Nein. In meinem Kopf, wo er verwirrende Dinge anstellt. Er drückt Knöpfe, von deren Existenz ich bis dato nichts gewusst habe. Er kontrolliert mich auf subtile Art. Nennt mich verrückt, aber ich liebe das. Ich liebe ihn.

Ja, hiermit erfolgt das offizielle Eingeständnis – ich liebe ihn.

Was soll ich nur machen? Wäre nicht das Essen im richtigen Augenblick aufgetragen worden, so hätte ich mich auf die Toilette verziehen müssen, nur um ihm nicht zu sagen, warum ich geweint habe. Es ist doch klar, dass ihm das nicht entgangen ist und er den Grund dafür herausfinden möchte. Doch den will ich ihm nicht verraten. Es ist besser so. Viel besser. Für uns beide. Denn wie hätte er reagiert, wenn ich mit der Wahrheit herausgerückt wäre?

Ja, Daniil, ich habe geheult, weil ich Liebe gespürt habe. Weil ich dich liebe und mir das in dem Moment, in dem du in mir gewesen bist, klargeworden ist.

Du wärst auf der Stelle aufgestanden, hättest die Sache beendet und wärst nach New York geflogen. Tja, und da ich das nicht will, spiele ich die kühle, die unnahbare Frau, der alles am Arsch vorbeigeht, sogar die zahlreichen Meinungsverschiedenheiten mit dir. Ach, Meinungsverschiedenheiten? Duell träfe es besser. Daniil ist kein Mann, mit dem eine Frau nett plaudern kann, der sie dann nach Hause bringt und sich an der Türschwelle einen Kuss stiehlt. Er erschiene am liebsten mit Peitschen zum Abendessen, nimmt dich mitten im Restaurant auf dem Tisch und genießt die Blicke der Umstehenden auch noch, während du glaubst, in Ohnmacht fallen zu müssen. Oder zumindest mit einer Anzeige wegen Erregung öffentlichen Ärgernisses rechnest.

Daniil lebt seine Fantasien ungeniert aus. Und verdammt, derzeit erstrecken sich diese Fantasien auf mich.

Mir wird siedend heiß, wenn ich nur daran denke.

„Du verzeihst, dass ich beschlossen habe, die Nachspeise in unserem Zimmer einzunehmen?"

Ich kichere vor lauter Nervosität und lecke mir über die Lippen. „Ich habe mich schon gefragt, wie lange du noch auf Gentleman machen wirst."

Wir vergessen die Leute um uns herum, als Daniil sich zu mir beugt, seine Lippen ganz leicht auf die meinen legt und sich seine Zunge dazwischendrängt. Der Kuss ist für die Menschen ringsum nichts Aufregendes. Für mich jedoch stellt er eine Geduldsprobe dar. Ich unterdrücke ein Seufzen und schließe die Augen.

„Ich bereue es bereits, dich überhaupt in ein Restaurant eingeladen zu haben. Hier sind einfach zu viele Menschen", flüstert er dicht an meinen Lippen.

Ich werde gleich verrückt, kann gar nicht sagen, wie sehr ich ihn will. Jetzt. Mit ihm nackt im Bett zu liegen ist das Einzige, woran ich denken kann. Wer braucht da noch eine Nachspeise?

„Andererseits hat es auch seinen Reiz, dich hinzuhalten und auf die Folter zu spannen."

Lächelnd rückt er von mir ab, stützt sein Kinn in seine Hände und fixiert mich mit festem Blick. „Und mit rotem Hintern kann man auch nur schlecht sitzen."

„Ich wüsste nicht, warum ich einen solchen haben sollte."

„Mir fallen tausend Gründe ein."

„Zum Beispiel?"

„Fjord."

Ich schnaube abfällig. „Diese alte Geschichte."

„Das Kleid, das du heute Abend trägst."

Unauffällig lasse ich meinen Blick über mein Dekolleté gleiten. „Das sind zwei Gründe", gebe ich mich besserwisserisch.

Daniil lächelt verschmitzt und beugt sich vor. „Deine Unehrlichkeit. Nicht nur gestern Abend. Und heute bist du ziemlich wortkarg."

„Das waren drei, höchstens vier. Wobei es schlimmere Gründe gibt. Fjord kann ich ja noch als Grund gelten lassen, denn es kratzt natürlich an deinem Ego, dass da etwas Intimes zwischen uns war, aber die anderen sind wahrlich an den Haaren herbeigezogen."

„Trink dein Glas aus, bevor ich dich die Konsequenzen deiner unbedachten Äußerungen gleich an Ort und Stelle spüren lasse", droht er mir.

„Ich passe", antworte ich. „Irgendetwas sagt mir, dass ich heute noch einen klaren Kopf brauche."

Er bedenkt mich mit einem diabolischen Grinsen, erhebt sich, streckt den Arm nach mir aus und ich folge ihm in die dezent beleuchtete Hotelhalle.

Wir schweigen, wagen es nicht einmal, uns direkt anzusehen. Am Lift warten bereits einige andere Hotelgäste. Ich bin mir sicher, dass auch sie die sexuell aufgeladene Stimmung zwischen Daniil und mir riechen können. Daniil fasst besitzergreifend nach meiner Hand. Ich werfe ihm einen unsicheren Blick zu, den er mit einem vielversprechenden Lächeln erwidert.

Im achten Stock steigen wir aus. Ich umklammere immer noch Daniils Hand und wünsche mir, dass er sie nie wieder loslässt, um das schlechte Karma meines letzten Besuches in dieser Suite auszulöschen. Ich erinnere mich genau an den Tag, an dem ich hier vor dieser Tür gestanden bin, nervös, zu spät dran und wohl wissend, dass ich ein anderer Mensch sein werde, wenn ich wieder herauskomme. Dass dies schneller geschehen ist, als mir lieb sein konnte, steht auf einem anderen Blatt. Heute hoffe ich auf einen angenehmeren Verlauf – und auch das ist nicht dazu angetan, meine Nervosität zu mindern.

Nach dem Eintreten verharren wir eine Weile wortlos im Dunkeln. Ich spüre Daniils Nähe, die Wärme, die von seinem Körper ausgeht, und es kostet viel Kraft, mich nicht sofort in seine Arme zu werfen.

Im Schlafzimmer wandert mein Blick zuallererst zu dem großen Bett. Ich muss schlucken, versuche, meine schlechten Erinnerungen daran zu verdrängen und mich zu entspannen. Auf dem kleinen Tisch in der Ecke stehen eine Flasche Champagner, zwei Gläser und kleine Schüsseln mit verschiedenen Mousse-Sorten. Daniil achtet gar nicht darauf, sondern führt mich ohne Umschweife ins Badezimmer.

Ich brenne. Nicht nur meine Haut, auch mein Innerstes glüht vor Verlangen, sehnt die Überraschung herbei, die zweifellos auf mich wartet.

Das Badezimmer wird lediglich von Kerzen erhellt. Die Wanne ist gefüllt und ein süßer, blumiger Duft erfüllt den Raum. Himmel. Was hat er nur vor?

Seine Augen glitzern, als er mir die Handtasche abnimmt und auf ein Board legt. Meine Finger verkrampfen sich ineinander, mein Mund fühlt sich unheimlich trocken an.

Ich ringe mir ein schüchternes Lächeln ab, als er langsam auf mich zukommt und meinen Oberarm berührt. Von dort fährt er mit seiner Hand bis zu meinem Nacken, streicht mein Haar zur Seite und tritt hinter mich. Ich halte die Luft an, starre auf den gefliesten Boden und kralle meine Fingernägel in die Handflächen, bis es schmerzt.

Ich spüre seine Nähe, seinen Atem, seine warme Haut und schaudere. Mit einem Ruck öffnet Daniil den Reißverschluss an meinem Rücken, küsst ganz sanft meine Schulterblätter, hakt meinen BH auf. Dann tritt er vor mich hin, hebt meinen Kopf an, damit ich ihm direkt in die Augen sehen muss. Eine nie gekannte Unsicherheit überkommt mich, ich bin diesem Mann vollkommen ausgeliefert, habe keinen blassen Schimmer, was er mit mir vorhat.

Daniil lässt ein raues Lachen erklingen, als ich mich auf die Zehenspitzen stelle, um seinen Mund zu erreichen, und kommt mir keinen Millimeter entgegen.

„Das Wasser müsste die richtige Temperatur haben", raunt er. „Abigail, ich möchte, dass du dich ausziehst, in die Wanne steigst und dich einfach nur entspannst."

„Du wirst dich mir nicht anschließen?"

„Nein", antwortet er bestimmt und tritt einen Schritt zurück, wobei er mich nicht aus den Augen lässt.

Das verführerisch duftende Wasser in der Wanne wirkt warm und einladend, ich kann es kaum erwarten, dass es meinen Körper umhüllt.

Daniil lehnt sich lässig gegen die Kante des hölzernen Waschtisches und weckt in mir die Erinnerung an jenen Abend, als er mich auf der Couch in seinem Wohnzimmer zu höchsten Ekstasen geleckt hat. Wie viel Zeit ist seither vergangen. Wie sehr hat sich unsere Beziehung inzwischen verändert. Wie sehr habe ich mich verändert.

So graziös wie möglich entledige ich mich meiner Kleidung, wobei sich meine Strumpfhose als lästiges Hindernis erweist. Ich habe Mühe, nicht der Länge nach hinzuschlagen, während ich mich unbeholfen herausschäle. Daniil muss sich ob meiner verzweifelten Verrenkungen bestimmt das Lachen verkneifen. Ob das der Erotik förderlich ist? Ein verstohlener Blick auf ihn verrät mir, dass seine Augen erwartungsvoll leuchten. Doch als er dann endlich den Mund auftut, klingen seine Worte ernüchternd.

„Wie ich hörte, möchtest du beruflich neue Wege einschlagen."

Da stehe ich nun nackt vor ihm, gerade im Begriff, in die Wanne zu steigen, und er will über meine Karriere sprechen. Gut möglich, dass ihm meine Aufregung nicht entgangen ist und er mich ein wenig ablenken möchte.

„Ja", antworte ich leise. „Es soll nur für ein halbes Jahr sein, bietet mir aber die Möglichkeit, in ein neues Metier hineinzuschnuppern."

„Es kann nie schaden, den Fuß erst mal in der Tür zu haben", bestätigt er.

Daniil ist damit der Erste in meinem Umfeld, der meine Entscheidung nicht in der Luft zerreißt. Er bestärkt mich, findet es gut und schafft es auf diese Weise tatsächlich, dass ich innerlich ruhiger werde.

„Ich brauche einfach eine Veränderung, denn es ist auf Dauer langweilig, jeden Abend in dieselbe Rolle zu schlüpfen."

Das Wasser verfehlt seine Wirkung nicht. Es umschmeichelt meinen Körper, lullt meinen Verstand ein, der bald nichts mehr fragen und nichts mehr wissen will. Der Badeschaum reicht bis zu den Brüsten. Meine Haut prickelt, ich atme den herrlichen Duft ein, der mich in eine andere Welt entführt. Die Zeit verschwimmt, alles fühlt sich so unwirklich an. Es ist schwer vorstellbar, dass ich vor zehn Minuten noch in einem belebten Restaurant gesessen bin. Daniil hat mich auf eine einsame Insel entführt, eine Insel, die uns allein gehört, auf der wir unsere Begierden ausleben und Kraft tanken können, um uns wieder dem Alltag zu stellen. Einem Alltag, in dem ich für Daniil nicht mehr als eine Abwechslung, eine kurzzeitige Begleiterin, eine Lebensabschnittspartnerin bin – was für eine schreckliche Bezeichnung!

Daniil bekommt von meinem inneren Monolog nichts mit, stößt sich vom Waschbecken ab und kommt mit einem schneeweißen Badetuch auf mich zu. Er kniet neben der Wanne nieder, legt das Badetuch weg und sieht mir tief in die Augen.

„Ich finde gut, was du machst, Abigail. Und egal, was die anderen sagen, lass dich nicht von deinem Weg abbringen."

Wie gut mir diese Worte tun. Und wie gut es mir tut, dass sich Daniil Gedanken über mich macht.

„Du bist der Einzige, der meinen Entschluss versteht." Daniil lässt seine Hand geistesabwesend durch den Badeschaum gleiten.

Er wirkt ernster als sonst, kann aber seine Lust nicht verbergen. Sie springt förmlich aus seinen Augen, trifft mich und reißt mich mit. Als er seine Hand weiter nach oben gleiten lässt, den Schaum zerteilt und letztendlich bei meinen Brüsten landet, meine ich, ersticken zu müssen. Doch das ist noch nicht das Ende meiner Qual. Daniil umschließt meine linke Brust mit seinen Fingern, verteilt höchst konzentriert Schaum darauf, führt aber unsere sachliche Unterhaltung fort.

„Jeder muss seine eigenen Entscheidungen treffen, ich würde es dir allerdings sagen, wenn ich etwas nicht gut finde."

Ich kann seinen Worten kaum folgen, bin zu sehr von seinen Fingern abgelenkt, die sich nun mit meiner anderen Brust beschäftigen und die steinharte Brustwarze noch mehr reizen. Ich möchte mich ähnlich sachlich wie Daniil geben, ganz bestimmt nicht stöhnen – noch nicht.

Er schaufelt währenddessen etwas Wasser in seine Hand und lässt es langsam über meine Brüste rinnen. Dann beugt er sich zu mir herab, haucht federleichte Küsse auf meine Schultern. Wie wunderbar das ist und doch sehne ich mich danach, seine Lippen auf meinem Mund zu spüren. Doch darum betteln will ich nicht. Vermutlich würde ihm das sogar gefallen und er würde mich von nun an um jede noch so kleine Wohltat betteln lassen. So gebe ich mich vollends dem Gefühl hin, das er mir jetzt bereitet. Nicht nur körperlich, auch seelisch. Die Mischung aus warmem Wasser und Daniils Verwöhnprogramm trägt zu meiner völligen Entspannung bei.

Spätestens als seine Finger hinunter zu dieser pochenden Stelle zwischen meinen Beinen gleiten, die sich ihm hungrig entgegenstreckt, ist mir alles egal und ich bin nur noch Lust und Leidenschaft. Daniil scheint den verzückten Ausdruck auf meinem Gesicht sichtlich zu genießen, ebenso wie das heftige Pochen zwischen meinen Schenkeln. Das Pochen, das er heraufbeschworen hat. Das Pochen, das er allein stillen kann.

Sein Mund ist dem meinen nun so nahe, sein Finger plötzlich in mir. Ich recke und strecke mich wohliglich.

Küss mich! Küss mich!, schreit jede Faser in mir.

Doch was macht er? Er unternimmt nichts, um dieses Brennen zu löschen, sondern gießt noch mehr Benzin ins Feuer, indem er mit seinem Daumen über meinen hart gewordenen Kitzler streicht und mir ein klägliches Wimmern entlockt.

Himmel!

Ich schmelze unter seinen Berührungen. Seine Lippen streichen über mein Ohrläppchen, sein Atem benetzt meine Haut, ich fühle mich, als würde ich fallen, als würde etwas in mir kapitulieren.

„Oh, Abigail, wenn du nur sehen könntest, wie unglaublich schön du gerade bist", flüstert er mir ins Ohr.

Beim Wörtchen *schön* zucke ich zusammen. Es macht mir Angst. Hätte er *geil* oder *sexy* gesagt, würde es mir nicht dermaßen tief unter die Haut dringen. So fühlt es sich wie ein Zugeständnis an mich an. Sein Zugeständnis.

Ich will es nicht glauben, wage es nicht zu hoffen oder zu denken, wehre mich lieber gegen diese Vertrautheit, kämpfe dagegen an. Es soll nicht intensiver werden. Es soll das bleiben, als das es geplant war – guter, bedingungsloser Sex. Kein Liebemachen, keine Gefühle. Doch Daniils Zärtlichkeiten verleiten mich dazu, mich der Illusion von Liebe hinzugeben. Ob es ihm ähnlich ergeht?

Ich richte mich auf, was Daniil nicht zu goutieren scheint, mich aber nicht weiter kümmert, und lasse meine nasse Hand an seinem Bauch nach oben gleiten. Er brummt zwar missmutig, lässt es schlussendlich trotzdem zu.

Selbst gegen meine Küsse hat er nichts einzuwenden, auch wenn er mir überhaupt nicht entgegenkommt. Doch warum sollte ich mir verwehren, ihm das zu geben, was ich möchte?

Meine Zunge umkreist die seine, während ich Knopf für Knopf sein Hemd öffne. Den ersten Knopf lässt er sich noch gefallen, beim zweiten brummt er wieder, beim dritten zuckt er zurück.

„Nein", gebietet er mir im Befehlston Einhalt. „Nein, Abigail. Ich mag das nicht. Hör sofort auf oder ich werde böse."

Soll das die Untertreibung des Jahrtausends sein? Wir wissen doch beide, wie er mit mir umgeht, wenn ich ihn *böse* mache.

„Komm raus", befiehlt er und hält mir das Badetuch hin. Selbstverständlich komme ich der Aufforderung umgehend nach, erhebe mich und lasse mich von Daniil in das weiche Tuch wickeln.

„Auf dem Bett liegt etwas für dich. Ich möchte, dass du es anziehst und auf mich wartest."

„Okay", gebe ich kleinlaut zurück.

18. Kapitel

Ich betrete das schwach erleuchtete Schlafzimmer und finde Abigail am Bettende sitzend vor. Sie hält ihre Beine ineinander verschlungen, die Augen zu Boden gerichtet und wirkt überaus unsicher. Kurzum – sie entspricht dem Bild, das mir vorgeschwebt ist, als ich den Verlauf des Abends geplant habe.

Die schwarzen halterlosen Strümpfe betonen ihre wohlgeformten Beine, der schwarze Spitzen-BH verhüllt ihre Brüste nur notdürftig.

Sie wagt nicht, mich anzusehen. Es gefällt mir, dass diese starke Frau nun eine solche Schüchternheit an den Tag legt. Ich komme ganz nahe an sie heran, betrachte sie eingehend. Es reizt mich, über die Wölbung ihres Busens zu streichen, sie dort zu küssen, sie zu schmecken. Noch mehr reizt es mich zu sehen, wie sich dieses enge Höschen an ihre Schamlippen schmiegt. Doch ich habe mit Abigail etwas viel Überraschenderes vor, als auf der Stelle über sie herzufallen. Ich will ihr die erste Lektion erteilen. Ich möchte versuchen, ihre Grenzen auszuloten und ihr gleichzeitig deutlich machen, wer von uns die Hosen anhat. Zweifelsfrei wird sie sich sträuben. Sie wäre nicht Abigail, würde sie sich mir ohne Protest unterwerfen. Es kümmert mich im Moment auch gar nicht, ob ich sie möglicherweise überfordere. Die Karten gehören schleunigst neu gemischt, das Gefühl der Betroffenheit soll verschwinden. Dieses Gefühl, das sich in mir breitgemacht hat, als sie gestern weinte.

Ich räuspere mich, greife nach der gekühlten Flasche, gieße zwei Gläser Champagner ein und begebe mich zu ihr. „Komm, trink etwas.“

„Nein, danke", fährt sie mich unwirsch an.

Nun, auch gut. Ich leere zunächst mein eigenes Glas, dann jenes von Abigail und lasse sie dann achtlos auf den Teppichboden fallen. Abigail verfolgt zwar jede meiner Bewegungen, zeigt aber keinerlei Gefühlsregung. Wie ein Eisklotz sitzt sie auf der Bettkante, atmet aber schwer und winzige Schweißperlen zieren ihre Stirn.

Ich sinke vor ihr auf die Knie. Sie riecht außerordentlich gut. Ihre Brüste werden durch den BH nach oben gepresst, sodass sich mir ihre Rundungen deutlich entgegenwölben. Als Verkörperung meiner erotischen Fantasien sitzt sie vor mir und gestattet mir, sie minutenlang zu mustern, ohne dass ein Wort zwischen uns fallen würde. Mein Blick gleitet über ihren flachen Bauch, dann zwischen ihre Beine. Als sie dessen gewahr wird, presst sie diese enger zusammen. Ich schmunzle. „Wie gefällt dir dein Outfit?"

„Ich finde es schrecklich", macht sie weiterhin auf Eisprinzessin.

„Warum?"

Sie stutzt kurz, dann kehrt ihr Selbstvertrauen zurück. Oh ja, es wird ein hartes Stück Arbeit, Miss Bennet zu bezwingen. „Weil dieses Teil zwischen meinen Beinen abstoßend ist. Ich bin keine billige Vorstadtnutte, die sich mit einem solch dämlichen Fähnchen schmücken muss."

Es gibt nun zwei Möglichkeiten: Entweder ich packe sie und verpasse ihr eine ordentliche Tracht Prügel auf den Hintern, die sie noch in den kommenden Tagen spüren wird, oder ich lasse mich auf ihr Spiel ein, bis sie sich in eine Sackgasse verrennt, und genieße es dann umso mehr, ihre Niederlage zu besiegeln.

Als sie mir ihr Kinn trotzig entgegenreckt und mich mit ihrem *Du bist ja doof*-Blick bedenkt, entscheide ich mich für Variante zwei. Wie sehr wird es ihren Stolz erschüttern, wenn sie feststellen muss, wie viele Freuden ihr dieses dämliche Fähnchen bereiten wird, weil ein Orgasmus den nächsten jagt.

Voller Vorfreude auf das, was dieser aufmüpfigen Frau noch blühen wird, streiche ich mit meinem Handrücken sanft über die Wölbung ihrer Brüste. „Dieses schwarze Kästchen an deinem Slip wird, sobald ich es eingeschalten habe, zu vibrieren beginnen. Die Vibrationen werden durch die kleinen Perlen sehr intensive Gefühle in dir auslösen." Ihr Atem stockt, die Muskeln an ihrem Bauch ziehen sich leicht zusammen, als ich meine Hand auf ihren Oberschenkel lege. Mit sanftem Druck schiebe ich ihre Beine gerade so weit auseinander, dass ich dazwischen passe. „Ich habe dieses Vorgehen nicht umsonst gewählt. Du wirst dich mir hingeben, dich fallen lassen müssen und ich werde dir gänzlich unbekannte Wege zeigen, Abigail." Mit meinen Fingern streiche ich über ihre Unterlippe und komme mit meinem Gesicht dicht an sie heran.

Zaghaft öffnet sie die Lippen für mich. Es freut mich, dass sie nicht mehr ganz so abweisend wie zuvor ist. Als sich unsere Zungen finden, erkenne ich sie kaum wieder. Sie wird stürmisch, ungeduldig und umschlingt mich mit ihren Armen, doch ich werde ihr den Versuch, das Kommando zu übernehmen, nicht durchgehen lassen, brumme, als sie abermals an den Knöpfen meines Hemdes zu fummeln beginnt. Ich spüre die Hitze zwischen ihren Beinen, als ich mit meinen Fingern den Schalter in ihrem Slip ertaste. Das Kästchen ist nur wenige Zentimeter groß, wird uns beiden aber noch jede Menge Freude bereiten.

Die erste Vibration lässt Abigail zusammenzucken, während sich aus ihrer Kehle ein kaum wahrnehmbarer Klagelaut löst. Ihre Finger graben sich in meinen Rücken, die Bewegungen ihrer Zunge halten inne. Meine Hand liegt noch immer auf ihrem Slip, sanft berühre ich die Innenseite ihrer Schenkel, lasse meine Finger hauchzart über die glühende Haut gleiten.

Ich weiß natürlich, dass ich den Effekt des Vibrierens so noch verstärke.

„Daniil", flüstert sie mit zurückgeworfenem Kopf, „Daniil."

Noch vor ein paar Minuten war sie drauf und dran, mich knallhart abzuweisen, und nun beginnt sie bereits, mich anzuflehen – nach nicht einmal einer Minute.

Erneut fahre ich mit meinem Finger über ihre feuchte Mitte, deutlich spüre ich das Zucken der Perlen, die sie klatschnass werden lassen. „Wie fühlt es sich an?"

„Oh ... sehr ... gut ... oh ..."

Ihre rauchige, abgehackte Stimme gefällt mir. Lächelnd streiche ich über ihren Bauch bis hinauf zu ihren Brüsten. Mit geröteten Wangen drückt sie sich mir entgegen. Himmel, ich habe mir zwar von Anfang an gedacht, dass diese Behandlung sie nicht kaltlassen wird, immerhin ist Abigail die leidenschaftlichste Frau, der ich je begegnet bin, aber mit so viel Intensität habe ich nicht gerechnet.

„Dir ist klar, dass ich dir noch nicht erlaube zu kommen", setze ich ihr auseinander, während meine Lippen über die Wölbung ihrer Brüste streichen. Ich sauge ihren Duft ein – ein animalischer, trotzdem fraulicher Geruch, der meinen Verstand vernebelt.

Abigail bewegt sich ruckartig, drückt ihre Beine zusammen, erkennt jedoch sofort, dass sich dadurch die Stimulation nur noch erhöht. „Ich bin aber nahe dran", haucht sie kaum hörbar.

Ich lache, lecke mit meiner Zunge an ihrem Bauch entlang und lege meine Handfläche auf ihre Scham, die heiß pocht. „Das mag sein, du wirst aber trotzdem nicht kommen. Es ist höchste Zeit, dir etwas mehr Beherrschung beizubringen. Du bist zu impulsiv, gibst deinen Gefühlen zu rasch nach."

Ein böses Funkeln blitzt in ihren Augen auf, das ihr jedoch vergeht, als ich einen Finger in ihre heiße Öffnung schiebe.

„Mein Gott, wenn du so gemein bist, kann ich mich erst recht nicht zurückhalten."

„Gemein?", wiederhole ich schmunzelnd. „Denkst du nicht, Gaby, dass ich jetzt gerne in dir sein möchte? Dir dieses böse Funkeln aus den Augen vögeln und mich in dir entladen möchte? Aber nichts da, ich genieße wie ein wahrer Gentleman."

Mit einem Mal lacht Abigail lauthals heraus. „Du bist meilenweit davon entfernt, dich wie ein Gentleman zu benehmen."

„So bissig, die kleine Lady?", raune ich, während sie ihr Becken meinen beiden Fingern, die in ihr stecken, entgegenpresst. „Ruhig sitzen bleiben, sonst muss ich deine Beine festbinden." Meine Zunge vertieft sich in ihren Bauchnabel und macht sich dann auf den Weg nach unten zu ihrem glühenden Dreieck. Aus ihrem feuchten Höschen ertönt weiterhin ein leises Surren, das sich in ihrem ganzen Körper fortpflanzt. Abigail stöhnt, biegt ihren Rücken durch und ringt sich ein gequältes *Bitte* ab.

Ich befinde mich in einer Zwickmühle. Einerseits will ich, dass sie kommt, schließlich genieße ich ihre Orgasmen fast mehr als meine eigenen. Ich liebe ihre unkontrollierten Zuckungen, das völlige Losgelöstsein und dass ich Herr über ihre Lust bin. Andererseits möchte ich sie fordern. Es würde mir nicht gut anstehen, wenn ich jetzt nachgebe und ihr die ersehnte Erlösung gestatte.

„Zieh deinen BH aus", weise ich sie an, während ich meine kniende Position zwischen ihren Schenkeln aufgebe, sodass sich mein Mund in Höhe ihrer Brüste befindet.

Langsam und etwas ungelenk öffnet sie den Verschluss ihres BHs, lässt die Träger über ihre Schultern gleiten und entledigt sich dann des für mich lästigen Kleidungsstücks. Endlich habe ich ungehinderten Zugang zu ihren rot aufgerichteten Nippeln. Abigail schließt die Augen, ihre Zungenspitze blitzt feucht zwischen ihren Lippen hervor und erregt mich ungemein.

Ich beuge mich nach vorne, damit ich an ihrer linken Brustwarze abwechselnd saugen, blasen und beißen kann. Ihr Brustkorb hebt und senkt sich unruhig – keine Frage, sie arbeitet an sich, atmet den Höhepunkt weg, von dem sie nur ein Funke trennt. Ja, ich weiß, wie sich das anfühlt, Süße. Du glaubst, ohnmächtig zu werden, spürst nur mehr dieses Pochen und Rauschen in deinen Ohren, bist dem Wahnsinn nahe.

„Du machst das sehr gut", lobe ich sie.

Ihre Brüste schmiegen sich weich an meinen Mund, während sich ihre Nippel steinhart anfühlen. Ihr Atem wird wieder ruhiger, ihre Miene ist nicht mehr ganz so verkrampft. Trotzdem merke ich, dass sie sich sehr zusammenreißen muss. Ich sollte sie endlich von diesem Ding zwischen ihren Beinen erlösen, viel zu lange schon setze ich sie den Vibrationen aus.

„Soll ich dich davon befreien?"

Sie nickt eifrig. „Ja, ich … bitte."

Ich greife nach dem Höschen und ziehe es langsam nach unten. Sofort beginnt sich Abigails Körper zu entspannen. Sie legt den Kopf lasziv in den Nacken und verleitet mich ein weiteres Mal dazu, meine Zunge auf eine erotische Reise zu schicken. Ausgangspunkt ist ihr Bauch, die Route erstreckt sich weiter zu ihren Schenkeln, ihrer Leistenbeuge, ihren Brüsten, ehe ich mir blitzschnell den Weg zurück nach unten bahne, ihre Beine auseinanderdrücke und meine Zunge mit hastigen Bewegungen ihren Kitzler malträtiert. Abigail windet sich, gräbt ihre Fingernägel in meine Kopfhaut und drückt mich noch näher an ihr pochendes, hungriges Fleisch.

Ich verliere die Kontrolle. Was ist mit meinem Vorsatz? Meinem Plan? Ich will ihr doch unter keinen Umständen die Führung überlassen, verdammt noch mal!

„Nein", fauche ich ihn an, als er seine Zunge von meinem Kitzler nimmt und sie hinunter zu meinen Kniekehlen gleiten lässt. Ich bin wütend. Richtig wütend. Außerdem habe ich genug von Zurückhaltung und Selbstkontrolle – schon viel zu lange habe ich mich darin geübt.

Ich will das Feuer in mir endlich löschen, will es nicht mehr wegatmen. Ich fühle mich wie eine *Schwarze Witwe*, die kurz davorsteht, das Männchen, mit dem sie sich eben noch gepaart hat, zu töten. Als Daniil dann auch noch lacht und mein Bein auf seine Schulter legt, um mich mit seinen Finger zu bearbeiten, ist es endgültig um mich geschehen. „Daniil, es reicht!" Es kann nicht schaden, wenn auch er meine Autorität zu spüren bekommt, doch gleich bereue ich meine unbedachte Zurückweisung.

Augenblicklich erscheint eine Zornesfalte auf seiner Stirn und er lässt auf der Stelle mein Bein los. Ich ahne Schlimmes, doch nun ist es für Gewissensbisse zu spät.

Daniil zieht mich hoch, umfasst mit der Hand mein Kinn und mustert mich mit furchteinflößendem Blick. „Gaby, Gaby", tadelt er mich. „Ungehorsamen, vorlauten Mädchen sollte man den Mund mit Seife auswaschen, aber da ich die gerade nicht zur Hand habe, improvisiere ich eben."

Schluck!

Sein Griff wird fester, während er äußerst geschickt mit einer Hand die übrigen Knöpfe seines Hemdes und dann seine Hose öffnet. Dabei lässt er mich nicht aus den Augen und auch ich kann den Blick nicht von ihm nehmen. Für mich völlig überraschend packt er mich an den Haaren und reißt meinen Kopf nach hinten, dass ich vor Schmerz aufheule. Sein erigierter Penis kommt meinen geschlossenen Lippen gefährlich nahe.

Beinahe möchte ich mich ohrfeigen – Mann, Gaby, er ist nicht der Erste, dem du einen bläst. Ja, aber er ist der Erste, der dieses Vorhaben konsequent verfolgt. Er wird dich nicht mit einem einfachen Blowjob davonkommen lassen. Er wird dich hart rannehmen, Dinge von dir verlangen, die du ihm, dämlich wie du bist, auch noch gerne gibst. Du wirst danach nicht besser dran sein als jetzt. Eher schlimmer, falls dies überhaupt noch möglich ist.

Trotzig, nicht nur wegen der prüden, altklugen Seite in mir, die sich gerade jetzt zu Wort meldet, öffne ich den Mund, sodass lediglich Daniils glänzende Spitze eintauchen kann. Sie schmeckt männlich, herb und köstlich. Ich will mehr!

Sein Griff verstärkt sich, wird drängender, als ich meinen Mund nicht weiter aufmache, obwohl er mich mit bestimmendem Druck dazu animiert. Daniil wirkt gereizt, kneift die Augen zusammen, während meine Zunge immer und immer wieder über seine pralle Spitze gleitet. „Es ist ermüdend, wenn man nicht das bekommt, was man möchte, nicht wahr?"

„Ich kann sehr, sehr, sehr viel böser werden, wenn du das möchtest. Wie wäre es mit dem Höschen? Möchtest du es wieder anziehen? War es doch nicht lange genug?"

Lieber gestehe ich mir meine Niederlage ein, als dass ich noch einmal dieses blöde Ding anziehe. Mein Mund öffnet sich langsam – dramatische Musik hätte jetzt gerade noch gefehlt. Daniil gleitet tiefer in mich. Schützend will ich meine Hände ins Spiel bringen. „Deine Finger bleiben, wo sie sind", brummt er und beginnt in meinen Mund zu pumpen. Und natürlich gefällt es mir. Er wäre nicht Daniil, würde er diese animalische Handlung nicht mit Ruhe und gleichzeitiger Arroganz vollführen. Ich zerfalle unter seiner Kraft, seinem Blick, der pure Erotik ausstrahlt, seinen Lauten – tiefe, dunkle Laute, die männlicher nicht sein könnten. Himmel, ich bin ihm schutzlos ausgeliefert, bereit, alles zu machen, was er verlangt. Dabei vergesse ich oft, wie sehr es mir selbst gefällt. Möglicherweise habe ich auf einen Mann wie ihn gewartet. Einen Mann, der mich leitet, mich auf ein Podest hebt, nur um mich im nächsten Augenblick wieder unter Peitschenknallen davon zu vertreiben.

Während er meinen Kopf eisern festhält, wird er schneller. Ich warte auf seinen Erguss, seinen Höhepunkt, den er zweifelsfrei in vollen Zügen genießen wird. Doch gleich darauf verspüre ich eine Leere in meinem Mund. Daniil ist weg, sein Gesicht dem meinen jedoch nahe, seine Augen sind dunkel vor Leidenschaft, seine Lippen trocken. „Wie gerne würde ich jetzt in deinem Mund kommen. Ahnst du, Abigail, weshalb ich es nicht mache?"

Eine Fangfrage. „Weil du doch ein klein wenig Anstand hast?"

„Weil ich mich unter Kontrolle habe. Mich und meine Bedürfnisse."

Ja, ja, ein Wink mit dem Zaunpfahl der etwas anderen Art. Daniil geht jedoch nicht weiter auf das Thema ein, sondern packt mich an den Hüften, um mich über das Bett zu schieben. Zwischen meinen Beinen nimmt er Platz, streicht scheinbar gedankenverloren über meinen Bauch, meinen Venushügel und zuletzt über meine feuchte Spalte. Mein Atem wird schwerer, ich ringe mich dazu durch, wenigstens die Augen geöffnet zu lassen, was äußerst schwer ist, wenn man seinem fest auf mich gerichteten Blick ausweichen möchte – und Daniil leckt mich.

Ich versuche, stark zu bleiben, mir sein eigenes Verhalten als Vorbild zu nehmen und nicht mehr von mir zu geben als ein wohliges Stöhnen.

Das gelingt mir jedoch nur bedingt. Immer wieder zieht sich alles in mir zusammen. Ich bin einfach nicht gemacht für Geduldsproben dieser Art.

Dann geht alles sehr schnell: Mit einem Ruck taucht Daniil in mich ein, setzt meinen Po auf seinen Oberschenkeln ab und beginnt mich mit langsamen, kreisenden Bewegungen auf den Gipfel zu tragen, sodass mir nichts anderes übrig bleibt, als meine Finger ins Laken zu krallen.

Himmel, ist das gut! Wieder einmal findet er alle meine empfindsamen Punkte, bringt mich dazu, nur noch wirres Zeug zu stammeln, und pumpt unerbittlich in mich. Immer wieder glaube ich zu fallen, fange mich und weiß bald, was mich erwarten wird.

„Ruhig atmen", flüstert er und beugt sich vor, um meine Schläfen, meine Wangen und meinen Mund zu küssen. Ich ergebe mich ihm endgültig. Genieße seine Zunge in mir, seine Hände, die über mein Gesicht streichen. Wie schaffen wir es nur immer wieder, eine solche Intimität aufkommen zu lassen?

Gerade noch waren wir der böse Herr und sein Opfer und nun finden wir uns in einer richtig unter die Haut gehenden Liebesszene wieder. Dieser Mann begehrt mich. Er will mich. Nicht nur körperlich, sondern ganz. Er liebt mich vielleicht sogar und verspricht mir gerade, immer für mich da zu sein. Ich sehe in sein Gesicht, liebe diese Offenheit, seine Verletzlichkeit und nicht zuletzt seine grenzenlose Leidenschaft.

Der Orgasmus, der uns beide gleichzeitig erfasst, ist unbeschreiblich – habe ich etwas anderes erwartet? Ich kralle meine Finger in seinen Rücken, schließe die Augen, lasse mich treiben und falle und falle, bis mein ganzer Körper schmerzt. Alle Last, aller Druck, alle Ängste fallen ab. Ich gehöre ihm. Ja, sicher tue ich das. Er gehört mir. Und wie er mir gehört! Ich frage mich, warum nie zuvor ein Orgasmus derart intensiv gewesen ist. Ganz einfach: Weil ich noch niemals wirklich geliebt habe. Es ist die Liebe, die mich mein Leben in seine Hand legen lässt. Die mich ihm vertrauen und mich ihm öffnen lässt. Die mich an ihn kettet. Ich möchte verdammt sein, aber ich liebe diesen Mann mehr als alle anderen Menschen dieser Erde und weihe mich damit dem Untergang.

Wir liegen lange beisammen, Daniil noch immer in mir, während er mich streichelt und ich seinem Atem lausche. Nach dieser Explosion kehrt für eine Weile absolute Stille ein, etwas, das wir unbedingt brauchen, um den Boden unter den Füßen wiederzufinden.

„Ich darf doch hier liegen bleiben?", frage ich, nicht nur, um herauszufinden, wie Daniils Laune ist.

Er hebt den Kopf, sieht mich aus müden Augen an und sein Lächeln lässt mich aufatmen. „Die ganze Nacht, wenn du möchtest."

„Das ist gut, ich bin nämlich müde. Hundemüde." Ich kann ein herzhaftes Gähnen nicht unterdrücken.

Daniil lächelt und streicht mit seinem Zeigefinger über meine Nasenspitze. „Wenigstens hast du dich eine Weile zurückhalten können. Du machst Fortschritte, Miss Bennet."

„Ein Lob aus deinem Munde", spiele ich das unschuldige Mädchen, um seine aufgeräumte Stimmung noch etwas genießen zu dürfen.

Er küsst mich. Ganz zart und so vertraut, als würden wir uns seit Jahren kennen. Seine Lippen sind weich, sein Atem ist ganz warm. „Du schmeckst so gut", platzt es auf mir heraus, was ihn sichtlich amüsiert.

„Nach Muschi?", fragt er und bringt mich damit zum Kichern.

„Nein, nach befriedigtem Mann."

Mit gekräuselten Lippen und gerümpfter Nase sieht er mich von der Seite an. „Das klingt ziemlich abartig."

„Okay, gestatte mir einen zweiten Versuch."

Erneut senkt er die Lippen, beißt mich leicht und presst seinen Körper gegen mich. „Ich korrigiere mich: Du schmeckst befriedigt. Und dieses Verdienst hefte ich mir auf die Fahnen."

Wir wenden den Blick nicht voneinander, tragen ein warmes, zufriedenes Lächeln im Gesicht. „Ich gehe kurz raus und bin gleich wieder da."

„In Ordnung. Gute Nacht", murmle ich, während Daniil aufsteht und in seine Hose schlüpft.

„Gute Nacht, Princess." Mit offenem Hemd und barfuß begibt er sich auf den Balkon. Ja, auf jenen, auf dem vor ein paar Tagen alles geendet hat. Heute fängt es hier von vorne an. Dieses Mal jedoch noch besser und schöner.

Ich seufze, schlage die Decke über mich und kuschle mich in die weichen Kissen, wo ich sogleich einschlafe.

19. Kapitel

Das Piepen meines Handys lässt mich schlagartig wach werden. Ich nehme mir vor, es von nun an auf lautlos zu schalten, und drehe mich auf die andere Seite. Es wird nichts Wichtiges sein, da es nur eine SMS ist, rede ich mir ein, bevor mich das schlechte Gewissen plagen kann.

Ich wollte diesen Morgen anders beginnen. Ganz anders. Immerhin liege ich neben Daniil im Bett, wir haben eine wundervolle Nacht verbracht, mit viel Sex, Gesprächen und dem Gefühl, nicht alleine zu sein. Und während Daniil von meinem hellwachen Zustand nichts mitbekommt und schläft, schäle ich mich aus dem Bett, tapse zu meiner Handtasche und schnappe mir das Handy. Gespannt starre ich auf den Bildschirm und mag nicht so recht glauben, welchen Namen ich dort lese. Ben!

„Scheiße", fauche ich, nachdem ich die SMS, in der Ben mich zur Schnecke macht, überflogen habe.

Ich wusste, dass ich etwas vergessen habe. Nach den Geständnissen der letzten Tage wollte ich auch zwischen Ben und mir klar Schiff machen. Ich muss einfach lernen, mich wie eine Erwachsene zu verhalten, und da Ben einer meiner besten Freunde ist, kann ich mich nicht sang- und klanglos aus der Affäre ziehen. Dann ist jedoch Ilkas Schwangerschaft dazwischengekommen und ich habe meinen Vorsatz schlichtweg vergessen. Ben nun zu ignorieren, um mich mit seinem Nachfolger zu vergnügen, bedeutet wohl das endgültige Aus für unsere Freundschaft. Ich habe es versaut.

Sauer auf mich selbst gehe ich ins Bad, wasche mir das Gesicht und benutze eine der zwei noch originalverpackten Zahnbürsten. Zurück im Schlafzimmer schlüpfe ich in meine Unterwäsche, hole erneut mein Handy hervor und wähle Bens Nummer. Schon beim ersten Signalton bin ich wieder im Bad verschwunden.

„Hey, Ben", hauche ich leise, als er abhebt, ohne jedoch ein Wort zu sagen. „Es tut mir leid, ich habe gestern wirklich … vergessen. Es ist im Moment so viel los und ich bin nicht unbedingt die Verlässlichkeit in Person, wie du ja ohnehin weißt."

Am anderen Ende der Leitung ertönt ein bitteres Lachen. „Kein Problem, Gaby. Ich verstehe deine Terminschwierigkeiten. Wenigstens hast du noch Zeit gefunden, dich von Ilkas Bruder durchvögeln zu lassen."

Sein Sarkasmus, seine Geringschätzigkeit und Grobheit treiben mir Tränen in die Augen. Wie kindisch von mir, immerhin ist Ben der Leidtragende. Er hat sich in mich verliebt und wird nun wie eine heiße Kartoffel fallen gelassen. Dabei habe ich selbst fürchterliche Angst, dass Daniil dasselbe mit mir anstellen könnte, was in mir den Wunsch aufkeimen lässt, zu Ben zu laufen und ihn in die Arme zu schließen. Doch was würde es bringen? Nichts. Rein gar nichts.

Ich bin erwachsen, muss, um meine Mutter zu zitieren, endlich die Verantwortung für meine Handlungen übernehmen und dazu gehört es nun mal auch, mit offenen Karten zu spielen.

„Ben, bitte", bettle ich. „Mach es nicht noch schlimmer."

„Du hast es schlimmer gemacht, Gaby. Du warst diejenige, die mich wochenlang an der Nase herumgeführt hat. Was hast du damals bezweckt, als du mir versichert hast, wir hätten eine Chance? Wolltest du mich hinhalten, bis du einen neuen Hengst gefunden hast? Kennst du Ilkas Bruder überhaupt? Weißt du, was er für ein Mensch ist?"

Ich nehme am Rand der Badewanne Platz, die Augen geschlossen, als könnte ich so den Schmerz ausblenden, der mich überwältigt. Es ist Bens Schmerz, der unweigerlich zu meinem wird, da ich die Schuld daran trage.

„Ich weiß, ich hätte mit dir reden sollen – viel früher. Ich war jedoch unsicher. Ben, du bedeutest mir sehr viel, auf freundschaftlicher Ebene, deshalb möchte ich dich auch nicht verlieren. Du gehörst zu mir, wenn auch anders als gedacht."

Ich höre ihn schnauben, lasse meine Finger durch meine Haare gleiten und den Kopf nach unten sacken. „Ich habe mich zum Deppen gemacht. Für dich. Habe dir gesagt, dass ich dich liebe ... daran hat sich nichts geändert, Gaby", flüstert er und bringt mich kurz ins Schwanken. „Du verstehst hoffentlich, dass ich dich eine Weile nicht sehen möchte. Ich brauche ... Abstand. Es tut mir leid."

„Selbstverständlich verstehe ich das", lenke ich ein, immerhin lassen mich seine Worte auf ein Wiedersehen hoffen.

Erst jetzt, viel zu spät, wird mir bewusst, was Ben mir bedeutet. Er war ein Freund, ein Begleiter und hat dasselbe für mich empfunden. Einer von uns wurde jedoch schwer enttäuscht. Bis jetzt sind Freunde mein sicherer Hafen gewesen, sie haben mich aufgefangen, auch wenn alles schiefgegangen ist. Ben auf diese Weise zu verlieren schmerzt ungemein. Ich gebe ihn jedoch für Daniil auf. Der erste Mann, der mein Herz schneller schlagen lässt, mich zum Lachen, Schreien und Weinen bringt. Den Mann, den ich aufrichtig liebe.

„Ihr passt viel besser zusammen, Gaby. Auf Wiedersehen."

„Ben. Bye." Ich fühle mich kraftlos, schleppe mich gleichsam unter die Dusche, um beruhigendes, warmes Wasser auf meinen Körper niederprasseln zu lassen. Lange gehe ich ganz in dieser dunstig feuchten Welt auf, durch deren Nebel nichts zu mir durchdringen kann. Weder Gutes noch Böses. Ich bin für mich alleine, kann mir in Ruhe den Kopf zerbrechen. Mir wird klar, dass ich mich nun offiziell für Daniil entschieden habe. Es ist viel zu früh, um mit ihm über das Wesentliche zu sprechen. Doch längst ist viel mehr zwischen uns als Sex allein.

Ja, zugegeben, gerade der Sex hat uns einander nähergebracht. Jedes Mal, wenn er in mir war, habe ich eine nie gekannte Innigkeit verspürt. Sie nahm von Mal zu Mal zu und mittlerweile kann ich mir ein Leben ohne diesen wundervollen Mann nicht mehr vorstellen.

Und Ben, tja, Ben. Ich muss ihm Zeit geben. Er wird grübeln, sicher ist er auch verletzt. Aber im Endeffekt ist es doch so: Liegt ihm tatsächlich etwas an unserer Freundschaft, dann wird er mir irgendwann verzeihen.

Nach dem Abtrocknen wickle ich mich in den flauschigen Bademantel und föhne meine Haare. Ich fühle mich wohl in meiner Haut, obwohl ich schwere Gewissensbisse empfinden sollte. Das Gegenteil ist jedoch der Fall – ich bin entspannt, zufrieden und glücklich. Daniil taucht plötzlich hinter mir im Spiegel auf. Nur mit Boxershorts und einem T-Shirt bekleidet kommt er schief grinsend zu mir. Von hinten umfasst er meine Taille, legt das Kinn auf meine rechte Schulter.

„Guten Morgen", murmle ich, schalte den Föhn aus und lege ihn beiseite. Es wundert mich, dass Daniil noch nicht fertig angezogen und zum Weggehen bereit ist. Viel eher erweckt er den Anschein, als wollte er noch einen Tag in unserer gemeinsamen Welt verbringen.

„Morgen", antwortet er und haucht mir einen züchtigen Kuss auf die Wange. „Was hältst du von Frühstück?"

„Klingt sehr verlockend."

„Aber ohne dieses Hasenfell." Lachend tippt er auf meinen Bademantel.

Ich gebe mich entrüstet und werfe ihm einen tadelnden Blick zu. „Also nackt?"

„Nackt ist um Häuser besser als das hier." Begehrlich schiebt er den Bademantel hoch und umfängt mit einer Hand meinen Hintern. Ich halte unwillkürlich die Luft an und verliere mich in Daniils dunklen Augen, die schon wieder so verdächtig glänzen. „Meine Schwester hat übrigens vorhin angerufen", wirft er mir nüchtern hin.

„Dich?"

„Ja, mich." Ich knete meine noch feuchten Haare und versuche, sie ohne Kamm zu bändigen. „Sie möchte, dass wir sie zum Arzt begleiten."

„Sie will doch nicht wirklich, dass du mitkommst?"

Mit zusammengekniffenen Augen mustert er mich, ehe er die Arme vor der Brust verschränkt und mich damit in höchstem Maße verunsichert. „Warum sollte sie mich nicht dabeihaben wollen?"

„Weil du in Bezug auf deine Schwester ein Neandertaler bist."

Obwohl er lächelt, fühle ich mich unwohl. „Ich werde meine Klappe halten, wenn dir das weiterhilft."

„Pfff … als ob dir das je gelingen würde! Wenn es um Ilka geht, gerätst du doch völlig aus dem Häuschen."

Ein Klopfen an der Tür lässt Daniil aufspringen. An der Badezimmertür dreht er sich noch einmal um. „Ich werde nicht nur zum Neandertaler, wenn es um meine Schwester geht, Abigail. Du hast noch nie erlebt, wie ich sein kann, wenn es um dich geht, und falls Benny-Boy dir das Leben schwermacht, kann er sich schon einmal warm anziehen."

Eine Dreiviertelstunde später betreten wir meine Wohnung, damit ich mich umziehen kann. Ein wichtiges Detail, welches Daniil mir in Bezug auf Ilkas Aufenthaltsort verschwiegen hat, bringt mich jetzt dazu, hektisch in meinem Kleiderschrank zu kramen. Wir holen sie nämlich nicht einfach von zu Hause ab. Nein, nein. Sie hat die Nacht bei ihren Eltern verbracht, die sich, so Daniil, sehr auf meinen Besuch freuen.

Ich jedoch möchte viel lieber hier warten, mit dem Taxi zum Arzt nachkommen oder einfach gar nicht dabei sein. Aber das lässt Daniil natürlich nicht gelten.

Gerade pafft er eine Zigarette auf dem Balkon, während ich mit einem gewichtigen Problem kämpfe. Es geht nicht darum, was ich anziehe, das ist es wahrlich nicht, sondern darum, was in Daniil vorgehen mag. Über seine Gefühle schweigt er nämlich immer noch wie ein Grab.

Also, denke ich und hänge den schwarzen Rock wieder zurück, kein Rock, misst er meinem Besuch bei seinen Eltern eine besondere Bedeutung bei oder bringt er einfach die beste Freundin seiner Schwester mit? Ich meine, ich kenne Ilkas und Daniils Familie, bin dort schon oft zu Besuch gewesen und habe mich immer sehr wohlgefühlt. Heute beschleicht mich jedoch das Gefühl, als würde ich den Schwiegereltern vorgestellt werden.

Himmel, fauche ich das zu weit ausgeschnittene Shirt an und stopfe es zurück ins Fach, wo es auf eine passendere Gelegenheit warten muss.

„Ist es schlimm, wenn ich nicht mitkomme, weil ich nichts anzuziehen habe?", frage ich Daniil, der gelassen in mein Schlafzimmer schlendert.

„Dann werde ich dir wohl etwas aussuchen müssen, Prinzesschen."

„Ein nuttiges Perlenhöschen mit Vibrationseffekt zum Beispiel", gebe ich mit hochgerecktem Kinn zurück, werde jedoch leise, als er sich beängstigend nahe vor mir aufbaut und böse auf mich herabblickt.

„Ich finde es immer wieder faszinierend, wie viel Kraft du aufwendest, um mich auf die Palme zu bringen." Mit einer Hand streicht er über mein rechtes Schlüsselbein, sieht dabei reichlich verführerisch aus und doch weiß ich, dass ich mich jeden Augenblick an ihm verbrennen werde. „Wir wissen doch beide, wie sehr du dieses Höschen gebraucht hast. Nicht nur dein Körper, auch dein Geist musste erst noch Nachgiebigkeit lernen."

„Ich bin Schauspielerin."

Sein Lachen schießt direkt in meinen Bauch, wo es jeden einzelnen Nervenstrang zum Erzittern bringt. Nein, Gaby, Sex ist keine Alternative. Nein. Wenn du denkst, du entspannst dich dadurch, so hast du dich getäuscht. Du hast ihn eben herausgefordert und er wird dich nicht so leicht davonkommen lassen.

„Schauspielerin? Ich hatte schon viele von dieser Sorte."

„Wir sind doch alle gleich. Alle wollen nur deinen Körper."

„Ich weiß."

Zielstrebig gleitet meine Hand zu seiner Brust. Genau über seinem Herzen kommt sie zum Stehen. Er folgt dieser Geste etwas missmutig, scheint aber auch den Wandel der Stimmung zwischen uns beiden bemerkt zu haben. „Am Ende wollen w … sie doch nur alle das hier", flüstere ich und streiche mit meinem Daumen über seine feste Brust.

Deutlich spüre ich sein Herz und glaube für eine Sekunde, dass es schneller schlägt. Während ich so etwas wie Hoffnung hege, bleibt Daniils Gesicht ausdruckslos. Ich warte nur noch auf seine Flucht, die er mit Sicherheit bereits angetreten hätte, hätte ich statt sie *wir* oder gar *ich* gesagt.

„Ein vergeblicher Wunsch, den ich nie erfüllen werde", antwortet er endlich.

Ich nicke, als würde ich ihm zustimmen, nehme meine Hand schnell von seinem Körper und presse die Finger fest zusammen, als könnte ich damit mein unüberlegtes Verhalten ungeschehen machen.

„Mir war außerdem nicht klar, dass man, um Sex zu haben, dieses blöde … Ding braucht. Deine Worte, Abigail."

Nervös lächle ich. Was sollte ich auch anderes tun, denn ich habe mich wirklich zu weit aus dem Fenster gelehnt, keine Frage.

Doch mein Herz hatte das Bedürfnis, sich ihm zu offenbaren. Was hatte ich erwartet? Dass er mich in seine Arme ziehen und mir gestehen würde, wie sehr er mich liebe?

Du dumme Gans hast dich in ihn verliebt und wirst nun beständig von der Angst gequält, dass er sich von dir abwenden könnte.

Ich räuspere mich. „Meine Worte, das stimmt."

Er mustert mich, als ich mich umdrehe und meinen Kleiderschrank erneut durchforste. Sein Atem prickelt in meinem Nacken, lässt mich ungelenk und unbeholfen wirken. Die Entscheidung fällt mir nun noch schwerer, doch Schwarz wäre die Farbe, die zu meiner derzeitigen Stimmung passt.

„Abigail", unterbricht er mein fahriges Wühlen. „Abigail." Ich drehe mich langsam zu ihm um. „Du machst dir doch selbst nichts vor? Wir führen keine Beziehung, da ist keine Liebe, da sind keine besonderen Gefühle zwischen uns, das ist dir doch klar? Nicht wahr?"

„Ja."

„Außer Sex verbindet uns derzeit auch noch die Sorge um Ilka, aber mehr ist da nicht."

„Du hast Recht. Ich frage mich bloß, wie du es schaffst, so viel Zeit mit mir zu verbringen. Es muss nervenaufreibend für dich sein", gebe ich sarkastisch zurück und streife mir gedankenlos ein schwarzes Shirt über.

„Was wird das?"

„Was?", fauche ich, schlüpfe in meine Jeans und schlinge mein Haar zu einem anständigen, braven Zopf. „Nein, da sind keine tieferen Empfindungen zwischen uns, ich hab's kapiert. Können wir dann unsere gemeinsame Pflicht erledigen und Ilka zu diesem blöden Arzt begleiten?"

Daniil steht da, als wollte er mich im nächsten Moment fressen. „Deine Augen sagen mir etwas vollkommen anderes." Mit zwei Schritten ist er bei mir, packt meinen Arm und dreht mich zu sich herum. Ich kann die Tränen nicht länger zurückhalten und während die ersten über meine Wangen rollen, werden Daniils Gesichtszüge weicher. „Abigail, bitte sei vernünftig. Du bist doch ein rationaler Mensch, der sich nicht so leicht aus dem Konzept bringen lässt. Ich will es nicht beenden. Nicht jetzt, da uns Ilka braucht."

Und ich brauche dich auch! Ich nicke, gebe mich brav und verständnisvoll, wie es in mir drinnen aussieht, wage ich nicht einmal zu denken.

Daniil schnaubt, wischt mir die Tränen aus dem Gesicht und zieht mich in eine warme Umarmung, die mich nur noch lauter schluchzen lässt. „Süße, hör auf, nicht weinen. Gaby ..." Mit zwei Fingern hebt er meinen Kopf an, legt seine Lippen auf meinen Mund und schafft es letztendlich, meinen Schleier aus Traurigkeit zu durchdringen. Meine Tränen gelten ihm, er hat sie verursacht, ich sollte eigentlich Wut empfinden, stattdessen ist Daniil immer noch so wertvoll für mich wie die Luft, die ich zum Atmen brauche. Ich schmiege mich an seinen Körper, der mir Schutz, Halt und Zuflucht verspricht. Doch ich weiß auch, wie ungnädig und kalt er sein kann. Einen Teil dieser Kälte habe ich gerade zu spüren bekommen. Wäre Ilkas Schwangerschaft nicht, so hätte sich dieser Mann wohl längst aus meinem Leben verabschiedet.

Neuerlich wird mein Körper wie von Krämpfen geschüttelt. Daniil hält nun mein Gesicht mit beiden Händen und betrachtet mich mit ehrlicher Verzweiflung. „Sieh mich an, Abigail! Sieh uns an! Du verrennst dich in etwas ... es ist schwer, ich weiß, Abigail." Nach meiner Hand fassend, deren Finger er über seine Brust gleiten lässt, kräuselt er die Lippen. „Berühre mich und sag mir, dass ich dir nicht wehtue ... dass du dasselbe spürst wie ich!"

Es zerreißt mich innerlich. Ich bin in einem dunklen Raum gefangen, der sich langsam mit Wasser zu füllen beginnt. Ich weiß, ich werde sterben. Soll ich mich gleich in die Fluten stürzen, um nicht allzu lange zappeln zu müssen? Oder soll ich zuwarten, die letzten Minuten meines Lebens auskosten und dem Schicksal ins Gesicht lachen? Ich liebe ihn doch, ich kann nicht ohne ihn sein! Und was macht er? Er weist mich zurück, zeigt mir die kalte Schulter. Soll ich meinen Gefühlsausbruch als Nichts abtun, soll ich mir weiterhin einzureden versuchen, dass uns einzig und allein Sex verbindet – und Ilkas prekäre Lage?

Daniils Atem geht schneller, als er sich das Hemd aufzuknöpfen beginnt. Er streift es bedächtig ab, legt es zur Seite und mustert mich in einer Weise, die signalisiert, dass er mich nicht so recht einzuschätzen weiß. Seine Hose ist als Nächstes an der Reihe, zeitgleich schlüpft er aus seinen Schuhen. Ich verfolge sein Treiben stumm, kann nicht deuten, was er damit bezwecken möchte.

„Sieh mich an", fordert er mich vollkommen nackt vor mir stehend auf, „das ist es, was wir beide wollen. Hüllen. Körper. Sex. Sex, Abigail. Unverbindlich. Erwachsen. Ohne Schmerz. Fass mich an und sag mir, dass ich nicht jeder x-beliebige Kerl sein könnte. Sag mir, dass ich es bin, mit dem du Sex haben willst – aber nicht mehr."

Wortlos strecke ich meine Hand nach Daniils nackter Brust aus. Sie fühlt sich warm an, lässt mich meine Finger in sein Fleisch graben, bis ich Angst habe, ihn zu verletzen. Ich lockere meinen Griff, bewege meine Finger federleicht zu seinem Bauch, berühre jeden seiner Muskeln, jedes Härchen und versinke in seinen Augen, die ganz sanft wirken.

„Weiter nach unten – fass ihn an!"

Mich überrascht das Ausmaß seiner Erregung. Er ist hart und bereit, uns beiden das zu geben, nach dem wir lechzen. Vorsichtig, als wäre ich nicht gewohnt, einen Mann zu berühren, lege ich meine Finger um seinen steifen Penis. Ich streichle ihn, höre Daniils Atem in ein Hecheln übergehen, das mir den Kopf schwirren lässt. Er ist bereit für dich, Gaby, setz es nicht aufs Spiel!

„Ja, das ist es. Ich sehe dir die Lust an, Abigail. Ich weiß, sie ist gewaltig, mir geht es nicht anders. Wir dürfen sie nur nicht falsch deuten." Meine Hand hält den intimsten Teil seines Körpers weiterhin fest, während Daniil mich geradewegs anblickt. „Lass mich dir beim Ausziehen helfen." Ohne auf meine Zustimmung zu warten, zieht er mir das Shirt über den Kopf, die Hose folgt. „Willst du mich?", möchte er mit leiser, eindringlicher Stimme wissen.

Ich nicke und hauche ein freudiges *Ja*.

Daniil legt den Kopf schief und zieht mich mit einem erleichterten Lächeln an sich. Unsere Lippen finden zueinander, als wäre dies ihre einzige Bestimmung im Leben. In Windeseile gehe ich meines BHs verlustig, während Daniil mich aufs Bett legt, meine Brüste streichelt und mich mit seiner Zunge lockt. Ich lasse mich von ihm leiten, mich treiben und vergesse augenblicklich die Sorge um mein verwundetes Herz.

„Abigail", raunt er und zieht mir den Slip aus. Körperlich und seelisch nackt liege ich unter ihm, starre ihn wie eine alte Jungfer an und benötige all meine Kraft, um das Zittern zu unterdrücken, welches gierig seinem Auftritt entgegenfieberte.

Daniil verfällt weder in sein übliches Muster, noch gibt er mir die Chance, mich zu verkrampfen. Er will mich auf den richtigen Weg bringen – weg von der Liebe, hin zum körperlichen Begehren. Er will mir zeigen, wie stark dieses ist, und ich beginne mich zu fragen, ob ich mich vielleicht doch geirrt habe.

Vielleicht empfinde auch ich nur übermäßige Begierde, die ich fälschlicherweise für Liebe gehalten habe?

„Das möchte ich in deinem Gesicht sehen: Lust. Du bist so schön, wenn du mich willst." Mit diesen Worten legt er sich hinter mich, hebt mein Bein an und versenkt sich langsam in mir.

Ich kneife die Augen zusammen, erwarte Schmerz, warum auch immer. Stattdessen breitet sich ein solches Hochgefühl in mir aus, dass ich vor Verlangen zu stöhnen beginne.

Daniil ist ungemein zärtlich, streichelt mich, redet auf mich ein, auch wenn ich kein Wort verstehe und scheint mir eine Art Therapie angedeihen zu lassen. Als hätte er so etwas bereits Hunderte Male gemacht. Und dennoch kann er mir den einen Gedanken nicht austreiben: Ich liebe ihn. Nicht Lust allein bindet mich an ihn, die Liebe, die Liebe überstrahlt alles andere. Ich suche seine Nähe, als wäre es nicht genug, dass er hier ist, fasse nach seiner Hand, kralle meine Finger um die seinen, halte mich an ihm fest, während sich die ganze Welt in einem Höllentempo um uns dreht.

„Daniil", wispere ich, als mich der Orgasmus überrollt.

Er dreht mein Gesicht zu sich, streicht mit seinen Fingern über meine Wangen, meine Lippen und meine Stirn und flüstert immer wieder meinen Namen. Ich habe Angst vor einer Ohnmacht, die sich bereits durch ein Flimmern ankündigt, doch Daniil zieht sich aus mir zurück und legt seine starken Arme schützend um mich.

Mein Ohr liegt an seiner Brust. Noch immer hämmert sein Herz ähnlich wild wie meines. Daniil streicht über meinen Scheitel, zieht mit der anderen Hand Kreise auf meinem Rücken und tatsächlich fasse ich wieder Mut und Hoffnung. Ja, ich will durchhalten. Ja, ich glaube daran, dass doch noch alles gut wird.

Auf der Fahrt zu meinen Eltern ist Abigail verdächtig still und vermeidet es, mich anzusehen. Trotzdem kann ich die Augen nicht mehr vor der Tatsache verschließen, dass sie mich liebt. Verdammt!

Ich krampfe meine Hände um das Lenkrad und versuche, einen klaren Gedanken zu fassen. Die logische Konsequenz wäre es, unsere Beziehung zu beenden. Der richtige Zeitpunkt dafür scheint gekommen zu sein. Sie mag ja viele Menschen um den Finger wickeln, ihre Mutter beispielsweise, Ben hat sich auch blind in ihrem Netz verfangen, sein Anruf heute Morgen ist dafür der beste Beweis. Mich vermag sie jedoch nicht zu täuschen. Ich habe auf ihre Selbstständigkeit, ihr Unabhängig-keitsbestreben und ihren gesunden Menschenverstand vertraut, habe gedacht, sie sei keine Frau, die sich nach ein paar Nächten in meinem Bett rettungslos in mich verliebt.

Doch egal, wie man es dreht und wendet, es gibt keinen anderen Ausweg, als Schluss zu machen.

Wie wütend ich auf mich selbst bin, weil ich die Situation derart falsch eingeschätzt habe! Ein Seitenblick in Abigails starres Gesicht macht meine Laune nicht besser. Wäre sie eine andere, hätte ich sie vorhin einfach verlassen. Ich hätte ihr ins Gesicht gelacht und wäre durch die Tür gestürmt – auf Nimmerwiedersehen. So ist mir jedoch als einzige Möglichkeit geblieben, ihre Lust zu wecken, sie spüren zu lassen, was sie tatsächlich braucht. Ob ich mit dieser Methode Erfolg gehabt habe, wage ich in der Rückschau zu bezweifeln.

Mittlerweile hat sich das Wetter meiner Stimmung angepasst – es braut sich etwas zusammen.

Bei meinem Elternhaus angekommen, werfe ich einen Blick auf die Uhr. „Mach schon, wir müssen uns beeilen." Ohne Abigails Antwort abzuwarten, eile ich zu dem kleinen Miets-haus, in dem ich aufgewachsen bin.

Mich verbindet nicht viel mit diesem Ort. Würden meine Eltern und meine Schwestern nicht hier wohnen, so würde ich einen großen Bogen darum schlagen, fühle ich mich doch so, als würden mich die Geister meiner Vergangenheit einholen, sobald ich über die Schwelle trete. Was für ein Glück, diesem engen, miefigen Leben entflohen zu sein!

Was willst du, du gehörst trotzdem hierher!, spottet eine Stimme in mir. *Tue ist das?*, frage ich dann. Gehöre ich wirklich in diese Welt, in der man nie auf einen grünen Zweig gelangt, in der man stets aufs Neue ums Überleben kämpfen muss? Mein Leben sieht anders aus. Ich lebe meinen Traum, bin nicht mehr der Mann, der einst von hier losgezogen ist, um sein Glück zu suchen. Einen Zipfel davon habe ich auch gefunden. Aber eben nur einen Zipfel.

Ich kann die Selbstzweifel, die Ängste und Vorwürfe, die ich mir wegen meiner Familie mache, nicht verleugnen, schicke zwar reichlich Geld, kann dadurch aber die Sorgen, die ich meinen Eltern bereite, auch nicht lindern, wie mir meine Mutter ständig verklickert.

Noch während ich die Haustür aufschließe, kommt Buddy, der Bernhardiner meiner Eltern, zur Tür gelaufen. Wie immer, wenn ich nach Hause komme, sieht er mich erst misstrauisch an, ehe er sich an mich schmiegt und um Streicheleinheiten bettelt. „Hey, Buddy, wie geht's dir, alter Freund?"

Abigail scheint vor ihm auf der Hut zu sein, denn sie bleibt in sicherer Entfernung stehen. „Er tut dir nichts", versichere ich ihr.

„Na ja, er ist groß und hat mich einmal fast über den Haufen gerannt."

Ich lache und kraule Buddys Schlappohren. „Hast du das? Und du lebst noch?" Buddy legt den Kopf schief und leckt über meine Finger. „Ich frage ja nur. Sie hat dich nicht mit ihren High Heels aufgespießt?"

„Haha. Wenn er mir vom Leib bleibt, komme ich gerne weiter."

Mit einem Nicken erhebe ich mich. „Dann kommst du gerne weiter? Wie großzügig von dir."

Sogleich beginnen ihre Augen zu blitzen. Ich bin verleitet, sie an mich zu ziehen, sie zu küssen und erst wieder damit aufzuhören, wenn sie noch einmal sagt, dass sie mich liebt. Es spricht gegen mich, gegen alles, was ich mir jemals geschworen habe, aber ihr unterschwellig vermitteltes *Ich liebe dich* berührt mich tief. Ich stehe kurz davor, Verrat an mir selbst zu begehen. Ich will sie, nicht wegen des Geldes, wegen ihres Körpers, wegen meiner Befriedigung. Nein, sie vermittelt mir das Gefühl, angekommen zu sein. Abigail bringt es zuwege, dass ich mich nach jedem noch so strapaziösen Wortgefecht mit ihr geerdeter und mit ihr verbundener fühle als je zuvor. Sie lässt mich Liebe spüren, ohne sich dessen bewusst zu sein.

Ihr Lächeln wirkt erleichtert. Vorsichtig kommt sie einen Schritt näher, lässt Buddy aber keine Sekunde aus den Augen. „Es gibt wahrscheinlich selten Momente, in denen man dich auf den Knien sieht. Dieser … Hund muss gehörige Macht über dich besitzen. Daher verstehst du wohl, weshalb ich solchen Respekt vor Buddy habe."

Ihr Lächeln wird frecher, sie verschränkt die Arme vor der Brust und legt den Kopf schief. Kaum hat sie aber seinen Namen ausgesprochen, schleicht der Hund auch schon näher an sie heran. „Er kommt, wenn man ihn ruft", kommentiere ich boshaft, denn Abigail versteift sich und wirft mir einen hilfesuchenden Blick zu.

„Ich …", ihre Stimme stockt, als er mit der Schnauze ihre Hand anstupst. „Schick ihn bitte weg. Er hat irgendein Problem mit mir. Siehst du." Buddy hat sie inzwischen umrundet und stößt mit seiner Schnauze gegen ihre andere Hand.

„Er möchte, dass du ihn streichelst."

„Ich rühre ihn nicht an. Was ist, wenn er mich beißt?"

„Er ist kein Pitbull. Außerdem kennt er dich, du bist ja nicht zum ersten Mal hier. Streichle ihn!"

Ihr Gesicht zeigt eine Mischung aus Ekel und Verzweiflung. Sie schluckt, streckt ihren Zeigefinger aus und berührt für circa drei Millisekunden Buddys Kopf. „So", verkündet sie aufatmend.

„Das war's?", will ich ungläubig wissen.

Abigail zuckt die Schultern und ballt ihre Hände zu Fäusten, die sie seltsamerweise noch nie in meinem Gesicht platziert hat, obwohl ich das bestimmt schon des Öfteren verdient hätte.

„Mehr. Streichle über seinen Kopf und kraul ihm die Ohren, das mag er unheimlich gern."

„Ach ja? Ich begreife gar nicht, warum ich mich dermaßen von dir herumkommandieren lasse."

Noch während sie meckert, streckt sie die Hand aus und berührt Buddys Kopf, der sich ihr entgegenschmiegt. Sie scheint nicht nur auf Männer eine anziehende Wirkung auszuüben. Auch Buddy hat sie längst eingekocht.

Als sie ihre Nägel in sein braunes Fell gräbt und er zufrieden das Maul öffnet, verschwindet die Angst aus ihrem Gesicht. Sie lächelt, wagt sich bis zu seinen Schultern vor, die bis zu ihren Hüften reichen.

„Daniil, Gaby. Da seid ihr ja. Warum kommt ihr denn nicht rein?" Meine Mutter schleicht wie immer geräuschlos in den Flur, wo sie mich an Abigails Seite findet. Beide fahren wir hoch, Buddy scheint befriedigt, weshalb er sich von Abigail löst und zurück ins Wohnzimmer läuft.

„Wir sind spät dran. Wo ist Ilka?" Möglicherweise klinge ich genervter, als ich bin. Doch meine Mutter besitzt die seltene Fähigkeit, mich zu durchschauen.

„Sie kommt ja schon. Hallo, Gaby!" Mutter reißt Abigail in eine herzliche Umarmung.

Macht sie das immer so? Oder spürt sie, dass da etwas zwischen uns ist?

„Ich danke dir für deine Unterstützung, Gaby. Ilka kann froh sein, dich zur Freundin zu haben. Es ist unheimlich lieb von dir, dass du sie zu diesem Termin begleitest."

Ich verdrehe die Augen. Warum muss sie Abigail so viel Honig um den Mund schmieren?

Hat Ilka sich etwa verplappert? Kann gut sein, dass meine Schwester Abigail diese romantischen Flausen von Liebe und ewiger Treue eingeredet hat. Das sollte ich keinesfalls auf sich beruhen lassen, auch wenn sich Ilka derzeit wirklich nicht in einer beneidenswerten Lage befindet.

„Kein Problem", erklärt Abigail und sucht kurzen Blickkontakt mit mir. „Daniil und ich lassen sie nicht im Stich."

„Sie war ja so dumm", versteift sich meine Mutter auf diese ewige Leier, wonach Frauen alleine für Verhütung und Kindererziehung zuständig sind. Ich sollte eingreifen, stehe aber nur stumm daneben. „Parker scheint ein herzloser Mann zu sein, dem das Leid eines Mädchens egal ist. Das arme Kind."

„Wir sind für sie da. Dem Baby wird es an nichts fehlen."

„Ich frage mich, was Parkers Eltern davon halten. Ob sie versuchen, ihren Sohn zur Vernunft zu bringen? Ich selbst habe meinen Kindern schon früh beigebracht, was es heißt, Verantwortung zu übernehmen. Daniil wäre niemals so grausam und rücksichtslos."

Ich räuspere mich, was ich immer mache, wenn mich meine Mutter auf ein goldenes Treppchen stellt. Sie ahnt ja gar nicht, wie diabolisch ihr braver Junge ist. Vor allem, wenn es um Frauen geht. Wie kaltherzig ich sie aus meinem Leben befördere, wenn ich ihrer müde geworden bin. Doch ich werde den Teufel tun und Mutter ihre hohe Meinung von mir rauben. „Wo bleibt denn Ilka? Wir kommen noch zu spät."

„Ich hole sie ja schon. Wahrscheinlich ist sie noch im Bad. Auf Wiedersehen, Gaby.“

„Auf Wiedersehen.“

„Wir warten im Auto, komm schon.“ Ohne mich nach ihr umzudrehen, gehe ich zum Wagen, stecke mir eine Kippe an und lehne mich an die Fahrertür. Abigail folgt mir, wenn auch mit etwas Abstand. Sie scheint gar nicht böse auf mich zu sein.

Als Ilka endlich auftaucht, darf sie sich selbstverständlich aus Daniils Mund eine ausgiebige Belehrung zum Thema Pünktlichkeit anhören. Sein Verhalten gemahnt immer mehr an das eines ungnädigen Patriarchen.

Heute benimmt er sich überhaupt ziemlich komisch. Ja, ich gebe zu, meine plötzliche Liebesbekundung hat ihn aus der Bahn geworfen – mich doch ebenfalls. Und doch kommt es mir vor, als wünschte er gar nicht, den Abstand zwischen uns, der in den letzten Tagen deutlich geschrumpft ist, wieder zu vergrößern. Ich bin überrascht, denn er verhält sich, als würde er um etwas kämpfen, möglicherweise um mich.

Eine Frage drängt sich mir auf: Fühlt er etwa gar etwas Ähnliches wie ich? Musste ich ihm erst die Augen öffnen, damit er sich selbst eingestehen kann, wie es um ihn bestellt ist?

„Schon gut“, verteidigt sich Ilka, „wir wissen jetzt alle, was ich für eine Flasche bin. Versprich mir aber wenigstens, dass du da drinnen den Mund hältst und dich nicht in meine Entscheidungen einmischst. Falls du Gaby in einen Zustand wie den meinen bringst, dann darfst du die Klappe aufmachen und mitbestimmen. Vorher ist deine Meinung nicht gefragt.“

Daniil schnaubt, geht an uns vorbei und betritt als Erster Dr. Kilans Praxis. Voller Bewunderung ergreife ich Ilkas Hand und lasse sie erst los, als wir im hellgelb gestrichenen Wartezimmer ankommen. Sie atmet tief durch und deutet mit einem Kopfnicken auf die Babybilder an der Wand.

Ilka wird sogleich von einer weiß gekleideten jungen Dame begrüßt und zur Aufnahme ihrer Personalien in ein separates Zimmer gebracht, während Daniil und ich im Wartezimmer Platz nehmen. Ich mag weder Krankenhäuser noch Arztpraxen. Man fühlt sich dort automatisch krank, auch wenn man das gar nicht ist.

Nicht auszudenken, wie es mir gehen würde, sollte ich je schwanger werden. Mit einem Lächeln auf den Lippen stelle ich mir Daniil vor, der sich vermutlich wie ein Wahnsinniger gebärden und jeden Handgriff des Arztes mit Argusaugen überwachen würde. Einen Mann wie ihn könnte ich in einer derartigen Ausnahmesituation gut gebrauchen.

Um meine Hände irgendwie zu beschäftigen, greife ich nach einer Zeitung, kann mir aber das Lachen nicht verkneifen, als ein kleines Mädchen die Spielecke verlässt und sich selbstbewusst vor Daniil aufbaut. Egal, wie alt wir Mädels sind, wir stehen doch immer auf dieselben Typen.

„Alice, kommst du?", mischt sich die Mutter der Kleinen ein, ohne dass diese vorerst Notiz von ihr nimmt. „Alice."

„Ja?", fragt sie und wagt einen vorsichtigen Blick zu ihrer Mutter.

„Komm, wir spielen etwas."

Auf einem Bein hüpft sie zu ihrer Mama, die sie sogleich mit einem Puzzle zu beschäftigen versucht. „Mama, bekommt diese Frau auch ein Baby?"

Ich schmunzle und blättere eine Seite weiter. „Ich weiß es nicht, vielleicht", antwortet die Frau, die etwa in meinem Alter ist, leise.

„Ist das der Papa?" Alices kleiner Finger zeigt auf Daniil, der das Mädchen freundlich anlächelt.

„Alice, man zeigt nicht mit dem Finger auf andere Menschen. Sieh mal, dieses Teilchen gehört da hin."

Der Versuch, das Mädchen abzulenken, schlägt fehl, da dieses bereits zu mir marschiert ist und auf meinen Bauch starrt.

„Hallo", sagt es und strahlt mich mit großen, runden Augen an.

„Hallo, Alice."

„Bekommst du ein Baby?", will Alice wissen und setzt sich neben mich.

„Nein. Ich bin mit einer Freundin hier. Die bekommt ein Baby."

„Und ist das der Papa?" Mit dem Kinn deutet die Kleine auf Daniil.

Ich schüttle den Kopf. „Nein, er ist der zukünftige Onkel."

Daniil verdreht bei dieser Antwort die Augen und krallt sich eine Zeitschrift. Wie schwer es ihm immer noch fällt, die Wahrheit zu akzeptieren.

„Ist er dein Freund?", fragt sie schüchtern und macht ihre Mutter damit ganz schön verlegen.

„Ich weiß es noch nicht", flüstere ich als Antwort.

Alice legt den Kopf schief und scheint meine Worte zu überdenken. „Warum? Er mag dich doch."

„Ich glaube nicht. Hast du einen Bruder oder eine Schwester?"

„Einen Bruder, aber der ist schon größer."

„Dann weißt du ja, dass der dich nervig findet, wenn er alleine spielen möchte. So ist es auch bei ihm."

„Aber mein Bruder hat mich bestimmt sehr lieb und der Onkel von dem Baby hat dich auch lieb. Außerdem bist du hübsch und er wäre dumm, wenn er dich nicht zur Freundin nimmt. Das Baby würde sich bestimmt freuen, wenn du die Freundin von dem Onkel wirst, und die Mama von dem Baby auch."

„Alice", ertönt die Stimme der Mutter, die mit hochrotem Gesicht zu uns kommt. „Alice, lass die Frau in Ruhe. Es tut mir leid. Sie quatscht ständig Fremde an."

„Kein Problem", sage ich und lächle Alice zu. „Aus dir wird bestimmt einmal eine gute Journalistin."

Lächelnd nimmt sie ihre Mutter an der Hand und zieht sie in Richtung Toilette.

„Du weißt noch nicht, ob ich dein Freund bin?", fragt Daniil, ohne von seiner Zeitschrift hochzusehen.

„Ja", töne ich. „Oder wäre es dir lieber gewesen, wenn ich einer Fünfjährigen den Unterschied zwischen einer Beziehung und einem reinen Sexabenteuer erklärt hätte?"

Daniil schüttelt schmunzelnd den Kopf und klappt dann das Magazin zu. „Warum nur hat mich dieses Mädchen so an dich erinnert?"

„Weil sie ebenso wie ich auf dich reingefallen ist?"

„Du warst bestimmt auch ein nerviger Neunmalklug, der seinen Eltern den letzten Nerv geraubt hat."

Ich gebe mich abweisend. „Ich muss dich enttäuschen, meine Mutter sagt immer, dass ich ein äußerst ruhiges und einfühlsames Kind gewesen bin."

„Wahrscheinlich nur, wenn du ihr die Pistole an die Brust setzt. Laut, schrill und wissbegierig scheinen dich weit besser zu beschreiben."

„Draufgängerisch, rüpelhaft und unhöflich – so kann man dich als Kind mit drei Wörtern charakterisieren. Und daran hat sich bis heute nicht viel geändert, während aus mir etwas geworden ist."

Daniil lacht laut heraus. „Was ist?"

„Nichts."

„Was?" Mein Tonfall wird schärfer.

„Ich habe mir nur gerade die kleine Gaby mit Zöpfen auf ihrem Bett hüpfend vorgestellt. Den Kamm als Mikro verwendend und die unsäglichen *Spice Girls* zu Tode malträtierend."

Ich wäre in sein Lachen eingefallen, hätte er nicht gerade die *Spice Girls* beleidigt. Und ja, ich war dieses Mädchen mit den

Zöpfen. „Ich war gut. Wirklich. Meine Freundinnen und ich haben uns die Seele aus dem Leib gesungen."

„Und deine Freundinnen und du, denkst du, ihr würdet das mit den Zöpfen noch einmal in *meinem* Bett machen?"

„ Fünf? Übernimmst du dich da nicht ein bisschen?"

„Na ja, im Grunde würde wirklich eine reichen. Du mit Zöpfen, Tanga und einem freizügigen Oberteil … Das Mikrofon bringe ich mit."

„Wir sind hier in einer Arztpraxis", gebe ich zu bedenken, auch wenn mir der freche Daniil ausgezeichnet gefällt.

Ich weiß nur allzu genau, was sich hinter diesem verführerischen Grinsen verbirgt. Er gibt mir das Gefühl, die aufregendste Frau der Welt zu sein. Mann, eigentlich sollte ich aus dem Alter raus sein, in dem ich noch an Märchen glaube.

Als Ilka in der Tür auftaucht, bis über beide Backen strahlt und mit einem Foto in der Hand wedelt, ist die ausgelassene Stimmung sogleich verflogen. Daniil springt auf, ist mit zwei Schritten bei ihr und beäugt das Bild skeptisch. „Alles in Ordnung? Was hat der Arzt gesagt?"

Ich verdrehe kurz die Augen, folge dem aufgeregten Mann und werfe ebenfalls einen Blick auf das Bild. „Ganz schön verrückt, das Baby bereits sehen zu können, nicht wahr?", fragt Ilka.

„Geht es euch beiden gut?", will ich wissen.

Ilka nickt versonnen. „Ja, uns geht es gut. Ich bin in der neunten Woche und das Baby kriegt von der ganzen Aufregung rein gar nichts mit. Es ist wunderbar in mir aufgehoben."

„Wie oft musst du zur Kontrolle?", erkundigt sich Daniil.

„Alle paar Wochen oder so."

„Du solltest dich schonen. Die letzten Tage waren anstrengend genug – nicht dass du das Kind verlierst."

„Daniil", ermahne ich ihn. „Nichts wird passieren, jag Ilka doch keine Angst ein."

„Eine Schwangerschaft ist keine Krankheit, Daniil."

Daniil kapituliert vor so viel weiblicher Übermacht. „Wie ihr meint. Aber du musst etwas essen, komm schon, ich lade dich ein."

Daniil hat heute die Spendierhosen an und führt Ilka und mich in ein nettes Restaurant nur fünf Gehminuten von der Arztpraxis entfernt. Irgendwie finde ich seine übermäßige Fürsorge süß, möchte jedoch nicht mit Ilka tauschen, die er von nun an wohl wie eine kostbare Porzellanpuppe behandeln wird. Er schiebt ihr sogar den Stuhl zurecht, erkundigt sich mehrmals nach dem Verbleib des Essens, gerade so, als könnte man innerhalb von wenigen Minuten verhungern.

Während sich die Geschwister heftige Wortgefechte liefern, bleibe ich die ganze Zeit über stumm daneben sitzen. Ab und an erkläre ich ihnen meine Position, ergreife im Notfall Partei für Ilka und genieße ansonsten das wirklich ausgezeichnete Essen.

„Wie stellst du dir in wohntechnischer Hinsicht die Zukunft vor?"

„Vermutlich muss ich mir etwas suchen."

Daniils Gereiztheit steigert sich bei diesen Worten wieder. „Wie willst du das anstellen? Mit welchem Geld kaufst du Möbel, Kleidung? Wie bezahlst du die Miete?"

„Ich werde ihr helfen", bringe ich mich ein, ernte jedoch dieses Mal von Ilka einen vernichtenden Blick.

„Ich kann das auch alleine. Für den Anfang reichen mir Ikea-Möbel. Kleidung kann man sich borgen oder gebraucht kaufen. Ich brauche keine Almosen."

„Wer redet denn bitte von Almosen? Du bist naiv, wenn du glaubst, alles alleine zu schaffen. Es geht doch nicht nur um dich, Ilka, sondern um dein Kind. Wir werden gemeinsam eine Lösung finden, egal, was du davon hältst."

Ilkas Augen funkeln böse, sie steht kurz davor zu gehen, reißt sich aber zusammen. „Wir? Ich bin alt genug, um selbst auf mich aufzupassen."

„Was du ja bewiesen hast", spottet Daniil und deutet auf ihren Bauch.

„Ilka, was dein Bruder damit sagen möchte, ist, dass du in niemandes Schuld stehst, wenn du unsere Hilfe annimmst. Normalerweise bewältigt man eine solche Herausforderung als Paar. Bei dir ist es eben anders."

„Danke für die Erinnerung. Ich weiß, dass ich sitzengelassen wurde. Aber was mich am allermeisten nervt, ist dieses mütterliche Getue, das du abziehst, seitdem ihr beide ... euch trefft. Als hättet ihr euch zu einem riesigen Monster vereint, das mich erdrücken will."

Daniil legt seine Gabel zur Seite und scheint sehr mit sich zu kämpfen, um angesichts von so viel Unvernunft nicht laut loszuschreien – mir geht es nicht anders. Wir wollen Ilka doch nur unter die Arme greifen und verstehen überhaupt nicht, warum sie sich so sehr dagegen sträubt. „Ich werde dir sicher nicht den Gefallen tun und sagen, du sollst machen, was du willst."

„Warum?"

„Weil du spätestens in einer Stunde weinend vor meiner Tür stehst."

Ilka scheint allerhöchstens eine humorvolle Note aus meiner ernst gemeinten Drohung herauszuhören, da sie milde lächelt und das letzte Stück Pizza verputzt. „Wie du meinst. Ich werde euch so oder so nicht mehr allzu lange auf den Wecker gehen."

Daniil übergeht ihren verächtlichen Tonfall, legt die Stirn in Falten und ist plötzlich wieder ganz Ohr. „Was soll das bedeuten?"

„Tante Detari hat angerufen. Nach reiflicher Überlegung hat sie mir angeboten, für eine Weile bei ihr zu wohnen. Zuerst habe ich abgelehnt, aber jetzt haben sich die Umstände geändert."

„Ich bitte dich!", entfährt es mir.

Was ist nur mit ihr los? Warum führt sie sich wie ein störrischer Esel auf und fühlt sich von allen mies behandelt? Ich bin freiwillig und von Herzen gern bereit, sie bei allem zu unterstützen, aber die Auswüchse des Hormoncocktails, der momentan durch ihren Körper jagt, kann ich nicht länger dulden. Sie schießt mit Kanonen – egal, auf wen.

„Du wirst auf keinen Fall nach Ungarn fliegen."

„Du kannst mir nicht vorschreiben, was ich zu tun habe und was nicht. Ich bin nicht Gaby, die dir mit Freude den Speichel aus den Mundwinkeln leckt." Ilka scheint selbst überrascht von der Härte ihrer Worte, da sie sich die Serviette vor den Mund hält.

Zu spät – blitzschnell packt Daniil ihren Arm, hält sie in stählerner Umklammerung und durchbohrt sie mit seinem Blick. „Wenn du dich in den Flieger nach Ungarn setzt, kannst du mich vergessen. Das ist mein letztes Wort."

Mit tränengefüllten Augen wirft Ilka die Stoffserviette auf den Tisch, sieht zuerst mich, dann Daniil feindselig an. „Ich brauche keinen von euch beiden. Konzentriert euch lieber auf eure Beziehung …"

Sie springt auf und stürmt wütend davon. „Lass sie", halte ich Daniil zurück, der ihr nachlaufen will. „Sie fährt bestimmt zu euren Eltern, vielleicht denkt sie morgen anders. Lass sie eine Nacht über die Geschichte schlafen."

Daniils Stimmung ist auf den Tiefpunkt angelangt. Seine Augen blicken eiskalt drein, jeder Muskel ist angespannt, während er mich nicht einmal eines Blickes würdigt. „Wir gehen", erklärt er tonlos und verlangt nach der Rechnung.

20. Kapitel

In dieser Nacht bleibt uns Schlaf verwehrt, unruhig wälzen wir uns beide im Bett von einer Seite auf die andere. Ab und an höre ich Daniil schnaufen, einmal ist er zum Rauchen draußen gewesen, was er nachts sonst nie macht, wenn die kurze Zeit, in der wir uns kennen, als Maßstab gilt.

Den Nachmittag habe ich alleine verbracht. Nachdem mich Daniil zu Hause abgesetzt hat, um in den Club zu fahren, bin ich planlos in der Wohnung herumgewuselt, um dem Drang zu widerstehen, Ilka anzurufen. Erst als gegen vier mein Handy klingelt und mir meine Mutter außer sich mitteilt, dass mein Vater in Williams Büro gewesen sei, komme ich wieder in die Gänge. Ich beruhige sie, führe anschließend ein längeres Telefonat mit meinem Bruder und kontrolliere kopfschüttelnd, ob die Wohnungstür auch doppelt und dreifach verschlossen ist. Kopfschüttelnd deshalb, da es mich verunsichert, Angst vor Bennet Senior zu verspüren. Immerhin ist er mein Vater und kein kranker Serienkiller. Ich traue ihm viel Negatives zu, kann aber auch deutlich zwischen Hirngespinsten und Realität unterscheiden.

Trotzdem bin ich froh, als gegen sieben Daniil vorbeikommt und Essen vom Chinesen mitbringt.

Während des Abendessens reden wir nur wenig miteinander, dennoch bleibt mir nicht verborgen, wie durcheinander Daniil ist – mir ergeht es ähnlich.

An diesem Abend begeben wir uns früh ins Bett. Daniil hat meine stumme Einladung hierzubleiben sofort verstanden.

Sollte dies etwa unsere erste gemeinsame Nacht ohne Sex sein? Weit hätten wir es dann gebracht!

Obwohl ich nicht abschätzen kann, ob er meine Nähe spüren möchte, wage ich einen vorsichtigen Versuch, indem ich mit der Hand über seine Brust streiche. Er holt tief Luft, ich merke, wie er sich verkrampft.

„Soll ich dir etwas zu trinken machen? Eine Tasse Tee hilft beim Einschlafen."

„Hast du solche Weisheiten von deiner Oma gelernt?"

Okay, habe ich schon erwähnt, dass sich Daniils Laune auf dem absoluten Tiefpunkt befindet? Warum habe ich das nicht bedacht und mich an ihn herangemacht? Na ja, selbst schuld. Nun, da ich bereits losgestürmt bin, kann ich auch Vollgas geben und sehen, was passiert. Applaus wäre mir sicher, sollte es mir gelingen, dem grimmig dreinblickenden Daniil ein Lächeln ins Gesicht zu zaubern.

„Daniil, mach dir nicht so viele Gedanken wegen Ilka. Sie wird sich bestimmt wieder beruhigen."

„Oder bereits im Flieger sitzen und die Chance auf eine Aussöhnung mit Parker endgültig zunichtemachen."

„Das glaubst du doch nicht wirklich?"

„Warum nicht?", entgegnet er störrisch.

„Parker ist ein Arschloch und hat seine Chance längst gehabt. Hat er sie ergriffen? Nein! Warum sollte er ausgerechnet jetzt seine Meinung ändern?"

„Du verdrehst mir die Worte im Mund." Na gut, ich bin wohl wieder einmal an allem schuld. „Was ich sagen will, ist, dass er sie sehen soll – bewusst. Er soll mitbekommen, wie sehr sie ihn braucht. Doch vor allem soll er kapieren, wie sehr er selbst Ilka braucht."

„Und hierin liegt auch der Grund, warum sie sich auf jeden einschießt: Nimm es ihr bitte nicht übel, aber sie kann es einfach nicht mehr hören, dass jeder ihr erklärt, wie sehr sie Parker braucht."

„Sie ist ein Sturschädel und muss hartes Lehrgeld dafür bezahlen."

„Diese Sturheit liegt ganz sicher nicht in der Familie. Keiner der Detaris würde sich so verhalten", erkläre ich sarkastisch. „Vielleicht hätten wir uns unsere klugen Worte sparen und viel mehr auf ihre wahren Bedürfnisse eingehen sollen."

„Der Grat dazwischen ist äußerst schmal, Abigail. Manchmal muss sich das Kind verbrennen, damit es sich von der Herdplatte fernhält."

Sein Vergleich bringt mich zum Schmunzeln. „Sag das mir."

„Ich möchte im Übrigen, dass du dir bis Samstag überlegst, wie es mit uns weitergehen soll."

Schluck. Für den Bruchteil einer Sekunde höre ich auf zu existieren. Dann wird es also ernst, denn Daniil hat meine dumme Liebeserklärung längst nicht verdaut. Die Troubles mit Ilka und mein unbedachtes Geschwafel führen uns wohl geradewegs in den Abgrund.

„Ich möchte endlich Klarheit darüber, was aus unserem Arrangement werden soll."

Die Kälte in seiner Stimme lässt mich hellwach werden. Schnell knipse ich die Nachttischlampe an und starre ihn mit zusammengekniffenen Augen an. „Was willst du mir damit andeuten?"

„Abigail, versuche mir nicht einzureden, dass das heute Morgen nur ein Missverständnis war. Du gibst zu viel und du erwartest zu viel, ich sehe es in deinen Augen und so …"

„Was, Daniil? So kann es nicht weitergehen? Wozu noch bis Samstag warten? Warum soll ich nicht gleich aus deinem Leben verschwinden? Das wünschst du dir doch, nicht wahr?"

„Abigail!" Sein strenger Tonfall macht mich noch wütender, was ihm nicht entgeht. „Dass du so aufgebracht reagierst, beweist nur, wie viel Bedeutung du unserer Affäre bereits beimisst – und dass du keinerlei Zurückweisung ertragen kannst. Damit muss einfach Schluss sein."

„Dafür ist es leider zu spät", schnauze ich ihn an und balle meine Hände zu Fäusten.

Eine Weile starre ich zur Decke, während Daniil sich wegdreht. „Mach das Licht aus."

Schnaubend schalte ich die Lampe aus, vergrabe mich in mein Kissen, drehe ihm demonstrativ den Rücken zu und versuche, nicht zu weinen. Seit ich Daniil begegnet bin, weine ich ohnehin viel zu oft, denn ich habe schreckliche Angst, ihn zu verlieren, kann nicht dagegen ankämpfen, sondern falle immer wieder in ein tiefes Loch.

„Babe." Er ist plötzlich ganz nahe. Viel zu nahe, so nahe, dass seine Finger über meinen Bauch gleiten. „Ich möchte doch nur das Beste für dich, Gaby."

„Ich bewundere deinen Sinn für Humor."

„Glaub mir, ich will dich nicht verletzen."

„Daniil!" Meine Stimme ist schneidend, während ich versuche, seine Hand abzuschütteln. „Ich bin keines deiner Püppchen, das dein idiotisches Geschwafel für bare Münze nimmt. Wie oft hast du diesen Satz schon als Ausrede benutzt?"

Obwohl er weiß, dass er mich damit endgültig auf die Palme bringt, lässt er seine Finger zu meinen Brüsten wandern. Ich halte instinktiv die Luft an, verfluche meinen Körper, der bereits zu reagieren beginnt. „Ich verstehe, dass du wütend bist …"

„Wütend? Ich kann gar nicht in Worte fassen, was ich im Moment fühle. Und dann nimmst du dir noch die Frechheit heraus, mich ungeniert zu betatschen."

Als er sein Becken an meines presst, ich seine Erregung spüre, droht es mit mir durchzugehen. „Hände weg! Falls du glaubst, mich mit Sex milde zu stimmen, muss ich dich enttäuschen. Sex ist das Letzte, was ich will!"

Beleidigt lässt er von mir ab – und ich kann nicht sagen, dass das meine Stimmung verbessert. Ich fühle mich alleingelassen, verstoßen von einem Menschen, der mir viel bedeutet. Morgen wird er endgültig aus dieser Tür gehen und ich kann nichts unternehmen, um ihn daran zu hindern.

Ich starre in den Nebel, der das Restaurant, in dem wir uns befinden, wie in Watte gehüllt umschließt. Meine Laune ist im Keller, weshalb nicht nur Parker, sondern auch Adwin auf Abstand gehen. Um ehrlich zu sein, redet Parker kein Wort mit mir. Die beste Entscheidung, die dieser dämliche Versager je getroffen hat. Dabei trägt er gar keine Schuld an meiner grauenhaften Gemütsverfassung – ich kann nicht einmal sagen, wer sie zu verantworten hat. Auf jeden Fall nicht Abigail, der ich nachtrauere wie ein verliebter Teenager.

Zwei Tage habe ich sie nun nicht gesehen, da wir zuerst nach Liverpool und von dort aus nach Dublin gefahren sind. In beiden Städten haben wir In-Lokale besucht und ihre Konzepte studiert. Nun sitzen wir in einem Club in Dublin dem Inhaber gegenüber und raspeln Süßholz.

Besser gesagt, Adwin macht das, ist voll in seinem Element. Ich schweige, habe mich in meine eigene Welt geflüchtet, überhäufe mich mit Vorwürfen, weil ich Abigail auf so grobe Art verletzt habe. Meine Beweggründe schienen mir vor ein paar Tagen, als mich Candice erneut anrief und Druck ausübte, durchaus plausibel zu sein. Mir wurde in dem Augenblick, in dem ich auflegte, bewusst, dass ich Abigail schützen muss und möchte.

Nicht nur, weil sie mich liebt, was mich ungemein rührt, aber auch verunsichert. Nein, ich will den Schaden so minimal wie nur möglich halten und muss sie gehen lassen, um ihr die

Demütigung und den Betrug zu ersparen. Was aus dem Club wird, der nun in Candices Besitz übergeht, darüber mache ich mir momentan die wenigsten Gedanken.

Meine Finger verkrampfen sich auf schmerzhafte Weise – ähnlich wie mein Herz. Immer wieder muss ich an Abigails traurige Augen denken, mit denen sie mich vorgestern Nacht angesehen hat. Was ist zwischen uns passiert? Warum brennt es wie Feuer, wenn ich an ein Leben ohne sie denke? Wobei ich mir selbst am wenigsten leidtue. Sie braucht mich genauso nötig wie ich sie. Wir beide sind von derselben Krankheit befallen, ich kenne die Symptome und habe die verdammte Pflicht, ihr beizustehen.

Ich muss, raunt mir eine mahnende Stimme zu.

Ich muss und kann nichts dagegen unternehmen. Wir reden hier von einer stattlichen Summe Geld. Jede Möglichkeit bin ich durchgegangen. Auch habe ich daran gedacht, Abigail anzupumpen, die mir bestimmt aushelfen würde, doch ich könnte ihr das Geborgte nie im Leben zurückzahlen. Und hier kommt der Stolz ins Spiel, eine mehr als lästige Eigenschaft von mir. Dieser Charakterzug lässt den Gedanken an eine zweite Option in mir aufkeimen – den Plan, einen Brand oder eine andere Katastrophe vorzutäuschen, das Geld zu nehmen und ihr damit auf äußerst schmerzhafte Weise mein wirkliches Wesen zu offenbaren.

Übelkeit steigt in mir hoch. Nein, ich kann das nicht.

Es hat viele Frauen in meinem Leben gegeben. Sie kamen aus allen Gesellschaftsschichten. Von Candice, die Geld wie Heu besitzt, bis zu Studentinnen, die ihre spärlich bemessenen Stipendien mit der Arbeit in meinem Club aufbessern wollten. Sie alle waren Schönheiten und doch war keine wie Abigail. Keine von ihnen rührte mich wie sie. Keine brachte mich zum Lachen, um mich nur Sekunden später bis zur Weißglut zu reizen. Keine von ihnen rief eine solche Leidenschaft in mir hervor. Keine brachte mich aus dem Konzept und für keine von ihnen empfand ich ähnliche Gefühle wie für Abigail.

Mir ist klar, dass ich sie liebe. Sie sollte die Frau sein, mit der ich mein Leben verbringe. Die Frau, der ich den Ring gebe, den ich vor Jahren Candice zugedacht habe. Sie hat Ehre und Geborgenheit verdient. Den Glauben an beides würde ich ihr nehmen, sollte sie je hinter meine wahren Absichten kommen.

Ich bräuchte etwas, das mich knallhart daran erinnert, wer und wie ich bin. Ich bin kein liebender Ehemann, der abends brav nach Hause eilt, auch wenn dort eine noch so zauberhafte Frau auf ihn wartet. Kein Zweifel, ich bin leidenschaftlicher Single.

Also sollte ich schleunigst zu einem wirksamen Medikament greifen, denn der Infekt Abigail hat sich längst zu einer echten Grippe entwickelt. Vor mir liegt ein schwerer Kampf gegen einen übermächtigen Gegner. Dieser Gegner ist mein Herz, das stottert, wenn ich in ihrer Nähe bin. Dabei ist es gefährlich, es allzu sehr zu strapazieren, immerhin soll es mir noch lange dienen und falls es je brechen sollte, werde ich mich wohl niemals davon erholen.

Später an diesem Abend versucht mich eine Frau, der ich früher noch blind erlegen wäre, anzubaggern. Zugegeben, sie ist feminin, reizend und verführerisch, aber auf subtile Weise.

Ihr Mund zeigt ein mädchenhaft schüchternes Lächeln und doch lockt er voller Leidenschaft. Ich müsste lügen, könnte ich mich gegen den Gedanken, ihre nackten Brüste mit meinen Händen zu berühren, verwehren. Der Ausschnitt, ein äußerst tiefer, dazu der hellgrüne hauchzarte Stoff ihres Kleides erfordern all meine Selbstbeherrschung. In dem gut besuchten Restaurant, in das uns ihr Boss geführt hat, fallen ihre Gesten nicht weiter auf. Wir sind fünf Menschen von gut hundert. Doch als sie sich während der Nachspeise Eis vom Zeigefinger schleckt und den Blick dabei keck auf mich richtet, ernte ich einen schmerzhaften Seitenhieb von Adwin.

Ein zweites Mal legen sich ihre Lippen um ihren Finger. Mit geschlossenen Augen saugt sie das Eis ein, zieht den Finger genüsslich heraus und lächelt mich verrucht an.

Ich führe keine Beziehung, rede ich mir ein, während ich sie weiterhin nicht aus den Augen lasse. Ich habe niemandem gegenüber Verpflichtungen, muss mich nicht rechtfertigen, weil ich diese Frau begehre. Wer sollte mich davon abhalten? Ich kann machen, was ich will.

Warum zur Hölle redest du dir das ein? Und warum verteidigst du dich, als plage dich ein schlechtes Gewissen? Doch dann überkommt mich wieder dieses Bild: Abigail, die auf mich wartet, die in ihrem Bett liegt und mich schmerzlich vermisst.

Ich fluche leise und wende den Blick von der Frau, an deren Namen ich mich nicht einmal erinnern kann. Wir sind aus geschäftlichen Gründen hier. Nicht nur, dass es keine gute Idee wäre, mich mit einer Angestellten unseres Partners einzulassen, etwas in mir setzt sich auch vehement dagegen zur Wehr.

Am Ende des Abends einigen wir uns auf eine Clubkarte, die unseren Gästen Vergünstigungen und Freigetränke bringen soll und in beiden Lokalen gültig ist. Als Vorbild dienen uns einige große Ketten, die dieses Konzept bereits erfolgreich anwenden. Unter anderem sollen auch attraktive Gigs veranstaltet werden, die auch Gäste aus Dublin zu uns locken sollen – und solche aus London nach Dublin.

Müde, aber zufrieden kehren wir gegen halb elf zurück ins Hotel. Während Adwin und Parker noch auf den Erfolg anstoßen wollen, sehne ich mich nach der Einsamkeit meines Zimmers. Nebenbei gehe ich Parker privat am liebsten aus dem Weg, denn der scheint sich kaum noch an den Namen meiner Schwester zu erinnern. Wäre ich nicht derart mit mir selbst beschäftigt, hätte ich ihm sein überhebliches Grinsen längst aus dem Gesicht geprügelt.

Ich komme gerade aus dem Bad, als es an der Tür klopft. Im Glauben, dass Adwin noch etwas mit mir besprechen möchte, öffne ich und sehe mich unvermittelt der Dame aus dem Restaurant gegenüber, die ihren Lippenstift nachgezogen hat und mich verführerisch anlächelt, in den Händen eine Flasche Champagner und zwei Gläser.

„Ich dachte, wir haben durchaus etwas zu feiern", erklärt sie mit rauchiger Stimme und tritt ohne zu fragen ein.

Perplex über so viel Unverfrorenheit folge ich ihr, nehme wie in Trance ein Glas entgegen und proste ihr zu.

„Ich habe die Zimmer gebucht. Keine Angst, ich bin keine durchgeknallte Stalkerin", versucht sie, mich zu beruhigen, während ihre Finger Kreise auf der Schreibtischplatte ziehen.

„Und nächtliche Überraschungsbesuche sind im Service inbegriffen?"

„Nein, aber keine Regel ohne Ausnahme." Ihr Mund wirkt ausgesprochen sinnlich, als sie einen Schritt auf mich zumacht. Hätte es noch den geringsten Zweifel gegeben, so wäre spätestens jetzt klar, dass es sich diese Frau in den Kopf gesetzt hat, mich zu verführen. „Ich habe Sie in der Hotelbar vermisst."

„Ich weiß, wann es genug ist. Vor allem genug Alkohol."

„Sie wirken so … nun ja … kühl, distanziert. Damit machen Sie sich nur noch interessanter." Sie fasst sich an die Lippen, als wäre ihr der letzte Satz unabsichtlich entschlüpft.

„Ich bin nur deshalb so kühl, weil Sie für John arbeiten. Er wäre bestimmt nicht *erfreut*", ich betone das Wort mit Absicht, „Sie um diese Uhrzeit in meinem Zimmer vorzufinden."

„John und ich waren einmal ein Paar. Nun ja, ich lernte ihn im Club kennen, wir kamen zusammen, trennten uns und nun arbeite ich wieder für ihn. Ihm ist es egal, was ich in meiner Freizeit mache."

Ihr Name! Wie war noch gleich ihr Name? „Dann sind Sie also Mrs. Reid?"

„Nein, Miss Clarke. Michelle Clarke. Zu einer Hochzeit kam es Gott sei Dank nie, da ich sehr früh merkte, wie hinterhältig John sein kann."

„Sie versuchen doch nicht, mir unsere Geschäftsbeziehung madig zu machen, Michelle?"

„Um Himmels willen. Nein. Ich mische mich in diese Angelegenheiten nicht ein."

„Gut." Ein großer Schluck noch, dann stelle ich das leere Glas ab. Sie sollte gehen. Nicht wegen John – der kümmert mich nicht. Ich schwanke zwischen Begehren und Entsagung und fühle mich doch immer stärker von diesen roten Lippen angezogen. Dabei habe ich ständig Abigail vor Augen, was die Pein nahezu unerträglich werden lässt. „Nein", gebiete ich ihr Einhalt, als sie mir nachschenken will.

Ihre Miene erstarrt, verletzt sieht sie mich an. „Was muss ich machen, um von Ihnen gefickt zu werden, Daniil? Was muss eine Frau tun, um Ihre Aufmerksamkeit zu erregen? Womit durchbricht sie Ihren Panzer?"

Noch bevor ich antworten kann, macht sie einen weiteren Schritt in meine Richtung. Ich kann deutlich die rote Farbe ihrer Wangen sehen, die perfekt mit ihrem Mund harmoniert. Ihre Lippen laden dazu ein, sie zu schmecken. „Woher wissen Sie, dass ich nicht vergeben bin?"

„Sie haben mich auf eine ganz bestimmte Art und Weise angesehen. Vorhin im Restaurant, da wollten Sie mich."

„Ich war lediglich höflich", erteile ich ihr eine eiskalte Abfuhr.

Michelle streckt ihre Hände nach mir aus und legt sie auf meine Brust, was mich wiederum an Abigail denken lässt. „Dann gibt es also eine Frau?"

„Ja, die gibt es."

„Ihre Ehefrau?"

„Nein."

„Ihre Freundin?"

„Nein."

Sie stutzt, während ihre Finger weiter über meinen Oberkörper gleiten. „Wer ist sie dann?"

„Sie ist eine wundervolle Frau, der ich viel zu selten zeige, wie sehr ich sie schätze."

Scheinbar ohne Absicht streift Michelle meinen obersten Knopf. Da ist ein Glitzern in ihren Augen, ihr leicht geöffneter Mund verrät mir, dass sie zu allem bereit ist. „Warum begleitet sie Sie nicht?"

„Weil wir aus geschäftlichen Gründen hier sind."

Sie kauft mir diese Lüge nicht ab. „Ich bewundere Männer, die ihren Weg gehen und sich einen Scheiß um andere kümmern. Warum lügen Sie mich also an?"

„Ich lüge?"

„Ja." Lächelnd fasst sie mit einer Hand in meine Haare. Ihre Finger ziehen Bahnen und stimulieren etwas in mir, das ich zu bekämpfen versuche. „Haben Sie ihr all das schon gesagt? Oder wagen Sie es nicht?"

Michelle scheint mich besser zu verstehen als ich selbst, was mir nicht geheuer ist. Ich sollte sie so schnell wie möglich aus meinem Zimmer befördern. „Michelle, hören Sie mir zu ..."

Der viele Champagner, den Michelle heute Abend getrunken hat, zeigt wohl Wirkung, denn anders kann ich mir nicht erklären, dass sie es völlig an Zurückhaltung mangeln lässt und derart offen mit ihrer Lust umgeht. Sie stellt sich auf die Zehenspitzen, um mit ihren Lippen die meinen zu erreichen. Nur wenige Zentimeter trennen uns, doch ich weigere mich, dem Impuls nachzugeben, sie zu küssen, bleibe stattdessen hart und lasse meine Hände dort, wo sie liegen – auf der Schreibtischkante.

„Sie machen etwas mit mir. Ich bin keine männerfressende Schlampe, doch … Sie bringen mich dazu, genau das zu wollen. Sie. Sie haben eine verheerende Wirkung auf Frauen, hat Ihnen das schon einmal jemand gesagt?"

„Michelle", rede ich ihr weiter ins Gewissen, während sie ihre Lippen auf meine zu pressen versucht.

„Wir Frauen sind bei Männern, wie Sie einer sind, bereit, alles zu machen. Ihre Freundin – oder was auch immer sie sein mag – sollte um Sie kämpfen. Ich an ihrer Stelle würde das jedenfalls tun. Ich will Sie haben, Daniil!"

„Sie sind betrunken, Michelle, und sollten lieber nach Hause gehen. Wartet dort ein Mann auf Sie?"

Schmunzelnd lässt sie ihren Zeigefinger über meine rechte Wange gleiten. „Sie drehen den Spieß um. Äußerst klug. Nein, zu Hause wartet niemand auf mich. Ich bin einsam und allein – mit Ausnahme einer Katze."

„Sehen Sie, und bei der sollten Sie sein. Morgen würden wir beide unser Handeln bereuen."

„Alles nur wegen einer Frau, mit der Sie keine Beziehung führen, die Sie lieben und doch nicht haben möchten. Vielleicht gibt es auf diesem Planeten doch noch anständige Kerle."

„Was ich bezweifle." Zielstrebig entferne ich ihre Finger, die jeden Millimeter meines Körpers zu bedecken scheinen. Ihr Blick wird traurig, was mich einen Moment schwanken lässt. „Soll ich Sie nach Hause bringen?"

„Nein. Nein, Daniil. Falls Sie diese Frau jemals heiraten werden, laden Sie mich ein, ich würde ihr gerne gratulieren."

Ich lache, greife nach ihrem Schlüssel, werfe ihn in ihre Handtasche und reiche sie an Michelle weiter. „Ich werde, sollte es so weit kommen, daran denken. Michelle", füge ich etwas ernster hinzu, „wir werden die ganze Sache vergessen. John wird davon nichts erfahren. Okay?"

„Okay."

„Gut. Sie sind wunderschön, Michelle. Und diese Zurückweisung hat nichts mit Ihnen zu tun. Ich muss nachdenken,
was Abigail anbelangt. Noch vor einem halben Jahr wären wir
längst im Bett gelandet. Doch sie hat mich verändert – besser
gemacht. Ich erweise Ihnen einen Gefallen, auch wenn Sie das
im Augenblick anders sehen mögen."

„Sie haben vermutlich Recht. Gute Nacht, Daniil." Mit einem sanften Kuss auf meine Wange ist sie verschwunden.

Nachdenklich und aufgewühlt bleibe ich zurück. Ich mag
mich vielleicht blamiert haben, habe aber die richtige Entscheidung getroffen. Wenigstens kann ich mich noch im Spiegel
betrachten, ohne gleich das ganz große Kotzen zu kriegen.

21. Kapitel

Entweder bin ich ein schrecklicher Mensch oder etwas stimmt mit meinem näheren Umfeld nicht. Warum? Weil ich diese Woche nicht nur Ben verloren habe, der mich die beiden Male, die ich ihm begegnet bin, mit Missachtung gestraft hat, auch Ilka ist tatsächlich zu ihrer Tante nach Ungarn geflogen. Sie ist nach wie vor sauer auf mich, auch wenn ich den Grund dafür nicht kapiere. Aber na ja. Daniil ist ebenfalls weg – geschäftlich nach Irland, was nicht weiter schlimm wäre, hätte er mich nicht mit dieser obskuren Ansage zurückgelassen.

So bleibt mir nur noch Pierre, der mich ausnahmsweise gelobt hat, was ich der dramatischen Szene zuschreibe, die ich hingelegt und in die ich mein ganzes Herzblut gesteckt habe. Es ist kein großes Kunststück gewesen, denn sie entspricht meiner momentanen Gemütsverfassung. Die verzweifelten Tränen und die Ausweglosigkeit sind nicht wirklich gespielt gewesen, doch dieses Geheimnis behalte ich lieber für mich.

Am Freitag treffe ich mich mit Lucas Young, um den Vertrag für meine Rolle in der Soap zu unterschreiben. Dabei muss ich erneut an Daniil denken, der mich in dieser Sache bedingungslos unterstützt hat. Ob er wohl stolz auf mich wäre, wenn er mich nicht schon aus seinem Leben verstoßen hätte?

Wieder treffen wir uns zu Mittag im *Ledbury* und wieder bin ich von Lucas Young total hingerissen. Während wir gemeinsam die Klauseln durchgehen, schweifen meine Gedanken jedoch immer wieder ab. Lucas wäre die bessere Wahl, Ben ebenfalls. Nun, im Nachhinein ist man ja immer klüger. Ben und Lucas sind wesentlich unkomplizierter als Daniil, würden sich mir anpassen und nicht allzu viel von mir fordern. Das entspricht auch genau jenem Typ Mann, nach dem ich bisher Ausschau gehalten habe. Da es mir als Kind und Jugendliche neben einem derart dominanten Vater selten möglich gewesen ist, das Heft in die Hand zu nehmen, will ich dies in meinem Erwachsenendasein offenbar bedingungslos ausleben. Ich will diejenige sein, die bestimmt, wo es langgeht, die Grenzen absteckt und gibt, wann immer sie es möchte.

Die ganze Zeit über habe ich mir eingeredet, dass eine unsichere Persönlichkeit wie ich eine solche Art von Therapie benötigt. Doch das Gegenteil ist der Fall, wie ich durch die Beziehung zu Daniil erkannt habe. Ich muss nicht die sein, die fordert, verteilt und bestimmt – ich muss lernen zu nehmen. Doch vor allem muss ich lernen, Vertrauen zu fassen. Vor allem gegenüber der Männerwelt, die ich lange als rotes Tuch gesehen habe, weil ihr schließlich auch mein Vater zuzurechnen ist.

Daniil hat mir jedoch gezeigt, wie es sein kann. Was ich brauche. Sein starker Charakter, der das ausgleicht, was mir fehlt. Ich bezweifle sehr, dass ein Lucas Young oder ein Mann wie Ben dieser Aufgabe gerecht werden könnte.

Es fällt mir schwer, mich auf das Gespräch zu konzentrieren, obwohl es dabei um etwas unheimlich Wichtiges geht. Um meine Zukunft. Eine Zukunft, die all meine Kraft erfordern wird.

Nächsten Monat sollen die Dreharbeiten beginnen, das Script hat Young bereits dabei, damit mir genügend Zeit bleibt, mir meine Rolle zu erarbeiten.

Nach dem Treffen mit Mister Young hole ich mein Kleid für die Gala am Samstag ab. Der Designer hat sich selbst übertroffen. Das Kleid ist genauso, wie ich es mir vorgestellt habe. Sexy, aber nicht *too much*. Zu Hause probiere ich es noch einmal an und irgendwie hilft mir der Blick in den Spiegel, Hoffnung zu schöpfen.

Ich sollte Daniil Zeit geben. Mein Geständnis muss ihn völlig verunsichert haben. Nun haben wir uns drei Tage lang nicht gesehen und ich gehe davon aus, dass er sich inzwischen wieder gefangen hat. Doch egal, welche Lösung ihm vorschwebt, natürlich werde ich um ihn kämpfen – allerdings ohne meine Würde einzubüßen.

Bis Samstagabend habe ich nichts von Daniil gehört. Gegen sieben fahre ich zu Williams Wohnung, von wo aus meine Mutter, er und ich gemeinsam zur Veranstaltung aufbrechen wollen. Wie immer legt meine Mama großen Wert auf unseren Auftritt und da dies der erste seit der Trennung inklusive der schmutzigen Schlammschlacht meiner Eltern ist, soll er besonders glanzvoll ausfallen. Ich werde jedenfalls meinen Teil dazu beitragen.

Rose ist krank und bleibt zu Hause, wie mir William besorgt mitteilt. Während meine Mutter zur Alleinunterhalterin mutiert, halten sich William und ich auffallend zurück. Wir beide blicken aus dem Fenster und geben vor, den Worten unserer Mama zu lauschen. Williams Gesicht spiegelt seine Sorge um Rose wider. Wenn es um sie geht, ist er übervorsichtig und es widerstrebt ihm, sie alleine zu lassen, wenn sie sich nicht wohlfühlt. Wäre diese Veranstaltung nicht derart wichtig und würde sie uns dreien nicht gleichermaßen am Herzen liegen, so wäre er sicher bei Rose geblieben und hätte sich liebevoll um sie gekümmert.

Pünktlich betreten wir den Saal, in dem das Dinner und die anschließende Verlosung stattfinden sollen. Den Auftritt vor den Journalisten und der Fotografenmeute haben wir bravourös gemeistert. Natürlich hat man uns hauptsächlich private Fragen gestellt, doch wir sind daran gewöhnt, nichtssagende Antworten zu geben und trotzdem freundlich und höflich zu wirken.

An den ovalen Tischen sind jeweils zehn Gäste platziert. Meine Tischnachbarin, Margaret Potter, eine millionenschwere Landadelige, ist in Plauderlaune und zu meiner Erleichterung nicht ganz so eingebildet, wie sie des Öfteren vorzugeben scheint. Bald finden wir in der Schauspielerei ein Thema, das uns beide interessiert. Und während sie meine jüngste Darbietung im Theater in den höchsten Tönen lobt, wird der erste Gang serviert.

„Ich dachte, George kommt auch", möchte ich von William wissen.

„Zumindest hat er das gesagt."

„Er scheint den großen Auftritt zu lieben."

William bedenkt mich mit einem strafenden Seitenblick. „Wir wissen mittlerweile alle, dass du ihn nicht leiden kannst, Gaby."

„Sehr freundlich, deine miese Laune an mir auszulassen."

Ich will mich nicht mit William streiten, sehe aber auch nicht ein, warum er seine Grillen ausgerechnet an mir auslassen muss.

Gerade als er zur nächsten Schelte ansetzen will, klingelt sein Handy. Er steht auf, geht in Richtung der Toiletten und ich widme mich wieder Mrs. Potter, die sich fürchterlich über das Verhalten zweier Mädchen am Nachbartisch echauffiert. Gleich darauf kehrt William in großer Eile an den Tisch zurück. Er wirkt äußerst besorgt.

„Das war George", murmelt er. „Er kam zufällig an meinem Haus vorbei und sah unseren Vater dort stehen."

„Was?"

„Rose ist mutterseelenallein daheim."

In meinem Kopf beginnen alle Gehirnwindungen gleichzeitig zu rattern. „Ich fahre zu ihr, nur um sicherzugehen, dass alles in Ordnung ist", sagt er so leise, dass nur ich es hören kann. Aber auch Mutter ist seine Aufregung nicht entgangen.

„Was ist los?", fragt sie gereizt.

„Ich komme mit", versichere ich William, ohne auf Mutters Frage einzugehen.

„William, was soll dieser Aufstand?" Mutter lässt nicht locker.

„George hat Vater vor meinem Haus gesehen."

„Wie? Was will er dort?"

„Genau das möchte ich herausfinden."

Für Diskussionen bleibt keine Zeit, jetzt heißt es handeln.

„Wir sind rechtzeitig zur Auktion wieder hier."

„Du fährst auch mit?"

Das ist nicht zu übersehen, denn William und ich sind bereits auf dem Weg nach draußen. Während der Fahrt rede ich beruhigend auf meinen Bruder ein. Ich mache mir nicht nur Sorgen um Rose, sondern auch um uns beide, denn William rast wie ein Verrückter.

„Ich hätte sie nicht allein lassen dürfen", macht er sich schwere Vorwürfe, während er das Auto direkt vor dem Haus parkt.

„Vielleicht hat sich George getäuscht. Und wenn nicht, was soll's? Rose ist kein kleines Kind."

„Das hat sie mir heute auch schon gesagt", schmunzelt William und schließt hastig die Tür auf.

Im Haus ist es verdächtig still. Wir sehen uns an und warten auf den großen, unheilverkündenden Knall. Doch nichts geschieht.

„Siehst du, sie schläft", stelle ich erleichtert fest.

„Nein." Zielstrebig hastet William zum Wohnzimmer, reißt die Tür auf und stößt einen erstickten Schrei aus.

Wie von unsichtbarer Hand gezogen folge ich ihm. Was ich sehe, lässt mir den Atem stocken: Meinen Vater, den William wie in einen Schraubstock gezwängt festhält. Rose, die ganz blau im Gesicht ist. Eine Krawatte um ihren Hals gezurrt, die ihr die Luft abschnürt.

Ich stürze zu Rose und lockere die Krawatte, während mein Bruder unseren Vater zu Boden drückt und wie von Sinnen auf ihn einschlägt.

Ich weiß nicht, ob Rose noch lebt, zerre und zupfe an ihr, rede auf sie ein, als würde das etwas bewirken. Ihre Arme hängen schlaff zu Boden, der Mund ist leicht geöffnet, sie zeigt keine Reaktion. *Atme! Atme!*

Innerhalb weniger Sekunden hat sich meine Welt verdunkelt. Ich habe das Gefühl, gegen einen Tornado anzukämpfen. Meine Bemühungen kommen mir wenig zielgerichtet und laienhaft vor. Doch ich wüsste nicht, was ich noch anstellen sollte. Am liebsten würde ich weglaufen, damit ich der Wahrheit nicht ins Gesicht blicken muss.

„Gaby, atmet sie?", ruft William verzweifelt und drückt unseren Vater noch immer zu Boden.

„Ja. Nein. William, ich weiß es nicht", gestehe ich hilflos.

„Mach etwas!", befiehlt er.

„Ich … William … ich weiß nicht, was ich tun soll." Meine Verzweiflung steigert sich von Minute zu Minute. Sie drückt mir selbst die Luft ab, ich fühle mich wie in einem Tunnel. Immer wieder sehe ich zu meinem Bruder, zu meinem Vater, und es gibt keine Möglichkeit, diesem Albtraum zu entrinnen.

„Hier", brüllt William und wirft mir sein Handy zu. „Ruf die Rettung und die Polizei. Schnell!"

Ich schlucke, drücke mit zitternden Fingern die Tasten und lasse Rose, die immer noch leblos in meinen Armen hängt, nicht aus den Augen.

Während die Polizei meinen Vater verhört, kümmern sich die Rettungskräfte um Rose, die das Bewusstsein bis jetzt nicht wiedererlangt hat.

Mein Vater sucht Blickkontakt mit mir, will mein Mitleid erregen, aber ich schaffe es nicht einmal, ihn anzusehen. Allein seine Stimme zu hören, verursacht mir Höllenqualen. Dieses abscheuliche Monster, das einen Menschen töten wollte, soll mein Vater sein? Ekel, Verachtung und Wut brauen sich zu einer hochexplosiven Mischung zusammen. Jedoch richten sich diese Empfindungen nicht nur gegen ihn, sondern auch gegen mich selbst. Schließlich bin ich seine Tochter. Dafür kann ich mich nur schämen. Und es jagt mir Angst ein. Was ist, wenn ähnliche Neigungen auch in mir schlummern? Was, wenn auch ich eines Tages die Beherrschung verliere und mich in ein Ungeheuer verwandle?

Als sie ihn abführen, wendet er sich zu mir um, bettelt mich an. Immer wieder ruft er meinen Namen. Sein *Gaby-Schatz* verätzt mich wie Säure. Und mit einem Mal überkommt es mich, ich halte dem Druck nicht länger stand und breche in unkontrolliertes Weinen aus. William legt sanft seinen Arm um mich, tröstet mich und kann meine Verzweiflung trotzdem nicht lindern.

Gleich nach meinem Vater wird auch Rose abtransportiert. Meine Mutter ist inzwischen in Begleitung von George erschienen. Sie schluchzt, läuft auf mich zu, schlingt ihre Arme um mich und bekommt selbst kaum Luft. George gibt sich gefasst, er wechselt ein paar Worte mit William, der Rose ins Krankenhaus begleiten will.

Ich bekomme nur am Rande mit, dass er sich verabschiedet und den Rettungskräften hinterherhetzt, während George, meine Mama und ich zurückbleiben. Eine unerträgliche Stille breitet sich aus. Eben noch dieser Tumult und nun könnte man fast dem Trugbild erliegen, dass nichts geschehen ist.

Ich ziehe meine Mutter die Treppe hoch, bringe sie in ihr Schlafzimmer und verfrachte sie dort ins Bett. Ich bleibe so lange bei ihr, bis sie eingeschlafen ist, was Gott sei Dank nicht allzu lange dauert.

Müde und völlig verstört gehe ich nach unten. George sitzt noch immer im Wohnzimmer, lächelt mich unsicher an und weiß offenbar nicht so recht, was er mit sich anfangen soll. „Ich bringe dich nach Hause", bietet er mir mit leiser Stimme an.

Ich nicke erleichtert, stakse hinter ihm her und kuschle mich in den Beifahrersitz. Die Stadt zieht an mir vorbei. Obwohl ich müde bin, schaffe ich es nicht, die Augen zu schließen. Mich schaudert vor der Einsamkeit, die mich in meiner Wohnung erwartet, weiß ich doch, dass das Grauen dort übermächtig wird. Alles, was ich bis jetzt erfolgreich verdrängt habe, wird mich dann einholen.

Mein Herz sehnt sich nach dem Menschen, den ich liebe. Mein Verstand wiederum hat Angst vor Zurückweisung. Noch bevor ich beides gegeneinander abwägen kann, nenne ich George die Adresse von Daniils Wohnung, gebe vor, zu Ilka zu wollen, auch wenn ich weiß, dass sich diese in Ungarn aufhält.

Kurze Zeit später halten wir. „Und du weißt mit Sicherheit, dass Ilka zu Hause ist?"

„Ich denke schon."

„Soll ich warten?"

„Nein. Fahr zurück und schau nach William, der braucht dich nötiger als ich."

Widerwillig lässt George mich aussteigen. Ich sollte ihn in Zukunft wohl ein wenig besser behandeln, denn heute hat er sich als große Stütze erwiesen. Mein Bruder hat diese seine Seite wohl längst gekannt und ist womöglich deshalb schon seit Ewigkeiten mit ihm befreundet.

Bereits nach dem ersten Klingeln wird die Tür geöffnet. Der Stoff meines Kleides raschelt, als ich nach oben gehe, wo Daniil im Hausflur auftaucht. Seine genervte Miene verschwindet, als er mein verheultes Gesicht bemerkt. Bei seinem Anblick gibt es für mich kein Halten mehr, ungestüm werfe ich mich in seine Arme und beginne erneut zu heulen.

„Abigail, was ist denn passiert?"

„Es tut mir leid, dich um diese Uhrzeit zu stören. Vor allem, weil ich grauenhaft aussehe", wimmere ich, nachdem mich Daniil ins Schlafzimmer gebracht und mich auf die Bettkante niedergedrückt hat.

„Du redest Schwachsinn, Abigail, *das* sollte dir leidtun." Mit einem Taschentuch in der Hand kniet er sich vor mich hin. Er scheint sich aufrichtig Sorgen um mich zu machen. „Wo bist du gewesen?", will er mit Blick auf mein extravagantes Kleid wissen.

„Bei einer Wohltätigkeitsgala."

„Rede mit mir, Abigail. Was ist geschehen?"

Ich hole tief Luft, straffe die Schultern. „Eines vorweg: Ich will kein Mitleid wegen dem, was ich dir jetzt erzähle. Versprich mir das."

Daniil nickt, greift nach meinen Händen und legt sie in die seinen. Wärme durchflutet meinen Körper. Es fühlt sich gut an. Langsam lösen sich die Knoten in meinem Inneren auf.

„Die Sache ist so: Mein Vater ist ein zielstrebiger Mensch und hat früh festgestellt, dass man hart arbeiten muss, wenn man erfolgreicher als die anderen sein möchte. Das könnte man durchaus als gute Eigenschaft verbuchen, aber leider ist sie das nicht, denn gerade dieser Vorsatz hat unsere Familie zerstört. Der Erfolg ging meinem Vater letzten Endes über alles. Mit der Geburt meines Bruders war auch die *Thronfolge* geregelt, sodass sich mein Vater zu Hause um nichts mehr kümmern musste, sondern mit ruhigem Gewissen seinem Hobby nachgehen konnte. Keine Hure in der Stadt war von da an vor ihm sicher. Natürlich bekam auch meine Mutter Wind davon und stellte ihn mehr als einmal zur Rede."

Ich erinnere mich, als mir meine Mama davon berichtet hat. Ich fühle ihren Schmerz beinahe selbst, der so tief bei ihr ging, dass sie ihn heute noch nicht überwunden hat. Sie hat ihr Leben für meinen Vater aufgegeben, sich nach Schottland aufs Land verzogen, wo sie die brave Ehefrau gab, die er, um bei Geschäftspartnern zu punkten, brauchte.

„Er verbrachte kaum noch Zeit mit seiner Familie, zahlte meiner Mutter jedoch das Schweigegeld, welches sie haben wollte. Mich. Ich mag gar nicht daran denken, dass ich lediglich das Produkt eines Kuhhandels bin …"

Daniil hört mir aufmerksam zu, doch je mehr ich erzähle, desto verdrossener wird sein Gesichtsausdruck. Mein Vater sollte sich besser vor ihm in Acht nehmen!

„Kein Wunder, dass er mich vom ersten Tag an gehasst hat. Bei jeder Gelegenheit habe ich das deutlich zu spüren bekommen, denn ich konnte ihm nichts recht machen. Im Gegenteil, Ohrfeigen waren mein tägliches Brot, sodass ich bald dachte, das müsste so sein, weil ich ein böses Mädchen war, ungehorsam, ungeschickt, missraten, ein wahres Ärgernis für jeden."

„Dein Vater kann nur hoffen, dass ich ihm niemals über den Weg laufen werde", versichert mir Daniil aufgebracht.

„In den vergangenen Wochen hat sich die Situation zugespitzt. Nach einer schlimmen Auseinandersetzung hat meine Mutter ihn verlassen und ist zu meinem Bruder nach London geflüchtet. Mein Vater, der sich in seinem Stolz gekränkt fühlt, stellt ihr seither nach. Und heute Abend sind seine Wut und seine Verzweiflung eskaliert. Wir waren bei dieser Gala und plötzlich bekam William einen Anruf." Tränen schießen mir in die Augen. Ich balle meine Hände zu Fäusten, tue alles, um die aufkommenden Gefühle, die Schwäche, die Ohnmacht, die mir mein ganzes Leben vergällen, zu unterdrücken. „Er wollte die Freundin meines Bruders … er hat sie … ich dachte, sie sei tot, so fest hat er sie gewürgt. Aus purem Hass. Um uns allen weh-zutun."

„Baby." Daniil reißt mich an seine Brust. Meine Tränen be-feuchten sein Hemd, unter dem ich seinen beruhigenden Herz-schlag spüre. Meine Verzweiflung ruft bei Daniil maßlose Wut hervor. Wäre ich jetzt nicht auf seine Gegenwart, seinen Halt angewiesen, so wäre er bestimmt längst davongestürmt, um sich zusammen mit meinem Bruder diese Ausgeburt der Hölle, die sich Vater schimpft, zu krallen und sie zur Rechenschaft zu ziehen. „Ist die Freundin deines Bruders im Krankenhaus?", fragt Daniil.

„Ja, sie wurde mit dem Rettungswagen hingebracht, Willi-am hat sie begleitet. Ich war wie gelähmt, verstehst du? Ich habe zwar gewusst, dass er ein perverses Schwein ist, aber … dieser Abend … es fühlt sich an, als hätte *ich* diese schreckliche Tat begangen."

„Wie kommst du denn auf so etwas? Rede dir bloß keinen Unsinn ein", beschwichtigt mich Daniil und streicht mir auf-munternd über den Rücken. Seine Nähe tut mir unheimlich gut. Es ist genau das, was ich im Augenblick brauche. Ich muss ihm einfach mein Herz ausschütten, kann meine Ängste nicht mehr länger für mich behalten. „Wieso quälst du dich mit Selbstvorwürfen, das ist doch genau das, was er will, was ihm diebische Freude bereitet. Du musst dich davon lösen, schließ-lich bist du kein kleines Kind mehr, das ihm hilflos ausgeliefert ist. Von nun an kannst du frei über dein Leben bestimmen und er wird für sein Verbrechen bezahlen. Er hat keine Macht mehr über dich."

„Ich habe das Gefühl, als wäre ich er. Als würde etwas von ihm in mir schlummern und nur auf eine passende Gelegenheit warten, um zuschlagen zu können." Das ist mein voller Ernst. Ich hege wirklich die Befürchtung, dass etwas von seinem We-sen auf mich übergegangen ist.

Daniil brummt, schiebt mich von sich und hebt mein Kinn an, damit ich ihn ansehen muss. „Wenn du dir weiterhin so abgefuckte Scheiße einredest, hat dein Vater erreicht, was er wollte. Dann hat er gewonnen. Begreifst du das nicht?"

Ich nicke unsicher. „Ich sehe doch ein, dass es dumm ist, aber ..."

„Kein Aber, Abigail! Dein Vater weiß überhaupt nicht zu würdigen, wie viel Glück er im Leben hatte. Seine Karriere, seine Firma, sein Erfolg – gut, das kann man geringschätzen. Aber der eigenen Familie, dir, seiner Tochter, so etwas anzutun ..." Er sieht mich an, seine Augen verraten mir das, was bis jetzt ungesagt geblieben ist. „Ich reagiere im Allgemeinen auf Frauen sehr empfänglich. Aber du, Abigail, bist anders und ich verstehe nun auch den Grund dafür. Deine traurige Kindheit hat dich zu dem gemacht, was du bist. Ich bewundere deine Stärke und deine Kraft, das kannst du mir glauben." Er drückt mir einen Kuss auf die Stirn, erhebt sich, verlässt das Zimmer und kommt wenige Minuten später mit einem Bündel Kleider im Arm zurück.

Stumm beugt er sich über mich, öffnet den Reißverschluss auf meinem Rücken und schiebt die Träger des Kleides herunter. Ich kann meinen Blick nicht von ihm abwenden – da ist seine harte Stirn, auf der sich zornige Falten eingegraben haben, sein verkniffener Mund, seine Augen, die im schwachen Licht leuchten. Ich lasse mich in seine sicheren Hände sinken, als er meinen Körper nach vorne beugt, eines von Ilkas Shirts über meinen Kopf zieht und mir mit einem schnellen Griff das Kleid über die Hüften schiebt, sodass es zu Boden fällt.

„Das sind doch Abschminktücher, oder?" Daniil schwenkt eine Plastikpackung. Auf mein Nicken hin zieht er ein Tuch heraus, beäugt es kurz und fährt mir dann vorsichtig über das Gesicht.

„Du scheinst Übung im Versorgen verstörter Frauen zu haben."

Er grinst. „Du bist die Erste, die in den Genuss dieser Behandlung kommt. Augen zu."

Vertrauensvoll komme ich der Aufforderung nach. Seine Finger fühlen sich warm auf der vom vielen Weinen brennenden Haut unter meinen Augen an und mich beschleicht eine Ahnung, dass Daniil nicht nur die äußeren Spuren der Verwüstung beseitigt, sondern auch die tiefen Narben in meinem Herzen kittet. Ob dieser Kleber hält, muss die Zeit weisen.

„Fertig", stellt er zufrieden fest und küsst meine Nasenspitze.

„Danke."

„Keine Ursache."

Wir sehen uns in die Augen, während sich unsere Gesichter ganz nahe sind. Ich fühle mich sicher und geborgen, gehalten und verstanden. Für einen Moment habe ich geglaubt, dass er mich vor die Tür setzen würde, doch nun hält er mich, streichelt meine Wangen und ist einfach für mich da. Ich kann nicht länger an mich halten, sondern muss frei Schnauze herausposaunen, was ich für ihn empfinde, auch wenn mir diese Aktion schon einmal beinahe das Genick gebrochen hat. „Ich liebe dich, Daniil."

Ihre Worte treffen mich mit voller Wucht, sodass ich unwillkürlich die Augen schließe. Nicht aus Ärger. Nein, ich schließe sie, um keine unbedachte Handlung zu setzen.

Sie hat mir etwas sehr Wertvolles gegeben und das weiß ich durchaus zu schätzen. Ihre Liebe, ihr Vertrauen und die Hoffnung, die sie in mich setzt, scheinen ein Cocktail zu sein, den ich bereit bin zu kosten. Ich wage sogar zu behaupten, dass mir dieser Mix hervorragend schmecken wird. Doch ich habe

Angst. Kolossale Angst. Das ist mir auf der Rückreise von Dublin bewusst geworden.

Ich habe Angst, sie zu verletzen, ihre Hoffnungen und Erwartungen nicht erfüllen zu können. Womöglich fürchte ich, eine zweite Candice vor mir zu haben, auch wenn Abigail ganz anders, viel besser ist, als es Candice je hätte sein können. Sobald ich Londoner Boden betreten hatte, wusste ich, dass ich sie brauche. Mein Leben lang habe ich mich vor schwerwiegenden Entscheidungen gedrückt, habe in den Tag hinein gelebt und mich selten der Verantwortung gestellt. Candice war ein erster Versuch und es wird Zeit, mir einzugestehen, dass er gescheitert ist. Doch nur weil man die Suppe einmal versalzen hat, heißt das nicht, dass man nie wieder zum Kochlöffel greifen darf.

Ich liebe sie. Ich liebe sie mehr, als ich jemals einen Menschen geliebt habe. Und sie hier weinend auf meinem Bett sitzen zu sehen, ihren Schmerz zu spüren und dabei so hilflos zu sein, zerreißt mich beinahe. Ginge es nach meinem Herzen, so wäre ich sofort aufgesprungen und hätte diesem Arsch die Eingeweide mit bloßen Händen aus dem Leib gerissen. Aber es ist mein Verstand, der die Oberhand behält und mich drängt, diesem ängstlichen, hilflosen Mädchen beizustehen, sie in den Arm zu nehmen, ihr gut zuzureden und ihr ein Gefühl von Geborgenheit zu vermitteln. Das braucht sie – keine sinnlosen Racheakte.

Mit diesem Eingeständnis hat sich ein Zahnrad in meinem Kopf in Bewegung gesetzt und mir die irrwitzige Idee eingetrichtert, Abigail könnte all die gebrochenen Herzen, die auf meine Kappe gehen, wieder heilen. Nicht zum ersten Mal schüttle ich ungläubig den Kopf und frage mich, was diese Frau mit mir angestellt hat.

Doch was immer es ist, eines hat sie in jedem Fall verdient: Ehrlichkeit. Aber kann ich ihr, während ich auf dem Boden vor ihr knie und sie zu trösten versuche, weil ihre Welt in Flammen aufgegangen ist, eine solche Ehrlichkeit zumuten?

Als ich die Augen öffne, trifft mich ihr melancholischer Blick. „Abigail", beginne ich zögerlich.

„Schon gut, Daniil." Gedankenverloren streicht sie über ihre Stirn. „Ich … es hat nichts zu bedeuten."

„Das stimmt nicht. Es bedeutet sehr viel. Vor allem mir, Baby." Ich hebe ihr Gesicht an und suche ihren Blick. „Es bedeutet mir mehr, als du dir vorstellen kannst."

Sie lächelt zerstreut. „Erzähl mir von Dublin. Hast du das *Dublin Castle* gesehen?"

„Ja", antworte ich mit ruhiger Stimme und deute ihr, unter die Decke zu schlüpfen.

„Eines der schönsten Schlösser, die es gibt." Gähnend kuschelt sie sich an meine Seite. „Der große Thronsaal mit dem königsblauen Herrscherstuhl ist besonders beeindruckend. Als Kind wollte ich immer unter der Absperrung hindurchkriechen und ausprobieren, wie es sich anfühlt, dort oben zu sitzen."

„Du wärst keine gute Königin."

„Warum?"

„Weil du viel zu nachgiebig bist."

„Was hast du gegessen? Fisch?"

„Nein, keinen Fisch. Steak mit Bohnen und Pommes."

„Du solltest beim nächsten Mal unbedingt Fisch probieren."

„Du solltest das Steak probieren."

Ich höre sie lachen, während sie mit ihren Nägeln Kreise auf meiner Brust zieht. Ich merke, dass dieses Gespräch, so belanglos es auch erscheinen mag, von enormer Bedeutung für sie ist. Es stärkt sie, gemeinsam mit mir in Gedanken nach Dublin zu reisen, weit weg von hier, wo die ganze Welt verrückt spielt.

Ich erzähle ihr alles, was mir einfällt. Von den Menschen, die wir getroffen haben – natürlich verschweige ich die Episode mit Michelle. Von den Hotels, den Gesprächen, den Gerüchen, sogar meine geschäftlichen Ideen lasse ich kurz anklingen. Irgendwann schläft sie ein und mich durchflutet ein Gefühl von Erleichterung, von Wärme und Zufriedenheit.

Während ich sie streichle, überdenke ich noch einmal meinen Entschluss. Es bleibt dabei: Am Montag werde ich einen Ring kaufen, der ihr zeigen soll, wie ernst es mir mit ihr ist. Ich werde mich vor ihr auf die Knie werfen, sie anbetteln, mich zu erhören, sollte sie das von mir verlangen, und endlich mit der Wahrheit herausrücken. Abigail ist die Frau, der ich mein Herz geschenkt habe, und ich will dieses Geheimnis nicht mehr für mich behalten.

Und während Abigail mich wie ein Kuscheltier umklammert, versinke auch ich in einen ruhigen, tiefen Schlaf.

22. Kapitel

Das Wochenende verbrachte ich in einem Nebel, aus dem ich nur hin und wieder auftauchte. Gleich am Sonntag fuhren wir zu Rose ins Krankenhaus. Sie hatte den Angriff erstaunlich gut überstanden, versicherte mir unentwegt, dass sie gesund sei und nach Hause wolle, aber William sei es zu verdanken, dass man sie noch immer hier festhielte. Ich redete mit Engelszungen auf sie ein, damit sie sich noch schonte und schön im Bett blieb, froh und erleichtert darüber, dass alles zu einem guten Ende gefunden hatte.

Daniil blieb die ganze Zeit über an meiner Seite. Er war mein Anker, der mich hielt. Stumm stand er neben mir, strich über meinen Rücken und ignorierte mit stoischer Ruhe die vernichtenden Blicke meines Bruders.

Am Montag suche ich Pierre auf, um ihm von der Unterzeichnung des Vertrages zu erzählen. Natürlich ist er sauer, wirft seine Mütze weg und qualmt eine Zigarette nach der anderen. Doch dieses Mal lasse ich mir nichts dreinreden. Meine Entscheidung ist gefallen und niemand kann mich davon abbringen. Das sieht schließlich auch mein Lehrer ein.

Mit zahlreichen guten Ratschlägen versehen, verlasse ich gegen Mittag das Theater. Ich will gerade den Taxistand ansteuern, als jemand meinen Namen ruft.

Es ist eine kleine Blondine, die ich nicht kenne.

„Gaby Bennet?", vergewissert sie sich.

Ich gebe mich abweisend, aus Angst, es könnte sich um eine neugierige Reporterin handeln, die sich auf der Jagd nach den neuesten Facts in unserem schlagzeilenträchtigen Familiensündenfall befindet.

„Ja?", frage ich skeptisch.

„Gott sei Dank. Ich dachte schon, Sie wären mir entwischt." Freundlich lächelt sie mich an – ich schätze sie auf Ende zwanzig.

„Candice Wilder", stellt sie sich vor.

Ihr Name führt umgehend dazu, dass sich mein ganzer Körper verkrampft. Daniils Ex ist der letzte Mensch, dem ich jetzt begegnen möchte. Da wäre es ein größeres Vergnügen, mit einer nervigen Reporterin konfrontiert zu werden.

„Was wollen Sie von mir?", schnauze ich sie an.

Sie prallt unmerklich zurück, fasst sich aber gleich wieder. „Ich möchte mich mit Ihnen unterhalten, Gaby." Ihre regelmäßigen weißen Zähne blitzen in der Mittagssonne.

Sie wirkt vertrauenswürdig und doch weiß ich, dass sie mir nicht wohlgesinnt ist. Da ich sie nicht kenne, kann ich auch nicht abschätzen, wie sie mit ihrer Eifersucht und dem Wissen, dass sie Daniil endgültig verloren hat, zurechtkommt.

„Im Moment habe ich wenig Zeit."

„Es ist wichtig", unterbricht sie mich schroff.

„Na gut."

„Nicht hier. Wir müssen ein ernstes Wort über eine ganz bestimmte Person reden, die uns beiden nahesteht. Das geht nicht auf der Straße, Gaby."

Neugierig, aber auch mit einem unguten Gefühl in der Magengrube willige ich ein, ihr zu folgen, und habe nicht den blassesten Schimmer davon, wie sehr dieses Treffen meine Welt endgültig aus den Angeln heben wird.

23. Kapitel

Verwundert starre ich die Frau an – eine Spur zu lange, um noch als höflich zu gelten. Viel zu sehr hat mich ihre Aussage, sie sei auf meiner Seite, in Erstaunen versetzt. Dabei erinnere ich mich gar nicht, nach einer Verbündeten Ausschau gehalten zu haben.

Sehe ich wirklich so mitleiderregend aus?

Was bezweckt sie mit ihren Worten? Was möchte sie andeuten? Und vor allem: Kann ich ihr trauen?

Zugegeben, sie strahlt nicht gerade Glaubwürdigkeit und Zuverlässigkeit aus. Viel zu hoch trägt sie ihr Kinn, viel zu aufgetakelt erscheint mir ihr Äußeres. Sie erweckt den Anschein einer reichen Tussi, die ihre Erzfeindin gestellt hat, um sie mit ihren sorgfältig manikürten Krallen zu zerfleischen.

Ein Schauder erfasst mich, doch ich gebe mir einen Ruck und schenke Candice ein freundliches Lächeln. „Es will mir absolut nicht einleuchten, warum ich ausgerechnet *Sie* auf meiner Seite bräuchte.“

„Geben Sie mir zehn Minuten, Gaby. Bitte“, fleht sie und wirft einen prüfenden Blick auf die goldene Uhr, die an ihrem Handgelenk funkelt. Kurz verschleiert eine innere Trauer ihre Augen, die kein Klimbim dieser Welt zu überdecken vermag. Es hat eine Zeit gegeben, in der auch ich mich mit teuren Designerstücken geschmückt habe, in der Hoffnung, damit die tiefen Kerben in meiner Seele zu übertünchen. Zweifellos unternahm ich damit einen verzweifelten Versuch, vor mir selbst davonzulaufen. Weit schlimmer war jedoch, dass mir dabei der

Blick auf das Wesentliche verloren ging. So wie Candice jetzt vor mir steht, meine ich eine Leidensgenossin in ihr zu sehen.

Ich kneife die Augen zusammen, eifrig darum bemüht, die aufkommende Melancholie im Keim zu ersticken. Was geht Candice mein Gefühlsleben an? Innerlich gehe ich auf Distanz zu ihr und doch kann ich nicht leugnen, dass mich diese blonde Frau in ihren Bann zieht.

Ich hätte so vieles zu tun. So vieles, das mir mehr Freude bereiten würde, als mir das Klagelied von Daniils Ex anzuhören. Doch irgendetwas, ich kann nicht sagen, was es ist, erweckt mein Interesse.

„Na gut. Etwas weiter unten, in der Nähe von Bernie Spain Gardens, ist ein nettes Café. Wenn Sie möchten, können wir dort reden."

Candice blickt in die Richtung, in die ich deute. „Zu Fuß?"

„Ja", antworte ich knapp und betrachte schadenfroh ihre in zartem Beige schimmernden hochhackigen Jimmy Choos. „Es dauert keine fünf Minuten."

Unterwegs spricht keine von uns ein Wort. Candice stöckelt etwas unbeholfen neben mir her und je mehr Zeit ich in ihrer Gegenwart verbringe, desto weiter nach unten rasselt sie auf meiner persönlichen Bewertungsskala.

Hey, ich bin eine Frau und kann daher meine Meinung ändern, unvermittelt und bar jeder Logik, verteidige ich mich vor mir selbst, während wir die Einbahnstraße überqueren und Candice mich verstohlen von der Seite her mustert. Ich kann ihr Verhalten durchaus nachvollziehen, denn ich stehe ihr in nichts nach. Schließlich lasse ich mich dazu herab, an ihrem Gang – ihrem Gang! – festzumachen, ob sie gut genug für Daniil gewesen wäre. Zwei Dinge irritieren mich: Erstens dieses Bild der beiden, das sich mir unweigerlich dabei aufdrängt, und zweitens die Parallelen, die ich erkenne.

Wann bitte habe ich den Verstand verloren? Ruhig Blut, Gaby, du drehst durch und das nur, weil Daniils Ex überraschend aufgetaucht ist und du überhaupt nicht abschätzen kannst, was sie von dir will.

Schon aus diesem Grund reizt es mich, die Richtung der Unterhaltung vorzugeben und das Ruder fest in der Hand zu halten. Schließlich gibt es nur einen einzigen Menschen, der mich permanent durcheinanderbringt – Daniil.

Ich frage mich, wie Candice zu ihrem Reichtum gekommen ist. Ob sie, ähnlich wie ich, in eine wohlhabende Familie hineingeboren wurde, sich aus eigener Kraft nach oben gearbeitet oder einen betuchten Ehemann nach der Trennung wie eine Weihnachtsgans ausgenommen hat? Zwischen uns liegen Welten, auch wenn sie möglicherweise glaubt, dass wir durch Daniil verbunden sind.

Ich kenne sie zwar nicht, aber ihre Aufmachung spricht Bände. Der schmale Rock, der den Schwung ihrer Hüften betont, die tief ausgeschnittene purpurfarbene Bluse und das aufdringliche Make-up stoßen mich ab. Frauen wie Candice bin ich in meinem Leben oft genug begegnet. Sie sind Töchter, die alles bekommen, was sie haben wollen, denen nie ein Wunsch verwehrt bleibt, die sich niemals der Realität stellen müssen, sich irgendwann einen reichen Kerl angeln, ihm ein paar Kinder schenken und sich letztendlich mit einem Großteil des erheirateten Vermögens aus dem Staub machen.

Candice bleibt mir trotzdem ein Rätsel. Was sie und Daniil wohl zusammengeführt hat? Der Graben zwischen ihm und mir ist schon tief genug – wie muss es da erst mit Candice zugegangen sein?

Sie kommt mir vor wie ein Püppchen. Eine zarte Pflanze, die beim ersten Windhauch geknickt wird.

Was hat er bloß in ihr gesehen? Konnte dieser starke Mann, der so viel von anderen fordert, sich wirklich eine Zukunft mit dieser Frau vorstellen? Immerhin hat er ihr einen Antrag gemacht, wollte sie heiraten, dennoch ist es letztendlich schiefgegangen. Mir schwirrt der Kopf und ich sehne mich nach der Ruhe, die ich noch vor wenigen Augenblicken empfunden habe. Es ist, als sei ein Panzer in meine heile Welt eingedrungen, der blindwütig alles niederwalzt, was sich ihm in den Weg stellt. Ich kann nur danebenstehen und hilflos zusehen, wie er sein Zerstörungswerk vollendet.

Du meine Güte, meine sarkastischen Anwandlungen treten wie immer zur falschen Zeit auf. Als ich die Glastür zum Café öffne, setze ich den ersten Punkt auf meine imaginäre Liste: keine Gedanken an Fesselungen, solange ich mit Candice zusammen bin. Sie weiß vermutlich besser als ich, was es bedeutet, eine Beziehung mit Daniil zu führen!

Ich lasse Candice den Vortritt und folge ihr dann zu einem Zweiertisch in der Mitte des gemütlichen Cafés. Eine Wand ist mit Fotos von Berühmtheiten geschmückt, die hier ihren Kaffee geschlürft haben. An der gegenüberliegenden Wand hängt eine überdimensionale blaue Uhr, deren lautes Ticken nicht zu überhören ist.

Während ich mir einen Cappuccino bestelle, entscheidet sich Candice für ein Magermilchprodukt – etwas anderes habe ich auch gar nicht erwartet.

„Also", seufze ich und gebe mir keinerlei Mühe, entgegenkommend zu wirken.

„Ich möchte vorausschicken, dass ich keineswegs eine durchgeknallte Ex bin, die das Ende der Beziehung nicht wahrhaben möchte. Glauben Sie mir, ich mache eine derart weite Reise nicht, um Ihnen das Leben schwerzumachen, Gaby."

Beschämt, da mir exakt dieser Gedanke durch den Kopf gegangen ist, nippe ich an meinem Kaffee.

Candice mustert mich mit ernster Miene. Der Grund ihres Besuches scheint schwer auf ihrem Herzen zu lasten. Ich wappne mich innerlich, dass ich gleich mit etwas Schlimmem konfrontiert werde, hoffe aber inständig, dass ich mich diesbezüglich irre.

„Ich möchte Ihnen die Geschichte von Anfang an erzählen, damit Sie mich auch wirklich verstehen, Gaby." Candice macht eine effektvolle Pause und atmet tief durch, bevor sie fortfährt. „Ich lernte Daniil zu einer Zeit kennen, in der ich verletzlich, einsam und traurig war. Damals hatte ich mich gerade von meinem langjährigen Freund getrennt, war in eine neue Wohnung gezogen und fühlte mich, als sei ich in ein tiefes Loch gefallen – kraftlos und leer. Morgens kam ich kaum aus dem Bett, denn es gab ja nichts, wofür sich das Aufstehen lohnte. Ich sah keine Zukunft für mich, keine Perspektive – und das, obwohl ich Leiterin einer erfolgreichen Marketingagentur war, welche aber aufgrund meiner Antriebslosigkeit bald auf der Kippe stand."

Wenigstens hat sie einen Job, denke ich erleichtert. Noch immer weiß ich nicht, warum Candice ausgerechnet mit mir reden will, lausche aber gespannt ihren Worten.

„Eines Tages packten mich meine Freundinnen in den Flieger, ohne dass ich wusste, wohin es gehen sollte", gesteht sie schmunzelnd. „Lange Rede kurzer Sinn: Wir flogen nach London, um ein Wochenende weit weg von zu Hause zu verbringen. Am Freitag kamen wir an, hakten im Eiltempo die wichtigsten Sehenswürdigkeiten ab und zogen abends um die Häuser. Wir aßen viel, tranken noch mehr und hatten eine tolle Zeit. Für die Samstagabendsause empfahl uns der Rezeptionist unseres Hotels den angesagtesten Club der Stadt, das *Seventiz*. Bester Laune fuhren wir mit dem Taxi hin. Wir tanzten, tranken und sangen uns die Seele aus dem Leib."

Ich kann mir Candice gut im *Seventiz* vorstellen. Im knappen Kleid, die blonden Haare in lockere Wellen gelegt, die Lippen rot geschminkt, muss sie eine Augenweide gewesen sein.

Sie ist hübsch, keine Frage. Vor allem ihr Lächeln ist bezaubernd. Bestimmt ist ihr Daniil sofort ins Netz gegangen.

Auch wenn es mir keinerlei Schwierigkeiten bereitet, mir die erste Begegnung der beiden vorzustellen, heißt es noch lange nicht, dass ich das auch möchte. Meine Angst, Daniil zu verlieren, ist so groß, dass ich mich nicht einmal mit seinen alten Liebesgeschichten auseinandersetzen will.

Doch Candice ist nicht zu bremsen, ihre Augen funkeln, als sie sich an jenen Abend zurückerinnert. „Wir standen an der Bar und ein paar Rüpel waren auf Stunk aus. Als einer mein Getränk runterkippte und Daniil das sah, schmiss er die Radaubrüder sofort aus dem Lokal. Er brachte mir einen neuen Drink und als ich ihn entgegennahm, ihm in die Augen sah, da wusste ich, dass ich verloren war. Es klingt verrückt, aber ich musste diesen Mann haben. Auch er sah mich an … irgendetwas geschah mit uns beiden … Wir verbrachten den Rest des Wochenendes zusammen, meine Freundinnen mussten selbst sehen, wo sie blieben. Der Tag des Rückflugs kam allerdings viel zu schnell."

Ich versuche tapfer, das Stechen in meiner Brust zu ignorieren. Mit allem habe ich gerechnet, als ich Candices Bitte nach einer Unterredung gefolgt bin, nur nicht damit, wie sehr es mir zusetzt, Details über ihre Beziehung zu Daniil unter die Nase gerieben zu bekommen.

„Wir telefonierten die nächsten beiden Wochen, dann flog ich erneut nach London. Ein halbes Jahr lang führten wir eine Fernbeziehung, nicht zuletzt, weil Daniil alles daransetzte, sich nicht zu tief zu involvieren. Doch nach sechs Monaten redete ich Tacheles mit ihm. Es ist zermürbend und anstrengend, wenn ein Paar Tausende Kilometer getrennt voneinander lebt, auch wenn beide ihre Verpflichtungen haben: ich meine Agentur und Daniil das *Seventiz*. Einmal sprach er davon, sich beruflich zu verändern. Da sah ich meine Chance, ihn nach New

York zu holen. Er stimmte zu und gemeinsam sahen wir uns nach geeigneten Lokalitäten um."

„Candice, wenn Sie über die Trennung nicht hinwegkommen und Ihre Erinnerungen unbedingt loswerden wollen, dann sollten Sie sich professionelle Hilfe suchen. Ich weiß nicht, warum ich mir das anhören soll", unterbreche ich sie unsanft.

Mir ist, als müsste ich jeden Moment explodieren. Mein Leben ist ohnehin kompliziert genug, da es mir weder leichtfällt, Daniil zu vertrauen, noch Nähe zuzulassen. Die letzten Tage haben daran nichts geändert. Und Candices Schilderungen längst vergangenen Liebesglücks zu lauschen ist auch nicht gerade erhebend.

„Gaby, hören Sie mir bitte zu. Alles, was geschehen ist, bringt uns dahin, wo wir beide uns gerade befinden", beschwört sie mich.

Ich sollte gehen. Diese Frau hat einen an der Klatsche. „Falls Sie mir erzählen möchten, dass er Sie betrogen hat, dann muss ich Sie leider enttäuschen. Daniil hat mir seinen Fehltritt bereits gestanden."

„Sie haben also darüber gesprochen." Candices Überraschung scheint sich in Grenzen zu halten. „Daniil hält nicht viel von dem Grundsatz, dass ein Kavalier genießt und schweigt, nicht wahr?"

„Ich weiß es nicht. Sie etwa, Candice?", provoziere ich sie absichtlich. Was genau ich damit bezwecke, bleibt selbst mir verborgen. Möchte ich sie aus der Reserve locken? Ihrer perfekten Fassade einen kleinen Kratzer zufügen? Oder giere ich danach, mich an Candice für das zu rächen, was zwischen ihr und Daniil gewesen ist?

„Gaby, ich möchte Sie doch nur vor dem bewahren, was mir passiert ist", säuselt sie. Warum klingen ihre Worte in meinen Ohren wie Hohn?

Gegen meinen Willen muss ich laut auflachen. „Das ist sehr fürsorglich von Ihnen, aber ich bin erwachsen und kann auf mich selbst aufpassen. Dennoch bedanke ich mich für Ihre Mühe – und nicht zuletzt für die Show, die Sie hier abziehen, ohne Eintrittsgeld zu verlangen."

Ich erhebe mich, doch Candice packt meinen Arm. „Bitte, nur noch eine Minute. Ich erzähle keine Lügen. Bitte."

Ich bedenke sie mit einem vernichtenden Blick, sinke aber auf den Sessel zurück und verschränke die Arme vor der Brust.

„Ich danke Ihnen, Gaby." Candice streicht ihren Rock glatt und guckt sich im Café um, als schiene ihr die ganze Angelegenheit peinlich zu sein. „Daniil, Adwin und Parker bauten das *Seventiz* aus dem Nichts heraus auf. Und auf nichts belief sich auch ihr Vermögen. Obwohl die Schulden in London noch längst nicht getilgt waren, griff ich Daniil, blauäugig wie ich war, beim Aufbau des Clubs in New York finanziell unter die Arme. Das Gebäude hatte nicht einmal intakte Strom- und Wasserleitungen, stellen Sie sich das vor! Aber wenn der Club einschlagen sollte, durften keine Kosten und Mühen gescheut werden. Und ich wollte ja auch, dass sich Daniil bei mir wohlfühlt. Deshalb gab ich meinen Sanctus zu allen Veränderungen, die er sich in den Kopf gesetzt hatte, ohne auf den Preis zu achten. Blind und blauäugig war dann auch Daniils Antrag, noch bevor der Club fertig war. Ich hatte das Gefühl zu schweben und sagte Ja. Der Club wurde eröffnet und war dank meines Marketings ein voller Erfolg", erklärt sie sichtlich stolz. „Der Laden brummte, wir verdienten gutes Geld und Daniil fühlte sich allmählich in New York heimisch. Ich begann währenddessen mit der Planung unserer Hochzeit, malte mir ein Leben an seiner Seite aus, mit Kindern und einem Häuschen auf dem Land. Doch schon bald spürte ich, dass etwas nicht stimmte. Daniil wurde immer verschlossener, zog sich mehr und mehr in seine Welt zurück und vermittelte mir das Gefühl, eine Last für ihn zu sein. Alleine das Wort Hochzeit brachte ihn auf die Palme. Immer häufiger gerieten wir uns in die Haare, Beleidigungen, Beschuldigungen und Vorwürfe standen auf der Tagesordnung."

„Sie haben viel für ihn getan, Candice." Ich sehe mich gezwungen, ihr etwas Nettes zu sagen. Es muss schrecklich gewesen sein, auf diese Art betrogen zu werden, immerhin weiß ich, wie die Geschichte enden wird.

„Ja, ich war auch so dumm und habe ihm fünfzig Prozent der Einnahmen überlassen, alles vertraglich geregelt. Damals war ich viel zu verschossen in ihn, um mich mit Klauseln und ihren eventuellen Folgen zu belasten. Auch als Daniil immer häufiger spät nach Hause kam, mich kaum noch berührte und erste Gerüchte über angebliche Liebschaften die Runde machten, verschwendete ich keinen Gedanken daran. Denn das Letzte, was ich wollte, war eine beinharte Konfrontation mit den Tatsachen. Wir wissen beide, dass Daniil seine sexuellen Fantasien ausleben muss. Seine Ansprüche sind hoch, sein Wille, der Frau an seiner Seite entgegenzukommen, ist dagegen so gut wie nicht vorhanden."

Unwillkürlich werde ich rot. Nie zuvor bin ich einer Frau gegenübergesessen, die etwas ähnlich Intensives wie ich erlebt hat. Dasselbe, um genau zu sein. Noch immer fordert es mir viel ab, mich mit dieser Seite in mir auseinanderzusetzen. Schmerz und Lust, Scham und Begierde liegen eng beisammen. Wie soll man damit klarkommen, wenn man – so wie ich – erst am Beginn der Reise steht, mit Daniil als meinem Führer, der mich nicht nur diese neue Form der Lust lehrt, sondern auch das Loslassen.

„Aufgrund seiner Zurückweisungen und Ausflüchte war ich irgendwann nicht mehr bereit, seinen Wünschen nachzukommen. Ich wollte geliebt, auf Händen getragen werden und das ganze Pipapo. Was mich vorher gereizt hatte, fühlte sich auf einmal nicht mehr richtig an. Ich wollte nicht mehr gefesselt oder geschlagen werden. Ich wollte Liebe. Die Liebe, die einer Ehefrau zukommt. Ich wollte nicht mehr länger seine Hure sein. Darum beschloss ich, noch ein letztes Mal um Daniil und unsere Beziehung zu kämpfen. Es war ein Donnerstag, als ich ihn im Club aufsuchte. Ich öffnete die Tür zu seinem Büro und fand ihn mitten im Liebesspiel mit einer Kellnerin. Sie bemerkten mich zunächst nicht – ich stand wie versteinert da und sah zu. Ich … sah ihn, den Mann, meinen Mann, während er eine wildfremde Frau vögelte. Und da verstand ich mit einem Mal, warum er das tat: *Sie* konnte er am nächsten Tag vergessen, *mich* hatte er dauerhaft an der Backe. Erst als mir die Tasche aus der Hand fiel und zu Boden krachte, wurden sie auf mich aufmerksam. Daniil schlüpfte noch hastig in seine Hose – mehr habe ich nicht mehr gesehen, denn ich machte auf dem Absatz kehrt und lief weg. Er folgte mir, packte mich und ich knallte ihm eine."

Sprachlos nehme ich die Veränderung wahr, die sich zwischen uns eingestellt hat. Es war richtig zu bleiben, auch wenn ich gegen die aufsteigende Übelkeit ankämpfen muss. Wäre nicht Daniil, sondern ein anderer der tragische Held dieser Geschichte, so würde mich das Ganze kaltlassen. Doch da ich diesen Mann kenne, mich in ihn verliebt habe und daher von denselben Ängsten wie damals Candice geplagt werde, bin ich wie erschlagen.

Candice mustert mich mit tränennassen Augen und scheint zu wissen, was gerade in meinem Kopf vorgeht. „Ich habe sofort einen Schlussstrich gezogen, musste mir aber trotzdem überlegen, wie es mit dem Club weitergehen sollte. Wir hatten bis dahin ja gut verdient, aber mir blieb keine andere Wahl, als mich völlig aus dem Geschäft zurückzuziehen, meinen Anteil und das Geld, das ich investiert hatte, von Daniil einzufordern. Doch er erklärte mir kaltschnäuzig, dass er kein Geld habe.

Gaby, verstehen Sie, der Laden lief gut, wir mischten ganz oben mit, doch während ich mein Geld zur Seite legte, verprasste er jeden Cent. Da war nichts mehr übrig. Dank meiner eigenen Dummheit schaute ich durch die Finger. Lange Zeit beließ ich es dabei, gab ihm als Geschäftspartnerin eine zweite Chance, doch auf Dauer ertrug ich es nicht. Ich konnte ihn nicht mehr sehen, denn ich bekam doch alles mit, jede Schlampe, die er abschleppte, das Geheul, wenn er sie wieder abservierte – ich war viel zu nahe an ihm dran."

„Die vermaledeiten Klauseln", schlussfolgere ich.

„Ja, ich hätte dafür sorgen sollen, dass ich im Fall einer Trennung zur Alleineigentümerin werde. So habe ich das investierte Geld verschenkt. Das Gebäude, die Renovierung, die Möbel – alles von mir gesponsert. Dabei geht es mir weniger um das Geld als um meine Ehre. Er hätte unsere Beziehung anders beenden können, hätte wie ein erwachsener Mensch mit mir reden können. Diese Aktion war erniedrigend für mich und das habe ich ihm niemals verziehen. Deshalb beharre ich darauf, dass er mir dieses verfluchte Geld zurückzahlt."

„Um wie viel Geld geht es?", frage ich, auch wenn es mich wirklich nichts angeht.

„Dreihunderttausend Dollar." Nüchtern kommt ihr dieser Betrag über die Lippen.

Mir bleibt die Spucke weg. „Eine stattliche Summe."

„Ja, der ich seit Monaten nachjage. Deshalb ist Daniil auch nach London verschwunden. Als ob das etwas helfen würde! Er kann sich nicht vor mir verstecken und weder Adwin noch Parker sind in der Lage, ihm diese Summe zu leihen. Wie auch? Er vertröstet mich immer, behauptet, er brauche noch etwas Zeit – zwei Monate oder so. Ich habe ein ungutes Gefühl, denn ich weiß, dass er über Leichen gehen würde, um erstens mich loszuwerden und sich zweitens den Club zu krallen. Der ist ohnehin das Wichtigste in seinem Leben."

Ich rutsche unruhig auf meinem Stuhl hin und her. Die losen Fäden werden auf einmal zusammengeführt. Nun verstehe ich auch, warum Candice ihre Geschichte von Anfang an erzählen wollte. Sie ähnelt der meinen, denn auch von mir verlangt er das, was er einst von ihr verlangt hat.

Zwei Monate? Vor rund zwei Monaten hat meine Affäre, meine Beziehung – oder wie immer man es auch nennen mag – zu Daniil begonnen. Das bedeutet doch, dass …

„Wollen Sie damit sagen, Daniil sei ein Schwindler und nur hinter meinem Geld her?", presse ich hervor.

„Ich habe mir in den letzten Wochen viele Gedanken gemacht. Überlegen Sie, Gaby, Daniil hat niemals eine Beziehung geführt – außer mit uns beiden."

Es will mir nicht in den Kopf. Gerade hat sich doch alles so schön entwickelt, ich habe mir schon ein Happy End ausgemalt und nun will mir diese Frau verklickern, dass ich auf die üble Masche eines Schwindlers hereingefallen bin.

„Er hat mich aber nie um Geld gebeten. Keinen Cent hat er verlangt", verteidige ich ihn.

Candice nippt nachdenklich an ihrem Glas und vermeidet es, mich anzusehen. „Eine Frage der Zeit", konstatiert sie schließlich. „Er sagte mir, Ilka sei schwanger. Wahrscheinlich hat diese peinliche Überraschung seine ursprünglichen Pläne durchkreuzt. Das ist für mich die einzig logische Erklärung."

„Okay, selbst wenn er es vorhat oder vorgehabt haben sollte, wie hätte er mir die Geschichte glaubhaft verkaufen sollen?"

„Er wäre bestimmt nicht mit der Wahrheit herausgerückt, aber Sie können davon ausgehen, dass er sehr überzeugend ist."

Ich bin völlig durch den Wind, gedankenverloren reibe ich meine schmerzenden Schläfen. Sitze ich hier dem Teufel gegenüber, der mir Übles will, oder kann ich Candices Worte für bare Münze nehmen? Gerade noch bin ich so glücklich gewesen und auf einmal erfahre ich, dass der Mann, der es geschafft hat, dass ich mich in ihn verliebe, an meinem Untergang arbeitet. Oder mir zumindest einen Teil meines Vermögens abluchsen will.

„Hätte er nur länger durchgehalten, mich nicht betrogen und gewartet, bis wir verheiratet sind, dann hätten sich die Probleme von selbst gelöst. Sein Durchhaltevermögen war jedoch schwächer ausgeprägt als sein Trieb, die nächstbeste Schlampe flachzulegen. Zu schade für Sie, Gaby."

Der Sarkasmus in ihrer Stimme lässt mich völlig kalt. Mir geht es nur noch darum, die Wahrheit herauszufinden, und dazu brauche ich so viele Informationen wie möglich. „Aber all die …", werfe ich zaghaft ein.

„Sie lieben ihn, nicht wahr?", unterbricht mich Candice. Mein Kopf setzt gleichsam ohne mein Zutun zu einem Nicken an. „Er ist gut, weiß genau, welches Rädchen er drehen muss. Vermutlich hat er Sie mit seiner Masche schnell am Gängelband gehabt, Sie immer wieder von sich gestoßen, wohl wissend, dass Sie auf allen Vieren zu ihm zurückgekrochen kommen. Sie müssen sich damit abfinden, dass alles, was zwischen Ihnen beiden geschehen ist, Teil seines berechnenden Plans war. Alles. Es ist beschämend, ja widerlich!"

„Denken Sie nicht, er würde mich einfach fragen, ob ich ihm das Geld leihe? Wenn er auf die Gefühle anderer so genau eingeht, wie Sie es behaupten, müsste er sich meiner Liebe bewusst sein. Er könnte sicher sein, dass ich ihn nicht im Stich lasse, dass ich ihm die verfluchte Kohle leihe und er damit aus dem Schneider ist."

„Dann stünde er in *Ihrer* Schuld, Gaby. Das Spiel finge von vorne an. Sie müssten ihm das Geld schon schenken, aus Mitleid oder so."

„Ich werde ihn darauf ansprechen", entgegne ich fest. Es wäre dumm von mir, Daniils Ex blind zu vertrauen. Ich muss mit ihm selbst reden und darauf hoffen, dass er ehrlich zu mir ist. An die Konsequenzen, falls Candice doch recht behält, mag ich gar nicht denken.

Candice nickt zustimmend und kramt in ihrer Tasche nach einer Karte, die sie mir reicht. „Hier haben Sie meine Nummer. Wenn Sie Fragen haben oder einfach reden wollen, dann melden Sie sich. Gaby, lassen Sie nicht zu, dass er Sie um den Finger wickelt. Sie sind eine starke Frau, wenn Sie nicht klein beigeben, wird er sich die Zähne an Ihnen ausbeißen."

Candice winkt dem Kellner, bezahlt ihr Getränk und verabschiedet sich hastig.

Zurück bleibe ich, meine Augen stieren ins Leere, ich weiß nicht, was ich von all dem halten soll.

Selbst wenn nur ein Bruchteil von dem stimmt, was Candice gesagt hat, bin ich geliefert. Bei Daniil habe ich meine üblichen Vorsichtsmaßnahmen ad acta gelegt, ihm habe ich mich völlig hingegeben, ohne zu merken, dass er vielleicht nur mit mir spielt. Ich habe mir sogar eingeredet, er täte mir gut.

Ist es Selbstschutz oder doch eher Dummheit, dass ich mich weigere, der Realität ins Auge zu blicken? Ich kann nicht glauben, dass mich der Mann, der so viel zu geben hat, der vorgibt, mich zu lieben, derart hintergehen würde. Sollte es wahr sein, werde ich eine wirklich gute Therapeutin benötigen, um diese Schmach zu verarbeiten.

Mir bleibt nichts anderes übrig, ich muss ihn zur Rede stellen, mich mit seinen Dämonen auseinandersetzen und darauf hoffen, dass alles nur ein Missverständnis ist.

Gelegenheit dazu bekomme ich beim Verlassen des Cafés, als mein Handy surrt und Daniil mich via SMS für heute Abend gegen acht zu sich einlädt.

Völlig neben der Spur mache ich mich auf den Heimweg. Ich winke ein Taxi heran und überlege fieberhaft, wie ich es am besten angehen soll.

Mit der Tür ins Haus fallen? Reinplatzen und ihm die Pistole an die Brust setzen? Warten und schauen, was er von sich aus macht?

24. Kapitel

Ich stehe in der offenen Wohnungstür, habe das Päckchen mit dem Ring in meiner Sakkotasche verstaut und warte voller Hochspannung auf Abigail.

Den ganzen Tag über war ich von einer einzigen Mission getrieben. Alles, was am Wochenende passiert ist – die dramatischen Ereignisse, der Schmerz in meinem Herzen, die Wut, der Beschützerinstinkt, der zum Leben erwachte –, das alles hat diesen Moment heraufbeschworen. Ich bin mir endlich sicher, dass ich Abigail liebe. Wahrscheinlich schon länger, als ich es zugeben mag. Möglicherweise seit dem Zeitpunkt, als ich sie das erste Mal gesehen, das erste Wort mit ihr gewechselt habe. Sie hat mich verzaubert wie keine andere Frau zuvor. Sie ist diejenige, die zu mir gehört, und egal, was war oder kommen wird, ich werde an ihrer Seite sein. Ich werde sie lieben und auf Händen tragen.

Entschieden straffe ich die Schultern, ich bin bereit, ihr all das heute zu sagen. Es ist Zeit, erwachsen zu werden. Die wilden Jahre sind vorbei. Ich bin froh darüber und weine meinem Singledasein keine Träne nach.

Sekunden später taucht Abigail in meinem Blickfeld auf, atemberaubend schön sieht sie aus und ich kann mir ein jungenhaftes Lächeln nicht verkneifen. Sie strahlt, bringt mich und das triste Stiegenhaus zum Leuchten, erhellt etwas tief in mir und als sie näher kommt, vorsichtig einen Fuß vor den anderen setzt, als könnte sie mir nicht trauen, strecke ich die Hand nach ihr aus. Sie zögert kurz, was mich stutzig macht. Demonstrativ strecke ich ihr weiterhin die Hand entgegen, sehe ihr in die Augen und schenke ihr ein warmes Lächeln. Ohne Worte verspreche ich ihr damit etwas, vor dem wir beide bis jetzt geflohen sind. Ich versichere ihr meine Treue, meine Liebe und die Achtung, die ich vor ihr habe.

„Hey", sagt sie leise und umschließt meine Finger mit den ihren. Ihre Hände sind kalt, was mich nicht weiter stört – es ist diese Zurückhaltung, der fehlende Druck, der mir ihre Unsicherheit offenbart.

Was hat sie so in Aufregung versetzt? Ich frage mich, ob mit Rose alles in Ordnung ist. Es wäre auch nicht das erste Mal, dass ein lästiger Reporter sie bis zu ihrer Haustür verfolgt hat, um sie mit indiskreten Fragen zu bombardieren.

„Hey. Du siehst umwerfend aus, Kleine." Das musste einfach gesagt werden!

Sie möchte an mir vorbei in die Wohnung huschen, doch ich halte sie am Arm fest und küsse sie. Es ist der erste Kuss seit Tagen. Viel zu lange musste ich auf sie verzichten, musste ihr Zeit lassen, um mit dem schrecklichen Vorfall innerhalb ihrer Familie klarzukommen. Aber heute kann ich mich nicht länger zurückhalten. Viel zu sehr sehnt sich mein Körper nach ihr. Eine Ungeduld sitzt mir seit Tagen im Nacken und drängt mich dazu, endlich Nägel mit Köpfen zu machen.

Sie ist weich, schmiegt sich an mich und genießt diesen Moment genauso intensiv wie ich. Ich spüre ihre Leidenschaft, das Verlangen dahinter und es raubt mir schlichtweg den Atem. Mein Schwanz reagiert wie immer heftig auf sie, zuckt und drückt gegen den Stoff meiner Hose, um sich Zugang zu ihr zu verschaffen. Doch es geht nicht um Sex – nicht mehr ausschließlich. Ihrem Verlangen nach Liebe konnte ich letztendlich nicht widerstehen. Vorsicht, Angst und Scheu waren es, die mich ein Leben als Einzelgänger führen ließen. Abigail schaffte es mit Sturheit, aber auch durch ihre Verletzlichkeit, mich zu bekehren.

Benommen sieht sie mich an, ihre Finger sind noch immer um meinen Nacken geklammert. Ihre Augen glitzern, ein femininer Duft nach Leidenschaft steigt mir in die Nase und fordert meine ganze Selbstbeherrschung. „Wie geht es dir?"

„Gut."

„Komm rein", bitte ich und führe sie an der Hand ins Wohnzimmer.

Ihr Blick gleitet zunächst über die Sektflasche, die beiden Gläser, die Snacks, die sie erstaunt mustert. Selten sprachlos schiebe ich ihr den Stuhl zurecht. Ich muss Distanz zwischen uns schaffen, sonst falle ich auf der Stelle über sie her.

„Irgendwelche positiven Veränderungen?", bringe ich den Punkt zur Sprache, den ich für ihre Traurigkeit verantwortlich mache. Aus eigener Erfahrung weiß ich, wie schrecklich es sich anfühlt, im Stich gelassen zu werden. Wenn man mit seinen Problemen plötzlich alleine dasitzt.

„Ich denke, Rose wird morgen, spätestens übermorgen entlassen. Falls es mein Bruder erlaubt", sagt sie achselzuckend.

„Sie wird sich zu Hause rascher erholen als im Krankenhaus", beruhige ich sie und schenke uns Sekt ein.

„Vermutlich. Lass uns über etwas anderes reden. Ich kann sowieso nichts dazu beitragen."

„Trinken wir erst einmal." Sie nimmt ihr Glas entgegen und beobachtet mich, während ich an der prickelnden Flüssigkeit nippe.

„Ich möchte dir jedenfalls danken, dass du mich ins Krankenhaus begleitet und mir beigestanden hast. Das war alles andere als selbstverständlich."

Da ist wieder dieser traurige, klagende Tonfall, der es mir schwermacht, zu ihr durchzudringen. Mir ist bewusst, dass ihr die schrecklichen Ereignisse des vergangenen Wochenendes noch in den Knochen stecken, aber trotzdem bräuchte sie sich nicht wie eine Auster zu verschließen.

„Ich werde immer für dich da sein, Süße", versichere ich ihr und bemerke erstaunt, dass sie die Luft anhält. Es ist aber nicht Entzücken, Sprachlosigkeit oder Rührung, es scheint, als würden ihr meine Worte Angst machen, sie belasten. „Du hast mich gebraucht und ich war da. Dafür musst du mir nicht danken", sage ich leichthin.

„Und das, obwohl du noch letzte Woche den Hut draufschmeißen wolltest."

Es ist ihr deutlich anzuhören, wie sehr ich sie verletzt habe, dennoch glaube ich nicht, dass ihre Zurückhaltung auf unser Gespräch vom letzten Montag zurückzuführen ist. Abigail ist nicht nachtragend und nebenbei muss sie doch wissen, dass ich ihr nicht widerstehen kann. „Ich musste nachdenken. Es war nicht richtig von mir, derart hart mit dir ins Gericht zu gehen."

„Ach ja?", gibt sie scharf zurück. „Es war dir doch völlig egal, wie es mir geht. Wichtig ist doch nur, wie es dir geht, ob du bereit bist, ob es sich für dich richtig anfühlt. Wie war das doch gleich mit meiner Entscheidungsfreiheit? Hast du mir nicht versprochen, du würdest mich nie einengen?"

Im ersten Moment bin ich versucht, ihr diese Feindseligkeit mit gleicher Münze heimzuzahlen, doch ich halte mich zurück, beobachte sie und schweige, bis es aus mir herausbricht. „Ich weiß, ich hätte von Anfang an ehrlich sein sollen. Dass ich es nicht war, tut mir leid, Süße. Von ganzem Herzen. Ich würde es aber gerne wiedergutmachen, wenn du mich lässt."

„Wir waren beide nicht ehrlich, was uns aber nicht daran hinderte, Spaß zu haben."

Ich atme tief ein, um die aufkeimende Wut zu unterdrücken. „Abigail, ich finde, wir sollten eine neue Abmachung treffen. Die bisherige war gut, aber nicht gut genug."

Alle Farbe weicht aus ihrem Gesicht. Sie hat mit viel gerechnet, aber nicht mit dieser Ansage. Langsam gewinne ich wieder die Oberhand und erkenne erleichtert, dass sich ihre Gefühle nicht geändert haben.

„Ich habe mich lange Zeit versteckt. Ich habe dir unrecht getan und möchte, dass du das bekommst, was du verdienst. Dabei weiß ich nicht einmal, ob ich dir gerecht werden kann. Es ist ein Versuch … aber ich liebe dich, Abigail. Viel zu lange habe ich es weder dir noch mir selbst eingestanden."

Meine Beichte entlockt ihr ein müdes Lächeln, dann lehnt sie sich zurück und blickt mich finster an. „Das große Finale", seufzt sie und ihre Stimme trieft vor Sarkasmus. „Aber nun zum Geschäftlichen: Wie möchtest du das Geld haben? Bar? Per Überweisung? Als Scheck? Für eine so große Summe muss ich mich persönlich zur Bank bemühen. Und sie werden natürlich Fragen stellen."

Mir geht mit einem Mal ein Licht auf. Irgendjemand muss ihr von meinen Schulden erzählt haben und ich ahne, wer dieser Jemand ist. Eine lähmende Frustration durchflutet mich. Ich rühre mich nicht von der Stelle, verschränke die Finger ineinander und weiche ihrem Blick nicht aus.

„So sprachlos?" Nie zuvor habe ich diesen seltsamen Tonfall in ihrer Stimme wahrgenommen. Er soll leidenschaftslos rüberkommen, dabei verraten mir ihre Finger, die sie so fest um das Sektglas presst, dass die Knöchel weiß hervortreten, den Sturm, der in ihr tobt.

Ich strecke den Rücken durch, stemme die Ellenbogen auf die Tischplatte und versuche, Autorität auszustrahlen. „Ich will kein Geld von dir."

„Die nächste Lüge", fährt sie mich an. „Heute Mittag war ich mir noch nicht sicher, ob die Geschichte wahr ist. Oder ob Candice einfach nur von Eifersucht zerfressen ist und alles tun würde, um uns beide auseinanderzubringen. Ich habe mir den

Kopf zerbrochen, was ich tun soll. Doch jetzt, wo du mir deine ach so große Liebe geschworen hast, ist mir klar, dass Candice nicht gelogen hat."

„Diese Verbindlichkeiten Candice gegenüber bestehen, das möchte ich gar nicht abstreiten. Es liegt doch auf der Hand, dass es mir nie gelungen wäre, den Club ganz alleine aufzubauen. Leider waren wir so dumm, die Vertragsbedingungen nicht exakt auszuformulieren. Es wird kein Leichtes für mich sein und es wird auch unser beider Beziehung belasten, aber Candice wird ihr Geld ohne deine Unterstützung bekommen."

„Unsere Beziehung?", faucht sie und erdolcht mich mit ihrem Blick. „Hör auf, mich anzulügen! Du bist doch nach London gekommen, weil du weder ein noch aus wusstest, und da war es sehr praktisch, dass ich dir über den Weg gelaufen bin. So war es doch?"

Erneut schweige ich, weil ich selbst kaum fassen kann, was ich ihr angetan habe. Die Anklage aus ihrem Mund zu vernehmen und ihr dabei ins Gesicht zu sehen ist weit schlimmer als erwartet. Neben all den Frauen, denen ich bisher das Herz gebrochen habe, trifft es nun auch diejenige, die ich liebe. Was ich gleich sagen werde, schmerzt mich zutiefst. Es fühlt sich an, als würde ich Säure schlucken. Mein Hals brennt, mein Kopf tut weh, als ich es ausspreche: „So war es. Ja."

Vor meinen Augen bricht ihre Welt zusammen. Sie wird bleich, fasst sich an die Lippen und Tränen kullern über ihre Wangen. Ich möchte auf sie zustürzen und sie trösten, dabei bin ich doch das Monster, das ihr diese Schmerzen zugefügt hat. Ihr Vater mag sie geschlagen haben, aber ich bin keinen Deut besser.

Ich nehme all meinen Mut zusammen, um ihr meine Beweggründe zu erklären. „Als wir uns zum ersten Mal begegnet sind, waren wir uns beide nicht unbedingt sympathisch. Trotzdem bist du mir nicht aus dem Kopf gegangen und bevor du dich jetzt geschmeichelt fühlst, lass mich dir eines sagen: Ich wollte dich flachlegen – nicht mehr und nicht weniger." Meine harten Worte verletzen mich selbst, doch nun ist nicht der Zeitpunkt, einen von uns beiden zu schonen. Es muss raus, diese Lüge, dieser Schmerz, für den ich selbst verantwortlich bin. „Ich wusste zu diesem Zeitpunkt nicht, wer du bist. Ilka hat es mir später erzählt und ich dachte mir: Warum nicht ein Techtelmechtel mit diesem reichen Töchterlein anfangen und davon profitieren? Candice hat mir unheimlich zugesetzt, da bot es sich doch an, mir die Summe von dir zu holen. Für dich sind das doch nur Peanuts."

Sie mustert ihre Hände, als erblicke sie sie zum ersten Mal. Es tut mir in der Seele weh, diese wundervolle Frau am Boden zerstört zu sehen. Die Wahrheit muss aber ans Licht, egal, welche Konsequenzen es für mich haben wird. Nicht mehr die Liebe zählt, sondern die Ehrlichkeit. Etwas, das wir uns von Anfang an geschworen haben. Etwas, das ich mit beiden Beinen in den Staub getreten habe.

„Von da an warst du meine Mission. Ich lud dich in diese Bäckerei ein. Du warst nur ein weiteres hübsches Gesicht für mich und mehr habe ich auch nicht erwartet: eine verwöhnte, naive Tussi. Die Frau, die ich dann aber kennenlernen durfte, hat mich total überrascht. Damals hatte ich zwei Möglichkeiten: Ich hätte meinen Plan fallen lassen und die Sache zwischen uns beenden oder Candice den Club überlassen können. Aber New York war damals noch ungemein wichtig für mich. Zwar wusste ich, dass ich geradewegs in der Hölle landen würde, wenn ich weitermache, aber offen gestanden war ich inzwischen süchtig nach dir. Das Geld trat immer mehr in den Hintergrund, was zählte, warst du, Abigail. Ich konnte mir ein Leben ohne dich nicht mehr vorstellen, wollte dich vor allem Bösen beschützen."

„Dabei war das Böse mit deiner Person direkt an meiner Seite", wirft sie voller Hohn ein.

Ich nicke und lasse meine Augen über ihr verweintes Gesicht gleiten. „Irgendwann stellte ich fest, dass ich nicht mehr den Wunsch verspürte, zurück nach New York zu gehen. Ich wollte bei dir bleiben und so beschloss ich, Candice den Club zu überschreiben. Damit wäre ich meine Schulden los gewesen. Dann kamen Ilkas Schwangerschaft und der Vorfall mit deinem Vater dazwischen. Heute wollte ich dir endlich beweisen, dass ich dich liebe. Dich – und nicht dein Geld."

„Wäre Candice nicht aufgetaucht, hättest du mir irgendwann die Wahrheit erzählt?"

„Nein, weil es belanglos ist", antworte ich ehrlich.

„Für mich aber nicht. Du hast mir jetzt dein wahres Gesicht gezeigt: außen eine hübsche Fassade, innen nichts anderes als abgrundtiefe Hässlichkeit. Du bist kalt und herzlos und würdest über Leichen gehen, um dein Ziel zu erreichen. Menschen sind für dich wie Spielzeug, das du benutzt und danach achtlos wegwirfst. Du sagst, ich bin dir wichtig? Im Moment mag das ja zutreffen, aber wie sieht es morgen, in zwei Wochen, in einem Jahr aus? Wer sagt mir, dass du gerade eben ehrlich warst? Ich kann dir nicht mehr vertrauen."

„Doch, das kannst du", unterbreche ich sie scharf. Dabei ist mir längst bewusst, dass ich sie verloren habe. Sie hat mich verlassen, noch bevor sie es laut ausgesprochen hat.

„Nein, Daniil. Uns trennen Welten – in jeder Hinsicht. Ich bin im Luxus aufgewachsen. Mir standen alle Türen offen, ich hatte nie Sorgen um meine Zukunft. In unseren Kreisen gibt es nur eine einzige Regel zu beachten: Prüfe deine Freunde und meide Menschen, die sich heimlich in dein Leben zu schleichen versuchen und dir nach dem Mund reden, nur um dir zu gefallen. Sie wollen sich lediglich in deinem Glanz sonnen oder sind hinter deinem Geld her. Das wurde mir von klein auf eingeimpft und ich habe entsprechend gehandelt, habe alles Ungeziefer gnadenlos aussortiert, mit einer Ausnahme – und die bist du. Ich hätte es besser wissen müssen, schließlich haben alle Alarmglocken geschrillt. Aber ich wollte sie nicht hören und eben hast du mir die Rechnung dafür präsentiert. Und jetzt erwartest du allen Ernstes, dass ich dir noch vertraue? Dich sogar in meine Welt hole?"

Mittlerweile kocht sie vor Wut. Ich kann es verstehen, habe jede einzelne ihrer Beleidigungen verdient und es ist nicht mehr zu leugnen, dass es vorbei ist.

Wie oft habe ich mich gefragt, ob ich, sollte es tatsächlich ernst werden, in ihre Welt passe. Wie würde mich ihre Familie sehen? Die vernichtenden Blicke ihres Bruders, als wir bei Rose im Krankenhaus waren, bildeten nur einen ersten Vorgeschmack. Schließlich entstamme ich der Unterschicht. Meine Manieren lassen zu wünschen übrig, ich halte mich nicht mit Förmlichkeiten auf und kann nicht mit Geld umgehen. Abigail hingegen ist ein echtes Kind der Oberschicht. Nicht dass sie deswegen etwas Besseres als ich wäre, aber es scheint illusorisch, dass aus uns je ein Paar werden könnte.

„Es ist mir egal, wann genau du aufgehört hast, nach dem Geld zu gieren. Es ist mir gleich, ob du glaubst, mich zu lieben, oder ob du mir das vorspielst, weil du dir davon einen Vorteil versprichst. Ich brauche weder dein Mitgefühl noch deine Entschuldigungen. Beides kaufe ich dir nicht ab." In einem Zug leert sie ihr Glas und knallt es auf den Tisch. „Schon wegen Ilka werden wir uns zwangsweise wiedersehen, trotzdem möchte ich, dass du mich fortan in Ruhe lässt. Wage es nie wieder, dich in mein Leben zu drängen."

Abigail springt auf, schnappt sich ihre Handtasche und geht zur Tür. Ich stehe ebenfalls auf, mache einen Schritt auf sie zu, wage es aber nicht, etwas zu erwidern. All das geschieht mir recht. Es würde nichts bringen, weiter auf sie einzuwirken. Ich habe sie endgültig verloren.

„Ich bin Candice zu großem Dank verpflichtet, denn sie hat mich vor dem schlimmsten Fehler meines Lebens bewahrt. Hoffentlich quetscht sie dich aus wie eine Zitrone."

Kurz verharrt sie an der Tür, gibt sich dann aber einen Ruck und eilt davon.

Ich knalle die Tür hinter ihr zu und gehe in Gedanken versunken zurück ins Esszimmer. Ja, wir sind beide Hitzköpfe, handeln frei Schnauze und es ist nicht das erste Mal, dass einer den anderen einfach stehen lässt. Mittlerweile ist jedoch Liebe im Spiel, das kann weder ich noch Abigail abstreiten. Und wenn sie mich jetzt verabscheut, dann ist das doch nur auf ihre grenzenlose Enttäuschung zurückzuführen. Nur wer liebt, kann so tief hassen.

Ihre Worte waren ernst gemeint und ich darf dieses Mal nicht auf Vergebung hoffen. So viele Chancen hat sie mir bereits eingeräumt und ich habe sie allesamt durch meine eigene Dummheit vertan.

Ich hätte mit Candice viel früher reinen Tisch machen müssen – der Club ist die eine Sache, Abigail die andere. Mein Leben dreht sich doch nur noch um sie, vorüber ist die Zeit, in der ich mir keine Gefühle, keine Achtung und kein Vertrauen in andere erlaubt habe. Das alles habe ich durch sie gelernt. Sie zu verlieren bedeutet einen Rückfall in die alte Trägheit, aber jetzt kommt auch noch der Schmerz hinzu. Schließlich hat mir Abigail gezeigt, dass es auch anders geht.

Als ich mich an unseren Begrüßungskuss erinnere, durchzuckt mich die Erkenntnis, dass sich unsere Lippen heute zum letzten Mal berührt haben könnten. Und das habe ich mir selbst zuzuschreiben. Ich habe es vergeigt, da hilft auch kein Selbstmitleid.

Mit einer heftigen Bewegung fege ich alles, was auf dem Tisch steht, zu Boden. Meine Hand tastet in die Innentasche meines Jacketts, ich ziehe die Schachtel mit dem Ring hervor, öffne sie, werfe einen flüchtigen Blick auf das glitzernde Schmuckstück und knalle es frustriert gegen die Wand. Ob der Ring dabei Schaden genommen hat oder nicht, geht mir gänzlich am Arsch vorbei.

Taumelnd bleibe ich unten vor dem Haus stehen. Das Dröhnen in meinem Kopf macht mich verrückt. Ich zittere am ganzen Körper. Irgendwie schaffe ich es trotzdem, in ein Taxi zu steigen, meine Adresse zu nennen und mich hinauf in meine Wohnung zu schleppen. Dort schmeiße ich mich aufs Bett und breche in Tränen aus.

Meine Gefühle gleichen einem Wirbelwind. Einerseits bin ich froh, Gewissheit erlangt zu haben. Andererseits hat mich der Mann, den ich liebe, auf das Schändlichste ausgenutzt und hintergangen. Viel zu spät hat er mir seine Liebe gestanden, als dass ich ihm das abnehmen könnte. So gibt es keine Zukunft für uns. Ich muss mich emotional von Daniil lösen, einen Weg finden, ohne ihn zu leben, auch wenn ich momentan am liebsten sterben würde. Ich fühle mich billig, befürchte, mich an ihn verkauft zu haben – meinen Körper, meine Seele, mein Herz. All diese Nächte, die Leidenschaft und die Bereitschaft, für ihn meinen inneren Schweinehund zu besiegen, erscheinen mir plötzlich wie ein Albtraum. Ich habe mich ihm voll und ganz hingegeben und er wird sich heimlich ins Fäustchen gelacht haben, weil er neben dem Geld auch noch dieses „Zusatzpaket" erhält. Übelkeit steigt in mir hoch, meine Kehle fühlt sich wie zugeschnürt an, ich bekomme kaum Luft.

Nein, er ist definitiv nicht gut für mich. Ich hätte von Anfang an die Finger von ihm lassen sollen. Das ist mir nicht gelungen und nun habe ich den Salat.

Ilka. Wenn sie nur hier wäre!

Ich fühle mich schrecklich einsam. Als wäre ich der letzte Mensch auf dieser Erde. Meine Familienverhältnisse sind der reinste Horror, Daniil ist weg und meine beste Freundin hockt sauer auf mich in einem fremden Land. Fehlte nur noch, dass Mister Young anruft, um mir zu sagen, dass eine andere meine Rolle bekommt. Dann wäre das Desaster komplett.

25. Kapitel

Eine Nacht auf der Couch zu verbringen – und das auch noch freiwillig – ist nicht unbedingt eine Wohltat für meinen Rücken. Sämtliche Muskeln schmerzen, mein Schädel dröhnt vom vielen Alkohol, den ich in mich hineingeschüttet habe. Geholfen hat er aber nichts, denn beim Aufwachen schießt mir die ganze Misere wieder zurück ins Gehirn.

Weit schlimmer als das Pochen in meinem Kopf ist jedoch das enervierende Klingeln an der Tür. Das kann nichts Gutes verheißen.

Mit geschwollenen Augen sehe ich auf meine Armbanduhr. Verdammt, schon halb neun! Ich sollte längst fit und aus dem Haus sein, also quäle ich mich aus dem Bett – sogleich rächt sich mein einsames Saufgelage vom Abend zuvor: Mich schwindelt, auf unsicheren Sohlen tapse ich zur Tür.

Candice steht draußen – strahlend, lächelnd und überaus selbstzufrieden.

„Guten Morgen", tönt sie und ihre hohe Stimme bringt wahrscheinlich gerade die letzte intakte Vene in meinem Kopf zum Platzen. „Frühstück?" Munter streckt sie mir eine braune Tüte entgegen.

Ich mache ihr zwar den Weg frei, bin aber über ihr Erscheinen alles andere als erfreut. „Bringen wir es schnell hinter uns, auch wenn meine Form zu wünschen übrig lässt", krächze ich heiser und handle mir damit einen abfälligen Blick ein.

„Zu viel Alkohol, wie? Zu viele Aggressionen." Ihre Miene verdüstert sich weiter, als sie den Scherbenhaufen rund um den Tisch bemerkt.

„Was willst du?", fahre ich sie an.

„Nun ja", säuselt sie, stellt die Tüte ab und nimmt Platz. „Das Ticken meiner Uhr wird immer lauter. Ich bin ihrem Ruf gefolgt und hier sitze ich, ich kann nicht anders."

Trotz meines Katers muss ich lachen und trete näher. „Candice, was willst du? Mein Mitleid?"

„Das kannst du behalten! Ich will nur mein Geld wiederhaben. Zwei Monate sind längst vorüber."

„Ah, daher weht der Wind. Wir haben uns lange nicht gesehen, aber du hast dich gar nicht verändert – bist noch immer nervig und penetrant."

„Ich habe dich auch schmerzlich vermisst, Daniil", sagt sie mit einer Stimme, die vor Ironie trieft. „Dabei meine ich *schmerzlich* nicht einmal im doppelten Wortsinn."

Verwirrt starre ich sie an. Ich war lange genug mit ihr zusammen, um in ihrem Gesicht lesen zu können. Gerade gibt sie den eiskalten Vamp, doch ich erkenne ihre Unsicherheit aus hundert Metern Entfernung. Es muss sie viel Kraft und Überwindung gekostet haben, nach London zu reisen, Abigail aufzusuchen und ihr die Einzelheiten unserer Beziehung aufs Auge zu drücken. Trotzdem darf ich nicht vergessen, dass hinter ihrer hübschen Fassade eine Hexe lauert, die bereit ist, einem das Leben zur Hölle zu machen, sollte es die Situation erfordern.

„Hätten wir den Vertrag besser ausformuliert, wären wir beide heute nicht in London – zumindest nicht in dieser Verfassung. Wir wären glücklich geworden, das weiß ich", höre ich sie leise sagen.

Offenbar macht sie meine Nähe noch immer nervös. Das muss ich ausnutzen! „Nein. Wir beide wären niemals glücklich geworden."

„Warum?"

„Weil ich bloß dachte, dich zu lieben. Dabei warst du lediglich ... unterhaltsam. Mehr auch nicht."

„Aber Gaby schafft es, aufregend zu sein, durch deine harte Schale zu dringen und dein Herz zu berühren?"

„Ja, sie ist aufregend – eine Herausforderung und ich liebe sie. Sie hat mehr in mir bewegt, als du und ich zusammen je geschafft hätten."

Candice schluckt, eine steile Falte bildet sich zwischen ihren Augenbrauen, während sie mich eindringlich mustert. „Sie ist jung und naiv, lebt in einer Welt, in der immer alles nach Plan läuft, und nun hast du ihr kleines Herzchen gebrochen. Wirklich, Daniil, du hättest sie nicht so lange zappeln lassen dürfen."

Ich gehe nicht auf diese Anschuldigungen ein, obwohl es mich in den Fingern juckt, Candices dürren Hals umzudrehen. Sie hat gar keine Ahnung, wie viel sie und Abigail trennt. Candice ist diejenige, die sich stets alles genommen hat, was sie wollte – nur mich konnte sie nicht auf Dauer festhalten, was eine gute Erklärung für ihren Groll liefert.

„Ich möchte diese Angelegenheit, sowohl die geschäftliche als auch die persönliche, so schnell wie möglich hinter mich bringen. Lass einen entsprechenden Vertrag aufsetzen, du kannst alles haben, Candice. Ich hoffe, du bist dann zufrieden und verschwindest endgültig aus meinem Leben." Meine Stimme ist eisig und es hat den Anschein, als ließe sie Candice schrumpfen.

„Daniil", stößt sie hervor und befeuchtet nervös ihre Lippen. „Gut. Was immer du willst. Du weißt, ich konnte dir noch nie einen Wunsch abschlagen, selbst wenn es zu meinem Nachteil gewesen ist."

„Candice, du wolltest Gerechtigkeit, du wolltest deine verdammte Kohle und mich im Staub vor dir liegen sehen. Jetzt hast du deine Mission erfolgreich beendet. Denkst du etwa, das alles trifft mich nicht? Ich habe alles versucht, um mich von Abigail fernzuhalten, weil ich wusste, dass ich ihr in irgendeiner Form wehtun werde. Dein verfluchtes Selbstmitleid interessiert mich im Moment herzlich wenig. Würdest *du* so schändlich behandelt werden wollen?"

Sie tastet beinahe schüchtern nach meiner Hand. „Ich wollte wirklich nicht, dass es so läuft. Daniil, ich bin ... einsam. Ich vermisse dich ..."

„Nein", unterbreche ich sie barsch. „Verschone mich damit, Candice. Nicht nur, dass ich heute überhaupt keine Lust auf dein Geheule habe, es kotzt mich auch an, dass du mich als einen Arsch hingestellt hast. Beantworte mir eine Frage: Hast du Gaby gegenüber auch erwähnt, dass du dich nicht zwischen mir und diesem Carter entscheiden konntest? Dass du direkt aus meinem Bett kommend in seines gehüpft bist?"

Unvermittelt bricht Candice in Tränen aus. Gegen meinen Willen wird tief in mir drinnen eine Saite zum Schwingen gebracht. „Das tut doch nichts mehr zur Sache, Daniil."

„Genauso wie dein Gejammer. Wir sind beide schuld an der Trennung und ich für meinen Teil habe mich oft genug für meinen Ausrutscher entschuldigt."

„Gerade weil du sie liebst, verdient sie es nicht, dass du dein wahres Gesicht vor ihr verbirgst. Aber ehrlich warst du ja noch nie – weder zu mir noch zu Gaby. Und du hast recht, es tut nichts zur Sache, wie es mir geht."

„Ja", antworte ich und lasse den Kopf hängen. „Trotzdem habe ich sie verloren." Es schmerzt, diese Tatsache zum ersten Mal auszusprechen und dann auch noch vor Candice, die diese Neuigkeit mit diebischer Freude aufnehmen wird. Ihr ist es doch gar nicht um Gaby gegangen, auch meine Schulden waren nebensächlich. Das Eingeständnis ihrer Einsamkeit offenbart den wahren Grund von Candices Reise. Sie hat unsere Trennung noch immer nicht verwunden und missgönnt mir das Glück an Abigails Seite. Das Geld setzt sie als Druckmittel ein, um mich zurückzugewinnen.

„Gaby liebt dich, Daniil, auch wenn du es den Frauen alles andere als leichtmachst. Ich spreche aus Erfahrung. Gib ihr etwas Zeit."

„No chance. Sie hat keinen Zweifel daran gelassen, dass sie nichts mehr mit mir zu tun haben will."

Warum erzähle ich Candice das alles? Vielleicht, weil sie mich kennt und versteht. Schließlich waren wir einmal ein Paar. Wir fühlten uns als Seelenverwandte und als sie jetzt ihre Hand an meine Wange legt und mir ein aufmunterndes Lächeln schenkt, dämmert mir, was ich damals in ihr gesehen habe. „Sie ist temperamentvoll und weiß genau, was sie möchte. Ihre Stärke ist beeindruckend. Wenn du es zulässt, kann sie es mit dir aufnehmen. Es liegt an dir Daniil, nicht an Gaby."

Ein Kuss auf meine Wange, dann lässt sie von mir ab und rauscht wie eine Diva davon. Der Hang zu großen Abgängen ist ihr also noch immer eigen.

Mein Blick fällt auf den Ring, der auf dem Fußboden liegt. Schnell hebe ich ihn auf. Zum Glück hat Candice ihn nicht entdeckt. Es genügt schon, dass ich meiner Ex etwas vorgeheult habe. Ins CQ-Magazin werde ich so definitiv nicht kommen.

William biegt in eine freie Parklücke ein, stellt den Motor ab, bleibt jedoch weiterhin wie versteinert sitzen und betrachtet mich aus den Augenwinkeln. Ich blicke stur geradeaus, als gebe es dort etwas Spannendes zu sehen.

„Und nun die Wahrheit, nicht den Mist, den du Rose und Mutter verkauft hast", brummt er und lehnt sich in seinem Sitz zurück.

Bis jetzt ist es mir gelungen, den Tag einigermaßen über die Runden zu bringen, auch wenn ich mir die Seele aus dem Leib geheult und mein Mobiltelefon nicht aus den Augen gelassen habe. Da allerdings niemand etwas von meiner Enttäuschung erfahren sollte, durfte ich nicht ablehnen, als William anrief und ein Treffen vorschlug, um das weitere Vorgehen in Bezug auf unseren Vater zu besprechen.

Doch schon bei der Begrüßung konnte ich meine Qualen nicht vor ihm verbergen, auch wenn er sich vornehm zurückhielt und nicht nachfragte. Auch ich nahm Rücksicht auf Rose, die gerade erst aus dem Krankenhaus nach Hause gekommen war und nicht auch noch mit meinen Problemen belastet werden sollte. Meiner Mutter konnte ich ebenfalls nichts vormachen, doch anders als William sprach sie mich sofort auf meine geröteten Augen und mein fahriges Wesen an.

Ich erfand eine nette, kleine Geschichte, dass sich Daniil und ich im gegenseitigen Einvernehmen getrennt hätten. Dass ich arglistig hintergangen worden bin, erwähnte ich mit keiner Silbe. Alles klang erwachsen und vernünftig. Liebevoll versuchte meine Mutter, mich aufzumuntern. Auch Rose schien ihre missliche Lage für eine Weile zu vergessen und legte sich ordentlich ins Zeug. Nur mein Bruder hielt sich im Hintergrund – bis jetzt.

„Ich weiß nicht, was du meinst", spiele ich die Unschuld vom Land und greife nach meiner Tasche, die ich zwischen meinen Beinen abgestellt habe.

William legt den Kopf schief, kneift die Augen zusammen und macht mir damit ein wenig Angst. „War es der Typ, der dich ins Krankenhaus begleitet hat?"

„Ja, aber was tut das zur Sache?"

„Irgendetwas stinkt da gewaltig, Gaby. Der war auf etwas scharf, das spüre ich im kleinen Finger."

William ist der einzige Mensch, dem ich die ganze Wahrheit erzählen kann. Andererseits bleibt zu befürchten, dass er sich Daniil vorknöpfen wird, wenn er erst im Bilde ist. Aber ich *muss* mir einfach diese tonnenschwere Last von der Seele reden.

„Er wollte Geld. Sehr viel Geld, das er seiner Ex schuldet", stammle ich.

Mein Bruder umschließt das Lenkrad mit festem Griff. „Sie hat ihm Geld geliehen?"

„Ja, für einen Club, den sie gemeinsam aufbauten. Sie war es auch, die mir die Augen geöffnet hat. Anschließend habe ich ihn zur Rede gestellt."

„Hast *du* ihm etwas gegeben?"

„Nein."

„Gut für ihn, sonst hätte ich ihm eine Abreibung verpasst, die sich gewaschen hat. Du liebst ihn?", fragt er so nüchtern, als wäre ich eine Akte, die man bearbeitet und dann ablegt. Mein Nicken scheint ihn nervös zu machen, denn er wippt beständig mit dem Fuß auf und ab. „Ich könnte dir jetzt vorhalten, dass du Fremden gegenüber viel zu vertrauensselig bist. Du hast dich mit einer Flasche eingelassen und bezahlst jetzt dafür. Aber gegen Gefühle ist man leider machtlos. Gaby, du sollst wissen, dass ich immer für dich da bin. Wir beide haben schon viele schlimme Situationen bewältigt. Das wird uns auch dieses Mal gelingen. Zeig ihm bloß nicht, wie verletzt du bist. Vergiss ihn einfach." Zärtlich streicht er mir über die Wange. Und plötzlich werfe ich mich in seine Arme. Es ist ewig her, dass ich dort Halt gesucht habe.

William gibt mir das Gefühl, geborgen zu sein. Er ist mir Bruder und ein besserer Vater als mein eigener. Er versteht mich auf seine Weise. Als meine Tränen sein hellblaues Hemd benetzen, schniefe ich kurz und wische mir gar nicht damenhaft mit dem Handrücken übers Gesicht.

„Ich begleite dich nach oben. Komm."

Noch immer schniefend steige ich aus dem Wagen, folge ihm über die Straße und die Treppe hoch. William legt seine Finger um die meinen, spendet mir Trost, den ich im Augenblick dringender brauche als die Luft zum Atmen.

Wir biegen gerade um die letzte Ecke, als mein Blick auf den Mann fällt, der meine Tränen heraufbeschworen hat: Daniil sitzt auf der obersten Stufe. Sofort schließe ich meine Finger noch enger um die von William. Mein Bruder hat Daniil wohl erkannt, denn er murmelt etwas wie *Arschloch*. Als wir vor ihm stehen, erhebt sich Daniil und starrt meine Begleitung böse an. Hoffentlich werden die beiden nicht handgreiflich!

„Daniil", murmle ich mit erstickter Stimme.

Mir scheint es, als hätte ich ihn seit Jahren nicht mehr gesehen. Trotzdem steht mein Entschluss fest: Ich will nichts mit ihm zu tun haben, denn er hat mir etwas Wichtiges genommen – das Vertrauen in ihn.

Wie könnte ich noch mit ihm zusammen sein, wenn ich mir nie sicher sein darf, ob er es ehrlich meint oder mich belügt. Ich liebe ihn, bin todtraurig und hätte mir nach allem, was am Wochenende passiert ist, eine erfreulichere Zukunft für uns beide gewünscht. Doch das Leben ist keine Jukebox, das sollte sich auch ein Daniil Detari eingestehen.

„Ich muss mit dir reden, Abigail", fleht er und guckt mich aus traurigen Hundeaugen an.

„Hauen Sie besser ab und lassen Sie meine Schwester in Ruhe, bevor ich Sie eigenhändig hinauswerfe", herrscht William ihn an.

Beruhigend lege ich ihm eine Hand auf die Schulter. „William, würdest du bitte drinnen warten. Bitte!"

Missmutig schließt er die Wohnungstür auf und verschwindet dahinter. Zurück bleiben Daniil und ich. Ich lehne mich gegen die Tür, nicht zuletzt, damit William nicht heimlich durch den Spion linsen kann.

Daniil sieht abgekämpft und müde aus. Unter seinen Augen prangen dunkle Ringe – nahezu ein Abbild meiner selbst.

„Bevor du mich mit Erklärungen zutextest, möchte *ich* erst zu Wort kommen", stelle ich klar. Daniil nickt, verschränkt die Arme vor der Brust und sieht mich ergeben an. „Du magst dich ja geändert haben. Du magst auch deinen ursprünglichen Plan verworfen haben, dennoch kann ich dir nicht mehr vertrauen. Wir haben einmal darüber geredet, wie wichtig das in jeder Art von Beziehung ist. Ich habe mein Innerstes nach außen gekehrt, du hast mich in Situationen wie noch kein anderer Mensch zuvor erlebt. Es war gut, es war intensiv und nun ist es vorbei."

Meine Worte tun uns beiden weh, das kann ich nicht leugnen. Alles in mir drängt sich Daniil entgegen, ich sollte ihm seinen Fehler verzeihen, ist er doch bereit, Wiedergutmachung zu leisten und Candice den Club zu überschreiben. Das müsste doch auch mich zufriedenstellen.

„Du liebst mich doch, Abigail. Und ich liebe dich", sagt er mit fester Stimme, die mir Gänsehaut verursacht. „Was soll ich tun, um meinen Fehler auszubügeln? Mit dir fühle mich zum ersten Mal im Leben sicher. Ich will dich."

„Als du mir das zuletzt gesagt hast, habe ich dir noch geglaubt. Heute jedoch ..."

„Abigail."

„Nein", entfährt es mir, als er näher kommt und die Hand nach mir ausstreckt. „Fass mich nicht an."

„Okay", flüstert er und weicht einen Schritt zurück.

„Wenn du mich wirklich liebst, Daniil, dann lass mich in Ruhe. Lauere mir nicht vor meiner Wohnung auf, erspare uns beiden diese Demütigung."

„Ich möchte, dass du weißt, ich bereue keinen einzigen Tag mit dir. Du hast mir geholfen, ein besserer Mensch zu werden, Abigail. Ich hätte alles für dich getan …"

„Auf Dauer hätte es mit uns beiden ohnehin nicht funktioniert. Ich möchte mit keinem Mann zusammen sein, der sich meinetwegen verbiegen muss. Und ich möchte mit keinem Mann zusammen sein, dem ich nicht vertrauen kann. Wir hatten eine schöne Zeit, aber das ist Geschichte. Im Augenblick bin ich mir selber wichtig. Ich muss mich um meine Karriere und um meine Familie kümmern … und ich muss wieder zu mir selbst finden. Es tut mir leid", stammle ich und nur mit Mühe gelingt es mir, die Tränen zurückzuhalten.

Es wäre doch so einfach, ihm zu verzeihen …

„Leb wohl!" Auf mein Klopfen hin wird die Tür von innen geöffnet. Atemlos trete ich ein, schiebe William zur Seite und lasse mich gegen die nunmehr wieder geschlossene Tür sacken.

Ich habe es getan … ich habe ihn verlassen.

Glücklich macht mich dieser Entschluss nicht, denn ich liebe ihn ja. Aber besser ein Ende mit Schrecken als …

„Du hast die richtige Entscheidung getroffen. Die einzig richtige", bekräftigt mein Bruder, aber auch er scheint unsicher zu sein.

Ich schenke ihm ein mildes Lächeln, lege meine Tasche ab und gehe in die Küche. „Kaffee?"

„Gaby, ernsthaft", brummt er, als er hinter mir auftaucht. „Du hast dich richtig entschieden. Eine Fortführung dieser Beziehung hätte keinem etwas gebracht."

„Du klingst wie unsere Mutter."

„Nimm dir etwas Zeit für dich. Verreise."

Lächelnd tippt er mir auf die Nasenspitze. „Am Montag beginnen die Aufnahmen für die Soap – da ist für Ablenkung gesorgt. Außerdem haben auch andere Mütter schöne Söhne."

William traut meinen Worten, die Zuversicht verströmen sollen, nicht. „Sich selbst zu belügen ist das Dümmste, das man tun kann. Aber konzentriere dich auf deine Soap und vergiss nicht, dass meine Tür immer offen steht."

„Keine Sorge", beschwichtige ich ihn und reiche ihm seine Tasse. „Es ist wirklich nett, dass du mir helfen willst, aber ich komme alleine zurecht."

„Wie du meinst, Gaby. Ich habe dich stets beschützt und werde das auch weiterhin tun. Wenn du willst, werfe ich diesen miesen Kerl den Wölfen zum Fraß vor."

Ich ringe mir ein Lächeln ab. „Damit wäre doch niemandem geholfen, oder?"

„Er sagt, er liebt dich, glaubst du ihm?", hakt William noch einmal nach.

Ich zucke die Achseln. „Keine Ahnung. Eigentlich dachte ich, Daniil und die Liebe passen nicht zusammen, doch dann hat er sich von einer ganz anderen Seite gezeigt – und das sehr beharrlich."

„Dann warte ein wenig zu. Schlussendlich findet das, was zusammengehört, auch zusammen."

„Nein, ich ... ich muss ihn vergessen, auch wenn es mich fast umbringt."

Erneut öffnen sich meine Tränenschleusen, William rückt ein Stückchen näher, legt den Arm um mich und flüstert mir wie in unserer Kindheit, als ich mich der Wut unseres Vaters ausgesetzt sah, beruhigende Worte ins Ohr.

William war noch lange bei mir. Wir saßen auf der Couch, tranken Kaffee, aßen Kekse und quatschten wie schon lange nicht mehr. Daniil wurde dabei mit keinem weiteren Wort erwähnt.

An diesem Abend steht mir aber noch ein wichtiger Termin bevor, der mein Herz höher schlagen lässt. Mister Young wollte sich mit mir treffen, um rechtzeitig vor Drehbeginn einige Unklarheiten auszuräumen. Er kommt nicht alleine, sondern mit Verstärkung – Camilla und Glen, die Hauptfiguren der Soap, die unbedingt ein Auge auf mich werfen wollen.

Camilla ist zugänglich, nett und überaus gesprächig, Glen hingegen ein verschlossener Typ, der selten lacht und wenig spricht. Aus ihm werde ich nicht schlau.

Lucas ist wie eh und je – heiter, respektvoll und dennoch ein wenig einschüchternd.

Wir unterhalten uns gerade über ein neues Stück, das kommenden Samstag anlaufen soll und laut Lucas wie für mich gemacht zu sein scheint, als jemand an unseren Tisch tritt. Mir ist, als würde die Sonne von einer Sekunde zur nächsten hinter dem Horizont verschwinden. Daniil!

Er blickt in die Runde, nickt jedem höflich zu, widmet seine ganze Aufmerksamkeit jedoch meiner Wenigkeit, die sich am liebsten unter dem Tisch verkriechen würde. Alle Empfindungen, die ich dank Williams Hilfe in einem tiefen Loch vergraben habe, schwappen zurück an die Oberfläche, nehmen Besitz von meinem Geist und meinem Körper. Unsere Herzen sprühen Funken, das Kribbeln in mir lässt sich nicht bändigen. Ich will nur eines – ich muss Daniil küssen!

Die Stille zwischen uns wird unerträglich, doch bevor ich ihn fragen kann, was dieser Auftritt bedeuten soll, zieht er eine kleine Schatulle aus der Jacketttasche.

„Ich werde noch heute nach New York fliegen", sagt er schlicht.

Ich schlucke hart und knete wie unter Zwang meine Fingerknöchel.

„Den hier habe ich für dich gekauft ... Ich will, dass du ihn trotzdem bekommst." Schweigend hält er mir das Kästchen unter die Nase. Da ich nicht auf dem Mond lebe, weiß ich ganz genau, was ich darin finden werde. Vor Rührung schießen mir Tränen in die Augen.

„Auf Wiedersehen, Abigail." Mehr sagt Daniil nicht, doch es genügt, um mein angeknackstes Herz endgültig in tausend Stücke zerspringen zu lassen.

Daniil murmelt noch etwas in Richtung meiner Tischnachbarn, drückt mir das Kästchen in die Hand und schon ist er weg.

Es ist mir gleichgültig, was die anderen von mir denken, aber ich muss das Kästchen einen Spalt weit öffnen. Sein Inhalt funkelt mich an und ich fürchte fast, dass es mir aus den zitternden Fingern gleitet. Lucas ist zu höflich, um sich auch nur den Anschein von Neugierde zu geben, und beginnt ein Gespräch mit dem grimmig dreinblickenden Glen. Camilla kann es hingegen kaum erwarten, was ich aus der Schatulle hervorzaubern werde.

Mit einem Ruck ziehe ich den Deckel ab, lege ihn zur Seite und ein schmaler Ring mit einem kleinen Diamanten strahlt mir entgegen. Er wirkt ungemein zart und dennoch stabil. Wie die Beziehung zu Daniil.

Ich seufze, schließe die Augen und fahre die Konturen des Ringes nach. Wie schön wäre es jetzt, das Schmuckstück anzulegen, Daniil hinterherzulaufen und ihn zum Bleiben zu überreden. Mir wird mit einem Schlag bewusst, dass er es ernst gemeint hat – er wollte mich zur Seinen machen. Und ich habe diesen Plan vereitelt!

Traurigkeit erfasst mich. Ich kämpfe mit den Tränen und lege den Ring eilig zurück in sein Bett. Natürlich werde ich ihn behalten, er wird mich immer an Daniil erinnern. Aber tragen werde ich ihn niemals. Zu viele Emotionen sind mit ihm verbunden, als dass ich ihn lediglich als Schmuckstück sehen könnte. Ich fühle mich Daniil unheimlich nahe, es ist, als hätte er einen Teil von sich bei mir gelassen.

Camilla lächelt mir aufmunternd zu, legt ihre Hand auf meine Schulter und deutet dann auf das Glas Wein, das vor mir steht. Wir stoßen an, trinken einen Schluck und mit einem Mal fühle ich eine unbeschreibliche Kraft in mir. Kraft für die Zukunft, Kraft für ein Dasein ohne den Mann, den ich liebe und der mich ebenfalls liebt. Das Leben ist nicht einfach und Vernunft nicht immer hilfreich. Ich drehe mich im Kreis und würde demjenigen mein Hab und Gut schenken, der mir diesen schrecklichen Ballast von der Seele nehmen könnte.

„Auf die Zukunft", prostet Lucas mir zu und als mein Glas seines berührt, wünsche ich mir, dass diese Zukunft doch noch etwas Schönes für mich bereithält.

26. Kapitel

Eine Mischung aus Schnee und Regen klatscht an die Fensterscheiben des Mercedes CLA, mit dem mich Lucas Young durch das in dumpfes Licht getauchte London chauffiert. Wir gehören zu den wenigen, die dem Wetter trotzen und sich vor die Tür gewagt haben.

Der Winter hat sich Mitte Januar noch einmal tüchtig ins Zeug gelegt. Er hält die Stadt und ihre Bewohner mit Eis und frostigen Temperaturen fest im Griff.

Ich genieße Lucas' Gegenwart. Seine ruhige Art, die tiefe Stimme, mit der er mir gerade über seine Heimat erzählt, in der solche endzeitlich anmutenden Wetterbedingungen normal sind. Unsere Beziehung hat sich im letzten halben Jahr verändert. Klar, er ist mein Boss und mehr als Freundschaft darf nicht einmal angedacht werden. Aber heute ist für mich die Klappe in der Soap endgültig gefallen. Zur Feier des Tages hat mich Lucas daher zum Essen ausgeführt.

Ich gebe zu, dass mein Leben seit Daniils Rückkehr nach New York ein einziges Trauerspiel gewesen ist. Nichts und niemand bringt mich so zum Strahlen, wie es Daniil getan hat. Ich fühle mich in jene Zeit zurückversetzt, als ich ihn noch nicht gekannt, aber nach einem Mann wie ihm Ausschau gehalten habe. In meinem Herzen hat sich eine schmerzliche Leere breitgemacht, die sich einfach nicht verflüchtigen will.

Ja, ich gebe zu, dass ich ihn furchtbar vermisse. Mir kommt es vor, als sei er gestorben, weil ich mit solcher Wehmut und

Trauer an ihn denken muss. Dabei verdient er das gar nicht. Anfangs war ich selbstverständlich wütend, später dann nur noch niedergeschlagen.

Der einzige Silberstreif am Horizont ist Ilka. Ich habe ihr die Wahrheit erzählt, konnte das Lügengebäude nicht länger aufrechterhalten. Sie ist mir zur Seite gestanden, doch bald kann ich nicht mehr darauf zählen, dass sie ständig um mich herum ist. Es herrscht Alarmbereitschaft, denn das Baby kann jeden Augenblick kommen.

„Raus in den Sturm", keuche ich, als mir der Wind beim Öffnen der Beifahrertür um die Ohren bläst.

„Warte", ruft Lucas und springt aus dem Auto, um mir seinen Mantel überzuwerfen.

Lächelnd kuschle ich mich in den warmen Stoff und atme den herrlich-männlichen Duft ein, den er verströmt.

Glücklicherweise finde ich sofort meinen Schlüssel und öffne die gläserne Eingangstür ohne Mühe. Drinnen ist es angenehm warm, weshalb ich Lucas' Mantel abnehme und ihn zurückgebe.

Erneut überkommt mich diese Leere. Etwas in mir möchte verhindern, dass Lucas geht. Doch ebenso zögere ich, da ich mir über seine Absichten nicht im Klaren bin. Er ist zwar höflich und zuvorkommend wie immer, aber ich werde das Gefühl nicht los, dass er auf mehr als Freundschaft aus ist.

Oder bilde ich mir das nur ein?

„Wie wäre es mit einer Tasse Kaffee oder Tee? Vielleicht beruhigt sich das Wetter in der Zwischenzeit ja."

Unwillkürlich halte ich den Atem an. Einerseits bin ich auf seine Antwort gespannt, andererseits bete ich, dass er ablehnt und mich so vor der nächsten Dummheit bewahrt.

Habe ich das wirklich gerade gesagt? Ihn wider besseres Wissen in meine Wohnung gebeten, obwohl mir mein Bauchgefühl davon abrät?

Lucas scheint sich – im Gegensatz zu mir – über meinen Vorschlag zu freuen. „Gerne."

Schweigend steigen wir in den Lift. Dass er mir dort aufgrund der Enge sehr nahe kommt, beunruhigt mich. Ich weiß nicht, was mit mir los ist. Warum sehe ich in Lucas plötzlich mehr als nur meinen Boss? Wir waren doch nur zum Abendessen aus. Was hat sich inzwischen geändert? Bisher fühlte ich mich von ihm sexuell keineswegs angezogen. In dieser Hinsicht hat sich zuletzt ohnehin nichts getan, denn kaum wurde es zwischen einem Mann und mir ernster, schob sich unweigerlich Daniils Bild dazwischen. Ich sah ihn, hörte seine Stimme und jeder weitere körperliche Kontakt wurde damit unmöglich.

Als wir in meiner Etage aussteigen, atme ich tief durch, fummle hektisch am Schloss meiner Wohnungstür herum und deute Lucas schließlich mit einem aufgesetzten Lächeln einzutreten. Er begutachtet verstohlen meine Wohnung, während er mir in die Küche folgt. Ich werfe den Kaffeeautomaten an und nehme zwei Tassen aus dem Schrank.

„Mayas Empfang geht gehörig in die Hose", meint er und blickt aus dem Fenster.

„Ich hoffe, sie haben eine Schneebar aufgebaut", kichere ich und stelle die Tassen vor uns auf die Theke.

Er lächelt mich an, nimmt einen Schluck Kaffee, während sein Blick an meinem Körper nach unten wandert. „Es war klug von uns, auf dieses Spektakel zu verzichten."

„Auf alle Fälle", stimme ich ihm zu.

„Anstatt mir kalte Füße und eine Erkältung einzuhandeln, kam ich in den Genuss eines Essens mit der schönsten Frau Londons." Seine Offenheit scheint ihm selbst nicht geheuer zu sein, da er es bei diesen Worten vermeidet, mich anzusehen.

Mein Puls beginnt zu rasen, meine Hände schwitzen, als mir gewahr wird, dass Lucas mich will.

„Eher mit der sattesten Frau Londons", gebe ich zurück.

„Nein, Gaby", raunt er und tritt näher. „Ich habe mehr als ein halbes Jahr lang professionelle Distanz gehalten, habe dich unterstützt und gefördert, aber Berufliches und Privates streng voneinander getrennt. Die ganze Zeit über war ich fasziniert von dir. Von deiner Stärke, deiner Schönheit, deinem Charme. Ab heute muss ich mich nicht länger zurückhalten."

„Ich bin dir für deine Unterstützung wirklich sehr dankbar, Lucas. Ohne deine Hilfe wäre es mir nicht so leichtgefallen, vor der Kamera zu bestehen." Noch bemühe ich mich redlich, meinen Boss, zu dem ich stets ein enges, aber korrektes Verhältnis gehabt habe, auf andere Gedanken zu bringen, auch wenn mir seine Begierde nicht entgeht. Sollte sich unsere Beziehung ändern, würde mich das endgültig aus der Bahn werfen.

Lucas kommt noch näher, streckt die Hand nach meiner Wange aus und streichelt mich mit einem selbstvergessenen Lächeln auf den Lippen. Mir stockt der Atem, als er mich küsst. Trotzdem lasse ich es geschehen.

Nicht umfallen! Nicht umfallen! Was tue ich da? Warum erlaube ich ihm das?

Bin ich von allen guten Geistern verlassen?

Ich muss mir eingestehen, dass mir seine Nähe gefällt. Wie von selbst gleiten meine Finger durch seine lockigen Haare, wie von selbst öffnet sich mein Mund.

Seine Zunge findet die meine, sein Duft, sein Geschmack berauschen mich.

Habe ich tatsächlich laut aufgestöhnt?

„Gaby", murmelt er, presst seinen Körper an den meinen und schiebt mich so gegen die Theke hinter mir.

Ich sauge an seiner Unterlippe, halte ihn fest an mich gedrückt und will ihn nie wieder loslassen. Wir beide müssen total verrückt sein, uns nach dem Ende unserer Zusammenarbeit derart zu gebärden.

„Ich möchte, dass es dir gut geht", flüstert er mir ins Ohr.

„Mir geht es gut", stöhne ich und ziehe ihn enger an mich heran. „Ich brauche dich." Nun ist es gesagt, nun ist mein Untergang besiegelt. Und ich habe durchaus die Wahrheit gesprochen. Lucas könnte mich Daniil vergessen lassen. Er könnte derjenige sein, der mir Hoffnung und Halt bietet. Ihm darf ich vertrauen.

„Er steht nicht zwischen uns?"

Wie gut ich seine Angst verstehe! Lucas hat gesehen, wie ich leide. Er hat mitbekommen, wie ich jeden Mann, der sich in meine Nähe wagte, zurückgestoßen habe. Kein Wunder, dass er befürchtet, Daniil könnte auch uns einen Strich durch die Rechnung machen.

„Nein", antworte ich selbstsicher. „Er existiert nicht mehr für mich. Lucas, bitte hilf mir, ihn endgültig zu vergessen."

Lucas zuckt unmerklich zusammen, scheint sich mit der ihm zugewiesenen Rolle nur schlecht anfreunden zu können, dann gibt er sich aber einen Ruck und beginnt mich abermals zärtlich zu küssen. Flüchtig streicht er über meine Brüste, öffnet dann vorsichtig Knopf für Knopf an meiner schwarzen, durchsichtigen Bluse. Mein Atem beschleunigt sich, als er sie mir auszieht, erst meinen Hals mit Küssen bedeckt und sich langsam den Weg nach unten bahnt.

Ich lege den Kopf in den Nacken, schließe die Augen und presse meinen Oberkörper gegen ihn. Unter seinen Küssen entspanne ich mich. Mir scheint, als fiele die Last, die ich das letzte halbe Jahr mit mir herumgeschleppt habe, von mir ab und macht einem herrlichen Gefühl der Lust Platz.

Lucas arbeitet sich indessen weiter vor, erreicht meine Brüste, befreit sie aus dem schwarzen Push-up und fährt mit seiner Zunge über meine aufgerichteten Nippel. Ich stöhne laut und kralle meine Finger noch tiefer in seine Mähne.

„Nicht hier, Gaby, gehen wir ins Schlafzimmer", gebietet er mir Einhalt, als ich mich daranmache, ihn von seiner Krawatte und seinem dunkelblauen Hemd zu befreien.

Ohne mich von seinen Lippen zu lösen, keuche ich: „Die zweite Tür rechts."

Er hebt mich hoch, ich schlinge meine Beine um seine Taille und so trägt er mich in mein Schlafzimmer. Dort lässt er mich aufs Bett fallen, schiebt sich über mich und bedeckt meinen nackten Bauch mit Küssen. Mich verlangt es so sehr nach ihm, dass es schmerzt.

Hin- und hergerissen zwischen Lust und Vernunft dränge ich mich ihm entgegen. Als Lucas meinen moosgrünen Rock und die dünne Strumpfhose nach unten schiebt, entringt sich ein lustvolles Stöhnen meiner Kehle.

„Du bist wunderschön, Gaby. Ich werde mich nicht lange zurückhalten können. Dafür will ich mich jetzt schon entschuldigen."

In meinem Kopf läuft ein Film ab, in dem zwei Welten aufeinanderprallen.

Auf der einen Seite ist Lucas, der eine Frau auf Händen trägt, sie liebt und sie zärtlich verwöhnt.

Auf der anderen Seite steht Daniil, der mich für meine Ungeduld, mein Wimmern, mein Betteln bestraft und mich damit vollends um den Verstand gebracht hätte. Er würde mich auf die höchsten Gipfel der Lust katapultieren, von wo aus ich im Sturzflug auf die Erde zurückrase.

Bevor Daniil in mein Leben trat, habe ich Männer wie Lucas als anziehend empfunden. Daniil brachte eine Facette an mir zum Vorschein, von der ich bis dahin selbst nichts geahnt habe. Seither bevorzuge ich Bad Boys.

Ich öffne hastig Lucas' Hemd, ziehe es ihm über die Schultern und berühre seine weiche und doch so harte Brust. Er atmet schnell – beinahe schneller als ich. Ich spüre seine Anspannung, die der meinen gleicht. Beide wissen wir um unsere Furcht und unsere Verletzlichkeit und wollen sie doch vor dem anderen geheim halten.

Als Nächstes ist mein Höschen an der Reihe. Bedächtig wird es nach unten geschoben. Ich schließe die Augen, möchte Lucas' Blick ausweichen. Es ist mir nicht möglich, ihn in diesem Moment der Intimität emotional an mich heranzulassen.

Gerade als ich versucht bin, der Sache ein Ende zu bereiten und Lucas hinauszuwerfen, wird mir mit einem Mal klar, was hier passiert: Ich werde von Schuldgefühlen geplagt und komme mir vor, als würde ich Daniil betrügen.

Schockiert über die Macht, die er noch immer über mich ausübt, suche ich Lucas' Mund und küsse ihn gierig.

„Alles gut?", fragt er und gleitet mit seiner Hand von meinem Bauch hinunter zwischen meine Beine.

Ich schlucke und werfe den Kopf zurück, während Lucas meinen Kitzler zu lecken beginnt. Allmählich löst sich meine Verkrampfung. Doch obwohl er zärtlich und einfühlsam vorgeht, spüre ich nichts. Gar nichts. Weder Lust noch Abneigung. Ich liege einfach da und sehne mit geschlossenen Augen das Ende dieses Intermezzos herbei.

„Gaby, wenn du es nicht möchtest, können wir aufhören", Lucas streichelt meine Wange.

„Ich möchte es aber", beharre ich. „Mein Herz wurde zwar in Stücke gerissen, aber das Leben geht weiter."

Lucas lächelt nachsichtig, scheint meinen Worten aber keinen Glauben zu schenken. „Ich fühle aber, dass du nicht bereit bist, Gaby. Solange du dir einredest, dass du Daniil betrügst, wenn du mit einem anderen Mann ins Bett gehst, bist du nicht frei. Ich kann warten." Er greift nach der Zudecke und legt sie über meinen nackten Körper. „Ich will kein Lückenbüßer sein, Gaby. Wenn du überzeugt bist, dass du dich auf mich einlassen willst, dann gehen wir es langsam an."

Bei diesem Satz, den ich vor rund einem dreiviertel Jahr von Daniil zu hören bekam, schießen mir Tränen in die Augen. „Du hast vermutlich recht. Ich benehme mich wie eine dumme Kuh, aber … ich habe fürchterliche Angst."

„Und deshalb sollten wir warten, bis du bereit bist, mir zu glauben, dass ich dir nicht wehtun werde."

Er zieht mich in seine Arme und streichelt sanft über meinen Rücken. Ich habe es also wieder einmal vermasselt. Am besten wäre es, mir umgehend psychologische Hilfe zu suchen, da die Wunden, die Daniil durch seinen Betrug geschlagen hat, längst nicht verheilt sind. Ich scheine mit Männern wenig Glück zu haben. Mein Vater hat mich verletzt, Daniil hat mich auch verletzt – wenn auch nicht mit roher Gewalt.

27. Kapitel

Nach einer unruhigen Nacht, in der ich jede halbe Stunde wach wurde und immer wieder auf die andere Seite meines Bettes blickte, als erwarte ich, dort den Teufel höchstpersönlich vorzufinden, schrecke ich gegen halb sechs Uhr morgens endgültig hoch. Einer Schlafwandlerin gleich folge ich dem Läuten meines Smartphones, welches ich in der Küche entdecke. Als ich den Namen auf dem Display erkenne, schlägt mein Herz bis zum Hals.

Eine heulende, aber überglückliche Ilka teilt mir mit, dass sie einer Tochter das Leben geschenkt habe.

Es juckt mich, sofort in ein Taxi zu springen und ins Krankenhaus zu fahren. Doch angesichts der frühen Stunde und Ilkas Kurzbeschreibung ihres nächtlichen Martyriums besinne ich mich und verspreche, sie gleich am Nachmittag zu besuchen. Der Gedanke an die Show, die ich gestern Abend vor Lucas abgezogen habe, ist auch nichts, das mich zu Hochleistungen anspornt. Es fühlt sich an, als hätte ich alle betrogen: Lucas, Daniil und vor allem mich selbst. Als hätte ich versucht, eine Droge gegen eine andere, eine harmlosere zu tauschen. Doch was habe ich mir erwartet? Linderung? Erlösung? Einen ähnlich berauschenden Effekt?

Mein Körper ist der beste Beweis dafür, dass es so etwas wie Heilung nicht für mich gibt – zumindest nicht in milder Form. Ich muss mich den bösen Geistern stellen. Viel zu lange habe ich sie ignoriert, habe gehofft, dass sie sich in Luft auflösen, wenn ich sie nicht weiter beachte. Doch ich kann es nicht leugnen: Ein halbes Jahr, also sechs Monate oder hundertdreiundachtzig Tage, habe ich unsagbar gelitten. Daniil ist fort und auch wenn ich es noch immer nicht wahrhaben will, so sollte ich mich allmählich damit abfinden, denn schließlich war ich es, die ihn von sich gestoßen hat.

Durchatmen! Tief durchatmen! Ich muss mein Leben ohne ihn meistern – und ich werde es schaffen!

Wenn ein Menschenleben durch Veränderungen, Entscheidungen und Abzweigungen bestimmt wird, dann finde ich hinter dieser Tür, vor der ich seit einer halben Ewigkeit stehe, eine Freundin vor, die sich der wundersamsten, aber auch schwierigsten Herausforderung überhaupt stellen muss. Die Geburt ihrer Tochter zwingt sie erstmals dazu, Verantwortung zu übernehmen – nicht nur für sich selbst, sondern vor allem für das Neugeborene, das in allem von ihr abhängig ist.

Auf Zehenspitzen schleiche ich zum Bett am Fenster, wo Ilka mich schüchtern lächelnd erwartet. Davor steht eine Wiege.

Zu Tränen gerührt betrachte ich den kleinen Menschen darin. Die Hände zu Fäustchen geballt, den Mund leicht geöffnet, schlummert das Baby zufrieden vor sich hin.

Ich drücke Ilka meine Mitbringsel – Schokolade und eine Klatschzeitung – in die Hand. Sie nimmt sie entgegen, beachtet sie aber nicht weiter, denn umgehend liegen wir uns in den Armen und ehe wir uns versehen, brechen wir beide in Tränen aus. Doch irgendetwas ist mit meiner Freundin in den letzten Stunden geschehen: Die Angst und die Sorgen, die sie während der Schwangerschaft begleitet haben, sind einer strahlenden Glückseligkeit gewichen. Zum ersten Mal, seitdem Parker sie sitzenließ, verströmt sie Freude und Lebenslust. Es scheint, als wäre ich inzwischen die Einzige, die Trost benötigt.

„Nayla ist wunderschön, nicht wahr?"

„Nayla", wiederhole ich und lasse mir den Namen förmlich auf der Zunge zergehen. „Sie ist so klein. Und so süß."

Etwas unbeholfen lächeln wir uns an, während Ilka die Wiege näher an ihr Bett heranzieht. „Möchtest du sie halten?"

„Ja." Himmel, lass mich nicht ohnmächtig werden! Ich bin den Umgang mit Babys ebenso wenig gewohnt wie jenen mit dem Skalpell. Vorsichtig schiebe ich meine Hand unter Naylas Köpfchen und betrachte sie zärtlich, während ich mich auf dem Stuhl neben Ilkas Bett niederlasse. Nayla lässt sich in ihrem Schlaf nicht stören, schnieft einmal herzhaft und nuckelt an ihren Fäustchen.

Bei ihrem Anblick durchströmt mich etwas Magisches, sodass mich eine seltsame Ruhe überkommt.

„Wie geht es dir?", frage ich Ilka.

„Oh, es war sehr anstrengend", erwidert sie und rückt ihr Kissen zurecht. „Gestern Abend hat es auf einmal platsch gemacht. Ich war geistesgegenwärtig genug, zuerst meine Mutter und dann den Krankenwagen zu rufen. Kaum hier angekommen, ging es richtig los. Diese Schmerzen! Ich schwöre dir, Gaby, es wird kein zweites Kind geben."

Interessiert lausche ich Ilkas Schilderungen, auch wenn ich nicht gerade darauf erpicht bin, alle grausigen Details zu erfahren. Offen gestanden bin ich schrecklich wehleidig und mit einer Spritze in der Hand kann man mich auf den Mount Everest jagen. Das Gefühl, eine Bowlingkugel durch ein Schlüsselloch pressen zu müssen, stelle ich mir nicht sehr angenehm vor. Diese Überlegung bringt mich dazu, Nayla einen skeptischen Blick zuzuwerfen.

„Aber wenn sie dir das Kind in den Arm legen, sind die Qualen vergessen", beruhigt mich Ilka, die genau weiß, was in mir vorgeht.

„Du bist glücklich, Ilka, das ist die Hauptsache. Nayla wird eine anständige Frau aus dir machen", versuche ich meine Rührung mit einer flapsigen Bemerkung zu überspielen.

„Das wird sie. Sie hat sogar schon aus Parker einen anständigeren Kerl gemacht."

„Er hat sich gemeldet?", platze ich überrascht heraus. Für gewöhnlich rasselt Ilkas Stimmung in den Keller, wenn man den Namen Parker bloß erwähnt, aber heute klingt sie versöhnlich.

„Parker war am Morgen hier. Ich sah völlig ramponiert aus, meine Haare standen zu Berge und aus sämtlichen Öffnungen quollen irgendwelche Flüssigkeiten ... Da tauchte er plötzlich auf. Die Blumen sind von ihm."

Rote Rosen zu einem prächtigen Strauß gebündelt stehen auf dem Nachtkästchen – genau in Ilkas „Riechweite". Ich würde es vermutlich nicht anders halten.

Nayla wird bei der Erwähnung ihres Vaters unruhig. Sanft klopfe ich ihr auf den Rücken und erziele damit die gewünschte Wirkung – die Kleine schläft wieder ein. Kaum zu glauben, ich kann ja doch mit Kindern umgehen!

„Wir haben uns zuerst nur angeschwiegen. Parker ist neben Naylas Bettchen gestanden und hat sie, die tief und fest schlief, liebevoll angesehen. Als er sie endlich berührt hat, hat sie geseufzt. Das hat ihn sehr bewegt. In seinen Augen blitzte Bedauern auf, weil es so mit uns gekommen ist, Gaby. Dass er Nayla liebt, streitet er gar nicht ab, aber er schafft es einfach nicht, aus seinem Panzer zu schlüpfen."

„Du würdest ihm verzeihen und ihn zurücknehmen?", frage ich leicht gereizt, da mich Ilkas Verhalten irritiert.

„Ich weiß es nicht. Es geht doch nicht mehr nur um uns beide – es geht nun auch um Nayla. Sie braucht doch auch einen Papa."

„Ilka", mürrisch schüttle ich den Kopf. „Er mag sich für Nayla interessieren – das ist auch gut so –, aber bitte überstürze nichts. Du hättest seinen Beistand während der Schwangerschaft dringend gebraucht, aber er hat dich schnöde im Stich gelassen. Erinnere dich daran, er hat dich aus seinem Leben gekickt, und zwar wegen Nayla. Du darfst dich nicht so schnell von ihm einkochen lassen. Er soll sich gefälligst ein wenig anstrengen und um dich werben."

Ich kann meinen Blick kaum von Nayla nehmen, Parker kommt mir hingegen wie eine lästige Stubenfliege vor, die unsere Idylle stört.

„Wie war eigentlich dein Abend mit Lucas Young?"

Sofort verkrampfe ich mich.

„Ging so."

„Ging so?"

Ich kneife die Augen zusammen und seufze. „Das Essen war wirklich nett, auch Lucas war nett ... mehr aber auch nicht."

„Du warst mit ihm in der Kiste", stellt Ilka trocken fest.

„Nicht ganz, nur halb", beichte ich.

Ilka begreift, was ich meine, ohne dass ich es näher erläutern muss, ihr Gesichtsausdruck wird weicher.

„Lucas ist der netteste, liebevollste Mann, den man sich vorstellen kann. In ihn muss man sich einfach verlieben. Doch als er mich angefasst hat, mich küsste, da war es vorbei – ich habe mich schmutzig gefühlt, gerade so, als ... Ich komme nicht darüber hinweg." Beide wissen wir, dass ich von Daniil spreche.

„Er auch nicht!", wirft sie ein. Ich will das gar nicht hören. Nicht heute. Nicht in dieser Verfassung. Nicht, während Lucas' Duft noch an mir haftet.

„Ilka, lass es gut sein, erzähle mir nichts von ihm", winke ich ab und kuschle mich an Nayla. Vielleicht überträgt sich ja etwas von ihrer Ruhe auf mich.

„Ich habe mit ihm telefoniert. Er kommt wieder zurück nach London. Für immer."

Als würde das etwas zwischen uns ändern! „Schön für ihn", gebe ich kalt zurück.

„Gaby, ihr liebt euch doch. Du musst ihm seinen Fehler verzeihen, dann geht es dir gleich besser. Das Leben, das du derzeit führst, ist doch absolut unbefriedigend. Das ist doch nicht wirklich das, was du willst, oder?"

„Die Zeit wird mir helfen, ihn zu vergessen."

„Ein halbes Jahr ist inzwischen vergangen, seit er nach New York geflogen ist, und du siehst noch immer so grauenhaft wie am ersten Tag aus."

Unter Ilkas Worten zucke ich unweigerlich zusammen, sie haben mich an meiner empfindlichsten Stelle getroffen. Es stimmt, ich gehe durch die Hölle und nirgendwo zeichnet sich ein Ausgang ab.

„Er hat dich sehr verletzt, ich weiß, doch was sagt dein Herz? Ich für meinen Teil werde auf mein Herz hören und Parker vergeben."

„Parker hat aber nicht mit dir geschlafen, um dir Geld aus der Tasche zu ziehen, weil er damit seinen finanziellen Ruin verhindern wollte."

Natürlich lässt sie diesen Einwurf nicht gelten. „Das mag am Anfang der Plan gewesen sein, aber er hat ihn nicht ausgeführt – weil er sich in dich verliebt hat."

Klar wie Kloßbrühe, Ilka muss sich doch für Daniil einsetzen. „Er ist dein Bruder, du liebst ihn und kannst daher gar nicht anders, als ihm die Stange zu halten. Wäre er ein x-beliebiger Mann, würdest du ihn mit anderen Augen sehen. Für mich wäre es jedenfalls besser gewesen, ihm niemals zu begegnen."

„Du belügst dich doch nur selbst, Gaby. Eines Tages werdet ihr euch wiedersehen, das lässt sich gar nicht vermeiden, und

Daniil gibt sich nicht so einfach geschlagen, wenn ihm etwas oder jemand am Herzen liegt."

„Ja, das weiß ich und gerade deshalb habe ich fürchterliche Angst. Ich frage mich, wie unsere erste Begegnung aussehen wird. Wie er auf mich reagiert. Wie ich auf ihn reagiere. Darum drehen sich meine Gedanken."

„Du kennst meine Meinung dazu: Ihr solltet euch wie Erwachsene verhalten und euch aussprechen."

Ich nicke, wenn auch nur, um Ilka zum Schweigen zu bringen. Am liebsten wäre mir, niemand würde in meiner Gegenwart je wieder Daniil erwähnen. Und vor allem sollte man mich mit guten Ratschlägen verschonen.

Letzten Endes ist es Nayla, die mich rettet, da sie leise zu jammern beginnt und damit die volle Aufmerksamkeit ihrer Mutter einfordert.

„Sie hat Hunger", erklärt Ilka und streckt die Arme nach ihrer Tochter aus.

Drei Tage später dürfen Mutter und Kind nach Hause. Zur Feier des Tages veranstaltet ihre Familie eine kleine Willkommensparty. Das Wohnzimmer ist mit Girlanden geschmückt, ein Kuchen steht bereit, Kinderspielzeug liegt in jeder Ecke und eine wunderschöne Wiege wartet auf Nayla.

Ilkas Begeisterung kennt keine Grenzen, als sie das Wohnzimmer betritt und dort ihre Eltern, ihre Schwestern und mich vorfindet. Sie sieht noch etwas müde und geschafft aus, da Nayla wie die meisten Babys die Nacht zum Tag macht. Bei unserem Anblick stellt sie die Babyschale ab und wirft sich ihrer Mutter weinend in die Arme. Ilkas Vater hebt Nayla heraus und wiegt sie liebevoll hin und her, darf seine Enkelin aber nicht allzu lange halten, denn auch die Tanten verlangen nach ihr. Das Baby bleibt von dem Trubel unbeeindruckt und schlummert friedlich vor sich hin. Würden wir es nicht besser wissen, erschiene Ilkas Versicherung, Nayla habe die ganze Nacht geweint, als glatte Lüge.

Ich bleibe nicht allzu lange, denn Ilka ist die Erschöpfung deutlich anzumerken. Sie braucht jetzt Ruhe und der Rest der Familie benötigt ebenfalls Zeit, um sich mit der neuen Erdenbürgerin vertraut zu machen.

Ilka und ich verabschieden uns, als würden wir uns wochenlang nicht mehr sehen, vergießen sogar die ein oder andere Träne. Gerade als ich nach meiner Handtasche angle, beginnt in ihrem Inneren mein Mobiltelefon zu summen – eine SMS von Lucas.

Er lädt mich für heute Abend zu sich ein, um einen Film anzusehen und in aller Ruhe über Samstag zu reden.

Ich öffne die Wohnungstür, tippe mit dem Daumen meine Antwort, als ich gegen jemanden stoße.

Es ist kein schmerzhafter Aufprall, da ich nicht ganz so schwungvoll wie üblich um die Ecke gebogen bin. Doch vor Schreck fällt mir das Telefon zu Boden und zerspringt in seine Einzelteile.

Meine Augen suchen nach dem Verursacher des Übels – und ich taumle, mein ganzer Körper beginnt zu kribbeln, meine Schläfen pochen, der Atem stockt.

Aber ich werde aufgefangen – die Hand des Mannes vor mir legt sich mit festem, sicherem Griff um meinen Oberarm. Ein höchst vertrauter Duft steigt mir in die Nase. All meine Sinne erwachen zu neuem Leben. Ein halbes Jahr haben sie eine Art Winterschlaf gehalten, aber jetzt sind sie putzmunter. Sie sind hungrig und ihre Mahlzeit steht direkt vor ihnen. Ich könnte weglaufen, aber sie hindern mich daran. Sie haben die Oberhand. Sie wollen hier bei ihm bleiben.

Seine dunklen, allwissenden Augen scheinen mich zu sezieren, scheinen jeden einzelnen meiner Gedanken aufzudecken.

„Abigail", flüstert Daniil erstaunt. Mit mir hat er wohl nicht gerechnet.

Trotz der dicken Jacke spüre ich seine Berührung, die ein Schwindelgefühl in mir erzeugt und mich zu verbrennen droht.

„Abigail, ist alles in Ordnung?"

Macht er Witze? Ich werde gerade mit den schmerzhaftesten Erinnerungen meines Lebens konfrontiert – und er fragt, ob alles in Ordnung sei.

Ich presse meine Lippen fest aufeinander, balle meine Hände zu Fäusten und will mich aus seinem Griff winden, doch Daniil lässt nicht locker.

Erst als ich unwillig die Luft ausstoße und mich zu meiner vollen Größe aufrichte, besinnt er sich und gibt mich frei.

Ich muss hier weg!

Noch immer schüchtert er mich ein, noch immer hat er zu viel Macht über mich. Wenn ich länger hierbleibe, bringt er mich noch dazu, ihm sein abscheuliches Verhalten nachzusehen und ihm die Tür in mein Leben weit zu öffnen.

Erneut atme ich tief ein, gehe auf die Knie und sammle die Bruchstücke meines Telefons auf. Daniil geht mir dabei schweigend zur Hand. Mechanisch werfe ich die Überbleibsel in meine Handtasche, erhebe mich und laufe nach einem letzten Blick auf den Mann, den ich auch jetzt noch über alles liebe, davon.

Lange Zeit bleibe ich im Treppenhaus stehen, blicke in die Richtung, in die sie gerade entschwunden ist. Der Duft ihrer weichen Haare kitzelt in meiner Nase. Ich war ihr so nahe, habe mit meinen Fingern ihren Oberarm umschlossen, unfähig, auch nur einen vernünftigen Gedanken zu fassen.

Erneut hat sie mich aus ihrem Leben gestoßen. Ein kurzer Augenblick und all die Empfindungen, die ich zu verdrängen versucht habe, schießen wieder an die Oberfläche. Soll ich ihr nachlaufen?

Mann, ich habe tatsächlich überlegt, sie zu küssen.

Sie hätte mir bestimmt eine geknallt – und ich hätte das durchaus verdient.

Aber Abigail ist nicht der Grund, warum ich hier bin. Ich reiße mich zusammen, suche den Schlüssel in meiner Jackentasche und greife nach dem Koffer, in dem sich alles befindet, was ich in mein neues Leben mitgenommen habe. Die letzten Reste einer Existenz, die es nicht mehr gibt. Weder in New York noch in London. Ich bin ein anderer Mensch geworden, musste abermals lernen, wie bitter und knallhart das Leben sein kann. Man fühlt sich sicher, um gleich darauf den Boden unter den Füßen zu verlieren.

Mit Bitterkeit denke ich an das vergangene halbe Jahr in New York zurück: die vielen Treffen mit Candice, der Verlust des Clubs, die Kündigung meiner Wohnung und dazwischen immer wieder die Sehnsucht nach Abigail – und die Reue.

Es war eine unheimlich schwere Zeit – die Trennung von Abigail war kaum auszuhalten, aber sie heute wiederzusehen, hat mir erst richtig gezeigt, was ich verloren habe.

Die Narbe, die sich um mein Herz gebildet hat, ist wieder aufgerissen. Ich blute, aber es ist zu wenig, um daran zu sterben.

Beklommen betrete ich meine ehemalige Wohnung, welche ich Ilka überlassen habe – ich könnte ohnehin nicht mehr hier leben, denn alles erinnert mich an Abigail. Aus dem Wohnzimmer sind leise Stimmen zu vernehmen. Ich folge ihnen und sehe mich unvermittelt meiner Familie gegenüber. Am liebsten würde ich auf der Stelle verschwinden, denn jeder weiß Bescheid – der eine mehr, zum Beispiel Ilka, der andere weniger.

Meine Eltern denken, Abigail und ich hätten uns getrennt, so wie das unter Paaren häufig vorkommt. Ilka hingegen kennt jedes noch so schmutzige Detail und hält – kaum verwunderlich – zu Abigail.

Andererseits ist meine Familie mein Zuhause. In ihrem Schoß fühle ich mich willkommen. In New York bin ich furchtbar einsam gewesen. Jeder Abend im Club war die Hölle. Lauter vergnügte Menschen um sich zu haben, ihre ausgelassene Freude zu ertragen und selbst nur Finsternis im Herzen zu spüren ist kaum auszuhalten.

Meine Mutter ist die Erste, die mich bemerkt. Sie eilt auf mich zu, schließt mich in ihre Arme und weint bittere Tränen.

Ich weiß, dass sie dachten, sie hätten mich verloren. Ich war ein richtiger Arsch, habe mich selten gemeldet, weil ich zu sehr mit mir selbst beschäftigt war.

„Daniil", ruft Mutter und will mich gar nicht mehr loslassen.

Nacheinander begrüße ich Vater und meine Schwestern. Ilka kommt als Letzte an die Reihe. Sie sieht gut aus, richtig erwachsen, aber etwas abgekämpft.

„Hallo, Verschollener", begrüßt sie mich und küsst mich auf beide Wangen.

„Hallo, Mama." Ich lächle schief und halte sie weiterhin im Arm. Sie sieht mir an, dass ich Abigail begegnet bin.

„Du musst ihr Zeit lassen", flüstert sie mir ins Ohr und streicht über meine Wange.

Ich nicke ohne Überzeugung und drehe mich zur Wiege um.

„Sie ist ein wahrer Engel", seufzt meine Mutter.

„Du hast leicht reden, denn du warst nicht die halbe Nacht wach, um den Engel zu beruhigen", stöhnt Ilka und wendet sich dann wieder mir zu. „Wenn du heute Nacht hier schlafen willst, Daniil, dann brauchst du unbedingt Ohrstöpsel."

„Wir schaffen das schon." Meine Worte zielen nicht nur in Ilkas Richtung, ich bin derjenige, der Aufmunterung am dringendsten von allen nötig hat.

Und wenn mir auch die Probleme über den Kopf zu wachsen drohen, so kann ich doch nicht leugnen, dass Nayla, dieser winzige Mensch in der Wiege, eine beruhigende Wirkung auf mich ausübt. Bis jetzt habe ich nicht wirklich auf die Kinder in meiner Umgebung geachtet – es gab ja auch nicht so viele. Doch bei Nayla verhält es sich anders, sie ist offenbar imstande, mich zu trösten und einen Funken Hoffnung in mir aufkeimen zu lassen.

28. Kapitel

Eine halbe Stunde, nachdem Ilka und Nayla meine Wohnung verlassen haben, erreicht mich ein verzweifelter Anruf meiner Freundin, die mich bittet, mich sofort auf die Suche nach Naylas Schnuller zu machen, den sie bei mir vergessen haben muss. Ich durchkämme die Wohnung – zuerst das Wohnzimmer, in dem wir uns die meiste Zeit aufgehalten haben, anschließend die Küche, das Bad, sogar im Schlafzimmer sehe ich nach. Aber er ist nirgendwo. Also beschließe ich loszusausen, um einen neuen Schnuller zu kaufen. Und worüber stolpere ich da? Der verlorene Schnuller liegt auf der Fußmatte vor meiner Wohnungstür!

Erleichtert verstaue ich ihn in meiner Handtasche und mache mich auf den Weg zu Ilka.

Eine ganze Woche lang habe ich ihre Wohnung gemieden, weil ich Daniil nicht begegnen wollte. Bei der Erinnerung an den unabsichtlichen Zusammenstoß erhöht sich mein Blutdruck und die Hände beginnen zu schwitzen. Ich meine immer noch seine Finger auf meinem Oberarm zu spüren. Zum Glück weiß ich von Ilka, dass Daniil inzwischen eine neue Wohnung gefunden hat und damit die Wahrscheinlichkeit, ihn in ihrer anzutreffen, relativ gering ist. Nichtsahnend steige ich daher die Treppe hoch.

Die Wohnungstür steht offen. Ich schlüpfe aus meinen nassen Schuhen, lasse sie achtlos vor der Tür zurück und trete ein. Im Flur rufe ich nach Ilka, doch sie antwortet nicht. Also gehe ich weiter ins Wohnzimmer.

Das Mobiliar, welches den Raum einst so kühl erscheinen ließ, ist verschwunden. Mit gemütlichen Möbeln und warmen Farben hat Ilka ihn in eine gemütliche Oase verwandelt. Naylas überall verstreute Babysachen runden die heimelige Atmosphäre ab.

Plötzlich zucke ich zusammen: Auf der Couch sitzt Daniil. Ihm wollte ich ganz sicher nicht gegenübertreten!

Gebannt starre ich ihn an. Er scheint überhaupt nicht überrascht zu sein, fast wirkt es, als hätte er mit meinem Aufkreuzen gerechnet.

Ich weiß noch genau, wann wir uns das letzte Mal in einer ähnlichen Position befunden haben. Damals stürmte ich ebenso unbekümmert in die Wohnung, traf ebenso unvermutet auf ihn, der mich aufforderte, mich auszuziehen und mich ihm auszuliefern. Wie damals wird mir gleichzeitig heiß und kalt – und eine unbändige Sehnsucht macht sich in mir breit. Wie soll ich es schaffen, meine Gefühle unter Kontrolle zu halten? Wäre er bloß nicht wiedergekommen! Tausend Gedanken schwirren durch meinen Kopf, aber ich bin unfähig, sie zu sortieren. Er mustert mich kühl und durchdringend. Sein Blick gleitet an meinem Körper entlang, scheint mich zu entkleiden, ja, zu verschlingen, was mich zutiefst verunsichert.

Was ist nur aus meinem Vorsatz geworden, stark zu bleiben? Warum verkrampft sich bei seinem Anblick jeder einzelne Muskel in mir? Warum kann ich ihm nicht widerstehen?

Ruhig Blut, Gaby! Kinn nach oben recken, Schultern durchstrecken und den Rücken gerade halten – so wie Pierre es dich im Schauspielunterricht gelehrt hat.

Ich erinnere mich an die Lektion, doch irgendwie gelingt es mir nicht, die Anweisungen meines Lehrers zu befolgen.

Was ist nur mit mir los? Was hat dieser Mann aus mir gemacht?

In meiner Not fasse ich in die Tiefen meiner Tasche und krame nach dem Schnuller. Um ihn abzugeben, bin ich schließlich hergekommen. Je eher ich ihn los bin, umso früher kann ich mich wieder aus dem Staub machen. Endlich ertaste ich ihn, lege ihn in Naylas Wiege und will mich davonstehlen. Doch mit einem Mal steht Daniil vor mir und vereitelt meinen Plan. Sein herrlich männliches Gesicht zeigt keine Regung.

„Nayla hat ihren Schnuller vergessen", stammle ich unbeholfen.

Daniil schweigt immer noch, seine Augen springen aber unstet zwischen den meinen und meinem Mund hin und her.

Was will er von mir?

Von Ilka weiß ich, dass er aus dem Geschäft raus ist und der Club nun endgültig Candice gehört. Diesbezüglich bin ich also nicht mehr von Nutzen für ihn. Warum muss ich gerade jetzt an den Ring denken, den er mir vor einem halben Jahr überreicht hat? Ich bewahre ihn in meiner Nachttischschublade auf, nehme ihn jeden Abend heraus und stecke ihn mir an den Finger. Es grenzt an Masochismus, ist mittlerweile aber zu einem Ritual geworden wie das tägliche Zähneputzen oder Duschen. Ich könnte es nicht ertragen, müsste ich ihn zurückgeben. Er ist zu einem Teil meiner selbst geworden und bringt die Erinnerung an eine wundervolle Zeit zurück.

„Bist du mit Young glücklich?" Seine direkten Worte verwirren mich, aber ich lasse mir nichts anmerken.

„Ja, das bin ich in der Tat." Die Lüge geht mir glatt über die Lippen.

„Ich wünschte, dem wäre nicht so." Mit allem habe ich als Antwort gerechnet – nur nicht mit so viel Ehrlichkeit.

Aber ich will doch gar nicht über Lucas reden. Im Grunde will ich mit Daniil überhaupt nicht reden. Es geht ihn nichts an, mit wem ich mich treffe. Schluss also! Ich mache auf dem

Absatz kehrt und eile in Richtung Flur, doch Daniils herrische Stimme gebietet mir Einhalt.

„So schnell, Gaby? So schnell hast du einen Neuen gefunden?"

Was bildet er sich ein? Warum schiebt er mir die Schuld an unserem Scheitern in die Schuhe? „Daniil, ich fürchte, du verwechselst da etwas. Du hast durch deinen Betrug das Fortführen unserer Beziehung unmöglich gemacht. Und du hast es mit deiner Gier geschafft, dass ich wieder nur schwer Vertrauen fassen kann."

Meine Worte verfehlen ihre Wirkung nicht. Kurz lässt er seine Maske fallen und mich in sein Innerstes blicken. Dort sieht es nicht viel besser aus als bei mir. „Ich habe den größten Fehler meines Lebens begangen", beteuert er zerknirscht.

„Bekanntlich lernt man ja aus Fehlern", versuche ich mich nüchtern zu geben. „Auch ich habe daraus gelernt, Daniil. Bei Lucas kann ich mir sicher sein, dass er mich um meiner selbst willen liebt – und mir nicht Gefühle vorgaukelt, weil er lediglich hinter meinem Geld her ist."

Zerstreut fährt er sich durchs Haar. Wie sehr mich diese vertraute Geste doch berührt!

„Ich weiß, dass ich dir furchtbar wehgetan habe. Und das ausgerechnet in einem Moment, in dem du mich gebraucht hättest. Gerade den Menschen, die man am meisten liebt, fügt man die tiefsten Wunden zu, weil man sich ihrer zu sicher ist, weil man sich viel zu wenig um sie kümmert. Man weiß erst, was man an ihnen gehabt hat, wenn sie weg sind. Erst dann sieht man klar. Ich habe an uns geglaubt, Abigail."

Abwehrend hebe ich die Arme – ich kann dieses Eingeständnis nicht ertragen.

„Abigail, du musst mich anhören. Ich habe dir lange genug Zeit gegeben, habe mich zurückgehalten, damit du mit dir ins Reine kommst. Jetzt möchte ich reden."

Hibbelig steige ich von einem Bein auf das andere. Alles, was jetzt gesagt wird, muss meinen Schmerz vergrößern. Andererseits sollte ich so fair sein und Daniil die Chance einräumen, sich zu erklären.

„Ich habe eine Vielzahl von Fehlern begangen, das streite ich gar nicht ab. Klar habe ich versucht, dir Geld herauszulocken – aber halt! Nicht dir wollte ich etwas wegnehmen, sondern der reichen Erbin. Bald musste ich mir aber eingestehen, dass ich mich in mein potenzielles Opfer verliebt habe. Da wäre es natürlich an der Zeit gewesen, dir reinen Wein einzuschenken und meine prekäre Lage einzugestehen. Aber ich habe es unterlassen und dadurch Schuld auf mich geladen. Deshalb habe ich mich auch nicht verteidigt, als Candice dich über all das ins Bild gesetzt hat. Du warst zu Recht wütend und hast dich von mir abgewendet – und ich habe diese Strafe auch verdient. Auch hätte ich nicht so feige nach New York abhauen dürfen. Ich hätte in deiner Nähe bleiben und um dich kämpfen sollen."

Sein Geständnis setzt mir enorm zu. Es rührt mich zu Tränen und dennoch sollte ich gehen. Ich darf nicht zulassen, dass Hoffnung in mir aufkeimt, die dann wieder zunichtegemacht wird.

Daniil sieht bekümmert aus. „Es ist schwer, von ganz unten nach oben zu gelangen. Mir war jedenfalls jedes Mittel recht, um das zu schaffen. Und bis ich dir begegnet bin, hat es auch gut funktioniert."

„Ich lasse mich nicht so leicht einlullen", gebe ich zu bedenken.

„Ich weiß. Dir ist es wichtig, stets die Kontrolle zu behalten. Irgendwie gefällt mir das auch. Im ersten Moment war ich wütend auf mich, dann auf dich, auf Candice … Aber allmählich habe ich eingesehen, dass ich dich brauche. Und du brauchst mich … Schau uns doch an, wir sind von Kummer zerfressen, können uns ein Leben ohne den anderen nicht vorstellen. Was Young anbelangt: Du weißt doch selbst, dass er nur ein Notbehelf ist. Abigail, auf Dauer geht das mit euch nicht gut."

Mir bleibt die Spucke weg. Wie gerne würde ich jetzt beteuern, dass ich Lucas von Herzen liebe, ihn nicht nur benutze, um Daniil zu vergessen, sondern dass ich mir ein Leben mit ihm vorstellen kann. Doch wenn ich ehrlich bin, muss ich Daniil zustimmen.

„Ich habe mich die ganze Zeit gefragt, warum ich mich ausgerechnet in dich verliebt habe – in eine Frau, mit der ich so gar nichts gemeinsam habe, die mich in den Wahnsinn treibt und gefährlich für mich ist. Bei dir habe ich all meine Prinzipien über den Haufen geworfen." Er lächelt mich spitzbübisch an – und schon bin ich ihm wieder mit Haut und Haaren verfallen. „Ich habe mich in dich verliebt, weil du Stärke und Schwäche zugleich ausstrahlst. Du bist eine Frau, die für Männer eine Herausforderung darstellt – kein dümmlich grinsendes Püppchen mit Stroh im Kopf. Du kannst auf dich selbst aufpassen und trotzdem möchte man dich vor allem Bösen in der Welt beschützen. Man müsste ein Vollidiot sein, dich nicht für sich gewinnen zu wollen."

Meine dicke Winterjacke wird mir plötzlich zu heiß, mein Schal schnürt mir die Kehle zu. Es wäre so einfach, Daniil zu verzeihen, mit ihm glücklich zu werden … Aber wieder würde es ein Opfer geben, denn ich würde damit das Herz eines anderen Mannes brechen. Was soll ich nur tun? Ich bin hin- und hergerissen zwischen Verstand und Gefühl.

„Ich habe gelernt, dass Liebe mehr zählt als Geld, Macht und Sex. Ich verdiene dein Vertrauen zwar nicht mehr, würde aber alles tun, um es zurückzugewinnen. Ich will jeden verdammten Tag meines Lebens mit dir verbringen, Abigail. Dich jeden Morgen sehen. Dich auf diese – deine – Art lachen hören. Dich im Bad beobachten, während du singst, weil du dich alleine wähnst. Mit dir Hollywoodschnulzen gucken und vorgeben, nicht zu bemerken, dass du vor Rührung weinst. Ich will nicht, dass Young oder irgendjemand anderer mit dir glücklich ist, dich auf die Palme bringt, dich liebt, dich anfasst ..."

„Daniil", unterbreche ich ihn mit zittriger Stimme.

„Nein – offene Karten, das war es doch, was du wolltest. Hier sind sie."

Verdammt, was tut er nur? Der Schutzwall, den ich in den vergangenen sechs Monaten um mich herum errichtet habe, gerät bedrohlich ins Wanken.

„Es mag überheblich klingen, aber ich versichere dir, dass dich kein Lucas Young, kein Benny, dass dich niemand anderer glücklich machen wird. Sie werden dir nicht gerecht ..."

Mit seinen Fingern umschließt er schüchtern die meinen. Es ist, als würden wir uns zum ersten Mal anfassen. Um mich herum beginnt sich alles zu drehen. Jetzt nur nicht ins Straucheln geraten!

Daniil schenkt mir ein verführerisches Lächeln und legt die Hand an meine Wange. Wie sehr ich seine Berührungen vermisst habe!

Sein Daumen wandert von meiner Wange über meine Lippen, die sich bereitwillig öffnen. Ohne zu zögern taucht sein Finger in meinen Mund ein, ich lasse genüsslich meine Zunge darüber gleiten, doch schon zieht er ihn wieder heraus.

Mein Körper schreit nach seinen Küssen, verlangt nach mehr. Was ist bloß in mich gefahren? Bin ich von allen guten Geistern verlassen?

Als ich hergekommen bin, habe ich inständig gehofft, ihm nicht zu begegnen, und nun möchte ich ihn an mich reißen, alles nachholen, was wir versäumt haben, und erst damit aufhören, wenn wir beide vor Erschöpfung zusammenbrechen.

„Ich werde dich nicht küssen, solange du es nicht willst. Vielleicht bereust du es ja gleich wieder, Abigail."

Sein Daumen streicht weiterhin über meine Lippen, doch dann zieht er ihn plötzlich weg und vollführt dieselbe Geste an seinen eigenen. Gebannt beobachte ich ihn dabei.

In meinem Inneren stürmt und tobt es. Gerade als ich glaube, in Ohnmacht zu fallen, lässt er den Daumen, der eben noch in meinem Mund war, in den seinen gleiten. Dann drückt er seinen feuchten Finger auf meinen Mund und deutet damit einen zarten Kuss an, der tief aus seinem Herzen zu kommen scheint. Hungrig lecke ich über meine Lippen, sauge Daniils Geschmack genießerisch in mich ein.

Doch unvermittelt wird unsere traute Zweisamkeit durch lautes Brüllen, das aus dem Flur zu uns dringt, gestört. Daniil und ich fahren auseinander und sehen uns verdattert an. Muss die liebe Nayla unbedingt jetzt eine Kostprobe ihres Könnens geben?

Ilka wirkt gestresst. Als sie mir das schreiende Baby in die Hand drückt, funkelt sie mich böse an. Ich gehe gar nicht darauf ein, sondern versuche, Nayla zu beruhigen, indem ich ihr leicht auf den Rücken klopfe. Bisher hat das noch immer geholfen.

„Ich bin von Laden zu Laden gelaufen, um einen Schnuller zu finden, der Madame genehm ist. Keiner passt ihr. Sie will ihren vertrauten haben. Wo ist er?", fährt Ilka mich an und schnappt sich meine Tasche. Sie ist so darauf bedacht, Nayla zu beschwichtigen, dass sie gar nicht registriert, wie sehr die Luft zwischen Daniil und mir knistert, wie aufgewühlt ich bin und wie nahe dran ich war, ihrem Bruder um den Hals zu fallen und mir das zu holen, was ich allzu lange entbehren musste.

„In der Wiege", schnell husche ich hin und halte ihn Ilka unter die Nase.

Sie greift grimmig danach und steckt ihn Nayla in den Mund, die sofort zu weinen aufhört. Ilka sinkt auf die Couch, reibt sich die Schläfen und schließt die Augen. „Sie weint die ganze Nacht, ich weiß nicht mehr, was ich tun soll."

Mitfühlend lasse ich mich neben ihr nieder, während Daniil auf Abstand geht.

Plötzlich schießt mir eine Idee in den Kopf. „Wie wäre es, wenn ich mit ihr einen Spaziergang unternehme? Dann hättest du etwas Zeit für dich."

Zuerst ist sie etwas skeptisch, nickt dann aber. „Vermutlich brauche ich das. Ich habe keine Ahnung, wie andere das schaffen, ich krieche jedenfalls schon am Zahnfleisch dahin. Kaum schläft sie ein, wird sie schon wieder wach. Irgendetwas mache ich falsch."

„Ilka", unterbreche ich sie. „Ihr müsst euch erst aneinander gewöhnen. Kopf hoch und vor allem Beine hoch. Ich brühe dir noch eine Tasse Tee auf, dann verschwinden wir beide. Nicht wahr, Nayla?" Mit meiner Nasenspitze stupse ich zärtlich gegen Naylas winziges Näschen.

„Ja. Kamillentee, bitte. Der Kinderwagen steht draußen. Dort in der Wickeltasche ist alles, was ihr für einen Ausflug braucht."

Ich gehe in die Küche und setze Teewasser auf. Als ich zurückkomme, steht Daniil mit einer schwarzen Daunenjacke in der Hand da. Auf der einen Seite hoffe ich, dass er nicht wirklich vorhat, uns zu begleiten, während ein anderer Teil von mir – jener, den er vorhin wieder zum Leben erweckt hat – seine Gegenwart sehr genießen würde.

„Ich habe in einer halben Stunde einen Termin mit dem Makler, der mir die Wohnung verkauft hat – wir könnten zusammen gehen."

Na gut, denke ich und bin über seine plötzliche Zurückhaltung nicht minder erstaunt. Ilka hingegen zuckt nicht einmal mit der Wimper, als Daniil mich anlächelt und sich versonnen durchs Haar streicht.

Hallo, möchte ich meiner Freundin zurufen, kriegst du nicht mit, dass dein Bruder wieder versucht, sich an mich heranzumachen? Ist es nicht das, was du wolltest, du dumme Ziege? Jetzt hast du es erreicht. Und weiche meinem Blick nicht aus. Glaubst du, ich wüsste nicht, dass du den dämlichen Schnuller absichtlich vergessen hast? Vielleicht habt ihr beide sogar gemeinsam dieses Komplott geschmiedet.

„Worum geht es gleich noch mal?", frage ich Daniil, dessen Augenbrauen nach oben geschnellt sind, weil ich auf sein Angebot überhaupt nicht reagiert habe.

Schluck. „Okay, komm. Wohin müssen wir?"

„Die Wohnung befindet sich in der Highbury Terrace. Während ich zu tun habe, könntet ihr beide doch ein paar Runden in den Highbury Fields drehen."

Eigentlich sollte ich ablehnen, aber etwas in mir verhindert das. Und es sind doch nur zehn Minuten bis zu seiner Wohnung. Außerdem wäre es interessant zu wissen, wo er von nun an wohnen wird. Kenne deinen Feind.

Gleich darauf stapfen wir durch das winterliche London, in dem heute ausnahmsweise einmal die Sonne vom Himmel lacht und den Schnee zum Glitzern bringt. Es ist zwar nicht mehr so kalt wie in den Tagen zuvor, trotzdem bin ich froh, dass Nayla warm eingepackt ist und ich meine Lederhandschuhe dabeihabe.

Daniil hat seine Hände in die Taschen seiner Jacke gesteckt und wirft mir ab und an einen Seitenblick zu. Eine Weile sind wir unterwegs, ohne dass ein Wort zwischen uns fällt. Zu neu und zu ungewohnt ist diese Situation für uns beide.

Endlich geben wir uns einen Ruck und plappern drauf los. Wir reden über Ilka und Parker – ein Thema, das uns beide beschäftigt und dennoch relativ neutral ist. Jedes Mal, wenn wir an eine Straßenkreuzung gelangen, legt Daniil seine Hand an den Wagengriff, blickt links und rechts und schiebt tatkräftig an. Ich muss lachen, als Nayla einmal kurz aufmaunzt und er sofort die Decke zurechtzupft – gerade so, als hätte er Angst, sie würde frieren. Er bemüht sich rührend um seine kleine Nichte, auch wenn er nicht viel mit ihr anfangen kann, wie er eingesteht. Mit Babys hat er schließlich keine Erfahrung.

Auch die Zusammenarbeit mit Parker wird nicht ganz einfach werden, denn dieser hat sich wieder von Ilka und Nayla zurückgezogen. Die beiden müssen ihn wohl endgültig vergessen, denn er hat einmal mehr gezeigt, dass auf ihn kein Verlass ist. Gleiches gilt auch für Daniil, flüstert eine boshafte Stimme in mir.

Nein, diese Stimme liegt falsch. Vieles ist in der Vergangenheit schiefgelaufen, aber das bedeutet nicht, dass wir keinen Neuanfang wagen dürfen. Daniil ist ein wunderbarer Mann und scheint mich aufrichtig zu lieben – so wie ich ihn. Dennoch gehen wir ein großes Risiko ein.

An einer Straßenecke kommt uns ein Mann entgegen. Wie sich herausstellt, heißt er Patrick und ist der Makler. Er ist kleiner als Daniil, etwas dicker und trägt eine modische Brille und einen gut geschnittenen Anzug. Die beiden Männer begrüßen sich herzlich. Daniil stellt mich vor und ich zeige mich von meiner besten Seite, halte mich aber im Hintergrund und mische mich nicht in das Gespräch ein. Im Gegensatz zu Nayla, denn kaum haben wir angehalten, meldet sie sich lautstark zu Wort.

Patrick entschuldigt sich und eilt zu seinem Auto.

„Er holt den Schlüssel und wir nehmen die Wohnung noch einmal ab. Ich will nachsehen, ob auch alles repariert wurde, was ich beanstandet habe. In der Nähe des Aberdeen Parks befindet sich ein nettes Café, wenn du möchtest, können wir uns in zwanzig Minuten dort treffen."

Täusche ich mich oder habe ich tatsächlich einen flehenden Blick in seinen Augen ausgemacht? Mann! „Einverstanden.

Zuerst drehe ich aber eine kleine Runde, vielleicht schläft Nayla unterwegs ein." Außerdem tut mir ein wenig Bewegung in der frischen Luft bestimmt gut – mein Verstand hat schließlich einiges zu verarbeiten.

Zum Abschied legt Daniil kurz seine Hand auf meinen Arm. Die flüchtige Berührung durchfährt mich wie ein Blitz.

Warum reagiere ich bloß so intensiv auf ihn? Er muss sich gar nicht sonderlich anstrengen, um wieder die alten Gefühle in mir hervorzurufen.

Es hilft wohl alles nichts, ich muss mich der Tatsache stellen, dass ich unsterblich verliebt bin – zum ersten Mal in meinem Leben.

Oh, arme, kleine Gaby, du bist doch Schauspielerin und daher gewohnt, verschiedene Gefühle auszudrücken. Warum versagst du ausgerechnet in der Rolle deines Lebens so kläglich?

Jetzt höre ich schon Stimmen – und dann reden sie auch noch so zynisch mit mir. Was soll das noch werden?

Ich schiebe den Kinderwagen ein Stück die Straße hinauf, ehe ich in den Park einbiege, wo sich viele Menschen tummeln, die ähnlich wie ich die Sonnenstrahlen genießen wollen. Sie lächeln mir zu, einige wagen einen verstohlenen Blick in den Kinderwagen und ein paar ganz Mutige sprechen mich sogar an – in der Regel ältere Damen, die Nayla die Wange tätscheln und mir versichern, wie ähnlich sie mir sehe. Ich versuche erst gar nicht, den Irrtum aufzuklären, sondern nehme stolz die Komplimente entgegen.

29. Kapitel

Ich betrete das wohlig warme Café, das bis auf den letzten Tisch besetzt ist. Die Suche nach Abigail wird dadurch nicht leichter. Was, wenn sie meiner Bitte gar nicht nachgekommen und längst wieder zu Hause ist?

Ich quetsche mich an der kleinen, ovalen Bar vorbei in den hinteren Teil des Raumes, dessen Wände mit einer dunkelgrünen Tapete bezogen sind. Dort entdecke ich sie endlich – gedankenverloren stiert sie in ihre Teetasse, aus der Dampf aufsteigt. Ich kann mir gut vorstellt, was ihr im Kopf herumgeistert. Auch wenn ich auf der anderen Seite der Mauer stehe und ihr Gefühlschaos erst heraufbeschworen habe, bin ich ebenfalls nicht frei von Zweifeln. Doch wir müssen es riskieren – um unser beider willen.

Erst als ich meine Jacke ausziehe und über die Stuhllehne hänge, blickt sie auf und schenkt mir ein warmes Lächeln.

„Alles geregelt?", fragt sie leise. Sie hat abgenommen, ihr Gesicht ist schmaler geworden und die Augen darin wirken viel größer.

Ich nicke, werfe einen Blick in den Kinderwagen, in dem Nayla friedlich döst. „Er hat sein Wort gehalten. Schon morgen werde ich meine Habseligkeiten rüberbringen."

„Siehst du von deiner Wohnung aus den Park?"

„Ja."

„Vor allem jetzt im Winter hast du einen traumhaften Ausblick – die überzuckerten Wege, die schneebedeckten Bäume, die Kinder, die herumtollen und Schneemänner bauen. Im

Sommer kannst du dir einfach eine Decke schnappen und draußen picknicken. Entschuldige ...", mitten im Satz bricht sie ab, als sei sie sich bewusst geworden, dass ihre Gefühle mit ihr durchgegangen sind.

„Du brauchst dich nicht zu entschuldigen." Ach, Abigail, ich möchte all das mit dir erleben. Schon morgens würden wir aus der Wohnung stürmen, um den ganzen Tag über auf der Wiese zu liegen, wo ich dich küssen würde, bis dir die Luft wegbleibt. „Ich fürchte, ich bin nicht ganz so romantisch veranlagt wie du. Für mich ist es nur ein weiterer der unzähligen Londoner Parks", sage ich stattdessen.

Eine Kellnerin kommt an unseren Tisch, nimmt meine Bestellung auf und entfernt sich wieder. Abigail rührt nachdenklich in ihrer Tasse.

„Du wirkst etwas durcheinander."

„Kein Wunder, in meinem Kopf drehen sich tausend Gedanken. Gerade noch warst du ein rotes Tuch für mich und kaum tauchst du wieder auf, wirbelst du alles durcheinander."

„Abigail, ich habe mich sehr und doch überhaupt nicht geändert. Lass dir ruhig Zeit – in jeder Hinsicht. Aber sei dir gewiss, dass ich um dich kämpfen werde, gerade so, wie ich es auch am Beginn unserer Beziehung getan habe."

Sie schluckt heftig, schlägt die Beine übereinander und schüttelt den Kopf. „Ich muss nachdenken, okay?"

„Liebst du mich denn noch?" Es ist viel zu früh, sie mit dieser Frage zu behelligen, doch ich muss es wissen. Ich muss es aus ihrem Mund hören – auch wenn die Gründe dafür rein egoistisch sind.

„Ja, das tue ich. Und genau da liegt das Problem. Die Abneigung, die ich dir gegenüber empfinden sollte, wird dadurch gedämpft."

„Ein schreckliches Gefühl der Machtlosigkeit."

„Des Kontrollverlustes", spinnt sie den Faden weiter.

„Ich weiß, wie es ist, die Kontrolle zu verlieren. Dadurch bin ich erst in diese Scheiße geschlittert. Ich könnte dir jetzt tagelang vorheulen, wie leid es mir tut, wie sehr ich es bereue, aber wir wissen beide, dass das nicht meine Art ist. Du musst mir vertrauen. Ich will dir nichts Böses."

Ihr Atem geht schnell, viel zu schnell, sodass ich fürchte, sie könnte vom Stuhl kippen. Sie strahlt so viel Verletzlichkeit aus, dass ich unwillkürlich meine Hand nach ihr ausstrecken und sie streicheln muss. Und oh Wunder, auch ihre Finger machen sich selbstständig und gleiten über die meinen.

„Wie gerne würde ich dich jetzt küssen, Baby", murmle ich versonnen.

Ich spüre, dass auch sie sich dasselbe wünscht. Doch mit einem Mal verdunkelt sich ihre Miene. Sie betrachtet unsere Hände, dann wandert ihr Blick zu jemandem, der hinter mir steht. Ich brauche mich nicht einmal umzudrehen, um zu wissen, wer es ist.

Der Eindringling stellt sich direkt neben uns. Es ist augenfällig, dass es ihm nicht gefällt, wie vertraut wir uns hier gegenübersitzen. Mit einem Ruck zieht Abigail ihre Hand weg und versteckt sie zwischen ihren Beinen, als hätte sie ein schlechtes Gewissen.

„Lucas", stammelt sie verdutzt und springt auf.

„Hey", begrüßt Young sie verdächtig ruhig – ich hätte längst den Tisch abgeräumt – und umarmt sie. Verdammt!

„Was machst du hier?"

Mit dem Kopf deutet er auf die dunkelblonde Frau in seiner Begleitung. „Meine Schwester ist zu Besuch. Sie wohnt im *Highbury Hotel.*"

Abigail fängt sich rasch und reicht dem Neuankömmling die Hand, während sich Youngs Augen auf mich richten. Wir sind nur einmal kurz aufeinandergetroffen, an jenem vermaledeiten Abend, als ich Abigail den Ring gegeben habe und dann aus ihrem Leben verschwunden bin. Er weiß also, was zwischen uns vorgefallen ist, und muss in mir eine Ausgeburt der Hölle sehen, die seiner Gaby bittere Schmerzen zugefügt hat. Entsprechend frostig fällt auch seine Begrüßung aus. Nur seine Schwester, die von all dem nicht betroffen ist, begegnet mir mit ausgesuchter Höflichkeit.

„Dürfen wir uns hinzugesellen?", fragt sie munter.

„Gerne", gibt Abigail zurück.

Young nimmt neben meiner Liebsten Platz, Linda neben mir. Ich habe aber nur Augen für Young und Abigail.

„Ganz schön kalt", Linda scheint die Spannung, die an unserem Tisch herrscht, nicht zu bemerken. „Lucas und ich haben einen richtigen Besichtigungsmarathon hinter uns. London ist einfach zu interessant."

„Sie sind zum ersten Mal hier?", möchte Abigail wissen.

„Nein, aber bis jetzt hatte ich nie wirklich Zeit, um die spektakulären Bauten im Detail zu studieren."

„Linda ist Architektin", erklärt Young und nimmt lächelnd Abigails Hand in die seine. Mir ist klar, dass er diese Show absichtlich abzieht, weil er mir damit vor Augen führen will, dass sie zu ihm gehört. Eigentlich sollte ich aufspringen und gehen, aber damit würde ich bloß meine Niederlage eingestehen. Nie und nimmer lasse ich es so weit kommen, stattdessen lausche ich – allem Anschein nach vollkommen fasziniert – Lindas Ausführungen über ihre Arbeit.

„Die Häuser rund um den Park finde ich besonders reizend. Sie sind so verspielt, so typisch englisch und erzählen uns so viele Geschichten aus längst vergangenen Tagen."

„Daniil hat gerade eine Wohnung in einem dieser Häuser bezogen", bringt Abigail mich ins Spiel.

„Tatsächlich?", Linda scheint begeistert.

„Ja."

„Ich finde die Architektur des Regency ungemein spannend. Man verstand es ausgezeichnet, einen Raum mit Licht zu durchfluten – hohe Decken, große Fenster, kleine Nischen. Es muss einfach bezaubernd sein."

„Davon ist leider nicht mehr viel übrig, da man Wände für zusätzliche Wohnungen eingezogen hat. Aber die Grundstruktur ist noch vorhanden, ja. Ich wohne ab morgen dort. Es wäre mir eine Ehre, Sie durch mein Domizil führen zu dürfen."

Linda lächelt erfreut, leckt sich über ihre schmalen Lippen und richtet ihre ganze Aufmerksamkeit auf mich. Ihren Bruder und Abigail hat sie längst vergessen.

„Ich könnte Ihnen vieles in der Stadt zeigen. Sie müssten jedoch eine ganze Menge Zeit einplanen."

„Oh, das wäre gar kein Problem." Sehe ich richtig? Lindas Wangen überziehen sich mit einem leichten Rotton.

„Detaris Referenzen sind nicht die besten, Linda. Er ist eher ein Spezialist für Londons Unterwelt", meldet sich Young zu Wort.

Seine Augen funkeln böse und ich erkenne die Machtlosigkeit darin. Abigail weicht meinem Blick aus, scheint entweder wütend, eifersüchtig oder traurig zu sein. Ich kann nur hoffen, dass ihr mein kleines Techtelmechtel mit Linda die Augen geöffnet hat.

„Wie meinst du das?", höre ich Linda fragen.

„Er ..."

„Linda, Ihr Bruder glaubt, nur weil er hinter seinem Schreibtisch thront und von dort aus entscheidet, ob aus einem hoffnungsvollen Talent etwas wird oder nicht, ist er mir, der seinen Lebensunterhalt mit einem Nachtclub verdient, überlegen."

Young schnaubt verächtlich. „Ha! Mit einem Nachtclub – und ein paar recht krummen Machenschaften."

Abigail blickt entrüstet zur Seite. Ich weiß, dass wir, Young und ich, uns wie Kinder benehmen, die um ein Spielzeug streiten, doch ich laufe gerade zur Höchstform auf.

„Und Ihr Bruder geht auch viel professioneller vor als ich. Er wartet so lange, bis ein Vertrag ausgelaufen ist, ehe er sich auf seine Schauspielerinnen stürzt. So handelt ein wahrer Gentleman."

„Daniil", fleht Abigail.

„Lass ihn, Schatz, jetzt zeigt er sein wahres Gesicht", fährt Young dazwischen.

Schatz – mir kommt die Galle hoch.

„Schon gut", erwidere ich, ziehe ein paar Münzen aus meiner Hosentasche und lege sie auf den Tisch. „Bringst du Nayla nach Hause?"

„Ja."

„Gut. Einen schönen Tag noch, Gaby."

Als ich aufstehe und gehe, habe ich das Gefühl, dass mich Abigails flehender Blick zurückhalten will, aber wahrscheinlich bilde ich mir das nur ein. Dieses Scheingefecht mit Young ist nicht unbedingt zu meinen Gunsten ausgegangen, aber auch er hat sich nicht gerade mit Ruhm bekleckert. Warum musste er mich beleidigen? Verdammt, warum hat er seine Finger nicht einfach von Abigail gelassen?

Kochen ist eines von Lucas' Hobbys, sein liebstes, wie er behauptet. Kein Wunder, dass ihm die Pasta mit Salsiccia-Klößchen so gut gelungen ist. Und der Wein passt hervorragend dazu. Die Cupcakes als Nachspeise muss ich nicht extra erwähnen. Mein leerer Teller spricht Bände.

Ich lehne mich zurück, folge Lindas Erzählungen über ihre außergewöhnlichen Freunde, ihre Reisen und ihren Beruf, in dem sie wesentlich besser als all ihre Kollegen ist. Anfangs mochte ich sie ja ganz gerne, inzwischen könnte ich sie auf den

Mond schießen – mitsamt ihrem Bruder, der seine miese Laune ungeniert an mir auslässt.

Natürlich war es nicht in Ordnung, mit Daniil in aller Öffentlichkeit Händchen zu halten. Ich hätte gar nicht in dieses blöde Café gehen sollen. Doch er ist nun mal der Bruder meiner besten Freundin – und mein Ex-Lover, an dem ich immer noch hänge, auch wenn ich mir das nicht eingestehen möchte.

Lucas und ich verbringen zwar den Abend miteinander, kommen aber über ein paar wie zufällig wirkende Berührungen nicht hinaus. Komischerweise finde ich das nicht einmal schlimm. Es ist, als wäre er nicht der Mann, den ich in ihm zu sehen glaubte. Das liegt gar nicht an ihm selbst. Nein, mit mir ist etwas geschehen, als Daniil und er so unvermittelt aufeinandergetroffen sind.

Mir wird speiübel, als sich Lucas neben mich setzt und besitzergreifend den Arm um mich legt. Er lächelt zwar, doch die tiefen Furchen auf seiner Stirn gefallen mir ganz und gar nicht. Ich atme tief durch, nehme noch ein Schlückchen Wein, während Linda weiter vor sich hinplappert. Sie drängt sich zwischen uns – nicht nur zwischen Lucas und mich, sondern, was wesentlich schlimmer ist, auch zwischen Daniil und mich. Zu behaupten, sie nicht zu mögen, wäre untertrieben. Seit ihrem Flirt mit Daniil juckt es mich in den Fingern, ihr eine zu scheppern. Ach, wie kindisch ich doch bin!

Eine weitere halbe Stunde verstreicht und ich frage mich, wie der Abend mit Daniil verlaufen wäre – wir würden bestimmt nicht mehr hier sitzen und Schnatter-Linda zuhören. Er hätte sie längst hinausgeworfen – und wir, tja, wir würden uns im Bett wälzen und dort allerlei Interessantes anstellen.

Ich nehme meine Müdigkeit als Vorwand, um mich zu verabschieden. Lucas ist sichtlich enttäuscht, will mich überreden, noch ein Weilchen zu bleiben, ohne damit Erfolg zu haben. Denn es fühlt sich nicht richtig an. Ich muss nach Hause, in mein eigenes Bett, wo ich in Ruhe nachdenken kann – über mich und Daniil, über die Dinge, die er heute zu mir gesagt hat, über das, was er von mir verlangt, und das, was ich von ihm verlange.

Daheim schlüpfe ich schnell unter die Decke und schalte den Fernsehapparat an. Doch dann überkommt mich wieder dieser Zwang – ich öffne die Schublade meines Nachttisches, nehme die Schachtel mit dem Ring heraus und streife mir die kostbare Erinnerung über den Finger. Minutenlang betrachte ich meine Hand, genieße das Glitzern und eine seltsame Ruhe erfasst mich.

Dieser Ring ... ich bin weder Frodo aus dem *Herr der Ringe*, noch glaube ich an Wunder, doch diesem Ring scheinen magische Kräfte innezuwohnen. Er wärmt mich, lässt mich frei atmen und klarer denken. Und er flüstert mir zu, Lucas zu verlassen und zu Daniil zurückzukehren, um den Rest meines Lebens mit ihm zu verbringen. Der heutige Tag hat mir so einiges abverlangt, ich sollte mich wohl schlafen legen.

Trotzdem stehe ich auf, gehe zum Kleiderschrank und nehme den BH heraus, den Daniil mir im *Charing Cross Hotel* geschenkt hat. Ich schnuppere daran und Daniil ist mir mit einem Mal unheimlich nahe. Geh zu ihm, tönt es in mir, mach dem Leiden ein Ende ... Schon wieder diese verstörende Stimme!

Ich schließe die Vorhänge, streife meine Kleidung ab und schlüpfe in den BH. Nur mit ihm und einer schwarzen Panty posiere ich vor dem Spiegel. Was ich dort zu sehen bekomme, gefällt mir – ich fühle mich verführerisch, sexy und erotisch. Daniil würde keine Sekunde zögern, er würde mich küssen, mich nehmen, mich zum Schreien bringen.

Spontan greife ich nach meinem neuen Mobiltelefon und wähle Ilkas Nummer. Sie nimmt sofort ab.

„Hi. Daniil ... ist er bei dir?"

„Ah ... nein. Er schläft in seiner Wohnung. Warum?"

Ich stelle mir Ilkas irritierten Gesichtsausdruck vor und muss grinsen. „Welche Tür?"

„Drei. Warum?"

„Danke."

Ich lege auf, schnappe mir Strümpfe und Strumpfhalter, besprühe meine Haut großzügig mit Parfüm, schlüpfe in Schuhe und Mantel. Obwohl mir in diesem Aufzug kalt sein sollte, glühe ich. Keine Ahnung, was in mich gefahren ist! Wenige Augenblicke später sitze ich bereits im Taxi Richtung Highbury Fields. Die Fahrt zieht sich, aber glücklicherweise hält der Taxifahrer seine Klappe.

Als ich vor dem Haus aussteige, das Linda aufgrund seiner Architektur so beeindruckt hat, kann ich das überhaupt nicht nachvollziehen. Mir jagt es eher Angst ein.

Die Eingangstür steht offen. Zögernd trete ich in den Flur, steige die Treppe hoch und bleibe vor der Wohnung Nummer drei stehen.

Mein Herz klopft bis zum Halse, meine Hände zittern, als ich sie ausstrecke, um die Klingel zu betätigen.

Was, wenn er nicht alleine ist? Wird er mich wegschicken?

In null Komma nichts erscheint Daniil an der Tür. Erstaunt gleitet sein Blick an mir herab.

Hilfe!

„Abigail."

Ohne ein weiteres Wort lässt er mich eintreten – meine nächtlichen Überraschungsbesuche scheinen ihn nicht zu verblüffen.

Drinnen riecht es nach frischer Farbe, im Flur stapeln sich ungeöffnete Möbelkartons. Mein Mund fühlt sich trocken an, als ich das Wohnzimmer betrete, in dem ein einsamer Flatscreen steht. Daneben befindet sich ein halbfertiger Tisch, an dem Daniil offenbar gerade herumgeschraubt hat, bis die doofe Gaby ihn bei dieser Arbeit unterbrach.

Ich suche seine Augen, weil ich darin lesen muss, was gerade in ihm vorgeht. Wie dumm von mir – habe ich am Ende schon vergessen, wie undurchsichtig er sich geben kann? Wie ein Fels in der Brandung baut er sich vor mir auf und beäugt skeptisch meine triefend nassen Schuhe.

Doch ich lasse mich nicht einschüchtern und beginne aufreizend langsam meinen Mantel aufzuknöpfen. „Erinnerst du dich, damals, in deiner Wohnung, als ich vor dir stand und du mich batest, mich auszuziehen?"

Daniil nickt stumm, schiebt die Hände in seine Hosentaschen und mustert mich gespannt.

„Ich wollte dich zu diesem Zeitpunkt …"

„Und jetzt?", unterbricht er mich schroff.

Ich mache einen Schritt auf ihn zu, versuche, mir meine Unsicherheit nicht anmerken zu lassen, und öffne den nächsten Knopf. „Inzwischen hat sich viel geändert – wir hatten gute, aber auch wirklich miese Momente, in denen du mich im Stich gelassen hast, in denen du mir Angst eingejagt und mich unglücklich gemacht hast. Ich weiß nicht, wohin es führen wird, nicht, was wir voneinander erwarten dürfen, und vor allem habe ich immer noch Angst, dir zu viel zu geben, Daniil", hauche ich und lasse meinen Mantel zu Boden gleiten.

Daniils Pupillen weiten sich, unter seinem linken Auge zuckt ein Muskel. Er starrt auf meine Brüste, leckt sich über die Lippen, lässt dann seinen Blick über meinen Bauch, meine Beine und wieder zurück nach oben schweifen.

Meine Knie werden weich, sodass ich ins Wanken gerate. „Daniil, ich will dich. Ich möchte von dir geliebt, berührt und gehalten werden." Unsicher trete ich näher an ihn heran. Nur mehr wenige Zentimeter trennen uns, als ich stehen bleibe. „Hier bin ich", fordere ich ihn auf, endlich tätig zu werden.

„Solltest du nicht bei Young sein?"

Mir läuft es eiskalt über den Rücken. Ruhig, ruhig – er spielt nur mit dir, siehst du das nicht? „Lucas ist … ich …", sein Blick macht mich nervös. „Lucas ist nicht du – er bedeutet mir nichts."

„Der Nächste, der meinetwegen leiden muss."

„Daniil, ich weiß nicht, was du mir damit sagen möchtest."

„Hast du gewusst, dass Young in dieses Scheißcafé kommt?"

„Nein, du hast diesen Treffpunkt doch vorgeschlagen." Fröstelnd schlinge ich die Arme um meinen Körper. Mit einer derartigen Abfuhr habe ich wirklich nicht gerechnet. „Glaub mir, die Begegnung war mir mehr als unangenehm."

„Unangenehm", wiederholt er süffisant. „Young ist ein lächerliches Weichei, wenn du meine Meinung hören willst. Und seine Schwester ist auch nicht besser. Abigail …", er sieht mir tief in die Augen, „du musst lernen, die Verantwortung für dein Tun zu übernehmen."

„Du klingst wie meine Mutter."

„Die wäre mit diesem Outfit bestimmt nicht einverstanden."

„Gut." Als er die Hand nach meiner Wange ausstreckt, drehe ich mich weg. Ich will nicht berührt werden, solange er einen auf Arschloch macht. „Dann gehe ich eben." Enttäuscht schnappe ich mir meinen Mantel und will bereits hineinschlüpfen, als ich Daniils Atem in meinem Nacken spüre.

„Draußen hat es minus vier Grad und Gabylein kommt halbnackt in meine Wohnung gestürzt. Erwischt mich eiskalt und vor allem hundemüde. Woher kommt dieser plötzliche Sinneswandel? Und warum dieser Aufzug? Du weißt doch, dass ich bei deinem Anblick die Beherrschung verliere."

Schluck. Ich will mich umdrehen, ihm in die Augen sehen, seine Hände hindern mich jedoch daran. „Ich war vorhin bei Lucas und dort ist mir klargeworden, dass du derjenige bist, zu dem ich gehöre."

Seine Finger berühren mich so leicht und zart, dass ich fast meine, mich getäuscht zu haben.

„Weiter", befiehlt er und lässt seine Hand nach unten zu meinem Hintern wandern.

„Ich habe gehofft, dir mit einer drastischen Maßnahme beweisen zu können, dass ich es ernst meine. Worte sind nicht dein Ding, hast du einmal gesagt."

Er lacht heiser, dann breitet sich erneut Stille zwischen uns aus. Seine Hand fasst nach meiner rechten Pobacke und knetet sie sanft.

„Du kommst in einer Aufmachung hierher, die ich in meinen kühnsten Träumen nicht erwartet habe, und entblößt dich gänzlich – seelisch und körperlich. Als wir getrennt voneinander waren, sind mir deine Titten nicht aus dem Kopf gegangen. Ich habe sie mir exakt in diesem Ding da vorgestellt, habe mir vorgestellt, wie sie sich heben und senken, während du feucht wirst."

Augenblicklich werde ich nass. Wann zum Teufel habe ich das Ruder aus der Hand gegeben? Oder besser – wann habe ich vergessen, mit wem ich es zu tun habe?

„Ich habe mir noch so vieles mit dir vorgestellt. Jede Nacht und das ein verdammtes halbes Jahr lang. Heute kommst du also angerannt, willst, dass ich dich ficke, und anschließend ist alles wieder gut? Irgendwo hakt es doch, nicht wahr?"

„Wir müssen es langsam angehen."

„Davon sind wir meilenweit entfernt, Süße."

Ich stöhne, aber ausnahmsweise nicht vor Lust. „Wenn du möchtest, dass ich bleibe, dann schlag etwas vor", kontere ich und drehe mich ruckartig zu ihm um, sodass er erstaunt die Brauen nach oben zieht.

„Hast du mit Young gevögelt?"

„Was tut das zur Sache?" Gerunzelte Stirn – sehr gefährlich. „Nein."

„Die Wahrheit, Gaby!"

„Das ist die Wahrheit. Wie könnte ich dich anlügen?"

Verdutzt schaut er mich an. Er scheint mir nicht zu glauben.

„Was habt ihr dann getrieben?"

„Zwischenfrage: Hast du in den letzten sechs Monaten zölibatär gelebt?"

„Ich war hemmungsloser als je zuvor."

Das glaube ich ihm aufs Wort.

„Was soll ich nur mit dir machen? Du brichst deine eigenen Regeln und wer darf es ausbaden?"

Ich schmunzle und stecke Daniil damit an. Mit einem kehligen Knurren zieht er mich in seine Arme, legt seine rechte Hand an meinen Hinterkopf und bedeckt meinen Mund mit dem seinen. Ich inhaliere seinen Geruch – jenen vertrauten, der mir so gefehlt hat.

Daniil zwängt seine Zunge zwischen meine Lippen und entlockt mir damit ein Stöhnen. Meine Finger krampfen sich noch immer um meinen Mantel, als könnte ich mir von dort ein Quäntchen Vernunft holen. Ich habe kühn gehandelt, da hat er vollkommen recht. Wir hätten unsere Versöhnung auf erwachsenere Art und Weise feiern sollen. Ich hätte mich ihm nicht so offensichtlich anbieten dürfen.

Doch Daniil verscheucht all meine Zweifel, als er mich an sich drückt, sodass ich seine mächtige Erektion an meinem Bauch spüre.

Himmel, was stellt dieser freche Kerl nur mit mir an?

Ich werde hochgehoben und gegen die Wand gedrückt. Ja, es ist Zeit, es so richtig anzugehen.

Mein Mantel gleitet zu Boden, während ich beide Arme um Daniils Nacken schlinge und seine heißen Küsse erwidere.

„Du bist eiskalt", stellt er fest, was ihn aber nicht daran hindert, meinen BH nach unten zu schieben.

Meine aufgerichteten Nippel sind rot und unglaublich hart – bestimmt nicht nur, weil mich friert.

Daniils Finger berühren meine Brustwarzen. Ich lege den Kopf in den Nacken, winde mich unter seiner Berührung und gerate in einen Taumel aus Lust und Pein.

Mit einem lauten Ratsch reißt mir Daniil das Höschen herunter. Erschrocken stoße ich die Luft aus.

„Es ist zwar hübsch, aber mir im Weg", befindet er und streicht über meine Oberschenkel.

Augenblicklich bekomme ich an dieser Stelle eine Gänsehaut. „Weißt du, dass ich nicht einmal ein Bett habe?"

Wen kümmert das schon? Mich nicht, ich ziehe ihm einfach das Shirt über den Kopf. „Wir improvisieren."

Daniil knurrt, presst seine Hüften gegen meinen Körper und treibt mir Schweißperlen auf die Stirn. Zwischen meinen Beinen brennt es, so sehr sehne ich mich nach seiner Berührung. Ich will ihn … jetzt, kann keine Sekunde länger warten. Hektisch zerre ich an seinem Gürtel, bis ich ihn endlich aufbekomme.

„Wie immer ungeduldig", zieht Daniil mich auf und küsst mich auf die Mundwinkel. „Du willst es hier? Kein liebevolles Knutschen im Bett?"

„Ich dachte, du hättest kein Bett?"

Er lacht. „Matratze, Verzeihung." Daniil fasst mit einer Hand nach dem Reißverschluss an seiner Hose und schiebt ihn nach unten.

Ich japse, als ich seinen erigierten Penis – gleichsam meine Lebensessenz – erblicke.

„Du willst es wirklich?", fragt er ungewöhnlich ernst.

„Ja. Es gibt kein Zurück mehr, Daniil."

„Du wirst mich eines Tages umbringen, Fräulein."

Gerade als ich zu einer Erwiderung ansetze, schiebt er sich in mich und presst dabei seine Finger tief in mein Fleisch.

„Es ist so unglaublich schön, dich wieder spüren zu dürfen", flüstert er, während er sich zaghaft in mir zu bewegen beginnt. Ich streichle seine nackten Schultern, sauge begierig den Duft seiner Haare ein.

Ein Leben ohne Daniil ist einfach undenkbar für mich – diese Erkenntnis trifft mich wie ein Schlag. Ich glaube nicht an Vorherbestimmung, aber irgendetwas hat uns beide zusammengeführt. Wir sind füreinander bestimmt. Daran besteht kein Zweifel.

Er stößt immer heftiger zu, will mich besitzen und sich nehmen, was er braucht, aber gerade das bereitet mir unbändige Lust.

Ich bleibe verschont von Kälte und Angst ... es gibt nur noch ihn.

„Dein Rücken wird Young beweisen, dass du mir gehörst", keucht er.

Erst jetzt stelle ich fest, wie sehr mein Rücken brennt. Scheiße, durch Daniils Bewegungen bin ich die Wand auf- und abgeschrammt, sodass meine Haut aufgerissen ist. Das muss fürchterlich aussehen.

„Vielleicht sollte ich dich ähnlich zurichten?"

„Es verliert seinen Reiz, wenn wir im Partnerlook auftreten."

„Geschunden? Erniedrigt? Als Partnerlook?"

Daniil schmunzelt, bleibt mir jedoch eine Antwort schuldig, verlagert stattdessen sein Gewicht, damit er noch tiefer in mich eindringen kann. Die Leidenschaft überkommt mich mit voller Wucht, sie lässt mich meinen wunden Rücken vergessen, das Brennen verleiht dem Ganzen sogar eine zusätzliche Würze.

Ich lege meinen Kopf an Daniils Schulter, schließe die Augen und konzentriere mich auf sein Stöhnen, seine Bewegungen und meinen Orgasmus, der sich allmählich anbahnt. Daniil fasst mich am Kinn, zieht meinen Kopf hoch und zwingt mich, ihm in die Augen zu sehen. Sein Blick ist hart und doch voller Zärtlichkeit. Einmal mehr gibt er mir das Gefühl, etwas Besonderes zu sein. Und auch er ist wie ein Hauptpreis für mich.

Einen Augenblick später komme ich heftig. Ich explodiere innerlich, verliere jedes Gefühl für Raum und Zeit, existiere nur noch von Daniils Gnaden, der mich immer weiter nach oben treibt. Längst bin ich nicht mehr Herrin meiner Sinne.

Daniils Orgasmus folgt dem meinen auf den Fuß, zuckend und stöhnend ergießt er sich in mich.

Lange noch lehnen wir ineinander verschlungen an der Wand, sehen uns in die Augen, ohne zu sprechen. Ja, ich habe die richtige Entscheidung getroffen, aber mir ist auch bewusst, dass wir eine Menge aufzuarbeiten haben. Vor allem gilt es, das verlorene Vertrauen zurückzugewinnen, was sicherlich nicht leicht wird, aber auch kein Ding der Unmöglichkeit ist.

Irgendwann zieht sich Daniil aus mir zurück und stellt mich auf den Boden. Meine Beine fühlen sich wie Pudding an, weshalb ich mich auf Daniil stützen muss. Erst jetzt gewahre ich wieder das brennende Pochen auf meinem Rücken. Ich verrenke mich, um einen Blick auf die geschundenen Stellen zu werfen, aber es will mir nicht gelingen.

„Lass mich sehen." Ohne meine Antwort abzuwarten, dreht Daniil mich mit dem Gesicht zur Wand und fährt mit seinen Fingerspitzen über die schmerzenden Stellen. „Ich wollte dir nicht wehtun."

„Sagt der Mann, der nichts lieber tut, als mir den Hintern zu versohlen."

Grinsend zieht er mir sein Shirt über den Kopf, klopft kurz auf mein Hinterteil, wird aber gleich wieder ernst. Was hat das zu bedeuten? Was wird jetzt geschehen? Soll ich gehen? Oder bleiben? Machen wir dort weiter, wo wir aufgehört haben, oder ist es doch das Ende?

Mir schwindelt angesichts der vielen Fragezeichen.

Daniil verlässt den Raum, während ich mich bücke, mein zerrissenes Höschen aufhebe und es zusammen mit dem BH in meiner Handtasche verschwinden lasse. Als ich mich wieder aufrichte, steht Daniil im Türrahmen. Schweigend kommt er näher. Ich weiß nicht, wie ich seinen Blick deuten soll. Gefalle ich ihm? Findet er mich abstoßend – verschwitzt und zerrauft wie ich bin?

„Ich lasse dir Wasser in die Wanne laufen. Dir ist kalt, du musst dich aufwärmen."

„Okay", zu mehr bin ich nicht fähig.

Was ist passiert? Warum geht er auf Abstand? Ich fühle mich total verunsichert, habe ich etwas falsch gemacht?

Zögernd folge ich Daniil ins Bad, in dem sich außer der Wanne lediglich eine noch nicht angeschlossene Waschmaschine und zahlreiche Kartons befinden.

Die Wanne ist halbvoll, Dampf erfüllt den nicht allzu großen Raum. Ich ziehe mir das Shirt über den Kopf und steige ins Wasser. Während Daniil ein Badetuch bereitlegt und sich dann wieder zurückzieht, lasse ich mich tiefer in die Wanne gleiten. Sofort erwachen meine tauben Gliedmaßen zu neuem Leben.

Daniil bleibt, wo er ist, steckt nur einmal kurz den Kopf zur Tür herein, aber ich höre ihn nebenan rumoren. Das Wasser kühlt schnell ab, ich sollte heraushüpfen, doch dann muss ich mich Daniil und mit Sicherheit einer unerfreulichen Diskussion stellen. Wenn ich nur wüsste, was in ihn gefahren ist! Will er mich am Ende gar wieder abservieren? Warum ist er so abweisend zu mir? Mich fröstelt – und das nicht nur wegen des kalten Wassers.

Mit seinem Shirt bekleidet und ohne Höschen betrete ich das Wohnzimmer, doch dort ist niemand. Vom Wohnzimmer aus gelangt man ins Esszimmer, danach in eine auf Hochglanz polierte dunkelgraue Küche. Daniil gießt gerade kochendes Wasser in eine Tasse.

Wortlos stellt er sie vor mich hin und widmet sich dann einem Stapel Teller, den er in den Schrank einsortiert.

„Bereust du, was wir getan haben?", frage ich vorsichtig.

Mein Gott, meine Stimme zittert ja! „Nein, ich bereue es nicht."

„Warum bist du dann so komisch?"

„Komisch?"

Ich schüttle verwirrt den Kopf. „Na ja, abweisend halt." Hat er zwar Teller, aber nicht mehr alle Tassen im Schrank?

„Trink deinen Tee, Gaby."

Okay, wenn er mich Gaby nennt, wird es gefährlich. Gleiches gilt für das Stirnrunzeln, mit dem er mich nun bedenkt. „Dann reden wir nicht darüber?" Wieder keine Antwort – diese verfluchten Teller scheinen ja enorm wichtig zu sein. „Hast du nicht gesagt, du würdest für und um uns kämpfen?"

„Das tue ich, aber ich muss dabei nicht jede Kleinigkeit zu einer Staatsaffäre erheben."

„Dass du mich traurig machst, scheint dich hingegen nicht zu stören."

Meine Gefühle fahren Achterbahn, ich bin vollkommen durcheinander, weiß nicht, was ihn beschäftigt. Seine Launen sind mir ja nicht gänzlich fremd, aber ich hatte doch erwartet, dass er sich ein kleines bisschen darüber freut, mich wieder in seinen Armen halten zu dürfen.

„Dein Tee wird kalt", unterbricht er meine Gedankengänge und wirft mir einen schiefen Seitenblick zu.

„Soll ich gehen?"

„Abigail, was erwartest du von mir?"

„Nett behandelt zu werden – für den Anfang", schnauze ich ihn an und lege die Finger um die bauchige Tasse. „Ich fühle mich, als wäre ich jetzt, da wir miteinander geschlafen haben, nichts mehr wert. Der Sieger steht fest, der Pokal wurde überreicht und vergammelt fortan in der Ecke."

Daniils Blick wird unverzüglich weicher. „So ist es nicht."

„Warum schiebst du mich dann auf so brutale Art von dir?"

Er schenkt mir einen mitleidigen Blick. „Vielleicht solltest du doch bei Lucas Young bleiben."

Habe ich etwas Wichtiges verpennt? „Was?"

„Ich bin einfach nicht der Richtige für dich, Abigail."

Ich traue meinen Ohren nicht. Warum diese plötzliche Wende um 180 Grad?

„Ich habe während meines Aufenthalts in New York meinem schlechten Ruf alle Ehre gemacht und jede Frau flachgelegt, die nicht bei drei auf den nächsten Baum geflüchtet war. Candice inklusive."

Die nachfolgende Stille brennt sich wie Säure in meine Haut und nimmt mir die Luft zum Atmen.

Mein erster Impuls ist, ihm eine Ohrfeige zu verpassen, doch ich fühle mich wie gelähmt.

„Candice? Ausgerechnet Candice?", frage ich nach.

„Ja. Ich wollte dich vergessen", kommt prompt seine Antwort.

„Und darum bist du nun wütend auf mich?"

„Nein, keinesfalls. Ich hasse mich selbst für das, was ich getan habe. Du hast vorhin geweint ..."

„Weil ich dachte, glücklich zu sein."

„Ich kann dich aber nicht glücklich machen."

Unsere Unterhaltung gleicht einem Duell. „Natürlich kannst du das, Daniil."

„Abigail", er macht einen Schritt auf mich zu, „all diese Weiber, Candice ... ich habe dich betrogen und bin es nicht wert, von dir geliebt zu werden. Verstehst du?"

„Aber jetzt bist du doch bei mir."

„Was schon wieder ein Fehler ist. Verstehe mich bitte nicht falsch ... ich will dich, aber du bist so verletzlich. Du brauchst jemanden, der sich besser unter Kontrolle hat. Ich bin eine tickende Zeitbombe."

Ich lächle. „Das weiß ich doch. Genau aus diesem Grund bin ich hier, Daniil."

„Weil du lebensmüde bist, Süße."

Er streckt die Hand vorsichtig nach mir aus, zieht mich an sich und legt einen Arm um mich.

„Das bin ich vermutlich, aber ich bin es gerne. Ich möchte diese Bombe entschärfen, aber hin und wieder dann doch wieder scharfmachen."

Daniil knurrt, hebt mein Kinn leicht an und küsst mich sanft. „Du solltest mein Verhalten nicht tolerieren. Ich würde es im umgekehrten Fall auch nicht tun."

„Stoß mich bitte nicht von dir, Daniil. Ich möchte an deiner Seite bleiben, ich bin bereit, dir alles zu geben, was du brauchst. Das Einzige, was ich von dir fordere, ist, dass du mir Liebe und Halt gibst."

Er sieht mich feierlich an. „Das verspreche ich dir hoch und heilig."

30. Kapitel

Wir liegen nebeneinander auf der Matratze, die mir als provisorisches Bett dient. Abigail hat sich die Decke bis zum Kinn hochgezogen und zittert dennoch am ganzen Körper.

Sie war die Letzte, mit der ich heute Abend gerechnet hatte. Völlig perplex sah ich zu, wie sie sich auszog, und spätestens dann war es um mich geschehen – an meinem Vorsatz festzuhalten war gänzlich ausgeschlossen. Der bestand darin, mich im Hintergrund zu halten, aber dennoch irgendwie präsent zu sein. Früher oder später würde sie sich schon für mich entscheiden. Nie hätte ich gedacht, dass das so schnell passieren würde. Abigail ist eine Frau, die einen lange schmoren lässt.

Nun liegen wir in meiner neuen Wohnung, nackt und ausgelaugt von dem, was wir zusammen erlebt haben. Und das war wirklich der Wahnsinn.

Sogar im Rückblick gerate ich noch ins Schwärmen. Abigail ist wunderschön und diese Schönheit hat auch ihre Tücken. Sie blendet und man merkt gar nicht, wie skrupellos die Frau zu Werke gehen kann – bis es zu spät. Beinahe tut mir Young leid. Na ja, nur beinahe.

„Woran denkst du?"

Ich muss grinsen und stütze mich auf dem Ellenbogen ab, um ihr in die Augen sehen zu können. „Die Frauenfrage schlechthin."

„Haha. Du bist einfach so still."

„Deine Anwesenheit macht mich glücklich."

Sie leckt sich über die Lippen. „Ich bin auch glücklich."

„Ich weiß, wir hatten dieses Thema schon einmal, doch es ist mir wichtiger denn je: Wir wollen es langsam angehen. Ich möchte, dass du mir wieder vertraust und dich fallen lassen kannst."

„Okay", flüstert sie und dreht sich zu mir hin. „Im Augenblick möchte ich einfach nur bei dir sein, wir können morgen früh entscheiden, wie es weitergehen soll."

„Ich will dich, Abigail. Es ist mir ernst, ich habe meine Meinung nicht geändert."

„Aber alles ist jetzt viel schwieriger, ich hoffe inständig, dass wir diese vielen Probleme meistern können."

Ein Einwand, der seine Berechtigung hat, immerhin drängt sich mir derselbe Gedanke auf. Sie zu verlieren … erneut … es würde mich zerstören. Ich möchte alles tun, damit wir die vorhandenen Hürden überwinden und nicht zulassen, dass sich neue auftürmen. „Ich liebe dich, Kleine, wirklich. Du sollst bei mir sicher sein."

„Aber du wirst bestimmt wieder schlimme Dinge von mir fordern."

„Das klingt so anklagend", erwidere ich frech. „Aber keine Sorge, heute bin ich ganz brav und ich mache ohnehin nichts, was du nicht selbst möchtest."

Abigail nickt. „Ja, ich weiß. Deshalb bin ich ja auch so bestürzt."

„Du brauchst dich für nichts zu schämen – nicht, wenn es etwas mit mir zu tun hat. Und schon gar nicht für deine Lust. Du bist sehr leidenschaftlich, aber man muss es aus dir herauskitzeln."

„Über Langeweile werde ich mich an deiner Seite nie beschweren müssen."

„Nein, eher sterbe ich, als dass ich zahm werde."

Sie strahlt mich an, kuschelt sich an meine Brust und bedeckt meine Haut mit hauchzarten Küssen. Automatisch entspanne ich mich, lehne mich zurück und lege meine Hand auf ihren nackten Rücken.

„Ich kenne aber eine effektive Methode, um auch den wildesten Bullen zu zähmen", feixt sie und schiebt sich über mich.

„Ach ja?"

„Ja", flüstert sie. „Danach fressen sie einem aus der Hand und machen alles, was man sich wünscht."

„Dieser Bulle hier ist aber besonders stark. An ihm haben sich viele vor dir die Zähne ausgebissen."

Ihre Finger gleiten von meinem Bauch hinunter zu meinem Penis, den sie umfasst und zu massieren beginnt. Sie führt Böses im Schilde, das weiß ich genau, doch ich lasse sie gewähren und gebe mich ihr ganz hin.

Am nächsten Morgen erwache ich hungrig und doch so satt, dass ich mich kaum rühren mag. Nicht im Traum denke ich daran aufzustehen. Der Wecker ist mir egal. Er kann klingeln, so lange er will, ich lasse mich nicht aus meiner Trägheit reißen.

Daniil scheint es ähnlich zu gehen, auch er kann sich kaum aus Morpheus' Armen lösen. Eingesponnen wie in einem Kokon genießen wir den herrlichen Zustand ... – puh, ich will das Kind beim Namen nennen – ... der Liebe.

„Wenigstens hast du dir eine ganze Nacht lang Zeit gelassen", ertönt es plötzlich neben mir.

„Was?" Ich schrecke hoch. Typisch Daniil, von null auf hundert in fünf Sekunden.

„Ich weiß genau, was in deinem Kopf vorgeht, Kleine."

„Du beobachtest mich?", frage ich ungehalten. Hallo, ermahne ich mich, komm wieder runter. Warum sollte er das nicht tun?

Ich räuspere mich und drehe mich um, damit ich Daniil in die Augen blicken kann.

„Du hast geredet. Mach dir bitte nicht zu viele Gedanken, Abigail. Alles wird gut. Ich verspreche es."

Ich habe im Schlaf gesprochen?

„Habe ich dir nicht gestern gesagt, dass dir heute Zweifel kommen werden? Ich bewundere zwar deinen Enthusiasmus, aber …", er grinst mich spitzbübisch an, „ich muss dich wohl oder übel wieder einfangen."

Er hat recht – er hat verdammt recht. Meine Entscheidung, zu ihm zu fahren, kam aus heiterem Himmel, ohne dass ich Pro und Kontra abgewogen hätte. Ich bin nicht am Beckenrand stehen geblieben, sondern einfach ins kalte Wasser gesprungen und losgeschwommen – und hatte dabei jede Menge Spaß.

Daniil streicht mir über das zerzauste Haar und küsst meine Nasenspitze.

„Wie sieht dein Tag aus? Möchtest du mit mir frühstücken?"

„Frühstück klingt gut. Ich habe heute einen Vorsprechtermin für eine kleine TV-Rolle. Am Nachmittag bin ich im Theater, wo die Proben für ein neues Stück beginnen."

„Das Theater", sagt er mehr zu sich selbst. „Ich dachte, du hättest ihm den Rücken gekehrt."

Ich zucke die Schultern. „Ach ja, so richtig komme ich doch nicht los."

„Wie dem auch sei", Daniil klopft mir leicht auf den nackten Hintern. „Komm, lass uns aufstehen. Ich sterbe vor Hunger."

Ohne Hemmung präsentiert er sich mir in seiner ganzen nackten Männlichkeit. Mir bleibt einmal mehr die Spucke weg, während ich zurück ins Kissen sinke und zusehe, wie Daniil ungelenk in seine Hose schlüpft.

„Komm, Princess, oder muss ich Gewalt anwenden?"

„Ich genieße den Ausblick auf den Park", rechtfertige ich mich kichernd.

Daniil grinst über das ganze Gesicht, wirft mir ein Shirt aus einem der Kartons zu und kramt nach einer Hose, in die ich reinpasse. „Und was gibt es dort Spannendes zu sehen?"

„Die reifen Früchte an den Bäumen locken Bienen an."

Enge Boxershorts landen auf der Matratze. „Sind es Äpfel?"

„Bananen. Große, pralle Bananen."

„Sie sind ein nimmersattes Weibsstück, Lady Bennet."

„Ich bin dir hoffnungslos verfallen. Du machst mich süchtig."

„Ich gebe dir zehn Minuten, danach setzt es was."

Mit dieser Drohung verlässt er das Schlafzimmer. Obwohl ich Strafe fürchte, gebe ich mich dem Verbotenen hin und kuschle mich neuerlich unter die warme Decke. Wie schön ist es doch, vor mich hin zu träumen – zumal meine Träume einzig und allein Daniil zum Inhalt haben. Aber das führt mich unweigerlich auch zu Candice.

Beim Gedanken an sie überkommt mich eine innere Unruhe. Ich stehe auf, schlüpfe in die von Daniil bereitgelegten Sachen und gehe in die Küche.

„Oh, sieh an, sogar pünktlich", kommentiert Daniil mein Eintreffen, während er Butter, Kaffee und dampfende Brötchen auf der schmalen Küchenzeile abstellt.

„Was wird eigentlich aus deinen Sachen in New York?", will ich wissen und hole zwei in Papier eingewickelte Messer aus einem kleinen Karton.

Augenblicklich versteift er sich. Der fröhliche Ausdruck weicht aus seinem Gesicht. Super, du blöde Gans, tadle ich mich.

„Ein Teil kommt im Laufe der nächsten Wochen nach. Die meisten Möbel habe ich verkauft beziehungsweise in der Mietwohnung gelassen."

„Vermisst du dein altes Leben?"

Er mustert meine nackten Beine, ehe er einen Schluck Kaffee nimmt. „Ein Leben, das nie meines gewesen ist."

„Ich frage mich, ob du nicht irgendwann nach New York zurückwillst, weil du Heimweh danach hast."

„New York war nie mein Zuhause, Abigail. Ich bin wegen Candice hingezogen und mit unserer Beziehung ist auch die Liebe zu dieser Stadt vorbei. Kannst du nicht wenigstens Socken anziehen?"

Hoppla, was für ein abrupter Themenwechsel! Es stimmt, ich friere leicht, aber deswegen muss er mich nicht gleich wie ein kleines Kind zurechtweisen.

Tausend Fragen lasten mir noch auf der Seele – ich will sie endlich loswerden. „Du hast mir gestern gesagt, dass du dich auf viele Frauen eingelassen hast … auch wieder auf Candice. Wie … wie oft hast du mit ihr geschlafen?"

Er scheint bass erstaunt zu sein und stellt eine Gegenfrage. „Warum möchtest du das wissen?"

„Keine Ahnung. Nur so."

„Das ist doch egal", weicht er mir aus.

„Ist es nicht. Ihr hättet fast geheiratet. Woher weiß ich, dass du …"

„Abigail", unterbricht er mich schroff, „ich werde nicht zu ihr zurückgehen. Da sind keine Gefühle mehr."

Mit dieser Antwort gebe ich mich nicht zufrieden. „Wie oft? Einmal oder öfter?"

Mir ist egal, ob er wütend wird – ich muss die Wahrheit erfahren, auch wenn sie mich gar nichts angeht. Aber es ist eine Sache auf Ehre und Gewissen.

„Du bist überaus sprunghaft, Abigail. Gestern noch wolltest du mich mit Haut und Haaren verschlingen und heute stellst du solche Fragen."

„Ich finde, mir stehen Antworten zu."

Er stützt sich auf die Ellenbogen und sieht mich mit zusammengekniffenen Augen an. Dass dabei sein Zeigefinger fortwährend über seine Lippen streicht, macht mich nervös.

„Dreimal, vielleicht auch öfter."

Eine Dampfwalze überrollt mich mit enormer Wucht.

„Und jetzt? Geht es dir jetzt besser?", stichelt Daniil.

Nein, es geht mir keineswegs besser. Aber ich will meine Gefühle nicht zeigen. Andererseits: Was habe ich auch erwartet?

„Ich habe dir doch gestern gesagt, dass ich nicht gut für dich bin. Du bist trotzdem geblieben."

Ja, ich bin geblieben. Bereue ich es? Habe ich Angst? Sollte ich sie haben?

„Ich habe dir aber auch gesagt, dass ich dich liebe, Abigail, daran hat sich nichts geändert. Candice hat nicht lockergelassen, was aber nicht bedeutet, dass ich keine Schuld trage. Ich habe aus reiner Verzweiflung so gehandelt und bedaure es zutiefst. Das darfst du mir glauben."

Stumm und aufgewühlt sehen wir uns in die Augen. Hätte ich besser meinen Mund gehalten?

„Ich würde dich jetzt so gerne küssen, Baby", flüstert er und berührt meine Unterlippe.

„Und meine nackten Füße stören dich dabei nicht?"

„Ich habe jetzt keine Zeit, dich dafür zu schelten."

Mit einer schwungvollen Bewegung zieht er mich an sich und beginnt mich stürmisch zu küssen. Ich schlinge die Arme um seinen Hals und erwidere seinen Kuss voller Hingabe. Daniil drückt sich gegen meinen Körper – hart auf weich. Ich stöhne, während unsere Zungen sich verspielt umkreisen. Doch es hilft alles nichts ...

„Ich muss los", stöhne ich, als Daniil unter mein Shirt fährt, um an meine Brüste zu gelangen.

Er ignoriert meine Worte und macht sich daran, mich aus meiner Kleidung zu schälen.

„Ich … muss … mich … noch umziehen. Daniil!" Meine Stimme überschlägt sich beinahe, doch immerhin erreiche ich damit, dass er von mir ablässt.

„Ich fahre dich. In deinem Aufzug kannst du nicht auf die Straße gehen."

„Sehr wohl, mein König."

Daniil eilt davon und kehrt kurz darauf mit einem Paar Socken, einer weiten Hose und einem mir viel zu großen Sweater zurück.

„Anziehen!", schnauzt er.

Keine fünf Minuten später sitzen wir im Auto Richtung Innenstadt, was um diese Uhrzeit einer Geduldsprobe gleichkommt. Unwillkürlich muss ich an Adam Sandler in *Die Wutprobe* denken, aber immerhin befinde ich mich in der Gesellschaft eines überaus attraktiven, wenn auch sehr schweigsamen Mannes.

Unsere Beziehung steht erst ganz am Anfang, auch wenn wir uns schon eine Weile kennen. Doch wir müssen uns erst wieder einander annähern, müssen uns über unsere Gefühle füreinander im Klaren werden. Wenn bloß nicht so viele Zweifel meine ständigen Begleiter wären. Aber nach allem, was zwischen uns vorgefallen ist, kann mir das auch niemand verdenken.

Vor meinem Apartmenthaus gibt es überraschenderweise eine freie Parklücke, die Daniil sofort besetzt. Ich werde noch immer nicht schlau aus ihm, behelfe mich einfach damit, dass ich ihm einen Kuss auf die Wange drücke.

„Danke für den schönen Abend."

Als ich mich von ihm lösen möchte, packt er mich am Oberarm und hält mich fest. Seine Augen durchbohren mich, jagen mir einen Schauer über den Rücken.

„Ich würde dich heute Abend gerne sehen. Halb acht im *Seventiz*?"

Stumm nicke ich.

„Gut. Und denke daran, alles liegt in deiner Hand. Ich werde dich zu nichts zwingen, Baby."

„Okay."

Ohne mich noch einmal umzudrehen, strebe ich dem Haus zu. Ich flüchte in meine Wohnung – mein Schutz, meine Höhle, mein sicherer Bunker, in dem mir niemand wehtun kann. Auch nicht Daniil, der einmal mehr verblüffende Ähnlichkeit mit einem Eisklotz aufweist.

Kaum bin ich an meiner Wohnungstür angelangt, verlangsamt sich mein Schritt. Auf der Fußmatte liegt ein Strauß roter Rosen. Ich bücke mich, greife aber nur nach der Karte und belasse die Blumen an ihrem Platz.

Ich dachte, du wärest da … die Rosen sind für dich, als Zeichen dafür, wie viel du mir bedeutest. Lass dich bitte nicht von ihm einwickeln.

Lucas

Wie von Furien gehetzt, knalle ich die Tür hinter mir zu und schäle mich noch im Flur aus Daniils Sachen. Vielleicht hilft mir eine Dusche dabei, die Schuldgefühle von mir abzuwaschen. Daniil hatte recht, ich mache, sobald mir Männer lästig werden, kurzen Prozess mit ihnen. Vielleicht bin ich tatsächlich ein Monster … verdammt.

Das warme Wasser tut gut, ich schließe die Augen, halte mein Gesicht unter den Strahl und gebe mich ganz meinem schlechten Gewissen hin, was mir seltsamerweise nicht einmal unangenehm ist. Zu viel ist in letzter Zeit auf mich eingestürmt – und vieles bin ich falsch angegangen. Bevor ich mich an das Streichen der Fassade mache, hätte ich zuerst die Mauern verputzen sollen, damit die Farbe hält und nicht beim ersten Regenguss weggeschwemmt wird.

Ich bringe den Tag halbwegs gut hinter mich. Das Vorsprechen verlief nach Plan – meine Performance wurde in den höchsten Tönen gelobt. Danach fuhr ich zu Ilka, obwohl ich mir bereits im Voraus ausmalen konnte, was mich nach meinem nächtlichen Anruf erwarten würde.

Sie bombardierte mich dann auch mit Fragen, aber ich erzählte ihr nur die halbe Wahrheit, selbst wenn ich weiß, wie sehr sie darauf hofft, dass aus Daniil und mir doch noch ein Paar wird. Sie hat ein ziemlich geschöntes Bild ihres Bruders vor Augen und kennt nicht – so wie ich – seine vielen Gesichter. Er kann überaus liebevoll sein, um im nächsten Moment die Abrissbirne in Gang zu setzen, mit der er alles herum in Schutt und Asche legt.

Am späten Nachmittag kehre ich nach Hause zurück, bereite mir eine Tasse Tee und mache es mir eingehüllt in meine Kuscheldecke auf der Couch gemütlich. Mir bleiben noch zwei Stunden, um zu entscheiden, ob ich Daniil an diesem Abend treffen soll oder nicht. Eine Liste, in die ich das Für und Wider unserer Beziehung eintrage, leistet mir dabei wertvolle Dienste.

Da sind einerseits seine magische Anziehungskraft, sein starker Charakter, sein gutes Aussehen, mein Puls, der sich in seiner Nähe beschleunigt, die Leidenschaft, die Liebe, die ich für ihn empfinde. Er bringt mich zum Lachen, vermittelt mir ein Gefühl von Freiheit, er steht mir bei, wenn es mir schlecht geht. Auf der anderen Seite muss ich seine anfangs betrügerischen Absichten und den damit verbundenen Vertrauensverlust nennen, seine Verschlossenheit, seinen unsteten Lebenswandel – und natürlich Candice. Ilka steht irgendwo dazwischen. Sie ist der Kitt, der uns zusammenhält, aber die Erwartungen, die sie in uns setzt, sind auch eine Bürde.

Vom vielen Nachdenken dröhnt mir der Schädel, doch ein Blick auf die Uhr verrät mir, dass Eile angesagt ist.

Himmel, was soll ich nur machen?

Ich weiß, dass ich auf Dauer nicht ohne ihn leben kann. Das vergangene halbe Jahr hat mir das deutlich vor Augen geführt.

Aber da sind auch noch Ben und Lucas. Der eine ist nicht gut auf mich zu sprechen, der andere wird es in Zukunft nicht mehr sein.

Apropos Zukunft – wie sieht es in fünf oder gar in zwanzig, dreißig Jahren aus? Ist Daniil der Mann, mit dem ich eine Familie gründen, mit dem ich alt werden möchte?

Wir müssen beide zweifellos noch wachsen – miteinander und jeder für sich. Und zu diesem Wachstumsprozess gehört in meinem Fall, dass ich mit meinen Überlegungen endlich auf einen grünen Zweig komme.

Okay, heute ist die Nacht der Nächte – mal sehen, was Daniil zu bieten hat.

Durch einen Hintereingang betrete ich das *Seventiz*, in dem mir sogleich ein fremder Mann entgegenkommt, gleich darauf ein zweiter. Was soll das bedeuten? Unbefugte haben hier doch gar keinen Zutritt.

Der Clubbereich ist nur schwach beleuchtet und wirkt im Vergleich zu sonst ungewöhnlich düster. Auf der Suche nach Daniil lasse ich meinen Blick durch den Raum schweifen.

Er sitzt auf einem Barhocker ganz hinten an der langgezogenen Theke und unterhält sich mit einem Typen, der mich schamlos mustert. Aber ich habe nur Augen für Daniil.

„Hi", begrüße ich ihn.

„Hi", gibt er wortkarg zurück und leert sein Glas in einem Zug. Er scheint gar nicht zu bemerken, wie viel Mühe ich mir mit meinem Outfit – einem hellgrauen Mantel, schwarzen Pumps und einem schwarzen Kleid – gegeben habe. Doch dann packt er mich urplötzlich am Ellenbogen und deutet in Richtung Ausgang. „Wir trinken hinten etwas."

„Hinten?", frage ich erstaunt, werde aber bereits in die angekündigte Richtung gezogen. „Was machen diese Leute hier?"

Daniil bleibt mir die Antwort schuldig, bugsiert mich in den separaten Raum, in dem es angenehm warm ist.

Ich bin total verwirrt. Warum antwortet er nicht?

„Ich dachte, wir sind alleine?"

„Sind wir auch", brummt er. Freundlich klingt anders.

Er wirkt fahrig und unkonzentriert, als wäre er gar nicht bei der Sache. Ja, als wäre ihm mein Auftauchen unangenehm – dabei hat er mich doch eingeladen.

„Hier im Séparée sind wir ungestört. Sie werden noch etwa eine Stunde brauchen, um die Bühne für Samstag aufzubauen."

Eigentlich dachte ich, wir könnten uns in aller Ruhe aussprechen, und nun wuseln da so viele Arbeiter herum, die Daniil dauernd mit irgendwelchen Fragen belästigen werden. Das finde ich eher suboptimal. Daniil scheint zu ahnen, was in mir vorgeht, will mich aber zum Bleiben bewegen, indem er die Arme nach meinem Mantel ausstreckt, doch ich zögere.

„Dein Mantel, Abigail."

Mit zitternden Fingern öffne ich die Knöpfe. Daniil lässt mich dabei keine Sekunde lang aus den Augen.

„Hübsches Kleid." Er legt den Mantel zur Seite und tritt hinter mich. „Hübscher Arsch."

„Daniil, bitte." Ohne auf meine Bedenken zu achten, fassen seine Hände an meinen Rücken und zeichnen seine Konturen nach, bis mir richtiggehend schwindelig wird.

Himmel, was wird das?

„Durst?"

„Nein."

„Hunger?"

„N … ein." Das Wort ist mir noch kaum über die Lippen gekommen, als er auch schon meinen Reißverschluss öffnet. „Ich habe fürchterlichen Hunger", raunt er und schiebt mir das Kleid über die Hüften.

„Sie werden reinkommen", gebe ich zu bedenken.

„Nicht, wenn du brav bist."

Ich? Wer von uns beiden nestelt gerade an meinem BH?

„Wir müssen einfach darauf hoffen, dass niemand hereinplatzt, Abigail", flüstert er und fährt mit seinen Fingerspitzen über meine Nippel, die sofort reagieren. Ich schließe die Augen, weil ich so seine Berührungen noch intensiver spüre.

Abwechselnd zieht, zupft und streichelt er meine Nippel, von wo aus die Empfindungen hinunter in mein Becken schießen, in dessen Innerem es bald rhythmisch pulsiert. Dabei war ich doch gar nicht auf Sex eingestellt – ich wollte bloß mit ihm reden.

„Mmh, Abigail, du bist aber schnell auf Touren", flüstert er mir ins Ohr und presst meine Brüste mit beiden Händen zusammen. „Sie werden dich hören, wenn du zu laut kommst. Halte dich also ein wenig zurück."

Für einen Moment lässt mich Daniil los, aber gleich darauf spüre ich etwas Kaltes zwischen meinen Beinen. Ich versuche zu ergründen, was das ist, aber es gelingt mir nicht.

„So feucht, kleine Gaby", murmelt er und packt meine linke Hand. „Dein Körper ist bereit für mich, wenn du auch noch deinen Verstand ausschaltest, wird alles gut. Du bist mir ohnehin vollkommen ausgeliefert."

Es macht *Klick* – schockiert fahre ich zusammen und stoße ein verzweifeltes „*Daniil!*" aus.

„Wir gehen ein wenig spazieren", erklärt er mir seelenruhig, während er mich an den Handschellen quer durch den Raum zieht. Ich wage es nicht, mich zur Wehr zu setzen, auch wenn ich mich ängstlich frage, was er mit mir vorhat. Das kühle Gel zwischen meinen Beinen reibt bei jedem Schritt und es kostet mich große Mühe, ein Stöhnen zu unterdrücken. Dabei berührt er mich nicht einmal!

Daniil drückt mich auf die roten Polster der Couch, streckt mich der Länge nach aus und macht die Handschellen an der Armlehne fest. Nun fühle ich mich ihm wirklich hilflos ausgeliefert und doch – welche Überraschung! – schießt pure Erregung durch meinen Körper.

Kurz entschwindet der Peiniger aus meinem Blickfeld, um mit einer Flasche und einem Glas in der Hand wieder aufzutauchen.

„Na, wie fühlt sich das an?", möchte er wissen, während er sich auf der Kante der Couch niederlässt, sich Wasser einschenkt und einen Schluck nimmt.

Ich lecke mir die Lippen, würde alles tun, um nur einen Tropfen davon zu bekommen. „Mir ist kalt."

„Das meinte ich nicht."

„Hilflos."

Daniil fährt lächelnd mit dem Daumen über meine Unterlippe. „Du wirst dich daran gewöhnen."

„Warum bin ich nur an einer Hand festgekettet?"

„Weil ich möchte, dass du dich selbst berührst."

„Das kann ich nicht."

„Doch", meint er bestimmt. „Du hast ja eine Hand frei."

Genau der richtige Moment, um sarkastisch zu werden, oder wie?

„Siehst du, Abigail, hier geht es jetzt um großes Vertrauen. Du musst dein Schamgefühl überwinden, musst mir deine Verletzlichkeit offenbaren."

„Dazu bin ich nicht bereit, Daniil", gestehe ich beschämt. Er nickt, lächelt zärtlich und nippt provokant an seinem Glas. „Doch, du wirst dich selbst zum Orgasmus bringen – keine Sorge." Sein Lächeln wird breiter, selbstsicherer, beinahe spitzbübisch. Er stellt das Glas beiseite, beugt sich über mich und berührt mit einem Finger sacht meine trockenen Lippen. „Hast du Durst? Wenn du brav bist, darfst du etwas trinken. Aber zuerst ..." Er nimmt meine Hand, küsst jeden einzelnen Finger, befeuchtet meinen Zeigefinger mit seinem Mund und schiebt meine Hand mit Nachdruck direkt in mein Höschen. Mit weit aufgerissenen Augen verfolge ich das Geschehen, bin aber selbst nicht in der Lage, aktiv zu werden. Daniil muss viel Geduld mit mir haben, das steht fest.

Mit langsamen, kreisenden Bewegungen streicht er um meinen Kitzler. Das Gel, ich habe dieses blöde Gel ganz vergessen, aber es verstärkt jede Berührung um ein Vielfaches. Ich bäume mich auf, denn es fühlt sich an, als würden Tausende Blitze gleichzeitig in meinen Bauch einschlagen.

Daniil schüttelt tadelnd den Kopf, verlangsamt seine Bewegungen und berührt meine Lippen mit den seinen. Mir ist so viel Sanftheit zu wenig – ich brauche mehr, komme ihm mit meinen geöffneten Lippen entgegen und murre missmutig, als er gar nicht darauf eingeht. Dafür widmet er sich mit besonderer Intensität meiner Hand, die unter seiner Führung meinen Kitzler bearbeitet. Was für eine Welle mich auf einmal überrollt! Ich drücke den Rücken durch, öffne meine Beine weit – und komme unter Daniils forschendem Blick.

Mein Körper beruhigt sich nur langsam. Daniil ist ganz nahe bei mir und streichelt meinen nackten Bauch, was ich als überaus wohltuend empfinde.

Doch dann schießt mir ein grauenvoller Gedanke durch den Kopf: War ich sehr laut?

„Siehst du, du hast es also doch geschafft", erklärt er schulmeisterlich, steht auf und zieht sich einen Stuhl heran, auf dem er sich bequem zurücklehnt.

Daniils Augen sind dunkel, er wirkt gefährlich, sieht mich wohl als das Reh, das er erlegt hat. „Ich mag es, wenn du wehrlos vor mir liegst und all das tust, was ich von dir verlange. Das macht mich ungemein scharf, Abigail."

Während er spricht, durchzuckt mich mit einem Mal ein stechender Schmerz. Was war das? Ah, kein Messer, sondern ein harmloser Eiswürfel, den Daniil seelenruhig auf meiner rechten Brustwarze platziert hat.

„Kalt?", fragt er hämisch. „Deine Hand bleibt selbstverständlich, wo sie ist – und der Eiswürfel auch."

Gehorsam nicke ich. Himmel noch mal, ich wollte reden. Aber im Moment bleiben mir die Worte im Halse stecken. In Daniils Gegenwart bin ich ein braves Mädchen, das die Klappe hält und seinen Körper Lord Finster für dunkle Spielchen zur Verfügung stellt. Auch wenn sich alles in mir dagegen sträubt, so bin ich doch neugierig, was Daniil weiter mit mir vorhat.

„Ich werde heute bewusst nicht mir dir schlafen, weil du mich gestern allzu sehr gereizt hast und ich viel zu schnell die Kontrolle über mich verloren habe. Bei deiner Aufmachung war das auch nicht verwunderlich."

Wie kann er mir das nur antun? Ich lechze doch danach, ihn endlich in mir zu spüren, aber dieser Mistkerl traktiert stattdessen genüsslich mit dem Eiswürfel meine Nippel, die sich sofort in die Höhe recken. Von dort aus lässt er ihn hinunter zu meinem Bauch gleiten, was mich zum Erschaudern bringt.

„Was?" Eine steile Falte hat sich zwischen seinen Augenbrauen ausgebildet.

Ich nehme all meinen Mut zusammen und frage: „Wie immer: Dein Spiel, deine Regeln?"

„Richtig."

„Und ich soll mich meinem Peiniger auf Gedeih und Verderb ausliefern?"

Er lächelt schief, legt den Eiswürfel weg und streicht mit der flachen Hand über meine Brüste. „Mit welchen Fantasien die liebe Gaby da ankommt."

Er beugt sich tiefer über mich und saugt zärtlich, aber ausdauernd an meinen Nippeln, denn er weiß, dass er mich damit komplett um den Verstand bringen kann. Und das tut er jetzt auch.

Um mich herum beginnt sich alles zu drehen, ich stöhne ungehemmt und mache damit genau das, was Daniil von mir verlangt: Ich lasse mich fallen, genieße und gebe mich ihm hin. Längst ist alles um uns herum vergessen, wir sind in einen tiefen Tunnel eingetaucht, der uns abschirmt und beschützt. Aber Daniil hält strikt an seiner Ankündigung fest und beherrscht sich – bis er mir in die Augen sieht. Da ist es auch um ihn geschehen.

„Was willst du, Abigail?", keucht er.

„Dich", flüstere ich atemlos.

In Windeseile zerrt er mir den Slip vom Leib und flucht laut, als sich ihm der Stoff zu widersetzen scheint. Der Anblick meines vollständig entkleideten Körpers macht ihn total verrückt, das kann er nicht vor mir verbergen. Aber mir geht das trotzdem viel zu langsam.

„Berühre mich, Daniil. Ich liebe dich." Nun ist es gesagt, doch es tut gut, die Worte ausgesprochen zu haben. Sie verwandeln Böses in Gutes, Hartes in Weiches.

Daniil kniet plötzlich am Fußende der Couch und beginnt mich von den Knöcheln aufwärts zu küssen. Ab und an bringt er auch seine Zunge ins Spiel – und seine Zähne, aber keinesfalls fest, sondern in der richtigen Dosis.

Zwischen meinen Beinen angekommen, schnuppert und saugt er meinen Duft ein, was mir im ersten Moment unangenehm ist. Aber hallo, ich bin keine elf und muss nicht auf unschuldige Jungfrau machen. Wer, wenn nicht Daniil dürfte wissen, wie meine Lust, wie mein Orgasmus und wie die Gier nach ihm schmeckt?

Instinktiv schiebe ich meine Beine auseinander, öffne mich und strecke mich ihm entgegen. Noch geschieht alles sehr sanft und zart, aber das ist lediglich die Ruhe vor dem Sturm, der bald über uns hereinbrechen, sämtliche Dämme niederreißen und uns zu wunderbaren Ufern davontragen wird.

Seine Zunge schleckt nun an meiner Muschi entlang, findet den Kitzler, aber so sehr ich mich auch aufbäume und bettle, eine eingehendere Beschäftigung mit ihm bleibt mir verwehrt.

Stattdessen drückt mich Daniil zurück auf die Couch und da ich diese rüde Behandlung – ganz das Musterbeispiel der gehorsamen, zurückhaltenden Frau – widerspruchslos hinnehme und nicht mehr selbst das Tempo bestimmen will, belohnt er mich, indem seine Zunge aufs Neue meinen Kitzler umspielt. Ein Hochgefühl erfasst mich, das sich über meinen ganzen Körper auszubreiten beginnt und mich immer höher den Berg hinauf trägt. Ich zergehe förmlich unter Daniils Zungenspiel, aber er weist auch dieses Mal meine flehentliche Bitte nach Erlösung zurück. Ja, nicht nur das. Zu meinem Entsetzen verlagert er sein Gewicht, sodass seine Berührung weit weniger intensiv ist als zuvor. Enttäuscht versuche ich, meine freie Hand nach ihm auszustrecken, mich aufzurichten, was die Handschellen jedoch verhindern. Aber längst habe ich alle Regeln vergessen, ich habe mich einfach nicht mehr unter Kontrolle, bin nur noch von dem Gedanken beseelt, Daniil so weit zu bringen, dass er meinen Kitzler bis zum Äußersten bearbeitet.

Damit erreiche ich jedoch nur das Gegenteil: Daniil lässt gänzlich von mir ab und bedenkt mich mit einem derart bösen Blick, dass meine Knie nachgeben würden, wenn ich nicht gefesselt hier liegen müsste.

Mit festem Griff umschließt er mein Handgelenk und diese Berührung reicht aus, um mich zum Vibrieren zu bringen. Meine Augen fixieren die Stelle über seinem Hosenbund, von wo aus sich feine Härchen ihren Weg nach unten bahnen. Sie weisen direkt auf jene Köstlichkeit hin, die noch unter Daniils Hose verborgen liegt.

Betont langsam entledigt sich Daniil seines Oberteils und reckt mir seine männliche Brust entgegen.

„Ich bin bereit für dich, Abigail", flüstert er heiser und legt meine Hand auf seinen Schritt. Sein harter Schwanz presst sich gierig dagegen und raubt mir den Atem.

„Berühre deine Muschi für mich." Als ich seiner Bitte nicht gleich nachkomme, erhöht er den Druck um mein Handgelenk. „Danach gebe ich dir alles, was du möchtest, Baby."

Angesichts eines solchen Versprechens kann ich mich nicht länger weigern. Langsam gleitet meine Hand abwärts, schiebt sich zwischen meine zusammengepressten Schenkel und ertastet vorsichtig meinen feuchten Kitzler.

„Weiter auseinander, so wie du es machst, wenn du alleine bist", erklingt Daniils Befehl in meinem Ohr.

Ertappt! Natürlich gibt es auch in meinem Leben jene einsamen Nächte, in denen ich mich nach Berührung, nach Zärtlichkeit, nach Lusterfüllung sehne und mir diese Wünsche auch erfülle – aber im Verborgenen. Dieselben Bewegungen vor Daniils Augen vollziehen zu müssen, erscheint mir dagegen frivol, stellt aber gleichzeitig einen ganz besonderen Reiz für mich dar. Also spreize ich meine Beine weiter auseinander, bedecke den pochenden Teil dazwischen aber mit meiner Handfläche.

„Gut", lobt er mich, während er aus seiner Hose schlüpft.

Mit seinen Vorsätzen ist es also auch nicht weit her, grinse ich in mich hinein.

Seine Finger streichen über meinen Körper und hinterlassen eine glühend heiße Spur an jenen Stellen, an denen er mich berührt hat. Fasziniert hängen meine Augen an seinem Körper – dem strammen Hintern, dem Spiel seiner Muskeln, seinem festen Rücken, dem erigierten Penis, den er mit einer Hand umfasst hält und mit langsamen Vor- und Rückwärtsbewegungen auf seine eigentliche Bestimmung vorzubereiten scheint.

Daniil blickt mich durchdringend an, während er vor mir Platz nimmt. „Gib die Hand weg und zieh deine Muschi auseinander. Ich will alles sehen, Baby."

Artig leiste ich auch diesem Befehl Folge, auch wenn ich mich ziemlich unbehaglich dabei fühle.

„Gut. Sehr gut." Er scheint riesigen Appetit auf mich zu haben, denn er massiert sein bestes Stück immer heftiger.

Es ist ein seltsames Gefühl, uns beide so zu sehen. Ich bin in Sachen Sex zwar durchaus erfahren, aber nie zuvor habe ich mich zu derartigen Handlungen hinreißen lassen – und es sogar genossen. Auch Daniil dabei zuzusehen, wie er in meiner Gegenwart ungeniert seinen Schwanz massiert, finde ich in höchstem Maße erregend.

„Bist du feucht für mich?", möchte er mit rauer Stimme wissen.

„Ja."

„Ja? Willst du mich in dir haben?"

„Ja. Daniil, bitte."

Mein jämmerliches Flehen bringt ihn zum Schmunzeln, während er mich so positioniert, dass er ohne Probleme in mich eindringen kann.

Genussvoll schiebt er sich an der Kante der Couch kniend in mich – Stück für Stück, langsam und doch unerbittlich. Er füllt mich aus, dehnt mich und macht mich hungrig. Kurz hält er inne, streicht mit seinen Fingern über meine Brüste und schiebt sich dann bis zum Ansatz in mich.

Bereits beim ersten festen Stoß bleibt mir die Luft weg. Doch das ist erst der Anfang. Rhythmisch bewegt er sich weiter und jagt mir dabei jeden dummen Gedanken aus dem Schädel. Meine Beine schlingen sich gleichsam von selbst um Daniils Hüften, mein Becken sehnt den nächsten Stoß herbei. Den nächsten. Und den nächsten ...

Und sie kommen – zielsicher, fest und mit verheerender Kraft. Daniils Atem wird schneller, ähnelt dem meinen, während er in mich hineinpumpt.

Mein Höhepunkt lässt nicht mehr lange auf sich warten, dabei weiß ich gar nicht, ob ich überhaupt kommen darf. Daniil würde mich für so viel Zurückhaltung loben. Aber ich hatte ja einen strengen Lehrmeister.

„Möchtest du kommen, Baby?"

„Ja." Ich schreie es regelrecht heraus, so stark ist mein Wunsch nach Erlösung. Hoffentlich verarscht er mich nicht. Egal, es gibt ohnehin kein Zurück mehr.

„Okay, ich erlaube es dir."

„Danke." Es erst vollbringen, dann kann ich mich immer noch für meine Worte verachten. Danke? Soll das mein Ernst sein? Ich bedanke mich, weil er mir erlaubt zu kommen? Meint er, meinen Körper und seine Funktionen in der Hand zu haben? Irrtum, mein Körper gehört mir allein – meistens.

„Komm schon, Abigail. Komm!", feuert er mich an.

Das lasse ich mir nicht zweimal sagen. Im Nu komme ich nicht nur, ich zerberste in tausend Einzelteile. Eine lustvolle Welle schwappt über meinen Körper hinweg und überträgt sich auf Daniil, der ebenfalls zittert und bebt. Wir schwimmen um unser Leben, verfolgt von einem Schwarm Haie – und erreichen den sicheren Hafen, Daniils und meinen Hafen. Des

Öfteren hat sich unser Schiff verirrt, hat Eisberge gerammt, ist leckgeschlagen, aber nie gesunken. Wir werden es reparieren, mit Teer bestreichen, damit kein Wasser einströmt – und dann werden wir gemeinsam die Welt erkunden.

Noch ehe mein Hochgefühl abebben kann, entlädt sich Daniil in meinem Schoß und bringt meinen Körper damit abermals zum Kribbeln. Wie furchtbar männlich, wild und verletzlich er in diesem Moment aussieht!

Müde sackt er auf mir zusammen. Sein Brustkorb hebt und senkt sich in einem Wahnsinnstempo, während ich meine freie Hand über seine Schultern gleiten lasse. Seine Haut ist feucht, warm und duftet nach Leidenschaft pur. Ich schmiege mein Gesicht in die Beuge unter seinem Kinn, schließe die Augen und lasse mich treiben.

Endlich befreit er meine festgekettete Hand, küsst sie und wärmt sie, die eiskalt ist, an seinem Körper.

„Du machst mich wahnsinnig", brummelt Daniil verdrießlich. „Es war unmöglich, nicht mit dir zu schlafen."

Ich kichere und küsse seine Mundwinkel. „Man könnte fast meinen, du hast die Kontrolle verloren."

„Ich verliere niemals die Kontrolle", verteidigt er sich und massiert mit seinem Daumen meine Unterlippe. „Ich passe mich eben den Umständen an."

„Was für eine billige Ausrede!"

Wir sehen uns lange an. Mir gefällt dieses ungewohnte Glitzern in Daniils Augen, seine Natürlichkeit. Er gibt mir das Gefühl, ihn zu vollenden, als sei ich ein wichtiger Punkt in seinem Leben. Der wichtigste. Als sei ich seine Luft zum Atmen, seine Nahrung, seine Insel. Und umgekehrt verkörpert Daniil dasselbe für mich.

„Hunger?", reißt er mich mit einem bezaubernden Lächeln aus meinen Gedanken.

„Was kannst du mir hier anbieten?"

„Nicht viel, aber ich könnte dich in ein nettes Restaurant ausführen."

„Klingt sehr gut, aber im Ernst, ich kann mich unmöglich da draußen zeigen."

Auf den Ellenbogen gestützt, mustert er mein Gesicht, seine Finger ziehen dabei die Konturen meiner Nase nach. „Vermutlich sind sie längst weg. Komm, lass uns aufstehen."

Ich kleide mich hastig an. Auch Daniil scheint es sehr eilig zu haben und im Handumdrehen machen wir uns auf den Weg.

31. Kapitel

Daniil zeigt sich von seiner Sonnenseite, wählte eines der besten Restaurants der Stadt aus – das *Rules*, Londons ältestes Restaurant, wie die Besitzer nicht müde werden zu betonen. Auch ihre exotische Speisekarte erfüllt sie mit Stolz. Meine Mutter liebt dieses Lokal, sucht es gerne auf, weshalb es ein Leichtes war, einen freien Tisch zu ergattern.

Nun sitzen wir im *Bonkets*, einem speziellen Bereich des Restaurants. Ein an sich düsterer, überladener Raum, der an Kitsch und Pomp kaum zu übertreffen ist. Dennoch strahlt er mit seinen dunkelrot gepolsterten Bänken und Stühlen einen gewissen Charme aus. Wir sitzen an einem Zweiertisch, umgeben von gut gelaunten Gästen – so weit gute Laune in diesem Rahmen eben geduldet wird. Hier bewegt man sich in jener vornehm-verkrampften Welt, der ich mein ganzes Leben lang zu entfliehen versuchte, doch mit Daniil an meiner Seite kann ich es mit ihr aufnehmen. Er bringt mich zum Lachen, kümmert sich einen Dreck um Regeln, Anstand und Schicklichkeit – er ist er und reißt mich mit. Himmel, ich sitze durchgevögelt im *Rules* und werde beim Gedanken daran nicht einmal rot. Wenn die Damen und Herren an den Nebentischen mit ihrem kostbarsten Schmuck, den teuersten Kleidern und den hochnäsigen Mienen wüssten, mit wem sie dieselbe Luft atmen! Abigail Bennet und Daniil Detari bringen ein bisschen Schwung in den gepflegten Mief hier – auch wenn nur sie beide Bescheid wissen.

„Wie geht es dir?", möchte Daniil wissen und ergreift meine Hand, um sie zärtlich zu kneten.

„Gut."

„Das freut mich, Abigail. Ich dachte, du würdest mir wieder davonlaufen."

„Nun ja, ich wollte zuerst mit dir reden und dann ..." Nun gerate ich doch tatsächlich ins Stottern. Schnell räuspere ich mich. „Es ist viel passiert – gestern, heute. In einem Punkt hattest du allerdings recht: Wir dürfen nicht alles zerkauen, aber hin und wieder ein paar Worte, um sich zu versichern, dass man auch das Richtige tut, können auch nicht schaden."

Zustimmend lächelt er mich an. „Man tut das Richtige, wenn es sich für einen selbst gut anfühlt."

„Ja, nur manchmal lässt man sich von seinen Gefühlen täuschen."

„Du wirst Young also das Herz brechen", stellt er mit betonter Nüchternheit fest.

Ich nicke, fühle mich aber unglaublich mies. „Vermutlich werde ich das tun. Er war gestern Abend vor meiner Wohnungstür, aber ich war nicht da ... Es war ein Fehler, etwas mit ihm anzufangen."

Ich schwafle vor mich hin und noch dazu über ein Thema, das Daniil nicht gerade genehm sein kann. Halt die Klappe, Abigail!

„Wahrscheinlich bin ich in diesem Fall der falsche Ansprechpartner", ruft er mich zur Ordnung.

„Ja, entschuldige." Mir dröhnt der Kopf und ich fühle mich unglaublich müde. Als unsere Getränke kommen, nehme ich schnell einen Schluck Wein und hoffe auf seine stimulierende Wirkung. „Meine Mutter möchte kommendes Wochenende nach Schottland fahren ..."

Er sieht mich verständnislos an, begreift offenbar nicht, was ich ihm damit sagen möchte.

„Seit mein Vater in London unter Hausarrest steht, ist das Anwesen in Schottland verwaist. Es ist also hoch an der Zeit, mal wieder Nachschau zu halten. Außerdem fürchte ich, dass sie unter entsetzlichem Heimweh leidet."

„Möchtest du, dass ich mitkomme?", fragt er halb entsetzt, halb skeptisch.

Ja, das möchte ich, obwohl ich mir kaum vorstellen kann, dass er Lust auf ein Familienwochenende hat, wo die Fronten zwischen uns noch immer nicht geklärt sind.

Abermals nippe ich an meinem Glas. „Ja, ich möchte, dass du mitkommst."

„Mit welchem Hintergedanken, Abigail? Welche Prüfung habe ich in Schottland zu bestehen?"

Meine Geduld ist auch nicht grenzenlos. Missmutig entziehe ich ihm meine Hand – selber schuld. „Ich dachte, ein Tapetenwechsel würde uns beiden guttun. Schottland übt eine beruhigende Wirkung aus – zumindest auf mich."

Obwohl mir der Appetit vergangen ist, gebe ich meine Bestellung auf, atme erst einmal tief durch, ehe ich Daniil wieder in die Augen sehe. Seine Launenhaftigkeit ärgert mich ungemein. Nie kann man sich sicher sein, woran man bei ihm ist. Immer muss man mit Überraschungen rechnen – auch mit unangenehmen. Es ist wirklich frustrierend, denn im Grunde ist er ein liebevoller und einfühlsamer Mann, der sich lediglich hinter seiner Ruppigkeit versteckt.

„Dann begleitest du mich also nicht?"

Versucht er etwa, ein Schmunzeln zu unterdrücken? „Selbstverständlich begleite ich dich – selbst auf die Gefahr hin, dass dein Bruder und ich uns in die Haare geraten. Erinnere dich bloß an die vernichtenden Blicke, die er mir im Krankenhaus zugeworfen hat."

„Er ist ein netter Kerl, der seine Familie beschützt", verteidige ich William einmal mehr.

Mir ist nicht verborgen geblieben, wie die Leute über ihn denken – er gilt als abweisend, eingebildet, egoistisch, unfreundlich ... Die Liste ließe sich endlos fortsetzen. Und er arbeitet auch hart daran, sich diesen Ruf zu bewahren. Seit er die Firma leitet, ist er etwas umgänglicher geworden – vielleicht hat auch Rose ihr Scherflein dazu beigetragen. Aber es hat eine Zeit gegeben, in der es wild zur Sache ging. Er zog von Party zu Party, konsumierte jede Menge Frauen und Alkohol, wollte keine Verantwortung tragen, kurz: Er war ein echtes Arschloch. Und der Grund dafür ist in seiner verkorksten Kindheit zu suchen. Aber ich, die ich ihn in- und auswendig kenne, weiß, dass er ein gutes Herz hat und alles für diejenigen tut, die er aufrichtig liebt.

„Ich kann ihn gut verstehen – zumindest im Hinblick auf dich.“

„Ich bin nun mal seine kleine Schwester und er trägt schwer an der Last, dass er mich in unserer Kindheit nicht vor Schaden bewahren konnte.“

Die Stimmung verändert sich erneut. Ich begegne Daniil mit einer großen Offenheit, lasse ihn an meinen Ängsten und Sorgen teilhaben, die ich schon mein ganzes Leben lang mit mir herumschleppe.

„Er war doch ein Kind, Abigail, genau wie du. Niemand kann ihm seine Hilflosigkeit verübeln.“

Auch wenn es kein gutes Licht auf mich wirft, muss ich die Wahrheit gestehen: „William und ich waren uns nicht immer grün. Ich habe ihm früher oft vorgeworfen, dass er mich im Stich gelassen hat. Und ich war neidisch, weil alle in ihm den verhätschelten Kronprinzen sahen, dessen Weg als Firmenchef vorgezeichnet war. Er genoss alle Freiheiten – und ich war einfach nur da und niemand kümmerte sich um mich.“

Ob ich will oder nicht, muss ich mir auch heute noch eingestehen, dass ich ein wenig eifersüchtig auf William bin. Er wurde auf die besten Schulen des Landes geschickt, durfte die Welt bereisen und sich so allerlei herausnehmen … und ich musste ganz ohne brüderliche Unterstützung mit unserem Vater klarkommen. Ich war einfach nur ein Notnagel für den unwahrscheinlichen Fall, dass William etwas zustoßen sollte, weil er es allzu arg trieb.

„Wie hast du deinen Weg gefunden?"

„Meine Mutter hat mir sehr geholfen. Von meinem Vater war hingegen nichts zu erwarten. Er hielt die Idee, nach London zu gehen und mich der Schauspielerei zu widmen, für das Hirngespinst eines reichen Nichtsnutzes, dessen Lebensunterhalt gesichert war." Ich halte kurz die Luft an, da mich die erlittene Demütigung von neuem überrollt.

Warum ich ausgerechnet heute auf dieses schmerzhafte Thema zu sprechen komme, ist mir schleierhaft. Andererseits will ich Daniil nichts verheimlichen. Wenn er sich für mich entscheidet, dann muss er das Gesamtpaket mit all seinen hässlichen Gebrauchsspuren nehmen.

„Aber du bist deinen Weg gegangen, das finde ich bemerkenswert, Abigail. Hat dein Vater dich einmal spielen gesehen?"

„Im Theater? Nein – reine Zeitverschwendung."

Daniil versteift sich. „Du kennst meine Meinung über … diesen Mann. Ich muss gar nicht erst ins Detail gehen."

Mit dem Zeigefinger fahre ich konzentriert den Saum des Tischtuches nach, damit ich Daniil nicht anzusehen brauche. Es muss in ihm brodeln, aber ihm sind ebenso die Hände gebunden wie mir. In die Vergangenheit kann man nicht eingreifen, um sie zurechtzurücken.

„Trotzdem fehlt er mir", führe ich weiter aus. „In mir schlummert immer noch die dumme Hoffnung, dass er einsieht, was er uns angetan hat, und es bereut. Dass er sich ändern könnte. Auch wenn William und ich nichts mehr davon haben, so doch vielleicht unsere Kinder – sofern ich eines Tages welche haben sollte."

Daniil tut mir beinahe leid. Herzlichen Glückwunsch, Sie haben den Hauptpreis gewonnen – eine verrückte Frau, die sich eine Versöhnung mit ihrem noch verrückteren, gewalttätigen Vater wünscht.

„Ich würde ihm keine Sekunde lang erlauben, bei unseren Kindern zu sein, Abigail." Daniils Stimme ist schneidend wie ein frisch geschliffenes Messer. „Sollte es sich doch nicht vermeiden lassen und er würde in meiner Gegenwart auch nur ein einziges Mal ausfallend oder handgreiflich dir oder einem meiner Kinder gegenüber werden ... er wäre ein toter Mann."

Herrje, das sind ja schöne Aussichten. Handgreiflichkeiten, die mit noch brutaleren Handgreiflichkeiten beantwortet werden.

„Baby, sieh mich an! In Zukunft werde ich für deine Sicherheit sorgen. Dein Vater kann sich schon einmal warm anziehen, er steht ganz oben auf meiner Liste." Daniil bringt mich doch tatsächlich zum Lachen, wärmt mein Herz und berührt meine Seele. „Ich werde nach Schottland mitkommen, weil ich dich liebe, weil ich nicht möchte, dass du dich selbst zerfleischst. Du bist die bewundernswerteste Frau dieser Erde. Darum gehörst du auch mir und keinem anderen", fügt er süffisant grinsend hinzu.

Den Rest des Abends ist sie ruhiger und ausgeglichener. In meiner neuen Wohnung bauen wir gemeinsam den Wohnzimmerschrank zusammen, während ich zu Abigails Erheiterung einen Schwank aus meiner Jugend zum Besten gebe. Ich genieße ihr Lachen ebenso wie die bösen Blicke, wenn die Geschichte ins Schlüpfrige abzuleiten droht.

Sie trägt eines meiner Shirts, dazu weiße Boxershorts – ich finde sie in diesem Aufzug zauberhaft. Am liebsten würde ich sie auf der Stelle nehmen, reiße mich jedoch am Riemen, da ich erstens dieses blöde Board fertigbekommen möchte und zweitens auf Abigails angeschlagenes Nervenkostüm Rücksicht nehmen muss.

Sie ist vorhin im Restaurant sehr aus sich herausgegangen – etwas, das Seltenheitswert besitzt. Ihre Ängste und zerstörten Träume haben mich tief im Innersten berührt und meinen Beschützerinstinkt weiter verstärkt.

Hundemüde kriechen wir ins Bett, kuscheln uns eng aneinander und fallen augenblicklich in einen tiefen Schlummer, aus dem ich erst erwache, als am nächsten Morgen mein Mobiltelefon klingelt. Der Name der Anruferin, der auf dem Display erscheint, lässt Übelkeit in mir aufsteigen.

„Candice, es ist halb sechs!" Ich versuche es erst gar nicht mit Freundlichkeit – so viel Rücksichtnahme hat sie wahrlich nicht verdient.

Aber ihr Schniefen fährt mir durch Mark und Bein. „Daniil … es tut mir leid … ich kann nicht schlafen … ich … brauche deine Hilfe."

„Nein, nein, nein, Candice. Dieser Zug ist abgefahren. Wir haben uns doch darauf geeinigt, getrennte Wege zu gehen – endgültig."

„Ich weiß. Ich schaffe es aber nicht. Der Club … ich kenne mich damit doch nicht aus … nicht so gut wie du."

„Was ist mit dem Club?" Obwohl ich auflegen sollte, werde ich hellhörig. Ich habe ihn Candice anvertraut, immerhin gehört er ihr ja auch. Dass sie nie alleine die Verantwortung dafür tragen musste, habe ich selbstverständlich nicht vergessen. Doch da sie eine versierte Geschäftsfrau ist – wenn auch aus einer anderen Branche –, bin ich davon ausgegangen, dass sie das Kind schon schaukeln wird.

„Ich habe John als Berater ins Boot geholt. Er hat mir Tipps gegeben, wie ich Leute hereinbringe, Festivals veranstalte und

Ähnliches, aber es ist in die Hose gegangen. Ich habe mich getäuscht, nicht nur, was John anbelangt, sondern …"

„Sondern was?"

„Ich kann es mir nicht erklären, aber es funktioniert nicht. Die Leute bleiben aus, unser ganzes Renommee ist beim Teufel, es ist, als läge ein Fluch auf diesem verdammten Laden."

„Dann habt ihr heute schon zu?"

„Ja."

Ich schließe die Augen, um meine Wut in Schach zu halten. „Unter der Woche ist doch immer wenig los." Haha, wen versuche ich eigentlich zu beruhigen?

„Aber auch am Samstag lief es nicht besser. Um halb drei war der Club leer. Wenn man die Kosten für den DJ einrechnet, haben wir Verlust geschrieben."

„Dann verkauf den Scheißladen."

Sie schmeckt meine Lüge durch den Hörer hindurch, seufzt ungehalten, wie sie es immer macht, wenn ich sie enttäuscht habe. „Es ist unser Baby, Daniil. Ich will ihn nicht verkaufen."

„Candice, es gibt weder ein uns noch ein gemeinsames Baby. Der Club gehört dir alleine."

„Ich will ihn retten, Daniil – mit deiner Hilfe. Ich weiß, wie sehr er dir am Herzen liegt. Du hast dein gesamtes Wissen, deine Leidenschaft hineingesteckt."

Nun bin ich derjenige, der seiner Entrüstung Luft machen muss. „Es war meine Arbeit, die ich nebenbei bemerkt nicht vermisse. Was möchtest du hören?"

„Ich möchte, dass du herkommst, mir sagst, was ich falsch mache, und mich unterstützt. Ich würde gut bezahlen."

„Und ich wäre dann deine persönliche Hure, oder wie? Es gibt Unternehmensberater, Experten auf diesem Gebiet. Bezahle die."

„Ich will dich, Daniil."

„Nein."

„Dreitausend auf die Hand."

„Gute Nacht, Candice."

„Bitte. Fünftausend."

Ich schweige, aber in mir tobt ein Orkan. Einerseits will ich den Club, den ich aufgebaut habe, nicht vor die Hunde gehen lassen. Es ist der einzige sichtbare Erfolg im Leben, den ich vorzuweisen habe. Ich habe jede freie Minute in ihn investiert – und nicht nur das, sondern auch mein Herzblut. Es ist tatsächlich *unser* Baby. Wäre Candice nicht Candice, säße ich bereits im Flieger und würde mir den Arsch aufreißen, um die Sache wieder ins Lot zu bringen. Und Abigail wäre nicht Abigail, wenn sie mir, wenn ich diesen Husarenritt wagte, nicht den Hals umdrehen würde.

Tu es, schreit es in mir. Es ist die Stimme der Sehnsucht, die Stimme des Glücks, dem ich hinterherjage.

„Und du denkst, wenn ich da bin, kommt alles wieder in Fluss? Es gibt gute und schlechte Zeiten, Candice. So kurz nach Weihnachten sind die Leute nun einmal etwas knauserig. Ich kann auch nicht zaubern und selbst wenn ich käme, könnte ich nicht allzu lange bleiben."

„Ich weiß nicht, was ich denke, Daniil. Aber du bist der einzige Mensch, auf den ich zählen kann. Du kennst den Club besser als jeder andere. Ich brauche dich", schmeichelt sie mir. „Es ist Gaby, die dich zurückhält. Sie macht dir die Hölle heiß, weil sie über uns Bescheid weiß."

Abigail hat damit gar nichts zu tun. „Okay – ich komme." Wie dämlich bin ich überhaupt? Candices Prophezeiung wird eintreffen – Abigail macht mich zur Schnecke, sobald sie von meinem Vorhaben erfährt.

„Daniil, du bist der Beste. Ich danke dir von ganzem Herzen."

„Ist schon gut", unterbreche ich sie. „Wann soll ich kommen?"

„So bald wie möglich – dieses Wochenende!"

Dieses Wochenende steht Schottland auf dem Programm – Abigail wird ausrasten. „In Ordnung. Dann komme ich Donnerstagabend."

„Danke, danke."

„Gut. Ich möchte eine Aufstellung der letzten Monate – und den Plan für die nächsten Wochen."

„Wird gemacht."

„Dann bis Donnerstag."

„Bis Donnerstag. Nochmals danke."

Als ich auflege, fühle ich mich wie durch den Fleischwolf gedreht. Nicht nur, dass mich ein erbitterter Fight mit Abigail erwartet, auch die neuerliche Zusammenarbeit mit Candice wird nicht einfach werden. Ob es ihr tatsächlich nur um den Club geht? Noch in New York hat sie mir in den Ohren gelegen und um eine zweite Chance gebeten – etwas, das ich Abigail auf gar keinen Fall erzählen darf.

Ich werde mir drei Tage Zeit nehmen, die Angelegenheit so gut es geht in Ordnung bringen und dann wieder verschwinden. Sollte der Club nicht mehr zu retten sein, dann habe ich wenigstens mein Möglichstes getan und nicht gleich die Flinte ins Korn geworfen. Candice findet auch ohne ihn ihr Auslangen.

Ich finde Daniil im Wohnzimmer. Er scheint früh aufgestanden zu sein, ist geduscht und angezogen. Ich hingegen habe geschlafen wie ein Baby.

„Es steht noch." Ich meine das Regal, welches wir gestern zusammengeschraubt haben.

Daniils Zurückhaltung macht mich stutzig. Verbirgt er etwas vor mir? Ich muss dem auf den Grund gehen. „Du bist früh aufgestanden."

„Ja. Ich konnte nicht mehr schlafen. Dafür gibt es jetzt wenigstens Frühstück."

„Dein Handy hat geklingelt. War es Ilka?"

Daniil schiebt mich in die Küche und schenkt mir Kaffee ein. „Nein … ähm. Abigail, ich muss am Donnerstag nach New York fliegen."

„Ach ja. Warum, wenn ich fragen darf?" Noch halte ich an mich, obwohl ich den Grund für seine Abreise längst kenne.

„Candice hat Schwierigkeiten mit dem Club und hat mich um Hilfe gebeten."

Du meine Güte, wer ist er denn, dass seine Ex nur rufen muss und schon steht er Gewehr bei Fuß. Wenn ich auch keine eifersüchtige Schnepfe bin, die es nicht abkann, dass ihr Mann mit anderen Frauen zusammenarbeitet, so gibt es doch ein paar Personen, die ich definitiv nicht in seiner Nähe sehen will – Candice steht dabei an erster Stelle.

Am liebsten würde ich ihm die Tasse ins Gesicht schmeißen. „Und da du alles, was die liebe Candice sagt, auch machst, setzt du dich in den nächsten Flieger."

„Abigail, es ist auch mein Club. Ich habe ihn schließlich mit aufgebaut", schnauzt er mich an.

„Und Schottland?"

„Ich komme nach."

Wie ein störrisches Kind möchte ich mich zu Boden werfen und mit beiden Beinen strampeln. Ich habe mich so auf dieses Wochenende gefreut, dachte, es würde uns guttun. Anscheinend ist Daniil anderer Meinung.

„Ich kann mit Candice als ewiger Konkurrentin nicht leben. Ständig wechselst du die Fronten. Ich bin kein Spielzeug, das man herumschieben kann."

Wenigstens Daniil schmeckt der Kaffee oder ist es nur ein Ablenkungsmanöver, um seine Unsicherheit zu verbergen, dass er sich ihm mit solcher Inbrunst widmet? Allerdings wirkt er momentan alles andere als unsicher. Er scheint genau zu wissen, was er will, und lässt mich dabei links liegen. Immerhin hätte er fragen können, ob ich mitkommen und ihn unterstützen möchte – aber nein, er entscheidet alles ganz allein.

„Es geht doch hier nicht um dich und Candice, es geht ums Geschäft – ich bin es ihr schuldig, dass ich weder sie noch die Mitarbeiter hängen lasse."

„Und mich kannst du hängen lassen?", fauche ich ihn an. „Bist du mir nichts schuldig? Bitte ich dich ein einziges Mal um einen Gefallen, krümmst und windest du dich. Ruft jedoch Candice mitten in der Nacht an, hopp, schon bist du auf dem Weg. Was soll ich mir dabei denken?"

„Du vergleichst Äpfel mit Birnen." Mit zusammengekniffenen Augen starre ich ihn an. Wir drehen uns wieder einmal im Kreis. Ich war viel zu gutgläubig, habe mich breitschlagen lassen und erhalte jetzt meine wohlverdiente Strafe. „Abigail, ich verstehe dein Problem nicht. Hier geht es ausschließlich um den Club."

„Wie würdest du dich verhalten, sollte Lucas mich fragen, ob ich mit ihm beispielsweise nach Paris fliegen möchte? Nur wir beide, ein ganzes Wochenende lang."

Daniil schließt die Augen. Ich kenne die Antwort auch so – er würde durchdrehen, mir nachfliegen und Lucas vom Eiffelturm stürzen.

„Baby, du kannst mir vertrauen, ich komme am Samstag nach Schottland. Glaube mir, mir liegt etwas daran."

Die Mitleidsschiene – sein letztes Ass im Ärmel.

„Ich weiß nicht einmal, ob ich dich angesichts der neuen Situation noch in Schottland dabeihaben möchte."

„Okay. Dann drehen wir wieder alles auf Anfang? Nur wegen einer winzigen Änderung, die dich unsicher macht?"

„Sie macht mich wütend."

„Wer?"

„Candice."

„Du verhältst dich furchtbar kindisch, Abigail."

Ich recke das Kinn nach oben, auch wenn mich seine Worte hart getroffen haben. „Sie hat versucht, uns auseinanderzubringen, Daniil. Diese Geschichte hat sie mir bloß erzählt, damit ich mich von dir abwende und dich in ihre Fänge zurücktreibe. Und du bist ihr ja auch ein zweites Mal ins Netz gegangen und eben hat sie ihren dritten Versuchsballon gestartet – und du hast wieder angebissen."

„Du vergisst, dass ich ein Mensch mit eigenem Willen bin, der sich nicht einfach einlullen lässt. Wie sieht es bei dir aus?"

„Seit wann kümmert es dich, was mit mir ist?"

Daniil wird allmählich stinksauer. „Deine Eifersucht sollte mich eigentlich ehren, aber sie nervt nur, Baby. Ich werde nach New York fliegen, wenn du damit nicht klarkommst, dann ist es vielleicht wirklich besser, wenn wir Schottland bleiben lassen."

„Vermutlich." Ich bin nahe dran, in Tränen auszubrechen. „Dieses Wochenende bedeutet mir ohnehin nichts, mach also, was du nicht lassen kannst. Ich wünsche dir einen guten Flug und einen schönen Aufenthalt in New York." Obwohl ich glaube, einen dumpfen Schmerz in seinen Augen aufblitzen zu sehen, stolziere ich hinaus. Demonstrativ knalle ich die Haustür hinter mir zu.

Ich mag überreagiert haben, aber ich kann es einfach nicht ertragen, dass Candice unsere langsam wachsende Beziehung ständig torpediert. Außerdem habe ich mich so auf ein gemeinsames Wochenende mit Daniil in Schottland gefreut. Schottland ist zwar der Ort, an dem mich mein Vater ignoriert, gehasst und geschlagen hat, aber es ist auch der Ort, an dem ich aufgewachsen bin, geträumt und Schönes erlebt habe. Ich wollte meine Erinnerung mit Daniil teilen und unserer Beziehung so ein weiteres wichtiges Puzzlestück hinzufügen. Wenn man den Rest seines Lebens mit jemandem verbringen will, dann ist es doch nur natürlich, ihn in die eigene Welt zu entführen und ihm all ihre Facetten zu zeigen.

Es schmerzt unsagbar, dass er Candice noch immer Priorität einräumt. Candice und dem Club und New York und seinem Leben als Geschäftsmann – ich kann ihm nichts von all dem bieten.

32. Kapitel

Auch wenn sich meine Mutter beschwert, dass ich mich überhaupt nicht um sie kümmere, ziehe ich die Kopfhörer einer Unterhaltung mit ihr vor. Selbstverständlich will auch sie mich – genau wie alle anderen – aufmuntern, will mich aus meiner gedrückten Stimmung reißen. Aber wie sollte das gelingen? Zwei Tage lang habe ich Daniil weder gesehen noch gesprochen. Mir macht das gar nichts aus – na ja, das rede ich mir zumindest ein.

Anfangs war ich wütend, jetzt fühle ich mich nur noch elend. Ich friere, bringe kaum einen Bissen hinunter und der Gedanke an seine Rückkehr bereitet mir Unbehagen. Ich bin total verzweifelt.

Er ist gegen meinen Willen nach New York geflogen, hat sich keinen Deut darum geschert, wie es mir damit geht, dabei hätte ... Hätte, hätte, hätte, Fahrradkette ... Aber hätte er doch angerufen! Hätte er wenigstens mit mir geredet!

Dank des Reichtums meiner Familie gibt es allerdings ein kleines Trostpflaster: Ab der Landung in Edinburgh genieße ich ausgezeichneten Service. Ein Angestellter erwartet uns bereits am Flughafen und chauffiert uns nach Dunbar. Am liebsten würde mich meine Mutter bereits während der Autofahrt ausquetschen, warum ich so durch den Wind bin. Da ich keine Lust zum Reden habe, stelle ich mich schlafend, aber das ist keine Strategie, die ich die ganze Zeit über durchziehen kann. Bei der erstbesten Gelegenheit wird sie mich zur Seite nehmen und auf der ganzen Wahrheit bestehen.

Noch verschont sie mich und widmet sich in erster Linie William und Rose. Für mich bedeutet das lediglich einen Aufschub.

Als der Wagen in die Auffahrt einbiegt, entfährt meiner Mutter ein wohliges Seufzen. „Es ist ein schönes Gefühl, nach Hause zu kommen."

Beim Aussteigen empfängt uns kühle, frische Luft. Der Geruch nach Meer, Weite und Freiheit. Ja, jetzt bin auch ich zu Hause!

„Gaby-Schatz", unterbricht Mutter meine Gedankengänge, „hättest du Lust, nach dem Essen mit mir hinunter an die Klippen zu gehen?"

Ich zögere, aber ihre flehenden Augen erweichen mich. „Gerne."

„Fein. Du wirst sehen, alles wird gut." Lächelnd kneift sie mich in die Wange, als sei ich ein kleines Kind.

Das ärgert mich zwar ein wenig, vermittelt mir aber auch ein Gefühl der Geborgenheit. Ich werde meiner Mutter alles erzählen – vielleicht weiß ja sie eine Lösung für mein Problem. Immerhin hat sie selbst eine ganze Menge durchgemacht und ist trotzdem nicht daran zerbrochen.

Meine Mama wartet in der Halle auf mich. In Gedanken versunken sitzt sie auf einem gemütlichen Sessel. Sie hat sich erholt, hat wieder ein wenig Farbe im Gesicht, doch ist sie noch immer weit davon entfernt, jene Frau zu sein, die sie einst gewesen ist. Mein Vater hat nicht nur ihren Körper mit blauen Flecken verziert, auch ihr Herz und ihre Seele haben unter seinen Schlägen gelitten. Dabei hat sie ihn so sehr geliebt, ihm alles verziehen und stets darauf gehofft, dass er zur Besinnung käme – vergeblich. Die Zeit voll Qual und Verzicht liegt nun hinter ihr. William und ich sind erwachsen, führen unser eigenes Leben, auf das sie uns bestmöglich vorbereiten wollte, und unser Vater hat seine gerechte Strafe erhalten.

Als sie mich erblickt, ist es, als würde sie einen Schalter umlegen. Alle Traurigkeit weicht aus ihrem Gesicht und sie präsentiert sich von ihrer strahlendsten Seite. So hat man das immer von ihr erwartet. Sie war diejenige, die Vater den Rücken freigehalten, sich um Kinder und Haushalt gekümmert und ohne zu murren Repräsentationsaufgaben übernommen hat, damit er erfolgreich eine riesige Firma aufbauen und einen Haufen Geld scheffeln konnte.

„Knöpf dir die Jacke zu, Liebes, der Wind ist beißend kalt."

Ihr zuliebe tue ich wie mir geheißen. Die kühle Luft ist herrlich, ich sauge sie tief in meine Lungen ein, was einen angenehmen Schmerz verursacht, der einem verdeutlicht, wie ungesund der in London ständig präsente Smog doch für den Körper ist.

Gemächlich schlendern wir durch den Garten der weitläufigen Wiese zu, die, ebenso wie der Wald und der kleine Streifen Strand am nordöstlichen Ende des Areals, unserer Familie gehört. Wir beschäftigen zig Hausangestellte, aber auch Waldarbeiter, Jäger und einen Schafbauern, der die Grünfläche im Sommer betreut. Heute ist sie von einer dicken Schneeschicht überzogen. Einem schmalen Weg folgend, kommen wir an einer kleinen Hütte vorbei, die den Schafen als Unterschlupf dient. Bald taucht das Meer vor uns auf. Weiße Wellenbäuschchen prallen gegen die Felsen, brechen sich und verursachen ein Tosen und Brausen. Ein gesicherter Steg führt entlang der Klippen.

Meer. Freiheit. Wie oft habe ich diesen Ort aufgesucht? Wie oft habe ich gegen den Wind angeschrien, geschluchzt und geheult, weil ich fürchtete, verloren zu sein? Hier habe ich Zuflucht gefunden – vor meinem Vater, meinen Ängsten und vor Aufgaben, die mir unlösbar schienen. Hier durfte ich einfach nur Gaby sein – ein Mädchen mit unzähligen Träumen und Wünschen auf der Suche nach bedingungsloser Liebe. Fünfzehn Jahre später habe ich mich von meinem Vater abgenabelt, die Suche nach bedingungsloser Liebe ist aber noch immer nicht zu Ende.

Augenblicklich überkommt mich eine seltsame Traurigkeit, ich bleibe stehen, drehe mich um, sodass mir der Wind hart ins Gesicht peitscht. Mit tränennassen Augen blicke ich in die Tiefe. Wie oft habe ich mich gefragt, was passieren würde, sollte ich springen. Würde mein Vater weinen? Mich vermissen? Die Tiefe hat mich immer magisch angezogen – mit einem Schlag wäre ich alle Sorgen los. Nicht nur für mich, auch für William und Mama müsste es eine Befreiung sein.

Meine Mutter, die bereits weitergegangen ist, hält ebenfalls inne, dreht sich um und kommt zu mir zurück. Sie macht es mir gleich, schließt kurz die Augen, legt den Kopf in den Nacken und blickt gen Himmel. „Vor vielen Jahren suchte ich einmal eine Therapeutin auf. Sie riet mir, an meinen Ansprüchen und Erwartungen mir und anderen gegenüber zu arbeiten – ich sollte sie runterschrauben. Dies war die erste und letzte Sitzung mit ihr." Sie lächelt. „Deine Ansprüche sind das, was dir bleibt, wenn dir sonst alles genommen wird. Sie helfen dir weiterzuleben. Gibst du sie auf, bist du verloren."

„Und was ist, wenn zwei Menschen aufeinandertreffen, deren Ansprüche nicht kompatibel sind?"

Der Wind bläst meiner Mama die Haare aus dem Gesicht, lässt die losen Enden meines Schals tanzen.

„Was möchtest du, Gaby?"

„Ich möchte, dass er sein Versprechen hält, mich als die akzeptiert, die ich bin. Heute sagt er, ich sei alles für ihn, er liebe mich, und einen Tag später ist er bei seiner Ex, um ihr das zu geben, was er mir versprochen hat. Kaum glaube ich, dass ich mir seiner sicher sein darf, entschwindet er auch schon wieder und zieht mir den Boden unter den Füßen weg." Obwohl ich mit Worten bei weitem nicht das ausdrücken kann, was wirklich in mir vorgeht, scheint meine Mama mich zu verstehen.

„Liebes, denkst du, dass er dich liebt? Liebst du ihn?"

„Ja, ich liebe ihn und dachte, er würde mich auch lieben, mittlerweile bin ich mir nicht mehr so sicher."

Wir schweigen, meine Mama scheint meine Antwort zu überdenken. „Vielleicht ist es gar nicht so schlecht, dass du hier und er in New York ist – so wird sich zeigen, ob er dein Vertrauen verdient und bereit ist, dir entgegenzukommen."

„Du meinst damit, ob er herkommt?"

„Ja."

„Das wird er nicht, Mama. Ich habe ihm gesagt, dass ich wahrscheinlich gar nicht mehr möchte, dass er kommt."

„Wenn du ihm etwas bedeutest, wird er sich davon nicht beeindrucken lassen. Ich kenne ihn zwar nicht, aber ich rate dir, niemals zu viel in das hineinzuinterpretieren, was Männer tun oder sagen. Die meisten von ihnen kehren ihre Probleme stillschweigend unter den Teppich und hoffen, dass am nächsten Tag alles vergessen ist."

Welch dominanter Charakter Daniil auszeichnet, der verhindert, dass andere neben ihm bestehen können, weiß meine Mutter natürlich nicht. Zwischen uns funktioniert es jedenfalls so: Ich zermartere mir das Hirn, versuche, ihm meinen Standpunkt zu erklären, werde aber sofort in meine Schranken gewiesen. Er übernimmt die Führung und es läuft immer auf eines hinaus – Sex. Wir streiten – und haben zur Versöhnung Sex. Ich bin wütend – Daniil versucht, das Problem mit Sex zu lösen. Ich verlange nach mehr – Daniil kommt mir entgegen, indem er mit mir schläft. Es ist stets dasselbe, der Kreislauf lässt sich nicht durchbrechen. Candice ist bei all dem lediglich das Tüpfelchen auf dem i.

„Ich war nie wirklich auf der Suche nach dem Mann fürs Leben. Natürlich gab es hin und wieder einen, den ich ins Herz schloss und dem ich auch nicht gleichgültig war ... aber Daniil ist anders. Anfangs versuchten wir noch, uns voneinander fernzuhalten. Aber er gab mir das Gefühl, wertvoll, liebenswert und wichtig zu sein. Vermutlich habe ich ihn vom ersten Augenblick an geliebt."

Meine Mama lächelt und legt mir ihre Hand auf den Rücken. „Du strahlst, wenn du von ihm sprichst, Gaby, schon das sagt mir, dass du ihn nicht kampflos aufgeben solltest. Du liebst ihn, weil er dich so nimmt, wie du bist – mit all deinen Macken und Marotten. Das schafft bestimmt nicht jeder."

Wenn es nur so einfach wäre! „Es ist dieses Gemisch – ich hasse Langeweile und zwischen uns fliegen ordentlich die Fetzen. Er kann es mit mir aufnehmen, kümmert sich nicht darum, wer ich bin – er will das einfache Mädchen in mir."

„Und du willst den starken Mann, der die Führung übernimmt. Gaby, du warst immer selbstständiger als andere Kinder, legtest einen Eigensinn an den Tag, den ich nicht immer gutheißen konnte. Wenn du ihn wirklich willst, wisch deine Zweifel beiseite. Was hast du zu verlieren? Du bist so jung, dein ganzes Leben liegt noch vor dir. Genieße es doch!"

Genießen, Spaß haben – genau das möchte ich, verdammt. Warum bin ich bei Daniil so überaus vorsichtig? Warum kann ich nicht auch mit ihm einfach in den Tag hinein leben? Warum habe ich solche Angst, ihn zu verlieren? Wenn Candice schon harte Geschütze auffährt, dann müssen meine noch schlagkräftiger sein. Sollte er sich im Endeffekt doch für sie und gegen mich entscheiden, so kann ich mir nicht vorwerfen, es nicht wenigstens versucht zu haben. Die Zeiten, in denen mich andere verletzen durften, sind vorbei. Ich will leben – ohne Ballast, ohne Furcht und Selbstzweifel.

Ich muss meine eigenen Wünsche in den Vordergrund stellen!

„Wenn er dich zum Lachen bringt, wütend macht, dich in Verlegenheit bringt, dir Lust bereitet, dann genieße jede Sekunde mit ihm in vollen Zügen."

Peinlich berührt, da ich mit meiner Mutter noch nie so offen über Liebe und Sex gesprochen habe, sehe ich zu Boden. „Danke, Mama. Ich hoffe, er kommt wirklich, damit ich diese Schlacht mit Heimvorteil schlagen kann."

„Ich liebe dich, meine Kleine", sagt sie und zieht mich in eine warme und beschützende Umarmung, sodass die Tränen, die ich die ganze Zeit über zurückgehalten habe, endlich aus mir herausbrechen. Sämtliche Schleusen stehen offen, ich weine wie ein kleines Kind, das gestürzt ist und nach den heilenden Händen seiner Mama verlangt. Und mit einem Mal löst sich der schreckliche Knoten in meinem Herzen.

Im zweitgrößten Raum des Hauses, dem *Roten Salon*, wie meine Mutter ihn nennt, findet am Samstagabend eine Party statt. Eingeladen dazu wurden alte Freunde aus der Gegend – dreißig an der Zahl. Da alle so ziemlich gleichzeitig eintreffen und ihre Gastgeschenke überreichen, gibt es anfangs ein unübersichtliches Gewusel. Mama tut diese Ablenkung gut – sie legt ihre Trauer ab und scheint zu neuem Leben zu erwachen. Aber auch wir Jüngeren – William, Rose und ich – genießen die ausgelassene Stimmung.

Es wird viel gelacht, aber auch ernsthafte Gespräche kommen nicht zu kurz.

Umgeben von Caty, Layla und Diana, die mir gerade auf äußerst theatralische Weise ihren gestrigen Reitausflug schildern, vergesse ich für einen Moment meine Sorgen. Es ist Samstag, ja, ich weiß. Morgen bin ich zurück in London und

Daniil wird sich nicht bei mir melden. Okay – dann soll es so sein.

Meine Angst, ihn endgültig zu verlieren, ist ungemein groß, erweckt aber auch meinen Kampfgeist. Ich werde mich aber ordentlich ins Zeug legen müssen, um Candice endgültig auszustechen. Herrgott, ich bin bereit, Süße, setz schon mal deinen Helm auf!

Caty reißt mich mit ihrem lauten Lachen aus meinen Tagträumen. Alle um mich herum scheinen sich ja prächtig zu amüsieren, höchste Zeit, dass ich mich ihnen anschließe!

Obwohl ich gar nicht weiß, worum es eigentlich geht, lache ich mit. Mein Blick wandert ziellos durch den Salon und bleibt an der breiten Doppeltür, die in die Eingangshalle führt, hängen – und ich erstarre. Hinter Pat, einer langjährigen Freundin meiner Mutter, die mich als Baby stundenlang herumgetragen hat, taucht die Person auf, die ich längst abgeschrieben habe.

Ist das denn zu glauben? Instinktiv lasse ich mich tiefer in meinen Sessel sinken, als könnte ich mich auf diese Weise vor ihm verstecken. Dabei wollte ich im Grunde meines Herzens doch, dass er kommt.

Es raubt mir den Atem, wie gut er aussieht. Tausend Fragen schwirren mir durch den Kopf: Woher weiß er, wo wir wohnen? Wieso erscheint er ohne Vorwarnung? Wann hat er sich diesen megaheißen Anzug zugelegt? Wann darf ich ihn endlich küssen?

Er tritt selbstsicher auf, begrüßt jede einzelne der anwesenden Damen, von denen keine jünger als fünfzig ist, mit ausgesuchter Höflichkeit. Bei meiner Mutter verweilt er etwas länger, macht ihr wohl Komplimente, denn sie wird tatsächlich rot. Immer näher kommt der Stelle, an der ich mich aufhalte, was meinen Herzschlag beschleunigt. Na warte, ich werde dich gehörig zappeln lassen. So einfach ist die Angelegenheit nicht vom Tisch!

Mein Bruder – neben Daniil der einzige Mann hier – bleibt von Daniils Charme gänzlich unbeeindruckt – fast scheint es, als wollte er ihn wieder einmal mit seinen Augen erdolchen. Doch Daniil hat anscheinend in Teflon gebadet, Unfreundlichkeit und Zurückweisung perlen an ihm ab.

Die Unruhe, die mich bei Daniils Anblick erfasst, überträgt sich offenbar auch auf Caty. Nervös kichert sie neben mir und versucht mit ihrem hellgelben Schal krampfhaft, die an Gesicht und Dekolleté aufziehenden roten Flecken zu kaschieren. Das bringt mich zur Besinnung – ich werde mich keinesfalls wie eine dumme Pute aufführen.

Geistesgegenwärtig rufe ich mir Pierres Mantra ins Bewusstsein: „Stelle dir vor, du bist ein Fels!"

Mit hochgerecktem Kinn und durchgestrecktem Rücken erlaube ich Daniil, mir einen zarten Kuss auf die Wangen zu hauchen, blicke aber stur an ihm vorbei, auch wenn mich der männlich-herbe Duft, der von ihm ausgeht, benebelt.

„Du siehst wunderschön aus, Abigail."

Ich überhöre sein Schmeicheln. „Was suchst du hier? Du wurdest doch ausgeladen."

Siegessicher lächelt er mich an. „Deine Mutter hat mich gestern höchstpersönlich wieder eingeladen."

Mir bleibt der Mund offen stehen, doch er ist schon an mir vorbei und wendet sich Layla zu.

Mama, was ist dir da eingefallen? Ich weiß, dass dir mein Glück am Herzen liegt – und ich kenne deinen Sturkopf. Du hast wohl alle Register gezogen, um Daniil nach Schottland zu locken!

Über die Gästeschar hinweg werfe ich ihr einen dankbaren Blick zu, den sie mit Verschwörermiene erwidert.

Caty genehmigt sich einen kräftigen Schluck aus ihrem Sektglas „Du hast dir da einen ungemein attraktiven Mann geangelt, Gaby. Versteck ihn ja gut, damit ihn dir keine klaut." Daniil hat inzwischen schräg gegenüber von mir Platz genommen. Meine Mutter ist als perfekte Gastgeberin sofort zur Stelle und serviert ihm ein Glas Sekt, während ich mich am liebsten in Luft auflösen würde.

Da es aber unhöflich wäre zu verschwinden, verbleibe ich an Ort und Stelle und halte mich ebenfalls am Sekt schadlos. Das verfehlt seine Wirkung nicht. Mit jedem Schluck werde ich mutiger, ja, beinahe übermütig. Daniil ist als Hahn im Korb in seinem Element und gibt den Alleinunterhalter, dem alle gebannt lauschen. Sogar William wird von Minute zu Minute lockerer. Längst ist der abweisende Blick aus seinem Gesicht verschwunden, auch wenn es ihm nicht recht gefallen will, dass selbst Rose dem neuen Gast ihre ganze Aufmerksamkeit schenkt.

Um mich kümmert sich keiner mehr. Lediglich Daniil wirft mir ab und an einen Blick zu, der aber nicht erkennen lässt, was wirklich in ihm vorgeht.

Ich habe keine Vorstellung davon, was meine Mutter ihm am Telefon erzählt hat, aber sie sind sich dabei offenbar sehr nahegekommen. Auf mich wirken sie wie ein Herz und eine Seele.

Auch wenn mich sein rücksichtsloses Verhalten noch immer ärgert, bin ich froh, ihn wiederzusehen. Sogar über den Tisch hinweg spüre ich die Anziehungskraft, die er auf mich hat. Er erweckt ein höllisches Gebräu aus Sehnsucht und Liebe in mir. Es kocht und brodelt, es dampft und zischt und bringt mich schier um den Verstand.

Abigail zieht sich recht früh zurück. Bevor sie den Raum verlässt, drückt sie ihrer Mutter einen liebevollen Kuss auf die

Wange. Augenblicklich steigt Eifersucht in mir hoch, möchte doch ich derjenige sein, den sie küsst.

Sie spielt mit mir, das ist mir bewusst. Aber warten wir einmal, ob sie am Ende auch als Gewinnerin dastehen wird, denn ich finde das Spiel zwar spannend und erregend, habe dabei aber auch ein Wörtchen mitzureden.

Ihre Mutter hat mir gestern in aller Deutlichkeit zu verstehen gegeben, wie stinksauer Abigail auf mich ist. Und unglücklich obendrein. Damit ergeht es ihr ähnlich wie mir.

Die Zeit in New York war anstrengend, Candice forderte viel und versuchte mit allen Mitteln, mich abermals einzufangen. Doch es war vergebliche Liebesmüh, denn meine Gedanken drehten sich nur um Abigail, jene Frau, die mich heute kaum beachtet hat.

Mir bleibt nur, mich dem Alkohol zuzuwenden und damit meinen Frust hinunterzuspülen. Doch was habe ich anderes erwartet? Dass sie mir um den Hals fällt? Das ginge schon deshalb nicht, weil sie vor ihrer Familie das Gesicht wahren muss. Abigail mimt doch stets die Unnachgiebige, aber mir macht sie nichts vor. Ich habe in die Abgründe ihrer Seele geblickt und weiß, wie weich und verletzlich sie ist.

„Sie sollten ihr folgen", rät mir ihre Mutter Beverly. „Die Treppe hoch, links und den Gang entlang."

Ich schmunzle verlegen. „Wirklich, Daniil. Sie flüchtet, weil sie Angst hat. Nehmen Sie ihr diese Angst. Sagen Sie ihr das, was Sie mir gesagt haben."

Beverly duldet keinen Widerspruch, also gebe ich mich – alles andere als ungern – geschlagen, warte aber noch auf die passende Gelegenheit.

Als sich die Gesellschaft zerstreut, nutze ich den dabei entstehenden Tumult und schleiche mich nach oben. Stille umfängt mich, der Geruch von alten Gemälden, polierten Möbeln – kurzum von Geld – steigt mir in die Nase. Das also ist

Abigails Welt. Hier ist sie aufgewachsen, hat gespielt, gelacht und geweint.

Vorsichtig drücke ich die Klinke der genannten Tür nieder und spähe hinein. Abigail steht am Fenster des hell eingerichteten Raumes. Verdattert dreht sie sich um, ihre Miene verfinstert sich sogleich bei meinem Anblick und lässt mich erschrocken innehalten. Ein bitterer Schmerz durchzuckt meine Brust. Wie zerbrechlich sie wirkt!

Lange stehen wir einfach nur da, keiner spricht ein Wort. Ich fasse mich als Erster. „Baby, ich habe dich vermisst."

Unwillig schüttelt sie den Kopf. „Meine Mutter hat dich hergelockt."

„Bist du deswegen sauer?"

Ihre Stimme klingt messerscharf. „Du hast kein einziges Mal angerufen, da kann deine Sehnsucht nicht allzu groß gewesen sein."

„Zugegeben, das war dumm von mir, Abigail. Ich bin aber nicht hier, weil mich deine Mutter darum gebeten hat – ich komme aus eigenem Antrieb, habe aber befürchtet, dass du genauso reagieren würdest."

„Wie würdest du dich verhalten, wenn du nicht weißt, woran du bist?", hält sie mir vor.

Also das macht ihr zu schaffen!

„Du bist gar kein so übler Kerl, möchtest andere durchaus zufriedenstellen. Leider gehört zu diesen anderen auch Candice." Nun steht sie dicht vor mir und streicht mir über die Brust. „Und weißt du was? Ich muss wirklich lernen, dir zu vertrauen. Ich muss darauf zählen, dass du zu mir gehörst, dass ich diejenige bin, die abends das Bett mit dir teilt. Und ich muss die Gespenster meiner Vergangenheit endgültig loswerden, muss mir bewusstmachen, dass nicht in jedem Mann einer wie mein Vater steckt, der bei der erstbesten Gelegenheit ausbricht." Sie seufzt tief. „Ich liebe dich von ganzem Herzen,

Daniil. Bedingungslos. Ich lege mein Leben in deine Hände und hoffe, du gehst sorgsam damit um."

Wow, damit hat sie mich kalt erwischt! Selten haben mich Worte derart tief gerührt. Ich weiß gar nicht, was ich sagen soll, stammle nur: „Abigail ..."

„Sch, sch ...", unterbricht sie mich. „Genug geredet, wir wollen nicht sentimental werden. Eines weiß ich jedoch gewiss: Wäre ich nach einer überstürzten Flucht zurückgekommen, so läge ich jetzt geknebelt und gefesselt mit knallrotem Hintern auf dem Bett."

„Vermutlich."

„Vermutlich", wiederholt sie süffisant und beginnt mein Hemd aufzuknöpfen, mein Jackett über meine Schultern zu schieben und die Krawatte zu lockern. „Aber ich war ein braves Mädchen, Daniil, du hingegen warst böse und aufmüpfig und hast eine Strafe verdient."

Alles, was du willst, Baby!

„Leg dich aufs Bett!"

Seltsamerweise finde ich Gefallen an ihrem Kommandoton. Von Neugierde getrieben, tue ich, was sie von mir verlangt. Kaum befinde ich mich in der Horizontalen, steht Abigail auch schon neben mir.

„Hände nach oben!" Aus einer Schublade zieht sie zwei dunkelblaue Vorhangkordeln hervor und hält sie mir unter die Nase, bevor sie sich daranmacht, meinen rechten Arm am Kopfende des Bettes festzuzurren. Die Gewissheit, dass zur Abwechslung sie mich in der Hand hat, ruft eine deutliche Beule in meiner Hose hervor.

Sie beugt sich über mich, um den anderen Arm festzubinden. „Jetzt bist mir ausgeliefert, Daniil. Wie fühlt sich das an?"

Der Ansatz ihrer Brüste, der sich deutlich unter dem hellgrünen Stoff ihres Kleides abzeichnet, nimmt mir den Atem. Ich möchte sie auf der Stelle berühren und rüttle an meinen

Fesseln. Es überrascht mich selbst, wie eng sie sitzen, sodass es kein Entkommen gibt. Resigniert sinke ich in die Kissen zurück.

Abigail lächelt mich selbstherrlich an. „Mein Spiel – meine Regeln. Verstanden?" „Ich wusste gar nicht, dass du dominant veranlagt bist", stichle ich und bekomme umgehend die Rechnung präsentiert. „Ich denke, du bist nicht in der Position, um eine dicke Lippe zu riskieren. Und glaube mir, es wird mir diebische Freude bereiten, dich zu quälen, Daniil. Nun erfährst du am eigenen Leib, was du mir und so vielen anderen Frauen angetan hast." Sie schwingt sich über mich und drückt provozierend ihr Becken gegen meinen harten Schwanz. „Heute Abend wirst du mich kennenlernen."

„Du weißt doch, dass ich niemals das Ruder aus der Hand gebe", fordere ich sie abermals heraus.

Ein müdes Grinsen umspielt ihre Lippen. „Dafür ist es jetzt zu spät, findest du nicht?"

Sie erhebt sich und mustert mich von oben bis unten, als sie die Beule in meiner Hose bemerkt, schüttelt sie tadelnd den Kopf. „Ts, ts. Und jetzt wirst du schön auf mich warten. Ich bin gleich wieder da, versuche inzwischen, deine Beherrschung wiederzuerlangen. Für das, was dich erwartet, wirst du Geduld und Ausdauer brauchen." Sie drückt mir einen Kuss auf den Mund und schon ist sie meinen Blicken entschwunden.

Hier liege ich nun gefesselt im Bett einer wütenden Frau, die mir meine Freiheit erst wiedergeben wird, wenn sie jeden Zipfel Stolz aus mir herausgequetscht hat. Was um Himmels willen hat diese Veränderung herbeigeführt? Abigail trägt doch keinen Funken Dominanz in sich. Wahrscheinlich will sie mir eine Lektion erteilen und baut dabei auf mein schlechtes Gewissen. Vielleicht aber will sie mir einfach vor Augen führen, wie außergewöhnlich sie ist, immer für eine Überraschung gut. Und das alles nur, um sich von Candice abzugrenzen.

Gut, sie soll ihr Spiel bekommen, soll mir zeigen, wozu sie imstande ist – und das alles angesichts eines harten Gegners wie ich einer bin.

Die Tür zum Nebenzimmer öffnet sich, Abigail betritt die Bühne – die langen Haare offen, das brave Outfit gegen ein schwarzes, durchsichtiges Negligé getauscht, umkreist sie das Bett, in dem ich gegen meine aufkeimende Lust ankämpfe, was mir beim Anblick ihrer Brüste, die der dünne Stoff nicht zu verbergen vermag, nur schwer gelingen will.

Sie ist in die Rolle der Eisprinzessin geschlüpft, gibt sich reserviert und kühl. Mit den Fingern berührt sie meine nackte Brust, ihre Nägel ziehen Kreise, wobei sie ihren Aktionsradius immer mehr vergrößert. Von den Schlüsselbeinen fährt sie zwischen meinen Brustwarzen hinab bis zu meinem Bauch, was mir ein wohliges Seufzen entlockt.

An meinem Hosenbund kommen ihre Bewegungen zum Stillstand, aber gleich darauf schickt sie ihren Mund auf dieselbe Reise. Schmerzhaft pocht mein Schwanz gegen meine Hose, meine Finger ballen sich zu Fäusten, die Lust droht mich zu übermannen. Mit Küssen umzingelt sie meinen Nabel, folgt dabei dem behaarten Pfad hinunter bis zum Gürtel, an dem sie sich mit geschickten Fingern zu schaffen macht.

„Du atmest viel zu schnell", tadelt sie mich und zieht mir die Schuhe aus, die mit lautem Knall auf dem Boden landen, dicht gefolgt von meinen Socken. „Es ist zermürbend, auf die nächste Berührung zu warten. Noch dazu, wenn man nicht weiß, wo sie erfolgen wird."

„Du wirst mich bestimmt nicht um Gnade winseln hören, Gaby!"

„Wir werden sehen", flüstert sie und zieht ruckartig am Reißverschluss meiner Hose, der sofort aufspringt und das ganze Ausmaß meiner Begierde offenbart.

Scharf saugt sie die Luft ein, nimmt rittlings auf mir Platz und bedeckt meine Haut mit Küssen. Oh welche Folter! Wären meine Hände nicht gefesselt ... ich könnte für nichts garantieren.

Ihre Fingerspitzen streichen behutsam über die Boxershorts, unter denen sich mein Penis abzeichnet. Endlich befreit sie ihn aus seinem Gefängnis, was er ihr mit einem glitzernden Tropfen an seiner Spitze dankt.

Mit einem boshaften Grinsen beginnt sie ihn zu massieren. „Lange habe ich mich darauf gefreut, diesen Satz aussprechen zu dürfen: Du wirst selbstverständlich erst kommen, wenn ich es dir erlaube."

Es erheitert mich, dass sich meine eigenen Regeln plötzlich gegen mich selbst richten. Wenn ich Abigail das durchgehen lasse, werden die Karten in unserer Beziehung neu gemischt. Ich bin mir nicht sicher, ob mir das auf Dauer gefällt.

„Denk nicht so viel nach!", wiederum meine ich, meine eigenen Worte aus ihrem Mund zu vernehmen.

Noch bevor ich zu einer gehässigen Bemerkung ansetzen kann, schließen sich ihre Lippen um die feuchte Spitze meines Schwanzes. „Scheiße, Gaby!"

Ihre Lippen saugen gierig, während sie ihre Zunge langsam kreisen lässt. Kein einziger Millimeter bleibt ausgeklammert. Hin und wieder schlägt sie spielerisch ihre Zähne in das feste Fleisch. Was für ein Gefühl! Ich ruckle an meinen Fesseln, seufze und stöhne, gebe aber bald jeden Widerstand auf und lasse mich willenlos dahintreiben. Bald weiß ich nicht mehr, wer oder wo ich bin. Und ich will es auch nicht wissen.

Doch auf einmal bricht sie die qualvoll-schöne Prozedur ab und nähert ihr Gesicht dem meinen.

„Dir zuzusehen, wie du dich windest, ist fast so befriedigend, wie dich in mir zu spüren. Was würdest du dafür tun?"

„Ich bin längst noch nicht so weit, wie du glaubst, Princess", keuche ich spöttisch.

„Soso", sagt sie und verschließt meinen Mund mit einem flüchtigen Kuss. „Für mich hat das anders ausgesehen, aber ich kann mich täuschen." Ihr erotisches Flüstern beschleunigt meinen Puls.

„Sag, wie findest du diese hier?" Sie schiebt die Träger ihres Negligés nach unten und präsentiert mir ihre herrlichen Brüste.

„Sehr schön, leider befinden sie sich außerhalb meiner Reichweite", antworte ich mit einem bedauernden Blick auf meine gefesselten Hände.

Abigail verzieht den Mund und schüttelt ihr Haar, sodass es wie schimmernde Seide über ihren Rücken fällt. Mit geschlossenen Augen umfasst sie ihre Brüste, wiegt sie sanft hin und her, streicht mit ihren Daumen über ihre Nippel, die sich erregt in die Höhe richten. Ihre Atmung beschleunigt sich. Was für ein Schauspiel!

Ich kann den Blick nicht von ihr nehmen, verfolge wie ein Voyeur, was vor meinen Augen abläuft, und obwohl es mich ungemein erregt, wie sie sich selbst berührt, würde ich alles tun, um ihr dabei behilflich zu sein.

Immer wieder gleiten ihre Hände zu ihrem Hals, dann zurück zu den harten Nippeln, an denen sie zieht, die sie streichelt und die sie manchmal schamhaft vor meinen Blicken versteckt. Mir fällt es immer schwerer, mich unter Kontrolle zu halten, ich will selbst ihre Brüste unter meinen Fingern, zwischen meinen Lippen, an jeder Stelle meines Körpers spüren und frage mich, wann sie sich endlich meiner erbarmen wird.

Dann hält Abigail abrupt inne und leckt sich über die trockenen Lippen. Würde ich diese Frau nicht ohnehin schon lieben, so wäre es spätestens in diesem Augenblick um mich geschehen. Sie ist der Traum eines jeden Mannes – elegant, schön, jung, sinnlich und bereit, unbekanntes Terrain zu erkunden. Auch wenn bereits viele betörende Sirenen meinen Weg gekreuzt haben, so war keine darunter, die mir mit derart naiver Unschuld solche Lust bereitet und mir alles an Selbstbeherrschung abverlangt hat …

„Ich brauche dich, Abigail", stöhne ich, denn länger kann ich nicht mehr mit der Wahrheit hinter dem Berg halten.

Statt einer Antwort küsst sie mich leidenschaftlich, presst ihren nackten Oberkörper an den meinen und verstärkt damit nur noch das Pochen zwischen meinen Beinen.

„Abigail", stoße ich zwischen den Zähnen hervor, als sie sich mit gespreizten Beinen über mich schiebt und meinen Penis in ihre feuchte Öffnung gleiten lässt, womit sie mich vollkommen um den Verstand bringt. Ich werfe mich hin und her, zerre wie verrückt an den Kordeln, die jedoch keinen Millimeter weit nachgeben.

„Wie sehr willst du es?"

„Sehr, sehr, sehr."

„Willst du mich jetzt ficken? Oder möchtest du mich beim Vögeln unter dir haben?"

Ich bin sprachlos, ist das wirklich die Abigail, die ich kenne?

„Du bist heute der Boss."

„Gut", säuselt sie, lässt meinen Penis noch tiefer in sich hineingleiten und bewegt sich langsam auf mir auf und ab. Das ihr das selbst großen Spaß bereitet, entnehme ich ihrem lustvollen Stöhnen, das mich keinesfalls unbeeindruckt lässt.

Mein Atem geht stoßweise, auf meiner Stirn bildet sich Schweiß – verdammt, wenn ich doch nur meine Hände frei hätte!

Auch Abigail scheint es nach mehr zu gelüsten, denn sie beschleunigt das Tempo, mit dem sie auf mir reitet, und bringt damit nicht nur mich zum Erschaudern. Ich weiß nicht, wie es ihr geht, aber ich befinde mich mittlerweile am Rande des Erträglichen, zittere am ganzen Körper und drohe innerlich zu zerbersten.

Keine Ahnung, wie lange ich es noch aushalte. Keine Ahnung, wie lange Abigail noch die Kraft hat, mich zu ficken und uns beiden diese unsagbare Lust zu bereiten. Sie scheint allmählich zu ermüden, stützt sich mit beiden Armen an meiner Brust ab und auch ihre Hüften erlahmen.

„Binde mich los", fordere ich schroff. „Ich will dich anfassen. Bitte, bitte", schiebe ich versöhnlicher nach, denn das ist es ja, was sie möchte – mich winseln, jammern und flehen hören.

Ihre Bewegungen kommen fast völlig zum Stillstand, trotzig schaut sie mich an. „Du wirst nicht brav sein, das weiß ich, Daniil."

„Ich werde der bravste Kerl sein, den man sich nur vorstellen kann. Aber bitte binde mich los."

Es ist mir gleich, ob ich winsle wie ein junger Hund, aber ich kann mich nicht mehr zurückhalten. Ihre Lippen glänzen verführerisch, laden mich ein, locken mich. Ihr Duft steigt mir in die Nase, vernebelt mir die Sinne. Ich muss von meinen Qualen erlöst werden.

Mit grimmiger Miene beugt sie sich nach vorne, fingert an den Kordeln und löst endlich die störenden Knoten. Sofort schnellen meine Hände vor und tasten sich an ihrem Körper entlang, berühren ihre Brüste, ihren Rücken, ihren strammen Hintern. Ich küsse sie, schmecke und rieche sie. Abigail hat meine Berührungen wahrscheinlich ähnlich dringend herbeigesehnt wie ich, sie hat den Kopf nach hinten gelegt, seufzt vernehmlich und fährt mit den Fingern durch mein Haar.

„Du bringst mich um, Kleine", krächze ich heiser und mache mich daran, nun selbst den Takt anzugeben.

„Du hast es verdient", schnaubt sie und kommt meinen Stößen entgegen. „Ich habe gelitten, im eigenen Saft geschmort und hätte niemals gedacht, dass du hier auftauchen würdest, Daniil."

„Jetzt bin ich hier."

„Jetzt bist du hier."

Unsere Unterhaltung ist völlig sinnfrei, aber sie zeigt, was wir füreinander empfinden. Wir brauchen einander und das rund um die Uhr. Wir mögen uns gegenseitig den Schädel einschlagen, unnachgiebig und stur sein, aber unsere Liebe ist so tief und innig, dass alles egal ist, solange wir nur zusammen sind.

„Sieh mich an!" Ich spüre, dass sie dem Orgasmus nahe ist und will ihr dabei in die Augen sehen, will dort alles ausmachen, was sie bewegt. Als er sie schließlich überrollt, drücke ich sie fest an mich und wische ihr die Tränen aus dem Gesicht.

Gleichzeitig ist mir, als würde mir ein Dolch mitten ins Herz gestoßen. Schuldgefühle keimen auf. Abigails ganze Verletzlichkeit wird im Moment des freien Falls ans Tageslicht gezerrt, dann gibt sie ihre Deckung auf, offenbart mir ihre Seele, die von Narben übersät ist. Einige davon habe ich ihr selbst zugefügt, manche wurden durch mich geheilt und es gibt auch solche, die nur ganz langsam verschwinden werden.

Lange verharren wir eng umschlungen, zittern, atmen schwer. Ich streichle Abigails Rücken, küsse ihren Scheitel und flüstere ihr ins Ohr, wie sehr ich sie liebe.

Plötzlich rückt sie von mir ab. „Ich bin so wütend auf dich, Daniil, aber ich habe auch solche Angst, dich zu verlieren – an sie, die nur auf den richtigen Moment wartet."

Himmel, was soll das jetzt wieder? „Ich liebe dich, Abigail. Was muss ich machen, damit du endlich siehst, was alle anderen längst sehen? Candice kann es doch nicht mit dir aufnehmen. Sie stellt wirklich keine Gefahr für dich dar."

„Ich mache mich zum Idioten, ich weiß", gesteht sie sich schniefend ein. „Ich wollte dir zeigen, wie stark ich bin, dachte, wenn ich so wäre, wie du mich möchtest, dann bliebest du bei mir."

„Kleine, es vergeht doch keine Minute, in der ich nicht an dich denke, dich vermisse, wenn du nicht an meiner Seite bist. Wir müssen beide noch lernen, was es heißt, zu lieben und geliebt zu werden."

Sie sieht mich mit ihren traurigen, unschuldigen Augen an – gerade so, als könnten sie kein Wässerchen trüben. „Ich bin überglücklich, dich hier bei mir zu haben."

Ich küsse sie – zart, innig und behutsam. „Keine Sorge, du wirst mich schon nicht los."

„Schön", seufzt sie ganz entspannt und vergräbt ihr Gesicht in der Kuhle unter meinem Kinn.

33. Kapitel

Zärtliche Küsse holen mich aus dem Schlaf. Doch ich will noch ein bisschen vor mich hindösen und so lange wie möglich die Wirklichkeit ausschließen.

Ich habe wunderbar geträumt, fühle mich ausgeruht und genieße Daniils Körper neben mir. Seine Wärme, die mich die ganze Nacht über in einen schützenden Kokon hüllte, mir das Gefühl von Schwerelosigkeit gab und eine erdrückende Last von mir nahm.

„Guten Morgen", dringt Daniils Stimme an mein Ohr.

Ich drehe mich um und ziehe die Decke bis knapp unters Kinn.

„Aufstehen, Schlafmütze. Du solltest längst aus den Federn sein."

„Geh schon mal vor, ich komme gleich nach."

„Ich bin hier doch nicht zu Hause und kann daher nicht alleine durch die Gegend strolchen", wendet er ein.

Unwillkürlich bringt er mich damit zum Lachen. „Du bist alleine von New York herübergeflogen, hast den Weg hierher gefunden, da wirst du dich doch nicht von ein paar lumpigen Zimmern einschüchtern lassen."

„Oh doch, ohne dich gehe ich keinen Schritt."

Das sind ja ganz neue Töne. „Sag schon, du möchtest doch etwas von mir, nicht wahr?"

Bei dieser Frage stürzt sich Daniil mit Schwung auf mich, schiebt sich zwischen meine Beine und blickt mich herausfordernd an. „Ich möchte nur dich. Unter mir. Wild. Langsam. Schnell. Hart. Sanft. Lange."

Ich schlucke heftig. „Das ist gar nicht mal so wenig, erst recht angesichts der frühen Tageszeit."

Daniil grinst diabolisch, streicht mit seinen Fingern über meine nackten Brüste und leckt sich genüsslich die Lippen. „Einen so prachtvollen Tag sollte man entsprechend nutzen."

„Sagt wer?"

„Sage ich. Ich bin Fachmann auf diesem Gebiet", erklärt er augenzwinkernd.

„Wie wäre es mit einer Dusche, dir und mir?"

„Du willst es zu dritt – wie mutig, Gaby."

„Ich habe gehört, das soll gar nicht mal so schlecht sein."

„So etwas ist aber für kleine, unschuldige Mädchen höchst unschicklich."

„Meinst du, du hast die Unanständigkeit gepachtet? Da muss ich dich leider enttäuschen – auch ich kann ganz schön ungezogen sein."

„Das glaube ich dir aufs Wort." Als er mich vom Hals abwärts zu küssen beginnt, richten sich sämtliche Härchen an meinem Körper auf, als wollten sie mich vor dem Kommenden warnen. Dabei stecke ich doch schon mittendrin, habe sogar wesentlich dazu beigetragen, dass der Stein ins Rollen kommt.

„In zwei Minuten bist du unter der Dusche. Verstanden?"

„Jawohl, Sir", ich salutiere, was Daniil ein amüsiertes Grinsen entlockt, bevor er splitterfasernackt im Badezimmer verschwindet.

„Wohin schleppst du mich eigentlich?", meckert Daniil.

Seit mehr als einer halben Stunde stapfen wir nun schon durch den frischen Schnee in Richtung Norden. Nur ich kenne das Ziel, was Daniil ganz schön zu ärgern scheint.

„Es soll eine Überraschung werden."

„Die da wäre? Schnee zu einem riesigen Haufen aufgetürmt?"

„Oh, der werte Herr neigt zu Sarkasmus. Aber nein, meine Überraschung ist um einiges beeindruckender."

„Da bin ich aber gespannt", knurrt er wenig begeistert.

Ich ignoriere ihn, konzentriere mich auf den schmalen Pfad, der durch den dichten Wald führt und uns geradewegs zu einem Ort bringen wird, der mir viel bedeutet – eine alte, verlassene Kirche, die mir in meiner Kindheit als Zuflucht diente, um meinen Gedanken freien Lauf zu lassen. Dorthin möchte ich Daniil führen. Vielleicht wird er ja von denselben Gefühlen wie ich überwältigt. Vielleicht versteht er mich dann ein bisschen besser.

Eine Senke noch, dann haben wir unser Ziel erreicht – mitten in einer verschneiten Wiese steht von Bäumen umgeben die Ruine einer alten Kirche. Immergrüner Efeu rankt sich entlang der Außenwände, die Fenster sind ohne Scheiben, die Türangeln verrostet. Ein Teil des altgotischen Gebäudes ist bereits eingestürzt, doch wenn man Vorsicht walten lässt, kann man sich durchaus ins Innere wagen. Dort sind die Sitzbänke längst verrottet, nur der steinerne Altar an der Stirnseite steht noch und trotzt Wind und Wetter.

Seit meinem letzten Besuch hat sich kaum etwas verändert, aber der Schnee, der durch die eingestürzte Decke gefallen ist, verleiht dem mir so vertrauten Bauwerk etwas Überirdisches.

„Es ist wunderschön, nicht wahr?"

Daniil nickt, dreht sich einmal um die eigene Achse und lässt die Überreste der einstigen Pracht auf sich wirken.

„Diese Kirche steht auf dem Land, das dem Gründer von Dunbar gehörte – am Hafen unten sind auch noch die Reste der alten Burg zu bewundern. Er hat unser Haus bewohnt und ließ die Kirche für seine todkranke Frau errichten. Viele in Stein gemeißelte Inschriften erzählen von ihr."

„Eine Liebesgeschichte also", sagt Daniil und widmet sich einem der langsam verblassenden Fresken im östlichen Kirchenschiff.

„Lord Moray heiratete seine Lady 1380. Nur vier Jahre später starb sie. Ihr Grab befindet sich auf dem einzigen Hügel neben der Kirche. Die Fama berichtet, dass sie jeden Tag im Gras lag und erst nach Sonnenuntergang ins Haus zurückkehrte. Ihr Mann, Lord Moray, machte sich zwar schreckliche Sorgen, wollte ihr dieses Privileg aber nicht nehmen, da es ihrer Seelenruhe diente, und ließ sie gewähren. Nur die wenigsten Frauen konnten sich damals Ähnliches erhoffen. Er hat sie geheiratet, weil er sie liebte, obwohl sie ihm niemals Kinder schenken würde. Für die damalige Zeit war sie eine unnütze, kränkelnde Frau. Ohne Lord Moray wäre sie einsam gestorben. Aber er hat allen bewiesen, wie stark die Liebe sein kann."

Ich weiß nicht, ob meine Erzählung Daniil berührt oder belustigt, jedenfalls lässt sie ihn nicht kalt. Die Geschichte hilft mir, mir die wirklich wichtigen Dinge ins Gedächtnis zu rufen. Man lebt nur einmal und ich wäre furchtbar dumm, wollte ich dieses Leben ohne *meinen* Lord Moray bestreiten. Er liebt eine Frau, die zwar keine Narben am Körper trägt, dafür umso mehr auf ihrer Seele. Aber anders als bei Lady Moray stehen bei mir die Chancen auf Heilung gut.

„Wie kam deine Familie zu diesem Anwesen?"

„Im Laufe der Jahrhunderte zerfiel nicht nur diese Kirche, auch das Haus war in einem fürchterlichen Zustand, als es mein Großvater kaufte. Wie viele andere Besucher hat auch er sich in Dunbars Landschaft verliebt. Es gibt Bilder, die nur noch die Überreste des einst so prächtigen Herrenhauses zeigen." Wir gehen ein paar Schritte, kommen vor einer Statue zum Stehen, die Lady Moray mit dem Kopf gen Himmel gerichtet darstellt. „Lord Moray war ein guter Mann, nach ihm kamen viele, die sich nicht so sehr um ihre Familie bemühten, die Krieg ins Land schafften und Tausende Menschen ins Verderben stürzten." Ich hole tief Luft und ziehe mit meinen Füßen Kreise in den Schnee. „Mein Vater war auch so ein Monster. Und so wie die Menschen aus dem Dorf in Notzeiten in dieser Kirche Schutz suchten, kam auch ich als Kind hierher. Das alte Gemäuer vermittelt eine seltsame Ruhe und Sicherheit – gerade so, als würden Lady und Lord Moray hier über einen wachen."

Ich deute mit dem Kopf in Richtung der drei Stufen, die zum Altar hinaufführen. „Als Kind kam ich fast jeden Tag her, träumte davon, einmal in dieser Kirche heiraten zu dürfen, ein spektakuläres Kleid zu tragen und wie Lady Moray oben in der grünen Wiese zu liegen – glücklich mit dem Mann, der mich mit jeder Faser seines Herzens liebt." Schüchtern drehe ich mich von Daniil weg, da mir das Eingeständnis meiner kindlichen Fantasien plötzlich unheimlich peinlich ist. „Wie dem auch sei", füge ich mit einer wegwerfenden Handbewegung hinzu.

Daniil ist sofort an meiner Seite, umfasst mein Kinn und zwingt mich, ihm in die Augen zu sehen. „Ich liebe dich, wenn du so scheu und unsicher bist, Baby." Er küsst mich auf meine rot gefrorene Nasenspitze. „Ich werde alles tun, um dich glücklich zu machen. Du sollst jeden Tag in der Wiese liegen und die Seele baumeln lassen – und das nicht nur vier kurze Jahre."

Ich bin gerührt, schlinge die Arme um seinen Hals und küsse ihn so stürmisch, dass wir beinahe umkippen.

Urplötzlich landet eine Handvoll Schnee an meinem Kopf, erschrocken quieke ich auf. „Hat sich dein Lord Moray mit seiner Lady einmal eine ordentliche Schneeballschlacht geliefert?", feixt Daniil und holt bereits zum nächsten Wurf aus.

Ich verschanze mich lachend hinter einer zerbröckelnden Säule. „Lord Moray war ein Gentleman. Du hingegen, Lord Detari, bist ein ungezogener Bengel, der es verdient hat …", ich hole aus, platziere eine Ladung Schnee auf Daniils Brust und kann mich vor Lachen kaum noch halten. „… du hast es verdient, von einem Mädchen geschlagen zu werden", spotte ich, verschanze mich hinter der nächsten Säule und halte Ausschau nach Daniil, der plötzlich weg ist. So sehr ich mich auch anstrenge, ich kann ihn nirgendwo entdecken. Gerade will ich mich aus meinem Versteck hervorwagen, als mich jemand von hinten packt und zu Boden reißt. Abermals landet Schnee in meinem Gesicht, rutscht in meine Jacke, was mich zum Winseln bringt.

„Wer ist hier der Loser?", fragt Daniil grinsend und presst mich mit seinem Körper nieder. „Lady Bennet, Sie liegen am Boden – was haben Sie dazu zu sagen?"

„Dass Sie mit miesen Tricks gearbeitet haben."

Daniil verzieht das Gesicht und reibt mich mit einer weiteren Handvoll Schnee ein. „Frauen und ihre Logik", schimpft er. „Was bieten Sie mir für Ihre Freiheit?"

Ich lache und kneife nachdenklich die Augen zusammen. „Eine wunderschöne, jungfräuliche Hofdame?"

„Ich nehme lieber ihre schmutzige Herrin, die passenderweise bereits unter mir liegt."

Ich schnurre vor Vergnügen, schlinge die Arme um seinen Hals und fühle mich so geborgen, dass mir die Kälte nichts mehr anhaben kann.

34. Kapitel

Mit aufgeblasenen Backen und gespitzten Lippen versucht Nayla, die Kerze auf ihrem Geburtstagskuchen auszupusten. Ihre Wangen glühen vor Aufregung. Die Umstehenden feuern sie lautstark an und stimmen, kaum ist das Werk mit Ilkas Hilfe vollbracht, ein freudiges „Happy Birthday" an.

Ein Jahr lang sind Daniil und ich nun offiziell ein Paar – mit allen Höhen und Tiefen. Im Moment stecken wir gerade mitten im Umzug. Meine Wohnung wird geräumt und gegen eine etwas kuscheligere in Notting Hill getauscht. Selbstverständlich ziehe ich dort nicht alleine ein. Der Mann, der dieses Jahr eine Wandlung erster Güte vollzogen hat, wird mir fortan Gesellschaft leisten.

Daniil ist sesshaft geworden, gibt mir jeden Tag das Gefühl, der wichtigste Mensch in seinem Leben zu sein. Von dem anfänglichen Misstrauen ist nichts mehr übrig. Wir harmonieren perfekt. Er ist mein Fels, unterstützt mich, wenn es mir nicht gut geht, ist für mich da und weckt noch immer eine sagenhafte Leidenschaft in mir.

Zum ersten Mal in meinem Leben bin ich ausgeglichen, zufrieden und wunschlos glücklich.

Auch ich habe mich verändert – habe die Brücke zu Lucas abgebrochen, bin endgültig auf die Bühne zurückgekehrt, wo ich mich gerade auf ein neues Stück vorbereite. Vielleicht hat auch diese Entscheidung dazu beigetragen, dass ich meine Ruhe gefunden habe. Der kleine Kreis Auserwählter, die mich jeden Abend im Theater bewundern, an meinen Geschichten teilhaben dürfen, anstatt der gesichtslosen Masse, die mit ihren Fingern in Wunden herumstochern und nach Schlagzeilen gieren. Hier zählt meine Leistung als Schauspielerin, hier werde ich respektiert und umschwärmt.

Candice ist nur noch Erinnerung. Daniil hat eingesehen, dass für sie kein Platz mehr in seinem Leben ist. Der Club, der ihm bis vor kurzem noch so wichtig erschien, hat seine Bedeutung eingebüßt, was sicherlich auch mit der allmählichen Wiederannäherung von Ilka und Parker zu tun hat.

Parker ist natürlich heute hier und hilft seiner Tochter beim Verputzen des Schokokuchens.

Ilka hält mich auf dem Laufenden, hat mir gerade gestern erzählt, wie sehr Parker sein Verhalten bedauere. Natürlich würde sie ihm nicht so ohne weiteres verzeihen. Aber im Allgemeinen stünden die Zeichen auf Versöhnung.

Ich verstehe ihre Zerrissenheit, denn vor einem Jahr ist es mir ähnlich ergangen. Schlussendlich hat aber mein Herz über alle Zweifel gesiegt.

Nicht zuletzt aufgrund der erfreulichen Entwicklung zwischen Ilka und Parker ist Daniil ins *Seventiz* zurückgekehrt. Die Zusammenarbeit der beiden Männer klappt ganz gut. Langsam findet Daniil in sein neues/altes Leben zurück, in dem nun auch ein fester Platz für mich reserviert ist.

„Ich helfe dir." Nach unserer Gesangseinlage folge ich Ilka ins Kinderzimmer, um Naylas Windeln zu wechseln.

Es ist Daniils ehemaliges Schlafzimmer, welches Ilka und ich in einen Traum aus Rosa verwandelt haben. Auf das Ergebnis dürfen wir zu Recht stolz sein.

Während Ilka der Kleinen die Stumpfhose anzieht, beschäftige ich Nayla mit meiner Armbanduhr, die sie viel spannender als jedes Spielzeug findet.

„Hast du mit ihm geredet?", möchte Ilka mit ihrer strengen Mamastimme wissen.

Ich schüttle den Kopf und lächle, als Nayla Ilka die große Zehe in die Nase steckt. „Ich habe Schiss, Ilka. Im Moment läuft alles so gut zwischen uns. Niemals hätte ich gedacht, dass es so schnell klappt."

„Mein Gott, Gaby. Ich möchte gar nichts über die Aktivitäten der Spermien meines Bruders hören. Nicht wahr, Tante Gaby kann sich diesen Schweinekram sparen. Sie soll endlich zu Onkel Daniil gehen und ihm sagen, dass Nayli bald einen Spielkameraden bekommt", wendet sie sich ihrer Tochter zu, die glucksend in den Sing-Sang einstimmt.

Die Situation ist wirklich verfahren – Daniil und ich haben viel Zeit mit Nayla verbracht, haben erlebt, wie viel Freude einem ein so kleines Wesen bereitet, sodass der Wunsch nach eigenen Kindern von Tag zu Tag stärker wurde. Irgendwann habe ich ihn darauf angesprochen und – festhalten! – Daniil hat sich sofort bereiterklärt, mit der Familienplanung durchzustarten.

Ich bin heute noch völlig von den Socken, da ich mit einer derartigen Antwort überhaupt nicht gerechnet habe. Jedenfalls habe ich die Pille abgesetzt und nur zwei Monate später hat es eingeschlagen. Seit drei Tagen weiß ich, dass ich schwanger bin – mit allen Begleiterscheinungen inklusive Kotzen und Spannungsgefühl in den Brüsten.

Ilka stand mir als selbst ernannte Expertin bei, während ich den Schwangerschaftstest machte. Als das Ergebnis feststand, habe ich erst einmal losgeheult, wie es wohl jede Frau angesichts der bevorstehenden Veränderungen machen würde. Meine Hormone spielen seither total verrückt, mich plagen nachts Albträume, in denen ich mich als alleinerziehende Mutter mit einem drogensüchtigen Kind sehe, bei dessen Erziehung ich total versagt habe, oder als Mutter von Drillingen, auf die wir nicht vorbereitet waren und die nun alle zusammen in einem Mini-Bett schlafen müssen.

„Du hast mich auch da reingezogen. Daniil wird ganz schön wütend werden, wenn er erfährt, dass ich es die ganze Zeit gewusst habe, er aber nicht."

„Du bist wohl ein gebranntes Kind, was?"

„Ja, damals dachte ich, er reißt dir den Kopf ab. Aber mal im Ernst: Sag es ihm endlich, er wird sich freuen. Schau bloß, wie er mit Nayla umgeht. Er liebt dich so sehr, Gaby."

„Das weiß ich doch und ich fürchte auch gar nicht seine Reaktion – es sind die vielen Veränderungen innerhalb von so kurzer Zeit. Das Baby wird unser Leben gehörig durcheinanderwirbeln."

Ilka hält in der Bewegung inne, dreht sich zu mir und legt den Kopf schief. „Du befürchtest also, dass eure Beziehung darunter leiden könnte?"

Sie hat es auf den Punkt gebracht. „Ja. Nein. Mir erscheint momentan alles so fragil und ungewiss."

„Noch vor einem Jahr wäre Daniil bei dieser Neuigkeit mit wehenden Rockschößen davongelaufen. Davor musst du heute wirklich nicht mehr zittern."

„Und ich – bin ich bereit dazu? Schaffe ich es, einem Kind die Liebe zu geben, die es braucht?"

„Gaby", rückt sie mir den Kopf zurecht, „du bist ein wunderbarer Mensch. Nayla ist verrückt nach dir. Lass die Vergangenheit ruhen und blick in die Zukunft. Gib deinem Kind die Chance, in einer intakten, liebevollen Familie aufzuwachsen."

„Du hast ja recht."

„Natürlich habe ich das – ich bin Mama", verklickert sie mir grinsend. „Und jetzt wird gefeiert, meine Nayli wird nur einmal im Leben ein Jahr alt."

„Partytime", springe ich auf den Gute-Laune-Zug auf und folge den beiden ins Wohnzimmer.

Faul gammle ich auf der neuen Couch herum und kann mich nur schwer dazu aufraffen, ans Mobiltelefon zu gehen, als es klingelt. Irgendwie schaffe ich es dann doch, Ilka ist am anderen Ende der Leitung.

„Hey, alles roger?", will sie wissen. Natürlich bin ich mir vollkommen im Klaren darüber, warum sie anruft – sie ist scharf auf Informationen, die ich ihr selbstverständlich nicht geben werde.

„Um unser Gespräch abzukürzen, denn die Umzugskisten räumen sich nicht von alleine aus: Nein, Ilka, ich habe es ihm noch nicht gesagt."

„Du bist eine miese Lügnerin. Ich denke, du liegst faul auf der Couch rum und ziehst dir irgendwelchen Mist rein."

Sherlock Holmes im Dienst, oder wie? „Haha, und selbst?"

„Ich muss dir deine gute Laune leider verderben, Süße", Ilka klingt ziemlich zerknirscht. „Parker hat gerade angerufen und mir lallend von den Plänen der drei berichtet. Na ja, um ehrlich zu sein, sie haben einen kleben und drohen, die Bude abzufackeln."

Genervt kneife ich die Augenbrauen zusammen, da Ilkas Schilderung so gar nicht zu der von Daniil passen will. Ich weiß zwar, dass die drei Männer im *Seventiz* sind, um die beiden am Wochenende stattfindenden Veranstaltungen zu planen, von Besäufnissen und Ausschweifungen war jedoch nicht die Rede.

„Warum sollten sie sich einfach so, mitten in der Woche, einen hinter die Binde kippen?"

„Keine Ahnung."

„Sie hätten natürlich einen triftigen Grund, falls Tratsch-Ilka ihren Mund nicht gehalten und Parker erzählt hat, dass es im Leben seines Freundes bald gravierende Veränderungen geben wird. Es gibt Situationen da rutscht einem leicht ein unbedachtes Wort heraus."

„Gaby!", verteidigt sie sich halbherzig.

„Wer von uns ist jetzt die miesere Lügnerin, hä?"

„Parker hat mit Sicherheit nichts gesagt. Denkst du, Daniil wäre noch im *Seventiz*, wenn er geplaudert hätte?"

„Was willst du dann von mir?", fahre ich sie an, weil ich meinen ruhigen Abend schon dahinschwinden sehe.

„Ich mache mir Sorgen. Das mit dem Abfackeln war kein Scheiß, Gaby. Nayla ist gerade eingeschlafen und ich wäre dir dankbar, wenn du mal nach dem Rechten sehen könntest."

„Um mich damit zur Vollidiotin zu machen, die ihrem Mann in die Bar nachläuft."

„Gaby, bitte!", beschwört sie mich.

„Ich bin weder Mister Detaris Anstandsdame, noch glaube ich, dass er sich von mir nach Hause schleifen lässt. Warum sollte ich mich daher zum Affen machen?"

„Bitte, bitte, tu es mir zuliebe."

Jetzt hat sie es also geschafft. Ähnlich wie sie male ich mir das schlimmste Szenario aus – die drei sternhagelvoll und nicht mehr Herr ihrer Sinne … Daniil hat sich doch gut unter Kontrolle. Was mag da passiert sein? Vielleicht braucht er mich ja? Hat es etwa Streit zwischen ihnen gegeben?

Ilka hat mir da einen schönen Floh ins Ohr gesetzt. Auf jeden Fall ist mein gemütlicher Abend perdu. Selbst wenn ich nicht hinfahre, werde ich keine Ruhe finden, bis ich weiß, was geschehen ist. Also sollte ich doch …

„Gut", seufze ich. „Ich schau nach, was los ist. Aber mach dich hinterher bloß nicht über mich lustig!" Mit diesen Worten lege ich auf, checke mein Outfit – Jeans, weißes Langarm-Shirt und Strickjacke –, befinde es für passend und schlüpfe beim Hinausgehen lediglich in Jacke, Schuhe und Handschuhe, um dem winterlichen London zu trotzen.

Durch den Hintereingang betrete ich das *Seventiz*, durchquere den Lagerraum und wundere mich, dass es im Barbereich so finster ist, obwohl die Männer doch angeblich ein Gelage feiern.

„Hallo", rufe ich in die Stille und zücke bereits mein Handy, um Ilka anzurufen. Es würde mich nicht wundern, wären die drei in der Zwischenzeit längst zu Hause eingetrudelt.

Gerade als ich Ilkas Namen antippe, wird eine kleine Lampe, die sich meines Wissens normalerweise nicht dort befindet, angeknipst. Im warmen, rötlichen Lichtkegel erscheint Daniil mitten auf der Tanzfläche. Verwundert schiebe ich mein Handy zurück in die Jackentasche.

Ich mache einen Schritt in seine Richtung, kneife die Augen zusammen, die sich erst an das Licht gewöhnen müssen. Seltsamerweise kommt mir Daniil nicht so vor, als stecke er mitten in einem Besäufnis, auch Adwin oder Parker kann ich nirgendwo ausmachen.

„Ilka meinte, ich sollte nach euch sehen", verteidige ich mich, noch bevor Daniil zu einem Vorwurf ansetzen kann.

Erst jetzt bemerke ich den Tisch, auf dem eine Flasche Sekt, zwei Gläser und ein Strauß Blumen stehen.

Irgendetwas stimmt hier nicht!

„Komm her", fordert mich Daniil ganz ruhig auf und streckt die Hand nach mir aus. Mein Herz pocht wie wild, ich höre das Blut in meinen Ohren rauschen und fürchte, jeden Moment ohnmächtig zu werden.

Daniil lässt mich nicht aus den Augen. „Ich habe viel zu viel Zeit verschwendet, Baby", erklärt er, als würde mir das auf die Sprünge helfen.

Lächelnd zieht er mich näher an sich heran, sodass sich unsere Körper berühren. „Ich weiß gar nicht, wo ich anfangen soll. Du hast so viel Gutes in mein Leben gebracht, Abigail. Erinnerst du dich, hier sind wir uns zum ersten Mal nahegekommen und du bist mir nie wieder aus dem Kopf gegangen. Schon in Ilkas Zimmer war ich wie vom Blitz getroffen. Dank dir habe ich mich den Dämonen der Vergangenheit gestellt, anstatt wie bisher vor ihnen davonzulaufen. Dank dir bin ich heute ruhig, wo ich früher geschrien habe. Dank dir kann ich heute lieben, wo mir früher nur eine schnelle Nummer wichtig war."

Mann, das passiert doch nicht wirklich! Ilkas Anruf diente nur als Vorwand und ich bin ihr voll auf den Leim gegangen.

„Du machst mich komplett, füllst mich aus, lässt mich atmen, leben, träumen. Du hast mich gelehrt, dass ich mich meiner Gefühle nicht schämen muss. Du hast mir auch die größten Fehler verziehen."

Meine Augen füllen sich mit Tränen, meine Knie werden weich. Ich bin Daniil dankbar für die Stütze, die er mir gibt – in jeder Hinsicht.

„Längst hätte ich dich zu der Meinen machen sollen. Ich möchte der ganzen Welt zeigen, dass du zu mir gehörst, dass es nur dich in meinem Leben gibt." Aus seiner Hosentasche zieht er ein mir vertrautes Kästchen, welches seit über einem Jahr mehr zu mir und meinem Leben gehört als so mancher Mensch. „Ich gab dir diesen Ring, als ich dachte, dich für immer verloren zu haben. Für manche mag er mit schlechten Erinnerungen behaftet sein, aber ich weiß, wie viel er dir bedeutet."

Urplötzlich sinkt er vor mir auf die Knie und sieht mich erwartungsvoll an.

„Daniil", entfährt es mir. Ich bin vollkommen überwältigt.

„Du weißt, was nun kommt, Kleine. Ich möchte, dass du meine Frau wirst, bitte dich aus tiefstem Herzen um deine Hand. Ich will mit dir die Welt sehen, ich will mit dir alt werden. Ich kann dir nicht die Sterne vom Himmel holen und wir werden uns auch weiterhin in die Haare geraten, aber weißt du was – ich freue mich darauf. Mach mich zum glücklichsten Mann dieser Erde, Baby."

Wenn ich diesen Moment doch für alle Ewigkeit konservieren könnte! „Hm, ja ...", hauche ich gerührt. „Du musst allerdings wissen, dass du mich nicht alleine bekommst. Es gibt ein kleines Zusatzpaket, das nicht in der Produktbeschreibung stand, aber ohne das geht es nicht."

Auf Daniils Gesicht breitet sich Skepsis aus. Er weiß nicht, wovon ich spreche. „Okay ...", schluckt er.

Ich schmunzle und schniefe gleichzeitig. „Ich wollte es dir schon seit Tagen sagen, aber es fand sich einfach nie der richtige Zeitpunkt und nun fühle ich mich, na ja, ein klein wenig unter Zugzwang."

„Komm zur Sache, ehe mir der Fuß einschläft. Ich liege vor dir auf den Knien wie ein Idiot und du betest die Einkaufsliste der nächsten Woche herunter. Sag schon, worum es geht", drängt er mich.

„Tut mir leid. Ich ... wir ... bekommen ein Baby", presse ich mit letzter Kraft hervor.

Daniil klappt im wahrsten Sinne des Wortes die Kinnlade nach unten, verblüfft blickt er auf meinen Bauch. „Ein Baby", wiederholt er ungläubig. „Wow. Das volle Programm, was?"

„Scheint so."

„Fühlst du dich bereit?"

„Ich denke schon. Du?"

„Ich war noch nie bereiter", verkündet er fröhlich. „Aber ich warte noch auf eine Antwort."

„Ja, du Verschwörer. Ja." Weinend falle auch ich auf die Knie, ziehe Daniil in meine Arme und küsse ihn stürmisch.

Immer wieder sage ich ihm, wie sehr ich ihn liebe, lasse nicht von ihm ab, bis meine Lippen brennen. Als wir uns endlich voneinander lösen, bemerke ich erst, dass wir Zuseher haben. Ilka, Parker, Adwin und Nayla stehen im Halbdunkel und strahlen uns an. Ilka vergießt sogar ein paar Tränen.

„Glückwunsch", schnieft sie und zieht mich in eine feste Umarmung.

„Danke", murmle ich. „Von wegen sternhagelvoll."

„Ich bin Schauspielerin", erklärt sie achselzuckend. „Dann können wir ja mit der Planung eurer Hochzeit anfangen."

„Bis dahin werde ich kaum noch in ein normales Kleid passen", gebe ich mit einem Blick auf meinen noch flachen Bauch zurück.

Daniil legt den Arm um mich und küsst mich auf die Wange. „Egal, was ihr beide ausheckt, der Ort, an dem die Trauung stattfindet, der steht schon fest."

„Wie?", fragt Ilka enttäuscht. „Das Wichtigste wird ausgerechnet von einem Kerl entschieden? Jetzt sag noch, du hast auch schon das Kleid ausgesucht."

„Nein, nur die Location ist meine Sache, der Rest liegt in eurer Hand."

35. Kapitel

Ein halbes Jahr später – Dunbar

In einem traumhaften Kleid schreite ich am Arm meines Bruders den Mittelgang jener Kirche entlang, in der ich immer schon heiraten wollte. Dass mein sehnlichster Wunsch nun tatsächlich in Erfüllung geht, kommt mir so unglaublich vor wie das Gefühl, das mich durchflutet.

Als käme ich nach einer langen Reise heim und all meine Lieben stehen für meinen Empfang bereit.

Daniil hat sich ordentlich ins Zeug gelegt, den überraschenden Antrag mit der Hochzeit in der Kirche neben unserem Haus komplett gemacht.

Es ist ein warmer Sommertag, kein Wölkchen trübt den Himmel, die Vögel singen, während ich durch ein Meer aus weißen und gelben Blumen schwebe. Das Lächeln mag gar nicht mehr aus meinem Gesicht verschwinden, es wird immer breiter, je näher ich Daniil komme, der vor dem steinernen Altar auf mich wartet.

Mein Bauch ist mittlerweile zu einer ordentlichen Kugel herangewachsen, sodass keiner mehr meine Schwangerschaft übersehen kann, was mich mit Stolz erfüllt.

Auch Daniil ist unheimlich stolz, aber überängstlich. Am liebsten würde er mich in Watte packen, ins Bett verbannen und mich gar nicht mehr daraus aufstehen lassen. Habe ich je an Daniils Eignung zur Vaterschaft gezweifelt, so kann ich heute nur mehr den Kopf darüber schütteln. Er wird ein besorgter Vater sein und seinen Sohn keine Sekunde aus den Augen lassen.

Eine Träne kullert über meine Wange, als mich William an Daniil übergibt und dieser mich zärtlich küsst.

„Du siehst atemberaubend aus, Süße. Wow."

„Danke."

„Ich dachte, ich baue Lady Moray eine Kirche, heirate sie und verbringe mit ihr und einer Schar Kinder den Rest meines Lebens in einer Wiese liegend."

„Ich liebe dich", flüstere ich ihm ins Ohr und habe die vielen Gäste um uns herum längst vergessen. Es ist unser Tag.

Von nun an, bis dass der Tod uns scheidet …

-- ENDE --